Une femme surveillée

DU MÊME AUTEUR
CHEZ LE MÊME ÉDITEUR

La Maison des sœurs
Les Roses de Guernesey
Le Sceau du secret
Illusions mortelles
L'Invité de la dernière heure
Le Poids du passé
Le Soupirant
La Dernière Trace
L'Enfant de personne
Le Péché des anges

CHARLOTTE LINK

Une femme surveillée

Roman

Traduit de l'allemand par Catherine Barret

PRESSES DE LA CITÉ

Titre original : *Der Beobachter*

ISBN 978-2-258-09343-0

Presses de la Cité un département **place des éditeurs**

place des éditeurs

Prologue

Il se demandait si sa femme avait remarqué quelque chose. Elle le regardait parfois d'un air tellement bizarre – méfiant, inquisiteur. Elle ne disait rien, mais cela ne signifiait pas qu'elle ne l'observait pas. Qu'elle ne tirait pas ses conclusions.

Le mariage avait eu lieu en avril. On était maintenant en septembre, et ils étaient encore dans la phase des relations prudentes, où chacun s'efforce de ne pas trop exposer ses failles personnelles. Pourtant, il savait déjà qu'elle se révélerait un jour comme une ronchonneuse. Elle n'était pas du genre à faire des scènes violentes, à lancer des assiettes ou à menacer de le mettre à la porte. Mais elle se lamenterait continuellement, d'une voix douce qui lui mettrait les nerfs à vif.

Pour le moment, elle se contrôlait encore. Elle faisait des efforts pour lui plaire. Elle préparait les plats qu'il aimait, mettait la bière au frais suffisamment à l'avance, repassait ses pantalons et ses chemises, regardait le sport avec lui à la télévision alors qu'elle préférait les films d'amour.

Et pendant tout ce temps, elle l'épiait. Du moins, il en avait l'impression.

Elle l'avait épousé parce qu'elle ne pouvait pas se passer d'un homme, parce qu'elle avait besoin de sentir que quelqu'un était là pour la protéger, pour prendre soin d'elle. Lui, c'était parce qu'il ne supportait plus de vivre sur la corde raide. Sans travail fixe, sans argent, il craignait de finir par perdre pied tout à fait. Il avait déjà commencé à boire trop. Il parvenait encore à décrocher des petits boulots qui lui permettaient de payer le loyer de son logement miteux. Mais son courage faiblissait. Il ne se voyait aucun avenir.

C'est alors qu'il avait rencontré Lucy, Lucy et le petit atelier de réparation de cycles hérité de son défunt mari. Il n'avait pas hésité longtemps. Il avait toujours eu le coup d'œil pour repérer les bonnes occasions, et il n'avait pas laissé passer sa chance.

Il était désormais marié. Il avait un toit, un travail. Sa vie était de nouveau sur les rails.

Et puis, c'était arrivé. Ces sentiments, cette obsession. Cette impossibilité de penser à autre chose. A autre chose qu'*elle.*

Même si, en réalité, il le savait depuis le début.

Elle, ce n'était pas Lucy.

Elle avait les cheveux blonds. Pas d'un blond terne comme ceux de Lucy, déjà parsemés de fils gris, mais d'un vrai blond. Des cheveux qui lui descendaient jusqu'à la taille, qui étincelaient au soleil comme un tissu de soie dorée. Ses yeux bleu-vert variaient avec la lumière du jour, mais aussi selon les vêtements qu'elle portait ou le décor dans lequel elle évoluait, tantôt d'un bleu de myosotis, tantôt verts comme un lac profond. L'intensité de ces jeux de couleur le fascinait. Il n'avait encore jamais vu cela chez personne.

Il aimait aussi ses mains. Elles étaient fines, graciles. Avec de longs doigts effilés.

Et ses jambes. Frêles, presque fragiles. Tout en elle était ainsi. Comme sculpté dans un bois tendre et clair par quelqu'un qui aurait pris son temps, qui se serait donné beaucoup de peine. Rien en elle n'était massif, gros ou vulgaire. Elle était la grâce incarnée.

Il se mettait à transpirer chaque fois qu'il pensait à elle. Quand il la regardait, il ne pouvait en détacher ses yeux, et c'était probablement cela que Lucy avait remarqué. Il tâchait d'être devant le portail de la cour pour la voir s'éloigner dans la rue, prenant prétexte la plupart du temps d'une bicyclette fraîchement réparée à essayer sur le trottoir. Il aimait ses mouvements. La légèreté de sa démarche. Elle avançait à grands pas, sans jamais trébucher. Il y avait tant de force dans tout ce qu'elle faisait – marcher, parler, rire… Une force indomptable. Une énergie.

Et la beauté. Tant de beauté, tant de perfection que par moments il n'osait pas y croire.

Etait-ce de l'amour qu'il éprouvait ? Cela ne pouvait pas être seulement la convoitise, l'excitation, toutes ces choses qui allaient de pair, mais qui n'avaient pu naître que parce qu'il l'aimait. Oui, l'amour était au commencement, il était le terreau sur lequel prospérait son désir. Un désir qu'il ne ressentait pas pour Lucy. Lucy n'avait été qu'un expédient. Il ne pouvait pas y renoncer, parce que, sans elle, c'était la déchéance sociale qui le menaçait. Lucy représentait la dure nécessité. La vie était ainsi, il avait appris depuis longtemps qu'il ne servait à rien d'essayer de la changer. Il fallait s'adapter.

Pourtant, il ne sentait en lui que la révolte. La révolte, et le reste du temps un désespoir qui le terrassait. Car quelles étaient ses chances ? Il ne se faisait aucune illusion sur son pouvoir de séduction. Autrefois, peut-être, mais aujourd'hui, avec son gros ventre d'amateur de bière et de nourriture trop riche, ses traits affaissés et bouffis… A quarante-huit ans, il en paraissait dix de plus, surtout quand il buvait trop le soir. Hélas, il ne parvenait pas à s'arrêter. Il aurait fallu qu'il fasse du sport, qu'il se mette à manger des légumes, à boire plutôt de l'eau ou du thé. Mais ce n'était pas si facile de changer des habitudes de trente ans. Cette fée, cet elfe, cette créature merveilleuse pourrait-elle l'aimer malgré tout ? Malgré sa bedaine et ses poches sous les yeux, malgré le fait qu'il s'essoufflait et suait au moindre effort ? Peut-être parviendrait-il à lui faire comprendre ses qualités morales. Car il savait depuis longtemps qu'il ne pourrait pas renoncer à elle. Malgré Lucy et sa jalousie, malgré le risque qu'il prenait.

Il était un gros lard de quarante-huit ans dont le corps et l'âme se consumaient dans les flammes.

Mais il y avait un autre problème : elle – la fée, la créature pour laquelle il brûlait jour et nuit – était bien plus jeune que lui. Terriblement jeune.

Elle n'avait que neuf ans.

PREMIÈRE PARTIE

Samedi 31 octobre 2009

Liza réussit à quitter la salle de réception sans se faire repérer au moment où le fils du héros de la fête s'apprêtait à parler. Il avait dû frapper plusieurs fois sur son verre avec une fourchette pour faire cesser le brouhaha des conversations et des rires de la centaine d'invités. Tous les regards convergeaient maintenant vers lui, et il semblait regretter plus que jamais de s'être engagé à prononcer l'éloge de son père pour ses soixante-quinze ans.

Quelques plaisanteries fusèrent, car l'orateur, nerveux, rougissait et pâlissait tour à tour, puis s'embrouillait si bien qu'il dut s'y reprendre à trois fois avant de commencer vraiment son discours. Du moins sa maladresse lui avait-elle valu l'attention générale.

Le moment n'aurait pu être plus favorable.

Liza, qui se tenait depuis un quart d'heure à côté de la porte, n'eut que deux pas à faire pour se trouver dehors. Elle referma le lourd battant derrière elle, s'appuya quelques instants contre le mur et inspira profondément, soulagée par le calme et la fraîcheur du hall. Dans la salle bondée, la chaleur était étouffante. Pourtant, elle avait cru remarquer que les autres n'en souffraient pas autant qu'elle. Et surtout, qu'ils profitaient de la soirée sans arrière-pensée. Qu'ils appréciaient les belles robes, les bijoux, les parfums, les rires joyeux, tandis qu'elle, au milieu de tout cela, se sentait séparée des gens par un mur invisible. Elle s'était esclaffée machinalement, avait répondu quand on la questionnait, distribué des signes de tête, bu du champagne, mais elle demeurait hébétée, elle était comme une marionnette dont on tirait les fils et qui ne pouvait décider d'aucun de ses mouvements. En réalité, c'était ce qu'elle faisait depuis des années : elle ne vivait plus selon sa propre volonté. Si l'on pouvait encore appeler cela *vivre*.

Une jeune employée du Kensington, l'hôtel chic où avait lieu cette réception mondaine, passa devant la femme adossée au mur et s'arrêta un instant, semblant se demander si elle avait besoin d'aide. Liza se dit que, si son aspect correspondait tant soit peu à ce qu'elle ressentait, elle devait avoir une tête à faire peur. Elle se redressa et s'efforça de sourire.

— Tout va bien, madame ?

— Oui. C'est seulement que… il fait un peu trop chaud là-dedans ! répondit Liza avec un signe de tête en direction de la porte.

La jeune femme lui jeta un regard compatissant, puis s'éloigna, et Liza comprit qu'elle devait absolument aller se refaire une beauté aux toilettes si elle ne voulait pas être prise pour une folle.

Un éclairage tamisé et une musique apaisante diffusée par des haut-parleurs invisibles l'accueillirent dans la pièce carrelée de marbre. Contrairement à ce qu'elle avait craint, elle était seule : personne devant les lavabos, ni, semblait-il, dans les toilettes. Mais il paraissait évident que cela ne durerait pas. Entre la centaine d'invités et toutes les autres personnes présentes dans l'hôtel, quelqu'un pouvait entrer à tout moment. Elle devait se hâter.

Elle s'appuya contre l'une des somptueuses vasques et s'examina dans l'immense glace.

Comme cela lui arrivait si souvent, même dans des situations moins tendues que celle-ci, elle eut l'impression de ne pas reconnaître la femme qui lui faisait face dans le miroir. Les beaux cheveux blond clair qu'elle avait relevés au début de la soirée pendaient maintenant en mèches désordonnées. Son rouge à lèvres avait disparu, peut-être resté collé sur le bord de son verre de champagne, et ses lèvres étaient blafardes. De plus, elle avait beaucoup transpiré. Son nez brillait, son maquillage avait coulé.

Elle le savait. C'était pour cela que, depuis vingt minutes, elle ne pensait qu'à s'échapper de cette salle où elle étouffait au milieu de la foule. Elle devait se ressaisir très vite, essayer de tenir jusqu'à la fin de la cérémonie. Cela ne durerait pas éternellement. Le champagne était déjà presque terminé, le buffet allait bientôt ouvrir. Dieu merci, ce n'était pas un de ces banquets de cinq plats où il fallait rester assis pendant des heures et où tous vos mouvements étaient remarqués – au moins de vos voisins immédiats. Un buffet offrait bien plus de possibilités de s'esquiver discrètement.

Elle posa son sac devant elle sur la tablette de marbre et en tripota nerveusement le fermoir avant de parvenir à l'ouvrir, puis à en extraire son poudrier et son tube de fond de teint. Si seulement ses mains ne tremblaient pas autant ! Elle devait faire attention à ne pas tacher sa robe. Un soir pareil, il ne manquerait plus que cela !

Tandis qu'elle manipulait maladroitement le poudrier, elle se mit tout à coup à pleurer. Pas de façon spectaculaire – simplement, ses joues se mouillaient sans qu'elle y puisse rien. Effrayée, elle leva la tête et regarda dans le miroir ce visage qui n'était plus seulement étranger, mais peu à peu défiguré par les larmes. Cette fois, le drame était complet. Comment retourner dans la salle avec ces yeux rouges et gonflés ?

Au bord de la panique, elle arracha du distributeur mural une poignée de mouchoirs soyeux avec lesquels elle tenta d'endiguer le torrent. Mais elle eut l'impression que cela ne faisait au contraire qu'augmenter sa violence. Ses yeux débordaient littéralement.

Il faut que je rentre, se dit-elle. Ce serait de la folie de rester ici !

Alors, comme si ce n'était pas encore assez, elle entendit un bruit derrière elle. La porte du couloir s'ouvrait, des talons pointus claquaient sur le marbre. A travers un rideau de larmes, Liza distingua confusément la silhouette d'une femme qui traversait la pièce en direction des toilettes. Elle pressa les mouchoirs contre son visage, essayant de faire croire qu'elle se mouchait.

Dépêche-toi, se dit-elle. Fiche le camp !

Le bruit de pas cessa soudain. Il y eut un instant de silence complet. Puis l'inconnue se retourna, s'approcha de Liza, posa une main sur son épaule qui tremblait légèrement. Liza leva les yeux et, dans la glace, vit l'autre femme. Son visage inquiet. Son regard interrogateur. Liza ne la connaissait pas, mais, d'après sa tenue, elle faisait sans doute partie des invités de la réception.

— Puis-je vous aider ? Je ne voudrais pas m'imposer, mais...

La voix était calme, aimable, pleine de sollicitude. C'était plus que Liza ne pouvait en supporter. Elle laissa retomber la main qui tenait les mouchoirs.

S'abandonnant à sa douleur, elle ne chercha plus à retenir ses sanglots.

Dimanche 22 novembre

Il était assez tard, ce dimanche soir, quand Carla prit conscience du fonctionnement étrange des portes de l'ascenseur. Il ne lui restait alors plus beaucoup de temps à vivre, mais toute son imagination n'aurait pas suffi à lui dépeindre ce qui allait lui arriver cette nuit-là.

Assise dans son salon, elle s'étonna un peu, car le même phénomène s'était produit plusieurs fois depuis quelques jours, elle en était maintenant certaine : l'ascenseur montait jusqu'au huitième étage, ses portes automatiques s'écartaient, puis plus rien. Personne n'en sortait, car elle aurait nécessairement entendu des pas dans le couloir. Et personne n'y montait non plus, car dans ce cas, elle aurait d'abord entendu les pas. Or, elle était sûre que, s'il y avait eu de tels sons, elle les aurait enregistrés plus ou moins consciemment. L'immeuble, construit dans les années 1970, était très sonore, un bloc de béton sans grâce, avec de longs corridors et une kyrielle d'appartements, les plus grands occupés par des familles avec enfants, les plus petits par des célibataires qui passaient leur temps au travail et n'étaient pratiquement jamais chez eux. Hackney était loin des beaux quartiers de Londres, mais, dans la partie où habitait Carla, les gens ne s'en sortaient pas trop mal.

Elle essaya de se rappeler quel jour elle avait entendu pour la première fois l'ascenseur s'ouvrir sans que personne n'en descende. Cela s'était déjà produit auparavant, bien sûr, depuis qu'elle vivait là. Il suffisait que quelqu'un appuie sur le mauvais bouton. Si la personne s'en apercevait aussitôt, elle rectifiait son erreur et descendait à son étage. Ensuite, l'appareil continuait à monter, ses portes s'ouvraient, puis se refermaient, et il restait là jusqu'à ce qu'on l'appelle de nouveau. Ces derniers temps, pourtant, les cas s'étaient multipliés. D'une manière inhabituelle.

Depuis une semaine ? Deux, peut-être ?

Elle éteignit la télévision. De toute façon, l'émission ne l'intéressait pas.

Elle alla dans l'entrée, déverrouilla la porte, l'ouvrit. Elle actionna l'interrupteur placé près de la sonnette, faisant jaillir une lumière blanche et crue. Quelle idée d'installer un éclairage pareil ! Là-dessous, on avait un teint de cadavre.

D'un bout à l'autre, le couloir était vide et silencieux. Les portes de l'ascenseur s'étaient déjà refermées.

Peut-être un plaisantin quelconque. Un adolescent de l'immeuble qui faisait exprès d'appuyer sur le bouton du huitième avant de sortir, bien que Carla ne comprenne pas ce que cela pouvait lui apporter. Il est vrai que les motivations des autres lui échappaient la plupart du temps. Elle se disait parfois que, finalement, elle était peut-être tout à fait en marge de la société. Seule, abandonnée, à la retraite depuis cinq ans. On s'éloignait très vite de la normalité quand on se levait seule le matin, qu'on prenait seule son petit déjeuner avant de passer la journée à lire et à regarder la télévision dans son petit appartement, ne faisant plus que rarement l'effort de sortir pour une petite promenade avant de revenir manger seule le soir et se réinstaller devant la télé. On perdait le contact avec ceux dont la vie quotidienne comportait un travail, des collègues, un conjoint, des enfants, avec toutes sortes de soucis et de problèmes, mais aussi de joies. Peut-être les autres la trouvaient-ils déjà bien plus bizarre qu'elle ne s'en rendait compte elle-même.

Elle referma la porte, s'appuya contre le battant et respira à fond. Lorsqu'elle avait emménagé dans ce grand immeuble – l'un des rares construits dans ce quartier surtout constitué de bâtiments victoriens pour la plupart assez délabrés –, elle croyait que tout irait mieux. Elle espérait se sentir moins seule dans une maison remplie de gens. Mais c'était le contraire qui s'était produit. Ici, chacun vaquait à ses occupations en restant aussi anonyme que possible, personne ne semblait vraiment se connaître. De plus, certains logements étaient vides. Depuis quelque temps, il ne restait plus que Carla au huitième étage.

Elle retourna au salon, se demanda si elle allait rallumer la télévision, préféra reprendre encore un peu de vin. Elle buvait tous les soirs, mais elle s'était fixé une règle : jamais avant huit heures. Jusqu'à présent, elle avait réussi à s'y tenir.

Elle sursauta en entendant le bruit de l'ascenseur qui repartait. Quelqu'un avait dû l'appeler. Au moins, c'était un signe de normalité. Des gens allaient et venaient dans l'immeuble. Elle n'était pas seule.

Je devrais peut-être quand même chercher un autre appartement, pensa-t-elle.

Ses économies ne lui laissaient guère de marge de manœuvre. Avec sa modeste retraite, elle ne pouvait pas se permettre de faire des folies. Et puis, se sentirait-elle moins seule ailleurs ? L'immeuble était-il vraiment en cause ? Cela venait peut-être d'elle.

Soudain incapable de supporter plus longtemps le silence, elle s'approcha du téléphone, composa en hâte le numéro de sa fille, vite, avant que la crainte ou la timidité n'étouffe dans l'œuf sa décision. Ses relations avec Keira avaient toujours été assez bonnes, mais depuis que sa fille s'était mariée, et surtout depuis qu'elle avait un enfant, les contacts s'espaçaient de plus en plus. Les jeunes n'avaient pas le temps, leur propre vie les occupait pleinement. Comment auraient-ils pu se soucier d'une mère qui avait raté sa vie ?

Carla avait parfois elle-même du mal à le croire, mais elle s'était retrouvée seule après vingt-huit ans de mariage. Son mari, criblé de dettes parce qu'il dépensait trop et ne vivait plus qu'à crédit depuis des années, avait pris le large avant que ses créanciers ne mettent la main sur lui. Il ne donnait plus signe de vie depuis des années. Bouleversée par cet événement, Carla était restée l'image de la désolation. Pourtant, Keira avait réussi à échapper à la mouise dans laquelle la faillite de son père avait plongé la famille. Après des études de mathématiques, elle était devenue employée de banque, avait épousé un fonctionnaire et menait une existence bourgeoise dans une petite maison comme il en existe des milliers dans les quartiers résidentiels de Bracknell, au sud-est et à trois quarts d'heure à peine du centre de Londres. Carla savait qu'elle aurait dû se réjouir de tout cela pour sa fille.

Keira répondit à la deuxième sonnerie. Elle paraissait tendue, et on entendait derrière elle les cris de son petit garçon.

— Keira, c'est maman. Je voulais seulement savoir si tu allais bien.

— Oh, salut, maman, dit Keira sans grand enthousiasme. Oui, ça va. C'est juste que le petit n'arrive pas à s'endormir, une fois de plus. Il n'arrête pas de crier. Je commence à être épuisée.

— Il fait peut-être ses dents.

— Oui, c'est ça... Et toi, comment vas-tu ? reprit Keira après quelques secondes de silence.

Un instant, Carla fut tentée de lui dire la vérité : qu'elle n'allait pas bien, qu'elle se sentait très seule. Mais elle savait que sa fille n'avait posé la question que pour la forme, qu'elle ne voulait pas vraiment entendre la réponse. Elle était débordée, et cela ne pourrait que l'agacer.

— Eh bien, le fait est que je ne vois pas grand monde, dit-elle simplement. Depuis que je suis à la retraite...

Elle n'acheva pas sa phrase. De toute façon, personne n'y pouvait rien.

— Tu devrais te chercher une activité, soupira Keira. Un loisir qui te permettrait de rencontrer des personnes qui partagent tes centres d'intérêt. T'inscrire à un cours de cuisine, commencer un sport, n'importe quoi, pourvu que tu sois avec des gens.

— Oh, tu sais, moi, aller sautiller dans un cours de gymnastique du troisième âge où il n'y aura que des vieilles femmes...

Keira soupira de nouveau, cette fois avec une nette impatience :

— Tu n'es pas obligée de choisir la gymnastique du troisième âge. Enfin, l'offre est bien assez variée pour que tu y trouves quelque chose qui corresponde à tes exigences !

Un instant, Carla eut la tentation de confier à sa fille qu'elle avait déjà essayé, il y avait un certain temps, de s'intégrer à un groupe de parole pour femmes seules, mais sans parvenir à s'y faire durablement des amies. Peut-être parce qu'elle se plaignait trop ? Personne ne pouvait la supporter longtemps. Non, il valait mieux que Keira ne sache rien de cette tentative.

— Je crois que tout me déprime, déclara-t-elle. Quand je vais à la piscine au milieu de la journée ou que je me fais à manger, je me rends d'autant mieux compte que je ne joue plus aucun rôle dans la société. Je ne travaille plus, ma famille n'a plus besoin de moi, et personne ne m'attend quand je rentre à la maison.

— Mais tu rencontrerais sûrement des femmes sympathiques, avec qui tu pourrais sortir de temps en temps ?

— La plupart ont probablement une famille, et pas de temps à me consacrer.

— Oh, bien sûr, si tu te crois la seule retraitée divorcée de toute l'Angleterre ! fit Keira sèchement. Vas-tu passer le reste de ta vie à broyer du noir tous les soirs devant ta télé ?

— Et à taper sur les nerfs de ma fille ?

— Ce n'est pas ce que j'ai dit.

— Cette maison est oppressante, reprit soudain Carla. Ici, personne ne se soucie des autres. Et puis, l'ascenseur ne cesse de monter jusqu'à mon étage sans que personne n'en sorte.

— Comment ça ?

Keira paraissait étonnée, et Carla regretta d'avoir parlé.

— Eh bien, c'est juste une chose que j'ai remarquée récemment. C'est-à-dire que cela arrive assez souvent. Je suis la seule à habiter à cet étage, mais l'ascenseur y monte tout le temps.

— Ce doit être quelqu'un qui l'envoie. Ou alors, le mécanisme est réglé de cette façon. Pour qu'à certains moments il s'arrête automatiquement à tous les étages.

— Mais ce n'était pas le cas jusqu'à il y a deux ou trois semaines...

— Maman...

— Oui, je sais. Tu commences à me trouver bizarre. Oh, ne t'inquiète pas, je finirai bien par trouver moyen de m'habituer à cette vie.

— J'en suis sûre. Ecoute, maman, le petit n'arrête pas de crier, je...

— Je vais raccrocher ! Mais ce serait bien si vous veniez me voir de temps en temps, toi et le petit. Peut-être un de ces week-ends ?

— Je vais voir si c'est possible, répliqua Keira sans se compromettre.

Puis elle prit congé très vite, laissant Carla avec le sentiment de l'avoir dérangée, importunée.

C'est pourtant ma fille, songea-t-elle avec dépit. C'est normal que je l'appelle de temps en temps. Et que je lui dise quand je ne vais pas très bien.

Elle regarda sa montre : à peine plus de dix heures.

Elle décida pourtant d'aller se coucher. Elle lirait peut-être d'abord un peu, en espérant que cela l'aiderait à s'endormir rapidement.

Elle allait entrer dans la salle de bains pour se laver les dents quand elle entendit de nouveau l'ascenseur. Il montait.

Elle s'arrêta au milieu du couloir, tendant l'oreille.

Si seulement je n'étais pas toute seule à cet étage, pensa-t-elle.

L'appareil s'arrêta. Les portes s'écartèrent.

Carla s'attendait à ce qu'il ne se passe rien de plus.

Mais cette fois, elle entendit un autre bruit. Quelqu'un sortait de l'ascenseur. Des pas résonnaient distinctement. On marchait dans le corridor, qu'elle imaginait brillamment éclairé.

Carla déglutit avec peine. Un frisson courait sur sa peau.

Ne sois pas stupide ! D'abord, tu te mets dans tous tes états parce que personne ne sort de l'ascenseur, et maintenant, tu t'affoles parce que quelqu'un le fait ?

Les pas se rapprochaient.

C'est pour moi. Quelqu'un vient chez moi, pensa Carla, paralysée derrière la porte d'entrée.

Le bruit de la sonnette rompit l'enchantement.

La sonnette, c'était la normalité. Les cambrioleurs ne s'annoncent pas, se dit Carla.

Elle prit tout de même la précaution de regarder par le judas.

Elle hésita un instant.

Puis elle ouvrit la porte.

Mercredi 2 décembre

1

— C'était la maman de Darcy, expliqua Gillian en revenant dans la cuisine. Darcy ne va pas à l'école aujourd'hui, elle a mal à la gorge.

Mal réveillée malgré la sonnerie du téléphone, Becky, l'air maussade, regardait les céréales et les fruits secs s'enfoncer dans le lait de son bol de muesli.

Elle vient à peine d'avoir douze ans, et déjà elle manque d'entrain et se renfrogne comme si elle était en pleine puberté, pensa Gillian. N'étions-nous pas moins précoces quand j'étais enfant ?

— Hmm, fit Becky sans manifester d'intérêt.

Son chat noir, Chuck, était assis sur la chaise voisine. Ils l'avaient trouvé au bord d'une route, misérable et affamé, lors de vacances en Grèce en famille, et l'avaient rapporté en cachette à leur hôtel. Le reste du séjour avait été en grande partie consacré à résoudre le problème quotidien de sortir Chuck de l'hôtel sans se faire voir afin de l'emmener chez le vétérinaire, avant de le ramener tout aussi discrètement dans la chambre. Gillian et Becky avaient passé des heures à le nourrir à la pipette. Sa survie paraissait loin d'être assurée, et Becky pleurait souvent, mais, malgré les difficultés et l'énervement, ce souci partagé les avait beaucoup rapprochées, sa mère et elle. Le désir de vivre ayant finalement triomphé, Chuck était parti pour l'Angleterre avec sa nouvelle famille.

Gillian s'assit en face de sa fille. Elle allait devoir la conduire elle-même à l'école. Les deux mamans s'étaient entendues pour faire du covoiturage et c'était le tour de la mère de Darcy cette semaine, mais pas si sa propre fille était absente, bien sûr.

— J'ai appris une information intéressante par la même occasion, dit Gillian. Aujourd'hui, vous avez une interrogation écrite en mathématiques !

— Ça se peut.

— Non, c'est un fait ! Tu as une interrogation écrite, et tu ne me l'avais pas dit.

Becky haussa les épaules. Elle portait un jean noir si serré que Gillian se demanda comment elle avait pu y entrer, un pull noir très près du corps et un foulard noir enroulé plusieurs fois autour du cou. Elle faisait tout pour avoir l'air cool, mais la moustache dessinée par le cacao sur sa lèvre supérieure la faisait surtout ressembler à une petite fille curieusement déguisée. Ce que Gillian se garda bien évidemment de lui dire.

— Pourquoi ne m'en as-tu pas parlé ? Je t'ai demandé tous les jours si tu n'allais pas avoir un contrôle, et tu as prétendu que ce n'était pas prévu. Pourquoi ?

Becky haussa de nouveau les épaules.

— Peux-tu me répondre, s'il te plaît ? demanda sèchement Gillian.

— J'sais pas, marmonna Becky.

— Qu'est-ce que tu ne sais pas ?

— Pourquoi je ne l'ai pas dit.

— Je suppose que tu n'avais pas envie de travailler, conclut Gillian d'une voix résignée.

Becky lui lança un regard noir.

Où est-ce que je me trompe ? s'interrogea Gillian. Qu'est-ce que je lui fais pour qu'elle me regarde parfois avec presque de la haine ? Pourquoi la mère de Darcy était-elle au courant – comme toutes les autres mères, sans doute –, et pas moi ?

— Va vite te laver les dents, il faut partir maintenant.

Becky regarda dehors tout le long du trajet sans prononcer un mot. Gillian faillit lui demander si elle se sentait prête pour ce devoir en classe, si elle connaissait bien le sujet, mais elle n'osa pas. Elle redoutait une réponse insolente, et elle avait le pénible sentiment que cela pourrait la faire fondre en larmes. Cela lui arrivait souvent depuis quelque temps, de manière incontrôlable. Elle devenait tout doucement une pleurnicheuse, une femme frustrée qui s'effrayait des provocations de sa fille de douze ans. Comment pouvait-elle avoir aussi peu d'assurance, à quarante-deux ans ?

Devant le collège, Becky lui dit au revoir avec brusquerie et s'éloigna à grands pas sur ses jambes maigrichonnes, ses longs cheveux volant au vent derrière elle, son sac à dos se balançant sur ses épaules (« Maman, plus personne n'a de cartable aujourd'hui ! »). Elle ne se retourna pas vers sa mère. Quand elle était petite, elle lui envoyait des baisers en soufflant sur sa main, le visage épanoui. Comment avait-elle pu autant changer en si peu d'années ? Ce matin, elle était sur la défensive, bien sûr. Elle savait que le devoir allait mal se passer, qu'elle aurait dû réviser. Elle s'en voulait sans doute un peu.

Toutes les filles de cet âge étaient-elles comme cela ? Aussi agressives, aussi peu compréhensives, presque impitoyables ?

Gillian fit redémarrer la voiture, mais ne dépassa pas la rue suivante. Elle se gara au bord du trottoir, baissa la vitre, alluma une cigarette. Autour d'elle, les jardins étaient couverts de givre. La Tamise coulait au loin comme un ruban de plomb. Elle était déjà très large à cet endroit, soumise au flux et au reflux de la mer du Nord toute proche. Le vent froid avait l'odeur des algues, des mouettes criaient. Un matin d'hiver gris et désolé.

Elle avait déjà abordé le sujet avec Tom, il y avait près de deux ans maintenant. Ou plutôt, elle avait essayé d'en parler avec lui. Pour savoir si elle n'était pas une bonne mère. Ou si les autres enfants étaient exactement pareils. Tom n'avait su que répondre.

« Si tu avais davantage de relations avec les autres mères, tu le saurais peut-être, avait-il finalement déclaré. Tu saurais si quelque chose ne va pas dans ce que tu fais. Tu pourrais même trouver des solutions. Mais, je me demande bien pourquoi, tu refuses de te constituer un réseau.

— Je ne refuse pas. C'est juste que je ne m'entends pas très bien avec les autres mères.

— Ce sont pourtant des femmes tout à fait normales. Elles ne vont rien te faire ! »

Bien sûr. Mais ce n'était pas la question.

« Elles non plus ne m'acceptent pas vraiment. A chaque fois, c'est comme si... comme si je ne parlais pas la même langue. Tout ce que je dis tombe à plat, paraît hors de propos... »

Elle s'était rendu compte alors que Tom, en bon rationaliste, allait la trouver complètement stupide. Et cela n'avait pas manqué :

« Tu dis des bêtises ! A mon avis, c'est toi qui te fais des idées. Tu es une femme intelligente, séduisante, qui réussit bien dans son métier. Tu as un mari pas trop moche, qui ne s'en sort pas mal non plus, et une fille jolie, douée, en bonne santé. D'où peuvent bien te venir tous ces complexes ? »

Perdue dans ses pensées, elle fit tomber la cendre de sa cigarette par la vitre ouverte.

Elle n'avait aucune raison d'avoir des complexes. Quinze ans plus tôt, Tom et elle avaient créé à Londres une société de conseil fiscal et financier. Le lancement de l'entreprise leur avait coûté énormément d'efforts, mais cela en avait valu la peine. Ils employaient maintenant seize personnes, et Tom répétait à qui voulait l'entendre qu'il n'aurait jamais pu faire tout cela sans Gillian. Depuis la naissance de Becky, Gillian ne venait plus à plein temps au bureau, mais elle avait toujours ses clients dont elle s'occupait personnellement. Deux ou trois fois par semaine, elle prenait le train pour Londres afin de régler ses affaires. Elle était libre d'organiser son temps comme elle le voulait. Simplement, si Becky avait besoin d'elle, elle n'allait pas au bureau ce jour-là et rapportait le travail en retard à la maison pour le week-end.

Tout allait bien. Elle aurait dû être satisfaite.

Elle regarda dans le rétroviseur ses yeux bleu foncé, les mèches blond-roux sur son front. Avec sa longue chevelure rebelle, elle avait définitivement renoncé à avoir l'air bien coiffée. Elle ne se souvenait que trop d'avoir souffert dans son enfance de ces cheveux roux et bouclés, des inévitables taches de rousseur que l'été multipliait. Puis, à l'université, elle avait rencontré Thomas Ward, son premier petit ami, qui allait aussi devenir son grand amour, l'homme de sa vie. Il avait admiré la couleur de ses cheveux, compté une à une ses taches de rousseur, et elle avait soudain commencé à se trouver belle elle aussi, à apprécier ce que son physique avait de remarquable.

Tu devrais penser plus souvent à tout ce que Tom a apporté de bon dans ta vie, se dit-elle. Tu as épousé un homme merveilleux.

Sa cigarette était finie. Devait-elle aller au bureau, où une montagne de travail l'attendait ? Elle savait par expérience que c'était le meilleur remède contre la rumination. Elle décida de rentrer boire une dernière tasse de café à la maison, puis de se changer et de partir pour Londres.

Elle fit démarrer le moteur.

Peut-être devrait-elle retourner voir Tara Caine un de ces jours ? Son amie, avocate de la Couronne à Londres, était – selon Tom, qui ne l'aimait guère – une féministe militante. En tout cas, cela faisait du bien à Gillian de discuter avec elle.

Lors de leur dernière rencontre, Tara lui avait carrément dit qu'elle était en train de faire une belle dépression.

Tara avait peut-être raison ?

2

Samson était resté un long moment sur le palier à regarder en bas. Une fois certain qu'il n'y avait personne dans l'escalier, il était descendu en chaussettes. Il voulait enfiler le plus vite possible ses chaussures et son anorak et sortir de la maison sans se faire voir. Mais il était encore penché en avant, occupé à nouer ses lacets, quand la porte de la cuisine s'ouvrit sur sa belle-sœur Millie. Elle s'avança vers lui, et il pensa à un rapace guettant sa proie.

Il se redressa.

— Bonjour, Millie... fit-il d'une voix hésitante.

Millie Segal était de ces femmes à qui colle déjà à la peau, avant même qu'elles aient atteint la quarantaine, cette description à double tranchant : « Elle a dû être très jolie autrefois. » Blonde et bien faite, les traits réguliers, elle était marquée de plis et de rides profondes, provoqués par les excès de bronzage et l'abus de cigarettes, qui la faisaient paraître non seulement plus âgée qu'elle ne l'était en réalité, mais aussi abîmée et singulièrement aigrie. Cette dernière caractéristique tenait cependant moins à un mode de vie malsain qu'à une profonde insatisfaction. C'était une femme frustrée. Samson en parlait parfois avec son frère Gavin, qui lui avait expliqué que Millie vivait dans la conviction d'avoir été défavorisée par le sort. Non que des événements tragiques l'aient jamais frappée, mais parce que l'accumulation des innombrables petites injustices et déceptions du quotidien lui donnait le sentiment d'avoir été lésée.

Quand son mari cherchait à savoir plus précisément ce qui empoisonnait tant son existence, elle lui répondait invariablement : « Tout. C'est simple : tout à la fois. »

Pour son malheur, Samson était conscient de jouer lui-même un rôle non négligeable dans ce « tout à la fois ».

— Il me semblait bien t'avoir entendu, dit Millie.

Elle n'était pas encore habillée. Le matin, lorsqu'elle partait travailler plus tard, elle se contentait d'enfiler un jogging pour s'occuper du petit déjeuner de son mari, qui se levait très tôt. Gavin, conducteur d'autobus, était souvent debout dès cinq heures du matin, et Millie lui préparait du café, des œufs au bacon et du pain grillé, ainsi que les sandwichs qu'il emportait avec lui. Elle pouvait se montrer d'une sollicitude vraiment touchante, mais Samson était convaincu qu'elle ne faisait pas cela du fond du cœur. Gavin payait le bon repas au prix fort : par l'obligation de supporter en permanence ses récriminations, ses gémissements, ses reproches. Samson se demandait parfois si son frère n'aurait pas préféré, à cette heure matinale, être seul dans la cuisine pour préparer son café, étaler lui-même la confiture sur son toast et lire le journal en paix.

— Je m'en vais tout de suite, annonça Samson en enfilant son anorak.

— Tu as du nouveau pour un travail ? demanda Millie.

— Pas encore.

— Tu cherches vraiment ?

— Evidemment. Mais les temps sont durs.

— Tu n'as encore rien donné pour la maison cette semaine. Il va quand même falloir que j'aille faire des courses. Et tu n'es pas le dernier lorsqu'il s'agit de manger.

Samson tira son portefeuille de la poche de son pantalon, en sortit un billet.

— Ça ira comme ça ?

— Ce n'est pas beaucoup, mais c'est toujours mieux que rien, rétorqua Millie en prenant le billet malgré tout.

Que veut-elle ? se demanda Samson. Elle n'est pas venue que pour l'argent.

Il lui jeta un regard interrogateur, mais Millie se contenta de dire :

— Gavin rentre à la maison ce midi. Nous nous mettrons à table à deux heures. Je ne prends mon service que cet après-midi.

— Je ne viendrai pas manger.

— A toi de voir, fit Millie en haussant les épaules.

Comme ils n'avaient visiblement plus rien à se dire, il la salua d'un signe de tête, ouvrit la porte et sortit dans le froid.

Chaque confrontation avec Millie le rendait nerveux, hésitant. Devant elle, il se sentait oppressé, il avait du mal à respirer. Cela allait tout de suite mieux dès qu'il était dehors.

Un jour, il avait surpris une conversation entre son frère et Millie, qui l'avait définitivement éclairé : Millie ne désirait rien tant que son départ de la maison. Il le savait certes depuis longtemps, car Millie lui avait toujours bien fait sentir qu'elle le considérait comme un trouble-fête, mais c'était autre chose de l'entendre formulé aussi abruptement. De plus, il ne s'était pas rendu compte jusque-là de la pression qu'elle exerçait aussi sur son frère.

« Je voulais que nous vivions comme un couple normal ! avait attaqué Millie. Et à quoi ressemble cette maison ? C'est une communauté, ou quoi ? »

Mal à l'aise, Gavin avait répondu d'un ton embarrassé, avec la lassitude d'un homme qui n'a que trop souvent dû débattre d'un sujet difficile :

« Tu ne peux pas présenter les choses de cette façon. C'est mon frère, et pas n'importe quel sous-locataire !

— S'il l'était seulement ! Au moins, il paierait un loyer. Tandis que là...

— Mais la maison lui appartient aussi, Millie. Nous l'avons héritée de nos parents. Il a autant que moi le droit d'y habiter.

— Ce n'est pas une question de droit !

— De quoi, alors ?

— De tact. De sens des convenances. Tu comprends, nous, nous sommes mariés. Nous pourrions avoir des enfants un jour. Former une vraie famille. Mais lui, il est seul. Il est la cinquième roue du carrosse. N'importe qui d'autre à sa place se rendrait compte qu'il dérange et irait voir ailleurs.

— Nous ne pouvons pas l'y forcer. S'il s'en va, soit je devrai lui racheter sa part de la maison, et je n'ai pas les moyens, soit il faudra lui payer un loyer, ou au moins un dédommagement. Bon sang, Millie, tu sais pourtant ce que je gagne ! On aurait beaucoup de mal à s'en sortir.

— Ton frère pourrait aussi ne pas te demander d'argent.

— Mais il faudra bien qu'il paie un loyer. Il est chômeur, comment veux-tu qu'il fasse ?

— Alors, déménageons, nous !

— Tu y tiens vraiment ? Dans ce cas, fais une croix sur la petite maison avec un jardin. Moi, ça ne me dérangerait pas de vivre en appartement, mais toi, es-tu certaine de pouvoir t'en contenter ? »

Samson, qui transpirait derrière la porte d'entrée en les écoutant, avait esquissé une petite grimace de mépris. Bien sûr que ça ne plairait pas à Millie ! Pour elle, le prestige passait avant tout, peut-être même avant la possibilité d'être délivrée de la promiscuité avec ce beau-frère qu'elle n'aimait pas. Millie venait d'un milieu modeste. Epouser un homme qui était propriétaire dans un quartier résidentiel de la ville avait été la grande ascension sociale de sa vie – même s'il ne s'agissait que d'une étroite maison mitoyenne située dans une rue très passante. Elle aimait inviter ses amies et leur montrer fièrement le jardin, qu'elle avait réellement embelli à force de s'en occuper. Elle ne pourrait pas se résoudre à quitter ce monde-là. Non, elle ne déménagerait pas. Elle voulait que ce soit Samson.

Après la dernière réplique de son mari, elle n'avait plus rien dit, mais son silence était éloquent.

S'efforçant de chasser de son esprit le souvenir de cette conversation éprouvante, Samson commença sa promenade. Il suivait chaque jour un programme bien précis, avec un horaire fixe, et il avait déjà cinq minutes de retard – à cause de sa trop longue attente en haut de l'escalier, puis de Millie qui l'avait encore retenu.

C'était en juin qu'il avait perdu son emploi de livreur de produits surgelés. Ceux-ci coûtaient cher et les gens hésitaient à en acheter, à cause de la crise. Les commandes avaient tellement baissé que l'entreprise avait dû réduire le nombre de ses chauffeurs. En tant que dernier embauché, Samson se doutait bien qu'il serait le premier touché.

Il marchait d'un pas rapide. La maison que Gavin et lui avaient héritée de leurs parents se trouvait à l'extrémité de la rue qui donnait sur une route à grande circulation. C'était donc le côté le plus bruyant et le moins chic, avec des maisons étroites, des jardins grands comme des mouchoirs de poche. De l'autre côté, la rue aboutissait au club de golf de Thorpe Bay et offrait un tout autre tableau : grandes villas ornées de pignons et de tourelles, terrains plantés de grands arbres, entourés de haies bien entretenues, avec des clôtures en fer forgé ou de jolis murets de pierre. Les voitures stationnées dans les allées d'accès étaient imposantes. Un calme plaisant régnait sur tout cela.

A soixante kilomètres à l'est de Londres, Southend-on-Sea occupait un vaste territoire le long de la rive nord et jusqu'à l'estuaire de la Tamise. La ville offrait tout ce qu'on pouvait désirer en fait de commerces, d'écoles, de théâtres et de cinémas, sans oublier l'indispensable parc de loisirs sur la promenade au bord du fleuve, de longues plages de sable, des clubs de voile et de surf, des pubs, des restaurants chics. Beaucoup de familles choisissaient de s'y installer à cause du coût de la vie à Londres, mais aussi parce qu'elles trouvaient plus sain, à tous égards, d'élever leurs enfants loin de la grande métropole. Une bonne partie de Thorpe Bay, le quartier de Southend où vivait Samson, était occupée par les immenses pelouses légèrement vallonnées du terrain de golf, et par les magnifiques courts de tennis situés tout près de la plage, de l'autre côté de la route. Ceux qui habitaient là avaient l'impression d'être tombés sur un petit paradis, avec ses rues bordées d'arbres, ses jardins soignés avec amour, ses demeures bien entretenues. Le vent qui remontait le fleuve apportait l'odeur de la mer.

Samson ne pouvait pas imaginer s'établir ailleurs que dans cet endroit où il avait grandi.

Peu avant d'atteindre Thorpe Hall Avenue, il croisa la jeune femme qui promenait chaque matin son grand chien bâtard. A cette heure-ci, elle était déjà sur le chemin du retour. Samson l'avait suivie plusieurs fois jusque devant chez elle, et il était à peu près certain qu'elle n'avait dans sa vie ni homme ni enfant. Il n'aurait pas su dire si elle était divorcée ou si elle n'avait jamais été mariée. Elle habitait la moitié d'une maison jumelée minuscule, mais possédant un grand terrain. Elle devait travailler chez elle, car, en dehors des courses et de la promenade du chien, elle ne sortait pas de la journée. Or, elle recevait souvent des livraisons de coursiers, d'où Samson avait conclu qu'elle travaillait à domicile pour une entreprise. Peut-être comme dactylo ? A moins qu'elle ne soit lectrice ou correctrice chez un éditeur ? Samson avait remarqué qu'il lui arrivait de s'absenter plusieurs jours de suite, et que, durant ces périodes, une amie logeait chez elle et sortait le chien. Apparemment, elle devait de temps en temps faire acte de présence chez son employeur.

Un peu plus loin, une femme d'un certain âge balayait le trottoir. Elle était très souvent dehors, ratissant la rue même lorsqu'il était humainement impossible d'y trouver quoi que ce soit à ramasser. Aujourd'hui, elle rassemblait des feuilles, les toutes dernières tombées de l'arbre de son jardin par-dessus la clôture. Samson savait qu'elle vivait seule. Même un observateur moins attentif que lui aurait été frappé par son besoin de faire n'importe quoi pourvu que cela lui permette de passer un moment à l'extérieur, de tirer au moins un bonjour d'un passant. Personne ne venait la voir, elle n'avait donc pas d'enfants, ou bien ils ne s'occupaient pas d'elle, et Samson n'avait jamais vu chez elle aucun visiteur, ami ou simple connaissance.

— Bonjour, lui dit-elle d'une voix essoufflée dès qu'elle l'aperçut.

— Bonjour, marmonna Samson.

Il s'était fait un principe absolu de ne pas avoir le moindre contact avec les personnes qu'il surveillait, car il était essentiel pour lui de ne pas éveiller l'intérêt. Mais il était impossible de passer devant cette femme sans la saluer. Cela aurait d'ailleurs risqué d'attirer davantage son attention. *Cet homme si peu aimable qui passe devant chez moi chaque matin...* De cette façon, au moins, elle se souvenait de lui positivement.

Il atteignait maintenant la partie où les villas s'alignaient d'un seul côté de la rue, face à un joli parc couvert en été d'une épaisse verdure. L'une de ces habitations appartenait à la famille Ward. Samson en savait davantage sur ces gens que sur n'importe qui, parce que Gavin avait demandé l'aide de Thomas Ward lorsqu'ils avaient eu des problèmes de droits de succession après la mort de leurs parents. Ward et sa femme étaient conseillers financiers à Londres, et, à l'époque, Ward avait obtenu pour un Gavin aux abois des conditions de prêt particulièrement avantageuses, si bien qu'aujourd'hui encore Gavin ne jurait que par lui. Même si Thomas Ward ne donnait pas par ailleurs l'image de quelqu'un qui dût être sympathique aux deux frères, avec sa grosse voiture, ses costumes fil à fil, ses cravates certes de bon goût, mais visiblement coûteuses…

« Il ne faut pas juger les gens sur l'apparence, disait Gavin chaque fois qu'ils en venaient à parler de lui. Ward est un type bien, rien à dire là-dessus ! »

Samson savait que Gillian Ward n'allait pas à Londres tous les jours. Il n'avait pas réussi à découvrir de règle fixe dans ses horaires de travail. Peut-être parce qu'il n'y en avait pas. Cela lui permettait probablement de s'occuper de Becky, sa fille de douze ans, dont le visage était souvent fermé et plein de défi. Samson avait l'impression qu'elle devait être un peu rebelle et que sa mère n'avait pas toujours la vie facile avec elle.

Il sursauta en voyant soudain revenir la voiture de Gillian. Elle entra dans l'allée du garage et s'immobilisa. C'était tout à fait surprenant. Il savait qu'elle emmenait sa fille et une camarade de classe à l'école une semaine sur deux, mais cette semaine, c'était le tour de l'autre maman, il en était sûr. Peut-être n'avait-elle pas conduit les enfants à l'école ? Dans ce cas, d'où venait-elle à une heure aussi matinale ?

Il s'arrêta et attendit. Peut-être irait-elle à son travail ? Elle prendrait sa voiture jusqu'à la gare – soit Thorpe Bay, soit Southend Central –, puis le train jusqu'à Fenchurch Station, à Londres. Il connaissait son trajet, car il l'avait suivie plusieurs fois.

Elle disparut dans la maison, et la lumière du vestibule s'alluma. Au milieu de la jolie porte d'entrée laquée de rouge, une fenêtre en losange permettait de voir à l'intérieur, tout le long du couloir jusqu'à la cuisine située à l'autre bout. Un matin, il avait observé Gillian par cette lucarne si commode. Il l'avait vue se rasseoir à la table du petit déjeuner après le départ de sa famille et se servir une nouvelle tasse de café, qu'elle avait bue lentement, à petites gorgées. Le journal était posé devant elle, mais elle ne l'avait pas regardé, se contentant de fixer le mur en face d'elle. Ce jour-là, Samson s'était dit pour la première fois : Elle n'est pas heureuse !

Cette pensée l'avait frappé presque douloureusement, car il s'était pris d'affection pour les Ward. Ils ne cadraient pas du tout avec le type de personnes qu'il surveillait de préférence, à savoir les femmes seules, et il s'était longtemps demandé avec inquiétude pourquoi il ne parvenait pas à les lâcher. Un soir d'été où, après avoir traîné dans les rues, il s'était arrêté devant le jardin des Ward, il avait soudain eu une révélation en regardant la petite famille rire et bavarder en mangeant des grillades sur la terrasse : ils étaient parfaits. C'était cette magie qui l'attirait vers eux. Une famille absolument parfaite. Le père, bel homme, gagnant bien sa vie. La mère charmante et intelligente. La jolie fillette pleine de vie. Le mignon chat noir. La belle villa. Le terrain bien entretenu. Deux voitures. Pas de richesse ostentatoire, mais un statut solide.

Tout était pour le mieux dans ce monde-là. Celui dont il rêvait et qu'il n'atteindrait jamais. Mais il s'était aperçu que cela le consolait d'y participer, même en simple spectateur caché derrière la clôture.

Il se rapprocha de la maison, essaya d'apercevoir la cuisine depuis le portail du jardin. De fait, il pouvait voir Gillian accoudée à la table. Ah, elle s'était encore resservi un café ! Elle tenait entre ses mains la grosse tasse en faïence où elle buvait à petites gorgées, comme il l'avait déjà vue le faire.

A quoi pouvait-elle bien penser ? Elle paraissait complètement absorbée.

Il repartit très vite. Il ne pouvait pas se permettre de rester trop longtemps planté au même endroit, surtout pas au milieu de la rue. Il aurait vraiment voulu savoir ce qui chagrinait Gillian, et il se rendait compte que c'était dans l'espoir d'être apaisé lui aussi. Il se passait certainement quelque chose. Oh, pourvu que cela n'ait rien à voir avec sa vie de couple, avec sa famille ! Peut-être l'un de ses parents était-il malade et se faisait-elle du souci pour eux ? Ou un problème de ce genre ?

Il suivit Thorpe Hall Avenue, longeant les parcs et les courts de tennis de Thorpe Bay Garden, traversa Thorpe Esplanade, où l'intense circulation du début de matinée ne s'écoulait que lentement, et se retrouva sur la plage, froide et délaissée en cette saison. On n'y voyait pas âme qui vive.

Il poussa un profond soupir.

Il se sentait épuisé comme d'autres le sont après une longue journée de travail, et il savait pourquoi : parce qu'il avait vu Gillian. Qu'il avait failli se trouver nez à nez avec elle. Il ne le réalisait qu'après coup, mais cette rencontre à laquelle il n'avait pas pu se préparer lui avait causé une telle tension émotionnelle qu'il était parti tout droit vers la plage, quasiment au pas de course. Juste pour s'éloigner. Pour trouver un endroit où ses nerfs se calmeraient.

Il guettait tellement de gens, s'imprégnant de leurs faits et gestes quotidiens, de leurs habitudes, essayant de connaître à fond les circonstances de leur vie ! Il n'aurait pas été capable d'expliquer ce qui le fascinait tant dans tout cela, mais c'était comme d'entrer dans un courant aspirant. Une fois qu'on avait commencé, on ne pouvait plus s'arrêter. Il avait lu des articles sur des accros à l'ordinateur qui menaient une vie parallèle sur *Second Life*, et de fait, il sentait là une parenté très proche avec ses propres motivations. Avoir une autre existence à côté de sa vie réelle. Entrer en imagination dans le destin d'autrui. Se glisser dans des rôles. A certains moments, il était Thomas Ward, avec sa réussite sociale, sa jolie maison, sa voiture de luxe. A d'autres moments, il était un type cool, qui proposait un rendez-vous à la jolie femme au chien sans bafouiller ni rougir – et bien sûr sans se faire jeter. Cela apportait de la lumière, de la gaieté dans son quotidien, et même si c'était peut-être dangereux ou un peu limite – il se doutait bien qu'un psychiatre aurait trouvé à son hobby toutes sortes de dénominations inquiétantes –, c'était pourtant le seul moyen qui lui restait de supporter la tristesse de son entourage.

Mais il était inquiet, parce que, insensiblement, sa routine se modifiait.

Il fit quelques pas le long de la plage. Le vent était plus violent qu'en haut, sur la route, et il fut bientôt gelé. Il avait oublié ses gants et devait sans cesse réchauffer ses mains en soufflant dedans. Naturellement, il s'en tenait toujours à son circuit bien délimité. Il avait même créé dans son ordinateur un fichier où il consignait fidèlement chaque soir ses observations et tout ce qui lui était arrivé. Mais il ne le faisait plus avec la même passion qu'avant. Là encore, il savait pourquoi : à cause des Ward, et surtout de Gillian. Les Ward prenaient pour lui toujours plus d'importance. Ils étaient devenus sa famille. Ils étaient sans cesse présents dans ses rêveries, rien de ce qui les concernait ne lui était indifférent. Il voulait tout savoir d'eux, tout partager avec eux.

Que son intérêt pour d'autres personnes qu'il avait d'abord trouvées fascinantes se réduise peu à peu était sans doute une évolution inévitable. Mais il sentait confusément que ce n'était pas bon pour lui. Il comprenait maintenant pourquoi il s'était fixé dès le départ un large périmètre d'observation. Il ne fallait pas que certains individus deviennent trop importants. De cette façon, il pouvait prendre part à leur vie, mais sans s'y perdre lui-même.

Et, avec Gillian, cela risquait d'arriver.

Le vent du nord-est était particulièrement glacial. Ce n'était pas un jour à rester sur le rivage. En été, il trouvait agréable de traîner dans les rues pour échapper à l'atmosphère oppressante de la maison. En hiver, c'était autre chose. Le seul avantage était que le soir tombait très tôt et que, dès cinq heures, il pouvait observer facilement l'intérieur des pièces brillamment éclairées. En revanche, il fallait accepter pour cela d'être transi des pieds à la tête.

Il leva la tête au vent, le flairant comme un animal. L'air sentait la neige. Elle tombait rarement ici, dans le sud-est de l'Angleterre, mais cette année, il était prêt à parier qu'ils auraient un Noël blanc. Bien sûr, cela pouvait encore changer d'ici là.

Il faisait décidément trop froid pour marcher le long de la plage. Il remonta sur la promenade et, en passant devant un kiosque, s'arrêta et fouilla dans ses poches. Avant de sortir, il avait donné presque tout son argent à l'avide Millie, mais en cherchant bien, il finit par réunir à peu près deux livres. Assez pour se payer un café chaud.

Il le but debout sous l'auvent de la baraque en planches, heureux de sentir ses mains picoter au contact de la tasse brûlante. Le présentoir à journaux était juste sous son nez. Il regarda les gros titres, et la une sensationnelle du *Daily Mail* retint son attention : *Meurtre barbare à Londres !*

En se contorsionnant un peu, il réussit à lire un bout de l'article. Une femme d'un certain âge avait été assassinée dans un immeuble de Hackney. Le meurtre se caractérisait par son extrême brutalité. On estimait que le corps était resté dix jours dans l'appartement avant d'être découvert par la fille de la victime. On ne disposait d'aucun indice sur le mobile du tueur. Le propriétaire du kiosque, qui avait suivi son regard, déclara :

— Sale affaire, hein ? Dire qu'on peut rester comme ça dix jours entiers sans que personne s'aperçoive que vous êtes mort ! Ah, dans quel monde vivons-nous !

Samson approuva d'un vague murmure.

— Ça devient pire de jour en jour, reprit l'autre.

— Vous avez raison, dit Samson en finissant son café.

Avec la monnaie, il lui restait tout juste assez pour acheter le *Daily Mail.*

Il prit le journal et s'en alla, l'air songeur.

3

La jeune femme avait enfin cessé de trembler.

L'inspecteur principal Peter Fielder, de la Met – la Metropolitan Police de Londres, plus connue sous le nom de Scotland Yard –, n'était pas certain qu'elle soit vraiment en état d'être entendue, mais le temps pressait. Il y avait probablement plus d'une semaine que Carla Roberts gisait morte dans son appartement quand, la veille, sa fille l'avait découverte, et le meurtrier avait donc déjà une avance considérable. Il fallait agir vite. Mais au début, il n'y avait pas eu moyen de tirer un mot de cette femme qui tremblait comme une feuille en serrant son bébé contre elle, et qui s'était mise à pleurer lorsqu'une fonctionnaire avait proposé de le prendre un moment. Le soir, une voiture de police l'avait conduite à l'hôpital, où elle avait passé la nuit sous médicaments, et ce matin, on venait de la ramener chez elle, à Bracknell.

D'après ce que les policiers qui l'avaient accompagnée avaient dit à Fielder sur son portable, Keira Jones paraissait aller mieux, raison pour laquelle il était maintenant assis en face d'elle dans cette jolie cuisine bien chauffée, à boire de l'eau minérale. Le visage de Keira était d'une pâleur de cire, mais elle s'était visiblement ressaisie. Son mari, Greg Jones, était à la maison. A l'arrivée de Fielder, il venait de donner le biberon au bébé et il était en train de le changer avant de le recoucher dans son petit lit. A présent, il se tenait debout devant la fenêtre, les bras croisés, moins pour manifester sa défiance que par désir de protéger sa femme. Malgré le choc, il s'efforçait de garder tout son calme.

— Madame Jones, commença Fielder avec précaution, je sais que ce n'est pas facile pour vous de parler maintenant, et je suis vraiment désolé de devoir vous forcer la main, mais il n'y a plus une minute à perdre. D'après les premières constatations du légiste, votre mère a dû être tuée il y a environ dix jours. Autrement dit, on ne l'a retrouvée que très tard, hélas...

Keira ferma un instant les yeux et hocha la tête. Son mari prit la parole :

— Inspecteur, notre petit garçon passe par une phase assez difficile et ma femme est à bout de forces depuis des mois. Je travaille toute la journée et ne peux pas l'aider beaucoup. Ma belle-mère se sentait un peu délaissée, mais...

— Greg ! l'interrompit Keira d'une voix faible et douloureuse. Elle ne faisait pas que se *sentir* délaissée. Je l'ai réellement négligée.

— Bon sang, Keira, je travaille dur, et nous avons un bébé. Tu ne pouvais quand même pas aller voir ta mère tous les jours à Hackney pour lui tenir la main.

— Au moins, j'aurais dû l'appeler plus souvent.

— Quand lui avez-vous téléphoné pour la dernière fois ? s'enquit Fielder. Ou plus précisément : de quand date votre dernier contact avec elle, sous quelque forme que ce soit ?

Keira réfléchit un moment.

— C'était... oui, c'était dimanche, pas le dernier, mais celui d'avant. Il y a donc plus d'une semaine. Elle m'avait appelée assez tard le soir, vers dix heures.

— Et vous ne lui avez plus reparlé ensuite ?

— Non.

— Ce devait donc être le dimanche 22 novembre, calcula Fielder. Nous sommes aujourd'hui le 2 décembre. Tout semble indiquer que c'est très peu de temps après votre conversation qu'elle a été... agressée.

— Assassinée, murmura Keira.

Fielder hocha la tête.

— Oui. Assassinée.

— C'est vraiment terrible, dit Greg Jones. Mais comment aurions-nous pu imaginer une chose pareille ?

Fielder regarda par la fenêtre. Sur la petite pelouse devant la maison, il y avait une balançoire, un bac à sable et un toboggan aux couleurs gaies. Sans doute installés avec amour et un peu prématurément par le jeune père fier de son petit garçon. Les Jones avaient l'air d'une famille heureuse. Ni Keira ni Greg ne paraissaient froids ou égocentriques. Beaucoup de circonstances avaient joué : Greg était surmené par son travail, Keira à cause du bébé. Se rendre à Hackney était long et compliqué, sans doute encore plus fatigant avec un petit enfant. Dans tout cela, la grand-mère solitaire avait dû passer à la trappe. Keira, surtout, se sentait probablement coupable envers sa mère, mais sans trouver le moyen de l'intégrer à sa vie.

C'était comme cela dans bien d'autres familles.

— Votre mère était divorcée ? demanda Fielder.

Keira avait déjà répondu à cette question lors de la première audition très brève sur les lieux du crime, mais Fielder voulait en savoir un peu plus.

— Oui, depuis dix ans.

— Avez-vous des contacts avec votre père ? Votre mère en avait-elle ?

Keira secoua la tête.

— Non. Nous ne savons même pas où il est. Il avait une entreprise de matériaux de construction. Nous avions toujours vécu à l'aise et pensions que tout allait bien. Mais en réalité, il était criblé de dettes. L'entreprise a coulé, et il a fini par filer à l'étranger – pour échapper à ses créanciers.

— Mais vos parents étaient déjà séparés à ce moment-là ?

— Oui. Quand la faillite est devenue publique, on a aussi appris que mon père avait une liaison avec une jeune employée. Ma mère a aussitôt demandé le divorce.

— Que votre père soit à l'étranger n'est donc pas une certitude ?

— Non. C'est seulement ce que nous avons supposé.

— Mais vous êtes sûre qu'il n'avait plus de contacts avec votre mère depuis des années ?

— Oui. Dans le cas contraire, elle m'en aurait parlé.

— Nous allons essayer de retrouver votre père, dit Fielder en prenant des notes dans son carnet. Connaissez-vous le nom et l'adresse de sa maîtresse d'alors ?

— Je crois que son prénom était Clarissa, mais j'ai oublié son nom de famille. A ce moment-là, je n'habitais pas avec mes parents, mais à Swansea, où je faisais mes études. Je n'ai pas eu trop de détails. Je crois que...

Elle s'interrompit brusquement et se mit à pleurer.

— A l'époque, ma mère m'appelait souvent, sanglota-t-elle. Elle était désespérée, sa vie s'écroulait complètement. Mon père l'avait trompée pendant des années avec une autre femme, et voilà qu'elle n'avait plus un sou, la maison a dû être vendue aux enchères... Elle n'allait pas bien, mais je l'envoyais souvent balader. Je... je ne sais pas, je ne voulais rien avoir à faire avec tout ça...

Les sanglots redoublèrent. Greg s'approcha d'elle et lui caressa gauchement les cheveux.

— Tu n'as rien à te reprocher. Tu étais étudiante, tu avais ta vie. Ce n'était pas à toi de résoudre les problèmes de tes parents.

— Mais j'aurais pu être davantage présente pour ma mère. A l'époque, et maintenant aussi. Dire qu'elle est restée là pendant des jours, morte dans son appartement ! Ça n'aurait jamais dû arriver !

Dans la pièce voisine, le bébé se mit à pleurer. Greg sortit de la cuisine, presque soulagé. La situation le dépassait, mais cela n'avait rien d'étonnant, songea Fielder. Quelque chose d'inconcevable était entré dans la vie des Jones, et ils ne s'en remettraient probablement jamais tout à fait.

Keira tira son sac à main vers elle pour y prendre un mouchoir.

— Lui non plus n'a jamais été très chaud pour aller chez ma mère ou pour l'inviter ici, ajouta-t-elle avec un signe de tête en direction de la porte par où son mari était sorti. Il travaille beaucoup ; en fin de semaine, il a besoin de se détendre... Vous savez, ma mère n'était pas quelqu'un qui respirait la joie de vivre. Elle se plaignait énormément. Pour le divorce, pour la faillite, pour tout. Elle pouvait devenir vraiment... fatigante. A mon avis, c'est pour cela qu'elle avait autant de mal à se faire des amis. Au bout d'un moment... la plupart des gens ne la supportaient plus. Ce que je vous explique là paraît terrible, non ? Je n'ai pas envie de dire du mal d'elle. Et puis... même si elle tapait sur les nerfs de tout le monde... jamais elle n'a mérité de mourir comme ça. Jamais !

Fielder la regarda avec compassion. Il avait vu Carla Roberts morte. Allongée dans son salon, pieds et mains liés par du ruban adhésif d'emballage. Le criminel lui avait enfoncé dans la gorge un tampon de tissu, un torchon de cuisine à carreaux, était-il apparu ensuite. Selon les premières constatations, cela avait fait vomir Carla Roberts, qui avait essayé de toutes ses forces de recracher le tissu.

« Et elle aurait pu y parvenir, avait déclaré le légiste encore sur les lieux. Pour moi, l'assassin a dû lui maintenir le chiffon dans la gorge avec le poing jusqu'à ce qu'elle soit asphyxiée par ses vomissures. Elle a dû lutter pour sa vie d'une façon particulièrement horrible. »

Fielder espérait que Keira ne lui réclamerait jamais ces détails.

— Madame Jones, reprit-il, vous nous avez déjà dit hier que, votre mère ne répondant pas à vos coups de sonnette répétés, vous avez ouvert la porte vous-même avec votre double de clé. Comment êtes-vous entrée dans le bâtiment avant cela ? Avez-vous aussi une clé de la porte de l'immeuble ?

— Oui, mais c'était ouvert de toute façon. J'ai sonné en bas, mais je n'ai pas attendu la réponse et je suis aussitôt montée dans l'ascenseur. Arrivée en haut, j'ai sonné, sonné, et c'est là seulement que j'ai ouvert avec ma clé.

— Imaginiez-vous déjà qu'il avait pu lui arriver quelque chose ?

— Non. Comme je n'avais pas prévenu, j'ai pensé qu'elle n'était peut-être pas chez elle. Qu'elle pouvait être allée faire des courses, se promener ou je ne sais quoi. Je voulais l'attendre chez elle.

— Quelqu'un d'autre possède-t-il une clé de l'appartement ?

— Pas à ma connaissance.

— Il semblerait que votre mère ait ouvert elle-même la porte au meurtrier, dit Fielder. En tout cas, il n'y a aucune trace d'effraction. Il est bien sûr trop tôt pour en tirer des conclusions définitives, mais il se pourrait que votre mère ait connu l'assassin.

Keira le regarda avec épouvante.

— Qu'elle l'ait connu ?

— Savez-vous quoi que ce soit des gens que votre mère fréquentait ?

Il vit de nouveau les larmes monter aux yeux de Keira, mais elle parvint à les contenir.

— Elle ne connaissait pratiquement personne. C'était bien là le problème. Elle vivait dans un grand isolement. Le soir où... où je lui ai parlé pour la dernière fois, je lui ai encore fait des reproches à ce sujet. Parce qu'elle ne sortait jamais, qu'elle ne cherchait pas à se faire des amis, à avoir des activités... Elle m'écoutait patiemment, mais j'ai toujours eu l'impression que cela n'y changeait rien.

Fielder hocha la tête. Cela correspondait à l'image qu'il s'était faite de Carla. Quelqu'un qui mène une vie sociale normale ne reste pas dix jours mort dans son appartement sans que personne ne s'en aperçoive.

— Quand votre mère a-t-elle cessé de travailler ?

— Il y a cinq ans. Après son divorce, elle avait trouvé un emploi dans une droguerie, mais cela ne lui plaisait guère. Elle a fini par prendre sa retraite à soixante ans. Heureusement, elle avait aussi des droits pour les quelques années où elle avait travaillé au début de son mariage, sans quoi elle aurait été vraiment dans la misère. Mais là, elle s'en sortait à peu près.

— A-t-elle jamais eu des conflits avec ses collègues du magasin ?

— Non, elle s'entendait bien avec tout le monde. Mais elle a cessé de les voir après son départ. Je ne crois pas qu'elle ait gardé des contacts avec qui que ce soit de cette période.

— Et en dehors de cela ? N'avait-elle aucun loisir, aucune activité qui aurait pu lui faire rencontrer d'autres personnes ?

— Non, rien.

— Elle n'avait pas de relations dans son immeuble ?

— Non plus. C'est un endroit où les gens semblent vivre de façon assez anonyme, chacun pour soi. Et ma mère n'était pas du genre à aller vers les autres. Elle était trop timide pour ça, pas assez sûre d'elle. Mais elle n'a jamais fait de mal à personne non plus. Je ne comprends vraiment pas qui pouvait lui en vouloir avec autant de haine. Non, je ne comprends pas !

Fielder pensa à la sauvagerie avec laquelle Carla avait été tuée. Peut-être l'assassin n'en voulait-il pas spécialement à Carla, à cette retraitée aimable, discrète et un peu geignarde. Peut-être était-ce avec toutes les femmes qu'il avait un problème. Un sadique. Un psychopathe. Un type profondément perturbé. Le crime lui évoquait cela.

— Voyez-vous autre chose que je devrais savoir ? demanda-t-il.

Keira réfléchit.

— Je ne crois pas... Oh, attendez, reprit-elle soudain. Je ne sais pas si c'est important, mais, le soir où je lui ai parlé au téléphone pour la dernière fois, elle a mentionné un incident bizarre... du moins, elle le trouvait bizarre. Elle m'a dit que l'ascenseur montait souvent jusqu'à son étage, mais que personne n'en sortait jamais.

— Elle en était certaine ? Que personne ne sortait ?

— Apparemment, oui. Elle disait que, sans cela, elle l'aurait entendu. Et comme il n'y avait qu'elle à cet étage, cette histoire d'ascenseur l'inquiétait un peu.

— Depuis quand avait-elle remarqué cette particularité ? A-t-elle déclaré quelque chose à ce sujet ?

— Elle a parlé d'une ou deux semaines. Et ce n'était pas le cas avant. Elle me l'a dit, parce que j'ai suggéré que le mécanisme était peut-être réglé pour que l'ascenseur, à certains moments, s'arrête à tous les étages... Mais elle n'a pas insisté davantage. Elle avait bien remarqué que je voulais abréger la conversation, conclut Keira en se mordant la lèvre.

Fielder se pencha vers la jeune femme. Elle lui faisait pitié. Perdre sa mère était déjà un déchirement, la perdre par un meurtre brutal était presque inconcevable. Mais Keira Jones devrait passer le reste de sa vie en se souvenant qu'elle s'était montrée négligente, agacée, indifférente, et cela, c'était à la limite du supportable.

— Madame Jones, avez-vous eu l'impression que votre mère se sentait menacée ?

De nouveau, les yeux de Keira se remplirent de larmes.

— Oui, fit-elle dans un sanglot. Oui, je crois qu'elle avait peur. Mais elle ne savait pas de quoi. Elle se sentait menacée, c'est vrai. Et moi, je ne m'en suis pas inquiétée un instant !

Elle se courba en deux sur sa chaise, la tête contre ses genoux, et commença à hurler.

4

Diana, la mère de Darcy, préparait des muffins.

Pourquoi les mères d'aujourd'hui n'arrêtent-elles pas de faire des muffins ? se demanda Gillian, et cette pensée déclencha en elle les signes avant-coureurs d'un mal de tête lancinant. Qui mangeait donc tous ces muffins confectionnés chaque jour par des millions de mères ?

Diana prélevait des cuillerées de pâte dans un grand saladier en faïence et les versait dans les petits moules. La cuisine embaumait le chocolat, le beurre et les amandes. Sur la table étaient posées de grosses bougies rouges, une théière remplie de thé à la vanille et une soucoupe de sucre candi.

— Reprends un peu de thé, suggéra Diana.

C'était une femme séduisante, blonde et mince, qui jouait très bien au tennis et au golf. Elle cuisinait comme personne, était capable de transformer une maison en nid douillet, et ses filles l'adoraient. Elle venait toujours décorer la salle lorsqu'il y avait une fête à l'école et accompagnait souvent les sorties, grâce à quoi les enseignants aussi l'adoraient.

Et, bien sûr, elle faisait des muffins.

Le sujet qui l'occupait pour l'heure était cependant sans rapport avec la joyeuse ambiance annonciatrice de Noël qui régnait dans sa cuisine : le meurtre à Londres d'une vieille femme solitaire. A l'en croire, tout le monde ne parlait plus que de cela et Gillian était la seule à ne pas être au courant. Gillian était venue avec Becky, qui voulait apporter à son amie malade les devoirs à faire à la maison, et Diana l'avait invitée à prendre le thé pendant que les filles étaient dans la chambre de Darcy. Gillian aurait préféré refuser, car elle venait de rentrer de Londres, épuisée, et n'avait accompagné Becky que parce qu'elle n'aimait pas la laisser seule dehors après la tombée de la nuit. Elle n'avait aucune envie de bavarder, mais Diana avait attaqué à peine la porte ouverte : « Alors ? Que penses-tu de ce crime atroce ? » Gillian n'avait pu faire autrement que de demander de quoi il s'agissait, et cela avait scellé son sort. Toujours à l'affût d'une occasion de parler, Diana l'avait entraînée dans la cuisine et lui racontait maintenant par le menu tout ce qu'elle savait.

— Elle a dû rester plus d'une semaine comme ça dans son appartement, sans que personne ne s'en rende compte ! N'est-ce pas épouvantable ? Je veux dire... qu'autant de temps puisse s'écouler avant que quelqu'un s'aperçoive que tu es mort ?

— Je trouve encore plus horrible d'être assassiné dans sa propre maison, dit Gillian. Comment le meurtrier est-il entré ? Le sait-on ?

— Eh bien, il paraît qu'il n'y avait aucune trace d'effraction. Autrement dit, elle l'a fait entrer elle-même. C'était donc sans doute quelqu'un qu'elle connaissait. Personne n'est assez imprudent pour ouvrir comme ça dès qu'on sonne à la porte, surtout une femme seule !

Pendant les minutes suivantes, Diana s'occupa de sa pâte à muffins tandis que Gillian buvait son thé. Elle pensait à toutes ces choses, le meurtre de Londres, les mères parfaites, tout en s'efforçant de respirer de façon détendue, car cela l'aidait parfois à enrayer le mal de tête.

Diana avait fini de remplir les petits moules. Elle les mit au four et régla la température, puis s'assit à la table et se servit une tasse.

— Apparemment, elle avait une fille adulte. C'est elle qui l'a découverte.

— Quelle horreur ! s'écria Gillian.

— Oui, sans doute, mais cette fille a mis dix jours à s'apercevoir qu'elle n'avait plus de nouvelles de sa mère.

Rien que ça, c'est bizarre, non ? Avec mes filles, cela ne pourrait pas m'arriver.

Gillian se rappela l'attitude provocante que Becky avait eue la veille. Pourrait-elle dire elle aussi avec cette conviction : « Cela ne pourrait pas m'arriver » ?

— Et... comment l'a-t-on tuée ? demanda-t-elle, un peu angoissée.

— La police garde le secret là-dessus, expliqua Diana avec regret. A cause des détails qui ne peuvent être connus que du coupable, et aussi pour éviter de susciter des imitateurs ou de faux aveux. C'est ce que dit le journal. Elle a donc dû être tuée d'une manière particulièrement sauvage.

— Ce doit être un pervers, fit Gillian avec répulsion.

— Ou quelqu'un qui haïssait cette femme.

— Oui, mais il est impossible de haïr quelqu'un à ce point. Ou alors, ça sortirait tout à fait de l'ordinaire. J'espère qu'on arrêtera bientôt le coupable.

— Moi aussi, approuva Diana du fond du cœur.

Elles gardèrent quelques instants un silence oppressé. Puis Diana changea brusquement de sujet :

— Viendras-tu à la fête de Noël du club de handball ? Ce vendredi ?

— Je n'étais pas au courant. Une fête ?

— Becky ne te raconte vraiment rien ! s'exclama Diana, inconsciente de la cruauté de sa remarque.

— Elle me l'a peut-être dit et je n'ai pas entendu.

Mais Gillian savait bien que ce n'était pas cela. Quand Becky lui parlait, elle écoutait. Le problème, c'était que Becky ne lui disait presque rien.

— Alors, tu viendras ? insista Diana. Chacun apporte quelques biscuits, ou ce qu'on veut d'autre. Ce sera sûrement très sympa.

— Oui, sans doute.

Et toi, évidemment, tu apporteras tes muffins ! songea-t-elle avec exaspération.

Un quart d'heure après, alléguant que Tom allait rentrer et qu'elle devait préparer le repas, Gillian réussit enfin à prendre congé. En marchant dans la rue sombre avec

Becky, elle éprouva presque un sentiment de liberté. Le vent froid lui faisait du bien. A un certain moment, elle avait cru ne pas pouvoir supporter une seconde de plus la cuisine décorée pour Noël, l'odeur de pâtisserie, la perfection de Diana.

— Pourquoi ne m'as-tu pas dit que le club de handball organisait une fête pour Noël ? demanda-t-elle à Becky quand elles furent presque arrivées.

Comme d'habitude, elles avaient fait tout le chemin en silence.

— J'avais pas envie, marmonna Becky.

— Pas envie de quoi ? De m'en parler ? D'y aller ?

— D'en parler.

— Pourquoi ?

Becky entra dans l'allée sans répondre. La voiture de Tom était devant le garage. La plupart du temps, il partait avant Gillian le matin et rentrait plus tard qu'elle le soir. Ils avaient décidé de faire les trajets séparément, puisqu'il était convenu que Gillian devait aussi caser dans son emploi du temps Becky et le ménage.

Gillian retint sa fille par le bras.

— J'aimerais avoir une réponse !

— A quoi ? s'enquit Becky.

— A ma question. Pourquoi ne m'as-tu rien dit ?

— Maman, quand est-ce que j'aurai mon ordinateur ?

— Ce n'est pas une réponse.

— Dans ma classe, tout le monde…

— Tu dis des bêtises ! Dans ta classe, tout le monde n'a pas son propre ordinateur. Sur Internet…

— … il y a des choses très dangereuses, c'est plein de méchants messieurs qui vont sur les forums pour séduire des petites filles, et après…

— Oui, malheureusement, ça existe, dit Gillian. Mais ce n'est qu'un des aspects. Je trouve surtout que tu es trop jeune pour rester tous les jours pendant des heures sur un ordinateur sans aucun contrôle. Ce n'est pas bon pour toi.

— Et pourquoi ?

— Parce que c'est plus important de faire tes devoirs, de rencontrer tes amis, de pratiquer un sport…

Gillian avait elle-même l'impression de parler comme une gouvernante.

— Maman, j'ai douze ans ! s'écria Becky en levant les yeux au ciel. Tu me traites encore comme si j'en avais cinq.

— Ce n'est pas vrai du tout.

— Si. Même quand je veux juste aller chez Darcy, tu m'accompagnes parce que tu t'imagines qu'il pourrait m'arriver quelque chose. Pourtant, tu détestes discuter avec sa mère. Pourquoi tu ne me laisses pas y aller toute seule ?

— Parce qu'il fait nuit. Parce que…

— Tu ne pourrais pas me faire simplement confiance ?

Elle vit alors son père, qui venait d'ouvrir la porte de la maison et se tenait dans l'entrée éclairée. Sans attendre la réponse de sa mère, elle courut vers lui et se jeta dans ses bras.

Gillian la suivit à pas lents, songeuse.

5

Elle sursauta en apercevant le pinceau de lumière sur le mur, derrière le poste de télévision. L'instant d'après, elle se demandait déjà si elle n'avait pas été le jouet de son imagination. Ou si ce n'était pas un rêve. Car elle s'était endormie, malgré le polar passionnant qu'elle était en train de regarder. Cela lui arrivait souvent. A cinq heures et demie du matin, elle était bien réveillée dans son lit, prête à affronter la journée, mais le soir… Il lui arrivait même de se coucher dès huit heures.

Elle se dressa dans son fauteuil, écouta.

Il n'y avait aucun bruit dehors.

L'incident s'était déjà produit trois ou quatre fois ces derniers temps, et cela l'avait frappée. Une voiture s'approchait de la maison. Le soir, à la nuit tombée. Elle avait entendu le moteur, vu le faisceau des phares se déplacer sur les murs du salon. Ensuite, plus rien. Pas un son, plus aucune lumière. Comme si la voiture restait là, contact coupé, tous feux éteints.

Pour attendre dans le noir et… faire *quoi* ?

Anne Westley n'était pas une femme peureuse. La première fois, elle était sortie de la maison et avait même suivi jusqu'au portail l'allée pavée du jardin. Elle avait scruté l'obscurité, sans parvenir à distinguer quoi que ce soit. La nuit n'est jamais tout à fait noire, Anne le savait, mais ici, la forêt qui s'étendait jusqu'aux limites de la propriété la rendait impénétrable.

C'était d'ailleurs cette particularité qui faisait paraître aussi étrange la présence d'une voiture. Il n'y avait même pas de route à proximité immédiate, seulement un parking situé à quelque distance et d'où plusieurs sentiers de randonnée rayonnaient vers la forêt. En été, il y régnait une certaine animation, spécialement en fin de semaine, mais personne n'y venait en hiver, surtout après la tombée de la nuit. A la rigueur, des amoureux venus se peloter dans une voiture, mais ils ne se seraient pas aventurés plus loin dans les bois, encore moins sur l'étroit sentier menant à l'habitation d'Anne, où il était difficile de manœuvrer.

Elle se leva, alla à la fenêtre et s'efforça de regarder dehors, sans voir beaucoup plus que son propre reflet dans la vitre. Elle éteignit la télévision et la petite lampe dans le coin pour créer l'obscurité, puis scruta à nouveau la nuit noire. Il était difficile de discerner quoi que ce soit. On devinait tout juste la silhouette des nombreux arbustes du jardin, l'herbe haute, les arbres fruitiers à présent dépouillés de leurs feuilles. En été, elle récoltait des quantités de cerises, de pommes, de poires. Elle passait des semaines à faire des confitures et de la gelée, emplissant de grands bocaux scellés par des anneaux en caoutchouc et collant des étiquettes où elle inscrivait soigneusement les dates.

Dans ces moments-là, elle pensait toujours à Sean. C'était lui qui avait rêvé de cela : posséder des arbres fruitiers, faire ses confitures soi-même. Elle savait qu'elle le faisait uniquement pour lui, qu'elle n'aimait pas spécialement les confitures, qu'elle ne pourrait jamais manger tout ce qu'elle empilait sur les étagères, en bas, dans la cave. Un jour, après sa mort, quelqu'un devrait, en plus de tout le reste, débarrasser et jeter ces centaines de bocaux avec leur contenu.

Sean et elle avaient découvert la maison huit ans plus tôt, au cours d'une randonnée. Ils étaient en excursion à Tunbridge Wells, cette jolie ville blottie entre ses collines couvertes de prairies, de champs et de forêts profondes, à l'extrémité ouest du comté de Kent. La région était réputée pour ses vergers et pour ses houblonnières sans fin. Il pleuvait rarement, l'été était chaud et sec, et au printemps, le parfum lourd et sucré des fruitiers en fleurs flottait dans l'air en permanence. Sean et Anne se promenaient dans une forêt tapissée de muguet et d'anémones des bois, quand la bâtisse leur était tout à coup apparue. Une maison forestière, ou un ancien relais de chasse, visiblement inhabitée. Elle était dans un état peu engageant, mais cela n'avait pas arrêté Sean. Il était tombé amoureux du jardin, il en parlait sans cesse : « Un terrain immense ! Avec des arbres fruitiers, des sureaux, des cytises, du jasmin, que sais-je encore ! Et la forêt autour… C'est ce que je cherchais, j'attendais ça depuis toujours ! »

Elle n'aurait peut-être pas dû accepter tout cela. Ils avaient déjà soixante ans l'un et l'autre, et Anne estimait plus judicieux de ne pas s'encombrer, à leur âge, d'une propriété qui exigerait d'eux autant d'efforts physiques. Bien sûr, Sean pensait exactement le contraire : « C'est justement maintenant que nous sommes à deux ou trois ans de la retraite que nous allons pouvoir nous le permettre ! Nous prendrons tout notre temps, sans nous précipiter. Que ferions-nous dans un appartement, rester assis à regarder par la fenêtre ? Allons, il faut oser un peu ! C'est le moment de changer de vie. »

Et ils avaient effectivement pu acheter la maison, à vrai dire sans difficulté, car personne n'en voulait. Elle appartenait à la commune de Tunbridge Wells, qui n'avait été que trop contente de s'en débarrasser.

A partir de ce jour-là, ils avaient passé tous leurs week-ends et leurs congés dans la forêt, à rénover l'habitation par petits bouts, un travail pénible, mais qui, à la surprise d'Anne, leur avait procuré d'intenses satisfactions. Ils avaient poncé les vieux planchers, carrelé la cuisine et la salle de bains, repeint les murs, fait poser des fenêtres neuves, abattu des cloisons pour remplacer les nombreuses pièces minuscules par de grandes et belles salles. Ils avaient installé une grande terrasse en bois le long de la façade sud, avec une balustrade tout autour et un petit escalier descendant au jardin. Quelques arbres avaient été abattus pour laisser entrer la lumière du soleil. Enfin, Anne s'était aménagé un atelier à l'étage, sous le toit. Elle avait découvert la peinture quelques années plus tôt, et c'était devenu sa passion.

Elle se demanda si elle devait sortir, aller voir si une voiture était stationnée dehors quelque part. Mais, pour s'en assurer, elle devrait s'avancer jusqu'au portail. Le froid la faisait hésiter. D'ailleurs, elle ne distinguerait sans doute rien. Vraiment, elle avait dû imaginer cette lumière, une fois de plus. En tout cas, elle s'était assoupie, peut-être même endormie pour de bon.

Pourtant, quelque chose l'avait réveillée.

Elle s'efforça de chasser la sourde inquiétude qui l'envahissait. Elle était vraiment seule ici, en pleine nature. Dans la journée, cela ne lui posait aucun problème, mais, le soir venu, il lui fallait parfois faire un effort pour ne pas se laisser submerger par toutes sortes de pensées angoissantes.

Elle ralluma la lumière, alla à la cuisine – une pièce merveilleuse aux boiseries lasurées de blanc, avec le poêle au milieu de la pièce et un grand comptoir où on pouvait s'asseoir face à la terrasse pour prendre son petit déjeuner, lire le journal ou boire un café. Elle se servit un petit verre d'eau-de-vie qu'elle vida d'un trait, puis un autre. Elle n'avait pas l'habitude de boire de l'alcool pour éloigner les problèmes, mais, sur le moment, il lui sembla que cela l'apaisait un peu.

Même après la mort de Sean, elle n'avait pas cherché à se consoler dans l'alcool. D'ailleurs, elle n'avait demandé aucune sorte d'aide. D'après son expérience, c'était le travail qui tenait le mieux à distance les problèmes psychiques. Elle s'était jetée à corps perdu dans le jardinage, avait beaucoup peint et surmonté ainsi la première année, la plus difficile. Deux ans et demi avaient passé et tout était sous contrôle : elle-même, sa douleur, sa vie solitaire dans cet endroit écarté.

Sean était mort au moment même où ils venaient de terminer les travaux. En plein été, peu après son soixante-cinquième anniversaire. Il avait cessé de travailler en juin. Quatre semaines auparavant, Anne avait quitté son cabinet de pédiatre et pris sa retraite. Ils voulaient célébrer l'inauguration de leur maison début juillet, dans le jardin débordant de fleurs de jasmin. Ils avaient invité près de quatre-vingts personnes, qui avaient presque toutes accepté de venir. La veille de la fête, Sean était monté sur le toit, parce qu'il s'était mis en tête de fixer une guirlande lumineuse multicolore le long de la gouttière. En voulant redescendre, il avait manqué le premier barreau et dégringolé jusqu'en bas. Sur le moment, ce n'était pas trop dramatique : il s'était fracturé le col du fémur, rien d'autre n'était cassé. Naturellement, il était furieux et déçu de devoir renoncer à sa cérémonie pour rester à l'hôpital. Mais il avait alors contracté une pneumonie qu'aucun antibiotique n'avait pu guérir. Il était mort en quatre semaines, avant même qu'Anne ait vraiment réalisé ce qui lui arrivait.

Après l'enterrement, elle avait attendu novembre pour monter sur le toit et décrocher la guirlande, qui était restée là, stupide et inutile, car Dieu savait combien elle était loin de valoir la peine qu'elle avait causée.

Le deuxième verre d'eau-de-vie acheva de la détendre. Anne finit par conclure qu'elle avait réellement imaginé ce faisceau de phares. Elle avait dû être réveillée par un bruit à la télévision, un cri, un coup de feu. Après tout, c'était fréquent dans les films policiers.

Mais elle allait tout de même verrouiller soigneusement la porte d'entrée, en mettant la chaîne de sûreté, ce qu'elle ne faisait jamais d'habitude. Et elle fermerait tous les volets du rez-de-chaussée.

En tout cas, cela ne pouvait pas faire de mal.

Vendredi 4 décembre

1

— Alors ? Qu'est-ce que tu fais de tes journées maintenant ? demanda Bartek.

Toutes les tables étaient occupées dans le pub, les gens buvaient, discutaient, riaient, avec de grands éclats de voix. Samson n'aimait pas cet endroit bruyant, mais Bartek insistait pour y aller et Samson ne voulait pas contrarier son seul ami. C'est là qu'ils se retrouvaient parfois le vendredi soir, quand Bartek ne travaillait pas. Assez tôt, vers six heures ou six heures et demie. Bartek ne rentrait jamais après huit heures et demie, parce que son amie serait fâchée s'il passait toute sa soirée libre au bistrot avec un copain. Samson était venu en voiture, ce qui signifiait qu'il ne pouvait pas boire d'alcool. De toute façon, il n'était pas porté là-dessus, mais c'était aussi trop compliqué de prendre le bus. Il n'avait pas envie d'attendre dans le froid, d'autant qu'il avait beaucoup marché. Il était resté toute la journée dehors, comme d'habitude, et à la longue, il en avait assez.

La voiture lui venait de sa mère. Il savait que Millie lui en voulait encore de cela, même après toutes ces années. Elle ne parvenait pas à se consoler lorsque d'autres obtenaient ce qu'elle avait désiré.

— Je ne passe pas mon temps à la maison, si c'est ce que tu crois, répondit Samson à la question de Bartek. Je m'ennuierais beaucoup trop. Et puis, cette semaine, Millie était de service l'après-midi, elle était donc là toute la matinée et... enfin, tu es au courant. Je préfère éviter sa compagnie.

Millie travaillait dans une maison de retraite médicalisée. Samson savait qu'elle détestait son métier. Il l'entendait parfois parler de ses patients, et il frémissait à l'idée qu'il pourrait dépendre un jour du bon vouloir d'une personne comme elle.

— Je ne comprends pas que tu n'en aies pas ras le bol de vivre avec ton frère et ta belle-sœur, dit Bartek. Ce n'est plus de ton âge !

— Mais la maison est aussi à moi !

— Alors, demande-leur de te payer un loyer en échange de ta part, et cherche autre chose. Arrête de te laisser maltraiter.

— Mais si je pars, j'ai peur de me sentir trop seul, dit Samson à voix basse.

Bartek haussa les sourcils.

— Tu as quel âge, trente-quatre ans, non ? Il serait grand temps que tu vives avec une femme ! Tu n'as pas l'intention de te marier un jour ?

Samson avala une gorgée de sa bière sans alcool. Bartek avait mis le doigt sur son point faible. Ils en avaient déjà parlé plusieurs fois – du mariage, des enfants, de la « vie normale ». Bartek vivait en couple depuis des années et n'était pas très enthousiaste sur la question : son amie souhaitait depuis longtemps qu'ils se marient, mais, à près de quarante ans, il hésitait encore à s'engager. Samson, qui n'avait jamais voulu avouer que son problème était ailleurs, s'abritait lui aussi derrière le prétexte d'une peur de se fixer qu'il n'éprouvait absolument pas. Au contraire, son plus cher désir était de rencontrer une femme qui veuille l'épouser. D'avoir une maison, un jardin, des enfants, un chien... Il voyait clairement cela dans son imagination, et il se disait souvent qu'il donnerait tout pour y parvenir. Mais la réalité était bien plus triste – et même, selon lui, franchement perverse : il n'avait encore jamais eu de petite amie. Ni à l'adolescence, ni plus tard. Jamais. La question du mariage était donc très loin de se poser pour lui. Il préféra éluder :

— Ah, ce n'est pas tous les jours qu'on rencontre une femme avec qui on peut envisager de se marier !

— Eh bien, j'en suis là avec ma copine, déclara Bartek d'un air pas spécialement malheureux. Elle m'a mis au pied du mur, et ce n'est peut-être pas plus mal. On saute le pas l'été prochain. Tout le monde est invité à la fête. Toi aussi, bien sûr !

— C'est formidable ! répondit Samson en s'efforçant de ne pas montrer combien il l'enviait.

Bartek avait toujours eu de la chance, dans tous les domaines. Ils s'étaient connus alors que Samson était employé dans une agence de location de limousines avec chauffeur, avant de devenir livreur de surgelés. Bartek travaillait au même endroit, mais, contrairement à Samson, il était resté. Les gens comme Bartek n'étaient jamais licenciés. On l'appréciait trop, aussi bien son chef que ses collègues et les clients. Beaucoup le demandaient spécialement quand ils réservaient une voiture : « Pourrions-nous avoir Bartek ? Ce Polonais tellement sympathique ? »

Bartek parlait parfaitement l'anglais, mais avec un charmant accent d'Europe centrale qui plaisait spécialement aux femmes. Il amusait les gens en leur racontant des histoires personnelles – la plupart du temps totalement inventées – où il ménageait souvent un suspense infernal.

Samson, lui, passait des nuits entières d'insomnie à se demander pourquoi les femmes s'obstinaient à ne pas le voir, et pourquoi il était toujours le premier choisi lors d'une vague de licenciements. Etait-ce parce que sa vie était d'un ennui mortel et qu'il n'avait rien d'intéressant à raconter ? Ou à cause de son prénom – qui pouvait bien s'appeler Samson ? S'il y avait une chose qu'il ne pardonnait pas à ses défunts parents, c'était d'avoir fait ce choix. Pendant sa grossesse, sa mère avait lu un livre où il était question d'un Samson, et elle avait trouvé ce prénom formidable. Deux ans plus tôt, son frère avait eu plus de chance. On pouvait s'appeler Gavin sans être taquiné pour cela pendant toute sa scolarité.

— Tu devrais sortir davantage, voir des gens, sinon, tu ne rencontreras jamais la femme de ta vie, dit Bartek.

Rappelle-moi ce que tu fais toute la sainte journée ? Quand tu n'es pas à la maison ?

Je ne lui avais encore rien dit là-dessus, songea Samson avec agacement. Parfois, Bartek ne l'écoutait pas beaucoup. Enfin, c'était parce qu'il n'avait jamais rien de très impressionnant à raconter…

Un instant, il se demanda si c'était une bonne idée de se confier à Bartek. Mais il avait trop besoin de parler, et avec qui d'autre le pouvait-il ?

— En un sens, je vois des gens toute la journée, dit-il d'un air mystérieux.

— Ah oui ? Que fais-tu ?

— J'observe la vie des autres.

— Hein ?

— Je me promène dans les rues. A des moments précis. C'est très intéressant – d'observer les gens chez eux. Cela donne des tas d'informations. Comment ils vivent. S'ils sont seuls ou s'ils ont une famille. S'ils sont heureux ou malheureux. Ce genre de trucs.

Il se dit tout à coup qu'il venait peut-être de faire une bêtise. C'était stupide de raconter cela à Bartek. Il le voyait sur le visage de son ami. Celui-ci resta un moment silencieux, cherchant visiblement à comprendre.

— Tu veux dire que tu *surveilles* carrément les gens ? demanda-t-il enfin.

— Je les étudie, expliqua Samson.

— Comment ça ? Qu'est-ce que tu entends par « étudier » ?

— Je cherche à découvrir des choses sur eux. Par exemple, pourquoi quelqu'un vit seul. Comment il s'en accommode.

— Et qu'est-ce que ça t'apporte ?

— C'est instructif.

— Oui, mais quelle est l'utilité ? Qu'est-ce que tu veux vraiment savoir, en fait ?

Samson se rendit compte que cela ne servirait à rien d'expliquer. Bartek ne comprendrait pas. D'ailleurs, c'était peut-être impossible. Il essaya pourtant :

— Par exemple, moi aussi je suis seul, et cela m'intéresserait de comprendre pourquoi. Alors, j'essaie de savoir pourquoi d'autres sont dans cette situation.

— Oui, mais... excuse-moi, c'est quand même une méthode complètement... enfin, un peu bizarre en tout cas ! Pourquoi ne vas-tu pas plutôt sur Internet ? Tu peux y trouver des milliers de personnes qui ont le même problème que toi. Il existe un nombre incalculable de forums sur lesquels tu pourrais échanger.

— Je le fais aussi, reconnut Samson. Mais c'est tellement anonyme ! Quand j'ai passé tout l'après-midi à discuter avec un type qui habite à cinq cents kilomètres, que je ne connais pas et dont le seul point commun avec moi est qu'il n'a pas de femme, je finis souvent par me sentir deux fois plus seul qu'avant.

— Mais pour toi, le problème principal est bien de trouver une femme ?

— Oui, il y a ça aussi.

— Alors, tu penses trouver une jeune femme célibataire en rôdant dans les rues et en regardant chez des gens que tu ne connais pas ?

Bartek s'efforçait visiblement de trouver une logique à une situation pour lui tout à fait étrange.

— Pas directement.

— Mais dans ce cas, qu'est-ce que ça te rapporte, bon Dieu ?

— Laisse tomber, fit Samson en haussant les épaules.

— Ah non ! Ecoute, Samson, il ne faut pas m'en vouloir, mais je trouve ça très tordu. Si tu veux mon avis... ça ne te réussit pas d'être chômeur. Tu commences à avoir des manies bizarres.

— Ce n'est pas moi qui ai décidé d'être au chômage.

— Non, bien sûr. Mais essaies-tu au moins de trouver un boulot ? Tu es quand même encore jeune ! Au pire, tu pourrais faire le taxi. Ou n'importe quoi d'autre. Mais passer toute sa journée à espionner des gens, ça ne mène à rien !

— C'est intéressant.

Bartek secoua la tête d'un air affligé.

— Bon Dieu, Samson, tu es vraiment… Et as-tu déjà repéré une femme qui te conviendrait ? Qu'au moins tout ça ait une chance de déboucher sur quelque chose un jour !

— La plupart sont un peu âgées, bien sûr, dut admettre Samson. Nettement plus que moi. Il y en a juste une à peu près de mon âge dans mon… dans mon programme. Elle est apparemment célibataire et elle travaille à domicile. Elle a un gros chien.

— Et alors ? Tu lui as déjà parlé ?

De toute évidence, Bartek ne comprenait pas. Samson ne pouvait pas parler aux femmes qu'il guettait.

— Non.

— Invite-la au moins à boire un café.

— Pourquoi pas, répondit Samson, uniquement pour que Bartek lui fiche la paix.

— On trouve aussi des femmes sur Internet, dit Bartek.

— Je sais, mais…

— Il n'y a pas de mais. Tu en parles, tu rêves, mais ça ne peut pas durer indéfiniment. Il faut le faire !

— Il y a aussi une famille… reprit Samson avec un peu d'hésitation.

Il n'avait pas vraiment l'intention de mettre Bartek dans la confidence, mais il sentait tout à coup qu'il fallait atténuer l'impression qu'il lui avait donnée de ne s'intéresser qu'aux femmes. Bartek avait paru choqué, et en rester là risquait de le faire passer aux yeux de son unique ami pour un genre de maniaque sexuel.

— Ils habitent à l'autre bout de notre rue… juste à côté des espaces verts qui sont en face du club de golf.

— Ah oui ? Et qu'est-ce qu'ils font ?

— Lui est conseiller fiscal. Il a déjà rendu service à Gavin, une fois. Elle, elle est très jolie. Et ils ont une fille charmante, qui doit avoir une douzaine d'années.

Bartek était toujours aussi perplexe.

— Et alors, qu'est-ce que tu leur veux ? T'enfuir avec la jolie maman ?

— Non, non, bien sûr. Mais... ils sont tellement parfaits, tu comprends ? Une famille de rêve. Celle que j'aimerais avoir un jour.

Cette fois, Bartek parut sérieusement inquiet.

— Samson, j'ai l'impression que tu vis trop loin de la réalité. Tu rêves de la vie des autres, mais qu'est-ce que ça change à la tienne ? Pour moi, ça ressemble plutôt à une fuite !

Et quand bien même ? se dit Samson. Fuir la réalité, n'est-ce pas un besoin à certains moments ?

— Tout va bien, ne t'inquiète pas, répondit-il.

Pourquoi avait-il abordé ce sujet ? Maintenant, Bartek n'allait plus lâcher le morceau, il le relancerait sans cesse.

— Je vais voir si nous pourrions essayer de t'arranger ça, dit Bartek. Il doit bien exister une femme pour toi quelque part ! Tu n'es pas moche, tu as une maison... enfin, la moitié d'une... tu n'es pas stupide, tu n'as pas de défauts répugnants. Ce serait tout de même extraordinaire que...

— Je suis au chômage.

— Oui, bien sûr, mais raison de plus pour te mettre sérieusement à chercher du boulot.

— Mais je n'arrête pas !

Ce n'était pas vrai. Cette fois, Samson ne s'était même pas inscrit officiellement au chômage, et il savait qu'il avait tort. D'abord parce qu'il n'allait pas tenir longtemps comme cela, sans allocations, alors qu'il commençait à voir le bout de ses économies. Mais, une fois inscrit, il faudrait qu'il écrive des montagnes de lettres de candidature, qu'il apporte sans cesse de nouvelles preuves de ses efforts, et comment concilier cela avec son autre activité ? Il s'était déjà dit tant de fois : Demain, je commence à m'occuper de mon avenir ! Demain, je m'inscris au chômage, je prends le problème à bras-le-corps !

Mais il n'était jamais passé aux actes. Son besoin de continuer à observer les gens dont la vie le passionnait tant, bien plus qu'il ne pouvait en convenir devant Bartek ou qui que ce soit d'autre, était le plus fort. Sans eux, sa propre vie lui paraissait dépourvue de sens.

— Si tu cherches vraiment, tu trouveras bien quelque chose, lui assura Bartek avec optimisme.

Au grand soulagement de Samson, il laissa tomber le sujet pour parler de ses propres projets d'avenir : son mariage, l'appartement qu'il envisageait d'acheter avec sa femme, les problèmes pour obtenir un crédit, et ainsi de suite – Samson l'écoutait à peine. Il n'avait rien mangé depuis le petit déjeuner et n'avait même pas de quoi se payer un sandwich, ce qui coûtait le moins cher sur la carte du pub. Mais il s'en fichait. Il prenait même un certain plaisir à cette légère sensation de vertige, à percevoir atténué et flou, comme à travers un brouillard, tout ce qui l'entourait : le bruit des conversations, les rires, le tintement des verres, le froid du dehors quand quelqu'un entrait ou sortait. Le bavardage de Bartek.

Il pensait à Gillian Ward.

2

Si seulement je pouvais me défiler discrètement, se dit Gillian.

C'était évidemment impossible. Elle ne pouvait pas partir sans Becky. Encore moins « discrètement ». En bas, sur le terrain de jeu, les enfants des équipes de handball s'en donnaient à cœur joie, et Becky, en leggings noires et tee-shirt rose, faisait partie des plus bruyants. Il ne fallait pas songer à l'enlever de là. Les parents, surtout des mères, étaient installés dans le restaurant du club, utilisé pour les réunions et les fêtes et séparé du gymnase proprement dit par une grande cloison vitrée. Un lecteur de CD diffusait des chants de Noël dans la salle ornée de guirlandes. Le bar servait du thé, du café et du vin pétillant. Les parents avaient apporté eux-mêmes les plats pour le buffet, disposé sur une longue table. Il y avait là des quantités de biscuits de Noël, des puddings, plusieurs gâteaux, mais aussi de nombreuses salades, deux assiettes de fromage, des plats d'amuse-gueule. Ils ne pourraient jamais manger tout cela. Gillian remarqua du coin de l'œil que personne n'avait encore entamé son gâteau au chocolat, ce qui, à sa propre surprise, lui causa un chagrin quasi enfantin. Sa pâtisserie n'avait pourtant pas mauvaise allure. Mais il y en avait deux autres au chocolat tout aussi appétissantes, peut-être était-ce la raison ?

Le mal de gorge de Darcy s'étant aggravé, Diana avait déclaré forfait à la dernière seconde. Gillian, qui n'avait jamais eu de relations avec aucune des personnes présentes, avait passé la première demi-heure seule devant sa tasse de café, à grignoter quelques biscuits sans le moindre appétit. Il fallait qu'elle se trouve une occupation si elle ne voulait pas rester assise là bêtement à regarder dans le vague. Les autres mères avaient l'air de bien se connaître, à les entendre bavarder, rire et s'interpeller au milieu du vacarme incessant. Tout le monde était détendu et joyeux.

Tout le monde, sauf elle.

Une autre maman finit par s'asseoir à côté d'elle, mais uniquement parce qu'elle était arrivée en retard et qu'elle n'avait pas trouvé de place ailleurs. Elle posa sur la table son plateau chargé d'un assortiment de salades, de fromage et d'un verre de vin mousseux.

— Oh là là, j'ai une de ces faims ! Pas vous ? dit-elle en jetant un coup d'œil à la tasse vide de Gillian et à la soucoupe où il restait deux biscuits de Noël grignotés.

— Pas vraiment.

— Vous êtes Gillian, n'est-ce pas ? La maman de Becky ? demanda sa voisine après l'avoir examinée.

Gillian hocha la tête. Comment les autres femmes faisaient-elles pour être toujours au courant de ces choses-là ? Elle-même ne savait absolument pas qui était la mère de qui, ni comment s'appelaient les gens.

Tout en engouffrant la nourriture, la femme se mit à lui raconter en détail que son fils, affligé d'une neurodermite depuis sa petite enfance, souffrait en outre d'une foule d'allergies et d'intolérances alimentaires. Elle l'avait emmené voir tous les médecins possibles et avait tout essayé. Elle déconseillait formellement la cortisone, avec laquelle elle avait eu de mauvaises expériences, mais sinon, elle connaissait bien le sujet et pouvait recommander des pommades et des granules.

— Becky a-t-elle des allergies ?

— Non, répondit Gillian.

Elle ravala la réplique qui lui brûlait les lèvres : *J'ai l'impression que c'est à moi qu'elle est allergique. Nous n'avons pas échangé un mot gentil depuis des semaines. Je préférerais qu'elle soit allergique au pollen, au lactose ou aux acariens. Au moins, je saurais quel est le problème.*

Elle ne le dit pas, mais elle s'aperçut qu'elle avait été tout près de laisser échapper ces paroles, et cela l'effraya. Son seul point commun avec cette parfaite inconnue était que leurs enfants jouaient dans la même équipe de handball, et elle avait failli lui confier un chagrin dont elle sentait depuis quelque temps qu'il lui brisait le cœur.

Reprends-toi ! s'intima-t-elle. Elle décida d'appeler Tara Caine plus tard dans la soirée. Tara était une amie fidèle et sûre, Gillian savait que ce qu'elle lui confierait resterait entre elles.

L'autre femme – Gillian ne connaissait toujours pas son nom – but une gorgée de vin et changea enfin de sujet :

— Burton est toujours aussi fantastique, ne trouvez-vous pas ? fit-elle en baissant la voix.

Gillian parcourut la salle du regard et aperçut l'entraîneur, John Burton, adossé au comptoir du bar, entouré d'un essaim de mères qui se renseignaient probablement sur les progrès de leur enfant. Si cela l'agaçait, il n'en laissait rien paraître. Il est vrai qu'il devait avoir l'habitude de ce genre de situation. Chaque fois qu'elle était venue amener Becky à l'entraînement ou la rechercher, Gillian l'avait toujours vu assiégé par des femmes. Peut-être tenaient-elles réellement à être informées du moindre événement survenu dans l'équipe. Mais l'effet que Burton produisait sur le sexe opposé y était sans conteste pour quelque chose. En plus de son physique séduisant, il était auréolé de mystère. On racontait qu'il avait fait une carrière fulgurante dans la police, mais qu'il l'avait quittée prématurément à l'âge de trente-sept ans, dans des circonstances troubles que nul n'avait été capable de préciser. Après cela, il avait créé une entreprise de gardiennage occupant plus de vingt employés, spécialisée dans la surveillance de locaux et la protection des personnes. Il vivait et travaillait à Londres, mais venait deux fois par semaine à Southend pour entraîner deux jeunes équipes de handball. Il était allé chercher délibérément certains des joueurs dans les quartiers sensibles de la ville : pour lui, le sport, surtout en équipe, était le moyen le plus efficace de prévenir la délinquance chez les adolescents à risque. Gillian l'avait entendu expliquer cela un jour à plusieurs mamans suspendues à ses lèvres. Pour ces femmes de la bonne bourgeoisie, il représentait une sorte de héros, de chevalier combattant. Gillian imaginait bien les idées romantiques qu'il pouvait susciter chez elles.

En réalité, il est peut-être totalement différent de ce qu'elles voient en lui, songea-t-elle. Mais il fallait admettre qu'il ne manquait pas de charme.

— Oui, répondit-elle enfin, c'est vrai qu'il est assez beau.

— « Assez » ? Moi, quand je le vois, je dois me surveiller pour ne pas avoir de fantasmes indécents ! C'est bizarre qu'un homme pareil n'ait pas de femme dans sa vie.

— Peut-être a-t-il des relations nombreuses.

— Oui, mais dans ce cas, on devrait au moins en voir une ici de temps en temps. Qui viendrait le voir, le chercher, ou je ne sais quoi. C'est tout de même étonnant. Je n'ai jamais vu aucune femme avec lui.

— Il ne souhaite peut-être pas étaler sa vie privée ici, dit Gillian.

Cela lui paraissait compréhensible. Les femmes d'ici sont comme des vautours, pensa-t-elle.

— Je trouve quand même ça bizarre, insista l'autre. Comme beaucoup de choses chez lui.

Gillian ne lui demanda pas à quoi elle faisait allusion, ce qui ne dissuada pas sa voisine de lui donner son point de vue :

— J'aimerais bien savoir pourquoi il a dû quitter la police. Il était à Scotland Yard ! On ne fiche pas en l'air délibérément une telle carrière. Et les heures d'entraînement qu'il donne ici ? Il habite à Londres. Pourquoi faire tout ce chemin pour venir à Southend ? N'a-t-on voulu de lui dans aucun club de sport londonien ? Si c'est le cas, pourquoi ?

Gillian sentit qu'après les histoires de maladie de son fils elle n'aurait pas le courage d'entendre cette inconnue lui exposer en détail son opinion sur la vie privée de l'entraîneur. Elle considéra le visage aux traits grossiers et à l'expression satisfaite, cherchant comment mettre un terme à cette conversation sans se montrer trop impolie.

— Excusez-moi, dit-elle en se levant brusquement. Il faut absolument que j'aille fumer une cigarette.

Mon Dieu, faites qu'elle ne soit pas fumeuse et qu'elle ne veuille pas m'accompagner...

La femme eut un sourire crispé. Il était clair qu'elle se sentait offensée.

Gillian pensa à ce que Tom lui aurait dit à ce moment-là : *Tu vois, c'est pour cela que tu n'as pas d'amis ! Chaque fois que quelqu'un essaie de t'approcher, tu le repousses.*

Elle traversa la salle presque en courant. Une fois dans le vestiaire, elle exhala un profond soupir. Enfin la paix. Le bruit assourdi des conversations lui parvenait à travers la porte. Elle se passa la main sur le front. Elle avait trop chaud.

Il lui fallut cinq bonnes minutes pour retrouver son manteau parmi les vêtements entassés. Elle l'enfila et sortit. Dehors, la nuit était glaciale, mais le vent soufflait moins fort que les jours précédents. Le brouillard qui montait du fleuve s'enroula autour de sa tête comme un foulard humide et froid. Elle alluma une cigarette et tira rapidement quelques bouffées. La nicotine avait toujours sur elle un effet apaisant, mais elle se sentait coupable aussitôt après. Tom détestait la voir fumer. Il lui exposait régulièrement tous les inconvénients du tabac, et il avait raison, bien sûr. Au Nouvel An, comme d'habitude, elle prendrait la résolution d'arrêter définitivement.

Et, comme d'habitude, elle n'y arriverait pas.

De l'index gauche, elle se massa doucement les tempes. Maintenant qu'elle était dehors, elle se rendait compte à quel point l'air de la salle était confiné. Elle ne pouvait pas envisager d'y retourner.

Je reste encore une demi-heure ici, puis je vais dire à Becky que nous devons partir, décida-t-elle. Bien sûr, ce serait encore un point en sa défaveur. Il n'était peut-être pas si étonnant que Becky ne s'entende pas avec elle. Avec ses manières bizarres, elle la tourmentait peut-être bien plus qu'elle n'en avait conscience.

A l'instant où elle écrasait sa cigarette dans un bac à fleurs vide, elle vit John Burton sortir du vestiaire, portant une veste noire et une écharpe autour du cou. En l'apercevant, il sourit.

— Vous faites la même chose que moi ? Vous maltraitez vos poumons ?

— Je le crains, oui. Et puis…

Elle n'acheva pas sa phrase, craignant de le choquer, mais il parut deviner ce qu'elle voulait dire.

— Et puis, c'est un bon prétexte pour échapper à ça, fit-il avec un mouvement du menton en direction de la salle de sport. Vraiment insupportable.

— Vous trouvez aussi ? demanda-t-elle, surprise.

Elle prit une cigarette dans le paquet qu'il lui tendait. Il en tira une à son tour, puis essaya de faire fonctionner son briquet, mais se mit à jurer, parce que la minuscule flamme s'éteignait à chaque fois avant d'avoir allumé quoi que ce soit. Gillian prit son propre briquet et lui donna du feu.

— Merci, dit-il.

Ils fumèrent un moment en silence, puis il reprit la parole :

— Je vous ai vue sortir. Vous aviez l'air de quelqu'un qui s'enfuit.

— J'espérais que cela ne se verrait pas, avoua Gillian.

— Oh, je suis probablement le seul à l'avoir remarqué. Ils ne font pas attention aux autres, du moins, pas de cette façon-là. En tout cas, j'ai eu l'impression depuis le début que vous ne vous sentiez pas très à l'aise.

La gorge de Gillian se serra. Elle s'étonna qu'une simple remarque compréhensive, une voix compatissante puissent lui faire un tel effet. Elle s'effraya de sentir les larmes monter en elle. Ce serait vraiment terrible de se mettre à pleurer là, devant le gymnase, dans le brouillard d'un soir d'hiver, en compagnie de l'entraîneur de sa fille.

— J'ai eu droit à tous les détails sur la maladie d'un garçon, expliqua-t-elle. La liste de ses allergies. Cette femme insistait tellement qu'à la fin c'était comme un martèlement dans ma tête. C'est peut-être cela qui me donnait cet air contrarié.

— Oui, c'était la mère de Philip. Un très gentil garçon, très éveillé. A mon avis, il n'a aucune allergie. Son seul problème est d'avoir cette mère-là.

Il avait parlé d'un ton sec, objectif, et, à sa propre surprise, Gillian ne put s'empêcher de rire. Ce qu'il avait dit n'était pas si amusant. Mais le rire montait des profondeurs de son ventre, jaillissait irrésistiblement. C'était un rire vivant, libérateur, et elle songea qu'elle n'avait pas ri d'aussi bon cœur, aussi franchement, depuis une éternité. Pourtant, elle se rendait compte que quelque chose n'allait pas, qu'elle riait plus fort que la situation ne le justifiait, qu'elle était surexcitée. Elle eut l'impression que John Burton la regardait avec étonnement.

— Qu'est-ce qui se passe ? s'enquit-il en posant la main sur son bras.

Elle s'aperçut alors qu'elle ne riait plus, mais que, sans savoir comment, elle était passée de l'un à l'autre, elle s'était mise à pleurer. Des larmes salées ruisselaient sur son visage déjà humide de brouillard et le trempaient peu à peu.

— Je ne sais pas... parvint-elle à articuler. Excusez-moi... Je ne sais pas... Oh, mon Dieu ! gémit-elle en constatant avec effroi qu'elle ne pouvait plus s'arrêter.

D'un geste décidé, Burton écrasa sa cigarette, prit celle que Gillian tenait à la main et l'écrasa aussi dans le bac à fleurs, puis il l'entraîna par le bras.

— Venez. Avant que d'autres vous voient ici... Ils en feraient des gorges chaudes pendant un mois !

Elle ne pouvait plus parler, seulement faire non de la tête. Incapable de résister, elle se laissa emmener jusqu'au parking, monta dans la voiture dont il lui tenait la portière ouverte. Elle prit conscience qu'il montait de l'autre côté, qu'il s'asseyait sur le siège près d'elle. Elle pleurait toujours, mais elle parvint au moins à ouvrir son sac à main pour y chercher un mouchoir.

— Je suis vraiment désolée, sanglota-t-elle.

— Cessez de vous excuser, dit Burton en secouant la tête. Je vous ai observée toute la soirée et j'ai bien vu que vous étiez malheureuse. Savez-vous ce que j'ai pensé ?

— Non.

— J'ai pensé que vous alliez finir par vous mettre à pleurer. Et j'espérais que cela n'arriverait pas là-bas, dans la salle. Je préfère nettement que ce soit dans ma voiture.

Ayant enfin trouvé le paquet de mouchoirs, elle s'essuya les yeux, se moucha. Les larmes coulaient encore, mais la crise de désespoir incontrôlable était passée.

— Franchement, je préfère aussi, reconnut-elle. Merci beaucoup.

— Ça va mieux ?

— Un peu. Mais je ne peux pas retourner là-bas maintenant.

— Il y a un pub pas loin d'ici, dit Burton après un instant de réflexion. Si vous voulez, nous pourrions aller y prendre un petit verre. Ça aide, quelquefois.

— Bonne idée. J'espère que je ne vous ennuie pas trop.

Il démarra la voiture, la fit reculer pour sortir du parking.

— Croyez-vous que cela m'amuse tellement d'être avec ces gens ?

— J'ai du mal à l'imaginer.

— Tout juste.

Deux minutes plus tard, ils s'arrêtaient devant Halfway House. Situé sur Eastern Esplanade, au bord de la plage, le pub avait vue sur le fleuve, que l'on devinait à peine à cette heure dans l'obscurité et le brouillard. Les fenêtres étaient brillamment éclairées, on entendait de la musique à l'intérieur.

— Ce n'est pas ce qu'il y a de mieux dans cette ville, fit Burton en descendant de la voiture, mais c'est le plus proche. Et puis, vous n'y rencontrerez probablement aucune de vos connaissances.

Dès leur entrée, ils furent assaillis par le brouhaha des conversations et les rires bruyants. Gillian aperçut une salle bondée, un comptoir, des tables et des chaises. Pas d'affiches sur les murs blanchis à la chaux, pas de plantes aux fenêtres. Cette sobriété ne nuisait visiblement pas à la popularité de l'endroit, dont la clientèle réunissait toutes les classes d'âge. Cependant, John avait raison : ce n'était pas le genre d'établissement que Tom aurait fréquenté. Ni personne de son entourage.

Ayant déniché une table libre avec deux chaises, Burton leur fraya un chemin à travers la cohue.

— Que voulez-vous boire ?

— Quelque chose de fort, n'importe quoi. De préférence double dose.

Il acquiesça et se dirigea vers le bar, tandis que Gillian s'asseyait après avoir posé son manteau sur le dossier de sa chaise. Cela lui faisait du bien d'être là. D'avoir sangloté tout son soûl. Elle sortit son miroir de poche et regarda de quoi elle avait l'air. De quelqu'un qui venait de pleurer. La peau marbrée, les paupières gonflées, le nez rouge. C'était bien d'elle. Pour une fois qu'elle se trouvait dans un pub avec un homme tout à fait désirable, elle s'arrangeait pour avoir une tête de collégienne désespérée. Et encore, cela aurait mieux valu.

Je fais dix ans de plus que mon âge, se dit-elle avec résignation. Je ressemble surtout à une femme dont on ne peut qu'avoir pitié.

Elle regarda autour d'elle, espérant découvrir l'entrée des toilettes. Un peu d'eau froide lui donnerait peut-être meilleure mine. La foule des clients, souvent agglutinés en groupes compacts, rendait difficile de repérer la disposition des lieux. Ses yeux se posèrent soudain sur un homme qui ne lui sembla pas inconnu. Plus jeune qu'elle, trente-cinq ans tout au plus. Assis devant une bière en face d'un autre type, il regardait fixement dans sa direction. Gillian était certaine de le connaître, mais il lui fallut quelques secondes pour le situer. Cela lui revint brusquement : il habitait la même rue qu'elle, mais tout à fait à l'autre bout. Avec son frère et sa belle-sœur. Tom avait eu l'occasion de conseiller le frère dans une affaire de succession, et il lui avait dit ensuite qu'il trouvait ces gens un peu bizarres. Elle lui adressa un sourire hésitant. Pour l'anonymat, c'était raté. Elle venait s'asseoir dans ce bar un vendredi soir, le visage ravagé par les larmes, avec un homme qui n'était pas son mari, et elle tombait aussitôt sur un voisin. La vie vous jouait de ces tours.

Le jeune homme lui retourna un timide sourire. Il paraissait surpris de la voir, ce dont elle pouvait difficilement lui en vouloir.

John Burton revint à la table, porteur de deux grands verres à liqueur.

— Je n'ai pas pu faire plus vite, s'excusa-t-il en prenant place en face d'elle. Avez-vous eu le temps de vous acclimater ?

— Oui. Et aussi de constater que j'avais une tête épouvantable. Vraiment désolée.

— Nous étions pourtant convenus que vous ne vous excuseriez plus. A la vôtre ! ajouta-t-il en levant son verre.

Elle but une bonne rasade. Puis une autre aussitôt après. L'alcool lui brûlait la gorge et lui envoyait des vagues de chaleur dans l'estomac. Elle avait sans doute tort de boire cela. Surtout en pareille quantité. Ce n'était pas une double dose, mais au moins une quadruple. Alors qu'elle n'avait presque rien mangé de la journée. Pour ramener sa fille à la maison, elle allait devoir conduire en étant ivre. Elle préféra chasser cette pensée et avala une autre gorgée. Pour le moment, elle voulait seulement éprouver la détente procurée par l'alcool. Tout oublier. Les soucis, les angoisses, la tristesse.

— Voudriez-vous... parler de ce qui vous tracasse ? suggéra John après un petit silence.

Pourquoi pas, après tout ?

— Cela tient en quelques mots : ma fille me rejette parce qu'elle a l'impression que je ne lui lâche pas assez la bride, et mon mari ne s'aperçoit plus de ma présence. Probablement rien que de très habituel, ajouta-t-elle en s'efforçant de rire.

Au lieu de renchérir, John la regarda pensivement.

— Pour votre mari, je ne sais pas, dit-il. Mais du moins, je connais assez bien votre fille. J'aime beaucoup Becky. Elle est sportive, elle a de l'ambition et l'esprit d'équipe. Elle est d'une nature forte et indépendante. Bien sûr, elle est aussi un peu obstinée et parfois pénible. Mais il se peut qu'elle traverse en ce moment une phase difficile, pendant laquelle elle s'en prend surtout à ceux qui lui sont le plus proches. Ne vous faites pas trop de souci. Tout va rentrer dans l'ordre.

— Vous en êtes sûr ? demanda-t-elle, surprise de la clarté de son explication.

— Je serais prêt à le parier.

— Merci.

En quelques phrases, il avait réussi à soulager ses angoisses, et elle en était fascinée. Non que tout se soit arrangé comme par magie, mais elle se sentait réellement mieux. Il l'avait prise au sérieux tout en essayant de la réconforter. Rien à voir avec Tom, qui, la plupart du temps, prétendait qu'elle se faisait des idées. Ni avec Tara, qui se lançait aussitôt dans des analyses psychologiques si compliquées qu'elle lui donnait le vertige. Ni avec Diana, qui, chaque fois que Gillian se plaignait, lui parlait de ses propres filles, par bonheur tellement plus faciles à élever.

Pour la première fois, Gillian eut l'impression qu'on l'aidait vraiment.

— Vous savez beaucoup de choses sur les enfants, reprit-elle.

— Je m'y connais un peu en sport. Et on en apprend beaucoup sur les gens lorsqu'on les observe dans la pratique d'un sport d'équipe. Que ce soient des enfants, des jeunes ou des adultes. Au fond, ils se comportent là comme dans la vie réelle.

Elle le considéra avec intérêt.

— Est-ce vrai que vous avez travaillé à Scotland Yard ?

— Oui, fit-il, le visage soudain fermé.

Il était clair qu'il ne parlerait pas de son métier, encore moins des circonstances qui l'avaient amené à le quitter. Gillian aborda le sujet par un autre biais :

— Que pensez-vous de cet horrible meurtre ? Celui de cette femme âgée, à Hackney ?

— Je ne peux pas en dire grand-chose. Je ne sais que ce qu'on peut lire dans les journaux.

— Mais vous avez travaillé dans la partie.

— Oui. Mais je ne peux pas juger de ce cas. La police ne laisse rien filtrer sur la façon dont la victime a été tuée. Je suppose donc qu'elle l'a été d'une manière inhabituelle, et qu'on garde volontairement le secret sur cette information afin de confondre plus facilement l'assassin. J'ai seulement pu lire qu'il n'y avait eu ni vol, ni viol. Il ne s'agit donc ni d'argent, ni d'un motif sexuel, du moins à première vue.

— A première vue ?

— Si elle a été tuée d'une façon particulièrement sadique, des motivations sexuelles pourraient entrer en jeu.

— Pensez-vous que cela va se reproduire ? Qu'il y aura une autre victime ?

— C'est possible. Le mobile n'est pas clair. Il s'agissait peut-être d'une affaire personnelle entre l'assassin et la victime, mais, même dans ce cas, la personne qui commet un tel crime devient une bombe à retardement. Parce que ce n'est évidemment pas la façon normale de régler un conflit.

— Ça fait peur, dit Gillian. Chaque fois que je lis ce genre d'information, je me dis que c'est un miracle lorsqu'on réussit à traverser la vie à peu près sans dommage.

— L'affaire sera résolue. La plupart des crimes sont élucidés un jour ou l'autre.

— Mais pas tous.

— Non, pas tous, reconnut-il.

Elle se risqua à poser une question :

— Est-ce pour cela que vous êtes parti ? Que vous avez quitté la police ? Parce que c'était insupportable d'être sans cesse confronté à la plus extrême violence, et de ne pas toujours pouvoir faire justice ?

— Il y a eu toutes sortes de raisons, éluda-t-il, le visage à nouveau fermé.

Il vida son verre et regarda sa montre.

— Je crois que nous devrions retourner au club. Non que j'y tienne particulièrement, mais s'ils s'aperçoivent que nous sommes tous les deux absents, ils vont encore se faire des idées.

Elle s'aperçut qu'elle le regardait fixement. Pas seulement comme lorsqu'on parle avec quelqu'un, mais comme si elle était suspendue à lui. Les gens autour d'eux, le bruit de fond paraissaient s'être éloignés. Ils étaient toujours là, mais on aurait dit qu'une cloison invisible s'était glissée entre Gillian et John et le reste du monde.

Ce doit être l'alcool, pensa-t-elle. Je savais bien que j'avais trop bu.

— Quelles idées ? demanda-t-elle.

Aussitôt après, elle s'effraya d'avoir pris ce ton provocant. Flirter n'était pas son genre. Elle ne le faisait jamais, ne l'avait jamais fait. Cela donnait trop facilement l'air idiot.

— Je crois que vous le savez, répondit John en se levant.

Il n'était pas entré dans son jeu, et elle eut la nette impression de l'avoir fâché. Ou du moins agacé. Peut-être l'avait-il trouvée maladroite. Ou trop intrusive, lorsqu'elle avait posé des questions sur son ancien métier. En tout cas, le mur n'était plus là, ce mur à l'abri duquel ils avaient été seuls pour un instant. Ils étaient de nouveau dans le pub bondé où les clients se massaient au comptoir, au milieu des éclats de voix, des rires, du tintement des verres, des odeurs d'alcool, de sueur et de manteaux mouillés.

En se dirigeant vers la sortie, ils passèrent tout près de la table où était assis l'homme qui habitait dans la rue de

Gillian, et cette fois, son nom lui revint : Segal. Samson Segal.

— Au revoir, lui dit-elle.

Il la salua d'un signe de tête, avec le même regard fixe que lorsqu'elle l'avait aperçu en arrivant.

Elle se demanda avec angoisse s'il était resté ainsi depuis le début.

L'avait-il observée pendant tout ce temps-là ?

Samedi 5 décembre

Le travail d'enquêteur tenait rarement compte des samedis.

L'inspecteur Fielder avait promis à sa femme de l'accompagner en ville pour des achats de Noël, mais il comprit qu'il allait être forcé de la décevoir, car on lui demandait de retourner sur les lieux où Carla Roberts avait été sauvagement assassinée. Dans ce type d'enquête, chaque heure comptait. Lorsqu'il expliqua cela à sa femme, elle accueillit ses excuses avec des lèvres pincées qui ne présageaient rien de bon pour le week-end. Il devrait s'attendre à au moins une discussion approfondie. Qui, au total, ne changerait rien.

Son équipe avait passé au peigne fin l'immeuble où Carla Roberts était morte. On avait questionné les locataires, laissé des numéros de téléphone pour le cas où quelqu'un se souviendrait d'un détail. Tout cela sans grand résultat. A vrai dire, aucun. Personne ne connaissait vraiment Carla. Ceux qui se souvenaient d'elle la décrivaient comme une femme qui vivait très retirée, sans faire de bruit. On ne la rencontrait que rarement dans l'escalier, elle saluait toujours aimablement, mais était visiblement trop timide pour se lier davantage.

« Je crois qu'elle sortait très peu de son appartement, avait dit un locataire du cinquième étage. Elle était totalement inhibée et introvertie. Très seule, si vous voulez mon avis. Personne ne faisait attention à elle. »

Fielder se demanda si c'était cela qui l'avait désignée comme victime. Si ce n'était rien d'autre que sa solitude, qui non seulement facilitait la tâche du tueur, mais lui donnait une bonne avance sur les enquêteurs. Avec un minimum d'informations sur le mode de vie de Carla Roberts, on pouvait compter sur le fait que son corps ne soit pas trop rapidement découvert, que cela prenne un certain temps avant que quelqu'un ne s'inquiète de son absence. Oui, l'avantage était considérable pour le coupable. Chaque jour écoulé jusqu'à ce que la machine policière se mette en marche travaillait pour lui. Et contre les enquêteurs.

Cela confirmait ses conclusions du mercredi précédent, chez Keira Jones : le criminel n'avait rien de personnel contre Carla Roberts. Il avait seulement un problème avec les femmes. Il recherchait les proies les plus faciles.

D'une certaine manière, c'était le pire scénario. Car s'il n'existait aucun lien personnel, même dans un passé lointain, entre Carla et son meurtrier, ils nageraient dans le brouillard le plus complet.

Restait un point positif : de toute évidence, elle avait ouvert sa porte à l'assassin. C'était leur seul espoir. La seule indication qu'elle ait pu le connaître – ne serait-ce que superficiellement.

En descendant de sa voiture après avoir longtemps cherché une place pour se garer, Fielder vit l'inspecteur Christy McMarrow s'avancer aussitôt vers lui. Fielder aimait bien Christy, parce qu'elle se donnait à fond dans son travail, qu'elle le faisait passer avant tout le reste. On pouvait compter sur elle à n'importe quelle heure du jour ou de la nuit. Elle était non seulement ambitieuse, mais passionnée. Son boulot, c'était sa vie.

En dehors de cela, Fielder la trouvait terriblement séduisante, mais il savait qu'il ne fallait même pas y songer.

— C'est le concierge qui nous a appelés, chef. J'ai pensé qu'il fallait que vous voyiez ça.

Le concierge, un petit homme trapu au visage d'une rougeur maladive, se tenait devant la porte d'entrée, le souffle trop court. Fielder le connaissait déjà pour l'avoir interrogé au sujet de l'ascenseur, juste après sa conversation avec Keira Jones. Selon lui, il était impossible que l'appareil aille à un étage quelconque sans qu'on appuie sur un bouton. Si Carla Roberts avait entendu l'ascenseur s'ouvrir à son étage avec une fréquence anormale, c'était parce que quelqu'un l'y avait envoyé.

Ou que ce quelqu'un était monté, mais sans sortir de la cabine une fois parvenu à l'étage, ce que Fielder trouvait tout aussi bizarre.

— Inspecteur, je me suis rendu compte qu'il y avait quelque chose d'anormal avec ça, lui dit aussitôt le concierge en désignant la porte vitrée à l'entrée de l'immeuble. Je ne comprends pas comment je ne m'en suis pas aperçu bien avant. En tout cas, une chose est sûre : ça fait déjà un moment que la porte s'ouvre simplement en la poussant. Deux ou trois fois, je me suis dit que c'était du je-m'en-foutisme, que les gens la refermaient mal, mais aujourd'hui, ça m'a frappé... que ça ne pouvait pas être ça. Alors, j'ai appelé votre collègue.

— Vous avez bien fait, lui assura Fielder.

Il examina le battant et repensa à ce que Keira Jones lui avait dit : quand elle était venue rendre visite à sa mère, elle avait trouvé la porte de l'immeuble ouverte.

— Qu'est-ce qui vous a donné l'idée, aujourd'hui, qu'il ne pouvait pas s'agir de je-m'en-foutisme, comme vous dites ? demanda-t-il au concierge, qui paraissait très affecté.

— J'y ai repensé après coup. C'est-à-dire que... après une histoire pareille, on se pose forcément des questions... Toujours est-il que, d'un coup, je me suis rendu compte que ça ne pouvait pas s'être passé comme ça. La porte a un ressort. Une fois que vous êtes entré, il suffit de la lâcher et elle se referme automatiquement derrière vous, avec un déclic. A chaque fois. Il faut vraiment le faire exprès pour l'en empêcher. Vous comprenez ? Je me suis aperçu de ma bêtise quand j'ai compris que la porte n'était jamais fermée, comme si chaque personne qui entrait faisait spécialement attention à la laisser entrebâillée. Et pourquoi les gens feraient-ils cela ? C'était absurde !

— Effectivement, admit Fielder. Alors, le système de fermeture à ressort est cassé ?

Le concierge hocha la tête.

— Oui. Maintenant, la porte se referme si lentement qu'elle ne se réenclenche plus en fin de course.

— Depuis quand ? Ou plutôt, quand l'avez-vous remarqué ?

— Il n'y a pas très longtemps. Peut-être... quatre semaines ?

Fielder se tourna vers Christy.

— Demandez à l'un de nos techniciens de regarder à quoi est due la défaillance. S'il s'agit seulement d'un phénomène normal d'usure, ou si quelqu'un est intervenu.

— Très bien.

— Supposons que quelqu'un ait trafiqué la porte. Cette personne peut dès lors entrer et sortir comme elle le veut. Surveiller Carla Roberts. L'inquiéter en faisant régulièrement monter l'ascenseur à son étage. Et un jour, il va jusqu'à sa porte, il sonne... et elle le laisse entrer. Peut-elle vraiment avoir fait cela ? Avoir ouvert sa porte à un inconnu, alors qu'elle était seule au dernier étage ?

— Elle a peut-être rencontré le meurtrier une ou deux fois dans l'immeuble, suggéra Christy. Sans savoir qu'il ne venait là que pour la guetter. Elle a pu le prendre pour un locataire. On ouvre facilement sa porte à un habitant de l'immeuble. Quoique, dans celui-ci, les gens se connaissent à peine. Cela peut donc jouer dans les deux sens.

Fielder hocha la tête d'un air préoccupé. Trop de questions restaient en suspens. Ils n'avaient pas encore réussi à localiser l'ex-mari de Carla Roberts. S'il était réellement parti pour l'étranger depuis des années, pourquoi pas à l'autre bout de la terre, cela pourrait se révéler très difficile. Il est vrai que, dans ce cas, il n'avait probablement rien à voir avec la mort de son ex-femme.

La recherche de celle qui était sa maîtresse à l'époque n'avait jusqu'à présent rien donné non plus. On avait son identité, mais elle n'habitait plus depuis des années à sa dernière adresse connue. Fielder imaginait qu'elle pouvait s'être envolée avec son amant.

Il se passa les mains sur le visage dans un geste de lassitude.

— Nous devons absolument essayer de trouver des informations sur la vie privée de Carla Roberts. Il est impossible qu'elle n'ait rencontré absolument personne, pour bavarder, pour aller de temps à autre au cinéma... Avez-vous déjà des éléments ?

— Pas encore, dut reconnaître Christy. La fille en sait si peu sur la vie de sa mère qu'elle ne nous a été d'aucune aide. Mais j'ai le carnet d'adresses de la morte. Il y a là quelques noms auxquels je vais m'intéresser. D'après la fille, il s'agit surtout de collègues de la droguerie où elle travaillait. Ça nous permettra peut-être d'avancer un peu.

— Oui, essayez, dit Fielder.

Il n'attendait pas grand-chose de cette démarche. Carla Roberts avait quitté son travail depuis plusieurs années. Que pouvaient savoir ses anciens collègues ?

Mais il préféra ne pas commenter. L'affaire était déjà suffisamment complexe, il n'allait pas saper le moral de sa meilleure collaboratrice.

Lundi 7 décembre

— As-tu déjà essayé d'avoir une vraie conversation avec Becky ? De lui montrer que tu la prenais au sérieux ? Il paraît évident qu'elle se sent brimée, traitée comme une enfant, et c'est contre cela qu'elle se révolte. Comme cela a plutôt des chances de s'aggraver dans les prochaines années, il vaudrait mieux trouver une solution pour éviter de vous disputer tous les jours.

— Tara, il est possible que je la traite comme une enfant, mais c'est ce qu'elle est en réalité ! Elle n'a que douze ans ! Je sais qu'elle se croit déjà adulte, mais là, elle se trompe.

— Les filles d'aujourd'hui sont plus mûres à douze ans que nous ne l'étions au même âge. Je ne veux pas dire par là que tu dois la laisser faire tout ce qu'elle veut. Simplement, il ne faut pas minimiser ses problèmes.

— Je ne le fais pas. Quand j'essaie de lui expliquer comment je vois les choses, je ne m'oppose pas à elle. Malheureusement, elle refuse systématiquement de prendre en compte mon point de vue. Alors, chacune campe sur ses positions.

— Faisais-tu autrement à son âge ? demanda Tara. A douze ans, te mettais-tu à la place de ta mère, comprenais-tu ses sentiments, ses soucis, ses besoins ?

Ce lundi-là, en fin d'après-midi, elles étaient assises dans la cuisine de Gillian. Dès la sortie du collège, Becky était partie chez Darcy. Gillian, occupée avec un nouveau client particulièrement désagréable et mécontent, avait travaillé jusqu'au début de l'après-midi. Ensuite, elle était allée faire des courses, et elle venait juste de poser sur la table de la cuisine ses nombreux sacs de supermarché, y compris la nourriture pour chats et le paquet de litière, quand le téléphone avait sonné. Tara sortait d'un entretien à Shoeburyness avec un témoin qui, disait-elle, jouait un rôle-clé dans une affaire dont elle s'occupait actuellement. Comme elle devait passer pratiquement devant chez Gillian en rentrant à Londres, elle proposait de faire un saut.

Elle était arrivée peu de temps après, un peu stressée, comme toujours, et pourtant fraîche et très élégante dans son tailleur-pantalon bleu marine, avec des bottes en cuir sauvage beige et un manteau assorti. Gillian, exténuée après s'être escrimée à déballer en hâte ses achats et à donner à manger à Chuck, qui réclamait avec insistance, avait senti une fois de plus à quel point son amie était plus efficace qu'elle.

— Comment Becky s'entend-elle avec Tom ? s'enquit Tara.

— Avec lui ? A merveille, dit Gillian. Mais cela n'a rien d'étonnant. Il est rarement à la maison, et pendant le peu de temps qu'il passe avec elle, il peut se permettre d'être le papa de rêve qui lui permet tout et fait des bêtises avec elle. A moi, il me reste le quotidien et toutes ses embûches.

Tara l'observa attentivement.

— Et entre vous, comment cela se passe-t-il ? Entre Tom et toi ?

Gillian poussa un profond soupir.

— Pas trop bien. Enfin, pas si mal, en réalité. Nous n'avons pas de disputes. En fait, nous parlons très peu ensemble. Comme je te l'ai dit, il est rarement là de toute façon. Il vit surtout pour notre entreprise et pour son club de tennis. Après cela, il ne lui reste pas beaucoup de temps.

— Il est donc toujours aussi fanatique de sport ?

— C'est presque pire qu'avant. Dès qu'il arrive à la maison, il se change et il ressort. Certains boivent une ou deux bières pour se détendre après le boulot, lui, il a besoin de se dépenser physiquement. Franchement, je préférerais la bière. Au moins, il serait à la maison. Mais il ne s'en tient pas au sport lui-même, il y a aussi tout ce qui va avec. Les réunions de l'association et autres rencontres, la préparation des tournois. Ils ont un repas ensemble tous les mardis soir. Je crois qu'il irait encore si j'étais à l'article de la mort. Je ne suis même pas sûre que cela lui plaise vraiment, simplement, cela fait partie d'un tout. Il prétend que lorsqu'un membre ne vient pas, cela fait très mauvaise impression.

— Tu pourrais peut-être y aller avec lui ?

— Sans doute. Mais je ne joue pas au tennis, et ils ne discutent que de ça. De plus, je n'aime pas laisser Becky seule. Surtout le soir.

— Tu es une vraie mère poule !

Tara avait lancé cela avec un sourire affectueux, et Gillian lui rendit son sourire.

Elles s'étaient connues à Londres cinq ans plus tôt, lors d'un stage de français. Gillian s'était inscrite dans une école de langues pour rafraîchir son français scolaire. Quant à Tara, elle venait d'être nommée au bureau du procureur général à Londres après avoir été avocate plusieurs années à Manchester. Dès la première affaire qu'elle avait eu à traiter, elle s'était aperçue que cela lui aurait rendu service de mieux parler français, et elle s'était aussitôt inscrite à ce cours, ce qui était typique d'elle. Tara et Gillian s'étaient trouvées assises l'une à côté de l'autre, elles avaient immédiatement sympathisé et étaient restées amies depuis.

— Se pourrait-il que Tom… tu ne m'en voudras pas, d'accord ? Se pourrait-il que Tom ait une liaison ?

— Tom ? Jamais de la vie ! s'écria Gillian avec effroi.

Il se passa alors deux choses simultanément : le téléphone sonna, et la guirlande électrique fixée autour de la fenêtre de la cuisine et reliée à un minuteur s'alluma.

— Oh, mon Dieu ! s'exclama ironiquement Tara, à qui toutes ces festivités répugnaient.

Gillian s'excusa et alla décrocher dans le couloir.

— Ici, Gillian Ward, dit-elle.

— John Burton. J'espère que je ne vous dérange pas ?

Elle se demanda pourquoi le son de sa voix lui causait une sensation bizarre dans le ventre. Il y avait bien longtemps qu'elle n'avait pas ressenti cette espèce de contraction. Les paroles de la femme avec qui elle s'était entretenue à la fête de Noël lui revinrent brusquement : *Quand je le vois, je dois me surveiller pour ne pas avoir de fantasmes indécents...*

Qu'est-ce qui me prend de penser à ça maintenant ? se demanda-t-elle aussitôt.

— Non, assura-t-elle. Vous ne me dérangez pas du tout.

— Je voulais savoir si vous étiez bien rentrée vendredi soir.

— Oh, oui. Merci. Oui, ça s'est bien passé.

Elle attendit, sentant que le ton de sa propre voix n'était pas naturel. Et consciente que Tara écoutait.

— Et puis, je voulais vous dire que je serais au Halfway House mercredi soir. Si jamais vous aviez envie de m'y retrouver, j'en serais très heureux.

Sa surprise était totale. Le vendredi précédent, elle avait beaucoup bu et fait une tentative de flirt éhontée. Elle avait eu l'impression de l'avoir fâché, mais, au cours du week-end, elle en avait finalement conclu qu'elle n'aurait plus jamais affaire à lui de près, et cela l'avait apaisée. Bien sûr, il était l'entraîneur de Becky. Mais elle avait évité jusqu'ici toute conversation personnelle lorsqu'elle amenait sa fille ou venait la chercher, et cela ne la dérangeait pas que les autres mères assiègent Burton au point qu'il soit pratiquement impossible de l'approcher. Les choses allaient donc simplement reprendre leur cours normal, ce qui s'était passé ce vendredi resterait un petit écart voué à l'oubli. Tout cela allait ensemble : elle avait flirté avec lui parce qu'elle avait trop bu après sa crise de larmes. Il saurait bien comprendre. Et sinon, elle pouvait ne pas y attacher d'importance.

— Mercredi, répéta-t-elle.

— Oui. J'y serai vers dix-neuf heures. Après l'entraînement du groupe des jeunes.

Becky faisait encore partie de l'équipe des enfants. Elle n'allait pas là-bas le mercredi.

— Je... je ne sais pas trop...

— Vous avez le temps de réfléchir, ajouta Burton. J'y serai de toute façon, vous pourrez vous décider au dernier moment.

Elle ne trouva qu'une seule question à poser :

— Pourquoi ?

— Pourquoi quoi ?

Il lui était difficile de parler en présence de Tara, mais elle ne pouvait pas continuer à bafouiller comme cela. John Burton devait croire qu'elle n'était pas en état d'aligner une phrase complète.

— Pourquoi voulez-vous me rencontrer ?

— Je vous trouve intéressante.

Mon Dieu, que répondre ? s'interrogea Gillian. Qu'est-on censé faire en pareille situation ?

— Je vais réfléchir, annonça-t-elle enfin.

— D'accord.

Elle eut l'impression qu'il était à peu près certain qu'elle viendrait.

— Alors, peut-être à bientôt.

— A bientôt, répliqua-t-il avant de raccrocher.

Il n'avait pas pris la peine de répéter son « peut-être ». Tu es bien sûr de toi, pensa Gillian.

Tara ne manqua pas de la questionner :

— Qui était-ce ? Je ne voudrais pas que tu te sentes gênée, Gillian, mais ta voix était plutôt émue, et tu as les joues toutes rouges. Qu'est-ce qui t'arrive ?

— C'était l'entraîneur de Becky au handball. John Burton.

— Et alors ?

— Il me propose de le rencontrer mercredi.

— As-tu envie d'en parler ? s'enquit Tara après l'avoir étudiée attentivement.

Gillian ne répondit pas aussitôt. Elle sentait elle-même qu'elle avait le visage en feu.

— Non, pas maintenant. De toute façon, il n'y a encore rien à raconter. Quant à savoir s'il y aura quelque chose un jour... je n'en ai aucune idée.

Tara ne semblait pas convaincue par l'apparence d'innocence que Gillian cherchait à donner à cette affaire, mais elle comprit qu'elle n'en saurait pas davantage pour le moment.

Elle regarda sa montre, prit son sac à main et se leva.

— Il faut que j'y aille. J'ai un autre rendez-vous.

— Embêtant ?

— Pas trop. Et toi, demanda-t-elle en examinant Gillian avec insistance, vas-tu y aller ? Mercredi prochain ?

— Je ne sais pas encore, fit Gillian évasivement. En cas de difficulté... pourrai-je dire à Tom que j'ai rendez-vous avec toi ?

Tara sourit, avec peut-être un peu de malice.

— Bien sûr. Je te fournis un alibi quand tu veux. Il suffit de me prévenir.

Gillian l'accompagna jusqu'à la porte d'entrée, se demandant si elle venait de faire le premier pas vers la trahison. N'était-ce pas déjà de l'adultère que de prier une amie de confirmer un rendez-vous fictif ? Parce qu'on serait avec un autre homme pendant ce temps-là ?

Dehors, la nuit était froide. Les villas de la rue, décorées pour Noël, rivalisaient de guirlandes clignotantes et d'ornements colorés.

— Ne te décourage pas à propos de Becky, reprit Tara. Je ne suis pas psychologue, mais je suis persuadée qu'elle souffre aussi de cette situation. On sent bien que tu es malheureuse et insatisfaite. C'est cela qu'elle n'aime pas. Les enfants ont envie que leur mère soit gaie.

— Mais...

— Mais les mères ne peuvent pas être toujours gaies, et les enfants apprennent à l'accepter aussi.

— Je l'espère. Je crois qu'une petite séparation nous fera du bien. Après Noël, Becky va chez mes parents jusque début janvier, cela nous fera une pause à toutes les deux.

C'était une habitude depuis des années : à partir du 26 décembre, Becky était chez ses grands-parents à Norwich. Cela datait de l'époque où Gillian et Tom sortaient danser le soir de la Saint-Sylvestre, quand ils ne partaient pas passer le Nouvel An ailleurs. Ils ne faisaient plus rien de tout cela depuis longtemps.

— Ne pense pas qu'à elle. Pense à toi aussi, dit Tara.

Gillian distinguait nettement le visage de son amie sous la lanterne du porche. Elle paraissait réellement inquiète.

Un homme passa le long de la clôture du jardin, leur jeta un bref regard et poursuivit son chemin. Tara secoua la tête.

— Encore lui !

— Comment cela, « encore lui » ?

— Il traînait déjà dans les parages quand je suis arrivée.

— Tu en es sûre ? Il faisait déjà bien sombre.

— Oui, mais je le reconnais parfaitement. Il était là tout à l'heure.

Gillian suivit des yeux l'homme qui s'éloignait et crut reconnaître sa démarche. Elle le croisait parfois en sortant de chez elle.

— Ce doit être Samson Segal, dit-elle. Il est très gentil et tout à fait inoffensif. Il habite à l'autre bout de la rue.

Et il fréquente des pubs où il ne devrait pas aller, parce qu'il t'a vue avec John Burton !

— Pense à tous les crimes qui se commettent chaque jour, déclara Tara. Le monde est plein de cinglés qui se promènent en liberté !

Gillian ne put s'empêcher de rire.

— Si je faisais le même métier que toi, je verrais sans doute les choses de cette façon moi aussi !

— En tout cas, sois prudente, conclut Tara en refermant la portière de sa Jaguar vert foncé.

Gillian la regarda partir, puis rentra en soupirant enfiler ses bottes chaudes et son manteau. Elle irait rechercher Becky chez son amie, même si sa fille devait le lui reprocher. En faisait-elle réellement trop ? Aux yeux de Becky, sans doute. Mais Tara avait raison, le monde était rempli de dangers. Elle devait le comprendre.

Il valait mieux ne courir aucun risque.

Elle se mit en route.

Mardi 8 décembre

1

Il avait acheté des petites saucisses, quelques biscuits pour chiens, et de fait, il avait réussi à détourner l'animal de son parcours. Il connaissait bien leurs habitudes et, ce matin-là, il n'avait pas été déçu. La bête traversait déjà le gazon dans sa direction, sa maîtresse ne voyait encore rien. Samson savait qu'il ne disposait que d'un intervalle d'une minute environ avant que la jeune femme n'émerge de derrière les arbres. A demi caché par les arbustes dépouillés de leurs feuilles, il s'accroupit au bord de la pelouse, un morceau de saucisse posé sur sa main, et s'efforça d'attirer le chien :

— Viens, mon gros toutou. Allez, viens ! J'ai quelque chose de bon pour toi !

Il ne connaissait malheureusement pas son nom, n'ayant jamais entendu sa maîtresse le prononcer. Il ne pouvait compter que sur sa curiosité. L'odeur de la viande ferait le reste.

De fait, l'animal bondit aussitôt vers lui en agitant sa queue, le saluant comme un vieil ami. Il ne fit qu'une bouchée de la saucisse, puis, plein d'espoir, suivit cet homme inconnu. Samson fit un crochet pour s'enfoncer à nouveau dans les massifs. Il ne fallait surtout pas qu'on le voie avec le chien.

De loin, il entendit qu'elle l'appelait :

— Jazz ? Où es-tu, Jazz ?

Jazz. Le gros chien hirsute avait enfin un nom. Jazz tourna la tête, les oreilles dressées. Samson lui tendit une autre friandise.

— Jazz ! Une bonne saucisse pour toi !

La gourmandise triompha, et Jazz continua à le suivre. Bientôt, Samson se risqua à le prendre par le collier pour l'emmener. En arrivant à l'extrémité du parc, il traversa la rue et la remonta dans la direction d'où ils étaient venus. Car Samson comptait sur le fait que la maîtresse de Jazz le chercherait plutôt au bord du fleuve. Après tout, c'était de ce côté-là qu'elle l'avait vu partir. Elle craindrait certainement qu'il ne traverse le carrefour un peu plus bas, sur l'esplanade, là où il risquait de se faire écraser par une voiture. Samson allait donc traîner un moment autour du terrain de golf, et il ne rejoindrait la plage que plus tard.

L'idée de kidnapper Jazz lui était venue l'avant-veille au soir, et elle lui avait aussitôt paru géniale. Il allait se promener toute la journée avec l'animal avant de le ramener à sa maîtresse éplorée. Il lui expliquerait qu'il l'avait trouvé quelque part. Elle serait alors si reconnaissante et si soulagée qu'elle lui proposerait peut-être d'entrer. Elle pourrait même l'inviter à boire un café. Qui sait ce que cela donnerait ensuite ?

Après avoir mangé une deuxième saucisse et plusieurs biscuits, Jazz commença à s'agiter. De toute évidence, il voulait faire demi-tour. Samson retira la ceinture de son pantalon et la passa dans le collier du chien pour lui faire une laisse. Puis il lui parla d'une voix apaisante :

— Je vais te ramener à la maison, ne t'inquiète pas. Ta maîtresse te cherche, elle se fait du souci, mais ça me fait autant de peine qu'à toi. Elle sera drôlement contente quand elle nous verra devant sa porte, hein ? Qu'est-ce que tu en penses ? Peut-être qu'après ça elle m'aimera vraiment bien. Tu sais, aucune femme ne m'a vraiment bien aimé jusqu'ici.

Jazz l'écoutait avec attention, en remuant la queue. C'était formidable de parler avec un chien. Il vous regardait d'un air tellement concentré, comme s'il comprenait vraiment de quoi il était question. On pouvait être sûr qu'il n'allait pas se moquer, quoi que vous disiez. Et il ne répéterait votre secret à personne.

— J'ai toujours eu envie d'avoir un chien. Mais mes parents étaient contre. Et maintenant, c'est Millie.

En prononçant ce nom, il sentit la haine en lui, comme une petite flamme dans son ventre. Millie, jamais contente et tellement froide. Elle ne perdait pas une occasion de lui faire savoir ce qu'elle pensait de lui. Qu'il était un raté. Un importun, un inutile. Quelqu'un qui n'arriverait jamais à rien dans la vie.

— Chez nous, c'est Millie qui décide de tout, confia-t-il à Jazz. Pourtant, la maison appartient à mon frère et à moi. Mais elle le mène par le bout du nez. Je ne comprends pas comment il a pu épouser une empoisonneuse pareille. Enfin, elle était vraiment jolie à l'époque...

Gavin, lui, n'avait jamais eu de problèmes avec les femmes. Ce n'était pas le genre d'homme sur qui elles se jetaient toutes, mais elles ne faisaient pas non plus un détour pour l'éviter. Rien de remarquable, rien d'anormal. L'homme moyen à tout point de vue. Samson savait que la plupart des gens se fâchaient lorsqu'on les qualifiait de « moyens ». Mais ces gens n'avaient pas idée de ce que c'était que de n'arriver à rien, de se faire marcher dessus par tout le monde. D'être au-dessous de la moyenne, justement.

— Je trouve ta maîtresse très jolie, dit-il à Jazz. Elle ne me plaît pas autant que Gillian, mais, malheureusement, Gillian est mariée.

Jazz poussa un petit « Wouf ! » et Samson caressa sa tête ébouriffée.

— Ta maîtresse ne m'a jamais remarqué jusqu'à présent. Mais cela va peut-être changer aujourd'hui. Tu n'as aucune raison d'avoir peur, je t'assure. Tu la reverras dès ce soir.

Ils avaient atteint le parking du club de golf, totalement désert par cette matinée froide, à l'exception d'une voiture. Samson se risqua donc à faire le tour des locaux. Aucune fenêtre éclairée, il n'y avait personne. Une grande affiche placardée sur la porte d'entrée annonçait pour le samedi suivant un bal de Noël au club, organisé, était-il précisé en énormes lettres d'un rouge criard, par le fameux avocat londonien Logan Stanford. Le point culminant de la soirée serait une tombola dont les bénéfices iraient aux enfants des rues en Russie.

Samson connaissait Logan Stanford. Pas personnellement, bien sûr. Mais par les magazines people que Millie adorait lire et laissait traîner partout dans la maison. Stanford était un avocat particulièrement en vogue, avec de nombreuses relations parmi les riches et les puissants, jusqu'à Downing Street, disait-on. Son influence était aussi considérable que sa fortune, et il était célèbre pour les galas de bienfaisance qu'il organisait dans toute l'Angleterre. Au point qu'on l'avait surnommé *Charity-Stanford*, sobriquet qu'il faisait tout pour continuer à mériter, collectant des sommes énormes pour les distribuer aux plus nécessiteux. Pourtant, Samson ne pouvait se défendre d'une certaine méfiance chaque fois qu'il voyait sa photo dans les pages colorées de *Hello !*. Il trouvait à l'avocat un air trop content de soi. Comme à ses invités aux visages liftés et figés par le Botox, avec leurs belles tenues de soirée et leurs bijoux scintillants. On leur servait le champagne jusqu'au dégoût. C'était d'abord la bonne société britannique qui se célébrait elle-même, bien qu'il en sorte incontestablement de l'argent pour les moins favorisés.

« Et alors, où est le problème ? lui avait dit Millie un jour qu'il exprimait son malaise. Au moins, ils font quelque chose. S'ils en profitent pour s'amuser, en quoi cela te dérange-t-il ? »

Lui-même n'aurait su définir ce qui le perturbait. Peut-être le sentiment que ces gens se souciaient bien plus de leur propre image que de la misère du monde ? Il ne parvenait pas à voir la relation entre les enfants pauvres de Russie et les corps refaits des dix mille femmes les plus riches d'Angleterre.

Mais peut-être était-il stupide de se poser ces questions. Peut-être le résultat seul comptait-il, et non de savoir si tous les contributeurs avaient le cœur pur et de vraies convictions. De ce point de vue, Millie avait raison : eux au moins faisaient quelque chose.

Samson traîna un bon moment autour du club et sur le parking avant de s'aventurer enfin sur le chemin qui descendait vers le fleuve. Bien sûr, il risquait toujours de rencontrer la maîtresse de Jazz, à cette heure sans doute complètement affolée. Mais dans ce cas, il lui suffirait d'affirmer qu'il venait de retrouver le chien et qu'il était justement en train de le lui ramener.

Rassuré, il déboucha sur la plage. Le sable était humide et lourd, le brouillard flottait en nappes sur l'eau. Les cris des mouettes étaient comme étouffés. L'air était moins glacial que quelques jours plus tôt, mais ce froid humide était presque pire. Il pénétrait sous les vêtements et jusqu'à la moelle des os. Non content de vous frigorifier, il vous minait littéralement.

Ils longèrent le rivage, passant devant les cabines de bain verrouillées, avec leurs façades multicolores et leurs toits de bois aux ornements sculptés. Ils ne rencontrèrent pas âme qui vive. Jazz semblait s'être accommodé de la situation, trottinant à côté de Samson, reniflant de temps à autre les dépôts puants apportés par le ressac, levant la patte lorsque l'odeur était particulièrement intéressante. Il paraissait d'excellente humeur.

Samson, au contraire, se traitait d'idiot. Il s'en voulait terriblement de n'avoir pas pensé à laisser sa voiture garée à proximité afin de pouvoir s'y réchauffer par moments. Il avait prévu de ne ramener Jazz qu'à la tombée de la nuit. Sa maîtresse serait d'autant plus reconnaissante qu'elle aurait attendu jusque-là dans l'angoisse. Mais d'ici là, lui, Samson, aurait attrapé une grippe.

Une fois de plus, j'ai voulu faire le malin, et voilà le résultat. C'est tout moi.

Au bout d'un temps qui lui parut infini, ils atteignirent la pointe au niveau de laquelle la Tamise se jette dans la mer du Nord, près de Shoeburyness. Un magnifique paysage de plages et de prairies, entrecoupé d'anciens ouvrages défensifs construits pendant la guerre pour protéger l'Angleterre d'une possible invasion allemande. Samson connaissait bien l'endroit pour y avoir souvent joué, enfant, avec Gavin, même s'il fallait marcher un bon moment depuis Thorpe Bay. Gavin y emmenait ses amis, et Samson avait le droit de jouer avec eux parce que sa mère avait insisté pour cela. Les autres enfants l'avaient admis à contrecœur. Dès cette époque, Samson savait ce que c'était que de ne pas être aimé. De ne pas être accepté par les autres.

Il repensa à ce qu'il avait dit à Jazz un peu plus tôt – il avait l'impression que cela faisait des heures – près du club de golf. Qu'il trouvait sa maîtresse très jolie. Pourquoi s'était-il cru obligé d'expliquer cela à l'animal ? Parce que ce n'était pas vraiment ce qu'il ressentait ?

Bon, on ne pouvait pas dire qu'elle n'était pas jolie. Mais, honnêtement, elle n'avait pas du tout le genre d'allure qui faisait battre son cœur. Ce n'était pas à elle qu'il pensait le soir, dans son lit, les yeux fixés au plafond, qu'il distinguait faiblement à la lueur du réverbère situé en face de sa chambre. Simplement, dans le voisinage, c'était la seule femme à peu près de son âge. Et à l'évidence sans relation fixe. S'il était là, Bartek lui demanderait bien sûr avec étonnement pourquoi diable il se limitait ainsi. Il dirait qu'il y avait d'autres femmes possibles au monde que la seule qu'il ait rencontrée en se promenant. Il recommencerait à lui parler d'Internet. Comme si Samson n'y avait pas déjà pensé tout seul ! Il avait même rencontré deux ou trois femmes par ce moyen. Il gardait de ces rendez-vous le souvenir de moments pénibles, parfois même éprouvants. Il n'avait aucune idée de la façon de séduire une femme. Au bout de quelques minutes, elles commençaient déjà à s'ennuyer, et il bafouillait plus que jamais, allait exhumer les sujets de conversation les plus invraisemblables. Quand, pour finir, ces femmes apprenaient qu'il partageait une maison avec son frère et sa belle-sœur, elles filaient en quatrième vitesse. Et cela ne risquait pas de s'arranger depuis qu'il était chômeur.

Ils avaient quitté la plage et, ayant traversé le grand parking désert – où il était impossible de trouver une place en été –, ils étaient maintenant sur le territoire de Gunners

Park. Malgré les nombreux chemins qui la parcouraient, la réserve naturelle avait gardé son aspect d'origine : prés, champs, bosquets, mais aussi grandes étendues battues par les vents de la mer du Nord, où l'herbe et les plantes poussaient au ras du sol. Certaines parties de la réserve étaient fermées au public, ce qui en faisait un petit paradis pour les nombreuses espèces d'oiseaux qui venaient y nicher. Mais c'était aussi un lieu de promenade très prisé de la population locale. Samson se souvenait de plusieurs sorties scolaires avec pique-nique et grillades. Chacun se taillait une broche sur laquelle il piquait une saucisse pour la tenir au-dessus du feu, on ouvrait les boîtes en plastique remplies de salade de pommes de terre, les gourdes de jus de pomme. Tout le monde s'amusait et profitait de la journée, sauf Samson, qui attendait la fin avec impatience. Parce qu'il se sentait seul au milieu de toute cette gaieté. Seul avec le sac à dos préparé avec amour par sa mère. Elle se donnait beaucoup de peine pour qu'il ne manque de rien lors de ces excursions, et Samson voyait bien qu'elle l'aimait, qu'elle espérait sincèrement qu'il en profiterait. Quand il était petit, elle pouvait encore obliger les autres enfants à s'occuper de lui, mais son pouvoir s'amenuisait à mesure qu'il grandissait. A son entrée en sixième, cela ne fonctionnait déjà plus, encore moins lorsqu'il devint un adolescent boutonneux. Elle ne pouvait rien pour lui avec les filles.

Il s'assit sur un banc, Jazz accroupi à ses pieds. Le brouillard les enveloppait de tous côtés, cachant le paysage à la vue, engloutissant la mer derrière son épais rideau.

Samson pensait à Gillian Ward.

En vérité, cela faisait quelque temps qu'il ne pensait plus qu'à elle, et d'une façon qui convenait bien peu à une femme mariée. La veille, il s'était faufilé près de sa maison. Il avait vu son amie arriver et repartir, ce qui lui avait permis d'entrevoir Gillian elle-même. Déjà, il lui consacrait presque tout son temps.

— Je n'essaierai jamais de l'avoir pour moi, expliqua-t-il à Jazz. Elle est déjà mariée, elle a un enfant. Les Ward sont une famille modèle. On n'a pas le droit de détruire une famille pareille.

Jazz penchait la tête, s'efforçant de comprendre ce que Samson essayait de lui dire.

Une famille modèle...

Samson avait eu une frayeur terrible en voyant Gillian entrer au Halfway House le vendredi précédent. Que faisait-elle dans ce pub, sans sa famille ? Qui était l'homme qui l'accompagnait ? Samson ne le connaissait pas, ne l'avait jamais vu avec les Ward. Dès le premier regard, il avait détesté ce type. Il s'efforçait d'analyser objectivement son aversion. Etait-il simplement jaloux ? Etait-il envieux, parce que cet homme, il ne le voyait que trop bien, n'avait qu'à claquer des doigts pour mettre dans son lit toutes les femmes qu'il désirait ? Ou bien ce qui émanait de lui justifiait-il réellement la méfiance de Samson ? Avait-il quelque chose d'impur, de malsain ? De malhonnête ? Samson aurait aimé pouvoir lui appliquer ces qualificatifs, mais il ne voulait pas être injuste. Cet homme était allé au pub en compagnie de la femme avec qui lui-même, Samson, rêvait de sortir – au moins en imagination, car la seule idée de la rencontrer dans la réalité le mettait à la torture. S'il s'était assis à une table avec elle pour bavarder et boire un verre de vin, elle se serait aussitôt aperçue à quel point il était minable, incapable de se montrer intéressant, spirituel, amusant. Il ne savait que bégayer et bafouiller, et à supposer qu'un bon mot ait pu lui venir à l'esprit, il se serait arrangé pour le faire tomber à plat. Il avait plusieurs fois remarqué qu'avec lui les femmes regardaient discrètement leur montre et se retenaient avec plus ou moins de succès de bâiller. Il commençait alors à transpirer, se sentait proche du désespoir. Il ne fallait pas que cela lui arrive avec Gillian. Car alors, il le pressentait, il songerait sérieusement au suicide.

Il devait donc essayer d'abord avec la maîtresse de Jazz. Voir ce qu'il en sortirait. Si seulement ce n'était pas aussi long ! Il regarda sa montre : neuf heures du matin. Il ne fallait pas qu'il s'approche de chez elle avant le crépuscule.

Il maudit son idée géniale. D'ailleurs, elle ne donnerait sans doute aucun résultat.

2

Millie termina son service à midi et rentra aussitôt chez elle. Elle ne restait jamais une seconde de plus que nécessaire à la maison de retraite. Elle avait du mal à supporter l'odeur. Le spectacle de ces vieilles personnes si fragiles. Les phrases incohérentes, le bavardage absurde des déments. Les longs couloirs, les sols recouverts d'un affreux linoléum. Les grands chariots qui, dès le matin, apportaient dans les chambres le repas de midi. La nourriture si infecte que, bien souvent, Millie ne pouvait plus rien avaler de la journée, même une fois à la maison, tant le contenu des assiettes en plastique et des tasses à bec lui retournait l'estomac. C'était peut-être le seul avantage de ce travail : elle avait l'impression de vieillir plus vite, mais au moins, elle restait mince. Pour ne pas sombrer dans la dépression, elle passait parfois plus d'une heure à aller et venir devant le miroir de sa chambre, et pouvoir encore s'habiller avec des jeans étroits et des petits hauts décolletés lui rendait un peu de bonne humeur.

Elle devait faire les trajets entre Thorpe Bay et Tilbury par le train, car Gavin et elle ne pouvaient se permettre qu'une seule voiture, et Gavin l'utilisait le plus souvent, sans quoi il aurait dû se lever encore plus tôt pour être à l'heure avec l'équipe du matin. Samson avait son propre véhicule et ne s'en servait même pas la plupart du temps, ce qui contrariait énormément Millie. Quelle mouche avait piqué sa belle-mère pour qu'elle lègue son auto à ce bon à rien ? Gavin lui avait expliqué que sa mère avait toujours été très attachée à Samson, qu'elle avait toujours pensé devoir s'occuper spécialement de lui, le protéger.

« L'enfant à problèmes, c'était lui. Il était solitaire, replié sur lui-même. Rien de ce qu'il faisait ne marchait jamais. Il a toujours été maladroit, emprunté. Dès la maternelle. Quand notre mère est morte, son plus grand tourment a été de ne pas savoir ce qu'il adviendrait de Samson. »

Aujourd'hui encore, Millie fronçait les sourcils au souvenir de cette conversation. C'était trop injuste ! Gavin avait un métier, il était marié. Il était tout simplement normal. Et c'était le petit frère, celui qui tapait sur les nerfs de tout le monde, qui héritait de la voiture !

Le trajet en train durait une éternité. Millie s'acharnait à ne pas penser au temps qu'elle aurait gagné si elle avait possédé un véhicule, car ces considérations l'auraient mise encore plus en colère, et elle savait que c'était cela qui lui donnait cet air aigri, qui creusait sur son visage ces rides profondes.

La rage la faisait vieillir.

Elle rentrait d'un pas pressé, car elle avait un bon bout de chemin à faire depuis la gare. Le soir ou tôt le matin, les décorations de Noël clignotaient dans les maisons, mais au milieu de la journée, l'atmosphère du mois de décembre était embrumée et lugubre. Dans les jardins et les parcs, les arbres avaient perdu leur splendeur automnale rouge et dorée, et leurs branches dénudées pointaient comme des serres noires vers le ciel plombé. Cependant, le brouillard n'était plus au ras du sol. Peut-être se lèverait-il dans l'après-midi pour laisser place à quelques rayons de soleil ? Mais cela ne durerait pas, la nuit tombait si tôt... Millie haussa les épaules. Si elle avait de l'argent, beaucoup d'argent, elle partirait. N'importe où, pourvu que le ciel soit bleu et qu'il fasse toujours chaud.

Elle sursauta quand la femme qui arrivait à sa rencontre lui adressa la parole. Elle n'avait pas vraiment pris conscience de sa présence, malgré la rue déserte.

— Excusez-moi...

La voix était claire, mais on y sentait percer le désespoir.

— Oui ? fit Millie en s'arrêtant.

Les yeux écarquillés, les cheveux en désordre et le nez luisant de sueur, l'inconnue était visiblement bouleversée. Elle devait courir dans tout le quartier depuis un bon moment.

— Je cherche mon chien, dit-elle. Jazz. Un bâtard de berger. Assez grand, le poil long. Vous ne l'auriez pas vu, par hasard ?

Millie n'aimait pas beaucoup les chiens.

— Non, je viens juste de rentrer de Tilbury par le train.

— Il s'est échappé, tôt ce matin. Le jour était à peine levé et... je ne comprends pas, il n'avait jamais fait cela auparavant.

Millie remarqua avec déplaisir que, malgré son désespoir, l'autre femme, qui devait avoir à peu près son âge, paraissait nettement plus fraîche, plus lisse, plus jeune qu'elle. Elle devait aimer son travail, elle.

— Je n'ai pas vu de chien, mais si je remarque quelque chose, je ne manquerai pas de vous le dire, madame... ?

— Mademoiselle. Brown. Michelle Brown.

La jeune femme fouilla dans la poche de son manteau et griffonna quelques chiffres sur un bout de papier.

— Mon numéro de téléphone. Je vous en prie, si jamais... Vous comprenez, il est tout pour moi.

Elle n'est pas si heureuse que cela, finalement, songea Millie. Elle empocha le papier, salua d'un signe de tête et poursuivit son chemin. Il y avait très peu de chances qu'elle rencontre l'animal.

La voiture de Samson était encore garée devant l'entrée. Il était sorti ce matin, mais sans la prendre, une fois de plus. Millie l'avait questionné un jour à ce propos, et il avait répondu que l'essence coûtait trop cher pour lui. Bien sûr, c'était un argument. Surtout pour un chômeur.

Elle ouvrit la porte de la maison. Son beau-frère était sans doute absent. Depuis quelques mois, il partait tôt et rentrait tard, ce qui, au fond, arrangeait bien Millie. Mais cela suscitait aussi sa méfiance. Que diable faisait-il toute la journée ?

Elle ne croyait pas qu'il cherchât du travail. D'ailleurs, il n'aurait pas eu besoin pour cela d'être dehors du matin au soir. A sa connaissance, cela consistait surtout à écrire des lettres de candidature jusqu'à en avoir mal aux mains. Il est vrai que Samson restait souvent tard le soir devant son ordinateur, mais pourquoi aurait-il écrit ses courriers la nuit quand il avait toute la journée pour le faire ? De plus, lorsqu'on cherchait du travail sans en trouver, on recevait des lettres de refus par la poste. Une partie pouvait certes arriver par la messagerie, mais sûrement pas la totalité. Or, c'était souvent Millie qui ouvrait la boîte aux lettres. Et Samson n'avait rien reçu depuis des mois, absolument rien. Tout au plus quelques publicités de sociétés auxquelles il avait passé des commandes en des temps meilleurs. Mais rien qui ressemblât de près ou de loin à un rejet de candidature.

Elle regarda sa montre : une heure et quart. Gavin rentrerait manger dans une demi-heure, car son équipe finissait tôt aujourd'hui encore, mais elle avait le temps. Il lui suffirait de décongeler quelque chose en vitesse. L'un des rares avantages de la cohabitation avec Samson était qu'il bénéficiait de réductions sur les produits surgelés de l'entreprise où il avait travaillé comme livreur.

Sa résolution prise, elle monta à l'étage. Elle avait déjà fouiné plusieurs fois dans la chambre de Samson en son absence, se disant, pour apaiser sa conscience, qu'il était certainement fou, et qu'il était donc important pour Gavin et pour elle de se renseigner sur ce qu'il faisait. Gavin avait grandi avec Samson, il lui faisait confiance, il ne voyait pas que son frère avait une araignée au plafond, et une belle. Millie, elle, avait senti cela dès qu'elle avait vu Samson. Ç'avait été sa première pensée quand Gavin le lui avait présenté : Ce type-là a quelque chose qui cloche.

Et sa certitude d'avoir raison n'avait fait que croître au fil des ans.

Elle appela, puis, n'entendant pas de réponse, entra résolument dans la chambre. Elle connaissait cette pièce depuis des années, mais elle secoua quand même la tête avec réprobation. C'était la chambre d'un adolescent, pas celle d'un homme de près de trente-cinq ans.

Le lit étroit dans lequel il dormait déjà petit garçon. Accroché au-dessus, le fanion d'un club de football – Millie savait pertinemment que Samson n'avait jamais pratiqué ce sport. Les livres d'aventures sur l'étagère. A la fenêtre, les rideaux à fleurs confectionnés par sa mère.

Les lieux étaient rangés avec un soin presque maniaque. Pas un grain de poussière. Les coins du couvre-lit emboîtant exactement les angles du matelas. Millie ne savait pas comment Samson obtenait ce résultat. Elle avait essayé sur leur lit – celui qu'elle partageait avec Gavin –, sans jamais atteindre une telle perfection.

Elle inspecta l'étagère, jetant de temps à autre un coup d'œil prudent par la fenêtre. La chambre donnait sur la rue, si jamais Samson rentrait à l'improviste, elle le verrait arriver, même si elle ne s'attendait pas à ce qu'il reparaisse avant le soir.

Elle ouvrit la porte de l'armoire en bois clair – le placard à vêtements classique d'une chambre de jeune. Elle contenait plusieurs pull-overs soigneusement pliés, quelques chemises, des jeans. Le tout très sage, très sérieux. Millie ne s'étonnait pas qu'il n'ait jamais réussi à séduire une femme. Mis à part ses manières, sa timidité, sa tendance à bégayer et à rougir, cela venait aussi de sa façon de s'habiller. Il avait l'air d'un petit garçon. Millie n'aurait pas été surprise d'apprendre que la plupart de ses tenues étaient encore celles que sa mère lui avait elle-même achetées ou cousues.

Mais elle s'intéressa surtout à l'ordinateur posé sur le bureau, avec son écran plat, d'ailleurs de belle taille. Samson l'avait acheté à l'époque où il travaillait encore pour le service de location avec chauffeur et gagnait même assez bien sa vie. La machine était la seule touche un peu moderne dans cette chambre à l'ancienne mode.

Samson passait chaque jour des heures devant son clavier. Millie n'avait jamais réussi à savoir ce qui l'occupait. Deux ou trois fois, elle était entrée par surprise, sans frapper, mais avait pu constater que dans ce domaine-là, au moins, il avait des réactions rapides : il avait réussi à fermer sa page avant que Millie ait pu lire ou reconnaître quoi que ce soit.

Elle savait que ce qu'elle faisait là n'était pas bien, mais, de nouveau, elle fit taire ses scrupules. C'était important pour Gavin et pour elle, ils avaient le droit de savoir à quoi Samson occupait son temps. Après tout, ils vivaient sous le même toit. On ne pouvait pas prendre ces choses-là à la légère. Et s'il allait sur des sites Internet de pornographie enfantine ? Gavin et elle envisageaient d'avoir un enfant un jour. C'était leur devoir de prévenir ce genre de risque.

Elle mit l'ordinateur en marche, jeta un coup d'œil dehors pendant qu'il se chargeait avec un léger bourdonnement. Toujours pas trace de Samson. Sur l'écran devenu bleu, une fenêtre s'ouvrit. C'était ce qu'elle craignait : il fallait un mot de passe. Samson n'était pas complètement stupide.

Millie réfléchit à toute vitesse. La plupart des gens utilisent comme mot de passe le nom de quelqu'un de proche. Un enfant, leur partenaire, leur animal de compagnie. Malheureusement, il n'y avait rien de tel dans la vie de Samson. Son frère était sa seule famille. Elle fit un essai avec le mot « Gavin ». La machine ne réagit pas.

Aucune chance qu'il ait choisi mon prénom, pensa-t-elle. Mais qui diable connaît-il d'autre ?

Avec une personnalité aussi handicapée socialement que son beau-frère, la question était bien difficile. D'un autre côté, cela limitait considérablement le nombre des personnes possibles.

Il y avait cet ami du temps où il travaillait comme chauffeur, et qu'il retrouvait parfois le vendredi au pub le long de la Tamise. Comment s'appelait-il donc ? Bartek. Elle tapa le mot, toujours sans autre résultat qu'un message d'erreur.

Elle n'allait pas renoncer déjà. C'était la première fois qu'elle s'aventurait aussi loin. Jusqu'à son bureau. Jusqu'à allumer son ordinateur. Il fallait réfléchir. Procéder logiquement. S'il n'avait pas utilisé un mot fantaisiste ou une combinaison de chiffres, elle devait pouvoir percer à jour sa fichue protection.

Elle regarda autour d'elle, comme si les murs blancs ou la moquette grise impeccable pouvaient lui donner un indice. Le placard rempli des pulls tricotés par maman. Sur l'étagère, les livres d'aventures achetés par maman et qu'il n'avait pas jetés, bien qu'il ne lise plus ce genre de littérature depuis longtemps. Voilà ce que racontait cette chambre : le grand amour entre Samson et sa mère. Un amour qui perdurait après la mort de celle-ci. La sollicitude infinie de cette femme envers un fils éprouvé par toutes sortes de difficultés. La douleur que ce fils portait en lui aujourd'hui encore, parce qu'il avait perdu le seul être à qui il était vraiment attaché.

La belle-mère de Millie s'appelait Hannah.

Elle tapa ce prénom sur le clavier. Le programme s'ouvrit avec une petite musique.

— Bon sang, qu'est-ce que tu fais là ? dit une voix derrière elle.

Millie se retourna. Sur le pas de la porte, Gavin la regardait d'un air effaré.

Elle éteignit aussitôt la machine, se leva. Partant toujours du principe que la meilleure des défenses est l'attaque, elle houspilla Gavin :

— Es-tu vraiment obligé d'arriver comme ça, sans bruit ?

— Comment peux-tu fouiller dans l'ordinateur de mon frère ? demanda Gavin, indigné.

Elle haussa les épaules.

— J'estime cela nécessaire, dans l'intérêt de notre sécurité.

— Notre sécurité ? Quelle sécurité ? Samson ne ferait pas de mal à une mouche !

— Qu'en sais-tu ? As-tu la moindre idée de ce qu'il fait chaque soir pendant des heures devant cet écran ? Il pourrait très bien télécharger des jeux vidéo violents. Ou regarder des films pornos.

— C'est un adulte. Il a le droit de regarder ce qu'il veut.

Elle sortit de la pièce en le bousculant un peu au passage et descendit l'escalier. Gavin ne put que la suivre.

— Je vois les choses autrement, déclara-t-elle. C'est quelqu'un de perturbé, et les gens comme lui, il faut les tenir à l'œil. Savoir ce qu'ils manigancent. J'espère que tu n'as pas envie d'apprendre un jour que, par exemple, ton frère est allé faire un massacre dans une école ?

— Mais pourquoi ferait-il une chose pareille ?

Ils étaient arrivés dans la cuisine. Millie ouvrit le réfrigérateur, en sortit une boîte contenant un plat préparé et la posa brusquement sur la table, faisant sursauter Gavin.

— Ou bien tu ne lis pas les journaux, ou tu ne comprends pas ce qu'on y raconte. Quand des types pètent les plombs et se mettent tout à coup à tuer des gens, la plupart du temps, la famille déclare avec étonnement qu'on ne les aurait jamais crus capables de ça. Mais dès qu'on creuse un peu, on s'aperçoit que la personne en question avait toujours eu une conduite un peu bizarre, et que rien ne serait arrivé si les autres s'en étaient souciés à temps.

— Mais Samson...

— C'est une simple question de prudence, rien d'autre, dit Millie.

Elle s'en voulait de s'être laissé surprendre aussi stupidement par Gavin. S'il le racontait à Samson, celui-ci changerait aussitôt son mot de passe, et cette fois, il en choisirait un qu'elle n'ait aucune chance de découvrir. Pourtant, elle savait d'instinct que Gavin allait vraisemblablement tenir sa langue. Personne ne redoutait les conflits autant que lui, et il y réfléchirait à deux fois avant de jeter de l'huile sur le feu alors que les relations entre sa femme et son frère n'étaient déjà pas très bonnes.

— Eh bien, tu veux continuer à te lamenter, ou tu préfères que je te prépare quelque chose à manger ? demanda-t-elle froidement.

Il parut vouloir ajouter quelque chose, puis se ravisa. Il avait l'air fatigué. Il avait attaqué la journée à cinq heures, son bus avait transporté vers leur école des enfants qui criaient, des jeunes bruyants. Il n'en pouvait plus. Elle lut littéralement sur son visage qu'il renonçait, que l'énergie lui manquait pour se lancer dans une discussion.

— Je préfère manger, fit-il docilement.

3

Mardi 8 décembre, 22 h 10

Elle ne vaut pas mieux que les autres femmes. Vraiment pas. Michelle Brown. Maintenant, je connais son nom, et aussi son caractère. Elle est prétentieuse, égocentrique, ingrate. Et même pas spécialement jolie, du moins pas quand on l'a juste en face de soi. Elle a l'air mieux de loin. Comme elle avait pleuré, elle avait des plaques rouges sur le visage et son maquillage avait complètement coulé. Aucune comparaison avec Gillian Ward ! L'autre jour, au Halfway House, il était visible qu'elle avait pleuré, et pourtant, cela n'enlevait rien à sa beauté. Cela la rendait seulement plus éthérée, plus fragile. On avait envie de la prendre dans ses bras, de la protéger. Alors que je ne prendrais sûrement pas Michelle Brown dans mes bras. Elle n'est pas du tout mon genre. Mais quand même, elle n'avait aucune raison de me traiter avec une telle condescendance.

En ce moment, j'ai une écharpe en laine autour du cou, et devant moi une grande tasse de jus de citron chaud au miel. J'ai dû prendre froid, parce que je suis encore complètement gelé. Je sens que cette histoire avec Michelle Brown va me coûter une grippe.

Je suis arrivé chez elle vers cinq heures et demie. J'avais pris le chemin du retour à quatre heures et demie, même avec la meilleure volonté du monde, je ne pouvais pas rester plus longtemps là-bas, à Shoeburyness. Le froid me transperçait jusqu'aux os, à la fin, j'avais l'impression de marcher tout doucement, comme un vieux. J'avais une faim de loup, mais aller jusqu'en ville à Shoeburyness m'aurait entraîné trop loin, sans compter que je ne savais pas où trouver un supermarché. L'été, on peut acheter des sandwichs sur la plage, mais en décembre, il n'y a rien, bien sûr. J'aurais dû penser à emporter quelque chose ce matin. Millie dit toujours que je suis bête à faire peur, et c'est sûrement vrai. J'avais encore avec moi un petit bout de saucisse, mais il était prévu pour Jazz, et j'avais beau me sentir très mal, je n'aurais pas pu me résoudre à le priver de nourriture. D'autant qu'il a été très gentil et patient, il a supporté tout ça d'une façon tellement touchante, alors qu'il avait froid lui aussi, peut-être même peur de ne plus revoir sa maîtresse. J'avais vraiment des remords envers lui. Je lui ai donc donné la saucisse. L'odeur m'a flanqué des vertiges. J'étais si énervé ce matin que j'avais à peine déjeuné.

J'ai encore traîné un moment sur la plage. Elle était absolument déserte. J'aurais pu apprécier si je n'avais pas eu aussi froid. A la tombée de la nuit, les vagues déferlaient, noires et inquiétantes. Le brouillard s'était levé, on voyait qu'il avait fait beau toute la journée au-dessus de cette chape d'humidité. J'ai même eu droit à une belle fin de coucher de soleil d'hiver : j'ai vu le soleil rouge s'enfoncer à l'ouest dans le smog gris jaunâtre de Londres. J'avais devant moi les eaux sombres du fleuve, une barge glissait lentement vers l'embouchure, et en me retournant, je voyais se balancer au vent les grandes herbes sèches qui poussent sur le sable. L'atmosphère était à la fois mélancolique et magique. J'aurais tant voulu que Gillian soit là avec moi ! J'aurais voulu pouvoir partager avec elle ce moment si spécial...

Donc, à cinq heures et demie, après être rentré à Thorpe Bay en marchant le long de la plage, péniblement, car j'étais frigorifié, j'ai sonné chez Brown. Elle a ouvert brusquement la porte, j'étais juste en face d'elle, mais, quand elle a vu Jazz qui remuait frénétiquement la queue, ils se sont jetés l'un sur l'autre, c'est-à-dire qu'elle s'est accroupie sur le sol et que lui s'est mis à gémir, à se tortiller, à lécher son visage déformé par les larmes, et pendant un moment, plus personne ne s'est occupé de moi. A la fin, quand elle s'est relevée, elle était encore plus échevelée qu'avant, et elle avait l'air un peu... disons, perplexe.

Je ne sais pas ce que j'avais espéré. Hier soir, il me semble que par moments j'imaginais qu'elle allait me prendre dans ses bras spontanément. Qu'elle serait radieuse. Débordante de gratitude. Et au lieu de cela, elle se montrait très réservée. Maintenant qu'elle avait retrouvé son petit trésor, j'avais l'impression qu'elle n'avait qu'une envie, me claquer la porte au nez, même si elle était évidemment trop polie pour le faire.

« Où l'avez-vous trouvé ? » m'a-t-elle demandé.

J'ai fait un geste vague en direction du fleuve. « J'étais allé me promener – assez loin du côté de la mer, presque jusqu'à Shoeburyness –, quand il est subitement venu vers moi. » Tout en parlant, je sentais peu à peu le rouge me monter au visage. J'espérais que Michelle ne remarquerait pas mon embarras.

Elle m'a regardé d'un air étonné. « Mais qu'est-il allé faire là-bas ? Je ne comprends pas... Pourquoi s'est-il échappé ? Il n'avait encore jamais fait cela ! » J'ai proposé une explication : « Il a peut-être senti ou vu un autre chien quelque part, et ensuite, il l'a suivi. »

Elle n'a pas paru convaincue, mais bien sûr, elle ne s'est absolument pas doutée de la façon dont les choses s'étaient réellement passées.

« Heureusement qu'il avait à son collier un médaillon avec mon adresse et mon numéro de téléphone, a-t-elle repris. Sans cela, vous ne m'auriez pas trouvée aussi facilement. Bien que j'aie signalé sa disparition au commissariat et aussi à la fourrière. Vous l'auriez donc su de toute façon en allant là-bas. »

Elle n'avait pas idée que je la connaissais déjà très bien. Sa remarque m'a fait de la peine : cela fait au moins six mois que nous nous croisons tous les jours, tôt le matin, quand elle promène son chien. D'un peu loin, certes, mais visiblement, elle ne m'avait jamais remarqué. Elle n'a absolument rien dit du genre : Ah, n'est-ce pas vous que nous rencontrons souvent le matin ?

Au contraire, elle me considérait comme un parfait inconnu. C'est vraiment typique, les femmes se comportent toujours comme si je n'étais pas là. Et dans le cas contraire, elles m'oublient au bout de quelques secondes. Je suis le genre d'homme qu'elles ne regardent pas deux fois, à qui elles n'accordent tout au plus qu'une pensée moqueuse. C'est comme ça. Dans mes moments de désespoir, je me dis que cela ne changera jamais.

« Eh bien, ai-je déclaré à Michelle, je suis très content de l'avoir trouvé et de vous l'avoir ramené. C'est vraiment un très gentil chien !

— Pour moi, il est comme mon bébé », a-t-elle fait d'une voix attendrie.

J'étais tellement frigorifié que j'ai pensé : Maintenant, tu pourrais bien m'offrir un café ! Evidemment, elle ne pouvait pas savoir ce que j'avais enduré, mais tout de même, je lui avais ramené son « bébé » ! Cela ne méritait même pas un petit café ?

Nous étions donc là à nous regarder, un peu gênés, quand Michelle m'a dit :

« Eh bien, encore une fois, merci beaucoup, monsieur... ?

— Segal. Samson Segal.

— Monsieur Segal. Je suis Michelle Brown. C'est un très grand soulagement. La journée a été terrible. J'imaginais déjà Jazz écrasé par une voiture, ou kidnappé par un laboratoire, j'avais des visions d'horreur...

— Eh bien, je vous souhaite à tous deux une bonne soirée », ai-je conclu en me retournant pour partir.

Elle ne m'a pas retenu. Elle m'a seulement remercié une nouvelle fois, de loin, quand j'ai atteint le portail du jardin.

Et c'était tout. Le temps que je sois dans la rue et que je me retourne, elle avait déjà refermé la porte.

Et moi, j'étais là, gelé, affamé. Complètement épuisé. Pour rien.

Le pire, dans ce genre de situation, c'est que je me dis toujours que cela n'arrive qu'à moi. Que cela vient de moi, pas des autres. J'imagine ce qui se serait passé si, par exemple, c'était Bartek qui avait ramené le chien. Bartek avec ses cheveux noirs, son regard ténébreux, son air insolent, son léger accent étranger. Bartek qui n'est jamais aussi en forme que lorsqu'il a une femme en face de lui. Qui est capable de se montrer spirituel, charmeur, qui sait s'attirer toutes les sympathies. Lui, elle l'aurait fait entrer. Elle lui aurait sans doute proposé de trinquer à l'heureux retour de son chien, elle aurait peut-être même allumé des bougies, ou fait du feu dans la cheminée, si elle en a une. Bartek n'aurait pas été forcé de rentrer chez lui l'oreille basse.

Evidemment, cette attitude en dit long sur Michelle Brown. Un homme comme Bartek, elle se serait jetée à son cou, mais moi, elle m'envoie balader comme un représentant de commerce. Comme si j'avais voulu lui vendre une encyclopédie. Ça en dit long sur les femmes en général. Malheureusement, la plupart sont plutôt faciles. Une mèche brune qui vous retombe sur le front, un petit accent d'Europe centrale, et on obtient d'elles tout ce qu'on veut. Bartek n'est pas un mauvais garçon, mais il est trop superficiel, il ne se soucie que de son intérêt personnel. Alors que moi, je suis quelqu'un de sérieux. Je pourrais apporter à une femme beaucoup plus de chaleur, de sentiment. Mais il faudrait qu'elles me laissent une chance de le prouver. C'est ce que maman disait toujours : Samson est un garçon qu'il faut regarder à deux fois. Il a un grand cœur, mais il faut prendre le temps de le découvrir.

Les femmes ne prennent pas ce temps-là. Elles ne voient qu'un homme timide, qui rougit facilement, qui ne fait pas de remarques spirituelles. Et lorsqu'elles apprennent qu'on est au chômage, c'est la fin de tout. Les femmes attachent de l'importance à l'argent. Michelle aussi, sans doute. Elle m'a évalué. Elle s'est aperçue que mes vêtements n'étaient pas neufs, pas coûteux, et c'en était fait de moi. J'étais tout juste bon à lui ramener son chien. Elle n'a pas pu se résoudre à me faire entrer même pour cinq minutes.

Elle est comme toutes les autres. Toutes ces femmes qui te montrent ce que tu vaux comme homme à leurs yeux : Tu es de la merde. Tu n'es personne.

Je crois que je déteste Michelle.

Je déteste tous ceux qui me font du mal.

Mercredi 9 décembre

1

Même les plus longues nuits ont une fin, pensa-t-elle.

Il était six heures du matin lorsqu'elle commença enfin à se détendre. L'obscurité était encore totale dehors, le jour ne se lèverait pas avant deux bonnes heures, mais Anne avait toujours été debout dès six heures – les jours de semaine pour se rendre à son cabinet, le week-end pour pouvoir peindre tranquillement pendant deux heures avant de préparer le petit déjeuner. Quelle que soit la saison, sa journée commençait à six heures. Elle aimait être éveillée quand les autres dormaient encore. Cependant, à présent qu'elle vivait absolument seule dans cette bâtisse en pleine forêt, elle n'éprouvait plus guère cette impression de profiter d'un moment de calme dans un monde endormi. La nuit, on entendait autrement les sons, les voix, les murmures de la forêt, mais ce n'était pas la même chose que de veiller au milieu d'autres maisons noires et silencieuses. Ici, dans cette solitude, lumière et ombre, sommeil et veille pouvaient dangereusement se confondre. Surtout par ces longues nuits d'avant Noël.

Anne s'était installée depuis des heures dans le salon. Enveloppée dans une bonne couverture, elle avait bu du lait chaud à petites gorgées, essayant de calmer ses nerfs en révolution. La veille, elle s'était couchée vers dix heures et demie, avait lu encore une demi-heure, puis s'était endormie très vite, mais ensuite, à un certain moment, quelque chose l'avait réveillée avec un sursaut de terreur.

Une fraction de seconde, elle avait vu le faisceau des phares d'une voiture balayer le mur de sa chambre, elle avait entendu le ronronnement d'un moteur. Tout cela n'avait duré qu'un instant avant de disparaître.

Un véhicule était là, quelque part dans la nuit glaciale. Avec quelqu'un dedans qui... oui, et ensuite ? Que pouvait-on avoir à faire dans cette clairière éloignée de tout ? Observer une seule maison, entourée d'un jardin aux arbres nus ? Pourquoi ? Et qui ?

Le cœur battant, elle était restée dans son lit, espérant avoir rêvé, mais elle savait que ce n'était pas un rêve. Ni son imagination. Cela s'était produit trop souvent ces derniers temps. Elle devait commencer à le prendre au sérieux. Même sans avoir la moindre idée de ce que cela signifiait.

D'après les chiffres lumineux du radio-réveil sur sa table de chevet, il était alors près de minuit et demi.

Elle avait fini par se ressaisir, s'était approchée de la fenêtre. Il y avait aussi des volets à l'étage, mais elle ne les fermait jamais. S'avançant avec précaution pour ne pas être vue, elle avait regardé dehors. Derrière les nuages, la lune éclairait faiblement. Elle n'avait rien pu distinguer, ni voiture ni être humain. Mais elle savait que quelqu'un était là. Que quelqu'un respirait. Attendait.

Un instant, elle avait envisagé d'appeler la police. *J'habite en pleine forêt. Dans une ancienne maison forestière. A peu près à dix minutes de route de Tunbridge Wells. Il y a une voiture dehors. Je crois que quelqu'un guette la maison. Cela dure depuis plusieurs semaines. Je vois la lueur des phares quand la voiture approche, à cause des cahots, parce qu'il n'y a qu'un chemin de terre. Ensuite, les phares s'éteignent et la voiture doit rester arrêtée quelque part. Le conducteur attend sans doute quelque chose, mais quoi ? Qu'est-ce qu'il me veut ?*

Deux fois, elle avait avancé la main pour décrocher le téléphone, deux fois, elle l'avait retirée. Tout cela passerait pour des élucubrations de vieille folle. Elle imaginait sans peine l'impression qu'elle pouvait donner : une femme de près de soixante-dix ans, assez bizarre pour se retirer dans un endroit totalement désert. Une veuve, pas très sociable.

Qui peint des fleurs sauvages. Et maintenant, elle croit voir des lumières de phares. Et entendre des bruits de moteur.

Finalement, elle avait enfilé un jogging et était descendue au rez-de-chaussée. Là, les volets étaient bien fermés. Auparavant, elle les laissait presque toujours ouverts. Mais elle n'osait plus depuis ces étranges événements.

Au moins, personne ne pouvait la voir de l'extérieur. Elle alluma toutes les lumières, mit la télévision en marche. Entendre la voix de quelqu'un. Savoir qu'elle n'était pas seule au monde.

Etonnée d'avoir si froid, elle fit chauffer du lait, s'enveloppa dans une couverture de laine. Il paraissait clair qu'elle ne dormirait plus cette nuit-là. Elle resta assise, regardant tantôt le mur, tantôt la télévision, tandis que, dehors, quelqu'un attendait, les yeux probablement fixés sur la maison. Elle savait que des rais de lumière filtraient à travers les fentes des volets. Qui que soit le mystérieux inconnu, il voyait qu'elle ne dormait pas. Cela avait-il un sens quelconque pour lui ? Elle n'aurait pas su le dire.

Au matin, le cauchemar avait un peu perdu de son acuité. Anne avait prévu d'aller en ville poster quelques cadeaux de Noël destinés à de vieux amis, elle savait que ce retour à la normalité du quotidien éloignerait l'horreur de cette veille, la ferait paraître presque irréelle. Elle était contente à présent de ne pas avoir appelé la police, d'avoir évité de se rendre ridicule. Elle était même heureuse qu'il y ait eu cette longue nuit, parce qu'elle s'était enfin décidée : elle allait vendre la maison et rentrer à Londres. Là où elle avait passé presque toute sa vie. Là où vivaient les gens qu'elle connaissait encore.

Elle avait beaucoup réfléchi pendant ces heures interminables. Elle avait revécu une fois de plus la souffrance qui s'était abattue sur elle après la mort de Sean. La détermination avec laquelle elle avait combattu la solitude et l'angoisse. Et surtout, elle s'était remémoré la promesse qu'elle s'était faite à elle-même et à Sean, à l'hôpital, après que son mari s'était endormi pour toujours : *Je poursuivrai ton rêve. Avec la maison que tu as tant aimée. Avec le verger, les merveilleux couchers de soleil sur la terrasse, les nuits d'hiver silencieuses, quand la forêt tout entière se couvre de givre. Je vivrai tout cela à ta place.*

Ce matin, elle se donnait enfin la permission de reprendre sa promesse.

Pas seulement parce qu'un fou se promenait peut-être en liberté dans la forêt et pouvait représenter un danger pour elle. Qui que ce soit, quels que soient ses motifs, il n'avait été que l'élément déclencheur de sa décision.

Elle avait compris quelque chose cette nuit-là : en réalité, elle vivait le rêve de Sean. Mais celui-ci n'avait rien à voir avec elle, avec ses désirs, ses aspirations, sa conception de l'existence. De plus, habiter cette demeure avait sans doute eu son charme. Mais lorsqu'on était seule, cela pouvait virer au cauchemar.

Elle se sentait à la fois fatiguée et électrisée. Euphorique. Libérée.

Elle entra dans la cuisine, alluma la machine à café, fit cuire un œuf, sortit le pain de mie du paquet. Elle se mit à chantonner. A son retour de la poste, elle chercherait un agent immobilier. Peut-être pourrait-il venir rapidement voir la maison, dans les prochains jours, et lui dire à quel prix elle pouvait espérer la vendre. Ensuite, elle se mettrait en quête. Un joli trois-pièces, avec un grand balcon pour y faire pousser des plantes. Dans un immeuble où habiteraient d'autres gens avec qui elle lierait peut-être connaissance. Le soir, elle regarderait les lumières de la ville. Elle s'aperçut qu'à cette idée les larmes lui venaient aux yeux, et elle se rendit compte à quel point il lui avait été pénible de vivre dans une telle solitude. Maintenant qu'elle se donnait pour la première fois le droit d'y penser, elle comprenait qu'elle avait été malheureuse. Qu'elle avait vécu contre ses propres rêves.

Elle chantonnait tout bas.

Le plus beau, c'était cette impression profonde que, de là où il était, Sean hochait la tête avec bienveillance.

2

— Alors ? demanda Peter Fielder quand l'inspecteur McMarrow entra dans son bureau.

A cette heure matinale, les locaux et les couloirs de la Met étaient encore très tranquilles. Peter aimait être sur place avant tout le monde. Il pouvait ainsi abattre une masse de travail sans être dérangé par l'agitation habituelle, les gens qui venaient lui parler, les allées et venues incessantes de ses collègues, les téléphones qui sonnaient, les réunions de service auxquelles il fallait se rendre sur-le-champ.

Christy McMarrow partageait cet état d'esprit, et c'était sans doute grâce à cette conception commune de leur métier, se disait Peter, que leur équipe fonctionnait aussi bien.

Son « Alors ? » laissait entendre que Christy lui apportait certainement de nouvelles informations. Elle ne passait jamais le voir uniquement pour boire un café ou pour bavarder tranquillement.

Elle n'avait d'ailleurs pas l'air particulièrement joyeux. Si elle avait découvert quelque chose, ce n'était apparemment pas de nature à les rapprocher de la solution.

— Hier, j'ai parlé avec deux anciennes collègues de Carla Roberts à la droguerie, commença-t-elle. Toutes deux décrivent Carla comme une personne aimable, bien qu'extrêmement réservée. Il semble qu'elle communiquait très peu, tout en étant gentille et toujours prête à rendre service. Il leur paraît exclu que Carla ait eu des ennemis sur son lieu de travail. Je vais quand même en reparler avec le gérant de la succursale, mais mon instinct me dit que nous ne trouverons rien de ce côté-là.

— Hum, fit Peter. Autre chose ?

— J'ai épluché le carnet d'adresses de Carla Roberts, mais il y a très peu de noms. La plupart sont d'anciennes collègues. Il semblerait qu'elle n'y ait inscrit personne d'autre après son départ. Soit elle n'a pas eu de nouveaux contacts, soit cela n'a pas duré, en tout cas, elle n'en a pas gardé de trace écrite. J'ai aussi retrouvé une ancienne connaissance du temps où elle était encore mariée. Eleanor Sullivan. Elle était plus ou moins amie avec le ménage Roberts. Je l'ai interrogée elle aussi.

— Et comment votre instinct a-t-il réagi ?

Peter posait cette question sans la moindre ironie. En quelques années, il avait appris à attacher le plus grand prix à l'intuition de sa collègue. Ce n'était peut-être pas non plus sans rapport avec l'admiration et la vénération qu'il avait pour elle en tant que femme.

— Il n'a pas fait beaucoup d'étincelles, reconnut à regret Christy. Je dirais même que je n'y comprends rien du tout. A mon avis, il est très peu probable que l'assassin de Carla vienne de son passé – à moins qu'il n'y ait là des abîmes insondables que personne ne connaîtrait. Mme Sullivan se souvient encore très bien de Carla et la décrit comme le font tous les autres : une femme timide et réservée, mais sympathique et très gentille. Carla n'a jamais eu de problème avec personne à sa connaissance. Selon ses propres mots, Carla était bien trop silencieuse et effacée pour se quereller avec qui que ce soit. C'était certainement quelqu'un qui fuyait les conflits et évitait de provoquer les gens.

— Hum, fit de nouveau Peter. C'est à désespérer. Elle n'avait même pas d'ordinateur. Nous n'avons donc aucun contact de messagerie, aucun forum ou site Internet qui puisse nous renseigner. Nous tâtonnons dans le noir !

La timidité et l'invisibilité qui avaient tant pesé sur la vie de Carla Roberts rendaient maintenant difficile l'élucidation des circonstances de sa mort violente. Pourquoi avait-il fallu que cette femme sans relief, qui ne s'était jamais fâchée avec personne, soit assassinée de cette façon barbare ? Comment ce modèle de discrétion avait-il pu déclencher une agression d'une telle violence ?

— Il doit y avoir quelque chose dans sa vie, reprit-il. Quelque chose qui a poussé le meurtrier à cet acte brutal. Tuer quelqu'un d'une balle, à une certaine distance, est une chose. C'en est une autre de le ligoter et de lui enfoncer un chiffon dans la gorge jusqu'à le faire vomir, puis de maintenir le chiffon jusqu'à ce que la personne soit étouffée par ses propres vomissures après s'être longuement débattue contre une mort horrible. A mon avis, il faut pour cela une haine exceptionnelle. Comment Carla Roberts l'a-t-elle déclenchée ? Elle ne peut pas avoir simplement traversé la vie comme une ombre sympathique et presque invisible.

— A moins que le meurtre n'ait rien à voir avec sa personnalité, objecta Christy. Qu'elle n'ait été choisie que parce que sa solitude en faisait une cible commode. Pour un homme qui aurait essentiellement un problème avec les femmes. C'est d'ailleurs la première idée qui nous est à tous venue à l'esprit, quand nous avons vu ce qu'on lui avait fait.

— De toute façon, nous sommes bien obligés de chercher dans sa vie. Nous n'avons aucun autre indice, dit Peter en réprimant un bâillement de fatigue. Cette Mme Sullivan vous a-t-elle aussi parlé du ménage Roberts ?

— Oui. Rien de particulier, pas de hauts ni de bas. Le mari travaillait beaucoup, il passait son temps dans l'entreprise. Carla est tombée des nues quand elle a appris du même coup la faillite et le fait qu'il la trompait depuis des années. Ce qui la bouleversait le plus, c'était de ne jamais s'être aperçue de rien. Elle en parlait de temps en temps à Mme Sullivan au téléphone, et elle répétait toujours cette phrase : *Comment ai-je pu ne rien voir ?* Elle ne parvenait pas à comprendre.

— Son mari a-t-il jamais été violent envers elle ? A-t-on constaté chez lui une quelconque propension à la violence, d'une façon générale ?

— Non. Ce devait être, dans le genre ennuyeux et peu spectaculaire, ce qu'on appelle un ménage heureux. En dehors de cela, le mari passait pour quelqu'un de calme, plutôt honnête. Selon Eleanor Sullivan, le divorce a été rapidement expédié. A part sur la question de l'argent, elle ne lui en a pas voulu, il n'y avait de toute façon plus rien à sauver. Au reste, il a ensuite très vite disparu de la circulation.

Fielder n'aurait pas parlé d'instinct à propos de sa propre façon de travailler, mais il avait tout de même la nette impression qu'ils perdaient leur temps en cherchant à retrouver l'ex-mari. Il n'avait certainement rien à voir avec le meurtre de Carla. Il changea de sujet :

— Avez-vous du nouveau concernant la porte d'entrée de l'immeuble ?

Là-dessus, Christy avait au moins un résultat à proposer :

— Oui, notre technicien dit qu'elle a incontestablement été trafiquée. Le ressort qui permet à la porte de se refermer automatiquement a bien été décroché avec une pince. De cette façon, n'importe qui pouvait entrer et sortir quand il voulait, même sans avoir la clé.

— Ça peut avoir été fait par le meurtrier.

— Oui, mais pas forcément. Le gardien dit qu'il y a parfois des actes de vandalisme. Hackney n'est pas le quartier le plus bourgeois de la ville. Un jeune peut avoir fait ça pour s'amuser, et notre meurtrier en aurait profité.

Peter Fielder se frotta les yeux avec lassitude. C'était le moment où il aurait eu besoin d'entrevoir un espoir de sortir un jour du brouillard qui entourait cette affaire. N'importe quoi aurait suffi, même le plus mince fil conducteur. L'ombre d'un indice. De quoi déclencher la montée d'adrénaline qui chasserait d'un seul coup la fatigue. Mais il n'avait rien. Seulement cette impression de piétiner dans la boue sans avancer d'un pas.

Christy remarqua son abattement.

— Hé, chef ! Ne soyez pas si triste ! C'est bientôt Noël.

Il ne fit même pas l'effort de sourire.

— Oui, c'est bientôt Noël. Mais il y a dehors un cinglé en liberté. Noël n'y changera rien.

— Vous croyez qu'il va recommencer ?

— C'est possible. Possible que le meurtre de Carla n'ait pas suffi à résoudre son problème.

— Un type qui aurait la haine des femmes ? Qui guetterait simplement les occasions favorables pour l'assouvir ? Cela conforterait la thèse de la victime prise au hasard.

— Pas tout à fait. Rien n'est *uniquement* le fruit du hasard. Il faut que la vie de Carla Roberts ait croisé quelque part celle de son meurtrier. Le point de jonction peut être infime, il peut paraître si insignifiant que nous aurons beaucoup de mal à le découvrir, mais je ne crois pas que quelqu'un puisse se contenter de monter au dernier étage d'un immeuble pour sonner à n'importe quelle porte et, comme par hasard, y trouver une femme seule à assassiner. Il faut qu'il ait entendu parler d'elle quelque part, qu'il connaisse son existence, ses conditions de vie.

Résolu à ne pas laisser la fatigue et la déprime avoir le dessus, Fielder se leva.

— Je crois que le meurtrier connaissait Carla Roberts. Qu'il en savait même très long sur elle. Voilà pourquoi nous devons reconstituer toute son existence. Jusqu'aux plus petites ramifications. Il nous faudra sans doute chercher à des endroits à première vue pas du tout évidents. Sans oublier que nous n'avons probablement pas beaucoup de temps.

Christy garda le silence.

Elle savait qu'il pensait à la prochaine victime.

3

Le pub était moins bondé que le vendredi précédent, mais il y régnait un brouhaha intense, et les mêmes hommes s'agglutinaient au comptoir, piétinant le sol maculé par l'humidité que chacun apportait à la semelle de ses chaussures. En fond sonore, une radio diffusait les airs traditionnels de la période de Noël.

Dès le pas de la porte, Gillian s'assura que le type qui habitait dans sa rue, Samson Segal, n'était pas dans la salle, sans quoi elle aurait fait demi-tour. Ce n'était pas la peine qu'il soit de nouveau témoin de son tête-à-tête avec un inconnu. A première vue, il n'avait pas l'air d'être présent, mais elle devait se décider rapidement, car les clients commençaient à protester :

— La porte ! On n'est pas en plein été, ma jolie !

Elle sentait déjà son courage défaillir, quand John Burton s'avança vers elle. Elle espérait presque qu'il serait déjà reparti, car elle avait près de trois quarts d'heure de retard, et, bien qu'elle soit flattée qu'il l'ait attendue, son estomac se contracta nerveusement.

Il lui prit son manteau et la conduisit par le bras jusqu'à une table d'angle où étaient posés un pichet de vin et deux verres.

— Je suis content que vous soyez venue, dit-il. J'espère que cette table vous convient ?

— Oui, bien sûr. Je suis désolée d'être tellement en retard. J'ai dû attendre le retour de mon mari. Becky est encore trop jeune pour qu'on la laisse seule le soir.

En réalité, Tom était rentré plus tôt que d'habitude. Le matin, elle lui avait dit qu'elle avait rendez-vous avec Tara et, comme cela était convenu entre eux en pareil cas, il avait promis sans discuter d'être à la maison dès que possible, afin que Gillian puisse partir à l'heure.

Mais c'était elle qui avait traîné, tout en se demandant sans cesse pourquoi elle hésitait autant. John Burton était l'entraîneur de handball de sa fille. Il l'avait invitée à boire un verre. Pas chez lui, mais dans un pub, un endroit public. C'était sans conséquence. Il n'y avait pas de quoi se sentir toute retournée.

Tara, qu'elle avait appelée pendant sa pause de midi pour assurer son alibi, avait toutefois mis le doigt sur le problème :

« Si c'est sans importance, pourquoi ne dis-tu pas la vérité à ton mari ? Pourquoi faire appel à moi ?

— Tom pourrait se faire des idées…

— Et toi, quelles idées te fais-tu donc ?

— Tara… »

Tara s'était mise à rire.

« Ecoute, ma chérie, tu n'as pas besoin de te justifier avec moi. Et tu peux aussi m'utiliser comme prétexte vis-à-vis de Tom. Même si tu devais coucher dès ce soir avec cet homme de rêve, cela ne me poserait aucun problème. Mais ne t'attends pas à résoudre le tien de cette façon. En ayant une aventure. Ça mettra tout au plus un peu de piment dans ton existence.

— Mais je n'ai pas l'intention de coucher avec lui ! »

Tara n'avait rien répondu à cela, mais Gillian avait très nettement senti ce que signifiait l'expression « un silence éloquent ».

Elle avait fini par y aller, pour ne pas paraître lâche. Elle avait brossé soigneusement ses cheveux, mis un jean et un pull-over, un soupçon de rouge à lèvres aussi, mais sans se maquiller davantage. Burton ne devait pas imaginer qu'elle se mettait en frais pour lui. De plus, il fallait rester crédible aux yeux de Tom. Elle n'avait pas l'habitude de se faire belle pour un rendez-vous avec Tara.

— Ils ont un excellent vin ici, déclara John en lui servant un verre. Et si vous avez faim, nous pourrions...

Elle l'arrêta aussitôt. L'idée de manger lui paraissait inconcevable en cet instant.

— Non, merci, boire un verre me suffira.

Elle but une gorgée de vin et le trouva bon, mais elle eut surtout l'impression que cela la détendait. Elle se sentait déjà un peu mieux.

— Comment va Becky ? demanda John.

— Rien de nouveau, fit Gillian d'un air désabusé. Elle ne s'entend pas très bien avec moi en ce moment. Ce matin, elle a eu l'air très contente quand je lui ai annoncé que je ne serais pas à la maison ce soir. Elle adore rester seule avec son père pour dîner et regarder un peu la télévision ensuite. J'essaie de ne pas y attacher trop d'importance, mais ça fait mal quand même.

— Je crois que beaucoup de filles passent par des phases de ce genre, où la relation avec leur père se renforce. Dans ces moments-là, elles ressentent leur mère comme une gêneuse. Mais cela ne dure pas. Tout à coup, la mère redevient la confidente privilégiée et le père ne sait plus rien de ce qui se passe. Jusqu'au jour où il rencontre dans la salle de bains le jeune homme qui vient de passer la nuit avec sa fille et où il se demande combien d'autres choses lui ont échappé.

— Avec vous, tout cela paraît très simple.

John haussa les épaules.

— Je crois que de nos jours on dramatise beaucoup trop les relations avec les enfants et les adolescents. Il faut parfois seulement les laisser tranquilles.

— Parfois aussi, c'est justement cela qui peut avoir des conséquences graves.

— Il n'y a pas de recette miracle, concéda John.

Gillian changea de sujet :

— En ce moment, je suis censée être avec mon amie Tara. J'ai dit à mon mari que j'avais rendez-vous avec elle.

— Vous lui avez menti ?

— Oui.

— Vous n'avez pas l'air de le faire souvent.

Gillian but en hâte une gorgée de vin, se demandant comment elle avait pu oser dire cela. *Ne recommence pas à le provoquer. A flirter avec lui et autres sottises. Ce n'est pas ton genre !*

— Non, bien sûr. Mais... je voulais seulement éviter de créer des problèmes.

— Si je comprends bien, il aurait vu un inconvénient à ce que vous ayez rendez-vous avec moi ?

— Pas vous, si vous étiez à sa place ?

— Je ne suis pas marié. C'est volontaire. Pour ne pas avoir à me poser ce genre de question.

— En tout cas, c'était plus simple de prétendre que je sortais avec Tara.

— Je comprends, fit-il en hochant la tête, comme si la simplicité de la réponse l'avait tout à coup convaincu.

Ils demeurèrent quelques instants silencieux, puis Gillian demanda :

— Pourquoi vouliez-vous me voir ? Je veux dire... vous n'avez pas dû trouver notre dernière rencontre spécialement palpitante.

— Qu'est-ce qui vous fait supposer ça ?

— Eh bien, j'ai surtout passé un bon moment à pleurer devant vous, puis je vous ai exposé quelques soucis particulièrement banals et ordinaires. Cela n'avait rien de très excitant.

Il la considéra pensivement.

— Je ne vous vois pas comme une femme qui a des soucis banals.

— Comment, alors ?

— Comme une femme très attirante, et qui se trouvait avoir quelques problèmes. Mais qui n'en a pas ?

— A la fin, j'ai eu l'impression que vous étiez fâché.

— Fâché, non. Un peu distant, peut-être. Vous aviez abordé un sujet que je préfère éviter.

— Votre départ de la police ?

— Oui.

Son visage se ferma, et cette fois, Gillian fut assez avisée pour ne pas insister.

— Mais vous n'avez pas encore répondu à ma question. Pourquoi vouliez-vous me voir aujourd'hui ?

— Je vous ai pourtant répondu à l'instant, affirma-t-il en souriant.

Elle attendit.

— Je viens juste de vous dire que vous étiez très attirante.

— C'est la raison ?

— Pour être honnête : oui.

Sa franchise avait quelque chose de désarmant, et Gillian ne put s'empêcher de rire.

— Je suis mariée, dit-elle.

— Je sais.

— A quoi cela nous mènera-t-il ?

— C'est à vous de décider. Après tout, c'est vous qui êtes mariée. Vous avez une famille. Vous êtes obligée de prétexter un rendez-vous avec une amie pour me rencontrer. C'est à vous de savoir jusqu'où vous voulez aller.

— Alors, je vais peut-être simplement finir mon verre et rentrer à la maison.

— Peut-être, fit John en souriant.

Son sourire n'était-il pas un peu condescendant ? Il n'avait pas l'air de croire qu'elle allait vraiment rentrer chez elle, et elle s'aperçut que cela la contrariait. Elle avait soudain l'impression que tout cela était de la routine pour John Burton, qu'il la manipulait. Il y avait probablement là un scénario longuement éprouvé, consistant à alterner habilement les mouvements d'approche et les phases de retrait, les phrases lâchées d'une voix indifférente et les sourires vaguement cyniques placés au bon moment. Elle se rappela la fête de Noël du club de handball, les supputations des autres mères sur la vie amoureuse du bel entraîneur. Il était sans doute vrai qu'il n'avait pas de partenaire fixe, ce ne devait pas être son but non plus. Il séduisait au passage celles qui lui plaisaient, puis il se tournait rapidement vers une nouvelle aventure.

Gillian était consciente de ne pas toujours très bien savoir ce qu'elle voulait, mais à cet instant, au moins, elle sut clairement ce qu'elle ne voulait à aucun prix : être un nouveau trophée dans la longue suite de conquêtes de ce charmant homme à femmes. Elle acheva son verre et leva la main quand John prit la carafe pour la resservir.

— Non, merci, plus rien pour moi. J'ai passé une très bonne soirée avec vous, John, mais je crois que je vais rentrer maintenant.

— Déjà ?

Il paraissait surpris.

— Oui. Je me suis décidée, voyez-vous, dit-elle en se levant.

Il se leva à son tour, mais elle était déjà partie décrocher son manteau du vestiaire, et elle franchit la porte sans même l'avoir mis. Le froid humide et le silence de la nuit lui procurèrent une sensation merveilleuse après l'atmosphère confinée du pub. La plage et le fleuve s'étalaient à ses pieds. Elle contempla au loin l'eau noire, écouta le murmure des vagues, huma les senteurs de sel et de vase. Elle enfila enfin son manteau. Elle se sentait comme si on venait de lui ôter un grand poids. A quoi pensait-elle donc en décidant de venir ici ?

Elle avait presque atteint sa voiture, garée le long de la route, quand John Burton arriva derrière elle.

— Mais attendez-moi ! fit-il, un peu essoufflé. Comme vous êtes pressée ! Il fallait bien que je prenne le temps de payer…

— Je ne tenais pas à vous attendre, avoua-t-elle en déverrouillant à distance les portières de sa voiture.

Elle voulut y monter, mais John la retint par le bras.

— Qu'est-ce que je vous ai fait ? demanda-t-il.

— A priori, rien, je suppose, reconnut Gillian. C'est juste que… je ne veux pas, voilà tout.

— Qu'est-ce que vous ne voulez pas ? Boire un verre avec moi ? Parler avec moi ?

— Je ne veux pas mentir à mon mari et à ma fille. Je ne veux m'embarquer dans rien qui puisse rendre cela nécessaire.

— Pourtant, vous avez déjà menti à votre mari aujourd'hui.

— Oui, et c'est déjà trop. Je ne veux pas recommencer.

— Attendez. S'il vous plaît. Ne partez pas tout de suite. Je suis vraiment désolé de m'être conduit avec vous de cette façon stupide et prétentieuse.

Elle voulut répondre, mais il l'arrêta du geste.

— Non, c'est la vérité. J'ai voulu avoir l'air d'un grand séducteur devant vous, et c'est justement cela qui a dû vous fâcher. Je peux le comprendre. Je regrette. Je ne sais pas quoi vous dire de plus. Vraiment, je regrette.

— Ce n'est rien, je vous assure. Seulement…

— … seulement, vous ne me laissez aucune chance.

— John, comprenez-moi…

— Pourrions-nous nous asseoir un instant dans votre voiture ? suggéra-t-il. Il fait vraiment froid, et puis, dans la rue, n'importe qui peut nous entendre.

Gillian acquiesça d'un mot. Elle s'installa au volant tandis que John se glissait sur le siège avant.

— Vous me fascinez, reprit-il. Et je voudrais vous revoir. Je suppose que vous l'avez déjà compris. Je sais que les circonstances sont particulièrement défavorables. Mais quand même. Je ne parviens pas à me sortir cette idée de la tête. J'ai essayé pendant tout le week-end, mais je n'arrive pas à vous oublier.

— Il y a certainement assez d'autres femmes pour vous consoler, répliqua Gillian.

Il la regarda dans les yeux, le visage grave. Il paraissait sincère.

— Non, il n'y en a pas. Cela ne correspond peut-être pas aux bruits qui courent sur moi, mais c'est la vérité. Il n'y en a aucune.

— Chez les mamans du club, vous passez pour un séducteur à la chaîne.

— Formidable. Mais c'est faux. Ma dernière relation a pris fin il y a plus d'un an. Depuis, je mène une vie de moine.

— Pourtant, vous montrez beaucoup d'expérience quand il s'agit de charmer une femme.

— Si j'avais autant d'expérience que cela, je me serais aperçu à temps que j'étais complètement à côté de la plaque avec vous. Gillian, je me suis excusé. Je voulais simplement avoir l'air cool. C'était stupide.

— Vous cherchez à vous donner des airs mystérieux.

— Que voulez-vous savoir ? Je vous le dirai ! Je ne veux rien vous cacher, Gillian !

Il la regardait d'un air presque suppliant.

— Pourquoi avez-vous quitté la police ?

Il s'affaissa littéralement.

— Bon Dieu ! Vous n'allez pas laisser tomber, n'est-ce pas ? s'exclama-t-il en levant les mains dans un geste d'impuissance.

— C'est parce que cela m'intéresse vraiment.

— Très bien, fit-il avec résignation. Mais quand je vous l'aurai dit, vous allez sans doute me demander de sortir de votre voiture. Et désinscrire votre fille du club.

— C'est si grave que ça ?

— Il y a huit ans, j'ai fait l'objet d'une plainte pour agression sexuelle. La jeune femme était stagiaire dans mon service. Le procureur a classé l'affaire faute de preuves, ce n'est pas allé jusqu'au tribunal. Mais après ça, je ne pouvais plus rester. Vous êtes contente ?

Elle le regarda d'un air effrayé.

4

En manœuvrant la voiture dans l'allée du garage, elle vit une silhouette s'avancer dans l'ombre sur le chemin menant à l'entrée de la maison. Tom.

— Je t'ai entendue arriver, et je me suis dit que...

Elle verrouilla les portières.

— Oui ?

— Oh, simplement que j'allais venir à ta rencontre, acheva-t-il en souriant.

Gillian fut touchée de cette attention. Elle avait souvent l'impression que Tom était davantage marié avec leur société et avec son club de tennis qu'avec elle-même, mais il y avait encore des instants comme celui-ci où elle retrouvait la tendresse qu'ils avaient partagée des années plus tôt et qui existait encore tout au fond, enfouie sous la masse des contraintes du quotidien. Ce soir-là, pourtant, elle aurait préféré ne pas s'en apercevoir.

Elle sentit que Tom lui jetait des regards de côté.

Que voit-il ? se demanda-t-elle avec une sourde angoisse. A quoi pense-t-il ?

Des pensées semblables traversaient l'esprit de Tom. Il observait Gillian, ses longs cheveux toujours un peu en désordre, son fin profil. Il voyait la femme qu'il avait rencontrée vingt ans plus tôt, au cours de ses études. Très vite, il n'avait plus imaginé sa vie sans elle. Ce soir, c'était la première fois depuis longtemps qu'il éprouvait sa présence avec une telle intensité. Au moment où il avait cru entendre de loin le moteur de sa voiture, une soudaine agitation l'avait saisi, le poussant à sortir de la maison pour l'attendre dans le froid.

Il se demandait maintenant avec inquiétude d'où lui était venue cette fébrilité.

Quand Gillian, à dix-neuf ans, était entrée à l'université, elle l'avait fasciné dès le premier instant. Elle était différente, pas seulement à cause de ses cheveux fous qui la faisaient remarquer parmi les autres étudiantes. Il y avait aussi en elle quelque chose de démodé. Fille unique de parents exagérément inquiets, qui l'avaient mise en garde à chaque pas, dès sa plus tendre enfance, contre les mille dangers d'un monde malveillant, elle vivait avec l'université sa première expérience d'une vraie liberté. Originaire de Norwich, dans l'Est-Anglie, elle avait choisi Glasgow parce que sa première pensée, ainsi qu'elle l'avait confié à Tom par la suite, avait été de mettre assez de distance entre elle et ses parents pour que sa mère ne vienne pas la voir chaque week-end et l'abreuver de ses conseils.

Gillian donnait l'impression d'être peu sûre d'elle, elle hésitait souvent, mais on sentait la joie de vivre derrière sa timidité. La surveillance sans faille de sa mère avait réussi jusque-là à faire qu'aucun homme n'ait eu une chance de passer un moment seul avec elle, ce qui n'était pas pour rien dans son manque d'assurance. Alors que beaucoup d'autres filles avaient eu un petit ami dès l'âge de seize ans, elle n'avait toujours aucune idée de l'effet qu'elle pouvait produire sur le sexe opposé.

Dès son arrivée, Tom l'avait littéralement assiégée. Ils étaient très vite tombés amoureux et Gillian s'était subitement épanouie, pas seulement à cause de ce beau jeune homme, le meilleur joueur de tennis de l'université, mais aussi parce qu'elle découvrait sa propre force, ses capacités, parce que la vie, contrairement aux mises en garde de sa mère, n'était pas avant tout menaçante, mais plutôt stimulante, pleine de défis à relever. Elle était aussi populaire auprès des étudiants que des professeurs, réussissait ses examens et dansait toute la nuit à chaque fin de semaine. Quand, après son diplôme, elle avait travaillé deux mois chez un producteur de cinéma pour se faire un peu d'argent, on l'avait empêchée de partir en lui proposant aussitôt un poste fixe à responsabilité. En peu de temps, elle était devenue capable de calculer seule les budgets des projets. A cette époque, on avait l'impression qu'une lumière intérieure irradiait autour d'elle.

Ce n'est plus le cas aujourd'hui, pensa Tom, et c'est peut-être ce qui m'inquiète. Elle n'a plus cette lumière. Elle ne rayonne plus.

— Comment ça s'est passé avec Tara ? demanda-t-il tandis qu'ils entraient dans la maison. Vous êtes allées dans un pub ?

— Oui, comment le sais-tu ?

— A l'odeur ! Et puis, tu es rentrée vraiment tôt.

Après avoir quitté précipitamment John Burton, elle était allée se garer sur un parking près de l'école de Becky et avait attendu un bon moment, craignant d'être de retour trop vite. Un instant, malgré le long trajet que cela supposait, elle avait été tentée d'aller réellement chez Tara pour discuter avec elle de ces événements troublants, puis elle s'était rendu compte que son amie n'était pas le meilleur interlocuteur possible. Elle aurait liquidé le cas John Burton en deux temps trois mouvements et n'aurait eu de cesse que Gillian ne désinscrive Becky du club. Le fait que la procédure contre John ait été abandonnée et qu'aucune charge n'ait été retenue contre lui n'aurait sans doute pas impressionné une juriste comme elle. Elle savait trop bien ce que pouvait signifier l'expression « faute de preuves ».

Il faisait vraiment trop froid sur le parking et Gillian avait fini par décider de rentrer, mais il était encore très tôt pour une soirée passée avec Tara. Elle s'empressa donc de donner une explication à Tom :

— Tara avait quelqu'un d'autre à voir ensuite. Tu sais comment elle est, elle n'a jamais beaucoup de temps. Nous nous étions juste donné rendez-vous à mi-chemin entre ici et Londres pour partager un moment ensemble.

Tom l'observa sous la lumière crue du couloir.

— Je comprends, dit-il. Mais tu as l'air vraiment tendue. Quelque chose ne va pas ?

— Non, bien sûr. C'est juste que… enfin, les histoires que Tara raconte sur son boulot sont parfois assez éprouvantes.

— Je ne comprends d'ailleurs pas pourquoi tu tiens tellement à…

Tom allait une fois de plus la questionner sur les raisons de son amitié avec Tara, mais Gillian l'interrompit :

— Becky dort déjà ?

— Elle s'est couchée il y a une vingtaine de minutes, et quand je suis passé la voir tout à l'heure, elle dormait déjà. Avec Chuck dans les bras, comme d'habitude. Il n'y a pas eu de problème.

Evidemment. Il n'y en avait jamais entre Becky et lui. Tous les problèmes paraissaient réservés à Gillian.

— Nous avons commandé une pizza, puis nous avons regardé un peu la télé. Tu sais comme elle aime ça – manger directement dans la boîte, assise par terre.

— Oui, mais je ne peux pas le faire tous les jours, dit Gillian. Il faut aussi qu'elle mange des choses saines, qu'elle se serve de temps en temps d'une fourchette et d'un couteau. Et je dois l'envoyer se coucher plus tôt que tu ne sembles le faire, sinon, elle dormira en classe le lendemain !

Elle se rendit compte qu'elle lui parlait plus brusquement qu'elle n'aurait voulu, et que Tom en paraissait affecté.

— Ce n'était pas une critique, Gillian ! Bien sûr qu'il faut que cela reste exceptionnel. Mais je ne suis pas si souvent seul avec Becky, c'est donc normal que nous fassions des choses un peu spéciales.

Elle ne savait pas elle-même ce qui l'avait agacée. Non seulement Tom avait raison, mais, en temps normal, elle acceptait de bon cœur de le laisser profiter d'une longue soirée pizza et télévision avec Becky. C'était sans doute ridicule de la part d'une adulte de se sentir jalouse pour cela, comme si on la maltraitait. C'était injuste, mais cela devait arriver dans beaucoup de familles. Tom était le père surmené. Quand par hasard il passait un peu de temps avec sa fille, il oubliait les habitudes raisonnables pour lui faire plaisir, alors que Gillian, qui s'occupait d'elle tous les jours, n'avait pas le beau rôle à insister pour qu'elle mange des légumes, qu'elle fasse ses devoirs ou qu'elle range sa chambre. Elle récoltait la colère, Tom l'admiration inconditionnelle.

— Je devrais peut-être aller à Londres tous les jours, déclara-t-elle soudain. Me remettre à travailler un peu plus. Cela pourrait me faire du bien.

Tom la regarda avec surprise.

— Je n'ai rien contre, bien sûr, assura-t-il. Tu fais un boulot formidable, et ce serait merveilleux de t'avoir plus souvent là-bas. Mais pour Becky…

— Becky pourrait très bien rester plus souvent seule. Elle a déjà l'impression que je la materne trop, que je ne lui laisse pas assez de liberté. J'ai toujours reproché à mes parents de m'avoir étouffée en me protégeant trop, et je suis peut-être en train de reproduire leurs erreurs.

— Becky n'a que douze ans. A cet âge, on surestime facilement ses capacités.

Tom entra dans le salon et regarda dehors dans le noir, bien qu'il ne puisse guère distinguer que le reflet de la pièce sur les vitres.

— Peut-être devrions-nous faire un essai, reprit-il.

Gillian retira ses bottes et vint le rejoindre.

— Elle voudrait que j'aie davantage confiance en elle. Je ne peux pas continuer à faire comme si de rien n'était, ajouta-t-elle.

Il se tourna vers elle, et elle vit alors à quel point il était fatigué, épuisé, même. Pourtant, on sentait qu'il avait encore en lui un trop-plein d'énergie, que, s'il avait eu le choix, il serait sans doute allé se dépenser sur le court de tennis, à renvoyer inlassablement les balles de son partenaire. C'était son problème depuis quelques années, depuis qu'il travaillait à son compte : il tournait à plein régime et, une fois sorti du bureau, ne semblait plus pouvoir ralentir le rythme, comme s'il était en permanence sous adrénaline. Ou comme s'il prenait des excitants, mais Gillian savait que ce n'était pas le cas, que cet état se produisait spontanément. Gillian le suppliait régulièrement d'aller voir un médecin. Elle craignait qu'il ne se dirige tout droit vers l'infarctus, car il remplissait toutes les conditions classiques.

« Mon cœur est en parfait état », lui répondait-il à chaque fois.

Comme s'il pouvait le savoir ! Depuis qu'elle le connaissait, il fuyait comme la peste tout ce qui ressemblait de près ou de loin à un cabinet médical.

Elle s'approcha de lui, posa la main sur son bras.

— Ça va s'arranger, dit-elle.
— Bien sûr.

Il ne savait pas trop à quoi elle faisait allusion, mais il eut l'impression qu'ils avaient changé de conversation, qu'il ne s'agissait plus de Becky. Cela avait peut-être à voir avec la distance qu'il sentait entre eux, avec la lumière disparue des yeux de Gillian. Avec le fait qu'il travaillait trop, jouait au tennis comme un malade et passait trop peu de temps avec sa femme. Gillian ne lui reprochait jamais ses innombrables heures supplémentaires, l'entreprise était aussi la sienne, elle se débattait comme toutes les autres pour surnager dans la crise mondiale la plus dure depuis les années 1920. Elle n'allait pas se plaindre que son mari lutte de toutes ses forces pour ce qu'ils avaient bâti ensemble. Peut-être même comprenait-elle, d'une certaine manière, pourquoi il pratiquait le sport avec un tel excès, parce que c'était sa soupape de sûreté, que, sans cela, le surmenage aurait eu raison de lui.

Pourtant, elle ne comprenait pas pourquoi il n'était plus vraiment avec elle. Même la nuit, lorsqu'il était couché près d'elle dans leur lit. Et elle en souffrait.

Lui non plus ne comprenait pas. Il aimait Gillian. Il se souvenait nettement du jour où il avait su qu'il voulait l'épouser, qu'il n'y en aurait plus jamais d'autre pour lui. Un week-end d'automne, alors qu'ils étaient étudiants, ils étaient partis en randonnée, avec tente et matériel de bivouac, dans les Highlands d'Ecosse. Le temps était merveilleusement ensoleillé. La lande déserte s'étendait à perte de vue autour d'eux, avec ses collines couvertes à profusion du mauve éclatant de la bruyère. Le soir, ils avaient allumé un feu de camp. Plus tard, ils s'étaient blottis l'un contre l'autre dans leur sac de couchage pour se réchauffer, car le froid était venu très vite. Le lendemain matin, quand ils s'étaient glissés hors de la tente, le paysage avait changé. Ils avaient dû prendre le chemin du retour dans un brouillard à couper au couteau. Soudain, en grimpant le long d'un escarpement rocheux qu'ils devaient franchir, Tom avait dérapé et s'était si mal reçu en tombant qu'il s'était cassé le pied, comme on l'avait constaté plus tard. Il gisait au milieu des rochers dans le brouillard humide, à demi évanoui de douleur. Pris de vertiges, il avait dû vomir, et ils s'étaient demandé comment ils allaient faire, dans cet endroit éloigné de tout, pour rejoindre le parking où ils avaient laissé la vieille voiture à la carrosserie rouillée de Tom. Gillian avait eu très peur, mais elle s'était vite ressaisie. Au lieu de fondre en larmes ou de rester paralysée d'horreur, elle avait immobilisé la cheville de Tom avec une attelle de fortune constituée de bandes et de morceaux de bois, puis, prenant la lourde tente sur son dos, l'avait aidé à se relever. Elle avait soutenu tout le long du chemin ce grand garçon d'un mètre quatre-vingt-dix, sur des sentiers étroits, franchissant des vallées humides, des collines rocheuses où le froid leur transperçait les os, le réconfortant quand la douleur était trop forte, lui insufflant sans cesse du courage. Malgré son propre épuisement et le poids qu'elle devait porter, si lourd qu'elle tenait à peine sur ses jambes, elle avait continué à marcher jusqu'au bout, les dents serrées, avec une résolution inébranlable.

C'est alors qu'il s'était dit : Je ne la quitterai plus jamais.

Pas seulement parce qu'elle lui était apparue à ce moment-là comme son sauveur. Mais aussi parce qu'il l'avait vue telle qu'elle était vraiment. Avec sa force, sa volonté de faire ce qui devait être fait.

Ils s'étaient mariés avant même d'avoir terminé leurs études.

Ses sentiments n'avaient pas changé, il en était certain, au plus profond de lui. Gillian était toujours la femme qu'il aimait, celle en qui il avait une confiance aveugle. Son soutien, son amie. Mais pour le lui montrer, il aurait fallu qu'il s'arrête, qu'il prenne le temps de respirer, qu'il redevienne le Thomas d'autrefois, et cela lui était devenu impossible. La vie avait fait de lui un automate dont il ne contrôlait plus le rythme. Il ne savait réellement pas comment modifier cela.

— Gillian, je t'aime, dit-il doucement.

Elle le regarda avec une surprise qui lui fit presque mal. Y avait-il si longtemps qu'il n'avait pas prononcé cette phrase ?

— Je t'aime aussi, répondit-elle.

Il scruta son visage. Elle lui paraissait changée. Quelque chose lui était arrivé, était survenu dans sa vie, et il ne savait pas ce que c'était.

— Il faut que je te dise quelque chose, commença-t-elle soudain. Aujourd'hui, j'étais...

Elle se tut. Tom la regarda d'un air interrogateur :

— Oui ?

— Non, rien, fit Gillian. C'est sans importance, vraiment.

Une heure et demie plus tôt, après la confession de John Burton, elle était restée muette pendant plusieurs minutes, ne sachant plus que dire. John avait trouvé devant lui dans la voiture un vieux ticket de caisse oublié et l'avait déroulé pour y griffonner quelques chiffres avec un crayon pris dans la poche de sa veste.

« Voici mon numéro de téléphone, avait-il déclaré. Je ne t'importunerai pas davantage, mais si jamais tu as envie de me parler, tu peux m'appeler à tout moment. Je t'ai dit ce que tu voulais savoir, mais tu voudras peut-être avoir des détails, ou parler d'autre chose, peu importe. En tout cas, appelle-moi quand tu en auras envie. »

Puis il était sorti de la voiture et avait disparu dans l'obscurité. Gillian avait mis un moment à réaliser que c'était elle maintenant qui tenait les cartes en main. Elle pouvait l'appeler. Mais elle pouvait aussi essayer d'oublier cette histoire.

— Tu es sûre ? demanda Tom. Tu es sûre que ça n'a pas d'importance ?

Elle hocha la tête en signe d'acquiescement.

— Allons nous coucher, dit-elle.

Jeudi 10 décembre

— Ce ne sera pas facile de trouver un acquéreur pour une propriété comme celle-ci, déclara l'agent immobilier.

Les bureaux de Luke Palm étaient à Londres, mais Anne l'avait contacté sur la recommandation d'une amie, et il était aussitôt venu à Tunbridge Wells, jusqu'à la forêt où habitait Anne. Le marché de l'immobilier n'étant guère florissant, il prenait ce qui lui tombait sous la main, même s'il fallait pour cela faire pas mal de kilomètres.

A sa façon de regarder autour de lui, on voyait qu'il était impressionné par la cuisine. Il ne s'attendait sans doute pas à trouver cette vieille bâtisse si belle, si confortable. Anne en éprouva une joie et une fierté quasi enfantines, comme à chaque fois qu'elle montrait les différentes pièces à des visiteurs admiratifs. Sean et elle avaient beaucoup réfléchi et travaillé pour obtenir ce résultat. C'était leur œuvre commune, et cela lui faisait du bien qu'elle soit reconnue. Si seulement Sean avait été là pour récolter ces lauriers avec elle !

— Je dois cependant avouer que vous avez ici un vrai petit bijou, reprit l'agent immobilier.

— Pour mon mari, acheter cette maison et la remettre en état était accomplir le rêve de sa vie. Nous y avons investi beaucoup de temps et d'amour.

— Cela se voit. Mais… sa situation…

Anne savait ce qu'il allait dire. Elle devait avoir une bonne raison pour renoncer à ce petit paradis.

— Bien sûr, elle est loin de tout. C'est pour cela que je voudrais la vendre. Mon mari et moi pensions y passer notre retraite, mais maintenant qu'il n'est plus là... je commence à me sentir très seule.

Même devant ce parfait étranger, elle éprouvait encore le besoin de justifier sa démarche. Ou peut-être cherchait-elle à se conforter elle-même. Non qu'elle ait changé d'avis depuis la nuit précédente, car elle était toujours convaincue d'avoir pris la bonne décision. Mais faire des projets était une chose, passer à l'action en était une autre. Cependant, Luke Palm l'approuva aussitôt :

— Moi non plus, je ne pourrais pas vivre seul ici. Vous avez sans doute raison. D'ailleurs, ce n'est peut-être pas tout à fait sans danger – de rester seule dans un endroit aussi isolé.

— Que voulez-vous dire ?

Anne n'avait fait aucune allusion à la lueur des phares, à la voiture arrêtée dans la nuit, à son impression d'être observée, surveillée.

— Eh bien, s'il vous arrivait quelque chose, on mettrait du temps pour s'en apercevoir. Vous pourriez tomber dans l'escalier, vous casser une jambe et ne pas pouvoir atteindre le téléphone... Il n'y a pas de voisins qui vous entendraient crier.

Anne se détendit.

— Ah, c'est à cela que vous pensiez.

— Sans compter tous les gens plus ou moins recommandables qui se promènent en liberté, poursuivit l'agent immobilier. Je crois que moi-même, je ne serais pas très rassuré par moments si j'habitais ici.

Anne se sentit de nouveau mal à l'aise. Tant qu'elle vivait encore dans cette maison, elle préférait s'entendre dire qu'il était stupide de s'inquiéter. Qu'il n'y avait pas plus d'une chance sur un million qu'un criminel ayant des vues sur les femmes sans défense vienne faire des siennes dans les parages, qu'il n'y avait pas de quoi se mettre dans tous ses états. Elle trouvait déplaisant que les gens comprennent si facilement ses appréhensions. Même l'amie qu'elle avait appelée pour avoir le nom de l'agence avait sauté sur l'argument : « Cela me rassure beaucoup de savoir que tu ne seras bientôt plus seule dans ta forêt, exposée à tous les prédateurs ! »

Anne avait eu très envie de répondre : Merci, grâce à toi, je dormirai donc chaque nuit d'un sommeil paisible jusqu'à ce que je trouve un autre endroit où m'installer.

— C'est une maison pour une grande famille, dit Luke Palm. Ou pour des gens qui ont beaucoup d'animaux. Qui cherchent une vie différente, ce genre de chose. C'est l'endroit rêvé pour un retour à la nature !

Pendant la visite, il avait pris quantité de notes et quelques photos. Il allait rédiger le descriptif de la propriété, et il tiendrait Anne au courant dès que des personnes intéressées se manifesteraient.

— Il faudra vous attendre à recevoir quelques visiteurs, bien sûr...

— Pas de problème, assura Anne. Je suis chez moi la plupart du temps. Il suffit de m'appeler un peu à l'avance.

L'agent immobilier prit congé, très satisfait et tout à fait confiant. Il avait craint de tomber sur une bicoque perdue au milieu des bois, et il avait mis la main sur une vraie petite merveille. Quand il sortit de la maison, des flocons de neige tournoyaient dans l'obscurité. La nuit était tombée, le vent murmurait à la cime des arbres.

— Vous êtes une femme courageuse, dit-il en guise d'adieu. Tout de même, fermez bien toutes vos portes à clé.

— Je n'y manquerai pas. Mais vous savez, mauvaise graine ne meurt jamais.

Elle le regarda s'éloigner entre les buissons de l'allée du jardin. Elle ne se sentait pas aussi courageuse qu'elle avait voulu le paraître. Il n'y avait pas eu de phares ni de bruit de moteur la nuit précédente, mais, bizarrement, elle ne s'en était pas sentie plus soulagée. C'était presque le contraire. Elle ne pensait pas avoir inventé tout cela, ni que cela se réglerait de soi-même. Elle avait plutôt l'impression que quelque chose attendait, là, dehors. Sans qu'elle puisse imaginer ce que c'était, ni à quoi servait cette attente. Mais elle se sentait au centre d'un danger, et la perception de son univers familier en était entièrement transformée. Les arbres semblaient s'être rapprochés. Le grincement des branches nues dans le vent devenait menaçant. Des planchers qu'elle n'entendait pas jusqu'ici s'étaient mis à craquer. Le monde des humains était soudain plus éloigné que jamais.

Elle verrouilla soigneusement la porte d'entrée et retourna dans la cuisine brillamment éclairée. Il y avait des bougies sur la table, des guirlandes électriques aux fenêtres. De l'extérieur, avec les lampes allumées et les décorations de Noël, la maison devait paraître chaleureuse et hospitalière – mais qui était censé voir cela ?

Elle chassa cette pensée, car c'était justement ce qu'elle voulait éviter. Se demander qui la voyait.

Elle mit de l'eau à chauffer pour le thé, puis s'installa avec les brochures laissées par Luke Palm. Des offres de location à Londres. Elle était pressée de les regarder.

« Il y a là quelques propositions vraiment intéressantes pour vous, avait expliqué l'agent immobilier. Des appartements clairs, spacieux. Avec de beaux balcons ensoleillés. Regardez les annonces tranquillement, puis nous pourrions commencer les visites dès la semaine prochaine. »

C'est la première fois que j'agis de façon vraiment indépendante, se dit-elle soudain alors qu'elle contemplait pensivement le beau papier glacé. Elle avait épousé Sean à vingt-six ans, et depuis ce jour-là, ils avaient pris toutes leurs décisions ensemble. Après avoir passé son existence à chercher des compromis avec les autres, elle allait louer un appartement qui correspondrait à ses propres rêves, là où elle avait toujours voulu vivre. Et elle ne l'aménagerait que selon son goût personnel.

Elle se sentit tout à coup légère comme cela ne lui était pas arrivé depuis longtemps. Pour la première fois depuis la mort de Sean, elle éprouvait un sentiment d'exaltation, d'anticipation joyeuse. L'attente du départ.

Elle versa l'infusion dans la tasse, alluma les bougies. Ce serait une soirée fabuleuse. Elle penserait à son avenir, regarderait les photos, étudierait les plans en buvant du thé et peut-être, plus tard, un verre de vin pétillant pour fêter tout cela.

Elle reprit place à la table.

C'est alors qu'elle entendit.

Il y avait toujours eu des bruits dehors, dans la forêt, et aussi dans la maison, mais Anne les avait depuis longtemps répertoriés dans un coin de sa conscience. Elle connaissait le craquement de la charpente, le gargouillis des tuyaux des radiateurs, le murmure du vent dans les arbres, les cris des bêtes qui vivaient autour d'elle. Le bruit qu'elle venait d'entendre était différent. Il lui fit lever la tête.

Elle avait eu l'impression que quelqu'un marchait sur la terrasse, en face de la cuisine.

Sa première pensée fut que M. Palm avait peut-être oublié quelque chose et venait le rechercher. Mais dans ce cas, n'aurait-il pas sonné devant, à la porte d'entrée ?

Elle regarda vers la fenêtre, s'efforçant de percer l'obscurité, mais la nuit était trop noire et l'intérieur brillamment éclairé. Elle ne put voir que le reflet de la cuisine, les bougies, la théière, et une femme assise devant sa table, les yeux écarquillés.

Pourquoi n'avait-elle pas fermé les volets avant le départ de l'agent immobilier, avant de se retrouver dans cette terrible solitude ?

D'ailleurs, pourquoi n'avait-elle pas depuis longtemps fait ses valises pour aller s'installer en ville chez une amie, ou dans un quelconque hôtel ?

Elle se leva, retenant son souffle, tendant l'oreille. Elle n'entendait plus que les sons habituels.

C'était peut-être mon imagination, pensa-t-elle. Mes nerfs commencent à me lâcher.

Elle devait absolument fermer les volets. Après cela, elle se sentirait en sécurité. Si quelqu'un voulait entrer, il lui faudrait du temps pour forcer l'un des panneaux de bois, et cela n'irait pas sans tapage. Le seul problème était que, pour pouvoir rabattre les vantaux sur la fenêtre, il fallait sortir sur la terrasse et défaire les crochets qui les retenaient contre le mur.

Ne te conduis pas comme une vieille folle hystérique, se morigéna-t-elle. Tu as entendu un bruit inhabituel, du moins, c'est ce que tu imagines. Ce n'était peut-être rien du tout. Tu ne pourrais même plus jurer l'avoir entendu. Tu es en train de péter les plombs, et cela, tu ne peux pas te le permettre. Alors, va fermer ces sacrés volets !

Tu n'as pas seulement entendu ce bruit. Il y a eu la voiture. Plusieurs fois. Au milieu de la nuit. Ce n'est pas normal, cela n'a rien à voir avec l'hystérie ou l'imagination !

Elle n'écouta pas la petite voix en elle.

Il fallait fermer ces volets. Ensuite, dès qu'elle serait en sécurité, elle pourrait repenser à toutes les bizarreries survenues ces derniers temps, se laisser aller à la peur et à toutes les idées noires qu'elle voudrait. Mais en attendant, elle ne devait pas rester paralysée.

Elle ouvrit la porte avec résolution. La neige tombait de plus en plus dru. Une mince couche blanche recouvrait déjà l'herbe du jardin.

Et les marches qui descendaient de la terrasse.

Son regard se figea.

Son cerveau travaillait avec une étrange lenteur. Des empreintes de pas sur la neige. Celles de larges semelles. Quelqu'un était monté là avec de grosses bottes d'hiver. Cela ne pouvait pas être elle, elle n'avait pas utilisé l'escalier de la journée. Quand elle avait fait visiter le jardin à Luke Palm, ils avaient fait le tour par le devant de la maison. D'ailleurs, à ce moment-là, la neige commençait à peine à tenir au sol.

Quelqu'un avait donc dû monter ces marches très récemment.

Dans les dix dernières minutes tout au plus.

Une ombre se détacha du mur de la maison. Anne l'aperçut du coin de l'œil. Elle se retourna, avec l'impression de bouger au ralenti. Elle distingua un gros anorak, un bonnet de laine enfoncé jusqu'aux yeux.

Avec la même étrange lenteur, elle analysa la situation. *Il n'y a aucune raison compréhensible pour que quelqu'un soit là, sur ma terrasse, dans le noir.*

Il n'y avait en tout cas aucune raison qui pût paraître anodine.

Elle comprit alors qu'elle n'aurait jamais dû sortir.

Samedi 12 décembre

1

Samedi 12 décembre, 19 h 05

Millie et Gavin regardent les informations en bas. Millie a déjà mis son manteau et ses bottes. Elle doit partir dans une demi-heure parce qu'elle est de service de nuit à la maison de retraite, et son humeur est en conséquence. Au dîner, c'était franchement intenable. Elle est comme un chien enragé chaque fois qu'elle doit aller au travail, mais c'est encore pire le week-end.

Et naturellement, pendant le repas, c'est encore moi qui ai servi de paratonnerre.

Quand je me suis resservi des pommes de terre sautées, elle m'a demandé quand j'avais l'intention de contribuer à nouveau à la caisse commune, parce que les quelques sous que j'y avais mis la semaine dernière avaient été utilisés depuis longtemps. Elle m'a regardé d'un air inquisiteur en disant qu'après tout je touchais les allocs.

« Tu envoies bien des lettres de candidature régulièrement, non ? a-t-elle ajouté. Et tu cherches sérieusement un boulot ? Alors, tu reçois de l'argent.

— Bien sûr », ai-je menti. En rougissant, mais, comme c'est le cas chaque fois que j'ouvre la bouche, cela ne l'a pas frappée.

Je crains qu'elle n'ait des soupçons. Millie est une peste, mais pas une idiote. Je suis trop souvent absent, et il y a longtemps qu'elle se demande ce que je fabrique dehors. Je peux difficilement lui dire que je fais du porte-à-porte pour demander du travail. Je ferais bien de rester quelques jours à traîner à la maison – puisque c'est comme cela que Millie s'imagine les chômeurs.

Mais je ne peux pas faire ça. Je deviendrais cinglé.

L'argent commence à devenir un problème. Bien sûr, je n'achète jamais rien pour moi, mais je dois payer ma part pour la nourriture, le chauffage, l'électricité, l'eau, et mes petites économies sont en train de fondre. J'ai même tapé Bartek hier soir, au Halfway House. Il a un peu protesté – lui aussi doit faire attention, sa petite amie paraît assez exigeante et elle lui coûte cher –, mais il m'a quand même donné cinquante livres. Du coup, tout à l'heure, j'ai sorti les billets de ma poche dans un geste théâtral et les ai tendus à Millie par-dessus la table du dîner en demandant : « Est-ce que ça suffira, cette fois ? »

Millie a hoché la tête et m'a regardé d'un air perplexe. Elle est donc toujours aussi méfiante, mais au moins, elle ne pouvait plus s'en prendre à moi et elle attendra un peu avant de recommencer.

Comme d'habitude, Gavin n'a rien dit. Il s'est contenté de manger en espérant que ça n'irait pas plus loin.

Ce midi, j'ai vu Gillian, Tom et Becky. J'ai eu l'impression qu'ils partaient se promener. Comme j'étais juste devant chez eux quand ils sont sortis, j'ai dû dire bonjour. Ma présence n'est donc pas vraiment passée inaperçue, mais j'espère qu'ils ne se sont pas posé plus de questions. Peut-être n'avaient-ils pas remarqué que j'étais déjà là depuis un bon moment, et ils ont dû penser que je passais par hasard. En tout cas, ils m'ont répondu si distraitement que je n'ai sans doute pas à m'inquiéter – mais tout de même, j'ai décidé de prendre plus de précautions. Ces courtes journées de décembre vous rendent facilement imprudent, on se croit protégé par l'obscurité, alors qu'on est toujours plus visible qu'on ne l'imagine, parfois même très visible. Surtout en plein jour, bien qu'on ne voie pas souvent le soleil en ce moment. L'été est vraiment loin.

A première vue, les Ward avaient toujours l'apparence de la vraie famille sans problèmes que je voyais en eux au début. Ils portaient des anoraks, des bottes et des bonnets multicolores, et on aurait pu croire qu'ils étaient tous très contents de faire cette balade. Mais depuis, j'ai appris à ouvrir l'œil. Quelque chose ne va pas dans cette famille. Thomas Ward a même l'air assez mal en point. Son visage est très pâle, il donne l'impression d'être à la fois épuisé et anormalement réveillé. Une sorte d'hypervigilance, comme s'il était survolté en permanence. A la longue, ça ne peut pas lui faire de bien.

Becky a déjà des airs d'adolescente renfrognée. Elle ne semble pas particulièrement heureuse, mais, intuitivement, je dirais que cela ne cache rien de dramatique non plus. Le passage à l'âge adulte n'est pas une période facile, je suis bien placé pour le savoir.

Mais c'est pour Gillian que je me fais vraiment du souci. Pas pour sa santé, elle ne paraît pas épuisée comme son mari. Elle n'est pas non plus de mauvaise humeur comme sa fille. Elle est… comment dire ? Inquiète. Oui, je la décrirais plutôt comme cela, bien que le mot « inquiète » ne corresponde pas tout à fait à mon impression. Il est presque trop faible. Elle est extrêmement tendue, nerveuse, agitée. On dirait qu'elle est déchirée intérieurement, et je me demande bien pourquoi. Qu'est-ce qui a pu causer cette déchirure dans sa vie ?

Elle m'a adressé un bref sourire, mais pas très chaleureux. Il est vrai qu'elle ne me connaît pas, en réalité. Elle ne sait pas à quel point elle occupe mes pensées, tant mes rêves éveillés que mon subconscient, la nuit. Elle ne sait pas combien je voudrais être auprès d'elle. Pas pour détruire sa famille ! Non, pour moi, toute famille est sacrée. Je trouve terrible la rapidité avec laquelle les gens se séparent aujourd'hui, divorcent et se précipitent vers une nouvelle relation. Comme si le mariage n'était qu'une simple étape agréable, que l'on quitte dès que quelque chose marche moins bien. Je ne chercherais donc en aucun cas à gagner les faveurs d'une femme mariée. Rien que pour cette idée, je me mépriserais.

Je voudrais simplement avoir une petite part dans leur vie. Celle de Gillian. Celle de sa famille. C'est la nostalgie d'une chose que je n'ai jamais connue. Je ne parviendrai jamais à fonder une famille, je ne pourrai jamais me marier, avoir des enfants. Je le sais depuis longtemps, même si mon ami Bartek n'abandonne pas tout espoir, puisqu'il a recommencé à me parler des rencontres sur Internet hier soir. Mais ça ne donnera rien, voilà tout. Je ne peux être que le spectateur des autres.

Je les ai regardés partir dans leur voiture. J'étais là, debout dans le froid, sous les giboulées de neige, et un grand froid m'a envahi moi aussi. Cela avait un rapport avec les Ward. Il va se passer quelque chose, je l'ai senti très nettement et je le sens encore maintenant.

Après ça, j'ai continué ma tournée, mais le cœur n'y était plus, je n'étais pas concentré. Cette sensation intense d'un malheur imminent... Je ne suis pas voyant, mais mes capteurs sont en éveil. De plus, j'ai soudain repensé au type avec qui Gillian était l'autre soir, au pub. Je n'ai pas encore recollé tous les morceaux, mais ce type ne m'a pas plu, et cela correspond bien à ma sensation qu'un malheur pèse sur cette famille.

J'entends la porte d'entrée se refermer en bas, puis les pas de Millie dans l'allée du jardin – des pas énergiques, furieux. Elle aurait pu fermer la porte plus doucement. Je crois qu'elle s'est encore disputée avec Gavin.

Et je soupçonne que c'est à cause de moi.

Peut-être devrais-je réellement déménager. Je rends la vie trop difficile à Gavin, et à moi aussi. C'est terrible de se sentir aussi indésirable. Finalement, je serais mieux tout seul.

Mais le mieux, ce serait de ne pas être moi. D'être tout à fait quelqu'un d'autre.

2

Elle composa le numéro avant que son courage ne l'abandonne. Il était plus de dix heures du soir, mais elle n'imaginait pas John faisant partie des couche-tôt. Et puis, le plus grave dans cette affaire n'était pas une question d'heure, mais bien le simple fait qu'elle l'appelle, lui. Un inconnu qui s'était déclaré fasciné par elle.

Qui, très clairement, voulait avoir une aventure avec elle.

Alors qu'il était tout aussi clair qu'elle était mariée.

Tom était dans leur chambre depuis un bon moment déjà, elle entendait le bruit de la télévision, une émission sportive quelconque. Ils étaient partis tous les trois passer la journée à Windsor, où ils avaient fait une longue promenade. Au retour, ils s'étaient arrêtés pour boire un café dans une auberge campagnarde. En arrivant à la maison, ils avaient les joues rouges et se sentaient de très bonne humeur. Gillian avait fait griller au four des baguettes de pain avec du beurre aux fines herbes, et ils les avaient mangées tous ensemble. Ensuite, Becky avait voulu regarder le DVD de *Twilight* et Gillian lui avait tenu compagnie, en s'efforçant de comprendre pourquoi sa fille et toutes ses amies étaient littéralement accros à ce film. Fatiguée d'avoir marché tout l'après-midi dans le froid, Becky s'était endormie au milieu du film, blottie contre sa mère. Elle respirait doucement, et Gillian lui caressait les doigts comme quand elle était petite.

Ayant très vite cessé de s'intéresser aux aventures cinématographiques d'Edward et de Bella, Gillian contemplait le visage de sa fille. Rose et détendu, il avait perdu cet air rebelle et courroucé qu'il arborait si souvent depuis quelque temps.

Je l'aime tellement ! songeait-elle.

Pourtant, cela n'apaisait en rien son trouble intérieur.

Elle avait fini par emmener dans sa chambre une Becky ivre de sommeil, qui s'était laissé mettre au lit sans même protester, puis était retournée au salon. Après deux verres de vin, elle commençait à se sentir un peu moins tendue. Elle buvait rarement de l'alcool, et il en fallait très peu pour lui faire de l'effet. Deux verres de vin, pour elle, c'était presque une cuite.

Elle tira de la poche de son jean où elle l'avait laissé le ticket de caisse sur lequel John avait inscrit son numéro, puis alla chercher dans le couloir le téléphone sans fil et retourna au salon.

Un coup de fil, ce n'est pas le bout du monde, se dit-elle pour se rassurer.

Il répondit à la troisième sonnerie. Derrière lui, Gillian entendit des voix, des bruits de conversation, des rires, un tintement de verres.

— C'est moi. Gillian.

— Bon Dieu ! s'exclama-t-il. Je craignais déjà de ne plus jamais entendre parler de toi.

Il paraissait avoir réellement attendu son appel.

— Je crois que, l'autre jour, j'ai réagi d'une façon un peu excessive, dit Gillian. Je ne voulais pas.... en rester là.

— Excessive, à quel point de vue ?

— Eh bien, je n'aurais pas dû me lever et m'en aller aussi brusquement. Je crois que j'étais surtout dépassée par la situation.

Les éclats de rire s'amplifièrent derrière lui.

— Où es-tu ? demanda Gillian.

— Au Halfway House. Il y avait un match au club aujourd'hui, et après, je suis venu ici. Pourrais-tu me rejoindre ? Je suis assis tout seul à une table, à me consoler en buvant un peu trop de whisky.

Gillian fut surprise de s'apercevoir à quel point elle était heureuse et soulagée d'entendre cela. Qu'il était seul là-bas.

— Je ne peux pas sortir comme ça. Pas ce soir en tout cas.

— Quand pourras-tu ? demanda John.

— Comment sais-tu que je veux venir ? fit-elle en riant.

— Tu viens de le dire, répondit-il sérieusement. *Pas comme ça, pas ce soir.* Pour moi, cela signifie que c'est une question de moment. Et pas un « non » pur et simple.

— Tu as raison... Je voudrais simplement te parler, reprit-elle après un instant de réflexion. J'ai été effrayée quand tu m'as révélé pourquoi tu avais dû démissionner. Mais je voudrais en savoir un peu plus.

— Alors, dis-moi quand.

— Mercredi prochain, Becky est invitée à un anniversaire et elle passera la nuit chez son amie. Le soir, mon mari a une réunion à son club de tennis. Je serai libre.

— Mercredi ? C'est dans plusieurs jours !

— Je sais.

Cela me laisse tout le temps de changer d'avis, ajouta-t-elle mentalement.

— Je suppose que je n'ai pas le choix, que c'est à prendre ou à laisser. Très bien. Mercredi prochain. Veux-tu venir chez moi ?

— Chez toi ?

— Pourquoi pas ?

Elle ne voulait pas avoir l'air d'une idiote. Ou d'une petite bourgeoise coincée.

— Bon... d'accord. Tu habites à Londres ?

Il lui dicta une adresse à Paddington, qu'elle griffonna sur le ticket à côté de son numéro de téléphone.

— A bientôt, alors.

— Je me réjouis d'avance de te revoir, dit John.

Mercredi 16 décembre

1

Luke Palm avait trente-huit ans. Il travaillait à son compte depuis huit ans et mettait un point d'honneur à ne pas harceler ses clients. Il connaissait bien le cliché du commercial collant, qui ne laisse pas les gens tranquilles tant qu'ils n'ont pas acheté ce dont ils ne voulaient pas au départ et dont l'intermédiaire sans scrupule réussit, par ses beaux discours, à leur cacher les défauts et les insuffisances. Il ne voulait à aucun prix ressembler à cela, c'était la limite qu'il s'était fixée, et le succès lui avait donné raison. Il jouissait d'une réputation d'intégrité et de sérieux. Les gens se confiaient volontiers à lui.

Anne Westley s'était adressée à lui sur la recommandation d'une amie. C'était une femme d'un certain âge, intelligente et très sympathique. Il s'était aussitôt entendu avec elle. D'ailleurs, une cliente comme elle était un vrai coup de chance : non seulement elle avait une maison à vendre, mais elle cherchait un appartement à acheter en copropriété. Il gagnait donc sur les deux tableaux. Dans ces conditions, il était évident qu'il se démènerait pour elle encore plus que d'ordinaire.

Il avait cherché plusieurs fois à la joindre depuis une semaine, mais était toujours tombé sur son répondeur. Il avait vainement laissé des messages, insistant pour qu'elle le rappelle. De plus, il avait deux bonnes nouvelles à lui annoncer : il avait trouvé des acheteurs possibles pour la maison de Tunbridge Wells, et on lui avait confié la vente d'un magnifique appartement à Belgravia, entièrement rénové, dont il était convaincu qu'il conviendrait parfaitement à Anne Westley. Dans les deux cas, il espérait pouvoir organiser les visites dès avant Noël.

Il ne comprenait pas pourquoi elle ne réagissait pas. Elle avait paru tellement motivée, tellement décidée à mettre un terme à sa douteuse idylle avec la forêt ! Et Luke ne la comprenait que trop bien. Un lieu enchanteur, mais lui-même n'y aurait pas tenu trois jours.

Le couple intéressé avait cinq enfants et une foule d'animaux. Là aussi, Luke Palm était convaincu que c'était la maison idéale pour eux, et cela le rendait de plus en plus nerveux de ne pas avoir de réponse.

Et puis, il commençait à s'inquiéter.

Ce mardi, il l'avait appelée plusieurs fois, n'obtenant toujours que le répondeur. Il n'avait pas laissé de nouveau message, ce qu'il avait à dire était déjà enregistré cinq ou six fois. Mais il se demandait maintenant si ce n'était pas le moment de transgresser son propre principe de ne jamais pousser un client dans ses retranchements.

Car c'était ce qu'il envisageait de faire. Tout simplement de faire un tour chez Anne Westley pour essayer de savoir ce qui s'y passait.

En ce début d'après-midi, il avait terminé ses rendez-vous et il ne lui restait plus que de la paperasse à liquider, mais il pouvait aussi bien faire cela chez lui. A la vérité, c'était son intention de départ : rentrer chez lui et travailler une heure ou deux dans son bureau. Mais il hésitait. Peut-être devrait-il quand même se rendre à Tunbridge Wells ? Il avait un mauvais pressentiment. Elle était sacrément seule là-bas. Bien sûr, elle pouvait avoir changé d'avis. Mais, pour le peu qu'il avait vu d'elle, il ne l'imaginait pas faisant cela sans l'avertir. Elle ne se serait pas contentée de ne pas rappeler.

Il regarda sa montre : un peu plus de trois heures. Dehors, la neige tombait de plus en plus dru. Il y avait déjà eu quelques giboulées la semaine précédente, mais tout avait fondu assez vite. Cette fois, l'hiver était bien là, et on s'attendait même à un Noël blanc. La météo annonçait de fortes chutes de neige dans la soirée, mais Luke serait probablement rentré avant, il n'avait pas l'intention de s'attarder. Il voulait faire un simple aller et retour, s'assurer que tout allait bien, annoncer à Anne que des gens étaient partants pour visiter la maison.

A trois heures vingt, il prit la route.

Il lui fallut encore plus de temps que d'habitude pour sortir de la ville, entre la neige qui commençait à tomber et l'énervement qu'elle provoquait chez les automobilistes. Il était près de cinq heures quand, après avoir dépassé Tunbridge Wells, il atteignit le petit parking aménagé pour les promeneurs en lisière de la forêt. Il était désert. Après un instant de réflexion, Luke décida de laisser là sa voiture et de terminer à pied, car il neigeait de plus en plus fort. Il ne tenait pas à prendre le risque de s'embourber sur le chemin menant à la maison d'Anne Westley et de devoir appeler une dépanneuse.

La nuit tombait déjà, plus noire encore sous les grands arbres. Luke marchait à grands pas sur le sentier. L'endroit avait un charme romantique propice à l'esprit de Noël, mais en même temps vaguement menaçant. La neige étouffait tous les bruits. Etait-ce un silence paisible, ou la nature qui retenait son souffle ? Une fois de plus, Luke se demanda comment un être humain pouvait supporter de vivre ici.

Il n'aurait pas dû faire cela, pensa-t-il soudain, presque avec colère. Westley. Entraîner sa femme dans un tel endroit pour réaliser son propre rêve. Personne n'a le droit de faire une chose pareille !

Anne ne se plaignait de rien, bien sûr. Mais Luke Palm avait des antennes. Il avait compris à demi-mot que c'était le défunt qui avait voulu cela, qu'Anne ne l'avait pas suivi tout à fait de bon cœur. Et que seule sa loyauté envers le mort l'avait empêchée aussi longtemps de déménager.

Il atteignit la clairière, et la maison lui apparut, telle que la première fois, peut-être plus charmante encore avec les flocons qui tournoyaient, saupoudrant de blanc les arbres et les buissons. Une forêt de conte d'hiver.

Pourvu qu'elle ne soit pas fâchée de me voir débarquer comme ça, se dit Luke.

Toutes les lumières étaient éteintes, mais la voiture était garée sous son abri. Anne était donc là. Elle ne pouvait aller nulle part sans véhicule.

Il ouvrit le portail du jardin, s'avança dans l'allée entre de grands arbustes qu'il crut reconnaître pour des lilas, alternant avec des jasmins. Au printemps et en été, ce devait être un jardin de rêve. Sauf que n'importe quoi pouvait vous y arriver sans que personne n'en sache rien.

Il monta les marches du perron, sonna à la porte, attendit.

Rien ne bougea.

Bien sûr, elle pouvait aussi être en promenade. Elle n'avait pas besoin de voiture pour prendre l'air. Oui, c'était très possible. Mais, sans savoir pourquoi, Luke n'y croyait pas. Au contraire, il éprouvait un sentiment croissant de danger. Bon Dieu, s'il avait été assez fou pour vivre dans un endroit aussi isolé, il aurait eu au minimum deux gros dobermans ! Alors, une femme de près de soixante-dix ans, totalement seule... C'était presque tenter le sort.

Il se traita d'idiot. Il se faisait certainement une montagne d'une taupinière. Après tout, pendant qu'il l'imaginait pour le moins assassinée par un cambrioleur, elle était peut-être dans les bois avec une hache, en train de se couper un petit sapin de Noël.

Il décida tout de même de tenter sa chance à l'arrière de la maison. Depuis sa première visite, il savait qu'il y avait une deuxième entrée sur la terrasse, donnant directement dans la cuisine.

Il fit le tour du bâtiment. Malgré la lumière qui déclinait rapidement, il s'aperçut aussitôt que la porte donnant sur la terrasse était ouverte. Devant, sur les marches qui descendaient au jardin et sur la partie non couverte, la neige commençait à s'amonceler. Une neige vierge. La porte était grande ouverte, mais personne n'était sorti de la maison depuis plusieurs heures.

Il s'immobilisa, et n'entendit plus que le bruit de sa propre respiration. C'était mauvais signe. Anne devait être chez elle, pourquoi ne voyait-on aucune lumière ? Il se souvint des guirlandes de Noël déjà installées aux fenêtres de la cuisine la semaine précédente. Aucune n'était allumée.

Il chercha son portable, s'aperçut qu'il avait dû l'oublier dans sa voiture. Il eut envie de retourner sur le parking, mais se força à rester. Il devait s'assurer que rien n'était arrivé à Anne Westley. Elle pouvait avoir fait une mauvaise chute. Etre étendue quelque part dans la maison, incapable de bouger. Cela pouvait être une question de vie ou de mort.

Mais dans ce cas, pourquoi la porte était-elle ouverte ?

Lentement, il monta les marches. Si seulement la nuit ne tombait pas si vite ! Tout en revêtait une apparence plus dramatique.

Il appela doucement :

— Ohé ? Il y a quelqu'un ? C'est moi, Luke Palm !

Pas de réponse.

Il entra dans la cuisine, où il faisait aussi froid que dehors. La porte devait être ouverte depuis une éternité. Il chercha à tâtons un interrupteur, le trouva, l'actionna, cligna des yeux sous la brusque clarté.

Il regarda autour de lui.

Mis à part les murs glacés, la cuisine donnait l'impression qu'on l'avait quittée depuis quelques minutes à peine. Une théière encore à moitié pleine était posée sur la table, avec une tasse. Les descriptifs d'appartements qu'il avait laissés à Anne lors de sa dernière visite étaient étalés autour, à côté de bougeoirs où les chandelles avaient brûlé jusqu'au bout. De la vaisselle sale était accumulée dans l'évier. Le regard de Luke tomba sur l'éphéméride accrochée juste à côté. Elle indiquait la date du 10 décembre. C'était le jeudi précédent, celui où il était venu voir la maison. Aucune feuille n'avait été arrachée depuis.

La gorge serrée, Luke examina les guirlandes électriques. Elles avaient été débranchées des prises de courant, assez brusquement, lui sembla-t-il, car l'une d'elles avait glissé de la fenêtre et s'était enroulée comme un serpent sans vie autour de la machine à café qui se trouvait au-dessous.

— Il y a vraiment là quelque chose de tout à fait anormal, dit-il tout haut.

Cela lui fit du bien d'entendre au moins le son de sa propre voix.

Il traversa la cuisine, entra dans le couloir, où il alluma également.

— Madame Westley ? appela-t-il à voix basse.

Aussitôt après, il se demanda pourquoi il murmurait ainsi. Il connaissait déjà la réponse : il avait peur que quelque chose de bien plus grave, de bien plus sinistre qu'un simple accident ne soit arrivé dans ce lieu désert. Et qu'il n'y ait quelqu'un derrière tout cela. Quelqu'un qui pouvait être encore là. Dans l'obscurité de cette maison, ou dans les bois qui l'entouraient de tous côtés.

Il avait bien envie de ficher le camp. Mais il fallait d'abord retrouver Anne. S'il s'enfuyait maintenant sans demander son reste, il ne pourrait plus jamais se regarder dans une glace.

Etait-ce une erreur d'avoir allumé partout ? Cela signalait sa présence de très loin. Mais comment chercher autrement ? Quelle idée il avait eue de venir ici ! A cette heure, il aurait pu être tranquillement chez lui, assis à son bureau avec une bonne tasse de café, et au lieu de cela...

Il jeta un coup d'œil par la fenêtre du salon : la neige tombait de plus en plus fort. Par-dessus le marché, il allait avoir des problèmes pour manœuvrer sur le parking.

Il se dirigea vers l'escalier, commença à monter les marches. A mi-chemin, il fut frappé pour la première fois par une odeur singulière.

— Oh, merde ! fit-il tout haut.

Il n'y avait pas d'illusions à se faire : c'était bien une odeur de décomposition.

Il trouva Anne Westley dans la salle de bains attenante à sa chambre. Elle était allongée devant la douche, en travers du tapis de bain, ses yeux écarquillés fixant le plafond au-dessus d'elle. Quelque chose dépassait de sa bouche anormalement béante, un tissu à carreaux, sans que Luke pût distinguer s'il s'agissait d'un torchon ou d'un foulard. Son nez était bouché par du ruban adhésif d'emballage, qui avait également servi à ligoter ses poignets et ses chevilles. Il n'était que trop évident qu'Anne n'avait pas été victime d'un *accident*. Elle avait été assassinée d'une manière terriblement brutale : son meurtrier l'avait asphyxiée en bouchant toutes les voies respiratoires. Comme elle avait dû se débattre contre ce chiffon dans sa gorge ! Avec quelle énergie, quel désespoir !

Cela avait pu se produire le 10 décembre – du moins, l'éphéméride de la cuisine semblait l'indiquer. Donc juste après son départ Il lui avait même conseillé de bien fermer sa porte.

Luke sentit soudain ses jambes se dérober sous lui, et il dut s'asseoir sur le rebord de la baignoire. Un instant, il eut l'impression que son cœur allait lâcher, qu'il resterait là, gisant sur le sol à côté d'Anne. Il en eut des sueurs au visage et sur tout le corps. La tête dans les mains, il s'efforça de ne pas regarder la morte, de respirer à fond tout en essayant de ne pas sentir l'odeur.

La sensation de faiblesse s'estompait peu à peu.

En relevant la tête, il s'aperçut que la poignée de la porte était bizarrement inclinée. La plaque métallique autour de la serrure était arrachée, comme si on l'avait forcée.

Il poussa un gémissement en comprenant comment le drame avait dû se dérouler. Quelle que soit la façon dont le meurtrier avait pénétré dans la maison, Anne avait d'abord réussi à lui échapper. Elle s'était réfugiée dans la salle de bains, où elle pouvait s'enfermer à clé. Elle s'y était barricadée, mais l'assassin n'avait pas abandonné, il avait démoli la serrure pour entrer.

Anne avait dû ressentir une terreur épouvantable, enfermée dans cette petite pièce sans téléphone, en sachant qu'il ne servirait à rien non plus d'appeler à l'aide par la fenêtre, car personne ne l'entendrait. A un certain moment, elle avait dû comprendre que l'autre allait gagner. Que la porte ne tiendrait pas.

Luke se leva, espérant que ses jambes tremblantes accepteraient de le porter. Il fallait appeler la police, tout de suite. Pourvu que le téléphone marche encore ! Il se souvenait de l'avoir vu dans le salon. Il avait encore peur, mais il se dit qu'Anne devait être morte depuis quasiment une semaine, qu'il était très peu vraisemblable que le meurtrier soit encore dans les parages. Peu à peu, il parvint à analyser toutes ces choses rationnellement, avec un calme dont il ne s'étonna qu'à un niveau à peine conscient. Il ne s'aviserait que plus tard qu'il devait être alors en état de choc.

Il se répétait à voix basse le numéro d'urgence de la police en descendant l'escalier :

— 999, 999...

Ce n'était pas le moment d'oublier ces chiffres.

2

— J'ai commis une énorme erreur, dit John. Pendant les mois qui ont suivi, je m'en suis voulu chaque jour d'avoir été aussi stupide. J'étais inspecteur principal à la Metropolitan Police, et elle étudiante au Hendon Police College. Elle faisait un stage dans mon service. Je n'aurais dû sous aucun prétexte m'engager dans une relation avec elle.

Dehors, la neige tombait à gros flocons toujours plus denses, étouffant tous les bruits, même ici, en plein centre de Londres. Tout était comme englouti dans un grand silence solennel.

Dans ce vieil immeuble de Paddington, la chambre de John, aussi succinctement meublée que le reste du vaste appartement, ne contenait qu'une armoire et un matelas posé à même le sol. Il n'y avait ni rideaux ni tapis. Quelques journaux dispersés sur le parquet, une bouteille d'eau minérale à moitié vide posée dans un coin.

Gillian avait repoussé les couvertures. Elle avait chaud, malgré le radiateur à peine tiède. Elle se sentait calme, détendue. Elle savait pourtant qu'elle allait avoir quelques problèmes à résoudre. L'un d'eux, le plus urgent, étant de savoir si elle parviendrait à rentrer chez elle malgré la neige, qui plus est avant le retour de Tom. Moins grave dans l'immédiat, mais plus compliquée à long terme, était la situation dans laquelle elle venait de s'embarquer : une liaison avec un autre homme. Il était impensable que cela n'entraîne pas toute une série de difficultés.

Après les questions, les doutes, les inquiétudes qui l'avaient assaillie pendant les jours précédant le rendez-vous, les choses étaient allées très vite, presque comme s'il n'y avait rien d'autre à faire. Elle avait sonné à la porte de John, il lui avait aussitôt ouvert, lui prenant la main pour l'attirer à l'intérieur. Il paraissait heureux et soulagé de la voir.

« Jusqu'au dernier moment, j'ai eu peur que tu ne viennes pas, avait-il avoué.

— Je n'ai pas pu faire autrement. »

Vingt fois, elle avait envisagé d'annuler le rendez-vous, de tout laisser tomber, mais elle comprenait maintenant qu'elle n'avait jamais vraiment eu le choix. Elle était déjà bien plus engagée qu'elle ne l'avait cru.

Il lui tenait toujours la main.

« Veux-tu boire un café ?

— Après », avait-elle répondu.

Puis elle avait réalisé : Mon Dieu ! Gillian, tu as vraiment dit ça ? N'importe quelle personne te connaissant aurait sauté en l'air ! Toi-même, tu es affreusement gênée !

Il avait accusé le coup avec un haussement de sourcils.

« D'accord, avait-il dit. Après, alors. »

Il l'avait aidée à retirer son manteau, puis emmenée dans sa chambre spartiate. Gillian n'avait pas fait l'amour depuis près d'un an. Tout à coup, elle regrettait terriblement le sans-gêne qui l'avait poussée à paraître vouloir se jeter sans plus attendre dans le lit de John. Il devait la trouver d'une maladresse incroyable.

« Euh… je préférerais peut-être prendre simplement un café, avait-elle bafouillé.

— Comme tu voudras », avait-il répondu en souriant.

Elle avait reculé d'un pas. Pourquoi, en sa présence, se sentait-elle si différente de ce qu'elle était réellement ? Elle flirtait, se montrait provocante, prenait l'initiative comme si cela allait de soi, même lorsqu'il était question de sexe. Tout cela pour faire ensuite marche arrière et se sentir ridicule.

« Je ne sais pas. Je ne sais pas ce que je veux. »

Il l'avait regardée, attendant la suite.

« Je ne suis pas comme ça. Je veux dire, pas comme tu me vois là. Quand je suis avec toi, je dis et je fais des choses qui ne me correspondent pas. Je ne suis pas vraiment moi-même. Je ne sais pas pourquoi c'est comme ça. »

Il avait avancé la main vers elle, lui avait caressé doucement la joue d'un doigt, descendant jusqu'à l'encolure de son pull-over. Elle n'avait pu retenir un long frémissement de tout son corps.

« N'as-tu jamais pensé que cela pouvait être le contraire ? avait-il demandé. Que la Gillian qui vient d'être aussi directe, aussi spontanée, pouvait être la vraie ? Et que l'autre, celle de ta vie de tous les jours, puisse être l'étrangère ? »

Elle s'était tue, songeuse. Et s'il avait raison ? Il y avait peut-être encore en elle bien trop pour son propre goût de la jeune fille timide, prisonnière des conventions. Peut-être ne s'était-elle toujours pas libérée d'une éducation qui n'avait guère fait que la contraindre. Et elle n'y parviendrait peut-être jamais.

« Je ne veux surtout pas te manipuler, avait ajouté John.

— Je ne me laisse pas manipuler. »

Je n'ai que ce moment, avait-elle pensé. *Si je recule maintenant, si je me contente de boire un café avec lui avant de rentrer à la maison, je n'oserai plus jamais. Et une situation comme celle-ci ne se reproduira plus.*

« Je veux coucher avec toi, avait-elle affirmé.

— C'est une chance, avait murmuré John en refermant ses bras sur elle. Je n'étais pas sûr de pouvoir supporter d'attendre plus longtemps. »

Beaucoup plus tard, quand ce fut terminé, qu'ils furent retombés, épuisés, dormant peut-être même un instant, John ouvrit les yeux et lui dit qu'il l'aimait.

Gillian le regarda et comprit qu'il parlait sérieusement.

Elle s'était de nouveau endormie. Elle ne se réveilla que quand John se leva et sortit de la chambre. Lorsqu'il revint, portant deux grandes tasses, elle l'observa attentivement. Ils burent leur café en regardant par la fenêtre la neige qui tombait toujours plus dru. Sur le pignon de la maison d'en face, Gillian distingua, accrochée à la lucarne, une décoration lumineuse en forme d'étoile sur laquelle la neige formait un petit monticule poudreux.

— Pourquoi n'as-tu pas un vrai lit ? demanda-t-elle.

John haussa les épaules.

— Si tu regardes autour de toi, tu verras que je n'ai pratiquement pas de meubles dans cet appartement. Je fais sûrement un blocage.

— Un blocage ?

— Tu m'imagines dans un magasin de meubles ? dit-il en riant. Tu me vois acheter des étagères intégrées, une table basse et un tapis persan ?

— Cela dépend à quoi ils ressembleraient, pris séparément.

— Tout ce que je possède, je l'ai acheté sur des marchés aux puces, en me limitant au strict nécessaire. Dès que mon environnement devient trop bourgeois, je commence à me sentir oppressé.

— As-tu toujours été comme cela ?

Il comprit à quoi elle faisait allusion.

— Tu veux savoir si cela a un rapport avec mon métier ? Ou plus exactement, avec le fait que j'aie dû y renoncer ?

— C'est une rupture dans ta vie.

— Oui, mais cela ne m'a pas fondamentalement changé. J'ai toujours été contre les conventions. Sans cela, je ne me serais probablement pas fourré dans ce pétrin.

— Tu devais me raconter l'histoire…

Il joua avec les cheveux de Gillian tout en la regardant pensivement.

— Oui, dit-il enfin. Je crois que je peux t'en parler.

Il lui fit alors le récit de son erreur, cette erreur qui avait changé le cours de sa vie.

— Mais ce qu'elle a voulu me mettre sur le dos ensuite, cette accusation de viol, c'était un mensonge pur et simple. Nous avions une relation ensemble. Elle l'avait voulue comme moi, les signaux étaient clairs. Même si c'était bien sûr complètement stupide de ma part de m'être embarqué là-dedans.

— Combien de temps a duré cette liaison ?

— Environ quatre mois. Tout se passait bien. Elle était jeune, très jolie, cela me plaisait d'être avec elle.

— Quel âge avais-tu ?

— Trente-sept ans, et elle vingt et un. Je pensais... enfin, je m'imaginais que nous passions simplement de bons moments ensemble, qu'un jour ou l'autre elle rencontrerait quelqu'un dont l'âge lui conviendrait mieux, qu'elle se marierait... Bref, je profitais de l'instant présent.

— Qu'est-ce qui a fait tout basculer ?

Il eut un rire amer.

— Un échec à l'un de ses examens. Pourtant, elle était vraiment douée, mais elle devait être dans un mauvais jour. Elle a raté une épreuve particulièrement importante. En fait, ce n'était pas si dramatique, elle devait simplement redoubler cette matière et personne n'en aurait fait un plat. Mais elle... elle a pété les plombs complètement. Elle ne pouvait pas accepter cet échec. Elle m'a supplié d'*arranger l'affaire*. De parler avec l'examinateur, de le convaincre de la laisser passer quand même, de revoir son évaluation, que sais-je encore.

— Tu ne pouvais pas faire ça, fit Gillian, consternée.

— Bien sûr que non. Même si je l'avais voulu, ça ne se fait pas comme ça. Je le lui ai d'ailleurs bien expliqué. Mais elle n'a rien voulu entendre.

Il secoua la tête, et Gillian eut l'impression qu'il n'était toujours pas revenu de sa surprise d'avoir été brutalement plongé dans une telle situation.

— Elle était comme folle. Elle menaçait de rendre notre liaison publique dans tout le Yard si je n'intervenais pas en sa faveur. Et pourtant, je ne pouvais pas faire ce qu'elle me demandait. C'était tout simplement impensable.

— Et comment en est-ce arrivé jusqu'au viol ?

— Il n'y a pas eu viol, affirma John. Je voulais mettre un terme à la relation. Elle n'avait plus aucun sens de toute façon. Malheureusement, j'ai été assez bête pour...

Il s'interrompit.

— Pour quoi ? demanda Gillian.

— J'ai été assez bête pour coucher avec elle une dernière fois. Alors que je voulais justement en finir. La situation était très confuse, je ne comprends pas moi-même pourquoi j'ai fait ça.

— Peut-être parce que c'était une jeune femme très séduisante, suggéra sobrement Gillian.

— Oui, ce doit être ça, soupira-t-il. En tout cas, lorsqu'elle a compris que cela ne changerait rien, que c'était quand même terminé entre nous, elle est devenue complètement hystérique. Elle s'est mise à prétendre que notre dernière relation sexuelle n'était pas consentie. Elle est allée m'accuser de viol auprès de mes supérieurs hiérarchiques. Une enquête a été ouverte. L'affaire est même remontée jusqu'au bureau du procureur général.

— Et là, tu étais vraiment dans le pétrin !

— Tu peux le dire. Il était facile de prouver que nous avions eu une relation sexuelle, chose que je n'ai d'ailleurs jamais contestée. Je ne pouvais que m'en tenir aux faits : le consentement mutuel. Mais elle s'était infligé des blessures volontaires et elle se comportait exactement comme on imagine que le ferait une femme traumatisée. Circonstance aggravante, durant son stage, j'étais en quelque sorte son supérieur hiérarchique. En ayant une relation avec elle, je ne commettais aucun délit punissable, mais j'enfreignais toutes sortes de règles implicites. J'ai été provisoirement suspendu.

— Mais tu as pu prouver ton innocence ?

— Non. Dans ce genre d'histoire, on ne peut rien *prouver*. Par chance, plusieurs expertises médicales ont trouvé hautement suspectes les nombreuses blessures qu'elle avait sur le corps. On a conclu qu'elle se les était infligées elle-même, avec certitude pour quelques-unes et une forte probabilité pour les autres. De plus, elle s'est contredite plusieurs fois dans son témoignage. L'affaire n'a pas dépassé le stade de l'instruction préalable, je n'ai pas été inculpé.

— Et tu as quand même dû partir ?

— J'aurais pu rester. Mais pour moi, il était clair que je devais prendre mes responsabilités. Je n'aurais jamais dû m'engager dans cette relation. La faute était de mon côté. J'ai donc démissionné peu après. Je savais que cette histoire me poursuivrait indéfiniment. Tout à coup, j'en ai eu assez. De l'hypocrisie de mes collègues, de leurs regards apitoyés, parfois même secrètement réjouis, des bavardages... Je suis parti parce que je voulais en finir, et jusqu'ici, je n'ai jamais regretté ma décision.

— En es-tu certain ?

— Absolument ! J'ai créé cette société de protection des personnes et des biens, je travaille à mon compte, en toute indépendance, c'est exactement la vie que je souhaitais. Je n'étais pas fait pour gravir les échelons d'un système hiérarchique rempli d'intrigues et de préjugés, au milieu d'un tas de lèche-bottes. J'ai mis du temps à m'en apercevoir, mais il n'était pas trop tard, heureusement.

Elle l'observa avec attention, se demandant s'il pensait réellement ce qu'il disait, s'il n'essayait pas plutôt de s'en convaincre lui-même pour mieux supporter la situation.

— Pourquoi étais-tu entré dans la police ?

— Par idéalisme. Je voulais protéger les bons, attraper les méchants. Du moins, c'était cela au départ. Avec l'expérience, on perd bien sûr pas mal de ses illusions, mais je suppose qu'il en va toujours ainsi. C'est-à-dire, dans la plupart des professions.

— Et les enfants que tu entraînes...

Cette fois, il se mit à rire.

— Ah, ça, ce sont des restes d'idéalisme. Je suis fermement convaincu qu'il doit être possible de sortir des enfants et des jeunes de la rue, de les empêcher de traîner sans but, de leur faire dépenser leur énergie dans des activités intéressantes. C'est par ennui, par désœuvrement, qu'ils tombent dans des pratiques dangereuses – la drogue, la violence –, qu'ils deviennent incapables de se fixer des buts dans la vie et de les réaliser. Pour moi, le sport est le meilleur moyen. C'est ce que je peux leur offrir, et j'obtiens de bons résultats.

— Pourquoi venir à Southend ? Si loin de chez toi ?

— Au début, j'ai essayé à Londres, dans deux clubs successivement. A chaque fois, j'ai eu des problèmes quand on a découvert que j'avais travaillé à Scotland Yard et pourquoi j'en étais parti. J'ai fini par décider d'aller voir ailleurs, simplement en espérant que mon passé cesserait de me poursuivre. Il y a certes moins de familles à problèmes à Southend, j'entraîne aussi des enfants qui ne sont pas en danger, mais j'en aide vraiment quelques-uns. Et puis, c'est bien que ce soit arrivé, non ?

Il prit la tasse des mains de Gillian et la posa à côté du matelas, puis attira Gillian dans ses bras et commença à l'embrasser.

— Sans cela, je ne t'aurais jamais rencontrée. Ç'aurait été une très grande perte.

Ils firent l'amour encore une fois. Quand ils se détachèrent l'un de l'autre, il faisait tout à fait nuit dehors et dans la chambre, et Gillian s'aperçut qu'elle avait du mal à garder les yeux ouverts. Elle eut tout juste le temps de songer : *Je ne dois à aucun prix me rendormir*, avant de sombrer irrésistiblement dans un sommeil bienheureux.

En se réveillant, elle vit à la lueur du réverbère situé en face de la fenêtre que la neige tombait toujours. Elle regarda sa montre et sursauta : il était huit heures et demie. Tom serait à la maison au plus tard à dix heures, il ne lui restait donc qu'une heure et demie pour rentrer et prendre une bonne douche. Le retour risquait d'être plus difficile que prévu, avec cette neige qui tombait sans interruption depuis cinq heures.

Près d'elle, elle entendait la respiration régulière de John. Elle se leva sans bruit, enfila ses vêtements, prit son sac et sortit de la chambre sur la pointe des pieds. Le long couloir du vieil appartement n'était pas plus meublé que le reste, hormis un portemanteau fixé au mur. Son manteau y était accroché à côté des vestes et des blousons de John, ses bottes posées dessous.

Elle finissait de s'habiller quand John la rejoignit, une serviette de bain autour des hanches.

— Tu veux déjà t'en aller ? Je pensais nous préparer un petit truc à manger. Boire un verre de vin avec toi...

— Mon mari ne va pas tarder à rentrer. Je suis déjà en retard, sans compter que j'ai peur de rester bloquée par une congère. Tu as vu toute cette neige ?

— Veux-tu que je t'emmène ?

— Non, j'y arriverai bien.

— Quand nous revoyons-nous ? demanda-t-il en lui prenant le visage entre ses mains.

— Je t'appellerai, dit Gillian.

3

Elle arriva chez elle exactement en même temps que Tom, après un voyage cauchemardesque au cours duquel elle avait cru plus d'une fois ne pas pouvoir continuer, entre les formations de congères, les voitures arrêtées en travers de la route et les ralentissements incessants. Elle avait juré pendant la plus grande partie du trajet, consciente que son avance sur Tom se réduisait peu à peu et obsédée presque jusqu'à la panique par l'idée de devoir absolument prendre une douche. Parce qu'elle portait sur elle l'odeur de John. L'odeur de l'amour. Elle ne pouvait pas se présenter ainsi devant Tom.

Quand les deux véhicules, venant de directions opposées, se rencontrèrent au portail de la maison et s'arrêtèrent l'un à côté de l'autre devant l'allée du garage, Gillian comprit qu'elle allait devoir faire face à la situation.

Il était près de dix heures et demie. Tom était en retard lui aussi.

— D'où viens-tu ? s'enquit-il avec surprise.

— De Londres, répondit-elle sans mentir. Je suis allée faire des courses de Noël.

Puis elle se rendit compte qu'elle ne rapportait rien, pas le plus petit paquet.

— En fait… je n'ai pas trouvé ce que je cherchais. Après ça, j'ai voulu manger quelque chose, et cela a pris plus de temps que je ne pensais. Et ensuite, il y a eu la neige. Ça roulait très lentement sur la route.

— Où est Becky ?

— Chez Darcy, pour un anniversaire. Elle reste dormir là-bas.

Ils rangèrent les voitures au garage et entrèrent dans la maison. Chuck vint à eux en miaulant, se frotta contre leurs jambes. Le petit bruit du répondeur leur signalait qu'il y avait des messages à écouter.

— Je me suis un peu énervée pendant le trajet, dit Gillian, et j'ai pas mal transpiré. Je crois que je vais vite aller prendre une petite douche.

Tom hocha distraitement la tête et appuya sur la touche du répondeur. Un seul message était enregistré.

Ni l'un ni l'autre ne reconnut la voix qui résonna alors dans la pièce :

« Oui, euh… bonjour. Ici, Samson Segal. Je suis… j'habite à quelques maisons de chez vous. Au bout de la rue. Mon frère a été un de vos clients. Je… bon, je voulais vous dire que votre fille est chez moi. C'est parce qu'elle n'a pas pu rentrer chez vous, elle était un peu désespérée, alors, je… je l'ai emmenée chez moi. Mais vous pouvez venir la chercher, bien sûr. »

Il y eut une assez longue pause. De toute évidence, il faisait partie des gens qui n'aiment guère parler sur ce genre d'appareil.

« Alors… au revoir. »

Après un nouveau silence où on entendait sa respiration oppressée, il avait raccroché.

— Qu'est-ce que c'est que ça ? demanda Tom, stupéfait.

Gillian s'était arrêtée à mi-chemin de la salle de bains. Elle se retourna.

— Ce n'est pas possible ! Elle devait passer la nuit chez Darcy !

— Comment peut-elle avoir suivi chez lui un parfait inconnu ? s'écria Tom, effrayé et furieux. Comment se fait-il que tu n'aies pas été là ?

— Et toi, pourquoi n'étais-tu pas là ? cria Gillian.

— J'étais au club de tennis. J'avais prévenu que je rentrerais tard !

— Tu rentres toujours tard ! S'il ne tenait qu'à toi, je ne pourrais plus sortir du tout, parce que je serais tout le temps coincée à la maison. Tu n'habites pour ainsi dire plus ici !

— Crois-tu vraiment que ce soit le moment de se disputer pour ça ? s'insurgea Tom.

Gillian n'hésita pas plus longtemps. Elle prit son manteau, bousculant Tom au passage.

— Je vais chercher mon enfant !

— Je viens avec toi, dit Tom.

Quelques minutes plus tard, ils sonnaient à la porte de la famille Segal, qui s'ouvrit au bout de quelques secondes sur Samson.

— Je... je me doutais bien que c'était vous, bafouilla-t-il.

Tom entra aussitôt dans le couloir, passant devant lui.

— Où est notre fille ?

— E... elle s'est endormie. D... devant la télé, répondit Samson.

Sans attendre son invitation, Tom fonça dans la direction d'où des voix semblaient provenir d'un appareil en marche. Avec un sourire d'excuse à l'adresse de Samson, Gillian suivit son mari.

La télévision était effectivement allumée dans la salle à manger. Becky dormait en face, allongée sur le canapé. Dans le fauteuil voisin, Gavin Segal fixait l'écran, où défilaient les images d'un documentaire. Assise devant la table, une femme se laquait les ongles.

Gavin se leva immédiatement.

— Monsieur Ward...

— Pourquoi Becky est-elle ici ? demanda Tom avec brusquerie.

— Tom... fit Gillian d'une voix conciliante.

— Mon frère est passé devant chez vous ce soir par hasard, expliqua Gavin. Votre fille sonnait à la porte, elle était déjà en pleurs. Si j'ai bien compris, elle revenait de chez une amie, mais elle n'a trouvé personne à la maison. Il l'a ramenée chez nous simplement pour ne pas la laisser attendre dans la neige.

— Et je lui ai tout de suite dit de laisser un message chez vous, ajouta la femme.

Becky ouvrit les yeux, regarda ses parents avec étonnement, puis se leva d'un bond.

— Papa ! s'écria-t-elle joyeusement en se jetant dans les bras de Tom.

Samson était resté derrière Gillian, intimidé.

— C'était vraiment gentil à vous, monsieur Segal, lui dit-elle. Ma fille devait passer la nuit chez son amie, sans quoi l'un d'entre nous aurait été à la maison, bien sûr.

— Je me suis disputée avec Darcy, déclara Becky. On est fâchées à mort, c'est pour ça que je n'ai pas voulu rester.

— La maman de Darcy sait-elle que tu es partie ? demanda Gillian.

— Oui, je lui ai dit.

— Et elle ne s'est même pas assurée que nous étions là ? Tom paraissait stupéfait.

— Elle a quinze enfants qui passent la nuit chez elle, lui fit remarquer Gillian. Elle ne doit plus savoir où elle en est !

— Quand même, ce n'est pas possible de...

Si seulement Tom pouvait cesser de s'en prendre à tout le monde, pensa-t-elle. Elle se sentait déjà tellement coupable ! *Ma fille n'a pas pu rentrer parce que, pendant ce temps, j'étais couchée avec mon amant.*

C'était la vérité. Contrairement à Tom, elle n'avait pas prévenu de son absence. Becky était certaine de la trouver à la maison.

Elle aurait aussi bien pu être emmenée par quelqu'un de dangereux...

— Cela m'a fait plaisir de m'occuper de Becky, reprit Samson. Je... v... vous savez, j'aime bien les enfants.

— Oui, merci beaucoup, fit Tom, réalisant enfin à contrecœur que Samson Segal n'avait commis aucun acte répréhensible.

— S... si vous avez besoin de moi un jour... J'ai du temps...

— Mon beau-frère est chômeur, intervint la femme d'un ton acide.

Elle agitait la main pour faire sécher son vernis plus rapidement.

— Merci beaucoup, répéta Tom.

Il avait envie de rentrer chez lui. Gillian savait qu'il trouvait tout cela odieux : la femme un peu vulgaire avec son vernis rouge sombre et sa voix perçante, Samson Segal et son bégaiement, le frère à l'air fatigué et découragé, l'appartement surchauffé, le braillement de la télévision... Il était furieux, et Gillian avait conscience que sa fureur s'adressait avant tout à elle. Parce qu'elle n'avait pas été là. Que tout cela était arrivé à cause d'elle.

Il garda les dents serrées sur le court chemin du retour. Une fois à la maison, il resta encore silencieux un bon moment. Ce n'est que plus tard, quand Gillian eut emmené Becky se coucher et pris enfin sa douche, qu'il déclara tout à coup :

— Je n'aime pas ce type. A mon avis, il a une case en moins.

Appuyé contre son oreiller, il ne lisait pas le livre qu'il tenait à la main, mais regardait fixement devant lui.

Gillian, debout au milieu de la chambre, peignait ses cheveux humides.

— Qui ça ? demanda-t-elle.

— Eh bien, ce Segal. Celui qui a un prénom bizarre. Samson. Il est un peu fêlé.

— Pourquoi dis-tu cela ? Il est sans doute timide et complexé, mais très gentil.

— Il n'est pas normal, insista Tom. Comment peut-il vivre de cette façon ? Il a au moins trente-cinq ans, et il habite avec son frère et sa belle-sœur. Il ne peut pas aligner deux mots sans bafouiller. Il n'a aucune femme dans sa vie, et...

— Qu'en sais-tu ?

— Ça se sent. Il est beaucoup trop coincé pour avoir une femme. Je me demande avec qui il se rattrape. Avec les enfants, peut-être !

Gillian secoua la tête avec désapprobation.

— Vraiment, Tom, tu exagères. Déjà tout à l'heure. M. Segal a fait exactement ce qu'on attend d'un bon voisin : il s'est occupé d'un membre de notre famille dans une situation d'urgence. Et pour un peu, tu en ferais un violeur d'enfants ! Moi, je suis contente qu'il soit passé par là au bon moment. Cela aurait pu tomber sur quelqu'un d'autre, et rien que d'y penser, j'en ai froid dans le dos.

Tom posa son livre et se redressa dans le lit.

— Voilà, dit-il. Je crois que c'est justement ce qui m'étonne : comment se fait-il qu'une fois de plus il ait été là *par hasard* ?

— Une fois de plus ?

— Tu te souviens de samedi dernier ? Quand nous sommes sortis, il était sur le trottoir, juste en face du portail du jardin. Qu'est-ce qu'il faisait là ?

— Je ne sais pas. Il se promène, il s'arrête peut-être de temps en temps pour regarder les maisons. Sa belle-sœur dit qu'il est sans travail. Je suppose qu'il traîne dans les parages toute la journée parce qu'il n'a rien d'autre à faire.

— Il traîne surtout devant chez nous !

— Parce que tu l'as vu une fois samedi ?

Cependant, Gillian ne put se défendre d'une légère angoisse. Elle se rappela la dernière visite de Tara. Quand elle l'avait raccompagnée, Samson Segal passait justement par là, et Tara avait dit l'avoir déjà remarqué à son arrivée. Ainsi, Samson Segal se trouvait donc réellement très souvent sur le chemin de la famille Ward depuis quelques semaines.

Mais ne pouvait-il pas s'agir d'une coïncidence ?

Elle se glissa dans le lit, remonta la couette sous son menton. Le souvenir de John la submergeait tout à coup. Il y avait à peine plus de deux heures, elle était couchée avec lui, et maintenant, elle était à nouveau près de Tom, à se chamailler avec lui à cause de cette soirée éprouvante.

C'est donc cela, mener une double vie, se dit-elle. D'un côté, la passion amoureuse avec un homme excitant et très peu transparent, dans un appartement locatif londonien pratiquement vide. De l'autre, la petite maison coquette de Thorpe Bay, la routine du mariage, les inquiétudes pour son enfant.

— Becky doit comprendre qu'elle ne peut pas suivre un inconnu comme cela, reprit Tom. Je pensais vraiment qu'elle le savait depuis longtemps !

Il n'était pas disposé à laisser tomber le sujet. Gillian leva les yeux au ciel.

— Elle le sait ! Mais il s'agit d'un voisin – un peu éloigné, certes, mais elle le connaît au moins de vue.

— Et alors ? Bien souvent, ce sont justement des voisins de ce genre que les enfants suivent en toute confiance, pour leur plus grand malheur.

— J'en reparlerai demain avec elle très sérieusement, assura Gillian.

Et je ne reverrai pas John. Il ne faut pas qu'une situation pareille se reproduise.

Elle ne pensait pas seulement au fait que sa fille était restée à la porte de la maison, mais à tout le reste. Au mensonge. Au retour précipité. A la douche honteuse.

Non, elle n'était certainement pas faite pour mener une double vie.

Elle se mit soudain à pleurer. Tout bas, le visage pressé contre son oreiller. Elle pensait à John. A leur étreinte passionnée et si tendre à la fois. A l'appartement tellement différent, dans sa simplicité, de sa propre maison ornée de tourelles et de pignons.

Comme elle aurait voulu y être encore !

Demain, elle appellerait Tara. Elle lui raconterait tout. Enfin, presque tout. Elle laisserait de côté le point noir dans le passé de John. Elle ferait simplement comme si John avait toujours eu son entreprise. Huit ans plus tôt, Tara n'était pas encore à Londres, elle ne pouvait pas connaître l'affaire Burton. Même si le problème n'était pas « l'affaire Burton ».

Le problème, c'était Tom et Becky, c'était la vie qu'ils avaient menée ensemble jusqu'ici.

Il fallait qu'elle en parle à quelqu'un, qu'elle demande conseil.

Ses larmes redoublèrent à la pensée que, cette fois, même Tara ne saurait sans doute pas lui dire ce qu'elle devait faire.

Lundi 21 décembre

1

— Plus que quelques jours avant Noël, et nous voilà avec un deuxième meurtre abominable sur les bras, sans l'ombre d'une piste, déclara Peter Fielder d'une voix accablée. L'enquête n'a pas avancé d'un pas, alors qu'un tueur de femmes est en liberté.

Comme chaque jour, il était arrivé aux aurores à son bureau, à cette heure encore plongé dans le silence particulier d'un grand bâtiment presque désert. Mais Christy McMarrow était là, assise en face de lui avec son café. Ils étaient tous deux recrus de fatigue. Ils n'avaient pas eu de week-end, pas au sens où ce mot est synonyme de repos et d'oisiveté. Pas depuis que, le mercredi précédent en fin d'après-midi, un agent immobilier avait appelé la police depuis une maison isolée en pleine forêt, quelque part du côté de Tunbridge Wells, parce qu'il venait de découvrir dans la baignoire le cadavre d'une cliente visiblement morte depuis près d'une semaine. Le torchon à vaisselle profondément enfoncé dans la bouche de la victime avait conduit les policiers arrivés sur les lieux à avertir aussitôt l'inspecteur principal Fielder, de Scotland Yard, qui s'était rendu sur place le soir même en compagnie de Christy. Malgré les fortes chutes de neige et le blocage de la circulation dans la capitale et en périphérie, ils avaient fini par atteindre leur destination. Le spectacle qui les attendait était aussi terrible et aussi révoltant que chez Carla Roberts, mais l'isolement total de la maison ajoutait encore à l'horreur. L'inspecteur ne comprenait pas que des gens puissent faire ce choix. « Habiter dans un endroit pareil, il y a de quoi devenir fou », avait-il dit à Christy.

Au cours des premières heures, c'était Luke Palm, l'agent immobilier londonien, qui leur avait donné les informations essentielles sur la défunte. Fielder l'avait trouvé assis sur le canapé du salon du rez-de-chaussée, blanc comme un linge. Une fonctionnaire de police compatissante lui avait rempli un gobelet de thé de sa propre Thermos, mais il semblait ne pas en avoir bu une seule gorgée. Il tenait avec précaution le gobelet plein à ras bord, comme s'il attendait que quelqu'un vienne le lui reprendre. Fielder remarqua qu'il se passait constamment la langue sur les lèvres, essayant d'avaler sa salive sans y parvenir.

Il leur avait raconté ce qu'il savait de la victime : qu'elle s'appelait Anne Westley, qu'elle devait avoir dans les soixante-huit ans et qu'elle était veuve depuis trois ans. Elle et son mari avaient acheté cette maison et l'avaient restaurée pour y passer leur retraite, mais le mari était décédé juste après la fin des travaux. Anne ne supportait plus sa situation isolée, raison pour laquelle elle l'avait chargé, lui, Luke Palm, de vendre la propriété, et aussi de lui chercher un appartement à Londres. Il avait fini par trouver bizarre de ne pas pouvoir la joindre alors qu'il avait des acheteurs sérieux en vue et qu'il avait laissé plusieurs messages sur son répondeur pour l'en informer. Il était donc venu jusqu'à la maison, pour y découvrir…

A cet instant de son récit, il s'était mis à trembler si violemment qu'un peu de thé s'était renversé. Par prudence, Fielder lui avait pris la tasse des mains, sans qu'il parût s'en apercevoir.

« Aviez-vous une raison objective de vous inquiéter ? avait demandé Fielder avec précaution. Vous ne pouviez pas la joindre, très bien. Mais venir jusqu'ici exprès… Ce n'est pas la porte à côté. Y avait-il autre chose ? Autre chose qui vous tracassait ? Cela pourrait être important.

— Non... vraiment rien, avait répondu Palm après réflexion. Je crois que je trouvais déjà inquiétant en soi qu'une femme de près de soixante-dix ans vive seule ici. Mais je ne pensais pas spécialement à un meurtre. Plutôt qu'elle aurait pu, je ne sais pas, faire une mauvaise chute et ne pas pouvoir atteindre le téléphone pour appeler à l'aide... Personne ne s'en serait aperçu.

— Mme Westley n'a mentionné aucun événement inhabituel ?

— Inhabituel ?

— Quelque chose qui l'aurait alarmée ? »

Fielder ne pouvait s'empêcher de penser à l'ascenseur que Carla Roberts avait remarqué peu de temps avant son assassinat.

« Elle ne m'en a rien dit.

— Pourquoi voulait-elle partir précisément maintenant ? Juste avant Noël, en plein hiver.... Est-ce une période où les gens déménagent souvent ?

— Non, c'est vrai que c'est plutôt peu courant, avait reconnu Luke Palm.

— Quelle raison vous a-t-elle donnée ?

— Qu'elle se sentait très seule ici. Beaucoup trop, et depuis longtemps. Elle ne l'a pas formulé directement, mais j'ai conclu de ses paroles qu'elle avait tenu tout ce temps par fidélité à son mari défunt. C'était avant tout son projet à lui. Après sa disparition, elle se serait sentie mal à l'aise si elle s'était débarrassée de la maison. Depuis, elle s'est rendu compte qu'elle ne supportait plus.

— Mais elle n'a pas dit ce qui avait déclenché sa décision ?

— Non.

— Selon vos déclarations à la police locale, vous êtes venu visiter la maison le 10 décembre. Et vous pensez qu'elle a été tuée le jour même ?

— A cause de l'éphéméride dans la cuisine, avait expliqué Luke Palm à voix basse. Elle est restée à cette date. C'est ce qui m'a fait supposer...

— Quand vous êtes venu ici la première fois, vous n'avez absolument rien remarqué ?

— Non.

— Il n'y avait pas d'autres voitures sur le parking, en bas ?

— Non.

— Et vous n'en avez vu arriver aucune en repartant ? »

Palm avait secoué la tête.

« Non, hélas. J'aurais bien voulu vous aider, mais il n'y avait personne. En tout cas, je n'ai rien remarqué. »

A cet instant, Christy McMarrow était venue demander à Fielder de monter à l'étage.

« Les collègues de l'identité ont trouvé quelque chose. »

En haut de l'escalier, devant la salle de bains, un policier tenait un sachet transparent contenant un projectile d'arme à feu.

« C'est apparemment avec ça qu'il a ouvert la porte derrière laquelle la victime s'était retranchée. Il a démoli la serrure d'un coup de feu.

— Intéressant, avait dit Fielder en plissant les yeux pour examiner la balle. On n'a retrouvé aucune trace d'arme à feu sur l'autre scène de crime. Il va donc falloir tout repasser au peigne fin.

— Mais, chef, on a déjà...

— Tant pis. Demain, une équipe doit retourner dans l'appartement de Carla Roberts. »

Les investigations s'étaient poursuivies pendant tout le week-end. Malgré des recherches minutieuses, on n'avait trouvé chez Carla Roberts aucun signe de la présence d'une arme à feu. L'autopsie d'Anne Westley avait été pratiquée, et c'étaient les résultats que Christy apportait à Fielder ce lundi matin. Elle but une gorgée de café et commença :

— Le légiste confirme les suppositions de l'agent immobilier sur la date de la mort. Le 10 décembre paraît hautement probable. Le 11 serait également possible, mais le calendrier ne parle pas en faveur de cette hypothèse.

— De quoi est-elle morte ? A-t-elle été elle aussi étouffée par ses vomissures ?

— Non. Le meurtrier lui a enfoncé le torchon dans la gorge avec une extrême brutalité, mais cela ne semble pas avoir déclenché de vomissements. Ensuite, il lui a bouché hermétiquement le nez avec le ruban adhésif, et elle est morte asphyxiée.

— Nous savons maintenant qu'il aurait facilement pu la tuer d'une balle.

— Ç'aurait sans doute été trop rapide pour lui.

Fielder hocha la tête et jeta un coup d'œil sur ses notes. Ils avaient découvert que Sean Westley, le mari d'Anne, avait été professeur à l'université de Londres. Qu'il était mort trois ans plus tôt d'une pneumonie, après son accident. Quant à Anne, avant sa retraite, elle était pédiatre dans un cabinet de groupe à Kensington. Le couple n'avait pas d'enfants.

— Nous devons interroger les gens du cabinet médical, dit Fielder. Au cas où il y aurait une affaire de négligence imputable à Anne Westley.

— Vous pensez à une vengeance de parents ? Comment rattacher cela à Carla Roberts ?

— Je sais, ce n'est pas évident. Mais nous devons vérifier qu'il n'y a rien de ce genre. Nous sommes donc d'accord pour dire qu'il s'agit du même auteur dans les deux affaires ?

— Dans la mesure où nous avons gardé le secret absolu sur la présence du torchon à vaisselle, l'imitation est exclue. Les deux cas portent clairement la même signature. J'imagine que chez Roberts le criminel avait aussi une arme, mais qu'il n'a pas eu besoin de s'en servir. Cependant, cela explique pourquoi Carla Roberts semble s'être laissé attacher les mains et les pieds sans résistance : elle a été menacée avec un pistolet.

Fielder regarda de nouveau ses notes, comme si la lumière pouvait en jaillir pour peu qu'il fixe suffisamment longtemps ce qu'il savait déjà.

— Où sont les recoupements ? marmonna-t-il. Qu'y avait-il de commun entre Carla Roberts et Anne Westley ?

— A première vue, surtout leur isolement, répondit Christy. Elles vivaient toutes les deux dans une grande solitude. Les deux avaient perdu leur mari, l'une divorcée, l'autre veuve. Anne Westley n'avait pas de famille proche. Carla Roberts avait une fille, mais peu de contacts avec elle. Dans les deux cas, le meurtrier pouvait quasiment agir en toute tranquillité. Et compter sur le fait que le crime ne serait pas découvert avant longtemps.

— Mais c'est à peu près tout.

— C'est beaucoup, si l'on considère que c'est peut-être justement ce que recherche l'assassin : une occasion. N'importe quelle femme, quelle que soit son histoire ou sa personnalité.

— Le hasard, dit Fielder. Très bien. Cela pourrait expliquer le choix de Westley. Le psychopathe qui rôde dans les bois en guettant une proie. Il lui était facile de découvrir qu'une femme habitait là seule, sans visites régulières. Mais qu'est-ce qui a pu attirer son attention sur la situation de Carla Roberts ? Il doit y avoir autre chose. Quelque chose qui relie Westley à Roberts, en dehors de leur isolement. La retraitée de Hackney qui a du mal à joindre les deux bouts, et l'ancienne pédiatre veuve d'un professeur, propriétaire d'une belle maison du côté de Tunbridge Wells. Deux mondes très différents.

— Carla Roberts n'a pas toujours vécu dans un immeuble et d'une modeste retraite, objecta Christy. Avant de faire faillite, son mari gagnait beaucoup d'argent. On peut très bien envisager que les Roberts et les Westley aient fréquenté les mêmes cercles mondains à Londres.

— Et que les deux femmes se soient connues ?

— Ce n'est pas totalement exclu, non ? Par exemple, le Dr Westley aurait pu être la pédiatre de Keira Jones, la fille de Carla Roberts. C'est facile à vérifier.

— Le reste le sera un peu moins, soupira Fielder.

— Oui, nous avons du pain sur la planche.

Fielder hocha la tête avec lassitude. Puis une autre idée lui vint :

— L'atelier d'Anne Westley, dans le grenier… Il semble qu'elle ait eu une passion pour la peinture. A-t-on trouvé quelque chose chez Carla Roberts qui aille dans ce sens ?

— Non, fit à regret Christy. Rien de semblable. Il n'y avait pas même un pinceau dans l'appartement, encore moins de dessins ou quoi que ce soit de ce genre. Je peux reposer la question à sa fille, mais, très franchement, je crains que cela ne nous mène pas loin.

2

Lundi 21 décembre, 22 h 05

Gillian Ward ne vaut pas plus cher que Michelle Brown. Ce sont toutes les deux des ingrates arrogantes et prétentieuses, même pas bien élevées. J'ai ramené à la première un chien qui paraît être la prunelle de ses yeux (elle n'a visiblement pas trouvé d'homme, ce qui ne m'étonne pas avec son caractère, aucun type ne s'infligerait cela, moi non plus je n'en voudrais pas, même si elle venait me supplier à genoux !!). Quant à l'autre, c'est de sa fille que je me suis occupé. De son unique enfant ! Et qu'est-ce que je reçois en échange ? A peine un tiède « merci », et c'est tout ! J'ai presque eu l'impression qu'elle se méfiait de moi. Comme si j'avais emmené la petite dans je ne sais quelle intention suspecte !

Son mari a été encore pire. Thomas Ward, l'homme le plus antipathique qui ait jamais existé. Mercredi dernier, il est entré en trombe dans la maison, comme s'il attaquait un quartier général terroriste. Tout ce qu'il voulait, c'était reprendre sa fille et l'emmener sans dire un mot. C'était presque pénible de voir l'effort que cela lui a coûté de me dire merci. Gavin continue à le trouver très gentil, je ne comprends vraiment pas pourquoi. Ce type se rengorge tellement qu'on dirait qu'il va tomber à la renverse. De plus, son mariage part à vau-l'eau et j'ai l'impression qu'il ne s'en aperçoit même pas. Il ne vit que pour son entreprise et pour le sport. Chacun fait ce qu'il veut, bien sûr, mais il ne faut pas en oublier sa femme et son enfant. Un de ces jours, Gillian va le quitter, ça se voit comme le nez au milieu de la figure. Ce jour-là, il aura l'air d'un idiot, à se demander comment il a pu mériter ça. Et moi, je serai très content quand il sera forcé de rentrer seul le soir dans sa maison vide et sombre.

Quoiqu'il risque de retrouver très vite une autre femme. Il est beau garçon et gagne un maximum, et ça a l'air d'être l'essentiel pour les femmes. Même quand elles sont mal traitées ensuite. Les hommes comme moi, qui seraient gentils avec leur femme et lui consacreraient du temps et de l'attention, elles ne les voient même pas.

Je sais très bien ce qu'il a pensé. Il m'a pris pour un pédophile. Ce serait risible si ce n'était pas aussi humiliant. Jamais je ne m'en prendrais à un enfant. J'adore les enfants. J'aurais tellement aimé en avoir moi aussi ! Quant à Becky, c'est simple, j'ai seulement voulu l'aider. Qu'est-ce que j'aurais dû faire, qu'est-ce que Thomas Ward aurait préféré ? Que je passe mon chemin en la laissant toute seule dans le noir ?

Cet après-midi-là, j'ai vu Gillian partir avec sa voiture. Elle n'était pas allée travailler. Elle m'absorbe tellement que je néglige tous mes autres sujets d'observation. Elle est sortie de la maison vers quatre heures, et je ne sais pas pourquoi, mais elle n'était pas tout à fait comme d'habitude. Pas spécialement pomponnée, peut-être juste un peu plus maquillée, mais rien d'excessif. Non, je crois plutôt que c'est son rayonnement qui avait changé. C'est difficile à décrire. Elle était vraiment attirante ! Je ne l'avais encore jamais vue comme ça.

Après son départ, j'ai commencé à me faire du souci. Sur le moment, si j'avais eu ma voiture avec moi, je crois bien que je l'aurais suivie. Mais la voiture était dans le garage, le temps que j'aille la chercher, Gillian aurait été partie de toute façon. Pendant des heures, je n'ai pas pu m'empêcher de me demander où elle était. J'étais inquiet, assailli par de sinistres pressentiments. Il se trame dans cette famille quelque chose qui ne peut mener à rien de bon. Thomas Ward a été le déclencheur. Mais souvent, à partir d'un certain point, les événements se mettent à suivre leur propre cours, et c'est peut-être déjà ce qui se passe ici.

Ensuite, j'ai continué ma tournée. Il faisait froid et la neige tombait de plus en plus fort, mais je n'ai pas pu me résoudre à rentrer dans ma petite chambre bien chaude. Je voulais savoir quand Gillian reviendrait.

C'est pendant que j'étais là, sous les rafales de neige, à regarder la maison, dont les décorations de Noël s'allument apparemment toutes seules, que j'ai soudain vu Becky sortir de l'obscurité. Il était un peu plus de six heures. A midi, je l'avais vue se rendre chez son amie, et d'après la quantité de filles qui se trouvaient là, il s'agissait sûrement d'un anniversaire. La fête devait donc être terminée, mais Gillian n'était pas rentrée. Cela ne lui ressemblait pas, elle ne fait pas ce genre de chose. D'ailleurs, je me suis dit que c'était peut-être à cause de la neige. Elle avait dû rester bloquée quelque part. C'était la première chute sérieuse de l'hiver, et dans ce cas, il y a toujours des problèmes de circulation.

Becky a sonné, bien sûr sans résultat. Elle a resonné, puis elle s'est reculée pour regarder les fenêtres avant de se remettre à sonner. Finalement, elle a tapé sur la porte avec ses poings, puis elle a fondu en larmes.

Dans ce silence spécial qui règne quand la neige tombe, je l'entendais sangloter, et cela me déchirait le cœur.

J'ai traversé la rue et je l'ai appelée depuis le portail du jardin : « Becky ! »

Elle s'est retournée, et comme j'étais juste sous le réverbère, elle n'a pas eu de peine à me reconnaître. La peur et la méfiance qui étaient apparues sur son visage se sont évanouies. C'était merveilleux. Elle m'avait reconnu, moi, le voisin du bout de la rue.

« Bonjour, m'a-t-elle dit d'une voix noyée de larmes.

— Il n'y a personne à la maison ? ai-je demandé – même si je le savais déjà, évidemment.

— Non. Et je n'ai pas la clé.

— Tes parents savaient-ils que tu allais rentrer ?

— Non, m'a-t-elle répondu en secouant la tête. Je devais passer la nuit chez ma copine, mais on s'est fâchées à mort, c'est pour ça que je suis revenue. »

Au moins, c'était une explication rassurante au comportement de Gillian : elle supposait sa fille chez son amie pour la nuit. Elle ne pouvait pas deviner qu'elle allait rentrer.

« Ecoute, ai-je dit à la petite, si tu restes plus longtemps ici, tu vas attraper froid. Soit je te raccompagne chez ton amie…

— Non ! s'est-elle écriée.

— … soit tu viens simplement chez moi. Et plus tard, je te ramènerai ici. Qu'en penses-tu ? »

Elle hésitait, c'était bien normal, on lui avait appris à ne pas suivre des inconnus, et en fin de compte, c'est ce que j'étais pour elle. Mais elle me connaissait au moins de vue, ses parents me disaient bonjour. Cela a dû l'aider à se décider à me suivre. De plus, elle n'avait pas le choix. Puisqu'elle semblait vraiment fâchée avec sa copine, il ne lui restait que moi.

Chez nous, on lui a donné du jus d'orange et des biscuits faits maison, et je crois qu'elle nous a trouvés très gentils. Elle nous a parlé de son école, de la fête où elle était allée, elle nous a dit qu'elle ne voulait plus jamais adresser la parole à son ex-meilleure amie. C'était tout à fait charmant. Elle est très contente de voir Noël arriver et d'aller chez ses grands-parents. Elle part chaque année le 26 décembre et reste là-bas jusque début janvier. Ce sont les parents de sa mère, qui habitent à Norwich. Gillian est donc originaire d'Est-Anglie. Cela lui va bien. Les grandes étendues verdoyantes. J'imagine sans peine Gillian au milieu des lacs et des estuaires du Norfolk, je la vois dans les champs de lavande, je devine que l'été met dans ses longs cheveux blond-roux de drôles de mèches plus claires, presque argentées. Après une journée à la plage, sa peau est criblée de taches de rousseur, ses cheveux fous sont encore plus ébouriffés par le vent marin.

Et puis, Millie a dit que je devais tout de suite appeler ses parents et laisser un message sur leur répondeur. Pour une fois, c'était une bonne idée de sa part. Bien que ça nous ait valu plus tard cette arrivée incroyable du couple Ward. Lui s'est conduit d'une façon vraiment odieuse, et elle… Eh bien, je suis profondément déçu. J'avais pensé que, peut-être, elle repasserait à la maison, sinon le lendemain, du moins pendant le week-end, ou au plus tard aujourd'hui. Pour dire merci encore une fois, ou pour s'excuser de l'attitude de son mari. Mais rien. De nouveau, elle ne me connaît plus. C'est pour ça que j'ai dit, au début, qu'elle était comme Michelle Brown. Celle-là non plus ne m'a plus donné de nouvelles. Elle a recommencé à se promener tranquillement avec son chien… comme si je n'existais pas.

Les femmes ne s'intéressent pas à moi. Quoi que je fasse pour elles. Je pourrais aussi bien être invisible. Ou avoir une odeur qui fasse fuir tout le monde à des kilomètres. Je pensais qu'avec

Gillian ce serait peut-être différent, mais en fait, elle aussi me traite comme de la merde.

Il ne faut pas que je laisse la haine prendre trop de place en moi. La haine est destructrice.

Y compris pour celui qui l'éprouve.

Jeudi 24 décembre

1

Depuis les toilettes du rez-de-chaussée, dont la fenêtre donnait sur la rue, Millie regarda Samson s'éloigner. Il venait de sortir en disant qu'il allait en ville acheter quelques derniers cadeaux de Noël, mais qu'il ne prendrait pas la voiture, parce qu'il risquait de ne pas trouver de place de parking un jour pareil. Comme d'habitude, Millie ne l'avait pas vraiment cru. Elle était désormais convaincue qu'il ne partait pas chercher du travail lorsqu'il s'en allait chaque matin pour ne reparaître que le soir. Dieu sait ce qu'il pouvait faire durant toutes ces heures – sûrement rien de bon ! Sans cela, il en parlerait bien à quelqu'un, au moins à Gavin, avec qui ses relations étaient toujours excellentes. Quelques jours plus tôt, elle lui en avait touché un mot mine de rien :

« Que fait donc Samson toute la sainte journée ? Il n'est jamais à la maison, et il fait bien trop froid pour rester dehors à se promener.

— Il cherche du travail, avait répondu Gavin de la voix machinale de celui qui ne prend pas trop la peine de réfléchir à la question.

— Mais on ne trouve pas de travail en traînant dans les rues ! On écrit des lettres de candidature !

— Il le fait peut-être. Il passe quand même des heures devant son ordinateur.

— Mais dans ce cas, il devrait recevoir des réponses par la poste, avait insisté Millie. Ne serait-ce que des lettres de refus.

— Peut-être fait-il tout par Internet ? C'est courant de nos jours, non ?

— Oui, et alors, où est-il le reste de la journée ? »

Gavin avait reposé sur ses genoux le magazine automobile qu'il était en train de feuilleter et avait répondu d'une voix presque tranchante :

« Ne vas-tu jamais le laisser en paix, Millie ? Je sais bien que tu ne peux pas le supporter, mais c'est mon frère, et il ne t'a rien fait. Tu cherches carrément quelque chose à lui reprocher, et je crois que ça te rend dingue de ne rien trouver ! »

Les lèvres serrées, elle avait pensé : Je trouverai. Parce qu'il y a quelque chose à trouver, fais-moi confiance !

Le nez collé à la fenêtre, elle le suivit des yeux, toujours incrédule. Il avait pourtant l'air de savoir où il allait. Acheter des cadeaux ! Eh bien, elle espérait que ce n'était pas pour elle, parce que, de son côté, elle n'avait rien prévu pour lui. Gavin lui avait acheté un livre, ça devait suffire.

Samson venait de disparaître au coin de la rue. Le cœur de Millie se mit à battre violemment : c'était le moment ou jamais ! Samson était parti pour des heures – au centre commercial ou Dieu sait où. Gavin ne terminait son service qu'en début d'après-midi. Quant à elle, elle entamait les trois jours de congé qu'elle avait réussi à obtenir.

Je vais essayer une nouvelle fois, pensa-t-elle.

Elle monta l'escalier sur la pointe des pieds, trouvant elle-même cela stupide, puisqu'il n'y avait personne dans la maison pour l'y obliger, mais, sans savoir pourquoi, elle avait la sensation qu'il fallait agir avec toute la prudence et la discrétion possibles. Elle entra dans la chambre de Samson, toujours aussi bien rangée. Pas un grain de poussière, le couvre-lit parfaitement emboîté.

Rien que cela, ce n'est déjà pas normal ! se dit-elle.

Elle mit en marche l'ordinateur, regarda par la fenêtre en attendant qu'il se charge. Cette fois, on était vraiment parti pour un Noël blanc. Depuis la grande offensive hivernale qui avait mis toute la région en alerte pendant des heures le mercredi précédent, la neige était de nouveau tombée à plusieurs reprises, recouvrant les toits, les clôtures, les arbres et les routes. Millie aimait cette image romantique de Noël. La seule chose qui la dérangeait, c'était leur sempiternel trio au pied du sapin.

Personne dans la rue. Elle se retourna vers l'ordinateur, entra le mot de passe et retint son souffle. Si jamais Gavin avait vendu la mèche... Mais il avait su tenir sa langue : répondant au mot magique, *Hannah*, l'écran s'illumina.

Millie s'assit, posa la main sur la souris, ne s'apercevant qu'au bout de plusieurs secondes qu'elle avait cessé de respirer. Concentrée, elle parcourut les programmes en marmonnant :

— Allons, allons...

Il y avait forcément quelque chose d'important là-dedans. Elle en était sûre. Et il le lui fallait à tout prix.

Dix minutes plus tard, elle avait trouvé. Le fichier s'intitulait « Journal ».

Elle l'ouvrit, eut la présence d'esprit d'aller jeter un nouveau coup d'œil par la fenêtre. Personne en vue. Au moins, elle ne risquait pas de mauvaise surprise.

Elle se rassit devant le bureau, les yeux rivés sur l'écran. Et se mit à lire.

Très vite, elle se rendit compte que cela avait valu la peine de chercher.

Samson était cinglé. Probablement même un fou dangereux. Elle en avait maintenant la preuve, et même Gavin ne pourrait plus le nier.

2

La maison était froide et commençait déjà à sentir le moisi. Elle était vide depuis une semaine, et avant cela, son occupante était restée allongée dans la salle de bains pendant une autre semaine, tandis que le froid et l'humidité entraient par la porte béante de la cuisine.

Tout se dégrade tellement vite, songea Fielder. Pourquoi est-ce toujours si rapide ?

Christy et lui étaient retournés à Tunbridge Wells. Autour de la ville, le paysage disparaissait sous une épaisse couche de neige. Ils étaient entrés dans la forêt silencieuse, puis avaient laissé leur voiture sur le parking, aussi désert qu'à l'accoutumée, avant de se diriger à pied vers la maison.

« On devrait toujours fêter Noël dans la forêt, avait dit Peter en voyant un écureuil grimper à toute vitesse le long d'un tronc de sapin. C'est si calme, si solennel...

— Et bigrement glacial ! » avait rétorqué Christy.

A deux heures, ils étaient devant la demeure. Les policiers avaient fermé tous les volets et soigneusement verrouillé les portes. Fielder s'attendait à l'obscurité et au froid humide, mais il fut pourtant surpris de trouver l'atmosphère aussi oppressante. Et de la tristesse qu'elle provoquait en lui. Plusieurs dizaines d'années dans la police lui avaient appris à se protéger des sentiments – douleur, colère, désespoir – que l'on peut éprouver au cours d'une enquête. Il ne devait pas se laisser moralement abattre par la désolation dans laquelle le monde était plongé, car si jamais cela arrivait, il pourrait dire adieu à son métier.

En temps normal, il se contrôlait facilement, mais aujourd'hui... Cette solitude, cette maison...

Ce doit être à cause de Noël, se dit-il avec un peu d'espoir. C'est la période qui veut ça.

— Chef ? appela Christy, l'arrachant à ses pensées.

— Bon ! fit-il en se ressaisissant. Allons donc jeter un nouveau coup d'œil à cet atelier.

Ils n'avaient toujours aucun indice à quoi se raccrocher, rien qui leur permette d'avancer. Christy était allée interroger les gens du cabinet où Anne Westley avait exercé jusqu'à sa retraite, trois ans et demi auparavant, sans rien apprendre qui puisse indiquer qu'il y ait eu là, à une quelconque époque, un scandale autour d'une erreur de diagnostic ou d'une faute professionnelle.

« Anne était aussi appréciée de ses petits patients que des parents et de tous ceux qui travaillaient ici, avait déclaré une collègue que la nouvelle du meurtre laissait visiblement incrédule. Je ne me souviens absolument pas qu'on lui ait reproché quoi que ce soit.

— Peut-être à une époque plus ancienne ? avait insisté Christy. Elle a tout de même exercé ici pendant plus de trente ans.

— Je ne peux bien sûr pas en être certaine, mais je suppose que, s'il s'était passé quelque chose, j'en aurais entendu parler. Non, je ne vois vraiment pas. »

Christy avait minutieusement épluché le fichier des anciens patients. Aucune Keira Roberts n'y figurait. Par sécurité, elle avait rappelé Keira Jones pour lui demander si elle connaissait le Dr Westley.

« Non, avait répondu Keira. Je suis sûre de ne jamais être allée chez aucun médecin de ce nom quand j'étais enfant. Nous avions un pédiatre tout près de chez nous, peut-être deux maisons plus loin.

— Et le nom de Westley ne vous dit absolument rien ? Vos parents auraient-ils pu connaître – même très vaguement – quelqu'un de ce nom-là ? »

Après avoir creusé dans ses souvenirs, Keira avait dû se résoudre à déclarer :

« Non, je suis désolée, inspecteur. Pour autant que je sache, mes parents ne connaissaient aucun Westley. »

Ils passèrent devant la salle de bains où Anne Westley avait été tuée, et Fielder dut détourner les yeux. Malgré toutes ses années d'expérience, la pensée du calvaire que la vieille femme avait enduré le bouleversait encore.

Sous les combles, l'atelier aux murs lambrissés était la pièce la plus claire de toute la maison. A la mi-journée, même sous la grisaille du mois de décembre, les trois grandes fenêtres de toit orientées au sud y dispensaient une belle lumière. Plusieurs chevalets étaient répartis dans la pièce, et des tableaux terminés ou en cours de réalisation étaient appuyés un peu partout contre les murs. Une odeur de peinture et de térébenthine flottait dans l'air. Une blouse maculée de taches multicolores était accrochée à la porte. Les tableaux représentaient des fleurs, des paysages, avec une prédominance de couleurs vives et claires.

— Tout cela est assez gai, constata Christy après un rapide coup d'œil autour de la pièce. Même si ce n'est pas tout à fait mon goût.

Fielder, qui avançait lentement d'une toile à l'autre, marmonna une vague approbation.

— Vous croyez que nous allons trouver quelque chose ici ? s'enquit Christy, dubitative.

— Je ne sais pas. Mais je crois que cela m'aide à comprendre un peu mieux Anne Westley. Ces tableaux faisaient partie d'elle. Ils nous parlent d'elle, même s'ils demandent bien sûr à être décodés.

— Mon interprétation vous paraîtra peut-être naïve, mais si je devais décrire Anne Westley d'après ces images, je dirais que c'était une femme équilibrée, heureuse de vivre. Même si je me rends bien compte que cela ne suffit pas à vous empêcher d'être assassiné.

Fielder s'immobilisa devant un chevalet. Un drap dissimulait l'œuvre posée dessus. Il le souleva et regarda.

— Voilà qui respire beaucoup moins la joie de vivre, déclara-t-il.

Christy s'approcha.

De fait, le tableau ne ressemblait à aucun de ceux que l'on pouvait voir dans l'atelier. Deux longs cônes de lumière sur un fond noir. Deux faisceaux projetés par des lampes, ou par les phares d'une voiture. Non pas peints avec le soin méticuleux, l'amour du détail et le souci de perfection que l'artiste mettait visiblement dans toutes ses réalisations, mais jetés par le pinceau avec une sorte de rage. Malgré le motif relativement neutre, c'était la colère qui semblait s'exprimer là.

La colère, et la peur.

Pour Christy, cette peinture manifestait davantage de talent que tous les arbres, toutes les fleurs et tous les paisibles paysages estivaux qui l'entouraient. Elle se demanda comment la simple figuration de deux faisceaux lumineux dans l'obscurité parvenait à traduire des émotions aussi violentes.

— A votre avis, et sans chercher, qu'est-ce que cela peut représenter, inspecteur ? demanda Fielder.

Christy n'eut pas besoin de réfléchir longtemps :

— Des phares dans la nuit.

Il hocha la tête, puis se tourna vers la toile, les yeux plissés.

— Avez-vous l'impression de regarder la source de lumière elle-même ?

— Que voulez-vous dire ?

— Eh bien, ce n'est pas mon impression. Pour moi, on dirait plutôt un reflet. On ne verrait donc pas la lumière elle-même, mais son image vue en miroir.

— Possible. Et qu'est-ce que cela donnerait, dans ce cas ?

— Je ne sais pas encore. Peut-être une lueur de phares passant sur un mur ?

— Je ne comprends pas à quoi…

— Moi non plus. Tout cela peut d'ailleurs n'avoir aucune incidence. N'empêche que ce tableau est différent de tous les autres ici. De plus, il était recouvert. Comme si Anne Westley n'aimait pas le regarder. Pourtant, elle l'a peint elle-même. Et apparemment, avec des sentiments assez violents.

Christy lui donnait raison, tout en trouvant que cela ne faisait pas avancer l'enquête d'un pouce.

— Chef… nous sommes là dans la pure spéculation. Nous ne savons pas si…

— D'accord, l'interrompit-il avec impatience. Nous ne savons rien. Mais il faut bien commencer quelque part. Je ne suis ni psy ni artiste, mais ce qui me frappe dans cette toile, c'est la sensation de peur qu'elle dégage. Plus encore que de colère ou d'agressivité. Anne Westley avait peur de quelque chose ou de quelqu'un. Et cela m'évoque Carla Roberts. Elle aussi avait peur. Elle l'a dit à sa fille dans leur dernière conversation téléphonique. J'y vois donc un rapprochement, et c'est en cela que c'est important.

— Et qu'en concluez-vous ?

Il examinait toujours le tableau.

— Aucune idée. Mais si vous voulez mon avis, Anne Westley se savait en danger. C'est pour cela qu'elle s'est décidée précipitamment à vendre sa maison, deux semaines avant Noël. Le criminel rôdait peut-être dans les parages depuis quelque temps. Elle a dû le remarquer.

— Et qu'est-ce qu'on va faire de ça ?

Sans répondre, Fielder s'arracha à la contemplation de la peinture. Cela ne lui servirait plus à rien de la regarder davantage. L'impression avait été si vive, surtout lorsqu'on savait ce qui était arrivé à l'artiste, que l'image était comme gravée au fer rouge sur sa rétine. Il la porterait en lui, ne pouvant qu'espérer en être délivré un jour.

Ils redescendirent l'escalier. Le regard de Christy se promena sur les esquisses accrochées aux murs, sur les beaux tapis, sur les rideaux des fenêtres. Tout avait été arrangé avec tant de goût, de soin, d'amour... Ce que cette demeure racontait d'Anne Westley rendait presque inconcevable qu'elle ait pu susciter chez un être humain assez de haine pour expliquer une mort pareille.

— Je vais envoyer une ou deux personnes enquêter dans l'entourage de feu le professeur Westley, déclara Fielder quand ils furent au rez-de-chaussée. Bien que je n'en attende pas grand-chose. Car s'il fallait voir là un acte de vengeance personnelle, Carla Roberts n'aurait rien à faire dans le tableau. Et inversement. Il faut trouver un lien entre ces deux femmes, c'est notre seule chance.

Christy lui posa doucement la main sur le bras.

— Chef, pour une fois, prenez quand même un petit congé pour Noël. Vous l'avez mérité.

Il la regarda, se demanda comment elle fêtait Noël de son côté. Il savait qu'elle vivait seule avec ses deux chats. Accrochait-elle de grandes chaussettes rouges à la cheminée ? Et si oui... qui les remplissait ?

— En tout cas, moi, demain, je fais la grasse matinée, poursuivit-elle comme si elle lisait dans ses pensées. Je crois que je vais passer la moitié de la journée au lit. Je me relèverai seulement pour aller me refaire un cappuccino. Un beau, avec des paillettes de chocolat sur la mousse du lait. En même temps, je regarderai la télé en zappant pour me distraire et ne penser à aucun de ces affreux crimes !

Il sourit et se surprit à penser que ce pourrait être agréable de passer une telle journée en sa compagnie. A regarder la télé en buvant des cappuccinos. Surtout dans un lit...

Il se secoua, se traitant d'idiot. Il ne devait pas avoir des idées pareilles.

— Chez nous, ce sera comme chaque année, dit-il d'un ton découragé. Ma belle-mère sera là.

— Elle est si pénible que ça ?

— Un peu sénile. Et querelleuse.

Christy se mit à rire :

— Courage, chef ! Noël est vite passé.

— Allons-nous-en, dit Fielder.

Il aurait au moins eu cela cette année : une promenade avec Christy dans la forêt enneigée.

C'était mieux que rien.

Mardi 29 décembre

1

Il avait de nouveau neigé pendant la nuit, et on aurait pu croire, ce matin-là, que le monde allait peu à peu être englouti. En début d'après-midi, les routes principales, au moins, étaient dégagées, mais on annonçait de nouvelles chutes dans la soirée.

Ces journées de Noël avaient été difficiles pour Gillian, malgré ses efforts pour que tout se passe bien. En fait, Tom et elle avaient envisagé d'emmener Becky faire de la luge et du patin à glace, mais leur fille s'était plainte dès le matin de Noël d'avoir mal à la gorge. L'après-midi, elle avait eu de la fièvre, et elle était restée couchée pendant deux jours. Le voyage rituel à Norwich avait dû être annulé, et Becky, qui avait commencé par ronchonner en disant que de toute façon elle se trouvait trop vieille maintenant pour passer ses vacances chez ses grands-parents, s'était mise à pleurer comme un petit enfant. Son moral était tombé si bas que plus personne dans la maison ne se sentait très bien. Gillian et Tom s'efforçaient de la distraire, cuisinant en sa compagnie le soir, faisant du feu dans la cheminée du salon, jouant aux cartes avec elle ou se résignant à regarder pour la énième fois *Twilight* en DVD – Tom en secouant la tête continuellement. L'ambiance de Noël était parfaite, entre la lumière chaleureuse des bougies électriques sur le sapin et, au-dehors, la neige, le froid et les nuits noires de décembre. Ils offraient l'apparence d'une petite famille heureuse dans la tiédeur et la sécurité du nid. Pourtant, Gillian avait la sensation permanente que cette image était fausse, et que le coup de froid de Becky était loin d'en être seul responsable. Tom n'avait qu'une envie, retourner à son bureau où il avait laissé du travail en plan. Pour lui, les festivités, le recueillement et le repos que cela supposait signifiaient une oisiveté à la limite du supportable.

De son côté, Gillian était rongée par le désir de revoir John. Elle s'était juré le contraire, mais ce qu'il déclenchait en elle lui manquait douloureusement. Pour soulager sa conscience, elle se disait que n'importe quelle autre à sa place aurait été séduite aussi. Par l'attention qu'il lui portait. Par son admiration. Depuis qu'elle l'avait rencontré, elle se sentait plus forte, plus sûre d'elle. C'était cela qu'elle regrettait le plus : l'assurance qu'il lui donnait.

Dès le lendemain de sa soirée chez John, elle avait longuement parlé au téléphone avec Tara. Celle-ci n'avait porté aucun jugement, mais Gillian était capable de lire entre les lignes : Tara ne voyait pas la solution aux problèmes de son amie dans une relation avec un autre homme, et elle avait peut-être raison.

Deux jours avant la Saint-Sylvestre, Gillian décida d'aller chez John. Pas pour coucher avec lui. Mais elle voulait le voir. Simplement le voir.

Tom réagit assez brusquement quand elle lui déclara qu'elle partait rendre visite à Tara :

— Encore ! Mais tu l'as déjà vue juste avant Noël !

— Cela fait trois semaines ! Tu ne peux pas prétendre que je la vois trop souvent.

— Moi qui pensais justement aller passer quelques heures au bureau…

— Becky a encore un peu de fièvre. Je n'aimerais pas qu'elle reste seule ici.

— Si au moins il n'y avait pas autant de travail en retard, soupira Tom. C'est la bonne période pour liquider tout ça.

— Juste pour aujourd'hui, Tom. Accorde-moi cet après-midi, je t'en prie. Demain, si Becky n'a plus de fièvre, nous irons tous les deux à Londres et nous travaillerons toute la journée. Tu veux bien ?

— Bon, d'accord. Mais sois rentrée pour sept heures, s'il te plaît, tu sais que...

— Je sais, l'interrompit-elle. Ne crois pas que j'oublie à chaque fois. Mardi, soirée au club.

Il parut vouloir dire quelque chose, puis il se ravisa, ravala ses paroles. C'est ainsi qu'elle le vit encore tandis qu'elle se dirigeait vers le garage : debout sur le seuil, les lèvres serrées.

Elle arriva à Paddington vers quatre heures, trouva même une place de stationnement pas très loin de l'immeuble de John. Elle sonna à la porte d'en bas : pas de réponse. Elle sonna de nouveau, puis recula de quelques pas pour lever les yeux vers la façade. Aucune lumière aux fenêtres de l'appartement de John. Il devait donc bien être absent.

Quelle idiote elle avait été ! Elle n'avait même pas envisagé cette possibilité. Que croyait-elle ? Que, depuis sa première visite à la mi-décembre, il restait chez lui sans bouger, attendant son appel ou son passage, prenant soin de ne pas s'éloigner au cas où elle reparaîtrait subitement ? L'atmosphère de vacances qui régnait entre Noël et le Nouvel An l'avait induite en erreur. Les bâtiments avaient besoin d'être surveillés ces jours-là aussi, peut-être même tout spécialement ces jours-là. John était à son travail, pour lui, c'était un mardi après-midi ordinaire. Et elle avait volé ces heures, menti à Tom pour venir, tout cela en vain !

Elle retourna vers sa voiture à pas lents. L'idée de rentrer simplement à la maison, de passer le reste de la journée dans le salon familier, à côté du sapin, lui était insupportable. Elle pouvait attendre encore un peu. De sa place de stationnement, elle voyait l'entrée de l'immeuble.

Elle s'assit dans le véhicule, son manteau serré autour d'elle, s'efforçant d'ignorer le froid qui l'envahissait peu à peu. La nuit tombait rapidement, dans beaucoup d'appartements les lampes s'allumaient. Certaines fenêtres étaient ornées de bougies ou d'étoiles lumineuses. Même cette rue grise et sans charme en devenait presque accueillante.

Elle se demanda à quoi pourrait ressembler la vie avec John. Si elle se sentirait autrement qu'avec Tom. Si cette sensation *durerait.* Ici, dans cette rue. Dans ce logement à peine installé. Qu'est-ce qui poussait un homme à se contenter d'un matelas posé à même le sol, d'un crochet vissé au mur du couloir pour suspendre son manteau ? Pourquoi ce confort réduit à sa plus simple expression ? Pas de femme dans sa vie, pas d'enfants. Rien non plus dans le passé. Des aventures, mais rien de stable.

Elle leva à nouveau les yeux vers les fenêtres sombres. Il ne s'engageait pas. Ni dans le mariage, ni dans la vie à deux. Il n'avait même pas de vrais meubles qui puissent lui donner l'impression d'être durablement chez lui. Avec cette vie, il pouvait à tout moment décider de partir. Faire le tour du monde à la voile. Emigrer en Australie et y ouvrir un élevage d'autruches. Devenir guide touristique dans un parc national canadien.

Elle sourit en pensant à toutes les idées farfelues qui lui venaient à l'esprit à propos de John, mais c'était un sourire un peu forcé, pas tout à fait authentique, parce qu'elle savait que ces idées n'étaient pas aussi absurdes qu'elles en avaient l'air. Elles correspondaient à l'image qu'il donnait de lui, à l'impression qu'il dégageait : un homme inconstant, qui ne se liait pas, en était peut-être incapable. Insaisissable, imprévisible.

Une femme ne doit en aucun cas s'attacher sentimentalement à un tel homme, pensa-t-elle. Surtout si elle n'a pas spécialement envie d'avoir très mal en se cassant la figure à la fin.

A six heures vingt, elle sut qu'elle devait prendre une décision sans délai. Il lui fallait au moins trois quarts d'heure pour rentrer, Tom comptait sur elle à sept heures pour le relayer auprès de leur fille malade. D'ailleurs, elle était complètement frigorifiée. Si elle restait là plus longtemps, elle allait tomber malade elle aussi.

Elle descendit de la voiture, commença à marcher d'un pas hésitant. Elle espérait encore qu'il allait surgir tout à coup, donner enfin un sens à cette longue et triste attente.

L'idée de devoir regagner la maison la mettait au bord des larmes. Arrivée au bout du trottoir, elle s'arrêta. A côté d'elle, il y avait un petit restaurant indien. Depuis quelque temps, Paddington était truffé d'épiceries et de restaurants indiens ou pakistanais qui proposaient leurs spécialités à chaque coin de rue. Celui-ci ne payait pas de mine, mais la lumière qui brillait derrière la vitrine sale promettait au moins de la chaleur. Et puis, s'asseoir là un moment, c'était ne pas rentrer tout de suite.

Tom peut bien attendre une heure pour aller à son club, se dit-elle en tirant résolument la porte.

La boutique était presque déserte. Derrière son comptoir, un homme s'activait sur un vieux percolateur qui semblait avoir besoin d'une réparation urgente. Un jeune couple était assis dans un coin, silencieux, les yeux dans le vague. La vitrine était décorée de quelques branches de sapin qui avaient déjà perdu beaucoup d'aiguilles, et des boules argentées se balançaient sous le lustre suspendu au milieu de la salle.

— C'est ouvert ? demanda Gillian.

L'homme, visiblement d'origine indienne, leva les yeux de sa machine à café et hocha la tête.

— Oui, même si ça n'en a pas l'air à première vue. C'est très tranquille en ce moment. Enfin, on n'y peut rien. Au Nouvel An, par contre, ce sera la folie. Mais vous avez l'air tout à fait gelée, petite madame ! ajouta-t-il après l'avoir observée. Quel hiver nous avons cette année !

— C'est vrai.

Elle se débarrassa de son manteau. Elle avait si froid qu'elle pouvait à peine bouger les bras.

— Eh bien, pour commencer, je vous conseillerais un petit alcool fort. Ensuite, j'ai une bonne soupe chaude aujourd'hui. Ça vous ferait du bien.

Elle se laissa tomber sur une chaise, constata avec soulagement que ses pieds reprenaient vie avec des picotements. Elle s'étonna de trouver si agréable la sensation d'être seule dans un restaurant presque vide. Elle pouvait bavarder un peu avec le patron, mais sans avoir besoin de soutenir une vraie conversation. Elle pouvait profiter de la chaleur, manger, boire, ou même se contenter de fixer le mur, comme le jeune couple dans son coin. Personne n'attendait rien d'elle. Peut-être était-ce pour cela qu'elle se sentait bien ?

Le patron lui apporta le verre d'alcool et une assiette de soupe fumante. Suivant une inspiration soudaine, Gillian lui demanda :

— Connaîtriez-vous John Burton, par hasard ? Vient-il parfois ici ?

— Bien sûr que je connais John, acquiesça le restaurateur. Il habite dans cette rue. Il passe souvent manger un morceau en vitesse. Etes-vous une de ses amies ? s'enquit-il en la dévisageant avec curiosité.

Une pensée déplaisante traversa l'esprit de Gillian : il arrivait peut-être souvent que des « amies » de John échouent dans ce boui-boui. Des femmes qui l'attendaient en vain. Elle se demanda quelle opinion le commerçant pouvait avoir d'elle, dans ce cas. Une femme d'âge moyen qui s'était entichée du beau Burton, et qui espérait maintenant, après s'être gelée à l'attendre devant chez lui, qu'il finirait par entrer dans cette gargote. Elle ne voulait pas donner cette impression.

— Il entraîne ma fille au handball, expliqua-t-elle. C'est comme cela que je le connais.

— Ah bon !

On voyait bien qu'il aurait aimé en savoir plus, mais, par chance, il n'osa pas poser davantage de questions.

— Alors, bon appétit, dit-il simplement avant de retourner derrière son comptoir.

La soupe, épicée et brûlante, ragaillardit un peu Gillian. Elle commanda ensuite de l'eau minérale et prit un journal sur la pile laissée à la disposition des clients. Le journal était vieux de trois semaines, mais elle le lut avec attention jusqu'à la dernière ligne. Dans le coin, le couple se taisait toujours. Le patron avait allumé la radio, qui diffusait des histoires drôles.

Sept heures.

Sept heures et demie.

Huit heures.

C'était étrange comme elle se sentait légère. Simplement pour avoir pris la liberté de ne pas répondre aux attentes des autres.

Huit heures et demie approchaient. Gillian avait entièrement lu trois journaux, mangé encore un morceau de sa galette de pain après la soupe et commandé une nouvelle eau minérale. Elle se sentait bien, même en sachant ce qui l'attendait vraisemblablement à la maison : un Tom furieux avec qui elle ne pourrait éviter la dispute. Mais elle commençait à comprendre que c'était aussi pour cela qu'elle était entrée dans ce restaurant, accomplissant un acte qui ne lui ressemblait pas et dont elle ne se serait jamais crue capable : manquer délibérément à sa parole. Se montrer indigne de confiance et égoïste. Plonger quelqu'un – son mari – dans le doute et l'inquiétude. Agir d'une façon qu'elle-même, au fond, méprisait et désapprouvait. Mais cette fois, elle voulait à tout prix la dispute. L'escalade. Elle était même décidée à parler de John.

Comment Tom réagirait-il ? Serait-il désemparé ? Agressif ?

Etait-ce la fin de leur union qu'elle désirait ?

Elle avait l'impression d'être en accord avec elle-même, elle n'avait pas peur et pensait faire ce qu'il fallait. Pourtant, tout au long de cette attente, elle ne parvint pas à se débarrasser de la sensation que quelque chose manquait. Qu'il y avait quelque chose d'étrange, qu'elle ne parvenait pas à identifier, dans cette situation.

Je me fais peut-être des idées, songea-t-elle.

A neuf heures moins vingt, elle se leva, enfila son manteau et alla payer son addition au comptoir. Le jeune couple était parti, elle était la dernière cliente.

— Alors, on rentre à la maison ? demanda le patron.

Elle sentait qu'il avait du mal à la situer. D'habitude, les femmes qui restaient seules aussi longtemps dans un bistrot se soûlaient pour oublier un type quelconque, noyaient leur chagrin dans le vin et l'alcool. Elles finissaient par repartir, vacillant sur leurs jambes, vers un appartement désert et un lit glacé. Or, à part le petit verre du début, Gillian n'avait bu que de l'eau et lu ostensiblement avec intérêt.

Qu'il pense ce qu'il veut, se dit-elle.

Il faisait froid dans la rue, et il avait recommencé à neiger. L'air frais lui fit du bien après l'atmosphère étouffante du restaurant. Elle appréciait aussi de ne plus entendre les voix surexcitées de la radio. Elle respira profondément.

En marchant vers sa voiture, Gillian se mit à fouiller dans son sac pour y prendre la clé, et s'immobilisa subitement. Sa main avait touché son portable. En un éclair, elle sut ce qui l'avait inconsciemment perturbée pendant toute la soirée : le téléphone n'avait pas sonné. Pas une seule fois. Pourtant, il aurait été logique qu'à partir de sept heures et quart au plus tard Tom se mette à appeler toutes les cinq minutes jusqu'à ce qu'elle réponde. Parce qu'il voulait partir. Mais aussi parce qu'il se faisait du souci pour elle, qu'il voulait savoir où elle était.

Elle sortit le mobile de son sac, vérifia sous un réverbère qu'il était bien allumé. Elle regarda l'écran. Il ne signalait pas un seul message.

Terriblement inquiète tout à coup, elle pressa le pas. Tom était-il si furieux qu'il n'avait même pas tenté de la joindre ?

Ce n'était pas son genre.

Elle ouvrit la portière. Il était neuf heures moins dix lorsqu'elle démarra.

2

A dix heures moins le quart, elle tourna dans l'allée de la maison. Il y avait de la lumière à la fenêtre de devant du salon, celle en encorbellement sur le jardin. Et les rideaux n'étaient pas fermés, ce qui la surprit beaucoup :

Tom détestait être en vitrine, comme il disait. Cela ne lui ressemblait absolument pas d'allumer en laissant les rideaux ouverts.

Pleine d'angoisse, elle descendit de la voiture, verrouilla les portières. Après s'être sentie si forte dans ce restaurant de Londres où elle remettait en question sa vie commune avec Tom, elle avait les jambes en coton au moment de l'affronter. Sur le chemin du retour, l'idée lui était venue que Tom avait pu appeler chez Tara, qu'il savait donc peut-être déjà qu'elle lui avait menti. Gillian n'avait pas pris la précaution de s'assurer un alibi, et Tara avait pu être mise dans l'embarras. Tom avait dû lui dire : « Passe-moi Gillian », ce qu'elle n'avait évidemment pas pu faire.

Mais dans ce cas, elle m'aurait passé un coup de fil pour m'avertir, pensa Gillian. Quelque chose ne colle pas.

Et puis, Tom aurait-il téléphoné à Tara ? Avait-il seulement son numéro ? N'aurait-il pas trouvé plus logique d'essayer de joindre sa femme sur son portable ?

De plus en plus mal à l'aise, elle pressa le pas. La neige tombait maintenant à gros flocons.

Elle ouvrit la porte d'entrée. Le couloir aussi était éclairé.

— Ohé ? appela-t-elle doucement.

Personne ne répondit.

Il est sur le canapé du salon, il a bu deux ou trois verres, et dans un instant, il va me faire une scène de tous les diables.

— Tom ? Tu es là ?

Toujours pas de réponse. Elle jeta un coup d'œil par la porte du salon. Il était vide. Elle accrocha son manteau au vestiaire, ôta ses bottes, se dirigea en chaussettes vers la cuisine.

La porte du jardin était ouverte. Il faisait un froid polaire dans la pièce. Sur le plan de travail, il y avait une assiette de toasts, avec une tomate en tranches et un couteau posés à côté. Une bouteille de vin blanc attendait près de l'évier, le tire-bouchon était à portée de main. Tout semblait indiquer que Tom était en train de préparer un petit repas pour Becky et lui quand il avait été interrompu de façon tout à fait imprévue. Et personne n'avait rien mangé ni bu ensuite. Avait-il subitement décidé de tout planter là et d'aller manger au club ? En emmenant Becky ? Bien qu'elle soit encore trop malade pour sortir ?

Mais dans ce cas, pourquoi avait-il tout laissé allumé ? Pourquoi la porte du jardin était-elle ouverte ?

Gillian entra dans la salle à manger, qui donnait sur la cuisine.

Elle vit aussitôt la forme tassée à côté de la table, reposant à moitié sur le sol, à moitié sur l'une des chaises.

Elle vit que c'était Tom. Tom, affalé en travers de la chaise, le visage appuyé contre le coussin du siège, les jambes étalées dans une position très peu naturelle.

Elle s'avança vers lui, comme au ralenti.

Un infarctus. Il avait eu un infarctus. En préparant le dîner. Il était entré dans la salle à manger, peut-être pour faire du feu dans la cheminée ou pour mettre la nappe, et il s'était effondré.

Elle l'avait toujours su. Qu'il se dirigeait tout droit vers ce destin suicidaire qu'elle avait essayé en vain de lui éviter. Il n'avait jamais écouté ses mises en garde.

Elle laissa échapper un gémissement étouffé. Mon Dieu, pourquoi de cette façon ? Pourquoi maintenant ? Elle était partie retrouver son amant, et le malheur s'était abattu sur Tom. Il l'avait rencontré seul, sans aide. Livré à lui-même, sans aucun recours.

Où était Becky ?

Elle contourna la table, se pencha vers Tom.

Mon Dieu, faites qu'il soit encore vivant !

Avec précaution, elle essaya de le retourner pour le faire glisser sur le tapis. Il était étonnamment lourd, presque trop pour elle.

— Tom, murmura-t-elle, désemparée, emplie de désespoir et d'épouvante. Tom, s'il te plaît, dis-moi quelque chose. Tom ! C'est moi, Gillian. Je t'en prie, Tom, retourne-toi !

Elle posa la main sur sa tête, lui toucha le visage. Sentant soudain quelque chose d'humide, elle retira ses doigts et les considéra avec incrédulité. Elle tomba à genoux.

Sa main était pleine de sang.

Son cerveau se mit à chercher frénétiquement une explication logique, mais il ne fonctionnait plus qu'avec une lenteur encore inconnue d'elle. Comme s'il refusait de parvenir à l'inévitable conclusion.

Il n'a pas pu se faire mal sur le coussin où est posée sa tête. Il a dû se blesser avant. Il s'est relevé, a réussi à atteindre la table, et là, ses jambes se sont dérobées... Il doit y avoir du sang ailleurs dans la pièce, peut-être sur le rebord de la cheminée, ou sur le chambranle de la porte... Elle chercha fiévreusement, ne trouva pas l'endroit où il avait dû se cogner.

Où était Becky ?

Becky n'avait pu manquer de s'apercevoir que quelque chose n'allait pas. A un certain moment, elle avait dû descendre voir pourquoi son père ne l'appelait pas pour manger. Elle avait dû le trouver. Que faisait une fille de douze ans en pareil cas ? Elle courait dehors chercher de l'aide. Elle sonnait éperdument chez les voisins. On aurait depuis longtemps appelé un médecin, fait venir une ambulance. Pourquoi Tom était-il encore là, depuis des heures, peut-être ?

Pourquoi la porte du jardin était-elle grande ouverte ?

Une pensée nouvelle lui vint, une pensée qui éclairait d'un tout autre jour la scène qu'elle avait sous les yeux. Elle se leva d'un bond.

Où était Becky ?

Elle courut dans le couloir, monta l'escalier comme une fusée. Au premier aussi, toutes les lampes étaient allumées.

— Becky ! hurla-t-elle. Becky ! Où es-tu ?

La chambre de sa fille était vide. Les poupées Barbie avec lesquelles il lui arrivait encore parfois de jouer, ne fût-ce qu'en cachette, étaient étalées sur le tapis. Sur le bureau, le bloc à dessin avec quelques pinceaux, la boîte de peinture et un verre d'eau de trempage. L'armoire était ouverte, la plupart des vêtements, pulls, jupes et jeans mêlés, gisaient sur le sol comme si on les avait brutalement balayés des étagères. Gillian souleva la couette, puis regarda sous le lit, et enfin dans le grand coffre à jouets. Rien. Pas trace de Becky.

Sans s'en apercevoir, elle s'était mise à sangloter. Son mari gisait en bas, mort, peut-être assassiné par un cambrioleur, et sa fille avait disparu, visiblement après avoir tout laissé en plan dans la panique. Quoi qu'il fût arrivé, Tom et Becky avaient été pris par surprise, sans aucun signe avant-coureur. Quelqu'un avait surgi du dehors, brisant le cours paisible d'une soirée normale, prêt à toutes les violences. Gillian avait l'impression de se trouver dans un affreux cauchemar auquel elle ne comprenait rien, ne pouvant que se répéter que ce n'était pas vrai, qu'elle allait se réveiller d'un instant à l'autre. Pourtant, si une seule chose était claire dans toute cette confusion, c'était qu'il n'y aurait pas de réveil, pas de soulagement. Elle ne pourrait que plonger plus profondément dans l'horreur.

Elle courut vers la chambre voisine, la sienne et celle de Tom. Là aussi, tout était allumé, les portes de l'armoire béantes, mais la pièce était déserte. *Pourquoi y avait-il de la lumière partout ? Pourquoi avait-on fouillé tous les placards ?* Becky était dans sa chambre, apparemment occupée à peindre, et Tom, réalisant que sa femme serait en retard, avait commencé à préparer le repas, sans doute en grinçant des dents. Alors, pourquoi y avait-il de la lumière dans la chambre des parents ? Dans la salle de bains attenante ? Dans la chambre d'amis ? Elle se précipita vers les pièces éclairées, courant de l'une à l'autre, mais elles étaient vides. Aucune trace de Becky.

Elle monta précipitamment l'escalier du grenier, enjambant les marches deux à deux. En haut, il y avait une petite pièce qui servait de débarras, et une autre, plus grande, où Tom avait installé une lucarne de toit et posé sur le sol des tapis de gymnastique. Quand Becky était petite, elle s'amusait là avec ses amis lorsqu'il faisait trop mauvais temps et que le jardin était boueux. Même ici, la lumière était allumée.

La respiration oppressée, Gillian appela :

— Becky ! Becky, je t'en prie, où es-tu ?

Elle allait redescendre, parce qu'elle venait seulement de penser à la cave, où elle n'avait pas encore regardé, mais c'est alors qu'un léger bruit lui parvint. Cela semblait venir du débarras voisin. Elle fit demi-tour.

— Becky ?

Cette fois, elle entendit distinctement un sanglot.

— Maman !

En un éclair, elle fut dans le débarras. Il y régnait un désordre monstrueux auquel elle s'était longtemps promis de remédier avant de finir par y renoncer, faute de temps et d'énergie. Il y avait là des piles de valises et de sacs de voyage, des caisses et des cartons, des jouets de Becky mis au rancart, des revues dont l'un ou l'autre avait imaginé qu'il pourrait encore en avoir besoin, quelques vieux meubles, des tapis roulés. Impossible de se retrouver dans ce chaos indescriptible.

— Becky ? appela Gillian avec angoisse.

Le couvercle d'une grosse valise se souleva légèrement, et le visage de Becky apparut. Ses cheveux lui tombaient sur le front, elle avait les yeux rouges et gonflés de larmes, la peau blême, marbrée de taches cramoisies.

— Maman ! fit-elle d'une voix rauque, pas encore tout à fait guérie du mal de gorge.

Traversant la pièce en quelques enjambées, Gillian s'agenouilla, rabattit le couvercle et prit sa fille dans ses bras.

— Becky ! Mon Dieu… que s'est-il passé ? Dis-le-moi !

Becky essaya de se relever, mais retomba avec un gémissement.

— Maman, mes jambes ! Mes jambes me font trop mal !

Gillian se mit à masser frénétiquement les jambes de sa fille. Becky avait dû rester recroquevillée et tordue dans cette valise, pendant des heures peut-être. Rien d'étonnant à ce qu'elle ait mal partout.

— Ça va aller, mon trésor, ça va bientôt passer. Qu'est-ce qui est arrivé ?

Becky regarda autour d'elle avec de grands yeux terrifiés.

— Il est encore là ?

— Qui ?

— L'homme. Il a fait quelque chose à papa, et après, il m'a cherchée dans toute la maison. Il est peut-être encore quelque part ?

— Je ne crois pas. Qui était-ce ?

— Je ne sais pas. Je ne sais pas !

Ses pupilles étaient anormalement agrandies et figées. Il fallait appeler un médecin tout de suite, pensa Gillian. Il fallait appeler la police.

Elle souleva Becky pour l'aider à se redresser.

— Ça va aller ? Tu peux marcher ?

— Oui. Non, fit Becky en étouffant une plainte. Ça... ça ira.

Le visage contracté par la douleur, elle s'appuya sur Gillian, qui s'efforça de leur frayer un chemin en repoussant les objets du pied. Tant bien que mal, elles atteignirent la porte.

Effrayée par la lumière crue de l'escalier, Becky eut un mouvement de recul.

— Tu es sûre qu'il n'est plus là ? murmura-t-elle.

Gillian hocha la tête, plus calme en apparence qu'elle ne se sentait intérieurement.

— Je suis passée partout dans la maison. Il n'y a personne.

Sauf qu'elle n'était pas allée dans la cave. Leur maison en possédait une, chose relativement rare en Angleterre, et Gillian s'en était toujours félicitée, à cause du surcroît d'espace. Aujourd'hui, elle aurait préféré qu'il en soit autrement.

Mais qui serait resté caché là, et pourquoi ?

Un tueur. Un tueur attendant que Becky sorte de sa cachette. Parce qu'elle représente un danger pour lui. Parce qu'elle pourrait l'identifier ?

En boitillant, elles descendirent l'escalier jusqu'au premier étage, où Gillian fit entrer Becky dans sa chambre.

— Enferme-toi ici, et n'ouvre la porte que quand je te le dirai, d'accord ?

Aussitôt, Becky se cramponna à elle.

— Maman ! Ne t'en va pas ! Ne me laisse pas toute seule !

— Je dois appeler la police, Becky. Et un médecin. S'il te plaît, attends-moi dans ta chambre. Et ferme la porte à clé.

— Mam...

— S'il te plaît ! répéta Gillian, sentant sa voix se durcir d'énervement. Fais ce que je te dis, Becky !

Elle se détacha de sa fille, consciente que Becky pouvait avoir une crise de nerfs d'un moment à l'autre. Il fallait avant tout la mettre en sûreté et téléphoner à la police.

— Va dans ta chambre, Becky ! Tout de suite !

Becky la regarda. Son visage était encore d'un blanc de cire, maculé de plaques rouges, les pupilles immobiles.

— Où étais-tu, maman ? Où étais-tu pendant toute la soirée ?

Gillian ne répondit pas.

Jeudi 31 décembre

Il était hors d'haleine quand il atteignit la maison. Pourtant, il s'était efforcé de marcher normalement. Que serait-il arrivé s'il était tombé sur une patrouille de police pendant qu'il courait comme un fou ? Il ne savait pas jusqu'où la roue avait tourné. Avait-on déjà lancé un mandat d'arrêt contre lui ? Distribué à tous les policiers sa photo et son signalement, avec ordre de faire vite ?

Il passa la main sur son front, s'aperçut avec surprise que son visage était inondé de sueur. Malgré le froid de la nuit, dix degrés au-dessous de zéro.

Dix heures et demie. Bien qu'on soit encore loin de minuit, dans toute la ville, des fusées montaient vers le ciel noir où elles explosaient en jaillissements multicolores. Des groupes de gens joyeux et souvent déjà passablement éméchés parcouraient les rues, mais il faisait trop froid pour qu'ils soient nombreux. Ceux qui le pouvaient préféraient rester chez eux.

Il leva les yeux vers la façade d'un petit immeuble du centre-ville de Southend. A part au dernier étage, tous les appartements étaient éclairés. Dans l'un d'eux, on avait mis la musique à fond. Qui aurait eu l'idée de se coucher à cette heure, un soir de Saint-Sylvestre ? Les gens se retrouvaient pour faire la fête, danser et s'amuser.

Sauf ceux qui étaient recherchés par la police.

Il espérait que Bartek serait chez lui. Et que les bruits qu'on entendait depuis la rue ne provenaient pas de son appartement. Que se passerait-il s'il trouvait là-haut trente personnes d'humeur à s'amuser ? Cela le fit hésiter, mais il se décida à presser le bouton de l'interphone. Il n'avait pas le choix. Il devait se cacher, et il mourrait de froid s'il restait dehors cette nuit.

Il dut attendre un bon moment avant qu'on lui ouvre. Il poussa la porte et se mit à monter les marches. Ce n'était pas la première fois qu'il venait, mais il ne se souvenait pas d'avoir jamais eu tant de peine à grimper les deux étages. Il devait à tout moment s'arrêter pour reprendre son souffle.

Il était nerveusement et moralement épuisé. Chez lui, de toute évidence, cela se portait sur la respiration.

Bartek était sur le palier devant sa porte, regardant vers l'escalier. Dans l'appartement, on entendait des bruits de voix et de la musique.

C'est donc bien chez lui qu'on fait la fête, se dit Samson avec découragement.

En reconnaissant son visiteur tardif, Bartek eut d'abord l'air inquiet, puis il s'exclama d'une voix embarrassée :

— Oh, Samson ! C'est super que tu sois venu. Nous avons quelques invités et... enfin, j'avais l'intention de te proposer de venir, mais comme je sais que tu n'aimes pas trop les fêtes, je me suis dit que...

Samson franchit les dernières marches.

— Bartek, j'ai besoin d'aide.

— C'est vrai que tu n'as pas l'air d'aller très fort, constata Bartek en tirant la porte derrière lui, la laissant à peine entrouverte. Qu'est-ce qui t'arrive ?

— La police, dit Samson. La police me recherche.

— Quoi ?

— Millie m'a dénoncé. Mais Gavin m'a prévenu. Et maintenant... je ne sais pas où aller.

— Grand Dieu !

Bartek paraissait tout à coup nettement moins cool que d'habitude – plutôt dépassé par les événements.

Pas étonnant, songea Samson. Son appartement est plein de gens, il a envie de s'amuser, et voilà que je débarque avec une histoire qu'il doit trouver complètement aberrante.

— Comment ça, elle t'a *dénoncé* ? Qu'est-ce qu'il y avait à dénoncer ?

— J'ai un peu déconné...

En prononçant ces paroles, Samson se rendit compte qu'il était encore en dessous de la vérité. Jamais il ne s'était trouvé dans un pareil pétrin de toute sa vie.

— Je t'ai déjà raconté que je... enfin, ce que je fais de mes journées...

— Que tu... observes des femmes ?

Comme il disait cela ! Même aux oreilles de Samson, cela sonnait comme une activité hautement suspecte. *Tu observes des femmes.* L'image qu'évoquaient ces mots n'avait rien à voir avec la réalité, mais c'était bien là le problème : étant donné les récents événements, son passe-temps était trop insolite pour qu'il puisse espérer qu'on le prenne pour un inoffensif original.

— J'ai tout écrit, expliqua-t-il en hâte. Mes observations, mes pensées, j'ai tout enregistré sur mon ordinateur. Millie m'a espionné. Elle a découvert mon mot de passe, elle a lu ce qu'elle a trouvé et tout imprimé. Pour elle, c'est la preuve que je suis dangereux.

— C'est vrai que ce que tu fais là n'est pas très normal, répliqua Bartek en secouant la tête.

— Un homme a été assassiné avant-hier. Dans notre rue. On lui a tiré dessus. Dans sa salle à manger.

— J'ai lu ça. Mais quel rapport avec... ?

— Millie a dû casser les oreilles à Gavin depuis deux jours pour qu'il la laisse donner mes notes à la police. Il a sûrement essayé de la dissuader, mais tu sais comment est Millie, elle finit toujours par n'en faire qu'à sa tête. Ce matin, elle a tout apporté au commissariat le plus proche, apparemment en déclarant qu'elle m'estimait suspect.

— D'accord, mais je ne crois pas que ce soit une raison pour que la police...

Bartek s'interrompit. Une jeune femme portant une robe noire très courte et des talons d'une hauteur vertigineuse passait la tête par la porte.

— Ah, tu es là, Bartek ! Je te cherchais partout. Salut ! ajouta-t-elle en apercevant Samson.

— Salut, répondit Samson.

Il ne connaissait que de loin Helen, la fiancée de Bartek, mais il l'avait déjà saluée deux fois, quand elle était passée à côté d'eux alors qu'il se trouvait chez Bartek. Elle ne se souvenait visiblement pas de lui.

— Mon ami Samson, dit Bartek.

— Ah oui, salut, Samson ! Qu'est-ce que vous faites là ? Il y a une super ambiance dans l'appart !

— On arrive tout de suite, assura Bartek. Samson a un problème.

Helen se mit à rire. Une fois de plus, Samson constata qu'elle était tout à fait séduisante. Comme Bartek. Ils auraient de très beaux enfants...

— Eh bien, quand vous aurez résolu le problème, venez nous rejoindre ! lança Helen avant de disparaître dans l'appartement.

Bartek commençait visiblement à perdre patience :

— Bon, Samson, comme je t'ai dit, je trouve que...

Samson interrompit son ami. Il ne se rendait pas compte de la gravité de la situation.

— Attends. L'homme qui a été assassiné il y a deux jours... c'est le mari de cette femme qui me plaît tellement. Je t'ai déjà parlé d'elle. Tu sais, la famille que j'ai le plus souvent... observée. Ça aussi, c'était dans mon ordinateur.

— Ah, merde !

— Et il y a encore autre chose...

— Oh non !

— J'ai... je me suis laissé aller à écrire des choses un peu haineuses envers cet homme. Dans mes notes. Parce que... j'étais fâché contre lui, juste avant Noël.

— A propos de quoi ?

— Parce que... parce qu'il a été impoli avec moi. J'avais emmené à la maison sa fille de douze ans, et...

Bartek le regarda d'un air effrayé.

— Quoi ?

Si on tenait réellement à faire un lien entre cela et tout le reste, ça paraissait effectivement terrible, se dit Samson. Vraiment terrible. Mais son ami ne pensait tout de même pas que... Bon Dieu ! Pourquoi les autres le prenaient-ils aussi facilement pour un pédophile ?

— Mais non, fit-il avec désespoir. C'était une situation d'urgence. Elle ne pouvait pas rentrer chez elle, ses deux parents étaient absents, et je passais justement par là…

— Tu veux dire que tu traînais une fois de plus devant la maison de cette famille !

Le visage de Bartek exprimait clairement les pensées qui lui traversaient l'esprit : *Pourquoi a-t-il fallu que je sois ami avec un idiot pareil, pourquoi faut-il que je sois là en ce moment, à me laisser entraîner dans cette mélasse ?*

— Je ne pouvais pourtant pas laisser la petite dehors dans la neige. Mais quand ses parents sont venus la chercher, son père s'est comporté comme si… comme s'il croyait…

Bartek poussa un soupir.

— J'ai écrit que je le détestais. Et maintenant, il est mort et… enfin, la police va sûrement trouver bizarre que j'aie… observé cette famille…

— Je ne te comprends pas, déclara Bartek. C'est simple, je ne te comprends pas. Bon Dieu, je t'avais pourtant bien dit que ce que tu faisais n'était pas très malin ! Ça devait forcément t'attirer des ennuis un jour ou l'autre ! Tu es sûr que Millie est allée à la police avec tes notes ?

— Gavin me l'a dit à midi. Il était désespéré de n'avoir pas pu l'en empêcher. Et aussi, bien sûr, à cause de tout ce qui s'est passé.

— J'imagine sans peine, marmonna Bartek.

— J'étais affolé. Je suis parti avec ma voiture et j'ai roulé tout l'après-midi sans savoir où j'allais. A un moment, je me suis rendu compte que ça pouvait être dangereux… Parce qu'ils ont sûrement mon numéro d'immatriculation, maintenant. Alors, j'ai laissé la voiture de l'autre côté, en bordure de Gunners Park, et je suis revenu en ville à pied. En faisant des quantités de détours. Bartek, je marche depuis des heures ! Je suis complètement crevé. Est-ce que je peux rester ici ?

— Sûrement pas !

Devant le visage terrifié de son ami, Bartek reprit :

— Je veux dire que ce serait stupide. La police voudra évidemment connaître les noms et les adresses de tes amis, et ta belle-sœur leur parlera de moi. Ils se doutent bien que tu vas chercher un endroit pour te planquer.

— Mais il faut quand même que j'aille quelque part !

— Tu as de l'argent ?

— Cent livres en liquide. C'est tout ce qui restait sur mon compte.

— D'accord, fit Bartek. D'accord.

Il paraissait évident que la première urgence était pour lui de se débarrasser de son ami, afin de pouvoir réfléchir ensuite à ce qu'il fallait faire.

— Ecoute-moi bien : tu as assez pour aller à l'hôtel. N'importe quelle petite pension bon marché. Commence par chercher ça et prends une chambre. Demain, tu m'appelles. D'ici là, j'aurai peut-être eu une idée de génie.

— Un hôtel ? N'est-ce pas trop dangereux ?

— J'aurais envie de dire : pas moitié aussi dangereux que de rester chez moi.

Comprenant que Bartek avait raison, Samson hocha la tête.

Bartek jeta un coup d'œil par la porte entrouverte. Dans l'appartement, le bruit de la musique, des rires et des tintements de verres n'avait pas diminué.

— Samson, j'ai des invités, il faut que je rentre. Tu m'appelles demain, d'accord ?

— Tu vas m'aider ?

— Bien sûr.

Mais Samson avait la nette impression qu'en cet instant Bartek lui aurait aussi bien promis n'importe quoi. Tout ce qu'il voulait, c'était mettre fin à une situation déplaisante.

— S'il te plaît, Bartek, insista-t-il d'une voix suppliante. Il faut me croire. Je n'ai rien à voir avec tout ça ! Je n'ai pas tué M. Ward. Je ne pourrais jamais tuer qui que ce soit. Même pas agresser ou blesser quelqu'un. Je suis innocent.

— Bien sûr que je te crois, fit Bartek d'un ton apaisant.

On aurait dit un médecin s'adressant à un patient pas tout à fait responsable de ses actes. Epuisé, Samson ferma les yeux pendant quelques secondes.

— Je n'ai rien fait. C'est la vérité.

— A demain, conclut Bartek.

Il s'éclipsa dans l'appartement et referma la porte avec une détermination marquée. Samson se mit en route, des semelles de plomb aux pieds. A midi, Gavin lui avait conseillé d'aller spontanément à la police : « Tu ne feras qu'aggraver ton cas en prenant la fuite. Si tu n'as rien fait, tu arriveras sûrement à t'expliquer avec eux. Ça ne servira à rien de te cacher, ils finiront par te retrouver, et là, tu seras bien avancé ! »

Gavin avait sans doute raison, et pourtant... Il ne s'en sentait pas le courage. Il avait peur. Une peur terrible, qui l'obligeait à suivre son instinct. Et son instinct lui commandait de se mettre en lieu sûr.

Mais où pourrait-il être en sécurité ?

Il descendit lentement l'escalier. Onze heures. Dans une heure, la nouvelle année commencerait.

Pour lui, elle ne pourrait être qu'un long cauchemar dès la première seconde.

Vendredi 1er janvier 2010

1

L'inspecteur principal Peter Fielder savait qu'il demandait là à sa femme un très gros effort de compréhension, mais ce n'était pas sa faute si la terrible affaire des meurtres en série avait pris un virage décisif précisément le 31 décembre. Il n'était pas question qu'il passe le 1er janvier au coin du feu, encore moins la veille d'un week-end. Même si cela aurait été plus bénéfique pour sa relation de couple.

Il avait donc convoqué au Yard ce matin-là une conférence exceptionnelle, et au petit jour, après avoir consacré un temps et une énergie non négligeables à gratter la neige gelée qui recouvrait sa voiture, il s'était rendu à son bureau dans le froid glacial. Il était fatigué, ayant veillé tard dans la nuit pour fêter la nouvelle année avec sa femme et un couple d'amis, mais il savait que le café chaud de Christy le ranimerait. Selon lui, personne ne préparait le café aussi bien que l'inspecteur-chef McMarrow. En dehors de cela, elle était l'un des membres les plus intelligents et les plus perspicaces de son équipe. Peter Fielder savait que Christy pouvait devenir dangereuse pour lui. Il était timide pour ces choses-là et n'oserait en aucun cas faire le premier pas lui-même, mais si jamais c'était elle qui prenait l'initiative un jour, la situation pourrait devenir délicate.

La réunion avait été assez pénible, car personne dans l'équipe n'avait dormi. Ils avaient tous la gueule de bois et ne se sentaient guère motivés. L'inspecteur Kate Linville avait même lancé que, puisqu'on connaissait le coupable, il n'y avait plus qu'à le rechercher et l'arrêter.

« Ah oui ? Et qui est-ce ? avait demandé Fielder.

— Eh bien, Samson Segal, avait répondu la jeune femme, déconcertée, en jetant des regards autour d'elle. Je crois que...

— Je crois surtout qu'il faut être prudent, avait coupé Fielder. Je dois admettre que, lorsqu'on lit les notes de Segal, on est forcé de conclure qu'il a une petite araignée au plafond. Mais c'est tout ce qu'on peut en dire pour le moment.

— Il a écrit des choses particulièrement agressives sur Thomas Ward, avait insisté Kate.

— Oui, mais il n'a pas écrit un mot sur Carla Roberts, ni sur le Dr Anne Westley.

— Il passe son temps à traîner dans le quartier en espionnant de parfaits inconnus. Surtout des femmes. Je ne serais vraiment pas étonnée si c'était lui qui avait manœuvré l'ascenseur dans l'immeuble de Hackney !

— Nous allons vérifier, bien sûr, mais tant que nous n'avons pas les résultats, nous devons nous abstenir de toute spéculation fantaisiste, inspecteur Linville ! »

Kate Linville avait rougi. Elle n'était plus de la première jeunesse et aurait dû depuis longtemps obtenir une promotion. Pourtant, elle végétait encore au grade de simple inspecteur, telle une valise oubliée. C'était une collaboratrice fiable et consciencieuse, mais qui manquait de psychologie et n'avait aucun flair criminel. Ses propositions étaient donc rarement constructives. Sa sortie de ce matin était d'ailleurs typique : en conférence, elle était toujours trop pressée de désigner les coupables – sans doute, supposait Fielder, parce qu'elle n'aurait rien eu à dire sans cela.

Il fallait maintenant procéder par étapes. Une équipe de l'identité judiciaire était sur place à Thorpe Bay et avait relevé chez Samson Segal toutes les empreintes possibles et imaginables. On allait les comparer avec les quelques empreintes encore non identifiées trouvées dans l'appartement de Carla Roberts à Hackney, et avec celles de l'ascenseur, beaucoup plus nombreuses. On ferait les mêmes comparaisons avec les empreintes relevées dans la maison d'Anne Westley. Si jamais il y avait concordance, l'enquête aurait avancé d'un grand pas.

A la fin de la réunion, Peter Fielder avait envoyé Kate Linville interroger une nouvelle fois Millie Segal, la femme qui, la veille, avait débarqué dans un poste de police de Southend-on-Sea avec les pages enregistrées par son beau-frère sur son ordinateur, affirmant avoir démasqué un dangereux criminel.

« C'est lui qui a tué Thomas Ward ! Et Dieu sait qui encore ! Lisez ça, vous verrez tout de suite que vous avez affaire à un psychopathe ! »

Fielder examina attentivement les multiples notes étalées devant lui sur son bureau, griffonnées sur des feuilles volantes selon un système incompréhensible à tout autre que lui. Cette affaire devenait de plus en plus confuse, et il se sentait à des années-lumière de la solution. La réunion n'avait apporté aucun progrès, mais il attendait peut-être trop de ses subordonnés pour un 1er janvier. Dans la pièce voisine, Christy passait des coups de téléphone. Les autres étaient soit rentrés chez eux, soit pris par les tâches qu'il leur avait assignées.

Il avait le temps de se creuser la cervelle. Toute une longue et froide journée.

Le nom de Thomas Ward ressortait un peu partout dans ses notes, entouré d'un cercle au feutre rouge et suivi d'un point d'interrogation. Quel rôle jouait Thomas Ward dans cette série de meurtres sur laquelle les policiers du Yard étaient en train de se casser les dents, et qui concernait des femmes seules d'un certain âge ? A première vue, il n'avait rien à faire là – ni même au deuxième ou au troisième regard. C'était un homme. Il ne vivait absolument pas seul. Il avait été tué alors que sa fille, encore une enfant, se trouvait dans la maison, et sa femme l'avait découvert très peu d'heures après. Il n'avait pas été asphyxié par un torchon enfoncé dans sa gorge, mais tué par une arme à feu.

L'assassin avait tiré deux fois. La première balle l'avait touché à la tempe et la blessure avait beaucoup saigné, mais ce n'était pas cela qui l'avait tué. Le deuxième coup lui avait tranché la carotide. Il n'avait eu aucune chance, n'en aurait eu aucune même si on l'avait découvert plus tôt.

C'était par pure routine qu'après l'analyse du projectile par ordinateur on avait procédé à une comparaison avec les armes et munitions utilisées dans d'autres crimes récemment commis, et c'est là que les policiers de Southend avaient fait une découverte surprenante, confirmée par les vérifications poussées entreprises aussitôt après : Thomas Ward avait été tué par la même arme qui avait servi au meurtrier d'Anne Westley pour forcer la porte de la salle de bains.

Voilà pourquoi l'affaire Ward avait atterri dans le service de l'inspecteur principal Fielder. Et quand, pour compliquer encore les choses, les écrits déconcertants d'un certain Samson Segal, habitant le même quartier que Thomas Ward à Thorpe Bay et ayant visiblement un problème avec lui, étaient apparus dans le tableau, on les avait à leur tour transmis sans retard à Scotland Yard.

C'était le motif de cette réunion extraordinaire du 1er janvier, à la fin de laquelle ils s'étaient tous trouvés encore plus perplexes qu'avant.

Que pouvaient avoir en commun Thomas Ward et les deux femmes assassinées ?

Christy McMarrow avait formulé l'hypothèse décisive : « Et si ce n'était pas Ward qui était visé ? Si le meurtrier avait plutôt voulu tuer sa femme, sans se douter qu'elle n'était pas à la maison ? »

Fielder hocha la tête pensivement et traça un nouveau cercle autour du nom de Thomas Ward. Le 30 décembre, lendemain du meurtre, il avait parlé avec la femme de Ward, qui lui avait sobrement fourni toutes les informations nécessaires. Il en ressortait que Ward se rendait chaque mardi soir à son club de tennis pour le repas des habitués, et qu'il n'en revenait jamais, en temps normal, avant dix heures ou dix heures et demie. Toute personne qui connaissait tant soit peu les habitudes de la famille

Ward pouvait légitimement s'attendre à trouver Gillian Ward chez elle, et sans son mari.

Sauf que, ce soir-là, elle était allée à Londres dans l'idée de voir son amant. Car elle l'avait dit aussi à Fielder. Non sans difficulté, mais il n'avait pas l'impression qu'elle lui ait caché quoi que ce soit.

Gillian Ward.

Il avait donc également noté ce nom-là, et l'avait même déjà entouré deux ou trois fois. En y ajoutant une flèche qui menait à un autre nom, celui-ci inscrit en noir et souligné d'un trait épais : *John Burton.*

La coïncidence l'avait vraiment frappé. Rencontrer le nom de Burton dans des circonstances pareilles, une affaire de meurtre, c'était inespéré.

Son ex-collègue, l'inspecteur principal Burton. Celui qui avait brisé sa propre carrière à la Met de cette manière incroyablement stupide. Burton, que Fielder n'avait jamais pu souffrir, sans pouvoir vraiment s'expliquer pourquoi. Il soupçonnait parfois que son aversion venait simplement de ce que Burton vivait son existence avec une désinvolture et une imprudence dont lui-même rêvait d'être capable – sans l'avoir jamais osé. A l'époque, Burton avait trouvé cette jeune stagiaire attirante et il n'avait pas hésité à se jeter dans l'aventure, sans s'inquiéter des conséquences possibles. Quand l'affaire avait dégénéré d'une façon qui ne lui laissait pratiquement plus d'autre choix que de démissionner, il l'avait fait avec le plus grand sang-froid, donnant même à ses collègues l'impression gênante qu'il les laissait, eux, dans la grisaille de leur quotidien de fonctionnaires gravissant laborieusement les échelons, tandis que lui, Burton, s'échappait vers la liberté. Dans un moment qui, objectivement, aurait dû représenter le plus grand échec de sa carrière, il avait encore réussi à ne pas apparaître comme un perdant.

C'est peut-être de cela que je lui en ai le plus voulu, se dit Fielder. Aussitôt après, il se rappela à l'ordre : Sois prudent ! Tu aimerais bien marquer un point contre Burton, mais attention à ne pas te laisser aveugler !

Ainsi donc, c'était avec cette Gillian Ward dont le mari venait d'être assassiné que Burton était à présent impliqué. Il y avait là pour le moins de quoi s'interroger. Burton, qui traînait derrière lui une suspicion d'*agression sexuelle*, même si toutes les expertises de l'époque avaient conclu à sa décharge, amenant le procureur à abandonner l'accusation.

Christy entra dans le bureau.

— Il y a du nouveau : la voiture de Samson Segal a été retrouvée. A Gunners Park, du côté de Shoeburyness. De Segal lui-même, aucune trace. J'ai aussi parlé avec les gens de l'identité judiciaire. Aucun recoupement jusqu'ici. Les empreintes relevées dans la chambre de Samson Segal ne figurent ni dans l'appartement de Roberts, ni dans l'ascenseur de l'immeuble. Pour Tunbridge Wells, l'analyse est encore en cours...

— De toute façon, je crois que ce Samson Segal est pour nous une solution un peu trop facile, et que...

— Excusez-moi, chef, mais je vois très bien à quoi vous pensez en ce moment. Vous avez Burton dans le collimateur, et à côté de ça, les écrits plus que bizarres de Samson Segal et son comportement singulier vous paraissent sans importance. Mais pourquoi John Burton...

— ... aurait-il assassiné Thomas Ward ? Il a tout de même une liaison avec sa femme.

— Et il tuerait le mari pour ça ? Pour quoi faire ? S'il envisageait un avenir avec Gillian Ward, il était plus simple qu'elle divorce !

— Peut-être était-ce Gillian qu'il voulait tuer. D'après ce qu'elle a dit, il ne savait pas qu'elle était venue le voir ce soir-là et qu'elle l'attendait dans ce restaurant de Paddington. Il la supposait seule à la maison.

— Et il croyait que sa fille n'était pas là ?

— Il est son entraîneur au handball. On peut très bien imaginer qu'elle lui ait parlé des vacances prévues chez ses grands-parents, non ?

— Et pourquoi aurait-il voulu tuer Gillian ?

Fielder se leva et se dirigea vers la fenêtre. Le ciel était très bas au-dessus de la ville, chargé de lourds nuages.

— N'oubliez pas, inspecteur, que Burton a déjà attiré l'attention sur lui à propos d'un délit sexuel. Que savons-nous vraiment de lui ? Il pourrait très bien être quelqu'un de dangereux. Un maniaque, un pervers, que sais-je encore. A l'époque, il s'en est sorti sans trop de dégâts, pourtant, aussitôt après, il a préféré quitter la police de son plein gré. Pourquoi ? Pour empêcher qu'on enquête davantage ? Que cela fasse émerger des faits qui pouvaient se révéler gênants pour lui ?

— Quel genre de faits ?

— Aucune idée. Mais Burton a quand même un gros problème avec le sexe.

— Chef, je ne veux pas spécialement défendre John. Nous faisions équipe ensemble à l'époque, et c'était formidable de travailler avec lui. Je connais ses points forts aussi bien que ses faiblesses. Il ne sait pas résister à une jolie femme, mais on ne peut pas pour autant qualifier cela de « gros problème avec le sexe », comme vous dites. Personne chez nous n'a cru un seul instant qu'il ait réellement violé cette fille complètement hystérique. L'avocat de la Couronne ne l'a pas cru. Plusieurs experts l'ont confirmé indépendamment les uns des autres. S'il n'a pas pu rester malgré cela, c'est parce que cette histoire a fait trop plaisir, au moins à tous ses collègues masculins du Yard, qui ne se sont pas privés de le lui montrer. Et parce qu'il a bien vu que cela le poursuivrait toute sa vie. Un enquêteur haut placé dans la hiérarchie ne peut pas être amusé par l'idée que n'importe quel délinquant ou son avocat puisse lui demander en ricanant s'il n'est pas le type sur qui une information pour viol avait été ouverte. Il n'a pas voulu de cela, et je le comprends parfaitement.

— Christy, vous n'êtes peut-être pas tout à fait objective lorsqu'il s'agit de John. Je sais que vous l'estimiez beaucoup en tant que policier. Il n'empêche qu'il est aujourd'hui impliqué dans une enquête pour meurtre, et que nous devons donc vérifier quel rôle il a pu jouer dans les différentes affaires.

— Très bien. Considérons donc *les différentes affaires*. Pourquoi Carla Roberts et Anne Westley ? Pas trop le genre de proies dont John a l'habitude, n'est-ce pas ? Deux sexagénaires, dont l'une avait pas loin de soixante-dix ans. Il n'avait sûrement pas de liaison avec elles.

— Dans l'affaire Thomas Ward, en tout cas, Burton n'a pas d'alibi pour l'heure du crime, insista Fielder.

Il avait envoyé un agent interroger John Burton, qui avait affirmé être resté à son bureau le mardi après-midi. Il recevait un client qui lui avait demandé conseil à propos de l'installation d'un système de sécurité complet dans sa villa. L'entretien avait duré jusqu'à dix-huit heures, chose confirmée par le client. Mais ensuite, John était resté seul afin de commencer à préparer un projet et un devis pour cette personne. De plus, il devait assurer la permanence téléphonique jusqu'à vingt et une heures, heure à laquelle, avait-il déclaré, l'un de ses collaborateurs l'avait relevé tandis qu'il rentrait directement chez lui. Par malchance, il n'y avait pas eu un seul appel ce soir-là, pas le moindre petit incident. Ce qui signifiait que John aurait très bien pu faire l'aller et retour entre Londres et Thorpe Bay sans que quiconque s'en aperçoive.

— Il ne suffit pas de ne pas avoir d'alibi pour être coupable, riposta Christy. De plus, Burton n'aurait pas été assez stupide pour abandonner sa permanence. C'était bien trop risqué.

Fielder se détourna de la fenêtre.

— Je ne vise pas spécialement Burton, expliqua-t-il. J'essaie seulement de ne pas rester fixé sur ce Samson Segal. C'est comme une impression... Tout ce qui concerne cet homme, du moins ce que nous en savons, paraît vraiment trop... évident. C'est peut-être simplement le fait qu'un coupable possible nous soit servi comme cela sur un plateau. Cette femme débarque en affirmant tranquillement que son beau-frère a un meurtre sur la conscience, et elle fournit à l'appui une pile de papiers où c'est quasiment écrit noir sur blanc. Je n'y peux rien, mais chez moi, ce genre de preuve déclenche presque automatiquement les signaux d'alerte.

— Il est en fuite. Cela ne plaide pas spécialement en faveur de son innocence, répliqua Christy. Je comprends ce que vous voulez dire, chef. Mais ça marche parfois aussi de cette façon. Le criminel se fait prendre parce qu'une personne qui le connaît et parfois le soupçonne depuis longtemps ne peut plus se taire. Vous devez bien admettre que Segal a pratiquement le profil type du coupable selon les manuels. Il a un gros problème avec les femmes, sa belle-sœur l'a dit et cela se voit dans ses écrits. Depuis des années, il espère ardemment rencontrer quelqu'un, mais il est toujours repoussé. Dans une partie de son journal, il se montre plein de haine envers les femmes. Il surveille des femmes, note les moindres détails de leur vie, sans oublier leur famille. Il savait que Thomas Ward n'était jamais là le mardi soir. Il savait que Becky Ward aurait dû être chez ses grands-parents. Il avait toutes les informations nécessaires.

— Pas toutes. Il n'avait apparemment aucune idée de la liaison de Gillian Ward. En tout cas, il ne savait rien de précis.

— Habituellement, dans ce genre d'histoire, les gens essaient de ne pas se faire remarquer.

— D'accord. Mais, étant donné sa surveillance intensive, pouvait-il ne pas savoir que la jeune fille était toujours là ?

— Elle avait mal à la gorge et ne sortait pas de la maison. Ne la voyant plus, il a pu supposer qu'elle était partie, argua Christy.

— Cela fait des années qu'elle va chez ses grands-parents entre Noël et le Nouvel An. Tout le monde le savait dans l'entourage des Ward.

— Mais tout le monde n'a pas les autres particularités que nous trouvons chez Samson Segal.

— Alors, il croit que Gillian Ward est seule à la maison, il entre, et il veut la tuer ? La femme qu'il idolâtre ?

— Mais qui n'exauce pas ses désirs, dit Christy. Elle ne fait même pas attention à lui. Et elle ne l'a pas défendu quand son mari s'en est pris à lui. Elle l'a *traité comme de la merde*, c'est ce qu'il a écrit. Il exprime de la haine envers elle. Il la vénérait, mais à ce moment-là, tout a basculé. Elle l'a cruellement déçu.

Fielder se passa les deux mains sur le visage. Il était fatigué, impatient, et lui aussi se ressentait du champagne bu la nuit précédente.

— Mais Westley et Roberts, quelle place occupent-elles dans cette théorie ? La première à Hackney, l'autre à Tunbridge ?

— Il a une voiture. La distance n'était pas un obstacle insurmontable.

— Dans ce cas, il aurait parlé d'elles dans ses notes. Non, inspecteur, beaucoup trop de choses ne collent pas. Cela contredit même les quelques vagues hypothèses que nous avions réussi à formuler. Nous avions au moins trouvé une similitude entre Westley et Roberts : des femmes seules, plutôt isolées depuis qu'elles avaient pris leur retraite. Gillian Ward, elle, est mariée. Elle a une fille, elle travaille.

— Cela signifie que nous ne cherchons pas autour du bon dénominateur commun. Le fait que ces deux femmes soient seules ne serait pas le lien décisif entre les victimes. Il doit y avoir un autre point commun. Qui nous a échappé jusqu'ici.

— Il faut recommencer à fouiller dans le passé d'Anne Westley et de Carla Roberts, dit Fielder. Et dans celui de Gillian Ward, ce qui sera plus facile, car elle au moins est vivante. Oui, il faut d'abord s'occuper des Ward.

— Et aussi de mettre la main sur Samson Segal. Il peut jouer un rôle capital, chef ! Soit lui-même n'a pas la conscience très nette, soit, dans le cas contraire, c'est un témoin important. Il a observé la maison des Ward et mis son nez dans leur vie. Il a pu remarquer un élément décisif.

— En ce moment même, on est en train d'interroger à nouveau la belle-sœur. Espérons que cela nous fournira une piste. Dehors, il fait un froid du diable. Segal a forcément dû se mettre à l'abri quelque part.

— Nous le trouverons, assura Christy.

Fielder la regarda. Il pouvait littéralement sentir sa certitude de tenir là le coupable.

Mais lui-même n'y croyait toujours pas.

2

Il lui semblait n'avoir rien fait d'autre depuis trois jours que rester assise sur le canapé, le regard fixe, ne comprenant pas ce qui était arrivé dans sa vie. Où cela avait dérapé. Elle faisait la cuisine, plutôt pour Becky. Elle rangeait l'appartement, prenait une douche le matin et mettait des sous-vêtements propres, chargeait le lave-vaisselle et le vidait à la fin du programme. Le soir, elle prenait un puissant somnifère, s'allongeait sur le canapé et tombait dans un sommeil sans rêves d'où elle émergeait le lendemain sans se sentir reposée. Elle préparait le petit déjeuner, faisait griller du pain et cuire des œufs, coupait des tranches de fruits, mais elle-même n'y touchait pas ensuite.

« Gillian, tu ne me laisses plus rien faire ! avait protesté Tara. Je voulais m'occuper de toi, et là, j'ai l'impression que c'est le contraire ! »

Gillian avait regardé son amie d'un air suppliant.

« Laisse-moi faire quelque chose, Tara. N'importe quoi. Sinon, je vais devenir folle.

— Bien sûr. Je te comprends », avait aussitôt répondu Tara, et elle n'avait plus insisté.

Durant cette terrible nuit, Gillian et Becky avaient déménagé chez Tara, avec le gros matou Chuck, que Gillian, après l'avoir longtemps cherché avec désespoir, avait fini par retrouver, affolé et tremblant, dans un jardin à quelques maisons de là. Pris de panique, il avait dû s'enfuir par la porte ouverte de la cuisine au moment où l'horreur s'était abattue sur la maison. Une fonctionnaire de police aimable et compréhensive avait expliqué à Gillian que la maison devait maintenant être sécurisée comme scène de crime : « Aucune empreinte ne doit être détruite. Connaissez-vous quelqu'un chez qui vous pourriez loger provisoirement ? »

Gillian avait d'abord songé à ses parents, mais ils habitaient beaucoup trop loin, et sa deuxième pensée avait été pour son amie Tara. Elle l'avait appelée en lui expliquant ce qui venait de se produire. Tara en était d'abord restée muette, puis elle avait demandé, incrédule : « *Quoi ?* Qu'est-ce qui s'est passé ? » Quelques instants plus tard, son pragmatisme de professionnelle habituée à ce genre d'affaire avait reparu, et elle avait réagi avec énergie : « J'arrive tout de suite. Je viens vous chercher, Becky et toi. Vous pouvez bien sûr rester chez moi aussi longtemps que vous le voudrez. »

Depuis, elles habitaient donc chez Tara, dans son appartement chic de Kensington. Entre-temps, un inspecteur de Scotland Yard était venu questionner Gillian, qui lui avait dit tout ce qu'elle savait, sans lui mentir sur son aventure avec John. Une fonctionnaire de police s'était entretenue avec Becky en présence de Gillian et d'une psychologue. Gillian était bien consciente que sa fille était un témoin important. Elle n'avait pas vu le meurtrier, mais elle s'était glissée dans l'escalier en entendant tout à coup un grand vacarme à l'étage au-dessous, tandis que son père s'écriait : « Bon Dieu, qu'est-ce que ça signifie ? »

Puis les deux coups de feu étaient partis. Depuis l'escalier, par la porte de la salle à manger, Becky avait vu son père s'écrouler en travers d'une chaise.

« As-tu envisagé de courir vers lui ? »

Becky avait secoué la tête et répondu d'une voix qui semblait vouloir s'excuser :

« Non. Je savais qu'il y avait encore quelqu'un. J'avais entendu mon père lui parler, vous comprenez ? Quand j'ai entendu tirer, j'ai... j'ai eu très peur ! Je voulais seulement me sauver ! »

Elle était devenue toute pâle.

« J'aurais dû essayer de l'aider. J'aurais dû y aller. J'aurais...

— Absolument pas, Becky, était intervenue en hâte la psychologue. Tu ne pouvais rien pour lui. Tu as fait exactement ce qu'il fallait, tu t'es mise en sécurité.

— Je cherchais seulement à savoir ce qui avait déclenché en elle ce réflexe rapide de se cacher, avait alors expliqué la policière pour se justifier. Malheureusement, tout ce qu'elle a vu, entendu et ressenti ce soir-là peut avoir une importance pour nous. »

Mais le témoignage de Becky n'avait pas permis de progresser beaucoup. Elle faisait de la peinture, elle était si absorbée qu'elle ne s'était pas rendu compte de la présence dans la maison d'un inconnu qui menaçait son père avant d'entendre celui-ci pousser une exclamation.

« Quand j'ai vu papa s'écrouler, j'ai eu horriblement peur. J'étais dans l'escalier, et mon pied a glissé. Ça a fait un peu de bruit, et là, j'ai su... enfin, j'étais presque sûre que celui qui avait fait ça savait maintenant que j'étais dans la maison. J'étais à moitié folle de peur. Je suis remontée en courant et j'ai cherché une cachette. »

La valise dans le débarras du grenier lui était venue à l'idée parce qu'elle s'y était déjà cachée lorsqu'elle jouait dans la maison avec ses amis. Elle s'y était couchée dans une position très peu naturelle, qui lui causait des douleurs lancinantes aux bras et aux jambes. Retenant son souffle, elle avait entendu le criminel la chercher dans toute la maison, courant d'une pièce à l'autre, ouvrant brusquement les portes des placards, poussant de côté des meubles.

« Quand il est monté au grenier, j'ai failli mourir de peur. Je me suis dit qu'il allait me trouver tout de suite. Il a fait un boucan terrible dans le débarras, il jetait des cartons et des boîtes dans tous les sens. J'étais sûre qu'il allait me tuer.

— Mais tu n'as absolument rien vu ? »

Becky avait secoué la tête d'un air désolé.

« Le couvercle de la valise était fermé. J'étais dans le noir. Le noir complet. »

La policière avait encore demandé si, avant cela, Becky avait entendu sonner à la porte à un moment quelconque, mais la fillette ne s'en souvenait pas :

« Je ne pense pas. Je ne sais pas vraiment. Mais je crois que, si j'avais entendu sonner, je serais descendue voir. »

En ce jour de l'An, Becky, encore visiblement abasourdie, avait docilement accepté d'aller faire de la luge avec Tara à Hyde Park. Tara avait tenté de convaincre

Gillian de les accompagner, mais celle-ci avait refusé : « Non, allez-y sans moi. Je serai très bien toute seule. »

Peu après leur départ, l'inspecteur principal Fielder avait appelé pour demander s'il pouvait passer. Elle aurait préféré refuser, parce qu'elle se sentait vidée, terriblement lasse, mais elle savait qu'elle devait se ressaisir. L'homme faisait son travail, il avait besoin de son aide. Il fallait absolument retrouver le meurtrier de Tom.

Fielder était maintenant face à elle, assis dans un fauteuil du salon de Tara. Elle avait préparé du café, dont il avait accepté une tasse avec reconnaissance. Il avait l'air épuisé, il devait avoir fait la fête tard dans la nuit.

Le Nouvel An le plus éprouvant de toute ma vie, pensa Gillian. De sa place, elle voyait le balcon et le ciel gris. Chuck était assis devant la fenêtre, suivant des yeux les allées et venues des oiseaux, qui semblaient par moments le narguer en se posant sur le rebord.

L'inspecteur principal Fielder lui exposa sa théorie sur la façon dont l'assassin était entré dans la maison :

— Si nous admettons qu'il n'a pas sonné, donc qu'on ne lui a pas ouvert, un moyen encore plus simple et plus commode s'est peut-être offert à lui. Nous avons constaté que, depuis la rue, il est possible de voir jusque dans votre cuisine par la petite lucarne de la porte d'entrée, et on distingue aussi la porte qui mène au jardin. C'est encore plus valable le soir, quand les lumières sont allumées à l'intérieur. Nous supposons que votre mari avait ouvert la porte du jardin, sans doute simplement pour aérer. En effet, rien n'indique que cette porte ait été forcée. Peut-être le criminel avait-il d'abord eu l'intention de sonner, mais il voit là sa chance. Il fait le tour de la maison en courant et pénètre dans la cuisine. C'est d'ailleurs pour cela que Becky n'a rien entendu.

— Y a-t-il des traces de pas ?

Fielder secoua la tête avec regret.

— Il s'était remis à neiger depuis des heures quand la police est arrivée sur les lieux.

— Mais pourquoi ? demanda Gillian. Pourquoi vouloir tuer Tom ?

Au lieu de répondre, il posa à son tour une question :

— Les noms de Carla Roberts et d'Anne Westley vous disent-ils quelque chose ?

Gillian eut besoin de plusieurs secondes pour envisager toutes les implications de cette question.

— Vous croyez qu'il y aurait un rapport... ?

— Vous savez donc qui sont ces femmes ?

— Par les journaux, oui. Mais je ne les connaissais pas.

— Vous n'aviez jamais entendu parler d'elles ? Votre mari n'a jamais mentionné leur nom ?

— Non, jamais.

— Le Dr Anne Westley était pédiatre à Londres. Becky n'a jamais... ?

— Non. Je vous l'ai dit, je ne la connaissais pas.

Peter Fielder but une gorgée de café, reposa avec précaution sa tasse sur la table et regarda Gillian, le visage grave.

— L'arme du crime. Le pistolet avec lequel on a tiré sur votre mari. Il est hautement probable qu'il s'agit de la même arme qui a servi dans les meurtres de ces deux femmes.

— On leur a tiré dessus aussi ?

La police n'ayant donné aucune information sur le mode opératoire, les journaux n'avaient pu que se livrer à des spéculations. Pour le moment, Fielder ne voulait pas en dire davantage à Gillian.

— Tout indique qu'elles ont été menacées avec cette arme, répondit-il évasivement. Dans le cas du Dr Westley, le criminel a tiré dans la serrure d'une porte derrière laquelle elle s'était barricadée. C'est ce qui nous a permis de comparer les projectiles.

Gillian avait peine à comprendre :

— Pourquoi quelqu'un qui a déjà tué deux femmes assez âgées tuerait-il un homme encore jeune ? On ne nous a même pas volé quoi que ce soit. Ça n'a pas de sens !

— Il est vrai que, jusqu'ici, tout cela paraît n'avoir aucun sens, reconnut Fielder. Cependant, nous sommes bien obligés d'envisager la possibilité que...

Il chercha ses mots, ne voulant pas lui jeter son hypothèse au visage trop brutalement. Mais elle devina ce qu'il voulait dire. Il suffisait de le regarder.

— Vous pensez que Tom n'était pas censé être la victime ? Vous pensez que c'est *moi* qui étais visée ?

— En réalité, ce n'est qu'une supposition, avoua Fielder, visiblement soulagé de ne pas avoir eu à la formuler lui-même. Mais le fait est que ce soir-là votre mari n'aurait pas dû être à la maison. Votre fille non plus, d'ailleurs. Toute personne qui connaissait votre famille ou qui aurait un peu cherché à se renseigner pouvait partir du principe que vous étiez seule.

— Il a regardé dans la cuisine...

— Oui, mais sans voir personne. Votre mari devait être dans la salle à manger à ce moment-là. Le criminel n'a vu que la cuisine éclairée, la porte ouverte. Il entre dans la maison et se trouve tout à coup en face d'un homme là où il s'attendait à rencontrer une femme. Il peut difficilement fournir une explication innocente de son intrusion, qui plus est armé d'un pistolet. Il n'a plus d'autre choix que de tuer Thomas – ne serait-ce que pour ne pas être identifié plus tard. Et c'est alors qu'il entend un bruit dans l'escalier. Il s'aperçoit avec effroi qu'il y a quelqu'un d'autre dans la maison, quelqu'un qui l'a peut-être vu. Il cherche donc partout comme un fou, Dieu merci sans succès.

Avec un gémissement sourd, Gillian enfouit son visage dans ses mains.

— S'il avait trouvé Becky...

— Oui, Becky a eu beaucoup de chance. Sans doute aussi parce que, au bout d'un moment, le tueur a dû trouver trop risqué de continuer à chercher, de rester plus longtemps sur les lieux. Il a laissé tomber. Les anges gardiens de votre fille ont bien travaillé, Gillian !

Elle releva la tête.

— Mais pourquoi moi ? Qui pouvait vouloir me tuer ?

— C'est la question que nous nous posons depuis des semaines dans les affaires Roberts et Westley, expliqua Fielder. Si nous considérons le meurtre de votre mari comme un accident, une catastrophe non programmée, et si nous vous mettons à sa place dans la série, cela donne deux assassinats réussis et une tentative, le mobile restant totalement mystérieux. Nous sommes en présence d'un tueur visiblement animé d'une puissante haine, c'est la seule information sérieuse que nous aient livrée les deux autres scènes de crime. Mme Roberts et le Dr Westley ont été tuées d'une manière très cruelle. Nous avons d'abord pensé que l'auteur était mû par une pulsion agressive d'une violence extraordinaire contre les femmes en général, et qu'il n'avait peut-être choisi Roberts et Westley que parce qu'elles étaient suffisamment isolées pour constituer une cible facile. Elles n'ont été retrouvées qu'une semaine après leur assassinat, et encore, c'était par hasard. Mais vous ne correspondez pas à ce schéma. Il faut donc trouver autre chose, et qui vous relie à ces deux femmes.

— Mais je ne les connais absolument pas !

— Il doit pourtant exister des recoupements.

— Mon Dieu ! murmura Gillian. C'est effrayant…

— Que savez-vous de Samson Segal ?

La réponse fut exactement celle à laquelle il s'attendait depuis qu'il avait lu les notes apportées par la belle-sœur :

— Segal ? Ce type qui traîne tout le temps devant chez nous ?

Et si Christy avait raison ? se demanda soudain l'inspecteur. Mais il n'eut pas le temps de creuser davantage la question, car on sonnait à la porte. Marmonnant une excuse, Gillian se leva pour aller ouvrir.

Elle ne revint pas seule. John Burton était sur ses talons.

3

Samson Segal éprouva une peur bleue en entendant frapper à sa porte. Il ne pouvait guère s'agir d'un membre du personnel, car l'hôtel garni dans lequel il avait pris pension ne faisait assurément pas le service à l'étage.

— Qui est là ? demanda-t-il avec précaution.

— C'est moi, Bartek. Ouvre !

Soulagé, Samson tourna la clé dans la serrure. Tôt le matin, il avait appelé Bartek sur son portable, mais il était tombé sur la messagerie. Il avait laissé son adresse, ajoutant qu'il avait un besoin pressant d'argent. Depuis, il était resté assis sur le lit défoncé, le regard fixé sur le carré de ciel qu'on apercevait par la fenêtre, espérant de toutes ses forces que son ami entendrait le message avant la fin de la journée. Il n'irait pas loin avec ses malheureuses cent livres. Très tard la veille au soir, quand il avait demandé une chambre dans ce bouge méritant à peine le nom d'hôtel, la patronne, une femme qui puait la cigarette et l'alcool, lui avait pris trente livres, annonçant qu'il devrait payer la même somme d'avance le lendemain s'il voulait rester une nuit supplémentaire. Autrement dit, il n'aurait plus rien au bout de trois nuits.

« Trente livres ? » avait-il répété avec effroi, s'attirant cette réponse fielleuse de la tenancière : « Dans quel monde vivez-vous, jeune homme ? Vous croyez que tout est gratuit ? Il va falloir vous réveiller ! Et puis, le petit déjeuner est compris, alors, ne vous plaignez pas ! »

Il n'avait cependant pas encore eu l'occasion de tester la qualité de ce petit déjeuner. Il se sentait comme paralysé, incapable de quitter même pour un instant la chambre glaciale aux meubles hideux et à l'odeur de renfermé. Il savait que ces quatre murs dont la peinture vert pâle s'écaillait ne lui offraient qu'une sécurité illusoire, mais, dans sa situation, le monde extérieur lui apparaissait comme un vrai panier de crabes dans lequel il n'était pas question de s'aventurer.

Quand Bartek entra en titubant dans la chambre, Samson remarqua aussitôt sa mine de papier mâché : des cernes bistre sous les yeux, les lèvres pâles, il avait dû faire la fête jusqu'aux petites heures du matin. En temps normal, après une nuit blanche et avec la gueule de bois, il serait resté couché toute la journée, et au lieu de cela, il devait s'occuper d'un ami plongé dans les ennuis jusqu'au cou. Samson se sentit aussitôt coupable.

— Bartek ! Merci d'être venu !

Bartek jeta un coup d'œil circulaire sur la pièce minuscule. L'hôtel était situé dans un vieil immeuble délabré, juste à côté de la gare de Southend. Dans les chambres aux plafonds bas, les planchers craquaient, les fenêtres étaient petites, les tapis infâmes. Dans celle de Samson, on touchait quasiment le sol lorsqu'on s'étendait sur le lit. Il y avait aussi un fauteuil, un maigre placard à vêtements en bois à bon marché, un lavabo contre le mur. Pour les toilettes, il fallait traverser le couloir. Un endroit parfaitement sinistre.

— Bon Dieu, qu'est-ce qu'il fait froid ici ! s'exclama Bartek en haussant frileusement les épaules.

— Le chauffage ne fonctionne pas bien.

Bartek se laissa tomber sur le fauteuil.

— Samson, mon vieux, tu es dans une merde noire ! La police sort de chez moi !

— Quoi ?

— Et pas n'importe quel flic de chez nous, de Southend, non : Scotland Yard ! Tu comprends ?

— Grand Dieu !

— C'était une femme. L'inspecteur Linville. Elle était d'abord passée chez ta charmante belle-sœur, qui lui a conseillé de tenter sa chance chez moi. Elle lui a raconté que nous étions inséparables, que nous nous retrouvions toutes les semaines au pub, et que sais-je encore ! Alors, elle s'est pointée aussi sec, pendant que Helen et moi étions encore au lit...

— Helen a-t-elle dit que j'étais venu chez vous hier soir ?

— Dieu merci, non ! fit Bartek en secouant la tête. Bien que nous n'ayons rien convenu. Elle a eu très peur en voyant cette policière débarquer d'un seul coup chez nous et demander après toi, mais elle n'est pas si bête, elle a juste tenu sa langue jusqu'à ce que l'autre soit partie.

— Et toi, qu'as-tu dit ?

— Que je t'avais vu pour la dernière fois avant Noël. Et que je ne savais pas où tu étais.

Samson se détendit légèrement.

— Je te suis vraiment reconnaissant, Bartek.

Bartek secoua de nouveau la tête, comme s'il ne voulait surtout pas de la reconnaissance de Samson, mais plutôt qu'il s'en aille au diable le plus vite possible.

— Après ça, j'ai entendu ton message sur mon portable. C'est vraiment totalement irresponsable de ta part, Samson ! Ne refais pas ça ! Ne me laisse plus de messages. Sur le répondeur de mon fixe non plus. A partir de maintenant, ne m'appelle plus du tout, d'accord ?

Samson sentit ses jambes se dérober sous lui. Faute de siège, il se laissa tomber sur le lit, dont le sommier alla toucher le sol avec un grincement.

— Mais j'ai besoin de ton aide, Bartek ! Tout seul, je n'y arriverai pas !

— Avec moi non plus, répliqua Bartek. C'est comme ça, il va falloir t'y faire. Ecoute, reprit-il en fouillant dans sa poche avant d'en extraire quelques billets froissés, voici deux cents livres. Je ne peux pas te donner davantage. D'ailleurs, c'est tout ce que je peux pour toi de toute façon.

Samson se pencha pour prendre l'argent. Au total, cela lui permettrait de rester près d'une semaine et demie dans cet hôtel. A condition que sa photo ne soit pas publiée dans la presse. Car alors, il deviendrait difficile de passer plus de deux heures au même endroit.

— Merci, Bartek. Je sais que pour toi, c'est...

— C'est surtout terriblement dangereux ! fit Bartek d'une voix presque furieuse. Moi, je ne suis pas citoyen britannique, tu comprends ? Je veux faire ma vie ici. Je travaille dur. Helen et moi, nous allons nous marier. Acheter un appartement. Nous voudrions avoir un enfant. Tu sais ce que ça signifie pour moi si je suis compromis dans une affaire de meurtre ? Si on lance officiellement un mandat d'arrêt contre toi et que je t'aide à te cacher ? Toi, tu passeras peut-être un an ou deux en taule, mais moi, je risque l'expulsion. Je risque de me retrouver en Pologne et de voir tous mes efforts anéantis d'un seul coup ! C'est tout mon avenir que tu peux détruire !

— Mais je n'ai rien fait, Bartek ! Je n'ai jamais touché à un cheveu de personne.

— Alors, ne te cache plus. Rends-toi à la police.

— C'est trop tard maintenant. Je ne peux pas faire ça après m'être enfui !

— Tu peux sûrement leur expliquer. La panique, la confusion... Tu as tout de suite compris que tu paraîtrais suspect, et sur le moment, tu as pris peur.

— Ils ne me croiront pas.

— Si tu n'as rien fait, ils ne pourront rien prouver non plus contre toi !

— Mais tu sais bien comment ça se passe. Il leur faut un coupable, et moi, je tombe à pic. En fin de compte, pour eux, peu importe si j'ai vraiment...

— Oh, arrête avec ça, coupa Bartek. On ne va pas te mettre en taule aussi facilement. Il faut d'abord qu'ils prouvent que tu es coupable, et si ce n'est pas toi, ils auront du mal. Ecoute, reprit-il en se levant, je ne peux pas me laisser entraîner dans une histoire pareille. Aujourd'hui, j'ai fait la dernière chose que je pouvais faire pour toi, et encore, je vais prier pour ne pas y laisser ma peau. A partir de maintenant, tu devras te débrouiller sans moi. Je l'ai promis à Helen. Elle est dans tous ses états, je l'avais rarement vue aussi en colère.

— Je n'ai rien fait, répéta Samson en se levant à son tour.

Il commençait à avoir l'impression d'être une sorte de moulin à prières.

— Dans ce cas, tu n'as rien à craindre, dit Bartek.

— Toi non plus... Puisque tu aides un innocent, et pas un criminel.

Il lut le doute dans les yeux de son ami.

Il n'en est pas du tout certain, songea-t-il avec tristesse.

4

Pendant quelques secondes, les deux hommes se dévisagèrent en silence. Ils avaient été aussi surpris l'un que l'autre de se trouver face à face, et ils se demandaient comment réagir. Fielder se décida le premier :

— Salut, John. Si je m'attendais...

Il n'acheva pas sa phrase, mais John ne manqua pas de relever :

— Salut, Peter. A quoi ne t'attendais-tu pas ? A me revoir un jour ?

— A te revoir dans le cadre d'une enquête pour meurtre. Ça, je n'y aurais jamais pensé.

— Tes enquêteurs m'ont déjà interrogé.

— Oui, dit Fielder avec un aimable sourire. Et ils ont constaté que tu n'avais pas d'alibi pour l'heure du crime. Pour ce qui est du meurtre de Thomas Ward.

Le ton sur lequel Fielder prononça cette dernière phrase fit froncer les sourcils à John.

— Pour quel autre meurtre devrais-je fournir un alibi ? demanda-t-il.

— Personne ne te soupçonne, intervint Gillian – et Fielder remarqua que ses mains tremblaient très légèrement. Moi aussi, on a vérifié mon alibi. C'est normal, non ?

— Tout à fait, assura Fielder.

— Quel autre meurtre ? répéta John.

— Tom a été tué avec une arme qui a joué un rôle dans les assassinats de deux femmes âgées, expliqua Gillian. Tu sais, celles dont les journaux ont parlé récemment. Il s'agit donc probablement du même auteur pour les trois crimes.

— La même arme a été utilisée ? fit John en haussant les sourcils.

— Exact, dit Fielder.

Il avait observé la réaction de John. En entendant parler des deux femmes, celui-ci avait immédiatement pensé à ce que la police supposait depuis le début : Tom était une victime accidentelle. Le criminel visait sa femme. Fielder pouvait quasiment lire cette conclusion dans les yeux de John. Soit c'est un sacré bon comédien, soit il n'y est effectivement pour rien, songea-t-il.

— Gillian... fit John en se tournant vers elle.

— Oui, je sais. C'était peut-être moi qui étais visée. Je suis une femme, et c'était le soir où j'aurais normalement dû être seule à la maison. J'entrerais plus logiquement dans la série que Tom.

— Nous ne pouvons évidemment pas en être tout à fait sûrs, reprit Fielder, mais il vaudrait mieux que vous restiez quelque temps ici. Même quand votre maison ne sera plus sous scellés.

Soudain, il posa une nouvelle question à John :

— Comment savais-tu que Mme Ward était ici, chez son amie ?

— C'est moi qui lui ai envoyé un SMS ce matin, déclara Gillian sans laisser à John le temps de répondre. Je lui ai demandé de venir. Tout de suite après le... la mort de Tom, je ne voulais plus le voir, mais depuis...

Elle haussa les épaules, désemparée, et poursuivit en baissant la voix :

— Je ne me sens pas très bien, et je dois prendre sur moi en permanence, à cause de Becky. Mon amie Tara s'occupe de moi avec beaucoup de sollicitude, mais je continue à croire qu'elle ne comprend pas que j'aie pu vouloir rencontrer John ce soir-là. Elle ne l'a pas formulé expressément, mais... pour elle, si je n'étais plus heureuse avec Tom, j'aurais mieux fait de le quitter. Je suis convaincue que c'est ce qu'elle pense en secret : quand deux personnes se cachent des choses et commencent à se mentir, cela ne peut être que source de malheur.

Elle avala sa salive, le visage contracté par l'effort qu'elle faisait pour retenir ses larmes.

John s'approcha d'elle et lui entoura les épaules de son bras. Les deux hommes échangèrent un regard par-dessus sa tête. Ils avaient eu la même pensée. Pas besoin d'être grand psychologue pour comprendre qu'à l'évidence Gillian projetait sur son amie ce qui, en réalité, la tourmentait sans cesse elle-même : un sentiment de culpabilité presque intolérable.

— Vous ne devez pas penser cela, lui dit Fielder. Il ne s'agit absolument pas de savoir si la façon dont vous vous êtes conduite envers votre mari était morale ou non. Un meurtrier sans scrupule en veut à votre famille pour une raison inconnue de nous, et s'il y a un coupable à trouver dans cette histoire, c'est lui et personne d'autre. C'est lui qui, je l'espère, devra répondre un jour devant le juge, et pas vous, madame Ward !

Elle laissa retomber ses mains après avoir essuyé quelques larmes sur ses joues. Elle se contrôlait à nouveau.

— Et vous pensez que ce pourrait être Samson Segal ? fit-elle, reprenant la conversation là où l'arrivée de John l'avait interrompue.

— Qui est Samson Segal ? demanda aussitôt John.

— Un homme qui habite la même rue que nous et qui... s'est comporté d'une façon un peu bizarre. Tom était furieux contre lui.

Gillian se tourna vers Fielder.

— Comment en êtes-vous venus à le soupçonner ?

— Quelqu'un l'a dénoncé. Mais je dois préciser que nous ne savons absolument pas s'il est pour quoi que ce soit dans l'affaire. Qu'entendez-vous par « bizarre », madame Ward ? Et que vouliez-vous dire exactement tout à l'heure quand vous parliez de la façon dont il « traînait » devant votre maison ?

— Eh bien, à un certain moment, nous avons remarqué que nous le voyions pratiquement chaque fois que nous sortions, ou que nous regardions dans la rue depuis la maison. Soit il passait justement par là, soit il se tenait dans les parages... Tom s'en est même aperçu avant moi. Tara aussi l'a remarqué un jour qu'elle venait me voir. Comme ils avaient attiré mon attention là-dessus, par la suite, j'ai moi aussi constaté que je tombais assez souvent sur lui... Pourtant, je ne le ressentais pas comme une menace. Il m'est apparu comme un homme timide et gentil. Un inoffensif original.

— C'est une impression parfois trompeuse. J'ai déjà eu en face de moi de grands criminels à qui n'importe quelle grand-mère aurait sans hésiter confié ses économies.

— Un peu avant Noël, il s'est produit un petit incident avec lui.

Gillian raconta son rendez-vous avec John, son arrivée tardive à la maison en même temps que Tom, la dispute de Becky avec son amie chez qui elle devait passer la nuit, le comportement agressif de Tom envers Samson Segal, qui avait emmené Becky chez lui, alors qu'elle, Gillian, se sentait plutôt reconnaissante. Peter Fielder, qui connaissait déjà l'histoire à travers les notes de Samson Segal, l'écouta avec intérêt. Savoir que Tom s'était effectivement conduit d'une manière peu convenable envers leur voisin était d'une importance capitale. Cela signifiait que, sur ce point, Segal n'avait rien inventé ni exagéré. Il avait réellement rendu service à la fille des Ward dans une situation d'urgence, et le père de Becky, loin de le remercier, l'avait traité assez rudement.

— Savez-vous pourquoi votre mari a réagi de cette façon ? Qu'avait-il contre Segal ?

Gillian se mit à réfléchir, essayant de se rappeler leur conversation de ce soir-là. Tout lui semblait si étrangement lointain ! Comme si des années s'étaient écoulées depuis, et pas deux semaines à peine…

— Je crois qu'il n'était pas capable de l'expliquer lui-même, déclara-t-elle enfin. Il n'aimait pas Samson Segal, c'est tout. Il avait pris peur en apprenant que cet homme pratiquement inconnu avait emmené notre fille chez lui. Il avait aussitôt imaginé le pire, alors que la situation s'est ensuite révélée parfaitement innocente. Le frère et la belle-sœur de Samson étaient présents, Becky était dans le salon, devant la télévision, elle s'était endormie. J'ai été très gênée de la conduite grossière de Tom. Mais, plus tard dans la soirée, il m'a dit qu'il avait souvent vu Samson Segal devant notre maison, et que cela ne pouvait donc pas être un hasard s'il s'était trouvé là précisément au moment où Becky était rentrée et avait sonné en vain à la porte. Pour Tom, tout cela était hautement suspect.

— Nous savons que, ce soir-là, Becky a parlé à Segal des vacances prévues chez ses grands-parents à Norwich. Il pouvait donc supposer qu'elle serait partie, reprit Fielder.

— Avez-vous déjà interrogé M. Segal ? s'enquit John.

— Non. C'est bien là le problème. Il a disparu.

— Disparu ? Il est en fuite ?

— Oui.

John sifflota légèrement.

— Je comprends. Cela ne contribue pas franchement à écarter les soupçons de lui.

— Oui, approuva Fielder. S'il est innocent, ce n'était pas ce qu'il avait de mieux à faire.

— Il traînait autour de la maison des Ward, il avait des raisons d'être en colère contre Thomas Ward. A-t-on également pu établir une relation avec les deux femmes assassinées ?

Peter Fielder secoua la tête.

— Pour autant que nous sachions jusqu'ici, non.

Il avait l'impression que John n'était pas dupe du fait qu'il n'avait pas étalé toutes ses cartes sur la table, mais qu'il savait aussi que poser davantage de questions ne lui apporterait rien de plus pour le moment. L'homme avait été un remarquable enquêteur. Intuitif, capable de deviner ce qui n'était pas dit.

Pouvait-il aussi être un assassin ?

Tu as un problème avec les femmes, songea Fielder. J'en jurerais. Peut-être pas un problème aussi évident et aussi classique que celui de Samson Segal. Mais toi non plus, d'une certaine manière, tu ne tournes pas rond. Qui laisserait tomber une carrière aussi prometteuse pour la seule raison qu'il ne sait pas résister à une jolie fille ? Pourquoi parais-tu incapable d'une relation à peu près normale ? Pourquoi maintenant cette aventure avec une femme mariée, mère d'une petite fille dont tu es l'entraîneur ? Et qui se trouve être l'épouse d'une victime de meurtre ! C'est le point essentiel. La mort de Thomas Ward te met en relation avec une série de crimes abominables, John, et si tu as quoi que ce soit à voir là-dedans, je te jure que je le saurai et que je t'enverrai derrière les barreaux, avec le plus grand plaisir !

Il s'effraya tout à coup de la violence de ses pensées, des émotions que son ex-collègue était encore capable de susciter en lui. Il surprit un léger sourire, à peine perceptible, au coin de la bouche de John, et eut l'impression désagréable que les traits de son visage avaient trahi un peu de ce qu'il ressentait.

Il se força à reprendre une attitude posée et revint sur la question de l'absence prévue de Becky pendant les vacances :

— Quelles personnes étaient au courant que Becky ne serait plus là après Noël ? Nous ne pouvons pas exclure que le criminel ait compté sur cette circonstance – le départ de votre fille.

Gillian leva les bras dans un geste d'impuissance.

— Il serait plus simple de demander qui n'était pas au courant. Je crois que tout le monde le savait dans sa classe. Peut-être certains parents aussi. Presque tous ceux que nous connaissons le savaient. Mon amie Tara. Diana, la mère de Darcy, la meilleure amie de Becky. Plusieurs de nos voisins le savaient. Samson Segal, évidemment. Depuis des années, Tom et moi conduisions Becky à Norwich le 26 décembre, et nous rentrions le surlendemain. Ensuite, mon père nous la ramenait pour la rentrée des classes. Nous faisions toujours comme cela. Plusieurs femmes de ménage que nous avons employées le savaient. Nos collaborateurs également. Tout le monde, vraiment.

— Je comprends, dit Fielder.

— Avant que tu me poses la question : moi aussi, j'étais au courant, intervint John. Au dernier entraînement de handball avant Noël, nous avions discuté des projets de vacances des enfants, et Becky en avait parlé.

— Excusez-moi, Gillian, poursuivit Fielder, mais je suis obligé de vous poser une question : Becky était-elle au courant de la relation entre vous et M. Burton ?

— Non, murmura Gillian en secouant la tête. Du moins, j'espère qu'elle ne se doute de rien, ajouta-t-elle aussitôt.

— Je suppose que beaucoup de gens savaient aussi que Thomas Ward allait à son club de tennis tous les mardis soir ?

— A peu près autant de gens, oui.

— Le savais-tu, John ? demanda abruptement Fielder.

— Oui, Gillian l'avait mentionné une fois.

Et tu es bien trop malin pour me mentir là-dessus, songea Fielder. Tu te montres très coopératif pour répondre à tous les points que je peux vérifier. Mais cela ne veut pas dire que, sur le reste, tu ne mens pas comme tu respires !

Il tendit la main à Gillian.

— Au revoir, madame Ward. Avez-vous l'intention de rester ici ? Chez le procureur Caine ? Puis-je vous joindre ici ?

— Oui.

— Il serait bon que vous... que vous ne quittiez pas cet appartement trop souvent. Et que vous vous montriez assez prudente en général. Envers tout le monde.

Il aurait bien voulu lui signifier d'une manière plus directe qu'il se méfiait de John, qu'il pensait qu'elle ferait mieux de le tenir à distance lui aussi, mais il ne pouvait pas formuler clairement ses soupçons. Rien de ce qu'il avait entre les mains ne lui permettait d'accuser John. Il serra la main de Gillian, remarquant au passage qu'elle était glacée.

— Je serai prudente, promit-elle. De toute façon, je n'avais guère l'intention de sortir. Je veux passer du temps avec Becky. Elle a besoin de moi.

— Nous aurons besoin de nous entretenir encore une fois avec Becky. En prenant toutes les précautions. Mais il est possible que d'autres détails lui reviennent peu à peu. Elle a subi un choc sévère et peut avoir refoulé un certain nombre de choses. Tout ce dont elle se souviendrait peut avoir son importance.

— Bien sûr, approuva Gillian.

Elle raccompagna l'inspecteur Fielder jusqu'à l'entrée. Quand il eut disparu dans la cage d'escalier, elle ferma soigneusement la porte, mettant la chaîne de sécurité. A son retour au salon, elle trouva John accroupi, occupé à caresser le chat qui avait quitté l'appui de la fenêtre et ronronnait comme un moteur.

— Il se méfie de moi. L'inspecteur principal Fielder. Il n'a jamais pu me sentir, et ça l'arrange bien de me rencontrer dans le cadre d'un meurtre.

— Il me donne l'impression d'être quelqu'un de très compétent et objectif, dit Gillian. Il ne va pas se laisser influencer par ses sentiments personnels.

John se redressa.

— Crois-tu que j'aurais pu faire une chose pareille ?

— Bien sûr que non ! s'écria Gillian en le regardant avec étonnement.

Il se rapprocha d'elle.

— Comment te sens-tu ? demanda-t-il d'une voix douce. Je n'ai pas encore pu te poser la question, puisque mon cher collègue était présent. Je te trouve très pâle.

Elle n'avait pas cessé de faire des efforts pour se contrôler. D'abord à cause de Becky. Mais aussi pour ne pas succomber à ses propres émotions. La terreur. L'incompréhension. Le chagrin. La culpabilité. La peur. La voix douce de John faisait maintenant craquer la muraille protectrice qu'elle avait péniblement édifiée autour de son cœur, de son âme ou d'elle ne savait quel lieu brûlant où s'était retirée sa douleur lancinante.

Pour la première fois depuis que l'inconcevable s'était produit, elle se mit à pleurer. Pas seulement les quelques larmes qu'elle étouffait chaque soir dans son oreiller, retenant son souffle pour que Becky, qui dormait près d'elle, ne s'aperçoive de rien. Cette fois, les larmes coulaient à flots, elle pleurait si fort qu'elle en tremblait. Elle laissa John la prendre dans ses bras, la serrer contre lui. Elle sentait sous ses joues la laine de son pull-over, le battement de son cœur, le souffle calme et régulier qui soulevait sa poitrine. C'était l'étreinte forte et rassurante d'un homme habitué à garder son sang-froid, un homme qui ne se laissait jamais pousser dans ses derniers retranchements, même quand les événements se déchaînaient autour de lui.

Oui, cette étreinte aurait dû la consoler.

Ce n'est que plus tard, après s'être écartée de lui pour aller dans la salle de bains se moucher, se passer de l'eau sur le visage, essuyer le maquillage qui avait coulé de ses yeux, qu'elle se rendit compte qu'elle n'avait éprouvé aucun réconfort.

Elle se regarda dans le miroir sans comprendre. Sans comprendre pourquoi, au fond d'elle-même, elle restait froide et sans espoir. Pourquoi elle s'était sentie si seule dans ces bras.

Peut-être ne trouverait-elle plus de consolation nulle part. Avec personne. Plus jamais.

Elle se remit à pleurer.

DEUXIÈME PARTIE

Dimanche 3 janvier

1

Le pire, c'étaient les dimanches. Non qu'ils se déroulent d'une manière si différente des lundis ou des jeudis. Mais le dimanche, un silence de plomb s'abattait sur la ville, en tout cas dans ce nouveau quartier résidentiel sans âme de Croydon, au sud de Londres, où logeait Liza. Même là où il y avait des gens, où on entendait des bruits, où on n'avait pas l'impression d'être seul au monde, c'était comme si une épaisse couverture étouffait les derniers restes de vie. Une immobilité totale. Les dimanches étaient des jours morts.

Elle avait lu un jour que la plupart des suicides avaient lieu le dimanche après-midi, et elle ne doutait pas un instant de la véracité de cette information. Le nombre de suicides était également très important la nuit de la Saint-Sylvestre et le premier jour de l'année, ce qu'elle n'avait pas de mal à croire non plus. Curieusement, la nuit de Noël ne faisait pas partie de ces pics, mais elle pouvait le comprendre. Les âmes en peine supportaient encore avec une certaine constance le recueillement de cette fête. Alors que la Saint-Sylvestre, avec ses réjouissances envahissantes, ses bouchons de champagne qui sautaient, ses serpentins, ses musiques bruyantes, faisait ressortir plus crûment la souffrance, la rendait impossible à contenir. Puis le matin du 1er janvier projetait sur elle la lumière pâle de l'hiver, douloureuse aux yeux. La nouvelle année commençait comme la précédente s'était achevée, elle se terminerait dans la même désolation. Alors, on préférait en finir.

Liza avait surmonté tous ces écueils. Noël, la nuit de la Saint-Sylvestre, le jour de l'An.

Elle n'allait pas ficher sa vie en l'air maintenant, pour un dimanche après-midi morne et triste.

Elle se jura qu'elle tiendrait le coup. Dans l'un des appartements au-dessous d'elle, quelqu'un jouait du piano. Elle avait vaguement l'impression de connaître le morceau, mais sans pouvoir l'identifier. Il ne s'agissait d'ailleurs que d'un court passage, à la fin duquel le ou la pianiste faisait toujours la même faute et recommençait du début. Cela durait depuis deux heures déjà. Il ou elle devait avoir une patience d'ange.

A moins que ce ne soit de la bêtise.

C'était le seul bruit dans l'immeuble. La plupart des familles étaient sans doute parties se promener. Dehors, il faisait beau, la neige scintillait au soleil, le froid était vif. Le jour rêvé pour entreprendre une grande marche, après laquelle on rentrait boire un vin chaud dans son salon douillet et préparer un bon dîner.

Cela, au moins – se cuisiner un petit plat –, elle pouvait le faire. Ce ne serait pas tout à fait pareil sans la promenade, mais elle aurait quand même un motif de satisfaction.

Elle regarda sa montre. Bientôt quatre heures. Même s'il était encore un peu tôt pour penser au dîner, elle alla à la cuisine vérifier ce qu'il y avait dans le réfrigérateur. De la viande, des pommes de terre, des carottes… Avec cela, elle pourrait peut-être se préparer un irish stew…

La nausée la prit brusquement. Elle se redressa, claqua la porte du frigo. Tout à coup, elle n'avait plus faim, n'éprouvait plus aucune envie.

Elle sortit de la cuisine. Elle ne mangerait pas. Plus de deux mois s'étaient écoulés depuis qu'elle avait craqué ce soir-là dans les toilettes de l'hôtel Kensington, et plus rien n'était comme avant. Sa vie avait complètement changé, si l'on pouvait encore parler de vie, car elle se posait la question. Elle ne bougeait pratiquement plus, restant enfermée dans cet appartement d'un immeuble anonyme, qu'elle arpentait de long en large comme un animal en cage. Elle avait perdu beaucoup de poids, elle qui était déjà trop maigre avant – dans son autre existence. Ce qui venait de lui arriver se produisait souvent. Elle avait faim, se sentait l'envie de cuisiner. Puis un souvenir remontait en elle, des situations, des images, des instants, et la nausée venait presque aussitôt, son appétit disparaissait, tout au plus avait-elle encore la force de se préparer une aspirine. A titre préventif. Parce qu'elle savait ce qui viendrait ensuite : des maux de tête qui la contraindraient à rester allongée pendant des heures dans la pénombre, un gant de toilette humide posé sur le front. En s'y prenant à temps, elle réussissait parfois à éviter cela.

Elle alla donc à la salle de bains, laissa tomber dans son verre à dents un comprimé pris dans l'armoire de toilette et fit couler l'eau dessus. Elle se vit dans le miroir, avec sa peau blême et ses lèvres blafardes. Elle tourna un peu la tête pour se regarder de profil. Elle avait l'air d'une épave, mais il lui restait ses magnifiques cheveux blond pâle, longs et légèrement ondulés. A certains moments, il lui paraissait possible de réussir un jour à retrouver une vie normale, telle qu'elle imaginait celle des autres. Mais, bien sûr, cela n'arriverait pas tant qu'elle serait retranchée dans ce logement qu'elle ne quittait pour ainsi dire jamais. Tant qu'elle éviterait tout contact avec les humains.

Elle aurait payé cher pour être dehors par une journée pareille. Sentir sur sa peau la morsure du froid. Voir la neige étinceler au soleil, l'entendre crisser sous ses pas tandis qu'elle marcherait dans un parc. Regarder les enfants faire des bonshommes de neige, les chiens se poursuivre en aboyant joyeusement.

Mais il aurait été déraisonnable de sortir de l'appartement pour son seul plaisir. Deux ou trois fois par semaine, elle allait faire des courses. Cela au moins avait un sens. Et puis, il y avait les expéditions qu'elle entreprenait parfois dans son ancien quartier, dans son existence d'avant. Pour voir Finley, ne fût-ce qu'un instant.

Elle n'aurait pas tenu le coup sans cela. Elle se serait simplement assise dans un coin et se serait laissée mourir.

A petites gorgées, elle avala le comprimé dissous dans l'eau. Elle se força à chasser les pensées torturantes qui pouvaient la précipiter dans la panique. Ne pas leur permettre de prendre le dessus.

Car le pire était de ne voir aucune issue à sa situation. Elle n'avait aucune idée du temps qu'elle devrait passer dans cette location de Croydon. Son séjour n'avait aucun but, il était sans espoir. Elle serait peut-être obligée de rester là cinq ans.

Mais cela pouvait aussi bien être dix ans, ou quinze.

Elle reposa le verre, retourna au salon, descendit le store à lattes de la grande fenêtre exposée au sud.

Elle ne pouvait plus supporter le soleil.

2

Samson sentit le cœur lui manquer en entendant frapper à la porte de sa chambre. Depuis la visite de Bartek le 1er janvier, il vivait dans la crainte que son ami ne le trahisse. Quand Bartek lui avait dit sa peur d'être embarqué dans une sale affaire, Samson avait senti à quel point son angoisse était réelle et oppressante. De plus, Bartek avait parlé de la colère et de l'inquiétude de sa fiancée, et Samson n'imaginait que trop Helen le travaillant au corps : *Va voir la police ! Dis-leur ce que tu sais ! Tu peux encore t'en tirer de cette façon. Tu es complètement fou de prendre de tels risques pour cet idiot. Tu ne sais même pas s'il est vraiment innocent.*

Au fond, Samson s'attendait presque à voir arriver la police. Il savait qu'il aurait eu intérêt à changer de cachette au plus vite, et sans dire à Bartek où il allait, mais l'énergie lui manquait. D'ailleurs, il n'était pas loin de renoncer. Il n'avait presque plus d'argent, son moral était au plus bas. Il finirait par aller se livrer de lui-même au premier commissariat venu, ce n'était plus qu'une question de temps.

Pourtant, maintenant que quelqu'un venait de frapper, il tremblait de tous ses membres. Caresser l'idée d'en finir était une chose, mais c'en était une autre, lorsqu'on croyait avoir encore le choix de la manière et du moment, de sentir tout à coup la présence des policiers derrière la porte, d'entendre le cliquetis des menottes, de devoir s'imaginer dans quelques minutes mis en état d'arrestation et emmené.

— Qui est là ? demanda-t-il d'une petite voix chevrotante.

— John Burton. Je suis un ami de Gillian Ward. Pouvez-vous me laisser entrer ?

Un ami de Gillian ? Comment diable Gillian savait-elle où il était ?

Totalement déconcerté, Samson ouvrit la porte. Il eut la vague impression que l'homme qui se tenait devant lui n'était pas un inconnu, bien qu'il ne parvienne pas à le situer.

— Puis-je entrer ? répéta John.

Samson hocha la tête et s'écarta pour le laisser passer, puis repoussa en hâte la porte.

— Qui êtes-vous ? demanda-t-il de nouveau.

— Bon Dieu, il fait un de ces froids ici ! fit John en refermant prudemment sa grosse veste d'hiver.

A cet instant, Samson se rappela où il l'avait vu : au Halfway House. Avec Gillian.

— Vous êtes un ami de Gillian, articula-t-il avec peine.

— Oui, c'est ce que je viens de vous dire, confirma John en s'asseyant dans le fauteuil sans attendre d'y être invité. Vous vous demandez sans doute comment j'ai su où vous étiez. J'ai parlé à votre belle-sœur, qui m'a envoyé chez votre ami, le Polonais. La police l'a déjà interrogé lui aussi.

Millie, bien sûr. Elle a dû fondre comme neige au soleil en voyant surgir le beau Burton. Et se mettre en quatre pour essayer de lui rendre service.

— C'est votre ami qui m'a donné l'adresse.

Formidable ! Bartek lui envoyait tous ceux qui en avaient après lui ! Pourquoi ne pas publier directement l'adresse dans le journal ?

— A votre place, je ficherais le camp d'ici au plus vite, poursuivit John. Ce Bartek est mort de trouille à l'idée d'être entraîné dans une affaire qui pourrait lui valoir l'expulsion, et sa fiancée est dans tous ses états. Je serais prêt à parier qu'ils vont tout raconter au prochain policier qui viendra les voir.

— Je ne sais pas où aller, murmura Samson.

John l'observa attentivement.

— Vous êtes dans une situation difficile. Vous n'auriez pas par hasard un alibi en béton pour l'heure du meurtre de Thomas Ward ?

— A quelle heure s'est-il produit exactement ?

— Entre sept heures et sept heures et demie, le 29 décembre.

Samson secoua la tête d'un air désemparé.

— Je suis rentré à la maison vers neuf heures. Et encore, je crois que personne ne s'en est aperçu. Ma belle-sœur travaillait ce soir-là, et mon frère dormait déjà.

— Où étiez-vous jusqu'à neuf heures ?

Je peux bien le lui dire, ça n'a sans doute aucune importance, songea Samson. De toute façon, rien de ce que je fais n'a d'importance.

— J'ai suivi Gillian Ward. En début d'après-midi, je l'ai vue partir en voiture. J'étais justement là avec mon véhicule, je me promenais un peu dans le coin…

Et tu observais les gens, compléta John en pensée. Segal était vraiment un drôle d'oiseau.

— Vous avez donc suivi Gillian avec votre voiture. Pourquoi ?

C'était justement ce que Samson avait le plus de peine à expliquer. Lui-même ne savait pas vraiment pourquoi. En tout cas, il n'était pas capable de fournir une explication rationnelle. A un certain niveau de sentiments confus et difficilement contrôlable, il savait bien ce qui se passait en lui, mais comment le formuler en mots ?

— Je n'ai jamais cherché à m'imposer dans sa vie, déclara-t-il. D'ailleurs, je ne l'ai jamais fait. Je voulais seulement... avoir une petite part dans son existence. Enfin, pas y participer vraiment. Mais en recevoir quelque chose. Y prendre part intérieurement. Oui, c'est peut-être ça. Participer *intérieurement.*

Il s'interrompit, l'air malheureux.

— Je ne suis pas capable d'expliquer...

— Je crois que j'ai compris ce que vous vouliez dire, répondit John. Malheureusement, tout cela peut paraître un peu... névrotique. Voire franchement obsessionnel. Monsieur Segal, reprit-il après une pause, le problème est que l'affaire dépasse maintenant le meurtre de Thomas Ward. Vous avez sans doute lu dans les journaux que deux femmes seules avaient été assassinées ? A Hackney et à Tunbridge Wells ?

— Oui.

— L'ennui, c'est que... l'arme avec laquelle Thomas Ward a été tué est celle qui a servi dans ces deux autres meurtres. Comprenez-vous ce que cela signifie ?

— Vous voulez dire que... c'est le même auteur ? Dans les trois cas ? demanda Samson, incrédule.

— C'est ce que la police est obligée de supposer.

Cette fois, Samson leva vers John des yeux épouvantés.

— Et... elle suppose aussi que c'est moi qui ai fait ça ? Que je... que j'aurais tiré sur trois personnes ?

— Personne ne le prétend d'une manière aussi directe pour le moment. Il y a encore beaucoup d'éléments qui ne concordent pas. Mais je peux vous dire qu'à cause des circonstances de ces meurtres la police présume qu'elle a affaire à un meurtrier dont les relations avec les femmes sont très perturbées. Or, votre journal, qui est donc maintenant entre les mains des inspecteurs, laisse supposer que vous avez au moins... disons, un petit problème avec les femmes.

Samson hocha la tête. Il n'avait rien à répliquer à cela.

— Ce 29 décembre, avez-vous suivi Gillian tout le reste de la journée ? reprit John d'une voix neutre.

— Non. Je l'ai perdue sur l'A127. Elle conduisait très vite et il y avait beaucoup de circulation... A un certain moment, elle a disparu.

John n'en fut pas étonné. La visibilité était souvent très réduite sur l'A127, cette route à quatre voies qui reliait Southend à Londres.

— Et ensuite ? Il vous restait encore pas mal de temps jusqu'à neuf heures du soir.

— Je ne voulais pas rentrer chez moi. Je n'aime pas être à la maison, vous comprenez ?

— Pourquoi donc ?

Samson réfléchit un moment avant de répondre.

— Parce que je ne suis pas tranquille, dit-il enfin. Je ne tiens pas en place. Mais je ne sais pas où aller. Je n'ai pas de travail. Je ne trouve pas de femme. Je n'ai rien. Ma vie est totalement vide.

John resta silencieux, attendant la suite. Samson le regardait fixement. *Si seulement je lui ressemblais. Si seulement j'avais ce rayonnement.*

Une pensée s'imposa à lui avec une brutalité presque physique. Cet homme était intimement lié à Gillian. Il n'était pas seulement « un ami ». Il était son amant, il l'était déjà quand Thomas Ward vivait encore. Au fond, il l'avait déjà senti ce soir-là, avant Noël, quand il les avait vus assis ensemble au pub. Simplement, il ne se l'était pas formulé, il avait probablement réprimé ce qu'il avait si nettement ressenti : l'incroyable tension qui existait entre eux deux, l'atmosphère chargée de sexualité.

Tu la désires, pensa-t-il avec une hostilité qui le submergea, lui coupant presque la respiration pour quelques secondes. Tu couches avec elle, et cela t'est complètement égal qu'elle ait une famille, un mari, un enfant, tu t'en fiches de détruire tout ça. C'est vrai que le mari est mort, c'est bien commode, maintenant tu as le champ libre, tu...

La question surgit brusquement en lui. Dans ces conditions, John Burton lui-même n'était-il pas un suspect intéressant pour la police ? Après tout, il avait une liaison avec cette femme dont le mari avait été tué.

Cela ne pouvait-il pas le mettre en difficulté lui aussi ?

— Qui êtes-vous ? s'enquit-il à nouveau. C'est-à-dire, à part « un ami de Gillian » ?

John sourit. Il paraissait avoir très bien senti l'agressivité qui se cachait derrière cette question soudaine. Il se leva.

— Samson, j'ai moi-même travaillé à Scotland Yard autrefois, et j'y ai encore quelques bons contacts. Que j'ai réactivés ces deux derniers jours. C'est ce qui me permet de savoir sur cette affaire un certain nombre de choses qui n'ont pas été rendues publiques.

— Je comprends, fit Samson, de nouveau intimidé et soumis.

En réalité, il ne comprenait rien du tout. Un ancien flic ? Pourquoi n'était-il plus dans la police ?

— Entre autres, ajouta John, je connais, au moins dans les grandes lignes, le contenu de votre... disons, journal. Je peux donc tout à fait imaginer que vous êtes en bonne place sur la liste des personnes suspectées par la police. Vous avez surveillé des femmes pendant des mois, surtout des femmes seules, et noté les moindres détails dans votre journal. Il y a par exemple une histoire assez bizarre avec une jeune femme dont vous avez kidnappé le chien pour essayer de gagner sa sympathie en le lui ramenant.

Samson se sentit rougir violemment. Il avait trouvé son plan tellement génial sur le moment ! Avec le recul, il se rendait compte qu'il avait l'air d'un malade.

— J'espérais seulement faire un petit peu connaissance avec elle, marmonna-t-il.

— Oui, mais c'est une démarche pour le moins inhabituelle, dit John. De plus, ça n'a finalement pas marché, et il semble que vous vous soyez ensuite exprimé d'une manière assez extrême à son sujet. Si elle n'était pas partie en voyage jusqu'à mi-janvier, elle aurait été mise sous protection policière. Vous voyez que c'est sérieux !

Samson lui jeta un regard désespéré.

— Mais je ne ferais jamais... Oui, c'est vrai, j'étais furieux contre elle. Mais je ne m'en serais jamais pris à elle physiquement. Je n'ai jamais agressé personne. Ni menacé de le faire. Vous ne trouverez pas une seule personne pour dire que je l'ai brutalisée !

C'est justement l'un de tes problèmes, pensa John. Toute ta vie, tu as refoulé ton agressivité. C'est la première chose qu'un profileur relèverait sur sa liste de points de caractère.

Il préféra ne rien dire. Samson était déjà comme un animal aux abois. Ce n'était pas la peine d'aggraver la situation.

— Samson, vous avez manifesté une sorte de vénération envers Gillian Ward. Vous êtes allé jusqu'à éprouver pour elle des sentiments très intenses...

Ah oui ? songea Samson avec un regain d'animosité. Dans ce cas, nous sommes deux, non ?

— La police pense que Gillian pourrait être en danger, poursuivit John. C'est ce que je crains moi aussi. Voilà pourquoi il était important pour moi de vous rencontrer. Et pourquoi je tiens à savoir ce que vous faisiez quand Thomas Ward a été tué.

Les yeux fixés sur Samson, il lui reposa sa question :

— Alors ? Qu'avez-vous fait après avoir perdu la trace de Gillian ?

— Rien. Rien que je puisse prouver. J'ai continué à me promener en voiture. Je me suis arrêté dans deux ou trois pubs. Pour boire du thé. Il faisait froid.

— Comment s'appelaient ces pubs ?

— Aucune idée. L'un d'eux devait être du côté de Wickford. Un autre à Raleigh, peut-être. J'étais triste, en pleine confusion. J'allais où le vent me poussait. Je ne saurais même pas reconnaître les endroits où je me suis arrêté. Encore moins retrouver des témoins qui m'auraient vu. Je ne pensais qu'à Gillian. Je me demandais où elle avait pu aller. Je réfléchissais à ma vie, pourquoi je n'arrivais à rien. J'ai fini par rentrer à la maison.

John le considéra attentivement.

— Je vais vous dire quelque chose, Samson. Il est possible que l'assassin de Thomas Ward en ait eu en réalité après Gillian. Elle était une cible plus logique. En tout cas plus logique qu'un homme, s'il s'agit d'un tueur en série qui en veut aux femmes. De plus, il semblerait qu'à peu près tout le monde, dans son entourage proche ou lointain, savait que Thomas Ward allait tous les mardis soir à son club de tennis, qu'il n'y avait pratiquement jamais d'exception à cette règle. N'importe quelle personne connaissant tant soit peu la famille devait s'attendre à trouver Gillian seule à la maison. Et vous la connaissiez assez bien, puisque vous enquêtiez sur elle depuis des mois.

Samson entrevit une lueur d'espoir :

— Mais moi, je savais que Gillian n'était pas chez elle ! s'écria-t-il. Puisque je l'avais suivie !

— Cela ne vous décharge pas à cent pour cent, Segal. Vous pouviez supposer qu'elle était rentrée entre-temps. Vous auriez pu le supposer au moins en voyant de la lumière dans la maison. De plus, l'idée que Thomas Ward ait pu être tué par erreur n'est pour le moment qu'une hypothèse. Vous auriez très bien pu lui en vouloir parce que vous vous seriez laissé entraîner par une passion délirante pour son épouse.

— Mais pourquoi aurais-je tué les deux autres femmes ? demanda Samson, effondré.

John haussa les épaules.

— Par dépit, peut-être ? Parce qu'elles vous auraient repoussé. Votre problème avec les femmes.

— Mais elles étaient bien trop vieilles pour moi !

— Faute de grives, on mange des merles. Je ne prétends pas que c'est ce qui s'est passé, je vous décris seulement les scénarios concevables.

— Qu'allez-vous faire de moi ? demanda tout bas Samson. Me livrer à la police ?

— Je voulais avant tout me faire ma propre idée sur vous. Je n'ai pas l'intention de vous dénoncer, Segal. Je voulais seulement faire votre connaissance.

— Cela signifie-t-il que vous me considérez comme innocent ?

— Formulons les choses autrement : si j'estimais que vous étiez de toute évidence le coupable, dans ce cas, oui, j'irais aussitôt le dire aux enquêteurs. Vous comprenez ?

La gorge nouée, Samson hocha la tête. Burton le croyait-il coupable, ou non ?

— Ce que je crains, reprit John, c'est que, si la police vous arrête, les soupçons qui pèsent sur vous n'aillent jusqu'à vous faire inculper de meurtre. En tout cas, on ne peut pas l'exclure. On n'irait peut-être pas jusqu'au procès, mais au total, cela ferait traîner les choses en longueur. Et pendant ce temps, le criminel resterait en liberté, sans même qu'on le recherche. Cette idée ne me plaît pas du tout, bien sûr. A cause de Gillian, qui est peut-être la prochaine victime de ce malade. Il n'est pas dans mon intérêt d'aider la police à résoudre l'affaire de la façon la plus simple, quand cela risque de retarder l'arrestation du vrai coupable.

— Je vous jure que ce n'est pas moi...

Combien de fois déjà avait-il prononcé cette phrase ? Combien de fois devrait-il encore la répéter sans pouvoir rien prouver ?

— C'est ce qu'ils disent tous, fit John en hochant la tête. Et j'ai travaillé assez longtemps dans la police. J'ai vu des assassins qui avaient l'air tout aussi inoffensifs et sympathiques que vous et qui avaient commis des crimes abominables. Et des gens qu'on aurait crus capables de tout, mais qui, en réalité, n'auraient pas fait de mal à une mouche. Il est difficile de savoir. Nous ne portons pas nos pensées écrites sur le front.

— Que vais-je faire maintenant ? Bartek vous a tout de suite révélé où j'étais. Vous-même, vous êtes convaincu qu'il parlera à la police si elle l'interroge à nouveau. Je ne suis pas en sécurité ici. Et puis, je n'aurai bientôt plus un sou.

— Pour le moment, restez dans cette chambre. Je vais réfléchir à une solution.

— Puis-vous joindre d'une façon ou d'une autre ?

John se dirigea vers la porte, l'ouvrit.

— Non. Attendez que je vous contacte.

— Mais... vous allez bien revenir ?

— Je vous donnerai des nouvelles, je vous le promets.

Jeudi 7 janvier

1

John arrêta sa voiture devant l'immeuble de Tara.

— As-tu un peu de temps ce soir ? demanda-t-il à Gillian, assise près de lui.

— Becky a besoin de moi, dit-elle en secouant la tête. Et puis... il ne faut pas lui donner l'impression que nous nous voyons constamment.

La police avait ôté les scellés sur la maison de la famille Ward, mais Gillian avait décidé de ne pas s'y réinstaller pour le moment. Le terrible événement était encore trop présent, trop proche. Gillian pensait que Becky n'était pas encore prête à supporter de vivre à nouveau là, elle n'était d'ailleurs pas certaine de le pouvoir elle-même. Elle avait seulement voulu récupérer quelques affaires, des vêtements, des livres... John s'était offert pour l'accompagner, et elle s'était sentie soulagée de ne pas avoir à retourner seule dans son ancienne demeure. Rien n'y avait changé, et pourtant, ce n'était plus le lieu où Tom et elle avaient vécu avec leur fille, ce n'était plus le foyer d'une famille. L'arbre de Noël était resté dans le salon, où il perdait peu à peu ses aiguilles. Des aliments commençaient à pourrir dans le réfrigérateur. Aux fenêtres, les guirlandes électriques et les étoiles en paille ressemblaient aux reliques d'un temps lointain. D'une époque où régnaient l'ordre, la confiance, la mesure, la normalité.

Ce temps ne reviendrait plus jamais.

« Vas-tu pouvoir garder la maison ? » avait demandé John dans la salle à manger, tandis qu'ils regardaient tous deux, la gorge nouée, la chaise sur laquelle Tom s'était effondré avant de mourir.

Gillian avait haussé les épaules dans un geste fataliste.

« La question est plutôt de savoir si je veux vivre ici. De savoir si je le pourrais.

— Que va devenir votre entreprise ?

— Nous avons des collaborateurs sérieux. Pour le moment, tout continue à fonctionner sans que j'aie trop besoin de m'en occuper. Bien sûr, je ne devrai pas tarder à prendre une décision. Je suis seule responsable maintenant, mais je ne sais pas encore si je serai capable de continuer comme si rien ne s'était passé. »

Puis elle s'était mise à chercher les affaires qu'elle voulait emporter, avec des gestes de plus en plus fébriles, parce qu'elle avait eu l'impression tout à coup de ne pas pouvoir tenir une minute de plus dans ces lieux. Elle n'avait vraiment recommencé à respirer qu'une fois dans la voiture.

— C'était pire que ce que j'avais imaginé, dit-elle.

John l'aida à porter jusqu'à l'appartement de Tara les deux corbeilles à linge remplies d'objets, puis lui dit au revoir sur le palier. Pourtant, quand Gillian ouvrit la porte et entra dans le salon, elle se trouva aussitôt face à une Becky aux yeux flamboyants de haine.

— Pourquoi l'as-tu renvoyé ? Tu me prends pour une idiote ? Je sais bien que tu étais encore avec lui !

Assise à son bureau devant une montagne de dossiers, Tara déclara d'un air soucieux :

— Elle regardait par la fenêtre. Elle t'a vue en bas avec Burton.

Gillian voulut caresser les cheveux de Becky, mais sa fille s'écarta brusquement.

— Maman, c'est mon *entraîneur de handball* ! Tu ne peux pas le laisser tranquille ? Et lui, il ne peut pas te lâcher ?

— Becky, il m'a seulement aidée à aller chercher quelques affaires chez nous. Je n'avais pas envie d'y aller seule, et j'étais vraiment soulagée qu'il m'accompagne.

— Tu ne pouvais pas demander à quelqu'un d'autre ? Tara l'aurait sûrement fait aussi !

— Mais il fallait bien que quelqu'un reste avec toi, objecta Tara.

— Je peux rester deux heures toute seule sans problème ! Et puis, j'aurais pu venir.

— Surtout pas, rétorqua Gillian. Becky, tu as vécu quelque chose de très grave dans cette maison, ce n'était pas bon pour toi de...

Les yeux de Becky lancèrent des éclairs.

— Ne fais pas ça, maman ! Ne joue pas les mères inquiètes ! Comme si tu te faisais du souci pour moi ! Si c'était le cas, tu arrêterais de t'envoyer en l'air avec John !

— Becky ! s'écria Gillian, choquée.

— Vraiment, Becky, tu lances là des accusations très graves, intervint Tara. Et tu ne devrais pas employer des expressions aussi vulgaires.

— Ah oui ? Et comment faut-il appeler ce que ma mère fait avec John ? C'est ce qu'ils font qui est vulgaire, Tara, alors, je n'ai pas à chercher une expression distinguée.

— Nous ne faisons rien du tout, Becky, affirma Gillian. C'est un ami. Rien de plus.

— Arrête donc de me traiter comme un bébé ! cria Becky avec rage. Tu ne m'as toujours pas expliqué ce que tu faisais le soir où papa a été tué. Et je sais très bien que tu es trop lâche pour ça.

— Je te l'ai dit. J'étais dans un restaurant. Seule. J'avais besoin de réfléchir un peu.

— Toi, au restaurant ! répliqua Becky d'un ton haineux. Et seule ! Tu ne sors jamais seule au restaurant. Tu avais rendez-vous avec John, et vous étiez sans doute au lit ensemble pendant que quelqu'un entrait dans la maison et tirait sur mon père !

A ces mots, la voix lui manqua. Malgré la colère qu'elle éprouvait contre sa mère, elle criait avant tout sa douleur, son désespoir, le désarroi total dans lequel l'horreur de ce crime l'avait précipitée. La peur mortelle qui l'avait assaillie pendant des heures était encore inscrite dans sa chair. Elle n'était qu'une enfant, une enfant bouleversée, angoissée, triste à mourir. Gillian fit un pas vers elle.

— Becky, nous pourrions…

Mais Becky se détourna et s'enfuit en courant. La porte de la salle de bains se referma sur elle en claquant. On entendit la clé tourner dans la serrure.

Gillian et Tara échangèrent un regard.

— Tu devrais peut-être cesser de nier, dit Tara. La liaison entre John Burton et toi. Elle a de l'intuition, elle sait bien qu'il y a quelque chose entre vous, qu'il ne s'agit pas d'une simple amitié. N'importe qui peut le sentir, d'ailleurs. En niant, tu lui donnes l'impression que tu lui mens, et ce n'est pas bon pour votre relation.

— Mais si je le reconnais, elle va me haïr tout autant.

— Il lui est arrivé quelque chose de terrible. Son père a été assassiné, elle-même n'a échappé que de justesse au tueur. Elle fait des cauchemars. Son monde protégé s'est écroulé du jour au lendemain. Et sa mère…

Tara laissa sa phrase en suspens.

— Oui ? fit Gillian. Qu'est-ce qui se passe avec sa mère ?

— A mon avis, elle a l'impression que tu as laissé tomber son père. Et que c'est pour cela qu'il est mort.

— Je ne pouvais pas savoir…

— Bien sûr. Mais essaie de te figurer l'image qui tourmente Becky : sa mère au lit avec le bel entraîneur de handball, pendant que quelqu'un s'introduit chez vous et tue son papa adoré. Qui pourrait-elle haïr, à part toi ? Un criminel sans visage, que personne ne connaît ?

— Je me demande vraiment si nous surmonterons cette histoire un jour, murmura Gillian.

— Il faudra du temps.

Gillian s'assit dans un fauteuil et se prit la tête à deux mains.

— Je ne me suis pas jetée sans réfléchir dans une aventure, Tara. C'est bien plus compliqué que cela. Ces dernières années, nous nous étions beaucoup éloignés l'un de l'autre, Tom et moi. Je me sentais très seule.

— Malheureusement, ce John n'inspire pas une très grande sympathie. Il se peut que je me laisse entraîner par des préjugés, de plus, je ne le connais que très superficiellement jusqu'ici, mais pour moi, il est trop charmant, trop sûr de lui, trop expérimenté. L'éternel séducteur, qui ne s'engage jamais sérieusement. J'espère qu'avec lui tu ne te sentiras pas un jour encore plus délaissée qu'avec Tom.

— Je ne sais absolument pas ce que va devenir notre relation, rétorqua Gillian, sur la défensive.

Mais les paroles de Tara la touchaient au vif. Son amie avait précisément formulé ce qui l'inquiétait elle-même et lui paraissait par moments difficile à cerner : l'existence singulière de John. Sa carrière interrompue. Le fait qu'il n'ait jamais pu ou voulu construire une relation durable. La quasi-absence de meubles dans son appartement, comme si cela lui faisait peur.

Elle éprouva soudain le besoin d'en parler. Tara était certes avocate de la Couronne, mais c'était aussi sa meilleure amie.

— Il n'a pas toujours été le patron d'une société de surveillance, dit-elle en réussissant presque à prendre un ton détaché. Auparavant, il travaillait à Scotland Yard. Il était inspecteur principal.

— Vraiment ? Et pourquoi est-il parti ?

Gillian hésitait. Elle répondit en fixant le sol :

— Une histoire idiote. Il a eu une aventure avec une stagiaire. Quand il a voulu rompre avec elle, cette jeune femme a porté plainte contre lui. Pour agression sexuelle.

Comme son amie ne réagissait pas, elle leva les yeux et constata que Tara la regardait avec ahurissement.

— Pardon ? Tu peux répéter ? demanda-t-elle enfin.

— Une enquête a été ouverte, mais le procureur n'a pas engagé de poursuites. Plusieurs expertises ont conclu en faveur de John, et la jeune femme n'a cessé de faire des déclarations contradictoires. John était absolument innocent.

— Ben voyons, c'est évident. Elle l'a accusé sans aucune raison.

— Elle s'est mise en colère parce que John avait refusé de lui arranger le coup après un examen raté. Elle a complètement pété les plombs. John a alors décidé de rompre, et cela l'a rendue encore plus furieuse. Ensuite... disons qu'elle s'est bien vengée.

— Gillian, je m'y connais tout de même un peu dans ce genre d'affaire. S'il y a vraiment eu ouverture d'une information et si ça a atterri sur le bureau du procureur, c'est qu'il devait y avoir des indices sérieux contre John. Et en faveur de la jeune femme.

Gillian regrettait amèrement d'avoir parlé. Elle espérait des mots de consolation, mais elle comprenait à présent que Tara ne ferait qu'aggraver ses angoisses et ses doutes. Elle l'avait pressenti depuis le début, c'était d'ailleurs la raison qui l'avait empêchée jusque-là d'aborder le sujet. Si seulement elle s'en était tenue à cette résolution !

— Alors que John était déjà décidé à la quitter, ils ont eu une dernière relation sexuelle, mais...

— Vraiment ? Ils ont donc bien trouvé des preuves matérielles, des spermatozoïdes...

— Bien sûr, mais il n'a jamais nié qu'il...

— Laisse-moi deviner, coupa Tara. D'un côté, il voulait mettre fin à leur liaison. D'un autre côté, cette jeune femme devait être terriblement attirante. Il fait donc un dernier petit tour au lit en sa compagnie. Avec son accord, bien sûr, parce que, bien qu'il ait décidé de la quitter, elle ne pensait qu'à s'envoyer en l'air avec lui. Après quoi, vexée qu'il n'ait pas changé d'avis, cette mauvaise créature, ce petit monstre, a couru tout droit à la police afin de se venger en l'envoyant en prison ou au minimum en brisant sa carrière ! Voilà comment il t'a présenté les choses, pas vrai ?

Gillian se passa la main sur le front avant de répondre :

— Pas en ces termes-là. Mais, en substance, cela revenait à peu près au même, oui.

— En substance, cela revient toujours au même. Du moins aux yeux du coupable. Tu n'imagines pas le nombre de fois où je retrouve la même histoire dans un dossier, Gillian. A les en croire, le crime de *viol* n'existerait absolument pas dans la réalité. Ce serait seulement une invention de femmes perfides décidées à jouer un sale tour à des hommes qui les ont contrariées !

— Tara, elle s'est infligé des blessures elle-même. Cela a été confirmé par plusieurs experts. Tu ne peux tout de même pas prétendre que tous ces gens ont comploté ensemble pour laver John Burton du soupçon d'un crime abominable !

— Dans des cas comme celui-là, il existe rarement des preuves incontestables. Aussi bien dans un sens que dans l'autre.

— Je crois ce qu'il m'a dit. Il s'est conduit stupidement dans cette affaire, et il le sait. Mais il n'a exercé aucune violence.

— Comment peux-tu en être aussi sûre ? Tu le connais si bien que cela ?

— Je ne peux pas imaginer qu'il en soit autrement.

En disant cela, Gillian sentit elle-même à quel point elle était peu convaincante.

Pourquoi parlons-nous de tout cela maintenant ? Pourquoi cette journée se déroule-t-elle aussi bizarrement ? Pourquoi suis-je agressée, d'abord par ma fille, ensuite par ma meilleure amie ?

— Qu'est-ce que tu veux de moi, Tara ? demanda-t-elle.

Tara prit une profonde inspiration.

— Excuse-moi. Je me suis laissé emporter. Je ne veux rien, Gillian. Je m'étonne seulement que tu…

— Oui ?

— Personnellement, je ne pourrais pas me lier avec un homme sur qui pèserait un tel soupçon. Je trouverais cela trop risqué, c'est tout.

— Autrement dit, John n'aurait plus jamais aucune chance de vivre normalement, même s'il est innocent !

— Non, mais ce n'est peut-être pas justement à *toi* d'être sa chance…

— Et pourquoi pas moi ?

— Tu n'as vraiment pas peur ?

— Non, affirma Gillian en secouant la tête.

— D'accord ! fit Tara en levant les mains dans un geste résigné. C'est… Je veux bien croire que je me laisse entraîner par mon imagination. Mais enfin, Burton est…

Je ne l'ai rencontré que deux ou trois fois, quand il t'a ramenée ici, mais je trouve qu'il émane de lui quelque chose d'agressif. Quand il a envie de quelque chose, il le prend, du moins, c'est comme cela que je le vois. Je suis désolée, Gillian, mais je ne le supporte pas, et ce que tu viens de me raconter sur lui ne fait que confirmer ma première impression. Il ne m'inspire pas confiance. Et je m'étonne qu'il en soit autrement pour toi. Question de point de vue, sans doute. Mon métier me donne peut-être des idées préconçues.

Gillian garda le silence un moment, s'efforçant d'assimiler ce qu'elle venait d'entendre.

— Mais tu ne penses tout de même pas qu'il ait quelque chose à voir avec... Tom ?

— Non, je ne crois pas, dit Tara. Je pense seulement qu'il ne vaut rien pour toi. Que c'est un type violent. Dont la vie affective est profondément perturbée. C'est ce qui m'inquiète.

Cette fois, elles restèrent toutes deux silencieuses, épuisées par la confrontation. Puis Gillian se leva.

— Je vais voir ce que fait Becky, dit-elle.

Elle était bien consciente que sa fille ne la laisserait certainement pas entrer dans la salle de bains avant un bon moment, que ce n'était donc qu'un prétexte pour fuir.

Elle se demandait seulement si c'était Tara qu'elle fuyait. Ou elle-même ?

2

L'inspecteur principal Fielder fut très surpris d'apprendre qui le demandait lorsque le standard lui passa la communication. Il ne s'attendait pas à avoir des nouvelles de Keira Jones.

La fille de Carla Roberts.

— Madame Jones ! C'est très gentil à vous de m'appeler.

— Bonsoir, j'espère que je ne vous dérange pas ? dit Keira d'une petite voix timide.

— Absolument pas. Comment allez-vous ?

— Pour être franche, pas très bien. On nous a récemment autorisés à entrer dans l'appartement de ma mère, et aujourd'hui, j'ai commencé à le débarrasser. Il fallait bien le faire un jour. Et c'est… Je trouve cela très dur. Des quantités de souvenirs me reviennent.

Elle se tut.

— Je compatis, l'encouragea Fielder. Vous traversez des moments difficiles. Un meurtre, c'est autre chose qu'une mort naturelle. La violence de l'acte retentit aussi sur la famille.

— Je n'avais plus beaucoup de contacts avec ma mère depuis quelques années. Mais aujourd'hui, en fouillant dans ses affaires, je me suis soudain retrouvée tout près d'elle. Je me revoyais enfant, c'était ma maman, elle avait toujours été là pour moi…

Elle s'interrompit avec un sanglot.

— Je comprends, assura Fielder avec sympathie.

— Bon, voici pourquoi je vous appelle, reprit Keira avec un effort pour se ressaisir. Dans la boîte aux lettres de ma mère, j'ai trouvé un courrier qui semble n'être arrivé qu'aujourd'hui. Je ne connais pas l'expéditrice. Elle habite à Hastings. J'ai lu la lettre. Cette femme ne sait apparemment pas que ma mère n'est plus en vie, mais je suppose que la presse de l'East Sussex a beaucoup moins parlé du meurtre que celle d'ici. Sans compter que très peu de journaux ont mentionné son nom. Je n'en suis pas très sûre, mais j'ai l'impression que le contenu de cette lettre pourrait être important.

— Que dit-elle ?

— Rien qui ressemble à un indice à première vue. Mais comme vous teniez tellement à retrouver des gens qui avaient pu être en contact avec ma mère… Or, il existait visiblement un groupe dont je n'avais jamais entendu parler.

— Quel genre de groupe ?

— Si j'interprète correctement ce que raconte cette lettre, jusqu'à il y a environ neuf mois, ma mère se joignait une fois par semaine à une sorte de groupe d'entraide. Pour femmes seules. Divorcées ou veuves. Elles se rencontraient pour discuter de leur situation, pour faire connaissance avec d'autres personnes dans le même cas. Ma mère ne me l'avait jamais dit.

Fielder réfléchit. En tout cas, c'était une piste. Qui ne mènerait peut-être à rien, car le meurtre de Carla Roberts pouvait n'avoir aucun rapport avec ce groupe de parole. Mais c'était au moins l'occasion de parler avec des gens qui avaient connu la victime à une époque plus récente que ses collègues de la droguerie.

Oui, cela pouvait peut-être relancer l'enquête. Même si Fielder se gardait bien de nourrir trop d'espoirs. Cette affaire n'était pas un cadeau, il l'avait compris depuis longtemps.

— Cette lettre permet-elle de conclure clairement que votre mère avait quitté ce groupe depuis neuf mois ? questionna-t-il.

Keira hésita un peu.

— Eh bien, d'après ce que j'ai compris, l'auteur de cette lettre est la femme à l'origine du groupe. Elle semble avoir quitté Londres pour Hastings en avril de l'an dernier, et c'est visiblement après cela que le groupe s'est désintégré. Elle écrit qu'elle regrette qu'il n'ait pas survécu à son départ. Elle demande à ma mère comment elle va. Elle se faisait du souci pour elle et voulait simplement avoir des nouvelles.

— Je comprends. Vous avez très bien fait de m'appeler, madame Jones. Dans le cas de votre mère, nous ne disposions pratiquement d'aucune information sur les personnes qu'elle fréquentait, et l'enquête commençait à piétiner. Je vais envoyer quelqu'un chercher le courrier chez vous. Pouvez-vous me donner le nom et l'adresse de l'expéditrice, s'il vous plaît ?

— Bien sûr. Elle s'appelle Ellen Curran. Vous me tiendrez au courant ? le pria Keira après avoir dicté l'adresse.

— Naturellement, la rassura Fielder.

Dès qu'elle eut raccroché, il demanda aux renseignements le numéro de téléphone d'Ellen Curran. Pourquoi ne pas essayer de l'appeler sans plus tarder ? Il était six heures et demie du soir. Même si elle travaillait, il avait une chance de la trouver chez elle.

A la septième sonnerie, Mme Curran décrocha, hors d'haleine, ce dont elle s'excusa dès que Fielder se fut présenté :

— Je viens seulement de rentrer à la maison... Scotland Yard ? reprit-elle d'un ton alarmé. Il est arrivé quelque chose ?

— Hélas, oui.

Fielder lui fit part du meurtre de Carla Roberts, omettant provisoirement de préciser qu'on avait peut-être affaire à un tueur en série. La réaction d'Ellen Curran fut une stupeur horrifiée. Elle ne se doutait de rien.

— Mon Dieu, c'est vraiment effrayant ! Sait-on qui a fait cela ?

— Nous tâtonnons un peu, dut admettre Fielder. L'enquête est rendue difficile par le fait que Carla Roberts vivait pratiquement en recluse. Nous avons très peu d'indications sur la façon dont elle vivait. Encore moins sur de possibles ennemis. Par chance, sa fille a trouvé votre lettre aujourd'hui, en venant débarrasser l'appartement de sa mère. Votre groupe de femmes est l'une des rares pistes dont nous disposions.

— Je n'arrive pas à le croire, dit Ellen. Vraiment, qui pouvait avoir envie de tuer Carla ? Surtout elle !

— Pourquoi *surtout elle* ? Carla était-elle tellement aimée ? Sinon, pourquoi jugez-vous si invraisemblable que cela ait pu lui arriver ?

— Elle n'était pas spécialement aimée, mais personne n'avait rien contre elle, vraiment. Elle passait plutôt inaperçue. Une souris grise. Silencieuse, effacée, ne s'exprimant pas beaucoup. Mais toujours prête à rendre service. Non, j'ai du mal à imaginer que quelqu'un ait pu lui en vouloir.

— Combien de femmes y avait-il dans votre groupe ?

— Cinq. Avec moi, six.

— C'est vous qui l'aviez créé ?

— Mon mari m'a quittée il y a trois ans. L'histoire classique, il avait trouvé une femme plus jeune. Pendant un an, j'ai cru que je ne survivrais pas à ce drame, puis j'ai décidé de m'en sortir par mes propres moyens. J'ai trouvé un travail, j'ai fondé ce groupe de parole pour des femmes qui avaient vécu des expériences comparables. Cela peut parfois aider de parler à des gens qui comprennent ce que l'on ressent.

— Je le conçois sans peine. Donc, il y a deux ans que vous avez fondé ce groupe ? Et neuf mois que vous êtes partie. Autrement dit, tout cela a duré environ un an et trois mois ?

— Oui.

— Carla Roberts a-t-elle été présente dès le début ?

— Non. Au début, j'ai rencontré trois femmes. Carla Roberts s'est jointe à nous au bout de six mois environ, et la cinquième est arrivée un peu plus tard.

— Comment Carla Roberts a-t-elle entendu parler de vous ?

— Pas de la manière habituelle. J'avais un site Internet, c'est comme cela que les autres m'ont contactée.

— Et Mme Roberts ?

— Carla n'avait pas d'ordinateur. Pas de connexion Internet. Disons que, dans ce domaine, elle avait manqué le coche. Mais, il y a un an et demi, un magazine a publié un petit reportage sur nous.

— Lequel ?

— *Woman and Home*. Vous ne connaissez sans doute pas, inspecteur, c'est...

— Ma femme le lit de temps en temps. Je vois très bien ce que c'est.

Le magazine féminin classique. Mode, beauté, régimes. Conseils en tout genre. Vie des stars.

— En tout cas, Carla a lu cet article, et c'est à la suite de cela qu'elle nous a contactées, puis qu'elle est venue à nos rencontres.

— Cet article vous a-t-il valu beaucoup de courrier ? Des lettres de menace, peut-être aussi ? Par exemple d'hommes pour qui les femmes divorcées seraient des profiteuses ?

— Non. Nous avons bien eu des lettres, mais presque uniquement de femmes. Les réactions étaient positives.

— Y avait-il un forum sur votre site Internet ?

— Oui.

— Mais là non plus, pas de messages agressifs ?

— Non. Il y en avait d'ailleurs très peu au total. Nous n'étions qu'un tout petit groupe.

— Les noms des cinq femmes qui vous ont rejointe étaient-ils mentionnés sur le site, ou même leur adresse ?

— Non, je n'aurais jamais fait une chose pareille. Personne ne pouvait savoir qui était membre.

— Le site n'existe peut-être plus ?

— Non. J'ai rencontré quelqu'un et je suis venue vivre avec lui à Hastings. Je n'avais plus aucune raison de m'occuper de ce site.

— Pourquoi le groupe n'a-t-il pas continué après votre départ ?

— Ah, c'est très regrettable, mais cela arrive, n'est-ce pas ? répondit Ellen. On ne s'en rend pas vraiment compte au début, mais dans la plupart des groupes, il semble y avoir une personne autour de laquelle tout tourne, et dans le cas présent, c'était donc moi. Après mon départ, les autres ne se sont plus senties capables d'organiser ces rencontres, elles ne parvenaient pas à se mettre d'accord sur les dates, n'étaient souvent que deux à se retrouver... jusqu'à ce que tout s'arrête définitivement. L'une d'elles m'a écrit en septembre qu'elles s'étaient plus ou moins perdues de vue. J'ai trouvé cela très dommage.

— Avec quelle fréquence vous rencontriez-vous auparavant ?

— Tous les jeudis. Chez moi.

— Avez-vous écrit à d'autres membres en ce début d'année ? Ou seulement à Carla Roberts ?

— Seulement à Carla.

— Pourquoi ? Sa fille nous a dit que dans votre lettre vous paraissiez inquiète. Aviez-vous des raisons particulières de vous faire du souci pour Carla ?

— Je n'avais pas eu de nouvelles d'elle depuis longtemps. Après mon déménagement, les autres m'envoyaient encore un message de temps en temps, bien qu'elles aient pratiquement arrêté maintenant. Mais je n'ai jamais rien reçu de Carla, pas même une lettre ordinaire ou une simple carte postale. Je savais que sa vie était un peu triste. J'ai pensé que cela ne pourrait pas faire de mal de lui demander comment elle allait.

— Madame Curran, reprit Fielder, Carla Roberts a été tuée d'une manière qui témoigne d'une haine incroyable de la part de l'assassin. Il ne s'agissait pas d'un cambriolage. Ni d'un crime sexuel, au moins pour la motivation principale. Mais le criminel devait avoir accumulé une agressivité extraordinaire. Nous ne savons pas encore si cette agressivité était dirigée contre les femmes en général ou si elle avait un lien particulier avec Carla. C'est pourquoi je vous demande de bien réfléchir. Pendant vos rencontres, Carla a-t-elle raconté quoi que ce soit qui puisse nous fournir une indication ? Y a-t-il eu dans sa vie un événement, une personne, quoi que ce soit qui puisse expliquer une telle haine ?

Ellen Curran garda le silence un long moment. Elle devait réfléchir intensément.

— Je regrette, inspecteur, déclara-t-elle enfin. Il ne me vient aucune idée. D'ailleurs, Carla ne disait pas grand-chose. Quand elle parlait, c'était toujours de son mari. Il l'avait trompée pendant des années et avait en plus ruiné la famille avant de prendre la fuite. C'est elle qui aurait eu des raisons de le haïr, non l'inverse !

— J'aurais besoin d'une liste des personnes qui participaient à vos rencontres. Est-ce possible ? Les noms et les adresses, si vous les avez.

— J'ai la liste quelque part. Je pourrais vous envoyer cela dans un message.

Fielder la remercia et lui dicta son adresse électronique avant de poursuivre :

— Carla était-elle amie avec quelqu'un en particulier dans le groupe ? Malgré sa timidité visiblement extrême ? Quelqu'un à qui elle se serait davantage confiée ?

— « Amie » n'est pas vraiment le mot, répondit Ellen après réflexion. Mais il m'a semblé qu'elle était effectivement un peu plus proche de l'une d'entre nous. Liza Stanford. Elles s'asseyaient le plus souvent l'une à côté de l'autre, elles chuchotaient parfois entre elles. Je ne saurais cependant pas vous dire si elles se voyaient en dehors de nos rencontres.

Elle marqua une pause et reprit :

— Liza était ce que nous appelions notre « anachronisme ». Car elle n'était en fait ni divorcée, ni veuve, ni célibataire d'aucune façon. Au début, je ne voulais pas l'accepter dans le groupe. Elle était mariée, mais malheureuse en ménage, délaissée. Elle se demandait si elle ne devrait pas essayer de prendre un nouveau départ, mais elle manquait de courage, d'esprit de décision, et elle espérait avoir une chance de les trouver avec notre aide. J'ai donc finalement décidé qu'elle avait sa place parmi nous, et elle a pu assister aux rencontres. Mais elle a été la dernière à nous rejoindre, et celle qui a manqué le plus souvent par la suite. Cela me mettait un peu en colère.

— A-t-elle fini par se séparer de son mari ?

— Pas à l'époque, en tout cas. Si elle l'a fait plus tard, je ne suis pas au courant.

— Vous a-t-elle donné des précisions sur le problème qu'elle avait avec son mari ?

— Elle restait très vague. Les choses avaient vraiment du mal à sortir. Elle me faisait l'impression d'une femme très riche, qui ne savait que faire de sa vie et qui était déprimée à cause de cela. Le mari était bien sûr coupable, puisqu'il ne se souciait pas d'elle. Mais à mon avis, quelque chose n'allait pas chez cette femme. Je me disais parfois : Le pauvre ! Je ne voudrais pas être à sa place.

— Qu'avait-elle exactement qui n'allait pas ?

— Je ne sais pas. C'est simplement l'impression qu'elle donnait. Elle me paraissait complètement névrosée. Une personne qui demandait de l'aide et n'était finalement pas capable de l'accepter. Mais je suis peut-être injuste. Je ne suis pas très patiente avec ces épouses fortunées qui s'ennuient, et qui cultivent leurs problèmes pour avoir au moins de quoi s'occuper.

Fielder prit quelques notes avant de décocher sa dernière question, celle dans laquelle il mettait tous ses espoirs. Mais ce serait trop beau…

— Les noms d'Anne Westley et de Gillian Ward vous disent-ils quelque chose ?

— Non, répondit Ellen Curran.

Samedi 9 janvier

1

La caravane mesurait tout juste cinq mètres sur trois. Grâce au radiateur au propane, il y régnait une chaleur douillette, Samson devait le reconnaître. Malgré l'installation plutôt spartiate, il était tout à fait possible de vivre là quelque temps, si on n'était pas trop exigeant. Il y avait un canapé convertible en lit, une table, deux chaises. Une sorte de niche pour la cuisine, avec un réchaud à gaz et un évier alimenté par une citerne. Dans un placard accroché en hauteur, on trouvait de la vaisselle en plastique et quelques provisions : du café soluble, du thé, du lait en poudre, deux ou trois paquets de pâtes, des bocaux de sauce tomate. Un minuscule réduit abritait la douche et les toilettes. Samson détestait l'exiguïté du lieu. Comme il détestait nettoyer le bac collecteur des toilettes, remplir la citerne, manger des spaghettis tous les jours. Etre enfermé dans ce petit espace.

Mais il savait qu'il n'avait pas le choix, qu'il devait même remercier le destin. Etre en détention provisoire dans une cellule aurait été bien pire.

C'était John Burton qui l'avait amené là. Lui aussi, Samson devait le remercier, même s'il le détestait toujours autant. Il était le seul à se soucier de lui. Peut-être même à être convaincu de son innocence, bien qu'il ne l'ait jamais formulé. Samson l'avait questionné à de nombreuses reprises et avait obtenu toujours la même réponse : « Je ne crois rien tant que ce n'est pas prouvé. »

Samson comprenait qu'il ne pouvait pas en espérer davantage pour le moment.

La grippe qui sévissait dans l'entreprise de John lui posait des problèmes d'organisation, raison pour laquelle personne n'occupait cette caravane censée servir à surveiller le chantier.

« Vous pouvez vous y installer, avait dit John. Tant qu'il fera froid et qu'il y aura de la neige, il ne se passera rien et vous ne verrez personne. En tout cas, vous serez plus en sécurité là-bas que dans ce bed and breakfast de Southend. »

Samson avait quitté avec soulagement la pension, tellement sinistre qu'il craignait d'y devenir fou, mais après trois jours ici, il avait l'impression d'être tombé de Charybde en Scylla. La chambre miteuse près de la gare avait beau être démoralisante, au moins, en regardant par la fenêtre, on voyait les gens aller et venir dans la rue, on ne se sentait pas complètement exclu de la vie ordinaire. Or, c'était exactement ce qu'il ressentait sur ce terrain situé quelque part au sud de Londres, où on ne voyait rien d'autre que des immeubles en construction, sans même le plus petit commencement d'infrastructure. Lorsque Samson écartait le rideau d'un vague jaune crasseux qui masquait sa fenêtre, il apercevait une succession de bâtiments en béton pointant comme des ruines vers le ciel gris de l'hiver, quelques grues et une kyrielle d'engins de chantier soigneusement fermés. C'étaient ces derniers, ou plus exactement leur précieux contenu de pièces détachées et d'outils, qui faisaient l'objet de la surveillance.

Au moins, il avait de nouveau neigé en abondance et tout était recouvert de blanc. C'eût été encore pire si la pluie était tombée, transformant le paysage en un amas de boue d'une sale couleur marron. Même sans cela, il y avait pourtant de quoi se sentir déprimé et abandonné dans ce lieu désert. On entendait parfois des cris d'oiseaux, mais Samson n'avait toujours pas vu un seul être humain. Pour lui, toute l'absurdité de sa situation était symbolisée par ce désir qu'il avait de voir apparaître quelqu'un, tout en sachant que le danger que cela lui ferait courir le terrifierait. Il devait plutôt se réjouir d'être là, dans ce décor de fin du monde, et de pouvoir s'estimer à peu près en sécurité.

Mais jusqu'à quand ?

Combien de temps devrait-il rester là ?

Combien de temps le supporterait-il ?

Ce jour-là, il était quand même sorti se promener. Il avait fait le tour de l'énorme chantier, distribuant aux oiseaux le pain sec qu'il avait gardé pour eux, respirant à fond l'air glacé, et il avait compris qu'il ne tiendrait plus très longtemps. Il se sentait en pleine crise morale, peut-être déjà en pleine dépression, et cela s'aggravait au fil des heures. Il commençait à se dire que son principal ennemi n'était pas la police, mais que le danger venait de lui-même, de sa mélancolie, de son désespoir. Le pire était l'impossibilité de prévoir quand tout cela finirait. Deux ou trois fois depuis la veille au soir, il s'était demandé si la mort, malgré toute la terreur que lui inspirait sa seule évocation, ne serait pas une délivrance, et il se rendait compte que c'était bien là le risque : qu'à force d'y penser, à un certain moment de ce mois de janvier froid et enneigé ou du mois de février tout aussi sinistre qui lui succéderait, simplement parce qu'il ne supporterait plus les cris des oiseaux dans le silence, le vide de chacun de ses jours, il finisse par accrocher une corde au plafond de la caravane.

En rentrant de sa balade, il entendit un bruit de moteur et vit des phares approcher sur le chemin de terre qui menait au chantier. Après un instant de panique, il se détendit. Il reconnaissait le bruit.

C'était celui de la voiture de John.

Il n'avait pas donné signe de vie la veille, et aujourd'hui, Samson avait espéré sa venue tout au long de l'interminable journée. C'était absurde, puisqu'il ne pouvait pas souffrir cet homme qui couchait avec la femme dont lui-même rêvait. Mais Burton était le seul être humain sur qui il puisse compter dans son isolement absolu. Le seul à lui parler. Son dernier contact avec le monde. Malgré l'aversion qu'il lui inspirait, il l'attendait avec espoir, et il se méprisait encore davantage pour cela.

Il resta au pied des marches de la caravane tandis que John garait sa voiture, puis s'avançait vers lui. Grand et large d'épaules dans son blouson de cuir noir, une écharpe grise négligemment passée autour du cou.

La gorge de Samson se serra un peu plus.

Pas étonnant que Gillian en pince pour cet homme.

— Vous êtes allé vous promener ? s'enquit John en lui tendant la pile de journaux et de revues qu'il tenait sous le bras. Voici un peu de lecture. Vous devez vous ennuyer comme un rat mort ici ?

— Le fait est que l'endroit est très calme, confirma Samson.

John s'éloigna de quelques pas pour aller ouvrir le coffre et en sortir deux grands sacs à provisions.

— De quoi manger. Et quelques bouteilles de bière. L'alcool ne règle pas les problèmes, mais il aide parfois à les supporter.

— Je ne bois jamais d'alcool, fit Samson d'une voix guindée.

Il regretta aussitôt ses paroles, car l'intention de John était bonne. Mais celui-ci se contenta de hausser les épaules.

— Je vous les laisse quand même. Au cas où cela vous tenterait plus tard.

— Oui, merci, dit Samson en ouvrant la porte de la caravane. Voulez-vous entrer un moment ?

— Pas le temps. J'ai encore un rendez-vous.

— Avec Gillian ? ne put s'empêcher de demander Samson.

— Non, fit John en secouant la tête.

— Co... comment va-t-elle ?

— Disons : à peu près bien étant donné les circonstances. J'ai l'impression qu'elle est encore assez traumatisée, mais elle ne reste pas sans rien faire, elle a entrepris les premières démarches pour préparer l'avenir. Elle a demandé le paiement de l'assurance-vie, parlé des hypothèques sur la maison avec sa banque, et elle est retournée travailler. Ah, et elle a aussi envoyé sa fille chez ses parents, à Norwich.

— Elle a éloigné Becky ?

— Ce n'est pas le mot que j'emploierais. Becky et elle se querellaient constamment. Elle a pensé que cela lui ferait du bien de passer un peu de temps sans elle. La rentrée scolaire a lieu après-demain, mais Becky n'est de toute façon pas encore en état de reprendre une vie normale. Gillian a prévu qu'elle reste en vacances tout le mois de janvier, et qu'elle aille régulièrement chez un thérapeute à Norwich. Cette enfant a besoin d'un soutien professionnel. Je crois que, dans l'ensemble, Gillian a pris les bonnes décisions.

Bien sûr ! songea agressivement Samson. Tom est mort, Becky chez ses grands-parents, tu as donc le champ libre. Tout marche comme tu le voulais, n'est-ce pas ?

Mais il se garda bien de formuler à voix haute de telles pensées, préférant demander :

— Et l'affaire ? A-t-on du nouveau ? La police a-t-elle une piste ?

— Pas que je sache, hélas, répondit John en jetant un coup d'œil à sa montre. Je dois partir maintenant. Désolé, Samson. Je sais que l'endroit est fichtrement désert et que vous devez avoir un sacré blues, mais tout ce que je peux faire pour vous en ce moment, c'est de venir vous voir de temps en temps et vous apporter de quoi survivre.

— C'est déjà beaucoup, marmonna Samson. Merci, John.

Il le suivit des yeux tandis qu'il montait dans son véhicule et démarrait. Il retournait vers la vie. Vers un rendez-vous, un dîner, des voix, des rires. La compagnie des humains.

Le beau John Burton. Il n'y avait qu'à le regarder pour savoir que toute sa vie, quoi qu'il arrive, il retomberait toujours sur ses pattes. Quels que soient les coups du sort ou les chausse-trappes sur son chemin.

Alors que moi, je perds à tous les coups. Sur moi aussi, ça doit se voir. Et il n'y a pas grand-chose qui rende un homme moins attirant que cet écriteau sur le front : *Je suis un perdant !*

Il ramassa les deux sacs que John avait posés dans la neige et monta les marches de son triste logis.

Peut-être allait-il quand même boire une bière ce soir.

2

En retournant vers la ville, John réfléchit au cas de Samson. Il lui paraissait évident que l'homme était moralement à bout. Il ne tiendrait plus très longtemps comme cela. John était convaincu que Segal caressait déjà l'idée de se rendre à la police, que la seule chose qui le retenait était la certitude que la prison ne serait pas vraiment un progrès pour lui. Il n'y serait peut-être plus seul, mais c'était justement ce qui pouvait terrifier un homme tel que Samson. Il serait nécessairement victime de brimades incessantes, il servirait aux autres de souffre-douleur. Samson était certes bizarre, mais pas stupide, John en était certain. Il devait être assez lucide, tant sur lui-même que sur les situations dans lesquelles il se mettait. Il savait parfaitement que pour lui, plus que pour bien d'autres, la prison serait le pire des enfers.

Dans le flot de la circulation londonienne, John se posa aussi des questions sur ses propres motivations. Le fait de cacher Samson constituait un délit. Il suffirait à la police d'interroger à nouveau ce Polonais tremblant de peur qui semblait être le seul ami de Segal au monde pour découvrir que, quelques jours plus tôt, il était lui-même venu le questionner et avait appris où Segal se cachait alors. Fielder n'attendait qu'une occasion de le coincer, il ne laisserait pas échapper celle-là.

L'inspecteur principal Peter Fielder.

Il était sans doute l'une des raisons pour lesquelles John s'était embarqué dans cette histoire, prenant une fois de plus des risques insensés. Il n'avait pas très souvent eu affaire à Fielder à l'époque, mais cela avait suffi pour que les deux hommes se détestent viscéralement. Non qu'il y ait jamais eu entre eux de véritable affrontement, de conflit sur quelque sujet que ce soit. Simplement, ils n'éprouvaient aucune sympathie l'un pour l'autre. John considérait Fielder comme un petit-bourgeois ultraconservateur, un policier moyennement doué, mais qui avait fait carrière et allait sans doute monter encore, parce qu'il s'en tenait strictement aux règles, qu'il était parfaitement fiable et ne se mettrait jamais à dos les gens qui comptaient pour son avancement. La principale coéquipière de John était alors Christy McMarrow, la femme dont Fielder était désespérément amoureux. Tout le monde le savait, mais Fielder devait toujours être convaincu d'avoir su habilement dissimuler ses sentiments. Pourtant, à l'époque déjà, c'était le sujet de commérage favori à tous les étages du Yard, où chacun souriait de cette passion languissante, mais même les romantiques les plus optimistes et les marieuses les plus acharnées en étaient restés pour leurs frais : il ne se passait rien. Fielder s'en tenait à une adoration silencieuse. John aurait pu le leur dire dès le début. Fielder était bien trop honnête, bien trop conventionnel pour se lancer dans l'adultère pur et simple.

Même après le départ de John, quand il eut en quelque sorte hérité de Christy, la romance ne naquit pas.

John savait que Fielder le méprisait d'avoir si peu de respect pour les vertus bourgeoises, mais qu'il l'enviait aussi de vivre jusqu'au bout ce que lui, Fielder, se refusait. Il est vrai que c'était le cas de bien d'autres de ses collègues. Les hommes n'aimaient guère John. Parce qu'il était beau, parce qu'il ne s'embarrassait pas de scrupules, qu'il ne dépendait de personne, qu'il pouvait avoir presque toutes les femmes qu'il voulait. Quand il avait eu ce problème avec la jeune stagiaire, la plupart s'étaient dit avec plaisir qu'il n'avait que ce qu'il méritait, mais il leur avait damé le pion en démissionnant volontairement pour se mettre à son compte, et il savait que cela avait donné l'impression à ses anciens collègues d'être eux-mêmes les vrais perdants.

Apercevant une place de stationnement, il gara sa voiture. Le restaurant où il avait rendez-vous était encore assez loin, mais les places étaient aussi rares dans ce quartier que les sources dans le désert. D'autant que les montagnes de neige accumulées depuis des jours par les services de la voirie en avaient rendu une bonne partie inutilisables.

Au restaurant italien, une bouffée d'air tiède l'accueillit, apportant une odeur de pâtes et d'aromates, des bruits de voix, des tintements de verres. Il y avait toujours beaucoup de monde le samedi soir autour des tables éclairées par des chandelles, mais, dès qu'il eut passé la porte, John vit que celle avec qui il avait rendez-vous était déjà là. Assise au fond, un peu à l'écart.

Un bon choix. C'était parfait pour ce qu'ils avaient à faire.

Elle l'avait aperçu elle aussi et lui faisait des signes. En s'avançant vers elle entre les rangées de tables, il remarqua qu'elle bouillonnait littéralement. Elle avait quelque chose pour lui. Elle attendait avec une impatience fiévreuse sa réaction de surprise et les compliments qu'il lui ferait.

L'inspecteur Kate Linville. Trente-cinq ans, mais on lui en aurait facilement donné quarante-deux. Cheveux châtain clair, visage pâle. Des traits dont on se souvenait à peine. Ses petits yeux avaient toujours l'air un peu gonflés, comme si elle avait passé la nuit à se soûler et à faire la fête, ce qui n'était vraiment pas le cas. Elle avait seulement le malheur d'avoir les yeux ainsi faits. Les hommes s'obstinaient à ne pas voir Kate, et sa carrière dans la police ne progressait pas beaucoup non plus. Du temps de John, déjà, tout le monde dans le service se demandait pourquoi il avait fallu qu'elle choisisse ce métier.

Elle faisait alors partie des nombreuses femmes du Yard qui étaient amoureuses de John. Pendant longtemps, il ne s'en était pas douté et ne l'aurait pas imaginé même en rêve. Mais un jour, alors qu'il faisait des photocopies, elle s'était approchée de lui, tenant elle aussi à la main un dossier à photocopier, et elle avait attendu un moment en silence avant de lui demander tout à coup : « Auriez-vous envie de venir avec moi au cinéma ce week-end ? »

Sa voix tremblait, ses lèvres avaient encore pâli, et John, qui la regardait avec surprise, avait compris qu'elle attendait depuis des mois une occasion comme celle-là, qu'elle avait dû préparer cette phrase, la répéter jusqu'à plus soif. Et dans ses yeux, il avait lu autre chose : qu'elle se consumait pour lui, qu'il était le héros de ses songes éveillés, que, dans ses pensées, il existait un monde merveilleux où elle était avec lui... Il avait compris la monotonie de son existence, ses soirées trop calmes, ses dimanches solitaires. Le désespoir qu'il avait fallu pour que mûrisse en elle le courage de formuler cette simple question : « Auriez-vous envie de venir avec moi au cinéma ce week-end ? »

Il avait gentiment refusé et, comme il s'y attendait, elle n'avait plus jamais osé lui faire la moindre proposition de ce genre.

Mais quand, après toutes ces années, il s'était demandé qui pourrait lui fournir des informations, c'est à elle qu'il avait pensé. Ce n'était pas quelqu'un d'audacieux et elle risquait beaucoup, son poste ou au minimum une procédure disciplinaire, mais il avait bien calculé : elle se sentait si affreusement seule qu'elle n'avait pas pu résister à la tentation d'obtenir ainsi un rendez-vous – et peut-être ensuite un deuxième, voire un troisième. Avec l'homme après qui elle avait soupiré pendant des années. John ne s'était pas trompé en comptant que le désespoir l'emporterait sur la prudence. C'était la deuxième fois qu'ils se retrouvaient, et il était probable qu'elle l'attendait depuis au moins une demi-heure.

— Salut, Kate, dit-il en atteignant la table.

— Salut, John.

— Excuse-moi si je suis un peu en retard. J'ai dû me garer assez loin. Ce n'est pas évident par ici. Es-tu venue en voiture ?

— Non, par le train. Je voulais pouvoir boire un peu.

Il soupira intérieurement. Il aurait accepté d'aller jusque chez elle, à Bexley, où elle habitait depuis des lustres, mais, sous prétexte d'avoir des courses urgentes à faire, elle avait insisté pour venir dans le centre. Si la rencontre se prolongeait – et il savait depuis la fois précédente qu'elle essaierait de la faire durer au maximum –, il aurait des scrupules à la laisser rentrer par le train. Etait-ce ce qu'elle espérait ? Qu'il la raccompagne ? Ou même, qu'il lui propose de passer la nuit chez lui ?

Il s'assit et prit la carte que lui tendait le serveur. Kate attendit que la commande soit passée pour murmurer en se penchant vers lui d'un air de comploteur :

— Il y a du nouveau !

— Raconte, fit-il en souriant.

— Eh bien, nous avons découvert un élément intéressant dans la vie de Carla Roberts. Elle était membre d'une sorte de groupe d'entraide. De femmes seules. Séparées, veuves, ce genre de chose. Elles se rencontraient une fois par semaine pour essayer... enfin, de supporter leur situation d'une façon ou d'une autre. Ce groupe n'existe plus depuis environ neuf mois, mais on a retrouvé celle qui l'avait lancé, et Fielder l'a questionnée. Dans le groupe, il y avait une femme avec qui Carla Roberts était... pas vraiment amie, mais disons qu'elles se connaissaient un peu mieux. Liza Stanford. Une femme d'ailleurs pas célibataire, mais pas très heureuse en ménage.

— Je comprends, assura John en prenant mentalement note du nom. Combien étaient-elles dans ce groupe ?

— Six. Fielder a tous les noms. Anne Westley n'en fait pas partie, hélas, ç'aurait été trop beau. Mais avec cette Stanford... il a tapé en plein dans le mille !

— En quel sens ?

— Eh bien, c'est Christy qui a eu cette idée hier. Notre petite futée, Christy McMarrow, ajouta Kate avec un peu d'amertume dans la voix.

Comme elle, Christy n'avait pas de relation fixe, mais c'était par conviction. Elle prenait cela avec bonne humeur et n'avait jamais eu de problème pour trouver quelqu'un avec qui passer le week-end. Sans compter que le chef l'idolâtrait...

— Donc, Christy est allée avec cette liste de femmes au cabinet médical où avait travaillé le Dr Anne Westley, et elle l'a comparée avec le fichier des patients de Westley. Et devine quel nom elle a trouvé ?

— Liza Stanford. Tu as dit que c'était tombé en plein dans le mille.

— Exactement.

Elle se tut, car le serveur apportait un pichet de vin et une bouteille d'eau, puis elle reprit :

— Liza Stanford a un fils, Finley Stanford. Elle l'a emmené quatre ou cinq fois chez le Dr Westley. Le patron est aux anges, bien sûr. Depuis le début, il cherchait désespérément un lien entre Carla Roberts et Anne Westley. Il part du principe que ça ne peut pas être un hasard si elles connaissaient toutes deux Liza Stanford.

— Je suppose aussi que ça n'en est pas un.

Toutes sortes de questions et d'idées venaient déjà à l'esprit de John. Il s'efforça de les prendre dans l'ordre :

— Le fils avait-il un problème ? Je veux dire, du point de vue médical. Un problème grave, quel qu'il soit ?

— Non, rien de spectaculaire. Une angine. La rougeole. Une petite blessure au sport. Rien qui ait pu fournir un motif quelconque de s'en prendre au Dr Westley.

— Et Gillian Ward ? Connaît-elle cette femme elle aussi ?

— Tu penses bien qu'on a aussitôt vérifié, fit Kate avec une moue de regret. Dans ce cas, l'affaire aurait été vite bouclée. Mais elle n'a jamais entendu ce nom. Fielder essaie maintenant de savoir si son mari aurait pu être en contact avec Liza Stanford. Par exemple par son travail, ou par le sport qu'il pratiquait. Mais c'est bien sûr plus compliqué.

— Avez-vous recherché Liza Stanford ?

Le visage de Kate s'épanouit. Elle attendait visiblement cette question depuis le début.

— C'est là que ça se corse ! Bien sûr, Fielder a aussitôt voulu la joindre. Dès hier en fin d'après-midi. Du moins, il a essayé. Pour apprendre qu'elle avait disparu ! Depuis près de deux mois !

— Disparu ?

— Il a rencontré le mari. Et devine qui c'est ? Stanford. *Logan* Stanford !

— Ah oui ? fit John, surpris. Tu parles bien de Charity-Stanford ?

— En personne. Cet avocat fabuleusement riche, qui a une villa tape-à-l'œil à Hampstead et des relations qui vont jusqu'au Premier ministre, à la reine et je ne sais qui encore. Celui dont on parle tout le temps dans la presse people pour ses galas de charité. C'est bien lui. Et il a déclaré à Fielder que sa femme avait disparu depuis la mi-novembre.

— Ah bon ! Et Stanford trouve ça normal ? Ou bien il a fait des démarches pour la retrouver ?

— D'après ce que je sais, il y a quand même là quelque chose d'assez mystérieux...

La formule donnait surtout à penser que Kate n'était pas au courant de tous les détails sur ce point.

— Stanford n'a fait aucune démarche, poursuivit Kate. Apparemment parce que sa femme est plus ou moins coutumière du fait. C'est-à-dire qu'il lui est déjà arrivé de disparaître volontairement. Il a reconnu devant Fielder que son mariage n'était pas des plus heureux. Ce qui correspond aux informations que nous avions par le groupe de femmes. Liza Stanford nourrissait des idées de séparation. L'impression générale est celle d'une femme nerveuse, un peu dépressive au moins par périodes, et qui prend de temps en temps du recul pour essayer de savoir ce qu'elle doit faire de sa vie. Pendant ces pauses, elle n'a aucun contact avec sa famille.

— En quoi consiste exactement leur problème de couple ? Fielder a-t-il pu le demander ?

— Malheureusement, je n'en sais rien, avoua Kate. Tu sais toi-même qu'il ne parle vraiment de tout qu'avec sa chère Christy. Moi, je ne sais que ce qui se dit en réunion de service, et sur ce point, il n'y a eu qu'une discussion très courte, tard hier soir.

— Son fils. Qu'est-il devenu ? Est-il toujours chez eux ?

— Oui. Finley a douze ans. Quand Fielder est venu le voir, il était devant son ordinateur. Ce garçon n'est apparemment pas très bavard, mais c'est souvent le cas à cet âge. Dans l'ensemble, tout paraissait assez normal. Fielder n'a pas eu l'impression qu'il était perturbé. Il n'avait pas l'air de trouver la situation spécialement inhabituelle.

John garda le silence quelques instants avant de reprendre :

— Et toi, qu'en dis-tu ? Comment vois-tu cette affaire ?

— Moi ?

Kate paraissait surprise. Elle ne s'attendait visiblement pas à ce que John lui demande sérieusement son avis.

— Eh bien, très franchement, je ne sais pas trop qu'en penser. Une mère de famille disparaît pendant des semaines et aussi bien son mari que son fils continuent à vivre comme si de rien n'était. Si elle est dépressive, ce serait pourtant une raison de s'inquiéter, non ? Même si elle est toujours rentrée à la maison jusqu'ici, j'imagine qu'un jour ou l'autre elle pourrait en arriver à faire une bêtise. Elle aurait très bien pu se suicider sans que sa famille n'en sache rien !

— Si on ajoute à cela qu'elle a été en contact avec deux femmes qui viennent d'être assassinées à peu d'intervalle... Comme Fielder l'a dit lui-même, ça ne peut pas être un hasard, conclut John en faisant tourner pensivement son verre de vin.

Il retira sa main pour laisser le serveur poser devant eux deux grandes assiettes fumantes de pâtes. Ils mangèrent en silence pendant quelques minutes, et John en profita pour réfléchir à ce qu'il venait d'apprendre.

Stanford était-il digne de foi ? Pour en juger, il aurait fallu qu'il s'entretienne directement avec lui. En tout cas, l'histoire paraissait pour le moins bizarre.

Si je veux continuer à me mêler de cette affaire, je dois absolument lui parler, songea-t-il.

A cet instant, comme si elle lisait dans ses pensées, Kate leva les yeux de son assiette et demanda :

— John, je sais que cela ne me regarde pas, mais... pourquoi veux-tu savoir toutes ces choses ? Pourquoi ne laisses-tu pas simplement Fielder faire son travail ? Pourquoi tiens-tu tellement à mener ta propre enquête ?

Il lui avait dit dès le début qu'il connaissait Gillian Ward, la femme dont le mari avait été tué, et que c'était la raison de son intérêt. Mais il avait omis de préciser qu'il avait – ou avait eu ? il ne savait pas encore vraiment lui-même – une liaison avec elle, mentionnant seulement qu'il entraînait la fille de Gillian au handball. Son intuition lui disait que sans cela Kate se serait refermée comme une huître. Seuls les espoirs qu'elle nourrissait la faisaient parler.

— Ça me fait plaisir, répondit-il.

Et, à sa propre surprise, il s'aperçut que c'était la vérité. En dehors de toutes ses autres raisons, cela lui faisait tout simplement plaisir d'enquêter sur cette affaire. Sa relation avec Gillian avait été le déclencheur, mais entre-temps, son instinct de chasseur s'était réveillé. Il avait été formé pour ce métier, et il se rendait compte à présent qu'il lui avait manqué. Non pas la carrière de fonctionnaire, les intrigues, l'attente perpétuelle des occasions de monter en grade. Mais le travail lui-même. Cela, et rien d'autre.

— Et puis, tu sais que je connais la famille Ward, reprit-il. J'aime beaucoup leur fille. Elle est complètement traumatisée. Je suis sans doute d'autant plus en colère contre celui qui a fait ça.

Il observa Kate et vit qu'il l'avait convaincue.

— Il y a deux choses que je n'ai pas encore mentionnées, dit-elle. Elles n'ont pas été communiquées à la presse jusqu'ici. Nous savons qu'au cours des deux dernières semaines qui ont précédé son assassinat Carla Roberts avait, mais de façon très vague, le sentiment d'être menacée. Elle en a parlé à sa fille. Elle habitait au dernier étage d'un immeuble, et elle avait été frappée par le fait que l'ascenseur montait très souvent jusqu'en haut. Avec une fréquence anormale. D'autant plus que personne n'en sortait. Cela lui faisait peur.

— Je suppose qu'on a vérifié le mécanisme ? s'enquit John. Une anomalie purement technique est exclue ?

— Absolument. Et maintenant, Fielder a dans l'idée qu'Anne Westley a peut-être été menacée aussi. Ce qui concorderait avec le fait qu'elle ait subitement cherché à vendre sa maison peu avant Noël et à s'installer en ville aussi vite que possible – alors qu'elle habitait là depuis des années sans problème.

— De quelle façon l'a-t-on menacée, selon Fielder ?

— Eh bien, c'est à cause d'un tableau qu'il a trouvé dans la maison. Anne Westley avait un atelier au grenier. La peinture était son hobby. L'aquarelle. Elle peignait des fleurs, des arbres, des paysages ensoleillés. Des tableaux gais, colorés. Sauf un qui ne ressemblait pas du tout aux autres.

— En quel sens ?

— Je ne l'ai pas vu moi-même, mais Fielder nous l'a décrit. Une nuit d'un noir d'encre. Et là-dessus, deux taches de lumière. Fielder pense que ce sont des phares de voiture. Il se demande si elle a pu les voir dans la période précédant son assassinat. Les phares d'une voiture qui se serait approchée de sa maison, dans cet endroit éloigné de tout. A plusieurs reprises, et sans que personne se manifeste. La voiture n'aurait fait qu'apparaître et disparaître. Comme l'ascenseur chez Carla Roberts.

Pour un homme aussi peu fantaisiste, il devait admettre que Fielder avait témoigné là d'une certaine créativité.

— Pas mal raisonné, admit-il. Quelqu'un aurait volontairement fait peur à ces deux femmes. Dans le cas de Carla Roberts, on sait même à peu près depuis quand. Si on a commencé à la terroriser deux semaines avant sa mort, alors...

— ... cela correspondrait plus ou moins à la disparition de Liza Stanford, acheva Kate.

Liza Stanford, la mystérieuse femme introuvable. Malgré lui, John pensa pourtant aussitôt à quelqu'un d'autre : Samson Segal. Il avait espionné toutes sortes de gens. Avait-il également pu manipuler cet ascenseur ? Se rendre en pleine nuit dans l'endroit désert où habitait l'autre victime ?

— Il est donc possible que ces deux femmes aient été harcelées, reprit-il. Mais tu parlais d'une autre information ?

— Pas tout de suite, répliqua Kate en souriant avec une soudaine coquetterie.

Elle mangea deux fourchetées de pâtes avant de déclarer :

— Fielder ne l'a jamais formulé aussi carrément, du moins pas en conférence, mais les bruits finissent toujours par filtrer. Tu sais sûrement qu'il a déjà envisagé la possibilité que… que tu sois impliqué dans l'affaire ?

— Oui, je sais. Mais c'est absurde. D'après moi, même avec la meilleure volonté du monde, il n'arrivera pas à échafauder une théorie là-dessus. Je connais les Ward, mais aucune des deux femmes assassinées. Il aura beau tourner l'affaire dans tous les sens, il ne trouvera aucun mobile.

— Je prends beaucoup de risques, dit Kate.

— Oui, je le sais aussi.

— Enfin, je le fais avec plaisir !

Il la gratifia d'un petit sourire. Il ne devait pas la laisser nourrir trop d'espoirs. Il lui paraissait maintenant tout à fait évident qu'elle avait fait exprès de ne pas prendre sa voiture. Elle voulait monter dans celle de John. Et si possible dans son appartement.

— Beaucoup de gens trouveraient stupide ce que je fais là, poursuivit Kate.

— Moi, je ne trouve pas ça stupide. Et tu peux me faire totalement confiance. Personne ne saura jamais rien de nos rencontres.

Il rusa un peu pour dévier la conversation vers un sujet plus neutre. Il voyait bien la stratégie de Kate : en soulignant les risques qu'elle prenait dans cette affaire, elle espérait provoquer son admiration. Ou au moins sa reconnaissance. Il devait se sentir redevable, et elle saurait exploiter cela par la suite.

Il lui parla de l'entreprise qu'il avait montée, des lieux qu'on lui demandait de surveiller – des chantiers, des supermarchés, des stations-service, parfois des habitations.

— J'ai aussi quatre employés qui travaillent comme gardes du corps. La demande est telle que, normalement, je devrais étendre cette activité, mais je ne suis pas encore tout à fait décidé.

— Pourquoi ? demanda Kate.

— Je n'aime pas beaucoup me fixer. Quand j'ai créé cette boîte, c'était plutôt une solution transitoire. Je pouvais laisser tomber à n'importe quel moment. Mais plus elle grandit, plus je me sens lié.

— Est-ce pour cela aussi que tu restes seul ? Je veux dire, sans femme ni enfants ? Parce que cela t'obligerait à te fixer ?

— C'est possible, répondit-il évasivement.

Il jeta discrètement un coup d'œil à sa montre. Il ne fallait à aucun prix que Kate manque le dernier train.

— Moi, cela me plairait bien. D'avoir une famille, fit Kate rêveusement.

— Ce n'est pas si simple dans ton métier.

— D'autres y arrivent bien, rétorqua-t-elle avec un haussement d'épaules.

— Sans doute.

Elle avait réussi à le ramener sur un terrain glissant. Il fit signe au serveur qu'il voulait payer l'addition. Il sentait le regard concupiscent de Kate posé sur lui, et cela l'embarrassait. Elle ne lui donnait pas toutes ces informations pour rien. Heureusement, il ne lui avait rien promis en échange. Ce n'était pas sa faute à lui si elle n'obtenait pas ce qu'elle espérait.

— Je t'accompagne jusqu'à la gare, lui dit-il lorsqu'ils furent sur le trottoir.

— Merci.

On entendait la déception dans sa voix. Ils marchèrent côte à côte en silence, jusqu'à ce qu'elle déclare en désespoir de cause :

— Je ne suis pas obligée de rentrer chez moi, John.

Il s'immobilisa.

— Kate...

— Demain, c'est dimanche, je ne suis pas de service. Nous pourrions prendre le petit déjeuner ensemble...

— Je suis désolé, Kate, ce n'est pas possible.

— Pourquoi ? Y a-t-il... As-tu une amie ?

— Non. Mais en ce moment, il ne peut y avoir aucune femme dans ma vie.

— Mais cela ne t'engage à rien, John. On pourrait juste voir ce que ça donne. Et si ça ne donne rien... eh bien, ce sera comme ça.

Des paroles en l'air, songea-t-il. Car s'il y avait une chose sur laquelle il aurait parié, c'était bien celle-ci : s'il manifestait à une femme comme elle le moindre signe de complaisance, il ne pourrait plus jamais s'en dépêtrer. Alors, passer une nuit avec elle... C'était le genre de femme qui, une fois éconduite, pouvait vous harceler indéfiniment.

— Ce n'est pas possible, Kate. Cela n'a rien à voir avec toi, seulement avec moi.

— Je pensais...

— Quoi ?

— Oh, rien.

Qu'aurait-elle pu ajouter ? Qu'elle avait cru que son intérêt pour elle allait au-delà d'un simple besoin d'informations secrètes ? Il voyait littéralement ce qui se passait en elle à cet instant : elle se sentait comme une idiote.

Il se risqua pourtant à lui poser encore une question :

— Tout à l'heure, tu as dit que tu avais autre chose pour moi ?

Elle le regarda avec un peu d'ahurissement. Après réflexion, elle se rendit compte que sa dignité en souffrirait encore davantage si elle se défilait à présent qu'il l'avait repoussée. Ce qu'elle avait espéré n'en paraîtrait que plus évident, tout comme sa déception.

— Oui, c'est vrai, il y a autre chose. Concernant le meurtre des deux femmes, un détail essentiel n'a pas été révélé aux médias. La façon précise dont les victimes ont été tuées.

— Elles n'ont donc pas été tuées par balle ?

Cela lui avait déjà traversé l'esprit, parce que tous les journaux avaient parlé d'« actes particulièrement barbares ».

— Dans le cas de Westley, le criminel a tiré dans la serrure pour entrer dans une pièce, mais en dehors de cela, l'arme n'a dû servir qu'à rendre les victimes dociles. En tout cas, il a apparemment pu leur lier les mains et les chevilles avec de l'adhésif d'emballage sans qu'elles se défendent.

— Et ensuite ?

— Il leur a fourré un torchon de cuisine dans la bouche. En l'enfonçant assez profondément dans la gorge. Pour Carla Roberts, cela a eu pour effet de la faire vomir, et elle s'est étouffée de cette façon.

— Et Anne Westley ?

— Pour elle, il a dû en faire un peu plus. Comme elle ne mourait toujours pas, il a fini par lui boucher complètement le nez avec de l'adhésif. Elle est donc morte asphyxiée elle aussi.

— Oh, merde ! fit John.

La haine, pensa-t-il. Une haine extraordinaire, démente. L'assassin ne voulait pas seulement tuer ces femmes, il voulait les faire mourir dans des souffrances atroces.

— Mais Thomas Ward a pourtant bien été tué d'une balle de pistolet ?

Il voulait s'en assurer, même s'il ne croyait pas que Gillian, qui avait découvert son mari mort, aurait pu le lui cacher s'il en avait été autrement.

— Oui, et cela confirme la théorie de Fielder : Thomas Ward n'était pas visé. Le criminel attendait une femme. Il s'est subitement trouvé face à un homme, et pas n'importe lequel. Thomas Ward était très grand. Sportif, très entraîné. Il ne se serait certainement pas laissé faire comme ces deux femmes âgées si l'assassin n'avait pas tiré aussitôt.

— Pour ces deux femmes… l'arme du crime était réellement un torchon de cuisine ?

— Oui.

— Appartenaient-ils aux victimes ? C'est-à-dire, l'assassin a-t-il pris la première chose qui lui tombait sous la main, ou bien les avait-il apportés avec lui ?

— Ils appartenaient aux victimes. Pour Carla Roberts, c'est sa fille qui a identifié le torchon. Et dans le cas de Westley, on a trouvé d'autres torchons identiques dans un tiroir. Le tueur semble donc s'être servi sur place.

Ils arrivèrent à Charing Cross juste au moment où le train de Kate entrait en gare.

— Alors… fit Kate, dont le visage semblait encore plus pâle que d'habitude.

— Rentre bien, dit John. Et… merci !

Blessée, elle monta dans le wagon sans se retourner. Elle choisit une place de l'autre côté du couloir. John supposa qu'elle pleurait.

Dimanche 10 janvier

Elle n'était pas retournée seule dans la maison depuis la mort de Tom. La dernière fois, John l'accompagnait, mais cette fois, personne n'était à ses côtés.

A l'intérieur, l'odeur devenait franchement désagréable. Il faudrait jeter très vite un certain nombre d'aliments.

Gillian monta d'abord sa valise dans la chambre à coucher. Tout était resté comme lorsqu'elle l'avait quittée le matin du 29 décembre. Le couvre-lit multicolore soigneusement tiré. Sur la table de nuit de Gillian, le roman policier qu'elle avait commencé à lire, posé à l'envers près des pages un peu chiffonnées du *Times*. Du côté de Tom, plusieurs journaux sportifs. Un pull-over jeté sur une chaise dans le coin, une cravate accrochée à la porte de l'armoire.

Ses vêtements, songea Gillian. Cela n'a sans doute plus guère de sens de les conserver.

Elle décida de défaire sa valise plus tard, se contentant d'ouvrir la poche de côté pour prendre sa trousse de toilette et l'emporter dans la salle de bains. Elle plaça sa brosse à dents dans le gobelet, son peigne sur la tablette devant le miroir, s'efforçant de ne pas poser les yeux sur les affaires de Tom. Le rasoir électrique, le flacon d'après-rasage, le bain de bouche, la solution pour nettoyer ses lentilles de contact. Sous le lavabo, une paire de ses chaussettes noires dépassait de la grande corbeille à linge tressée. Comme lors de son dernier bref passage chez elle, Gillian se sentait un peu désemparée devant la banalité de ce qu'elle voyait, même si elle avait essayé de s'y préparer. Un dimanche matin de janvier. Dehors, la neige et les nuages bas. Dedans, du linge sale, des livres et des revues posés négligemment, comme s'ils attendaient le retour, le soir, de ceux qui avaient commencé à les lire. Partout, des objets quotidiens. Tout paraissait normal dans cette demeure, rien n'y évoquait le théâtre d'un crime sanglant.

Gillian sentit qu'elle avait le choix entre deux possibilités. Soit elle s'asseyait et regardait fixement les murs en laissant l'horreur l'envahir peu à peu jusqu'à ce qu'elle se mette à hurler.

Soit elle se jetait à corps perdu dans le travail et s'acquittait des multiples tâches que les lieux réclamaient après sa longue absence.

Elle opta pour la deuxième solution.

Elle passa les quatre heures suivantes à ranger. Elle lava des montagnes de linge qu'elle passait ensuite au sèche-linge ou qu'elle étendait dans la cave près de la chaudière. Elle dégivra le réfrigérateur et jeta presque tout ce qui s'y trouvait, emplissant deux sacs-poubelle qu'elle porta dehors. Elle ôta les décorations de Noël de l'immense sapin qui perdait ses aiguilles et le sortit sur la terrasse, retira des fenêtres les étoiles et les guirlandes lumineuses, rangea le tout dans les cartons habituels et les monta au grenier. Elle vida la litière du chat, car Chuck était parti à Norwich le vendredi précédent avec Becky et ne reviendrait pas avant plusieurs semaines. Elle nettoya la salle de bains et la cuisine, passa l'aspirateur dans toutes les pièces et aéra en grand, remit des draps propres aux lits. A la fin, elle fit du feu dans la cheminée du salon, se prépara une grande tasse de café et s'installa avec un profond soupir dans un fauteuil confortable. La maison sentait bon, il faisait chaud, les bûches crépitaient avec un bruit sympathique.

Trois heures.

A quoi allait-elle employer le reste de la journée ?

Elle alluma une cigarette, puis l'écrasa presque aussitôt, trouvant qu'il valait mieux ne pas fumer dans le salon.

Elle savait qu'il était dangereux pour elle de rester sans rien faire. Bien sûr, elle avait pleuré dans les bras de John, mais elle n'avait pas encore vraiment craqué depuis qu'elle avait découvert Tom assassiné dans la salle à manger. Son instinct lui disait que ce moment viendrait. Il n'attendait qu'une occasion. Elle avait réussi à l'éviter jusqu'ici, essentiellement en n'étant presque jamais seule. Tara et Becky avaient toujours été là, s'absentant tout au plus quelques heures pour que Becky puisse se changer les idées. Elle avait souvent passé ces moments-là avec John. Et puis, il y avait eu tous les entretiens avec la police.

C'était la première fois qu'elle se trouvait vraiment seule. Dans cette grande demeure vide et silencieuse.

Peut-être ce retour était-il une erreur ?

Elle buvait sa quatrième tasse de café quand son portable sonna. C'était John.

— Bonjour ! Je me demandais comment tu allais.

— Très bien. J'ai nettoyé toute la maison, lavé des tonnes de linge, et maintenant, je suis en train de boire un bon café, dit-elle avec une gaieté tellement forcée qu'elle se fit pitié à elle-même. Et toi, comment vas-tu ?

— Tu as nettoyé la maison ? Quelle maison ? Tu es chez toi ?

— Oui.

— Comment cela ? Tu es seulement venue faire le ménage ?

— Je me suis réinstallée ici. Ce matin.

— Mais pourquoi ?

— C'est chez moi. En tout cas aussi longtemps que je n'aurai pas d'autre endroit où habiter. Je ne peux pas éternellement éviter mon propre foyer.

John garda le silence quelques instants.

— Que s'est-il passé ? reprit-il enfin d'une voix douce.

Elle renonça à jouer à cache-cache. Pourquoi ne pas lui dire la vérité ?

— Je me suis disputée avec Tara. Jeudi soir, juste après ton départ. Et depuis… je ne me sentais plus vraiment bien chez elle.

— A propos de quoi, cette dispute ?

— Nous parlions de toi. Becky a fait une scène vraiment pénible parce que j'étais de nouveau avec toi. Elle est sortie de la pièce en courant et s'est enfermée dans la salle de bains. Après ça, je ne comprends pas moi-même ce qui m'a pris... j'ai raconté à Tara que tu avais été membre de la police. Et pourquoi tu n'y étais plus.

— Ah bon ! Et elle l'a mal pris, je suppose.

— C'est-à-dire qu'elle tombait des nues. Une agression sexuelle, ce n'est généralement pas le genre de chose qui ravit une femme. Je lui ai expliqué les circonstances, mais elle ne pouvait pas admettre que je croie sans réserve à ta version des faits. En tout cas, elle n'arrive pas à comprendre que je continue à te fréquenter.

— Je vois, dit John.

— Ce n'est pas qu'elle ait voulu m'en parler sans arrêt, poursuivit Gillian. Au contraire, nous évitions plutôt le sujet. Mais depuis, je ne me sentais plus tellement à l'aise en sa présence. Je devenais nerveuse quand tu m'appelais. Et pour t'appeler moi-même, j'attendais qu'elle sorte pour une raison quelconque. Au total, la situation était plutôt stressante et pas très réjouissante. Et puis...

— Oui ? fit John pour l'encourager à continuer.

— Et puis, il faut que je reprenne une vie à peu près normale. Je ne peux pas rester indéfiniment sur le canapé de Tara à attendre que la solution se présente d'elle-même. De toute façon, je suis seule la plupart du temps, puisque Tara travaille.

— Mais chez toi aussi, tu es seule. Je ne crois pas que ce soit bon pour toi.

— Dans ma situation actuelle, je crois que rien n'est bon pour moi.

— Laisse-moi venir te voir. Ou viens chez moi. S'il te plaît.

— Pas aujourd'hui, John. Je dois d'abord me retrouver.

Il la comprenait, bien sûr, mais...

— Ecoute, Gillian, il y a quand même un autre problème. En dehors de la question de savoir comment tu supportes la situation moralement. Tu sais – du moins, c'est une hypothèse sérieuse – que ton mari a peut-être été une victime accidentelle. Que c'est probablement toi qui étais visée.

— Oui, je sais. Ce n'est pas nouveau.

— Gillian, le tueur n'a pas atteint son but. On ne peut pas savoir s'il va s'en tenir là.

— Je n'ouvre à personne. Je laisse la porte du jardin fermée. La maison est bien protégée, John. Il y a même un système d'alarme. Je peux l'enclencher pour la nuit.

— Je n'aime pas te savoir seule.

— Je me débrouillerai.

— S'il y a quoi que ce soit, appelle-moi aussitôt, d'accord ?

— C'est promis.

Après avoir raccroché, elle resta à regarder dans le vague, se demandant pourquoi l'idée d'être avec John la rebutait autant. Les premiers jours qui avaient suivi le malheur, alors qu'elle logeait encore chez Tara, elle recherchait sa présence, elle espérait trouver auprès de lui soutien et consolation. Puis quelque chose avait changé. En elle. Elle avait réfléchi pendant des heures, cherchant à comprendre ce qui s'était passé, pourquoi, avant de se lancer dans cette aventure, elle avait commencé à devenir dépressive, et comment cela avait pu aboutir à la mort de Tom. Car, à force de retourner ces questions dans sa tête, elle en était arrivée à une conclusion terrible : en dramatisant les choses, en surestimant leur importance, elle avait déclenché cette succession d'événements funestes. Elle souffrait de l'éloignement apparent de Tom, mais si elle avait mieux regardé, elle se serait rendu compte qu'il ne l'avait jamais abandonnée. L'agressivité de Becky et son attitude de défi la rendaient folle, mais elle pouvait s'attendre à cette évolution. Il ne s'était rien passé dans sa vie qui ne soit arrivé à des milliers d'autres femmes. C'est parce qu'elle était aujourd'hui encore – comme autrefois – une petite fille manquant d'assurance qu'elle n'avait pas su relativiser ces événements. Elle s'était mariée bien trop tôt, peu de temps après avoir quitté ses parents. Dès sa première rencontre avec Thomas Ward, c'était lui qui l'avait soutenue, qui lui avait donné un sentiment de sécurité. Elle avait cru s'émanciper de la tutelle de ses parents et s'en était réjouie, mais, pour une grande part, cela n'avait consisté qu'à se mettre sous la protection d'un homme fort et sûr de lui. Plus tard, quand Tom, pris par les exigences d'un travail au rythme de plus en plus effréné, était devenu si peu disponible qu'elle ne ressentait plus sa présence, elle avait réagi comme un enfant négligé et s'était jetée dans les bras du premier homme qui s'était présenté à elle. John la désirait, il l'admirait, cela l'avait réconfortée et lui avait donné confiance en elle. Mais elle ne pouvait pas continuer à vivre ainsi, elle l'avait compris au cours de ces derniers jours passés dans la souffrance, le chagrin, la culpabilité. Elle devait apprendre à s'affirmer, même si cela devait être long et difficile.

Le portable sonna de nouveau. C'était justement la mère de Gillian. Après lui avoir donné des nouvelles de Becky, qui allait aussi bien que possible étant donné les circonstances – elle était allée à la piscine avec son grand-père et devait voir pour la première fois son thérapeute le lendemain matin –, elle voulut savoir quand aurait lieu l'enterrement de Tom.

Cela aussi, je dois m'en occuper, songea Gillian avec épuisement.

— Je ne sais pas encore, maman. Cela dépend du médecin légiste. Je t'avertirai en temps utile.

— Quelle terrible tragédie ! dit sa mère. Au moins, je suis contente que tu aies cette amie chez qui tu peux loger. Sans quoi je ne serais pas tranquille un seul instant.

Gillian décida de lui laisser croire qu'elle était toujours chez Tara. Elle n'imaginait que trop les lamentations qu'aurait déclenchées la vérité, et elle ne se sentait pas la force de les supporter pour le moment.

— Embrasse Becky pour moi, demanda-t-elle avant de raccrocher. Dis-lui de m'appeler, d'accord ? J'aimerais entendre sa voix.

A peine plus de trois heures et demie. Elle avait encore devant elle un long après-midi silencieux.

Elle se leva, enfila des bottes, une veste, des gants, passa une écharpe autour de son cou.

Par chance, il avait beaucoup neigé durant la semaine. Elle allait déblayer le chemin à la pelle.

Après cela, elle serait peut-être assez fatiguée pour que ses nerfs ne craquent pas.

Lundi 11 janvier

1

— Avez-vous un souvenir précis de Liza Stanford ? demanda Christy.

Elle savait que le moment était particulièrement mal choisi pour venir questionner – pour la troisième fois déjà – le personnel du cabinet de pédiatrie auquel avait appartenu Anne Westley. La salle d'attente était archicomble en ce lundi matin, de plus jour de rentrée des vacances de Noël dans la plupart des écoles. Christy venait d'apprendre que deux des pédiatres avaient la grippe, et les deux qui restaient, un jeune médecin nerveux et une femme dont la mine annonçait déjà qu'elle serait la prochaine à devoir garder le lit, avaient bien du mal à faire face à l'afflux des patients. Elle débarquait dans ce chaos pour poser d'urgence de nouvelles questions précises sur Finley Stanford et sur sa mère.

A la réception, la secrétaire, énervée, lui avait demandé si cela ne pouvait pas attendre. Christy avait secoué la tête en déclarant aimablement, mais avec détermination : « Hélas, non. Croyez-moi, je ne viendrais pas vous déranger si j'avais une autre solution. »

Finalement, comprenant que Christy ne faisait elle aussi que son travail, la femme – un badge au revers de sa blouse blanche donnait son nom : Tess Pritchard – avait accepté de répondre une fois de plus à quelques questions et l'avait fait entrer dans le cabinet de l'une des deux pédiatres absentes pour la journée, prenant place dans le fauteuil derrière le bureau tandis que Christy s'asseyait sur une chaise en face d'elle. A la question sur Liza Stanford, elle réagit en hochant la tête :

— Oh, oui, je me souviens parfaitement d'elle !

— Pour quelle raison ? Qu'est-ce qui vous a frappée en elle ?

— Sa richesse, fit Tess en soufflant avec mépris. Et son arrogance. Elle avait à revendre de l'une comme de l'autre.

— Vous voulez dire qu'il suffisait de la regarder pour savoir qu'elle était riche ?

— Il aurait fallu être aveugle pour ne pas s'en apercevoir, tellement elle étalait ça... Toujours les tailleurs les plus chics. Les gros bijoux. Les énormes lunettes de soleil de chez Gucci. Le sac Hermès. Et la Bentley dans la rue. Une fois, elle s'est garée juste devant le cabinet, c'est là que nous l'avons vue.

— Je comprends. Et... elle se conduisait d'une manière arrogante ?

— Oh, nous, les assistantes, nous n'étions de toute façon pas à son niveau. C'était au-dessous de sa dignité de parler avec nous. Je suppose qu'elle était un peu plus bavarde dans le cabinet du Dr Westley. Il le fallait bien, si elle voulait expliquer ce qu'avait son petit garçon.

— Mais là, vous n'y étiez jamais ? Dans son cabinet ?

— Non. Ni moi ni personne d'autre. Ce n'est d'ailleurs pas l'habitude, à moins que le médecin n'ait besoin d'aide. Mais le cas ne s'est pas produit. Le garçon n'a jamais rien eu de grave.

— Quelle impression vous faisait Finley ?

Tess réfléchit un instant.

— Un gentil garçon. Je le trouvais sympathique. Il parlait très peu, mais pas à la manière hautaine de sa mère, plutôt par timidité. Un enfant réservé.

— Anormalement réservé ? Anormalement timide ?

— Je ne pense pas. Vous savez, nous voyons de tout ici. Beaucoup d'enfants se mettent à courir dans tous les sens et les parents n'arrivent pas à les faire tenir tranquilles. D'autres, qui n'aiment pas trop aller chez le médecin, se replient sur eux-mêmes d'un air inquiet et se taisent tout le temps qu'ils sont ici. Finley faisait partie de ceux qui réagissent calmement. Mais rien d'anormal dans l'ensemble.

— Il n'est cependant devenu un patient de ce cabinet qu'assez tardivement, n'est-ce pas ? Et, d'après ce que j'ai pu comprendre en consultant vos dossiers vendredi, il n'est venu que cinq fois. Avant l'âge de neuf ans. Quelqu'un d'autre s'occupait donc de lui quand il était petit ?

— Oui. Il avait déjà sept ans la première fois qu'il est venu ici. Pour autant que je me souvienne, c'était pour un coup de froid qui avait dégénéré en bronchite et traînait en longueur. Rien de bien spectaculaire.

— Finley était généralement plutôt en bonne santé ?

— Oui, sa mère ne nous l'a jamais amené que pour des affections bénignes. Ou même sans qu'il soit malade.

— Le Dr Westley parlait-elle de Liza Stanford ? A-t-elle raconté quoi que ce soit sur elle ? Fait allusion à quelque chose ? Quoi que ce soit ?

— Non, répondit Tess. A cet égard, elle était très stricte. Du moins envers nous, les assistantes. Elle ne nous parlait jamais de ses patients ni de leurs parents. En tout cas, elle n'a pas dit un mot sur Mme Stanford. Elle avait certainement remarqué que nous lui cassions du sucre sur le dos, et elle se serait bien gardée d'en faire autant. A plus forte raison d'en rajouter.

— Peut-elle en avoir parlé avec ses collègues médecins ?

— Ce serait davantage possible, admit Tess avec un peu d'hésitation. Mais les deux médecins présents aujourd'hui ne travaillaient pas encore ici du temps du Dr Westley. Celle avec qui elle parlait le plus souvent, c'était le Dr Phyllis Skinner.

— L'une des deux dames qui ont la grippe, supposa Christy en soupirant.

— Tout juste. Et donc, si elle parlait de ses patients et de leurs problèmes médicaux avec quelqu'un, c'était avec le Dr Skinner.

— Puis-je avoir son adresse ? Il faut que je lui pose la question de toute urgence.

— Bien sûr, fit Tess avec soulagement.

Elle regarda sa montre. Dans l'entrée, on entendait régulièrement le téléphone ou la sonnette de la porte.

— Inspecteur, je ne veux pas être impolie...

— J'ai presque fini, promit Christy. Deux questions encore, pour que tout soit bien clair. Finley est venu ici cinq fois alors qu'il avait entre sept et neuf ans. Il a maintenant douze ans. Cela fait donc trois ans que vous ne l'avez pas revu ?

— Plutôt trois ans et demi, même. C'est cela.

— Lui et sa mère ne sont donc pas revenus, y compris après le départ en retraite du Dr Westley ?

— Non.

— Deuxième question. Selon les déclarations d'un témoin, Liza Stanford souffrait de dépression. Des dépressions qui l'amenaient de temps à autre à disparaître complètement, à s'éloigner de sa famille sans qu'on sache où elle était. Etiez-vous au courant de cela ?

— Pas du tout, assura Tess, surprise.

— Vous n'avez remarqué chez elle aucun signe de dépression ?

— Franchement, si cette femme-là était dépressive, je veux bien être pendue ! La plupart du temps, c'est plutôt elle qui aurait fait déprimer les autres avec ses manières. Quant à elle... c'est vrai qu'on ne peut pas voir à l'intérieur des gens, surtout quand ils sont aussi distants. Mais j'ai du mal à imaginer cela de Liza Stanford. Telle que je l'ai connue, je dirais que pour moi, c'est exclu.

— Merci de m'avoir accordé un peu de votre temps, dit Christy.

2

D'après sa liste, Christy devait encore rendre visite à trois autres femmes : les trois membres qui subsistaient du groupe d'Ellen Curran après la mort de Carla Roberts et la disparition de Liza Stanford.

Ellen Curran avait envoyé les noms et les adresses, mais Christy avait déjà découvert qu'elle ne pourrait s'entretenir qu'avec une seule des trois femmes : depuis décembre, les deux autres étaient parties ensemble pour un voyage en Nouvelle-Zélande dont elles ne rentreraient qu'en février.

Restait Nancy Cox. Au téléphone, elle paraissait très sympathique. « Vous n'avez qu'à passer chez moi dans la matinée, avait-elle simplement dit à Christy. Je suis à la retraite depuis un an, j'ai tout mon temps. »

En traversant la ville à l'heure où l'intense circulation des départs au travail commençait à se réduire peu à peu, Christy repensait à sa conversation du samedi précédent avec Fielder. Elle lui avait demandé quel homme était Logan Stanford, qu'elle ne connaissait jusque-là que par la presse, et Fielder avait longuement hésité.

« Je vais être franc, je ne l'aime pas, avait-il fini par répondre. Cela ne doit bien sûr pas avoir la moindre influence sur l'enquête. C'est juste qu'il a énormément d'argent, qu'il le montre beaucoup et que je n'ai jamais eu de sympathie pour ce genre de personne. Et puis, c'est la star du barreau classique. On sent qu'il serait capable de tuer père et mère pour arriver à ses fins, qu'il prend des libertés avec la vérité, qu'il ne déclare pas tous ses revenus, et qu'il vous assignerait facilement en référé si vous aviez le malheur de piétiner ses plates-bandes. Vous voyez ce que je veux dire ?

— Très bien, avait-elle répliqué en riant. Mais soyez prudent dans vos déclarations. Surtout sur la question de la fraude fiscale !

— Je ne dirais pas cela à quelqu'un d'autre que vous, Christy. Je n'ai aucune idée si c'est vrai. Mais c'est le genre de chose qu'on l'imagine faire.

— Et la disparition de sa femme ne l'inquiète vraiment pas ?

— Il prétend qu'il y est habitué. De même qu'il a l'habitude de la voir reparaître au bout d'un moment. C'est pour cela qu'il ne se fait pas trop de souci.

— Vous trouvez ça normal ? Je veux dire, même quand on a l'habitude... Une personne assez déprimée pour s'en aller régulièrement et ne plus donner de nouvelles pendant des semaines... Ce n'est pas une situation normale ! Il pourrait faire quelque chose. Essayer de l'aider.

— Il me fait l'impression d'être un homme très peu émotif. Concentré avant tout sur sa carrière et son prestige. D'ailleurs, nous ne savons pas s'il n'a pas déjà essayé, dans le passé, de l'aider à régler son problème. Avec les dépressifs, les conjoints ne réussissent pas toujours. Ils finissent par perdre courage, ils laissent tomber en espérant que les choses s'arrangeront à la longue. »

En chemin, Christy envisagea une autre possibilité. Au cabinet du Dr Westley, la secrétaire médicale avait pour ainsi dire exclu l'idée que Liza Stanford ait pu souffrir de dépression. Si on ajoutait à cela que la famille semblait rouler sur l'or...

Une épouse d'avocat, songea Christy. Riche à millions. Bijoux précieux, vêtements de marque, Bentley. Une telle femme pouvait très bien avoir d'autres raisons de se cacher pendant un temps, par exemple pour se faire refaire la carrosserie dans un endroit quelconque. C'était la spécialité du Brésil. En ce moment, elle était peut-être dans une clinique de São Paulo pour une liposuccion, un lifting des paupières et du décolleté, un rembourrage des lèvres... Les gens n'aiment pas trop ébruiter ces choses-là. Elle avait peut-être défendu à son mari sous peine de mort de souffler mot de ce passe-temps extravagant, et, pour justifier son absence, il n'avait pas trouvé mieux que cette histoire de dépression. Il ne fallait pas exclure les explications innocentes.

Pour autant, elle comprenait parfaitement l'argumentation de Peter Fielder :

« Nous avons là deux femmes assassinées, et la personne qui a eu affaire aux deux disparaît sans laisser de traces. C'est tout de même assez louche, Christy ! Je sais qu'il y a parfois des hasards extraordinaires, mais là, il faudra me prouver qu'il s'agit bien d'une coïncidence. De plus, rappelez-vous que l'harmonie ne régnait pas dans le couple

Stanford. Lorsqu'une femme rejoint un groupe de parole pour *femmes seules* en espérant que cela l'aidera à trouver le courage de sauter le pas, on peut en conclure que la séparation est déjà largement consommée. Comment savoir ? Carla Roberts a pu insister lourdement pour que son amie se décide à quitter cet avocat sans cœur, et Stanford n'a pas apprécié ? Un divorce lui coûterait beaucoup d'argent, et il n'en a peut-être pas autant qu'on le croit. Combien de fois avons-nous vu des gens habiter une splendide demeure, conduire de belles voitures et s'habiller chez les grands couturiers, alors que tout était bâti sur le sable ? La magnifique villa peut être hypothéquée jusqu'au toit, les voitures peuvent être en leasing et les traites payées à coups de crédits. Un divorce dans ces conditions serait la fin de tout. Stanford peut très bien avoir détesté ce groupe auquel sa femme participait, et Carla Roberts en particulier.

— Mais dans ce cas, que faites-vous d'Anne Westley ? Et de Thomas Ward ? Ou de Gillian Ward ? »

Fielder n'avait pas su répondre à cette question. Et Christy pas davantage.

Chez Nancy Cox, un petit déjeuner complet l'attendait, avec toasts, plusieurs sortes de confitures, œufs brouillés au lard, scones faits maison et une grande cafetière répandant un parfum délicieux, le tout servi sur la table du salon d'une petite maison mitoyenne de Fulham. Nancy était une femme menue et chaleureuse, aux cheveux gris coupés court et au regard aimable. Deux chats dormaient sur son canapé. Remarquant que Christy regardait avec étonnement un bonhomme de neige dans le jardin, elle expliqua :

— Mes petits-enfants sont venus pour le week-end.

Christy, qui, ce matin-là encore, s'était contentée d'un café avalé debout à l'aube et plus tard d'une barre chocolatée, se laissa inviter sans résistance. Elle engloutit deux portions d'œufs brouillés et un toast et but trois tasses de café, constatant une fois de plus à quel point un vrai petit déjeuner pouvait donner du courage et mettre de bonne humeur. Même si elle allait devoir se remettre au régime dans les prochains jours. Christy était en lutte permanente contre les kilos superflus.

La description que Nancy lui fit de Liza concordait avec ce qu'avait déclaré Ellen Curran. En revanche, elle n'y retrouva qu'une partie du portrait dressé par la secrétaire médicale.

— Arrogante ? Elle ne m'a pas vraiment fait cette impression. Bien sûr, ses vêtements étaient toujours terriblement coûteux, et les bijoux qu'elle avait à une seule main devaient valoir plus de cinq ans de ma retraite. Mais ce n'est pas ce qui rend quelqu'un heureux, n'est-ce pas ? Elle me paraissait surtout triste. Abattue.

— Que racontait-elle à propos de son mariage ? Elle souhaitait bien divorcer ?

— Ah, vous savez, j'ai toujours pensé qu'elle ne le ferait jamais. Qu'elle voulait seulement se rassurer de temps en temps sur le fait que c'était possible. Difficile de dire ce qu'elle reprochait exactement à son mari. Elle ouvrait rarement la bouche. Carla Roberts et elle étaient plutôt silencieuses, alors que nous, les quatre autres, nous n'arrêtions pas de parler.

— Carla Roberts…

Nancy prit un air soucieux.

— Sait-on maintenant qui l'a tuée ? Quand j'ai lu ça dans le journal, je ne voulais pas le croire. On n'imagine pas que des choses pareilles puissent arriver à des gens qu'on connaît. J'étais stupéfaite !

— Même si Carla et Liza s'exprimaient peu… elles ont bien dû dire certaines choses ?

Nancy réfléchit.

— Oui, Liza a évoqué une ou deux fois son mariage malheureux. Son mari ne s'intéressait qu'à l'argent, au prestige, à sa réputation. Il est d'ailleurs souvent dans le journal, à cause de tous ces galas de bienfaisance qu'il organise. Mais cela ne veut pas dire qu'il s'occupe suffisamment de sa femme, n'est-ce pas ? Je crois qu'elle se sentait terriblement seule, même quand il était là.

— Savez-vous s'il était d'accord pour qu'elle fréquente votre groupe ?

— Je crois qu'il n'en savait rien. Elle avait sans doute fait une vague allusion à un groupe de découverte de soi-même, et il avait dû trouver l'idée stupide, mais sans considérer cela comme un danger.

— Carla lui conseillait-elle de divorcer ?

— Je ne sais pas. Il leur arrivait de discuter entre elles à voix basse, mais je n'ai aucune idée de quoi elles parlaient.

Nancy s'interrompit un instant, l'air coupable.

— Très franchement, reprit-elle, je les trouvais toutes les deux assez ennuyeuses. Alors que nous, les quatre autres, prenions vraiment plaisir à bavarder, ces deux-là faisaient des têtes d'enterrement… A partir d'un certain moment, j'ai plus ou moins cessé de faire attention à elles. D'ailleurs, Liza était très souvent absente.

— Donnait-elle ses raisons pour cela ?

— Des obligations mondaines. De toute façon, c'était évident, avec la position de son mari. Mais Ellen était tout de même assez contrariée.

— Est-il exclu que son mari ait parfois pu l'empêcher de venir ?

— Non, bien sûr que non. Mais je ne peux que répéter ce qu'elle disait. Nous n'insistions pas vraiment pour en savoir davantage.

— Liza a-t-elle jamais mentionné la pédiatre de son fils ? Le Dr Anne Westley ?

— Non, jamais. Pourquoi ?

— Et de quoi Carla Roberts parlait-elle – quand elle disait quelque chose ? demanda Christy sans répondre à la question.

— Ah, Carla avait d'énormes problèmes, déclara Nancy. C'était une femme brisée. Son mari parti avec la secrétaire, l'entreprise en faillite… Elle avait tout perdu du jour au lendemain. Sa maison a été vendue aux enchères, et elle s'est mise à travailler dans une droguerie, à déballer des cartons et à ranger des étagères, pour pouvoir joindre les deux bouts. Du moins jusqu'à ce qu'elle prenne sa retraite, et là, elle s'est retrouvée complètement seule. Elle ne parvenait pas à comprendre ce qui s'était passé. Et sa fille, la seule famille qui lui restait, vivait de plus en plus de son côté.

— Oui, elle ne s'inquiétait sans doute pas beaucoup de sa mère.

Nancy haussa les épaules.

— Enfin, les jeunes d'aujourd'hui sont ainsi. Ils se soucient d'eux-mêmes, de leur vie, de leur avenir. Quand mon mari est subitement parti avec une autre femme et a demandé le divorce, j'ai traversé moi aussi des moments difficiles, croyez-moi. A l'époque, je n'ai pas souvent vu mes enfants. Ils avaient leurs études, leurs amis... Passer ses week-ends avec une mère en larmes, ça n'avait pas vraiment la cote.

Christy se dit une fois de plus qu'elle avait été bien inspirée en refusant d'avoir une vie de famille classique. Elle avait souvent l'impression qu'on n'apprenait plus aux enfants qu'à devenir de parfaits égoïstes.

Elle avala une dernière gorgée de café, prit une carte de visite dans son sac, la posa sur la table et la poussa vers Nancy.

— Surtout, appelez-moi si vous vous souvenez de quoi que ce soit. N'importe quoi que Carla ou Liza aient pu dire, même en passant. Tout peut avoir de l'importance.

— Je vais y réfléchir, promit Nancy.

3

La propriété était d'une dimension inhabituelle, même pour Hampstead. John connaissait le prix du mètre carré dans les différents quartiers de Londres, et cela lui donnait une idée de ce que les Stanford avaient dû débourser pour une telle demeure. La maison était très en retrait par rapport à la rue, on la distinguait à peine à travers les grands arbres d'âge vénérable, si proches les uns des autres que, même dépourvus de feuilles, ils formaient comme un mur. Après avoir repéré le sud, John constata qu'en été ils devaient bloquer presque entièrement la lumière du soleil et plonger la maison dans une pénombre permanente. Il se demanda comment on pouvait dépenser une fortune pour une villa et un terrain grand comme un parc, pour vivre dans une obscurité qu'on aurait pu avoir à bas prix dans n'importe quelle arrière-cour d'immeuble. L'idée que Liza Stanford ait pu être dépressive ne lui paraissait tout à coup plus aussi étonnante.

Il allait actionner la sonnette, encastrée près d'une caméra de surveillance dans l'un des piliers du portail en fer forgé, quand il vit un jeune garçon traverser le parc enneigé dans sa direction. Il ne marchait pas dans l'allée soigneusement déblayée, car il traînait une luge, un genre de sous-tasse en plastique rouge avec un petit siège moulé. John ne put s'empêcher de penser aux luges en bois de son enfance. Tant de choses avaient changé depuis...

Le garçon ouvrit le portail et ne découvrit qu'à cet instant l'homme qui attendait derrière, ce qui le fit sursauter.

— Bonjour, dit-il avec hésitation.

— Bonjour. Je m'appelle John Burton. Et toi ?

— Finley. Finley Stanford.

— Bonjour, Finley. Je venais voir ta mère. Est-elle à la maison ?

— Non.

— Sais-tu quand elle reviendra ?

— Non.

— Où est-elle donc ?

— Je ne sais pas.

— Tu ne sais pas ?

— Elle a disparu, affirma Finley.

John prit un air étonné.

— Disparu ? Depuis quand ?

— Depuis la mi-novembre. C'est le 15 novembre qu'elle a disparu. C'était un dimanche.

— Ah bon ! Elle a fait sa valise, elle est sortie de la maison et elle n'est pas revenue ? C'est ça ?

— Non. Le samedi après-midi, nous avons regardé la télé ensemble, maman et moi. Elle a bu du thé et moi un chocolat. Et nous avons mangé des petits gâteaux.

— Seulement ta maman et toi ? Ton père n'était pas là ?

— Il était dans son bureau. Il avait encore du travail.

— Je comprends. Et ensuite ?

— Papa est sorti, parce qu'il avait rendez-vous pour dîner. Avec un client. Mon papa est avocat.

— Oui, je sais.

— Maman et moi, nous n'avons pas dîné, parce que nous n'avions plus faim. A cause des gâteaux. J'ai encore joué un peu sur mon ordinateur. Je dois aller au lit à neuf heures.

Finley s'interrompit soudain et regarda John avec méfiance.

— Pourquoi voulez-vous savoir tout ça ?

— Je connais bien ta maman. J'avais besoin de lui parler à propos d'une affaire assez urgente. C'est important pour moi de savoir ce qui s'est passé.

— Eh bien, reprit Finley d'un air préoccupé, je ne le sais pas vraiment non plus. Le lendemain, papa m'a réveillé et m'a dit que maman était partie pendant la nuit, mais qu'elle allait sûrement revenir. Après, je suis allé à l'école tout à fait normalement. J'espérais vraiment qu'elle serait là quand je rentrerais l'après-midi, mais…

Il haussa les épaules. John l'observa avec attention. Le garçon était pâle et assez frêle, mais il paraissait en bonne santé. S'il se faisait visiblement du souci pour sa mère, il ne montrait aucun signe d'instabilité psychique. Il semblait très calme. Un peu trop, peut-être ? Dans son activité d'entraîneur de handball, John avait côtoyé beaucoup de familles dites à problèmes, et il avait été frappé de constater qu'il émanait de certains enfants vivant dans des conditions particulièrement désastreuses cette impression d'un calme un peu étrange, dont on finissait par s'apercevoir qu'il s'agissait d'un complet repli sur soi-même. Des enfants dont la situation était normale se faisaient parfois beaucoup plus remarquer que d'autres dont on apprenait un jour que la mère était alcoolique et le beau-père violent.

John avait connu quelques-uns de ces enfants dont toute la vie de famille n'était qu'une longue catastrophe, et il les avait justement repérés à leur façon de se faire complètement oublier.

Il se demanda s'il aurait décrit Finley de cette manière – comme un enfant « remarquablement discret » – s'il l'avait rencontré sans idée préconçue.

— A quelle école vas-tu ? lui demanda-t-il.

— William Ellis School. A Highgate.

— Tu aimes bien y aller ? As-tu beaucoup d'amis ?

Le garçon réfléchit un instant.

— Oui, ce n'est pas trop mal. Je n'ai pas tellement d'amis. Mais j'aime bien être seul.

— Je comprends, assura John avant de revenir à sa préoccupation première : Et... est-ce déjà arrivé avant ? Que ta mère s'en aille comme ça, sans que personne ne sache où elle était allée ?

— Une fois. Il y a environ deux ans. Mais elle est revenue au bout de dix jours.

Le départ de Mme Stanford n'était donc pas aussi normal que son mari avait voulu le faire croire à Fielder. Elle avait certes déjà disparu une fois, mais pour une durée très limitée. Alors que cette fois-ci elle n'avait plus donné de nouvelles depuis le 15 novembre, et on était le 11 janvier. Près de deux mois s'étaient écoulés.

— La police aussi a demandé où elle était, ajouta Finley. Un inspecteur de Scotland Yard est venu vendredi dernier. Mais vous, vous n'êtes pas de la police ?

— Non, Finley, je ne suis pas de la police.

— Alors, pourquoi toutes ces questions ? lança derrière John une voix sévère.

Il se retourna. L'homme était sorti de la maison et les avait rejoints sans qu'ils s'en aperçoivent. Un homme vêtu d'un jean et d'un pull-over, aux cheveux gris argent soigneusement peignés. Logan Stanford.

— Maître Stanford ? demanda John.

— Que faites-vous ici ? répliqua Stanford en guise de réponse. Pourquoi parlez-vous avec mon fils ?

— Il connaît maman, dit Finley. Il doit discuter avec elle.

— Ah oui ? A quel sujet ?

— C'est tout à fait personnel, répondit John.

— Qui êtes-vous ? s'enquit Stanford d'une voix très calme.

— Je m'appelle John Burton.

Pendant que Stanford l'examinait, John imagina cet homme dans une salle de tribunal. Son apparence était neutre : ni spécialement aimable, ni antipathique. Il était totalement sous contrôle, impénétrable. Impossible de savoir ce qu'il pensait.

John opta pour la voie directe :

— Maître Stanford, la police est venue chez vous vendredi. A propos de votre femme. Vous savez donc de quoi il s'agit.

— Qui êtes-vous ? répéta Stanford.

— Deux femmes ont été assassinées. Et un homme. Selon toute vraisemblance, la mort de cet homme n'était pas prévue, et le tueur visait en réalité sa femme. C'est un hasard qui l'a sauvée, mais il est tout à fait possible qu'elle soit en grand danger. Vous voulez savoir qui je suis ? Un ami très proche de cette femme. Je tiens beaucoup à elle. J'ai à cœur sa sécurité.

— C'est compréhensible. Mais je ne peux rien pour vous.

— Je suppose que l'inspecteur Fielder vous a expliqué les circonstances. Vous savez comment la police en est venue à s'intéresser à votre épouse. Jusqu'ici, elle est le seul lien connu entre les deux femmes assassinées. Il serait vraiment important que je puisse parler avec elle.

— Je ne sais pas où elle est.

— Et vous considérez cela comme une situation normale ? De ne pas savoir où est votre femme depuis deux mois ?

— C'est à moi de juger de ce que je considère comme normal ou pas, monsieur Burton.

— Votre femme ne souffre-t-elle pas de graves dépressions ?

— Monsieur Burton…

— En tout cas, c'est ce que vous avez déclaré à la police.

— Vous l'avez dit vous-même, monsieur Burton : je fais mes déclarations à la police. Et pas à un parfait inconnu qui aborde mon fils devant mon portail et le questionne, sans pouvoir justifier cela autrement que par ses relations privées avec la famille d'une victime de meurtre. Monsieur, je considère notre entretien comme terminé.

Les deux hommes se dévisagèrent quelques instants en silence. John comprit qu'il était inutile d'insister pour le moment. Stanford était inaccessible, inébranlable, et il ne servirait sans doute à rien de le provoquer, encore moins d'essayer de lui arracher une phrase imprudente. Il n'en tirerait pas un mot.

— Au revoir, monsieur Stanford.

— Au revoir, répondit Stanford en posant son bras sur les épaules de son fils.

John traversa la rue et monta dans sa voiture, qu'il avait garée le long du trottoir d'en face. Il était convaincu que Stanford avait noté le numéro et que son premier soin serait de vérifier qu'il lui avait bien donné son vrai nom. Probablement prendrait-il aussi d'autres renseignements.

Et quand bien même.

John n'avait pas l'intention de renoncer. Il lui restait encore une possibilité : le garçon. Il faudrait bien qu'il aille à l'école, Stanford ne pouvait pas le surveiller vingt-quatre heures sur vingt-quatre. William Ellis School, Highgate. Il ne serait pas trop difficile d'y intercepter Finley au passage.

Le garçon était le point faible de Logan Stanford. Pas seulement parce qu'il n'était pas inaccessible, mais aussi parce qu'il savait beaucoup de choses. Il avait appris à s'en accommoder, à les garder pour lui, à jouer le jeu de ses parents : celui de la famille sans problèmes, riche et heureuse, à qui tout réussit.

Peut-être le spectacle le plus trompeur jamais joué dans cette ville.

Mardi 12 janvier

1

Gillian avait l'impression de n'avoir eu aucun répit depuis le jour où elle avait trouvé Thomas mort dans la salle à manger. C'était vrai presque littéralement si l'on exceptait les nuits, où elle s'écroulait comme un arbre abattu après avoir pris un puissant somnifère, pour se réveiller le lendemain matin d'une sorte d'anesthésie, sans garder le moindre souvenir de rêves oppressants. Ses nuits étaient entièrement noires, entièrement vides. Dès qu'elle se levait, elle était comme un hamster qui saute dans sa roue et continue à courir jusqu'à l'épuisement total. Dans sa cage, l'animal fuit l'ennui, la solitude du prisonnier. Elle, elle fuyait le moment où elle réaliserait enfin.

Un jour ou l'autre, elle serait obligée de s'arrêter.

Elle débarrassait toute la maison. Elle avait emballé les affaires de Tom dans d'innombrables sacs en plastique qu'elle avait confiés à la collecte de vieux vêtements, trié ce qui était devenu trop petit pour Becky, mis de côté ce qu'elle-même ne portait plus. Elle descendait du grenier les vieux journaux et les cartons vides et en remplissait la poubelle de recyclage. Elle téléphonait et prenait rendez-vous pour qu'on vienne chercher les objets encombrants au début de la semaine suivante. Il y avait encore dans la cave des meubles datant des premiers temps de leur mariage, des souvenirs dont elle n'avait jamais pu se séparer parce que cela l'aurait rendue beaucoup trop nostalgique. A présent, ils étaient sur la liste de ce qu'elle allait faire emporter.

Dans cette cave, elle avait même retrouvé plusieurs grands cartons restés rangés à plat depuis qu'elle avait emménagé dans cette maison avec Tom. Elle les avait traînés à l'étage et dépliés pour commencer à tout emballer. Les livres, la porcelaine, les photographies encadrées, les chandeliers…

Ce mardi-là, à midi, on avait déjà l'impression que le déménagement était imminent.

S'apercevant qu'elle était affamée, Gillian sortit une pizza du congélateur et la mit au four. En attendant le repas, elle mit son ordinateur en marche et rechercha sur Internet un agent immobilier à Southend ou à Londres. Elle n'en connaissait aucun et aurait très bien pu prendre le premier venu, mais un nom lui tomba sous les yeux, celui de Luke Palm, qui lui rappela quelque chose. Oui, il avait été cité dans un ou deux journaux. C'était l'homme qui avait découvert le corps d'Anne Westley. En y réfléchissant, elle se dit que c'était peut-être un bon choix. Elle pourrait lui expliquer pourquoi elle voulait vendre la maison sans qu'il s'évanouisse, et sans qu'il manifeste de l'incompréhension ou un intérêt malsain. D'une certaine manière, il faisait partie de cette histoire. Depuis que la violence la plus extrême avait fait irruption dans sa vie, Gillian se sentait parfois comme un naufragé sur un morceau de banquise à la dérive, séparée des gens normaux, ceux qui n'avaient pas vécu cette expérience. Luke Palm, lui, était sur le même glaçon. Elle pourrait lui faire confiance.

Elle composa le numéro de l'agent, dont la secrétaire la mit aussitôt en communication avec lui.

— Oui ? Ici, Luke Palm.

— Bonjour, je suis Gillian Ward.

Elle marqua une courte pause, attendant une réaction, mais son nom ne lui évoquait apparemment rien. Il est vrai que, même s'il avait certainement entendu parler du meurtre, un seul journal avait cité le nom de Tom.

— Je voudrais vendre ma maison, poursuivit-elle. Ici, à Southend, dans le quartier de Thorpe Bay. J'aimerais avoir votre avis sur le prix que je peux en demander. Je n'ai aucune idée de l'état actuel du marché.

— Pas de problème, je peux passer voir la maison quand vous voudrez. Quel moment vous conviendrait ?

— Pourriez-vous venir demain ? Demain après-midi ?

— J'ai malheureusement déjà quelques rendez-vous. A cinq heures et demie, serait-ce trop tard ?

— Non, c'est parfait.

Elle lui donna ses coordonnées. Quand elle eut raccroché, elle resta encore quelques minutes assise à la table de la salle à manger, regardant par la fenêtre le jardin recouvert d'une épaisse couche de neige. C'est probablement mon dernier hiver ici, songea-t-elle.

Je vais le faire. Je vais vraiment le faire. Couper tous les ponts derrière moi.

Deux ou trois oiseaux affamés voletaient autour de la mangeoire posée sur son poteau, tout près du cerisier. Ils s'éloignèrent, déçus de la trouver vide. Malgré elle, Gillian revit en imagination ce qui s'était passé deux ans plus tôt. Le 22 novembre, jour de l'anniversaire de Becky. Elle avait tant désiré cette petite maison pour nourrir les oiseaux ! De la fenêtre, Gillian l'avait regardée l'installer avec Tom l'après-midi même. Les joues de Becky étaient rouges de plaisir, et Tom était content de faire quelque chose avec sa fille. Ils avaient tous deux l'air si heureux, si bien ensemble ! Gillian avait eu chaud au cœur devant ce spectacle. Elle sentit un peu de cette chaleur remonter en elle et chassa le souvenir. C'était dangereux. Bien trop dangereux.

Le jardin était de nouveau vide devant elle, enfoui sous la neige intacte. Il n'y avait plus d'homme pour rire et parler avec un enfant. Rien que des oiseaux affamés.

Il faudra que j'achète des graines pour les nourrir, pensa Gillian.

2

Samson referma soigneusement la porte de la caravane et mit la clé dans la poche de son anorak. Le ciel était tout bleu, la neige étincelait sous un soleil radieux. Le froid le fit frissonner. Il estima la température autour de moins dix degrés. Il ne se souvenait pas d'un autre hiver aussi glacial, avec autant de neige. Les années précédentes, il avait toujours fait un sale temps bruineux, les gens croyaient ne plus jamais revoir un Noël blanc en Angleterre, ni des enfants grimper sur une colline en traînant une luge avec laquelle ils s'amusaient des après-midi entiers. Samson avait connu ces joies quand il était petit.

C'était si loin maintenant...

Il déblaya la neige sur un pan de mur en construction et étala les restes de pain qu'il avait apportés dans un sac. Il savait qu'il n'aurait qu'à s'éloigner de quelques pas pour qu'une nuée d'oiseaux s'abatte dessus. Depuis quelques jours, il les nourrissait régulièrement. Ils étaient sa seule compagnie dans ce désert, et leurs cris affamés lui serraient le cœur.

— A partir de maintenant, il faudra vous débrouiller tout seuls, murmura-t-il. Moi, je ne peux plus supporter de rester ici.

Son plan était de rejoindre à travers champs les premiers faubourgs de Londres, d'y trouver une cabine téléphonique ou un bureau de poste et de chercher le numéro de John Burton, soit dans l'annuaire, soit par les renseignements. Il lui fallait un nouvel abri, et John était le seul à pouvoir l'aider. S'il ne parvenait pas à le joindre, il ne resterait que Bartek, et il se doutait bien que Bartek allait s'évanouir en le voyant débarquer, ou alors, il le chasserait aussitôt. Son frère Gavin serait son tout dernier recours. A cause de Millie. Mais s'il ne voulait pas mourir de faim ou de froid, il serait forcé de se jeter dans la gueule du loup. Quoi qu'il en soit, il ne se faisait aucune illusion : la police finirait par le prendre et il irait en prison. Ce n'était qu'une question de temps. Et il avait depuis longtemps atteint le point où il ne voyait plus la cellule comme le pire des maux. La solitude l'avait presque détruit. S'il partait maintenant pour tenter de rejoindre John, c'était dans l'espoir de sauver sa vie. Deux jours de plus dans cette caravane de chantier et il se suicidait.

Une heure et demie de l'après-midi. Au loin, il distinguait vaguement les premiers immeubles de la périphérie, sans savoir de quelle partie de la ville il s'agissait. Il estima qu'il en avait pour une bonne heure et demie de marche avant d'atteindre une zone habitée, mais cela ne lui faisait pas peur. Il avait toujours aimé marcher, il était chaudement vêtu et, avant son départ, il avait fait un repas consistant – sorti d'une boîte de conserve. Il ne pouvait pas lui arriver grand-chose dans l'immédiat. Il devait seulement trouver un gîte avant le soir, car, la nuit, le thermomètre descendait souvent à près de moins quinze.

Il se mit en route. La marche était pénible, car il enfonçait profondément dans la neige à chaque pas.

Demain, j'aurai de belles courbatures, se dit-il.

Il ne se retourna qu'une fois. Les parois des immeubles en construction et les grues s'élevaient très haut dans le ciel d'un bleu surnaturel. La caravane paraissait minuscule au milieu de tout cela, presque perdue.

Les oiseaux voletaient au-dessus du mur, se disputant les miettes de pain.

3

John était garé en face du collège depuis trois heures de l'après-midi, les yeux constamment fixés sur les différentes sorties. Quelques élèves avaient quitté le bâtiment de brique rouge aux fenêtres encadrées de blanc, d'autres étaient entrés, mais Finley n'était pas parmi eux. L'école jouxtait les pelouses et les terrains de Hampstead Heath, sur lesquels se trouvaient un court de tennis, des installations sportives et plusieurs bâtiments annexes. Même si

Finley avait cours dans ces bâtiments, John supposait qu'il sortirait par l'issue principale, ou au moins qu'il passerait devant. Il y avait un arrêt de bus un peu plus loin, et il était probable que Finley commençait par là le trajet pour rentrer chez lui. John avait donc bon espoir de réussir.

Il était moins optimiste lorsqu'il pensait à sa société. Ses recherches des derniers jours avaient décidément eu un effet négatif sur son temps de présence au bureau. Ses employés savaient se débrouiller sans lui, mais il était important que le patron garde les commandes, et ce n'était guère le cas en ce moment. De plus, il avait des remords à propos de Samson Segal. Il aurait dû depuis longtemps retourner le voir. Le pauvre diable devait se trouver terriblement seul, peut-être proche du désespoir. John se sentait responsable de lui, et au lieu de s'en occuper, il était en train de jouer au détective privé. Il s'était lancé sur les traces de cette maudite femme, ce qui l'obligeait à attendre pendant des heures une occasion de progresser. A la différence qu'en règle générale un vrai détective se faisait payer pour son travail, tandis que lui négligeait cruellement le boulot qui était son gagne-pain.

Tant pis. Il avait commencé, il irait jusqu'au bout.

Vers quatre heures, il y eut du mouvement. Les premiers élèves sortirent, bientôt suivis par des groupes de plus en plus compacts. Soudain méconnaissable, la rue enneigée et paisible s'emplit des cris, des appels et des rires des enfants et des adolescents. John descendit de sa voiture et regarda autour de lui avec attention, espérant que Finley ne lui échapperait pas dans cette foule.

En même temps, il surveillait de près la rue et les autres voitures stationnées. Il ne fallait pas exclure la possibilité que Stanford vienne en personne chercher son fils. John ne craignait pas la confrontation, mais il était conscient que, si l'avocat le surprenait devant l'école, ses chances de pouvoir encore intercepter Finley seul seraient réduites à néant. Stanford ne laisserait plus un instant le garçon sans surveillance, même s'il lui fallait pour cela engager un garde du corps.

Cependant, au grand soulagement de John, l'avocat ne semblait pas être dans les parages. Après tout, il fallait bien qu'il travaille pour gagner tout cet argent.

Finley apparut si soudainement devant John qu'il le fit presque sursauter. Contrairement à la plupart des élèves, qui marchaient en groupes serrés et bruyants, le garçon était seul. Reconnaissant John, il s'avança vers lui et attendit, le regardant simplement de ses yeux calmes et doux.

John jeta un rapide coup d'œil aux alentours. Toujours pas de Stanford en vue.

— Bonjour, Finley.

— Bonjour, monsieur Burton. Mon père a dit que je ne devais pas vous parler.

— Oui, je m'en doutais. Et je sais que je te demande beaucoup en te priant de passer là-dessus. Mais c'est important. Il s'agit de ta mère.

Finley hésitait. Il ne voulait pas désobéir à une interdiction formelle de son père, mais c'était aussi un enfant à qui sa mère manquait.

— Pourtant, vous ne la connaissez pas ? fit-il.

— Non, admit John. Mais j'ai vraiment besoin de discuter avec elle. C'est important pour une autre personne que je connais bien.

Finley haussa les épaules dans un geste d'impuissance.

— Je ne sais pas où elle est.

— As-tu une photo d'elle ? s'enquit John.

Finley hocha la tête. Il fit glisser de son dos son sac d'écolier, le posa dans la neige et se mit à fouiller dedans, pour sortir finalement un cliché d'un portefeuille.

— La voici.

John examina la photographie et constata aussitôt que Liza Stanford était une belle femme aux longs cheveux blonds, avec de grands yeux remarquables, des traits fins. Mais il vit aussi l'air traqué, la peur dans les yeux. Des signes de dépression ? Ou bien la vie de cette femme était-elle empoisonnée par une terreur tout à fait concrète ?

— Elle est très belle, dit-il en rendant le cliché à Finley.

— Oui, approuva le garçon en hochant la tête.

— Ton père est à son bureau ?

— Oui, il ne reviendra que ce soir.

— Tu allais rentrer par le bus, n'est-ce pas ?

— Oui.

— Si tu veux, je peux te ramener chez toi en voiture, et nous bavarderons un peu en chemin.

Finley refusa en secouant énergiquement la tête.

— Je ne monte pas dans la voiture de gens que je ne connais pas.

— D'accord. Tu as absolument raison. Mais peux-tu m'accorder encore cinq minutes ici, dans la rue ? Pour parler ?

— Mon bus ne part que dans dix minutes, concéda Finley.

— Très bien. Tu sais, Finley, il est presque impossible qu'une personne disparaisse *sans aucune raison.* Encore moins une maman. Elle a dû laisser derrière elle ce qu'elle avait certainement de plus cher au monde, c'est-à-dire toi. Une femme ne fait pas cela sans y être forcée par une raison grave.

— Oui.

— Ton père a dit à la police que ta mère souffrait souvent de dépression. Sais-tu ce qu'est une dépression ?

— C'est quand on est tout le temps très triste.

— Exactement. Pourrait-on dire cela de ta mère ? Qu'elle est toujours très triste ?

— Oui, répondit gravement Finley.

John essaya de poser sa question autrement :

— Quand les gens sont dépressifs, souvent, on ne comprend pas la raison de leur tristesse. Ils peuvent parfois sentir eux-mêmes que cette raison existe, mais de l'extérieur, les autres ont l'impression qu'il n'y en a pas. Comme si cette tristesse était une sorte de maladie, un peu comme un rhume ou une angine. Tout semble aller bien dans la vie de cette personne, et les gens se demandent : *Mais pourquoi est-il ou elle toujours si triste ?* Est-ce comme cela avec ta mère ?

Une ombre d'incertitude passa sur le visage de Finley.

— Vous voulez dire, est-ce qu'on se demande pourquoi elle est triste ?

— Oui, c'est cela.

— En fait, pas vraiment, répondit Finley à voix basse.

A présent, il évitait de regarder John. Celui-ci insista :

— Alors, tu as toujours su pourquoi elle était triste ?

Finley hocha la tête.

— Et tu sais aussi pourquoi elle est partie ?

Finley ne réagit pas. Il fixait avec insistance ses chaussures, et John vit les veines de ses tempes palpiter légèrement sous sa peau très blanche.

— Tu veux bien me le dire ?

Finley fit non de la tête.

— Mais cela me rendrait peut-être service de la retrouver.

Finley regarda autour de lui d'un air perdu, comme s'il espérait voir venir il ne savait trop quel secours.

— Y avait-il souvent des disputes entre tes parents ?

John sentit que Finley n'avait qu'une envie, s'enfuir en courant. Il comprit que le garçon ne résisterait pas une minute de plus.

Il venait d'avoir une idée. Les chances étaient faibles, mais il existait peut-être un moyen de retrouver Liza, et pour cela, il lui fallait une information. Une information qu'il n'obtiendrait pas s'il continuait à mettre le garçon sous pression. Il changea brusquement de sujet et demanda d'un ton léger :

— Fais-tu des choses en dehors de l'école ? Je veux dire, l'après-midi ? Des activités qui te plaisent ? Tu joues peut-être au rugby ? Ou bien d'un instrument ?

Finley eut l'air à la fois surpris et soulagé.

— Le mercredi, je joue au handball. Et j'ai un cours de piano le jeudi.

— Tu joues au handball ? Ça, c'est super ! En dehors de mon travail, j'entraîne justement des enfants à ce sport.

— C'est vrai ? s'écria Finley en le regardant d'un air admiratif.

— Oui, c'est vrai. Tu es bon ?

— Ça peut aller.

— Vous jouez ici, à l'école ?

— Oui.

— Et les cours de piano ? Ils se passent ici aussi ?

— Non, je vais chez un professeur privé. A côté de la station de métro Hampstead.

— Je comprends. J'imagine qu'avant c'était ta mère qui t'y emmenait, non ? Et maintenant, tu y vas seul ?

— Oui. Mon père est très occupé.

— C'est sûr. Eh bien, Finley… merci de cette conversation. J'espère que tu ne vas pas rater ton bus.

— J'ai encore le temps. Alors… au revoir, marmonna-t-il avec hésitation.

— Au revoir.

John regarda le garçon s'éloigner, les épaules un peu voûtées, comme s'il portait un fardeau invisible. Cet enfant n'était pas heureux. On subvenait sans doute à tous ses besoins matériels, il ne manquait de rien et il était probable qu'une grande salle de jeux bien équipée l'attendait chez lui. Pourtant, il émanait de lui une impression de tristesse, d'abandon.

La probabilité que l'idée de John réussisse était faible, mais il n'avait rien d'autre à quoi se raccrocher. Si Liza Stanford était encore dans les parages, elle devait essayer, au moins de temps en temps, d'avoir des nouvelles de son fils. Ou ne serait-ce que de le voir de loin, parce que, d'une certaine manière, cela l'aidait elle-même à supporter la séparation. Dans ce cas, il y avait un petit espoir qu'elle fréquente parfois les endroits où elle savait que Finley passait à une heure précise et qu'elle pourrait l'apercevoir. Si John avait de la chance, il parviendrait à la reconnaître, et là, soit il lui parlerait, soit il la suivrait.

C'était une hypothèse, sans plus. Et cela signifiait des après-midi entiers fichus. Car il avait préféré ne pas alarmer Finley en lui demandant l'heure de ses activités. Il lui faudrait donc à chaque fois commencer sa planque en début d'après-midi, ce qui lui ferait perdre beaucoup de temps. Par ce froid, ce ne serait pas une partie de plaisir.

Il regarda sa montre. Cela valait-il encore la peine d'aller à son bureau pour voir si tout allait bien ? Il décida de régler cela par téléphone. A la place, il rendrait visite à Gillian.

4

Christy McMarrow était assise en face de son chef dans le bureau de l'inspecteur principal Fielder. Dès la veille, elle lui avait rendu compte des résultats de son entretien avec Nancy Cox et avec la secrétaire de l'ancien cabinet médical du Dr Westley. Fielder avait tenu à appeler aussitôt le Dr Phyllis Skinner, la confidente d'Anne Westley, et il avait réussi à la joindre.

— J'ai parlé avec le Dr Skinner au téléphone, annonça-t-il à Christy. J'aurais préféré aller la voir, mais elle est au lit avec une méchante grippe et ne peut recevoir personne. Elle se souvient de Liza Stanford. Elle la décrit un peu dans les mêmes termes que la secrétaire : arrogante, étalant sa richesse avec insolence. Extrêmement distante. Le Dr Skinner dit qu'à l'origine Anne Westley ne lui avait rien raconté de plus sur cette femme, mais qu'un soir, il y a trois ans et demi, peu après avoir pris sa retraite, le Dr Westley l'a appelée pour lui dire qu'elle avait un problème avec la mère d'un patient – plus précisément d'un ancien patient, puisque, à ce moment-là, elle ne travaillait déjà plus depuis deux ou trois semaines. Liza Stanford.

— Ah ! fit Christy en se redressant sur sa chaise.

Fielder l'arrêta du geste et poursuivit :

— Malheureusement, cela ne nous mène pas beaucoup plus loin. Ce soir-là, le Dr Skinner préparait ses bagages pour partir en vacances le lendemain et elle était très pressée. Elle pense que son agitation devait se remarquer au téléphone, parce que Anne Westley n'a pas précisé davantage de quoi il s'agissait et a dit à Skinner qu'elles pourraient peut-être se voir à son retour. Mais Anne Westley et son mari avaient justement prévu de fêter la fin des travaux de rénovation de leur maison à Tunbridge Wells quelques jours après ce retour. Or, la veille de la fête, le mari est tombé du toit, puis il a contracté à l'hôpital une pneumonie dont il est mort. Bref, quoi qu'Anne Westley ait voulu confier à sa collègue, avec cet enchaînement d'événements tragiques, aucune des deux femmes n'a dû y repenser.

— La conversation n'a donc jamais eu lieu, même par la suite ?

— Hélas, non.

— Ah, merde ! s'exclama Christy avec conviction.

— Tout juste, approuva Fielder. Mais ça ne nous avancera à rien de nous lamenter. Au moins, mon coup de fil a permis de confirmer le fait que Liza Stanford joue un rôle essentiel dans cette affaire. Elle connaissait deux des victimes, l'une des deux avait un problème avec elle, et maintenant, c'est elle-même qui a disparu. Elle est impliquée dans ces meurtres, nous ne savons pas pourquoi ni comment, mais je parierais qu'elle en est la clé. Ou au minimum un élément décisif pour parvenir à la solution.

— Autrement dit, nous devons absolument la retrouver.

— Oui.

— Qu'allons-nous faire ? Cuisiner encore une fois son mari ?

Fielder hocha la tête d'un air dubitatif.

— Ce type n'est pas un client facile. Il fait l'aimable et prétend coopérer, mais il ne dit que ce qu'il veut bien. De plus, il a d'excellentes relations.

— Dont il ne manquera pas de faire usage.

— C'est absolument certain. Nous devons être prudents. Il peut nous faire coller une inspection ou un embêtement de ce genre en un tournemain, en s'adressant directement au sommet de la hiérarchie.

— Oui, mais nous n'avons personne d'autre pour le moment, répliqua Christy.

— Nous pourrions aussi lancer officiellement les recherches pour retrouver Liza Stanford.

— Il ne l'accepterait pas sans réagir.

— Sans doute, concéda Fielder. D'autant que nous ne pouvons invoquer que des présomptions assez vagues. Nous avançons en terrain mouvant. Selon sa version à lui, sa femme ne veut voir personne parce qu'elle souffre de dépression, elle fait cela souvent et il n'y a aucune raison de s'inquiéter. Cela ne justifie pas un avis de recherche.

Sur ce constat déprimant, ils restèrent un moment silencieux, puis Fielder reprit :

— Et Samson Segal ? A-t-on retrouvé sa trace ?

— Il continue à se cacher, expliqua Christy. Au départ, je pensais que c'était le suspect idéal, mais je commence à avoir des doutes. Ce n'est peut-être réellement qu'un inoffensif original, qui a pris la fuite dans un moment de panique par peur d'être accusé. Il est en quelque sorte l'antithèse de notre cher Stanford : un homme qui, dans le doute, ne sait jamais quelle décision prendre.

— Ce serait intéressant de savoir s'il connaissait les Stanford.

— Il n'en parle pas dans ses notes.

— On ne peut pas l'exclure pour autant. Lui aussi, il faudrait le débusquer d'urgence.

— Et John Burton ?

— Je le garde à l'œil, dit Fielder. Je me suis fait apporter le dossier d'enquête de l'époque, ajouta-t-il.

— Patron, ce n'est pas allé jusqu'au tribunal, objecta Christy. L'accusation ne tenait pas.

Elle finissait par croire qu'on ne rappellerait jamais assez souvent ce fait à son chef.

— Je veux quand même revoir le dossier.

— Et moi...

— Et vous, vous tenterez votre chance auprès de Stanford. Vous aurez peut-être plus de succès que moi.

Elle leva les yeux au ciel. Elle s'était bien doutée que Fielder la mettrait sur Stanford. Un type dont on ne pouvait rien tirer.

— Ce sera fait, patron, dit-elle avec résignation.

5

La première chose qu'il aperçut en suivant l'allée de la maison fut la porte d'entrée grande ouverte. Saisi d'une terrible appréhension au souvenir des événements des dernières semaines, il s'immobilisa un instant, glacé d'effroi, se demandant comment réagir. C'est alors qu'il vit Gillian apparaître à l'angle de la villa, venant du jardin de derrière. Elle était visiblement sortie pour peu de temps, car elle ne portait ni manteau ni écharpe et avait simplement mis ses bottes fourrées pour pouvoir marcher dans la neige profonde. Elle tenait à la main un seau en plastique. A la vue du visiteur, elle sursauta, puis se détendit en le reconnaissant.

Cependant, John dut bien constater qu'elle ne paraissait pas enchantée de le voir.

— Salut, Gillian, dit-il.

— Salut, John, répondit-elle avec un sourire plus poli que cordial.

Il s'avança vers elle et l'embrassa, mais elle tourna la tête de telle façon qu'il ne toucha que sa joue.

— Je sais que ce n'est pas très correct d'arriver comme cela sans t'avoir prévenue, mais j'avais l'occasion de passer dans le coin…

Ce n'était pas vrai. Il n'y avait pas d'entraînement le mardi et il n'avait pas la moindre raison de venir à Thorpe Bay – sauf pour voir Gillian. Par chance, elle ne chercha pas à en savoir davantage.

— Entre donc, proposa-t-elle en passant devant lui pour poser le seau à côté de la porte. J'étais sortie donner à manger aux oiseaux.

— Ah, bon.

John considéra les cartons empilés le long du couloir. Dans l'entrée, l'emplacement des tableaux récemment décrochés était bien visible sur les murs.

— Qu'est-ce qui se passe ici ? demanda-t-il.

— J'ai commencé à emballer quelques affaires, répondit Gillian en disparaissant dans la cuisine. Veux-tu boire un café ?

— Volontiers.

Il continuait à regarder autour de lui avec surprise. Impossible de s'y méprendre : Gillian préparait son déménagement.

Il entra dans la cuisine. Malgré la nuit qui tombait, on distinguait encore, par la porte vitrée du jardin, la petite maison des oiseaux fixée au sommet de son poteau. Il se tourna vers Gillian, occupée à mettre du café dans la machine.

— Pourquoi ne sors-tu pas par la porte qui est dans la cuisine quand tu veux aller au jardin ?

— Je ne sais pas, avoua-t-elle en interrompant sa tâche. J'ai du mal à laisser la porte du jardin ouverte, poursuivit-elle après un silence. Même quand ce n'est que pour quelques instants. C'est... c'est par là que le... que l'assassin est entré. C'est simplement... Enfin, ce n'est pas possible.

— Mais dans ce cas, tu ne devrais pas non plus laisser la porte d'entrée ouverte ? Ce n'est pas très logique !

Elle mit en marche la machine à café.

— Pas très logique ? Depuis quelque temps, *rien* dans ma vie n'a plus *aucune* logique !

John s'approcha d'elle.

— Gillian, qu'est-ce qui se passe ? Que signifient tous ces cartons ? Tu veux déménager ?

— Oui. Je vends la maison. L'agent immobilier vient demain.

— N'est-ce pas un peu précipité ?

— Suis-je censée vivre et élever mon enfant dans la maison où mon mari a été assassiné ?

— Mais où veux-tu aller ? Vas-tu louer un appartement près d'ici ?

— Je ne resterai pas ici. Je repars à Norwich.

Il la dévisagea, stupéfait.

— A Norwich ? Mais pourquoi ?

— C'est de là que je viens. Mes parents y habitent. En tant que mère seule obligée de travailler, je devrai malheureusement souvent confier ma fille à d'autres. Je préfère que ce soit à ses grands-parents plutôt qu'à des inconnus. Dans ma situation, j'ai besoin de ma famille, et il se trouve qu'elle est ailleurs.

— Mais ici, c'est chez toi ! C'est ici que Becky va à l'école, qu'elle a ses amis. Tu as une entreprise à Londres qui vous fait vivre. Tout est ici !

— Je vendrai l'entreprise aussi. Elle est en bonne santé, cela ne devrait pas poser trop de problèmes. Entre ça et la vente de la maison, j'aurai devant moi un petit capital qui me laissera le temps de chercher un travail. Ça devrait marcher.

— Tu as tout prévu, fit John, désemparé.

Le café achevait de couler en sifflant dans les deux tasses. Gillian les retira de la machine, y ajouta de la mousse de lait et les posa sur la table. John but une première gorgée avec précaution, se brûla quand même, mais il s'en aperçut à peine. Il observait Gillian, qui, de son côté, contemplait sa tasse comme si le cappuccino recelait un mystère fascinant. Il aurait juré qu'elle était encore en état de choc, que c'était la cause de la pâleur quasi spectrale de son visage, de sa façon de parler vaguement mécanique, du calme peu naturel qui émanait d'elle. Les cheveux dépeignés, elle avait l'air de sortir du lit. L'absence de maquillage la faisait paraître encore plus jeune. Et si fragile qu'il avait envie de la prendre dans ses bras, de la serrer contre lui, tout en sentant que c'était la dernière chose qu'elle voulait.

— Il faut que j'aille de l'avant, déclara-t-elle.

— Oui, mais dois-tu pour autant changer complètement de vie ? Et surtout, prendre une telle décision dans un moment où tu ne dois pas avoir l'esprit très clair ? Gillian, il y a à peine deux semaines que tu as trouvé ton mari ici ! Deux semaines ! Tu ne peux pas avoir déjà surmonté cela, tu ne peux même pas avoir commencé à le faire. Et tu veux déjà bouleverser toute ton existence !

— C'est ma façon de commencer le travail.

Il ne la connaissait pas ainsi. Aussi rigide, aussi cassante. Il commençait à désespérer, parce qu'il comprenait tout à coup qu'il ne pouvait plus l'atteindre. Il aurait beau parler, Gillian ne se laisserait pas émouvoir. Il essaya pourtant :

— Je comprends que tu ne veuilles plus rester dans cette maison. Je te donne absolument raison. Il y a ici des souvenirs trop pénibles pour toi. Mais tu pourrais très bien habiter ailleurs dans cette ville, chercher un joli appartement pour Becky et pour toi. Ne pas vous déraciner complètement toutes les deux !

— Je t'en prie, John, dit-elle, l'air soudain très las. Je ne veux pas discuter. Tout est déjà décidé.

Il n'avait qu'une envie, la prendre par les épaules et la secouer. Il était surpris de sentir en lui des émotions aussi violentes. Il ne se reconnaissait pas lui non plus. La situation était pour lui tout à fait nouvelle. Il ne lui était pour ainsi dire jamais arrivé qu'une femme le fuie, si ce n'était tout au plus par déception devant la tournure que prenait leur relation. Et, dans ces cas-là, c'était toujours lui qui avait commencé à prendre ses distances, en quelque sorte à mettre en place les conditions pour que sa partenaire se sente frustrée. Cette fois, c'était différent. Il aurait pu la supplier de ne pas s'en aller.

— Et si tu venais habiter chez moi ? proposa-t-il impulsivement. Si *vous* veniez habiter chez moi toutes les deux ? corrigea-t-il. Becky et toi – le chat aussi, bien sûr !

Elle le regarda avec surprise. Il avait au moins obtenu ce résultat. Il l'avait étonnée.

— Chez toi ?

— Pourquoi pas ? Changer de ville, changer d'environnement... c'est ce que tu cherches, non ? Et tu aurais quelqu'un pour t'aider à t'occuper de Becky.

Elle faillit se mettre à rire.

— John ! Tu ne peux même pas avoir des meubles dans ton appartement, tellement tu as peur de tout ce qui ressemble à de la stabilité. Crois-tu sérieusement que tu supporterais de voir une femme, un enfant et un chat venir s'installer chez toi ?

Il savait que sa question était justifiée. Pourtant, il savait aussi que ce qu'il allait répondre était la pure vérité :

— Oui. Je peux tout supporter, si c'est *toi* qui viens.

— John… fit-elle en secouant la tête d'un air désolé.

— S'il te plaît. Penses-y.

— Nous nous connaissons à peine. Nous avons seulement couché ensemble une fois. Rien de plus.

Il la regarda presque avec désespoir. Il savait qu'il aurait dû attendre avant de lui faire cette suggestion, qu'elle s'était sentie agressée. Son mari venait d'être assassiné. Elle n'avait pas encore eu le temps de réaliser vraiment. Et lui, il faisait des projets d'avenir avec elle ! Quelle maladresse ! Mais il avait peur tout à coup… une peur terrible de la perdre pour toujours.

— Si c'est ainsi que tu vois les choses, alors, d'accord, il n'y avait rien de plus. Mais maintenant, je t'aime, Gillian.

C'en était visiblement trop pour elle.

— John, ce n'est pas possible. S'il te plaît, comprends-le. Quand j'ai trompé Tom avec toi, en réalité, je me suis simplement conduite comme un petit enfant. Un enfant qui mendie de l'attention, qui a besoin qu'on s'occupe de lui, qu'on assure sa sécurité, parce qu'il pense ne pas pouvoir survivre autrement. Et j'ai provoqué une horrible tragédie. Je ne peux pas continuer comme si rien ne s'était passé. Tu comprends ?

— Oui. Ce qui est arrivé à ton mari est abominable, et je peux comprendre que tu te débattes contre un terrible sentiment de culpabilité. Que tu aies besoin d'analyser les motifs qui t'ont poussée vers moi. Les conclusions que tu en tires sont peut-être justes, d'ailleurs, et pourtant… je crois que nous sommes faits l'un pour l'autre. Et je t'aime. Je sais au moins cela.

— Je ne peux pas…

Il ne la laissa pas poursuivre.

— C'est la première fois que je dis cela à une femme. C'est la première fois que je l'éprouve. Je t'en prie, quoi qu'il te passe par la tête en ce moment, ne piétine pas mes sentiments.

Ils se dévisagèrent en silence. Puis Gillian reprit la parole :

— Je ne veux pas te faire de mal. Mais je pars à Norwich. Rejoindre ma famille. Ce qu'il en reste.

Merde. Merde. Bon. D'accord. Il n'allait pas la supplier à genoux.

Submergé, assommé par la douleur qui l'envahissait tout à coup et qui semblait vouloir enfler jusqu'à l'insupportable, il trouva encore la force de demander :

— Y a-t-il quoi que ce soit que je puisse faire pour te reconquérir ?

— Non, dit-elle.

Mercredi 13 janvier

1

Le beau temps n'avait pas duré. A nouveau, depuis l'aube, il neigeait à gros flocons, si drus que par moments ils semblaient tomber du ciel en un mur infranchissable.

John avait passé la matinée à son travail, ce qui lui avait au moins permis de liquider une partie de la paperasse en souffrance. Malgré trois aspirines, il avait toujours mal à la tête. Après sa visite à Gillian, il s'était réfugié au Halfway House pour s'y abrutir d'alcool, fuyant les pensées qui tournoyaient dans sa tête.

Bon Dieu, qu'est-ce qui lui arrivait ?

Jamais encore une femme ne l'avait fait souffrir. Surtout, jamais il n'avait souffert d'être *séparé* d'une femme. Jusqu'ici, il n'avait vécu que la situation inverse. Il entamait une liaison sans enthousiasme particulier. Avec le temps, l'autre se mettait à attendre de lui des choses qu'il n'était pas prêt à donner, une vie commune, le mariage, des enfants, et il finissait par s'en aller, chaque fois avec le sentiment désagréable d'avoir blessé quelqu'un qui, en réalité, ne lui avait rien fait, et pourtant soulagé d'avoir échappé au danger d'être retenu, enfermé, lié. Il jouissait de sa liberté, ces aventures le stimulaient et il s'était habitué à cette façon d'être : probablement incapable de s'attacher, quelle qu'en soit la raison. Ce n'était pas son genre de revenir sur son enfance ou sa jeunesse pour essayer de comprendre pourquoi il était ainsi fait, encore moins avec l'aide d'un psychologue. Selon lui, peu importait de savoir si son père ou sa mère avait commis une erreur avec lui bien des années plus tôt, ou si cela avait déraillé pendant sa puberté, pour quelque raison mystérieuse. On ne pouvait plus y changer grand-chose maintenant, il était comme cela, c'était tout.

Or, pour la première fois, il se trouvait soudain confronté à l'éventualité qu'il en soit autrement. Que les choses puissent justement être entièrement différentes.

John Burton était face à une évidence bouleversante : il était amoureux d'une femme. Au point que la seule idée de la perdre lui était presque intolérable. Il l'avait implorée de rester avec lui, et elle l'avait envoyé balader. Il constatait avec stupeur ce fait incroyable : on ne répondait pas à ses sentiments. Du moins, il paraissait clair qu'on n'y répondait plus. Il ne pourrait peut-être pas reconquérir cette femme. Il y aurait une séparation de plus dans sa vie, mais cette fois, elle ne viendrait pas de lui. Cette fois, ce serait à lui de souffrir comme une bête.

Il n'avait pas la moindre expérience de ce qu'il fallait faire dans une situation pareille, et sa première réaction fut d'essayer de fuir. Une bonne cuite émoussait les sensations, chassait les pensées les plus torturantes...

Vers neuf heures et demie, il avait repris la route pour rentrer chez lui. En réalité, il n'était absolument pas en état de conduire. Il savait que c'était presque un miracle qu'il n'ait pas été arrêté par une patrouille, d'autant qu'il s'était comporté très agressivement, avec une imprudence provocante, reportant sur sa manière de conduire toute la rage qu'il ressentait soudain contre Gillian. Il s'était dit plus tard qu'il avait eu de la chance d'arriver chez lui sans encombre. Il avait monté l'escalier en titubant, puis s'était jeté sur son matelas sans même se déshabiller. S'il n'avait pas dormi la moitié de la journée du lendemain, c'était grâce à l'exaspérante sonnerie de son réveil, qui, à six heures et demie pile, avait vrillé avec insistance ses rêves imbibés d'alcool et l'avait forcé à se redresser, malgré la bouche sèche et le mal de tête lancinant. Ses vêtements et son lit puaient la friture et l'alcool, les odeurs du pub. Se dégoûtant lui-même, il s'était traîné jusqu'à la salle de bains pour se doucher longuement avant de prendre trois tasses de café et plusieurs comprimés qui l'avaient à peu près remis sur pied. Une fois devant son bureau, il s'était senti un peu mieux. Il n'avait jamais autant bu que la veille, et il se jura que cela n'arriverait plus. A cette heure, il aurait pu être privé de son permis de conduire et avoir un procès sur le dos, tout cela à cause de Gillian. Parce qu'elle l'avait envoyé paître.

Plus jamais. Plus jamais il n'accepterait d'avoir l'air à ce point d'un idiot à cause d'une femme.

Vers midi, il commença à s'agiter. Il avait assez de travail pour ne pas bouger de la journée, mais il avait prévu d'être posté dès trois heures devant la William Ellis School, à Highgate, au cas où la mère de Finley Stanford serait dans les parages pour tenter d'apercevoir son fils quand il se rendrait à son activité sportive. Pour John, la question était maintenant de savoir s'il voulait encore s'occuper de cette affaire. Il l'avait fait pour Gillian, parce qu'elle était partie prenante dans ces événements incompréhensibles, et peut-être en danger. Etant donné ce qui venait de se passer, devait-il, uniquement à cause de Gillian, continuer à s'impliquer dans une histoire qui ne le regardait pas vraiment ?

Il finit par conclure qu'il fallait le faire. Cela ne lui ressemblait décidément pas de se retirer en jouant les offensés.

Il appela le club de handball et, prétextant un gros coup de froid, déclara qu'il ne pourrait pas assurer les entraînements, non seulement ce jour-là, mais durant toute la semaine. Puis il enfila son blouson, prit les clés de sa voiture et quitta son bureau.

Dehors, la tempête de neige était si violente qu'on y voyait à peine devant soi. Pourtant, à trois heures précises, il était garé devant le collège de Finley.

Il attendit, l'œil aux aguets. La tourmente ne lui facilitait pas la tâche.

Il faudrait bien que la mère de Finley se montre un jour quelque part.

2

— Eh bien, la maison est vraiment en excellent état, déclara Luke Palm. Bien entretenue, agréable… Cela ne devrait guère poser de problèmes.

Ils étaient dans la salle à manger. Dehors, il commençait à faire nuit. La neige tombait sans interruption depuis le matin.

Palm avait visité toutes les pièces, pris quelques notes.

— Non, aucun problème, répéta-t-il en hochant la tête avec satisfaction.

Gillian s'aperçut qu'elle était très tendue, malgré les remarques encourageantes de l'agent immobilier. Elle n'avait pas encore avoué l'essentiel, et elle se demandait si Luke Palm savait déjà. En tout cas, il n'avait rien laissé paraître.

— Il y a quand même quelque chose, fit-elle d'une voix hésitante.

— Oui ?

— Vous vouliez savoir pourquoi je vendais la maison, et les acheteurs potentiels vous le demanderont aussi. Je vous ai déjà raconté que j'avais perdu mon mari et qu'à cause de cela je voulais me rapprocher de mes parents. La vérité est qu'il n'est pas… simplement mort. Il…

Elle s'interrompit, et Palm hocha la tête.

— Je sais. Je n'ai pas compris tout de suite quand vous avez appelé, mais ensuite, je me suis demandé pourquoi votre nom m'évoquait quelque chose. Je l'avais lu dans un journal quelconque. Je sais que votre mari…

— Il a été assassiné. Je l'ai trouvé ici, dans cette pièce.

Palm regarda autour de lui avec appréhension.

— Je comprends.

— Cela rebutera certainement une bonne partie des acheteurs potentiels.

— Nous ne sommes pas forcés de le leur dire. Si quelqu'un le découvre par lui-même et nous fait faux bond, nous ne pourrons pas le retenir de toute façon. Rien ne nous oblige à en parler dès le début.

Gillian hocha la tête avec reconnaissance.

— Merci. C'est pour cela que je me suis adressée à vous. Je pensais que vous comprendriez mieux qu'un autre. Parce que, d'une certaine manière, vous aussi... vous êtes passé par là.

Ils se turent, tous deux plongés dans les mêmes réflexions sur les hasards absurdes qui gouvernaient parfois la vie des hommes. Palm songeait à la façon étrange dont il était apparemment devenu du jour au lendemain un agent immobilier spécialisé dans les maisons où des crimes violents avaient été commis. Et Gillian se disait que, quelques semaines plus tôt, elle aurait traité de fou celui qui lui aurait annoncé ce qu'elle était précisément en train de faire : qu'elle vendrait sa maison, qu'elle retournerait en Est-Anglie, et qu'elle irait chercher pour cela un agent immobilier à qui elle n'aurait pas besoin d'expliquer sa situation, parce qu'il aurait lui-même déjà découvert une victime de meurtre et vécu le bouleversement psychique que cela entraînait.

Elle le raccompagna à la porte pour prendre congé et le suivit des yeux tandis qu'il regagnait sa voiture. Avant même qu'il ait atteint la rue, la tempête de neige l'avait avalé.

Comme un rideau, pensa-t-elle en frissonnant.

Son regard se posa sur le seau de graines pour les oiseaux qu'elle avait laissé près de la porte. Elle avait complètement oublié de les nourrir aujourd'hui. Elle ne savait pas si les oiseaux viendraient encore chercher à manger après la tombée de la nuit, mais elle ne voulait pas les priver de cette chance. Avec un soupir, elle enfila ses bottes et sa veste, ramassa le seau et entreprit de faire le tour de la villa. Il faisait tout à fait sombre à présent.

Elle eut du mal à se frayer un chemin, car elle enfonçait dans la neige jusqu'aux genoux. Les bottes ne servaient plus à grand-chose, et son pantalon était trempé. Elle allait devoir se changer en rentrant. De plus, elle n'y voyait quasiment rien. En atteignant la mangeoire, elle se retourna et eut de la peine à distinguer la maison. Elle apercevait tout juste une vague clarté à la fenêtre de la cuisine.

Elle déposa plusieurs poignées de nourriture sous le petit toit de l'abri et se réjouit d'avoir fait l'effort de venir : tout ce qu'elle avait mis la veille avait été mangé, jusqu'à la dernière petite graine.

Serrant l'anse du seau de ses doigts engourdis, elle prit le chemin du retour. La neige fondait dans ses cheveux avant de s'écouler sur son visage. Le tourbillonnement des flocons lui donnait presque le vertige. Avançant à tâtons, elle poussa un soupir de soulagement en retrouvant le réconfortant rectangle de lumière de la porte d'entrée. Enfin la chaleur, être au sec. Après cette petite expédition au jardin, elle se sentait comme si elle avait traversé l'Antarctique. Elle referma le battant sur la neige, le froid, la nuit qui venait.

Dans le miroir de l'entrée, elle put admirer son étrange accoutrement : la neige faisait comme une casquette sur ses cheveux dégoulinants, elle recouvrait ses bras et ses épaules, son jean était à tordre. Elle se débarrassa de sa veste, puis se pencha pour ôter ses bottes imbibées d'eau. Quand elle se redressa et que son regard croisa de nouveau le miroir, elle crut voir quelque chose bouger derrière elle.

Dans la cuisine.

Elle resta quelques instants totalement immobile, attendant. On aurait dit qu'une ombre venait de passer, mais si vite qu'elle n'était pas certaine de ne pas s'être trompée. Cela n'avait duré qu'une fraction de seconde. Peut-être était-ce elle qui avait fait un mouvement, et elle avait cru voir bouger autre chose ?

Les battements de son cœur s'étaient accélérés, si violents tout à coup qu'elle les percevait distinctement.

Combien de temps était-elle restée dehors ? Cela n'avait pas pu durer plus de cinq minutes. Pendant tout ce temps, la porte d'entrée avait été grande ouverte. Si quelqu'un rôdait là en attendant une occasion, il l'avait trouvée sans aucun doute : cinq minutes, c'était plus que suffisant pour se faufiler dans la maison. Et s'y cacher pour attendre l'occupante des lieux.

Elle fut soudain certaine qu'il y avait quelqu'un. Elle le sentait. Elle n'était pas seule.

Son premier mouvement fut d'appeler la police, mais elle se rendit compte qu'elle n'avait pas remis le téléphone à charger sur son support, dans le couloir. Elle avait dû le poser dans la cuisine, et ce serait de la folie de s'y aventurer, si quelqu'un se cachait là. Fallait-il courir chez les voisins ? *Ohé, puis-je appeler la police de chez vous, s'il vous plaît ? J'ai vu une ombre dans ma cuisine.*

S'il apparaissait ensuite qu'il n'y avait personne, elle se serait couverte de ridicule.

Oui, mais il y a quelqu'un ! Je l'entends respirer !

Elle réprima avec peine un sanglot hystérique en comprenant que ce qu'elle entendait était sa propre respiration.

Je pète peut-être complètement les plombs, mais, bon Dieu, je n'ose pas aller dans ma cuisine !

Elle attendit, paralysée, totalement incapable de décider de ce qu'il fallait faire. Elle n'avait rien pour se défendre en cas d'urgence.

Elle ne devait surtout pas s'éloigner de la porte d'entrée, c'était la voie du salut. Mais allait-elle rester là toute la nuit ? Et si l'autre avait des nerfs d'acier et attendait aussi – attendait qu'elle commette une erreur ?

Je dois être en train de délirer, pensa-t-elle.

Au même instant, les lumières s'éteignirent dans toute la maison. D'un seul coup, il fit noir comme dans un four.

Gillian poussa un cri. Cette fois, elle n'y tint plus. Elle ouvrit la porte à la volée et se précipita dehors dans la nuit, sous la neige. Elle était en chaussettes et sans manteau, mais elle se serait aussi bien enfuie pieds nus. Juste pour s'éloigner du piège mortel qu'était devenue sa maison pendant ces quelques minutes.

Elle avait presque atteint le bout de l'allée quand une ombre se dressa devant elle, sortant de nulle part, comme si quelqu'un l'attendait. Elle la heurta et se mit à hurler, à marteler de ses deux poings la poitrine de celui qui lui barrait le chemin. Elle était presque folle de peur. Sa tête bourdonnait, elle s'entendait chercher sa respiration pour recommencer à crier. Elle sentit soudain qu'on lui saisissait fermement les poignets, qu'on les lui tirait vers le bas.

— Qu'est-ce qui se passe, bon Dieu ? fit une voix d'homme.

— Lâchez-moi ! haleta-t-elle.

— C'est moi, Luke Palm. Qu'est-ce qui vous arrive ?

Elle cessa de se défendre.

— Luke Palm ?

Elle avait prononcé son nom d'une voix stridente, comme s'il avait surgi d'une époque depuis longtemps révolue.

— Je crois que j'ai oublié mon carnet de notes chez vous. C'est pour cela que je suis revenu. Mais vous tremblez comme une feuille !

Elle ne se sentait plus aucune force dans les bras.

— S'il vous plaît, lâchez-moi, reprit-elle.

Il lui lâcha les poignets avec précaution, attendant de voir si elle ne recommencerait pas à le frapper. Mais elle ne pouvait plus faire le moindre geste. Le peu d'énergie qui lui restait l'empêchait tout juste de s'écrouler dans la neige pour s'y coucher.

— Il y a quelqu'un chez moi, murmura-t-elle, n'ayant soudain même plus la force de parler à voix haute.

— Quelqu'un chez vous ? Qui ?

— Je ne sais pas. Quelqu'un. Et les lumières se sont subitement éteintes.

— Nous sommes pourtant allés dans toutes les pièces tout à l'heure, et il n'y avait personne.

— Je suis sortie donner à manger aux oiseaux. En laissant la porte ouverte. Quand je suis rentrée... il y avait une ombre dans la cuisine...

Elle se rendait compte elle-même qu'elle devait paraître un peu exaltée. Les battements de son cœur se calmaient peu à peu, sa respiration s'apaisait. Elle commença à sentir qu'elle avait très froid, que ses pieds mouillés étaient comme deux blocs de glace dans la neige, qu'elle tremblait de tout son corps. Palm s'en aperçut lui aussi.

— Vous n'avez presque rien sur vous ! Venez, il faut rentrer.

— Mais il y a quelqu'un là-bas, insista-t-elle.

— Je viens avec vous, répliqua hardiment Luke Palm.

Elle s'avança en trébuchant jusqu'au seuil. Le couloir était plongé dans l'obscurité. A tâtons, Palm trouva l'interrupteur, mais la lumière ne revint pas.

— Ce doit être le disjoncteur. Avez-vous une lampe de poche ?

Elle avait cessé de grelotter de peur, mais c'étaient maintenant ses dents qui claquaient de froid.

— Oui... dans le... tiroir... de la commode... sous le miroir... le tiroir du haut.

Ses yeux commençaient à s'habituer à la pénombre. De plus, malgré les tourbillons de neige, la lueur des réverbères éclairait encore faiblement l'intérieur. Luke Palm ouvrit le tiroir, trouva la lampe de poche et l'alluma.

— Où avez-vous vu cette ombre ?

— Dans la cuisine.

Palm ne paraissait soudain plus très pressé lui-même de s'aventurer dans le noir.

— Le tableau de sécurité est-il dans la cave ?

— Oui, mais... vous voulez vraiment y aller maintenant ?

— Tout sera beaucoup plus facile quand nous aurons de la lumière.

Ils descendirent à la cave, l'un suivant l'autre, pour constater que le disjoncteur principal avait effectivement sauté. Dès que Palm l'eut remis en position, la lumière revint au-dessus d'eux.

— Comment cela a-t-il pu arriver ? demanda Gillian, perplexe.

— Aucune idée. Quelque chose a dû provoquer une surcharge du système. Venez, nous pouvons remonter maintenant.

En haut, toutes les pièces étaient éclairées. Ils regardèrent avec précaution dans la cuisine. Elle était vide.

— Je crois qu'il n'y a personne, dit Palm.

Il essaya la poignée de la porte du jardin et poussa un cri de surprise en voyant le battant s'ouvrir en grand.

— La porte n'était pas fermée à clé ! Savez-vous si elle l'était auparavant ?

— Je ne sais pas, reconnut Gillian. Je veux dire que, normalement, je la ferme toujours à clé, mais je ne pourrais pas jurer l'avoir fait.

Palm jeta un coup d'œil dehors. Sur la terrasse, il y avait plusieurs traces de pas, que la neige était d'ailleurs en train de recouvrir. Mais cela n'avait rien d'étonnant : pendant sa visite, Gillian et lui étaient aussi allés à l'extérieur.

Il reprenait courage, et Gillian se sentit tout à coup un peu stupide. Ils regardèrent dans la salle à manger, dans le salon, puis fouillèrent tout le premier étage et le grenier, sans rencontrer âme qui vive.

— Je crois que je me suis comportée comme une idiote, déclara Gillian quand ils furent de retour au salon. Je croyais vraiment avoir perçu un mouvement, mais c'était visiblement dans mon imagination. Je crains que mes nerfs ne soient un peu tendus.

— Cela n'a rien d'étonnant, quand on pense à ce qui s'est passé ici. Après ce que vous avez vécu… n'importe qui à votre place perdrait la tête par moments. Ne vous faites pas de reproches.

Ils se tenaient face à face, et Gillian s'aperçut qu'il avait la lèvre éclatée.

— C'est moi qui ai fait ça ? demanda-t-elle d'un air embarrassé.

Luke Palm se passa l'index sur la bouche et sursauta légèrement. Puis il sourit à Gillian.

— Vous n'êtes pas mauvaise en boxe, dit-il.

— Je suis vraiment désolée.

— Ce n'est pas grave, je survivrai. Ecoutez, vous ne pensez pas que vous devriez avertir la police ? Ils pourraient envoyer quelqu'un fouiller la maison un peu plus sérieusement.

— Je n'ai pas envie de me rendre encore plus ridicule, répondit Gillian en secouant la tête. Je l'ai déjà été suffisamment avec vous.

Il la regarda gravement.

— Je ne crois pas que ce soit la bonne façon de voir les choses. Vous n'êtes pas femme à paniquer subitement pour une raison incompréhensible. Dans l'affaire, il y a un tueur encore recherché par la police, et qui est venu une fois déjà dans cette maison. La police sait-elle seulement que vous êtes seule ici ?

— Non, je ne leur ai pas encore dit.

— Cela ne me plaît pas beaucoup.

— Monsieur Palm...

Il lui coupa la parole :

— Vous pensez peut-être que cela ne me regarde pas, mais après avoir débarqué ici en quelque sorte comme un sauveur et cherché cette ombre avec vous dans toute la maison, je me sens quand même responsable. L'idée de rentrer chez moi en vous laissant livrée à vous-même ne me plaît pas du tout.

— Je fermerai toutes les portes à clé.

— Mais vous aviez apparemment laissé celle de la cuisine déverrouillée. Je me fais du souci. Vous ne devriez pas rester seule.

Elle savait qu'il avait raison. Que cette « ombre » qu'elle avait vue ait été ou non un être humain, la solitude serait difficile à supporter. Elle imaginait déjà ce que serait sa nuit – et toutes les suivantes. Elle ne dormirait pas. Elle laisserait la lumière allumée et guetterait le moindre bruit en retenant son souffle. Chaque craquement la ferait se dresser dans son lit.

Elle venait déjà de constater que ses nerfs ne tenaient pas le coup.

— Je vais y réfléchir, promit-elle.

3

Il était totalement frigorifié en arrivant chez lui, bien qu'il ait mis le chauffage à fond dans la voiture pendant le trajet du retour. Il avait piétiné trop longtemps dans la neige, il était resté trop longtemps dehors par un froid polaire. Il avait l'impression d'être en hypothermie et de ne plus pouvoir se réchauffer. Peut-être avec une bonne douche ? espérait-il.

Liza Stanford était demeurée invisible. John avait commencé par surveiller depuis son véhicule le collège et le gymnase qui le jouxtait, mais le périmètre qu'il pouvait couvrir du regard avait fini par lui paraître trop restreint et il était sorti. Il avait passé l'après-midi à traîner sur tout le territoire de l'école, surtout autour des installations sportives, en prenant naturellement bien garde à ne pas trop se faire remarquer. Un homme adulte rôdant sans but apparent autour d'élèves mineurs pouvait très vite se rendre suspect. Ce qui signifiait qu'il devait sans cesse changer de poste d'observation. Au moins, cela lui donnait l'occasion de bouger un peu. Mais le froid et l'humidité avaient fini par transpercer ses bottes, gagnant peu à peu tout son corps et le glaçant jusqu'aux os. A un certain moment, il avait commencé à en avoir vraiment assez et à perdre confiance dans son propre plan. Après tout, qu'est-ce qui lui permettait de croire que Liza s'intéressait tellement à son fils ? Et, même dans ce cas, qu'elle chercherait à l'apercevoir au moment de ses activités extrascolaires ? Comment savoir si elle était encore en vie ? Peut-être était-ce un fantôme qu'il attendait en rôdant ainsi autour d'une école comme un pédophile, en grelottant de froid.

Quand, à une heure avancée de l'après-midi, Finley Stanford était enfin sorti du gymnase et s'était dirigé vers l'arrêt de bus sans que John ait aperçu ne serait-ce que l'ombre de la mère du garçon, il avait décidé d'abandonner. Définitivement. Tout cela n'était pas son affaire. A la police de se débrouiller. Pour lui, ça s'arrêtait là.

Lorsqu'il ouvrit la porte d'entrée de l'immeuble et commença à monter l'escalier, il se sentait presque délivré d'un fardeau. Il grimpa les marches deux par deux pour se réchauffer. Laisser tomber l'affaire, c'était aussi se détacher de Gillian. Il devait absolument y arriver. Il n'était pas homme à rêver pendant des années d'une femme inaccessible, comme Peter Fielder qui se ridiculisait à soupirer après Christy McMarrow.

C'était fini. Terminé. Du passé.

Il s'arrêta brusquement en voyant quelqu'un assis sur le palier, devant sa porte. Samson Segal levait vers lui des yeux écarquillés, remplis de peur.

— Enfin, dit-il.

C'était la dernière personne que John s'attendait à trouver là, et à la vérité la dernière qu'il eût envie d'avoir sur le dos. Même s'il n'avait envie de voir personne ce soir-là. Tout ce qu'il désirait, c'était une douche bien chaude, un double whisky et la paix.

— Samson ! Mais comment êtes-vous entré dans l'immeuble ? s'étonna-t-il.

Samson se releva avec difficulté, et John fut frappé de son aspect décharné. Depuis leur première rencontre à la pension, qui ne remontait pourtant pas si loin, il avait perdu beaucoup de poids. Il paraissait aller vraiment très mal.

— Un de vos voisins m'a laissé entrer. J'étais assis à la porte de l'immeuble, et je tremblais tellement de froid qu'il a eu pitié de moi. Je lui ai dit que j'étais l'un de vos employés, que je devais absolument vous parler.

— Je vois, fit John, comprenant surtout qu'il n'avait plus d'autre choix que de proposer à Segal d'entrer chez lui. Venez. Il fait très froid aussi dans l'escalier. Vous devez être gelé.

Samson hocha la tête et articula péniblement :

— Oui, je... je ne me sens pas très bien.

John ouvrit la porte et emmena Samson dans le salon, où il le fit asseoir dans l'unique fauteuil, un peu perdu au milieu de cette grande pièce, sur le parquet luisant. Au moins, l'appartement était bien chauffé.

— Voulez-vous boire quelque chose ?

— Plutôt quelque chose de chaud... du thé ou de la tisane...

John alla à la cuisine, mit de l'eau à bouillir et fouilla dans ses étagères. Il ne buvait presque jamais de thé et était très mal équipé, mais il finit par découvrir deux sachets de menthe, qu'il suspendit dans la théière. Il posa deux tasses et du sucre sur un plateau et, pendant que l'eau chauffait, se demanda ce qui avait poussé Segal à abandonner la cachette sûre du chantier pour se risquer jusque chez lui. Au fond, il connaissait la réponse. Déjà, la dernière fois qu'il l'avait vu, Samson était dans un état psychique déplorable, et son sentiment d'abandon n'avait pas dû s'arranger depuis. Il n'avait pas résisté.

J'aurais dû aller le voir plus souvent. Mais je ne peux pas me couper en deux...

Il se rendit compte tout à coup qu'il ne serait peut-être pas si facile de tirer un trait sur cette affaire et de revenir à une vie normale. Il s'était collé Segal dans les pattes et, en cachant un homme que la police recherchait depuis deux semaines, il s'était lui aussi impliqué jusqu'au cou.

Il versa l'eau dans la théière et se maudit. Comment avait-il pu être aussi stupide ? Donner asile à un homme recherché dans le cadre d'un triple meurtre, et qui s'était rendu hautement suspect par sa conduite !

Tu n'apprendras jamais à te tenir à l'écart des problèmes, Burton !

Portant son plateau, il retourna au salon, où Samson n'avait pas bougé depuis qu'il l'avait laissé. Faute de table, il posa le plateau sur le sol et s'y assit lui-même, adossé au mur. Il semblait que la douche chaude allait devoir attendre un peu.

— Pourquoi êtes-vous venu ici, Samson ?

Celui-ci prit un air malheureux. Il se sentait coupable.

— Je n'en pouvais plus. Je suis parti hier à midi. J'ai bien fermé la caravane. Tenez, voici les clés.

Il les sortit de sa poche et les posa sur le plancher.

— Hier à midi ? Où donc avez-vous passé la nuit dernière ?

— J'étais déjà là hier soir. J'ai trouvé votre adresse dans l'annuaire. Ç'a été très compliqué pour parvenir jusqu'ici, j'ai pris plusieurs bus... Après ça, j'ai attendu une éternité devant l'immeuble, mais... vous n'arriviez pas.

Bien sûr. La veille au soir, il avait passé des heures dans un pub, à tenter de surmonter sa déception d'avoir été éconduit par la dame de ses pensées.

— A la fin, je ne supportais plus le froid, poursuivit Samson. Je suis allé à la gare, où j'ai traîné toute la nuit. Je changeais constamment de place, pour ne pas me faire trop remarquer. J'avais très peur d'être arrêté par la police.

— C'était sacrément risqué, Segal. Vous avez eu de la chance.

— Je sais, mais qu'est-ce que je pouvais faire ? Mourir de froid devant l'immeuble ?

— Vous auriez dû rester dans la caravane.

— Je ne peux plus supporter ça. Je vous en prie, comprenez-moi. Je devenais fou là-bas. Je ne sais même pas ce qui se passe. Suis-je toujours suspect ? A-t-on arrêté quelqu'un d'autre ? Devrai-je me cacher pendant des années, ou ai-je une chance de voir cela finir ? Franchement, John, il y a de quoi devenir cinglé !

— Ça, je peux le comprendre.

— Dans la matinée, je suis revenu ici. Vous n'y étiez toujours pas, mais heureusement, c'est là que le vieux monsieur m'a laissé entrer. Je n'ai pas attendu trop longtemps dehors.

— Cela faisait donc six ou sept heures que vous étiez devant ma porte ?

Samson hocha la tête. John réfléchissait.

— Où voulez-vous aller maintenant ?

Le visage de Samson exprima une véritable terreur.

— Je ne peux pas rester ici ?

— Ce serait un risque énorme pour moi.

— Oui, je sais. Mais je n'ai personne d'autre à qui demander.

— Je ne vais pas vous mettre à la porte comme ça, n'ayez pas peur. Nous allons bien avoir une idée.

John se remit à réfléchir en buvant sa tisane. Il n'aimait pas le goût de la menthe, mais boire chaud lui fit du bien. Le problème était que, même en se creusant la cervelle, il ne trouverait probablement pas d'autre solution que de garder Samson chez lui, en espérant que la police n'aurait pas l'idée de lui rendre visite. Samson ne pouvait pas retourner chez son frère et sa belle-sœur. Quant à la caravane, John sentait bien qu'il n'irait plus pour tout l'or du monde.

Il restera collé à moi jusqu'à ce qu'on ait arrêté le criminel.

Cela se produirait-il un jour ? D'après les informations de Kate Linville, Fielder et son équipe recherchaient eux aussi Liza Stanford, mais parviendraient-ils à la dénicher ? Et combien de temps cela leur prendrait-il ?

Sa décision de se retirer de la course vacillait à nouveau. Que cela tienne à une confiance exagérée dans ses propres capacités ou à son aversion pour l'inspecteur Fielder, il avait le sentiment de pouvoir débrouiller plus rapidement que la police l'écheveau inextricable que constituait cette affaire. Restait à savoir s'il en avait envie.

Mais peut-être n'était-ce même plus une question d'envie. Peut-être était-il désormais forcé de continuer la partie, simplement parce qu'il s'était engagé envers Samson Segal.

— J'ai déjà pensé à me rendre à la police, déclara Samson. Au moins, ce serait fini. C'est terrible d'être en fuite. D'être obligé de se cacher. Sans savoir combien de temps cela va durer. Par moments, je n'ai plus qu'une envie : tout laisser tomber.

— S'il vous plaît, ne faites pas ça maintenant. N'oubliez pas que je suis dans le coup.

— Je ne dirais bien sûr à personne que vous m'avez aidé, affirma aussitôt Samson.

John secoua la tête, sceptique. Samson Segal n'imaginait pas avec quel raffinement, quelle obstination, des policiers expérimentés et un peu adroits pouvaient conduire un interrogatoire. En un rien de temps, Samson s'empêtrerait dans des contradictions, et il finirait par tout leur raconter dans les moindres détails.

— D'ailleurs, j'ai peut-être une piste, annonça John.

— Ah oui ? fit Samson avec une nouvelle lueur d'espoir dans les yeux.

— Ne vous réjouissez pas trop vite. Je n'ai aucune idée d'où cela peut mener. En tout cas, les choses bougent enfin. Du côté de la police aussi. Cela fait déjà un bout de temps que vous n'êtes plus le seul suspect en ligne de mire.

— Mais alors...

— A votre place, j'attendrais encore un peu pour me découvrir. Comme je vous l'ai dit, cette nouvelle piste peut ne pas aboutir. De plus, vous vous êtes déjà mis en infraction en vous soustrayant à l'interrogatoire de la police.

— Mais ce n'est quand même pas la même chose que d'être accusé de triple meurtre, répliqua Samson.

John pouvait difficilement lui donner tort sur ce point.

Il paraissait donc maintenant évident qu'il devrait faire une nouvelle tentative le lendemain. Finley Stanford irait à son cours de piano. A côté du métro Hampstead. Au moins, le terrain était plus limité que celui du collège, et il serait plus facile de surveiller les parages sans se faire remarquer.

— Ce soir, en tout cas, vous restez ici, dit-il à Samson. Je dois encore avoir un sac de couchage à vous prêter. Ensuite, nous aviserons selon l'évolution de la situation.

Son intuition lui soufflait avec toujours plus d'insistance que Liza Stanford était la clé de l'affaire. Que, s'il pouvait la rencontrer, il y verrait enfin clair, ce qui changerait tout. Pour le malheureux Samson Segal également.

John avala sa dernière gorgée de tisane. Cela lui avait fait un bien étonnant. Il n'avait presque plus froid.

— Je ne sais pas pour vous, mais moi, j'ai une faim de loup ! s'exclama-t-il. Puisque nous devons éviter de nous montrer en public, cela exclut le petit restau au coin de la rue où je vais d'habitude. Je propose de nous commander à chacun une pizza, qu'en pensez-vous ?

— Moi aussi, j'ai une faim de loup, avoua Samson. Je n'ai rien mangé depuis hier midi.

— Alors, il est grand temps, dit John en se levant d'un bond. Quelle sorte de pizza préférez-vous ?

Pour la première fois depuis qu'il avait fait sa connaissance, Samson eut un sourire joyeux.

— Hawaïenne, répondit-il.

4

Il était plus de onze heures quand le livreur de pizzas sonna, apportant avec lui l'odeur et le froid de la neige. Tara prit les pizzas chaudes, paya et emporta les deux cartons dans le salon, où Gillian était assise sur le canapé, en pyjama et peignoir de bain, de grosses chaussettes de laine aux pieds, les cheveux encore humides. Pour se détendre et se réchauffer, elle était restée une demi-heure entière dans la baignoire, où Tara avait tenu à verser une huile à l'eucalyptus. « On prend facilement froid par les pieds. Un rhume est bien la dernière chose dont tu aies besoin en ce moment ! » avait-elle affirmé après avoir entendu son amie raconter qu'elle avait marché en chaussettes dans la neige.

Tara s'était montrée presque soulagée quand Gillian l'avait appelée. Gillian avait réfléchi un bon moment avant de s'y résoudre, mais elle n'avait trouvé personne d'autre chez qui se réfugier – à part John, ce qui aurait posé de nouveaux problèmes. Elle était restée des heures dans sa cuisine en compagnie de Luke Palm, partagée entre une angoisse proche de la panique et une totale incertitude : ne s'était-elle pas affolée pour une chose qui n'avait existé que dans son imagination ? Vers neuf heures, Palm avait fini par annoncer qu'il devait rentrer chez lui, mais qu'il ne pouvait s'en aller que si Gillian décidait de s'arranger pour ne pas passer la nuit seule. Elle s'était rendu compte à quel point elle avait peur – au point qu'elle ne supporterait pas de rester là une minute de plus. Elle avait alors appelé Tara, puis Luke Palm l'avait emmenée à Londres dans sa voiture et déposée à la porte de l'immeuble. Son évident soulagement n'avait fait que renforcer la peur de Gillian. Elle se serait senti le cœur plus léger s'il l'avait traitée comme une excitée qui se raconte des histoires. Or, Palm avait pris très au sérieux les événements de la soirée.

Mais c'était peut-être normal, se disait-elle, pour un homme qui avait découvert le corps d'une femme sauvagement assassinée dans une maison perdue de la forêt. Le regard de Luke Palm sur la réalité avait assurément changé depuis qu'il avait rencontré l'horreur.

Tara lui avait reproché de n'avoir pas aussitôt appelé la police.

« C'était la seule chose à faire ! Dans un cas pareil, il faut tout de même les mettre au courant !

— Tara, je ne suis absolument pas certaine qu'il se soit réellement passé quelque chose. J'ai cru voir une ombre dans la cuisine, mais je peux aussi m'être trompée. J'ai fouillé toute la maison avec l'agent immobilier. Il n'y avait personne.

— Et en cherchant, vous avez probablement piétiné toutes les traces que les experts de la police auraient peut-être pu trouver. Ce n'était pas très malin de ta part, Gillian.

— Je me sentais tellement ridicule », avait répondu Gillian à voix basse.

Elle avait aussi refusé la proposition de Tara d'informer la police, même avec retard :

« Non, Tara. Ils vont me faire les mêmes reproches que toi, et je suis trop fatiguée. Complètement vidée. Je ne vais pas parler à un policier maintenant et m'entendre faire la morale. C'est bien simple, je n'en peux plus. »

Tara n'avait pas insisté. Elle avait ouvert le robinet de la baignoire et envoyé son amie à la salle de bains, puis commandé les pizzas et sorti deux bières du réfrigérateur. Gillian lui était reconnaissante de prendre les choses avec cette simplicité. Il n'y avait pas eu de vraie rupture entre elles, mais sa liaison avec John avait introduit une note discordante qui n'était pas encore dissipée.

Elles mangeaient dans le salon, quand Tara déclara soudain :

— Gillian, j'aurais voulu pouvoir te le dire avant, mais je regrette ma réaction de l'autre jour. Elle était trop violente, et je n'avais pas à intervenir comme cela dans tes affaires. J'ai seulement eu peur. Agression sexuelle… cela fait forcément bondir, et, sur le moment, je n'ai pas compris comment tu… enfin, peu importe. Tu es partie à cause de moi, et depuis, je voulais t'appeler pour te dire que je regrettais vraiment.

— Eh bien, maintenant je suis revenue. Tu vois, tu n'es pas encore débarrassée de moi.

— Dieu merci ! En tout cas, tu es ici chez toi.

— J'ai eu tellement peur tout à coup ! D'un côté, je me sens idiote, bien sûr. Mais d'un autre côté, la police m'a quand même mise en garde. Celui qui a tué Tom… c'était peut-être moi qu'il visait, et il pourrait essayer à nouveau. Cette idée te paraît-elle absurde ?

Tara reposa le morceau de pizza dans lequel elle s'apprêtait à mordre.

— Non. J'aimerais mieux qu'elle me paraisse absurde. Je me sentirais plus tranquille.

— Mais…

Tara posa la boîte à côté d'elle et se pencha en avant. Elle paraissait si sérieuse que Gillian en eut presque peur.

— Gillian, en tant que procureur, je suis beaucoup plus souvent que toi en contact avec ce monde que tu trouves pour le moment si « absurde ». C'est la première fois que tu dois affronter la violence, la folie, la terreur, et j'ai l'impression que tu cherches à t'en débarrasser en mettant tout cela sur le compte de l'imagination. Alors que tu sais très bien, au fond, que cela ne peut pas marcher, parce que, lorsque tu as retrouvé ton mari mort dans ta maison, c'était bien réel. Ne minimise pas cette réalité, même si je comprends que tu espères que cela t'aidera à la supporter. En niant le danger, tu te montres imprudente. Tu n'aurais déjà pas dû retourner habiter là-bas, et je me sens vraiment coupable d'y avoir été pour quelque chose. Mais je ne laisserai pas cela se reproduire.

— Je suis en sûreté maintenant.

— Je ne sais pas, dit Tara d'un air dubitatif. Je ne sais pas si tu es en sûreté ici.

— Comment cela ?

— Gillian, nous ne savons pas qui en a après toi. Il y a encore ce Samson Segal qui n'a pas été arrêté. Plus précisément, la police n'a aucune idée de l'endroit où il se cache. Cela faisait apparemment des mois qu'il t'espionnait. Peux-tu croire sérieusement qu'il ne me connaît pas ? En tant qu'amie ? Et que, dans ce cas, il ne soit pas capable de deviner assez rapidement où tu es ?

— Mais on ne sait pas du tout s'il a quoi que ce soit à voir avec cette affaire !

En disant cela, Gillian se sentit elle-même peu convaincante. Car s'il s'agissait de risque, celui-ci existait bel et bien. Puisque, précisément, personne n'avait aucune certitude.

— Quand tu as commencé à loger chez moi avec Becky, fin décembre et début janvier, je pouvais encore me libérer assez facilement, reprit Tara. Mais en ce moment, ce n'est plus possible. Tu es seule ici toute la journée pendant que je suis à mon bureau, et cette idée ne me réjouit guère.

— Je n'ouvrirai à personne.

— Et combien de temps vas-tu tenir le coup ? Coincée ici du matin au soir, sans personne à qui parler, sans même pouvoir sortir, parce que cela aussi pourrait être dangereux ?

— Je reconnais que cela pourrait devenir pénible, dit Gillian.

Elle n'avait plus faim tout à coup. A son tour, elle reposa sa pizza. Elle sentait que Tara voulait se débarrasser d'elle, et elle pensait en connaître la raison : Tara aussi avait peur. Si un meurtrier en voulait à Gillian, la personne qui essayait de la cacher devenait nécessairement une cible.

Elle comprenait son amie, mais elle se sentait vraiment abandonnée.

— Que proposes-tu ? demanda-t-elle.

— Tu peux rester chez moi aussi longtemps que tu voudras, je t'assure. Mais tu n'es pas en sécurité ici. Tu as envoyé Becky chez tes parents, je trouve que c'est une très bonne idée. Ce serait peut-être bien que toi aussi...

— Non ! s'écria Gillian.

Voyant Tara sursauter, elle se rendit compte que son « non » avait dû être très brutal.

— Non, répéta-t-elle plus calmement. Je ne veux pas aller à Norwich. Pas chez mes parents. Si tes craintes devaient se révéler fondées, si le meurtrier peut deviner que je suis chez toi parce qu'il sait que nous sommes amies, il doit savoir aussi que j'ai des parents. Peut-être même savoir que Becky est chez eux. Je ne peux pas la mettre en danger, Tara. En m'enfuyant là-bas, je le rapprocherais d'elle, c'est beaucoup trop risqué.

— Tu as raison, admit Tara.

— Je trouverai bien une solution.

En réalité, Gillian ne savait pas du tout vers qui se tourner. Bien sûr, elle connaissait des gens à Londres. Mais se retrouver de temps en temps devant un café ou un repas était autre chose que de s'installer dans une famille pour des semaines parce qu'on cherche à échapper à un tueur.

Qu'est-on censé faire dans une situation pareille ? se demanda-t-elle avec découragement.

Tara, qui réfléchissait de son côté, semblait hésiter entre plusieurs possibilités.

— Peut-être un hôtel ? Dans le Nord. Ou même le Sud. A la campagne. Une pension quelconque.

— Hum. Et qu'est-ce que je ferais toute la journée ?

— En tout cas, tu serais en sûreté. C'est le principal.

Gillian réfléchit. Un hôtel, une pension... dans un endroit un peu écarté... par exemple en Cornouailles, ou dans le Devon. Elle s'imagina marchant sur des falaises enneigées, le visage rougi par le vent glacé. Tara avait raison : au moins, elle serait en sûreté.

— Je ne sais pas... Ce serait sans doute raisonnable...

Raisonnable, mais pas très attirant. Pourtant, avait-elle le choix ?

De toute façon, ce ne serait que provisoire. Elle n'allait pas se cacher pendant des mois. Peut-être cela lui permettrait-il de préparer sa nouvelle vie à Norwich ? Elle pouvait prendre avec elle un ordinateur portable et étudier les offres d'emploi. Se renseigner sur le marché de l'immobilier. Ainsi, elle n'aurait pas l'impression de faire du surplace.

— Il ne faut en souffler mot à personne, dit-elle à Tara.

— Bien sûr.

Le cauchemar continuait.

Jeudi 14 janvier

1

Depuis une heure, il n'avait pas quitté des yeux le bâtiment en brique rouge de la station de métro Hampstead. Pas plus que Hampstead High Street et Heathstreet, au carrefour desquelles se trouvait la station. Malgré le froid et la neige, l'activité était intense dans les deux rues, entre les boutiques, les pubs et les cafés. Les passants allaient et venaient d'un pas pressé. Il ne serait pas simple de repérer parmi eux celle qu'il cherchait : une femme blonde qui guettait son fils.

Il s'attendait bien sûr à un camouflage. Si, pour une raison quelconque, elle ne voulait pas être reconnue, elle devait porter une perruque. Le qualificatif de « blonde » n'était donc pas nécessairement un critère : une femme brune ou rousse qui traînerait avec l'air de chercher quelque chose pouvait l'intéresser aussi. Le problème était qu'il ne voyait aucune femme « traîner ». Les gens qui affluaient vers le métro ou qui marchaient dans la rue ne s'attardaient pas. Tout le monde se hâtait dans le froid humide.

Il était donc essentiel de ne pas manquer Finley lors de son passage, et de repérer dans quel immeuble il entrerait. John augmenterait ses chances s'il n'avait plus qu'un bâtiment et ses abords à surveiller, au lieu de deux artères animées.

Qui sait, cela marcherait peut-être cette fois.

Il n'avait pas fait part de ses projets à son visiteur, Samson. Le matin, après lui avoir expliqué qu'il passerait la journée au bureau, il l'avait prié de ne pas quitter l'appartement et de n'ouvrir à personne. Samson avait promis. Assis dans le fauteuil au milieu du salon vide, il avait regardé John partir.

Chez moi non plus, il ne tiendra pas le coup longtemps, avait pensé John.

Vers quatre heures et demie, alors qu'il se persuadait déjà qu'il ne se passerait rien d'intéressant, il aperçut soudain Finley Stanford dans High Street. Il avait dû descendre du bus à l'arrêt précédent. Il portait un sac à dos contenant sans doute ses partitions, et il marchait lentement, comme s'il n'était pas pressé d'arriver. De toute évidence, le piano n'était pas sa grande passion.

John fut immédiatement en alerte. La frustration, la fatigue, le froid, tout avait disparu en une fraction de seconde. Si Liza Stanford voulait voir son fils, elle devait le faire maintenant. Dans une ou deux minutes au plus, il serait entré dans l'immeuble du professeur de piano. Il y aurait aussi le moment où il sortirait, mais à cette heure-là, il ferait déjà nuit.

John regarda autour de lui. De chaque côté de la rue dans les deux sens, devant lui, derrière lui. Y avait-il une personne à l'attitude suspecte ?

La femme avait surgi de nulle part, et cela suffit à John pour la remarquer. Une seconde plus tôt, il avait regardé à l'endroit où elle se tenait à présent, et elle n'y était pas, pas même à proximité. Et désormais, elle était là, à une bonne centaine de mètres de lui. Emmitouflée dans d'épais vêtements, mais, par ce froid, c'était le cas de la plupart des gens. Le bonnet de laine assez informe enfoncé sur sa tête et sur ses oreilles était un peu plus surprenant : il dissimulait entièrement ses cheveux, n'en laissant pas dépasser une seule mèche.

Le plus bizarre était cependant, par un temps pareil, les énormes lunettes de soleil qui lui masquaient la moitié du visage. Si on ajoutait à cela le col relevé du manteau, l'écharpe couvrant le menton… Cette femme ne voulait à aucun prix être reconnue.

Elle avait les yeux fixés sur une maison de l'autre côté de la rue. Une maison à la façade peinte en bleu, avec au rez-de-chaussée une boutique d'antiquaire et, juste à côté, une petite allée permettant d'accéder à l'arrière-cour. C'est dans cette allée que le jeune Finley était en train de s'engouffrer.

Elle paraissait littéralement aspirée par cette vision.

Cette fois, John était sûr de son fait. Son plan avait fonctionné. La nostalgie d'une mère, le cours de piano. Ce devait être une affaire entre eux deux, la mère et le fils. Un désir de Liza auquel Finley s'était plié de bonne grâce pour lui faire plaisir. Ces mardis après-midi étaient à eux seuls. Elle l'accompagnait, allait faire quelques achats, puis revenait un peu avant la fin de la leçon pour assister aux dix dernières minutes. Ensuite, elle l'emmenait peut-être boire un chocolat chaud, ou bien ils mangeaient une glace ensemble, en été.

John sentait tout cela. Il le voyait à l'attitude de la femme, au chagrin que les lunettes noires, l'écharpe et le bonnet ne parvenaient pas à dissimuler tout à fait.

Il commença à s'avancer.

Il avait dû être trop rapide, trop abrupt. Ou peut-être Liza Stanford avait-elle développé, comme tous les fugitifs, un sixième sens qui l'avertissait du danger. Elle sursauta, jeta un bref coup d'œil autour d'elle et fit vivement demi-tour. Elle disparut si soudainement qu'on aurait pu croire qu'elle n'avait jamais été là.

John s'était mis à courir. Il avait été imprudent, trop brusque. Cette femme vivait dans la peur d'être identifiée. Elle avait autour d'elle mille antennes tendues dans toutes les directions. Elle s'était aussitôt sentie repérée.

Ne la voyant plus nulle part, il s'arrêta. C'était à devenir fou. Il l'avait eue presque à portée de main. S'il s'y était pris un peu plus adroitement… Il réprima un juron, l'envie de flanquer un coup de pied dans le premier mur venu. Il était furieux, surtout contre lui-même. Non seulement elle lui avait échappé, mais elle ne s'approcherait plus de son fils pendant des semaines. Même si elle devait presque en mourir de chagrin, elle ne courrait plus ce risque avant longtemps.

Cela ne l'avançait à rien de s'abandonner à sa colère et à sa déception. Il devait garder son calme, réfléchir. Il y avait une chance qu'elle soit venue en voiture, et dans ce cas, elle l'avait sans doute garée dans l'une des rues adjacentes. Cela signifiait qu'elle devrait ressortir dans High Street, parce qu'il n'y avait pratiquement que des sens uniques dans le coin. S'il la repérait à ce moment-là, il pourrait peut-être encore la prendre en filature.

C'était la seule petite chance qui lui restait. Car elle pouvait aussi se perdre pour plusieurs heures dans la multitude des boutiques et des cafés, puis s'en aller en montant dans un bus à un arrêt éloigné. Tout cela à supposer qu'elle ne soit pas venue à pied.

Il courut jusqu'à sa voiture, qu'il avait lui-même garée dans une rue adjacente, d'ailleurs en stationnement interdit. Il y monta, démarra et s'avança aussi loin qu'il put de façon à avoir une vue d'ensemble sur la rue principale. Si Liza passait par là, il pourrait aussitôt la suivre. Il fallait seulement espérer qu'aucun véhicule ne viendrait se placer derrière lui pour tourner, car cela l'obligerait à avancer et il ne pourrait plus s'arrêter. Les passants qui voulaient traverser la rue et qu'il obligeait à faire un crochet dangereux pour le contourner lui jetaient des regards furibonds. L'un d'eux donna même un coup de poing sur le capot, auquel John répondit par un geste grossier.

Il scrutait avec attention tous les véhicules qui arrivaient sur sa gauche. Au moins, il ne neigeait pas, ce qui était presque exceptionnel cet hiver. Penché sur son volant, il s'accrochait littéralement à chacun des conducteurs avant de le lâcher. C'était l'heure de pointe de l'après-midi, les voitures avançaient par à-coups, collées les unes aux autres. John savait qu'il ne pourrait pas rester plus de quelques minutes avant d'être délogé de sa position. Après cela, le problème serait vraiment insoluble, parce qu'il était impossible de s'arrêter même un court instant sur ce côté-là de High Street.

C'est alors qu'il la vit arriver. Une petite Fiesta bleue, avec au volant la femme portant des lunettes noires et un bonnet enfoncé jusqu'aux sourcils. Elle paraissait totalement concentrée sur la circulation. Une autre voiture la suivait de très près. Il allait être assez périlleux de s'insinuer entre les deux, et John pouvait seulement espérer ne pas causer un accident par-dessus le marché, mais il n'avait pas le choix, il devait prendre le risque. Dès que la femme parvint à sa hauteur, il s'avança assez loin pour bloquer la moitié de la voie, et à peine eut-elle fini de passer qu'il fonça. Le conducteur de la voiture suivante dut freiner à bloc, faisant déraper son véhicule. Il klaxonna comme un fou, gesticulant et criant probablement les pires injures de son répertoire, mais John était sur la route et il n'y avait pas eu de collision. Il vit Liza regarder dans son rétroviseur, effrayée par les coups de klaxon et les crissements de pneus derrière elle. Il pria pour qu'elle ne reconnaisse pas l'homme qui, un peu plus tôt, s'était soudain mis à marcher dans sa direction. Cela ne lui aurait d'ailleurs pas servi à grand-chose, car elle ne pouvait guère quitter la procession des voitures qui roulaient au pas, coincées dans l'embouteillage de fin d'après-midi.

Il la tenait. Pour autant qu'il était capable d'en juger, elle ne pouvait plus lui filer entre les doigts. A un feu rouge, il nota tout de même le numéro de la plaque d'immatriculation. Si un événement imprévu survenait, il aurait encore cette ressource à laquelle se raccrocher.

Il éprouvait une joie presque enfantine d'avoir réussi.

Il sentait monter en lui l'instinct du chasseur. Il n'aurait pas cru que c'était encore là.

2

Liza Stanford ne semblait pas s'être aperçue qu'on la suivait. En tout cas, elle ne fit aucune tentative pour semer la voiture de John, ni accélération brutale au moment où des feux passaient au rouge, ni changement de direction inopiné sans mettre le clignotant. Elle n'était apparemment pas inquiète. John se dit que, dans la rue, elle avait dû sentir sa présence de façon plus instinctive que consciente, et qu'elle se reprochait peut-être maintenant sa fuite précipitée. Elle devait attendre avec fébrilité durant toute la semaine ces mardis où elle pouvait enfin apercevoir son fils de loin, et aujourd'hui, elle avait brutalement rompu ce précieux contact. Normalement, elle serait sans doute restée jusqu'à ce qu'il ressorte, et au lieu de cela, elle était sur le chemin du retour, se demandant si elle avait eu raison de partir.

Ils se dirigeaient vers le sud de Londres. Tout à fait à l'opposé de Hampstead, où se trouvait la maison des Stanford. John se demanda si elle avait laissé là-bas sa voiture personnelle. Il en était presque certain. La manœuvre serait habile : si jamais, pour une raison quelconque, elle attirait l'attention sur elle au point qu'on veuille l'interroger, la police irait frapper à la porte de son mari, qui pourrait seulement déclarer que sa femme était partie sans laisser d'adresse. De fait, John avait l'impression que Liza s'était aménagé une vie dans l'anonymat le plus complet.

Mais pourquoi ? Pourquoi une femme mariée et mère d'un enfant faisait-elle cela ?

Ils atteignirent Croydon, dans la banlieue sud-ouest, où plusieurs grands ensembles avaient jailli du sol dans les vingt dernières années, des bâtiments sans âme qui, bien sûr, offraient des conditions parfaites pour quelqu'un qui voulait se cacher. Liza contourna quelques-unes de ces cages à lapins avant de se garer sur une place libre brusquement apparue au milieu des alignements sans fin du parking. Ce fut plus difficile pour John. Il dut encore faire un bout de chemin avant de trouver une place de stationnement et de revenir sur ses pas en courant. Par chance, il rattrapa Liza au moment où elle était encore devant la porte en verre de l'un des immeubles, cherchant la clé dans son sac.

Il s'avança aussitôt vers elle.

— Liza Stanford ?

Elle sursauta si violemment que son sac lui tomba des mains. Elle regarda John avec terreur, les lèvres tremblantes. A travers les immenses verres teintés, on distinguait à peine ses grands yeux écarquillés.

Il se pencha pour ramasser le sac dans la neige et le lui tendit.

— Vous êtes bien Liza Stanford ?

La question était de pure forme. Il savait depuis longtemps que c'était elle, et elle avait clairement réagi en entendant son nom.

— Qui êtes-vous ? fit-elle à son tour d'une voix un peu rauque.

— John Burton.

— C'est mon mari qui vous envoie ?

— Non, dit-il en secouant la tête. Cela n'a rien à voir avec votre mari.

Elle paraissait perdue, effrayée. Elle se demandait visiblement comment réagir.

— Je dois vous parler, reprit John. C'est important. Je n'ai aucune intention de révéler à qui que ce soit où vous êtes, mais j'ai besoin de quelques informations.

Il sentait qu'elle se méfiait de lui, et qu'elle craignait en même temps de l'envoyer au diable sans savoir si cela ne risquait pas d'aggraver sa situation. Elle semblait partagée entre l'envie de s'enfuir en courant et la conscience de l'inutilité d'une telle tentative.

— Je vous en prie, insista John. Cela ne vous prendra sans doute pas beaucoup de temps. C'est important.

Elle s'inquiétait encore de savoir comment il avait pu la retrouver.

— Vous étiez dans la rue tout à l'heure, dit-elle. Quand je…

— Oui, pendant que vous guettiez votre fils. J'ai pensé que vous viendriez, c'est pour cette raison que je vous attendais là.

Elle devint blanche comme un linge.

— Avez-vous parlé à Finley ? demanda-t-elle.

— Oui.

— Comment va-t-il ?

— Bien. Mais vous lui manquez, naturellement. Et quelque chose l'oppresse – au-delà du fait que sa mère ait subitement disparu. Sinon, on s'occupe bien de lui. Il ne manque de rien.

— De rien, répéta-t-elle. Oui, je le savais. Qu'on ne le laisserait *manquer de rien*...

Il était visible qu'un combat intérieur se déroulait en elle. Elle avait une envie folle de tirer de John toutes les informations possibles sur son fils. Mais cela supposait de lui faire confiance. Et elle était encore réticente, craintive.

Il risqua une attaque directe :

— Connaissiez-vous le Dr Anne Westley ? Et Carla Roberts ?

Pour la seconde fois en quelques minutes, elle sursauta.

— Venez. Nous allons parler, proposa-t-elle alors.

Elle trouva la clé dans son sac, ouvrit la porte de l'immeuble. Il la suivit dans l'ascenseur.

L'appartement était propre et accueillant, avec des meubles en bois clair comme on peut en voir dans les studios d'étudiants. Rien d'extravagant, mais un endroit où on pouvait se sentir bien. Cependant, plusieurs signes montraient que la personne qui l'occupait n'y vivait pas depuis longtemps. Il n'y avait rien du bric-à-brac ordinairement accumulé au fil du temps, tous les objets paraissaient neufs, à peine ou pas du tout utilisés. Dans le salon, la seule note personnelle venait d'une vingtaine de photographies encadrées, posées sur les rebords des fenêtres et sur des étagères. Finley bébé, Finley petit garçon, Finley tel qu'il était aujourd'hui. A la plage, au ski, dans une barque, au zoo, dans le jardin de la maison avec des amis. Les images ordinaires d'une enfance normale.

Pourtant, quelque chose dans cette famille n'était pas normal. Absolument pas.

John se retourna quand Liza entra dans la pièce, portant sur un plateau deux tasses de café et un petit pot de lait. Elle s'était débarrassée de son déguisement. Plus de lunettes noires, plus de bonnet cachant ses cheveux. John avait devant lui la belle femme qu'il avait vue sur le cliché que Finley gardait dans son portefeuille. De grands yeux, des lèvres charnues. De longs cheveux blonds ondulés. Elle était encore plus séduisante que John ne l'avait imaginé. Et elle paraissait encore plus triste.

— Pourquoi vous faire une chose pareille ? questionna-t-il en montrant l'une des photographies de Finley. Pourquoi vous séparer de votre enfant ?

Elle posa le plateau sur la table en bois clair.

— Vous m'avez demandé si je connaissais Anne Westley et Carla Roberts. Les deux femmes assassinées. Il s'agit bien d'elles, n'est-ce pas ?

— Oui.

— Mais vous n'êtes pas de la police ?

— Non. Je suis... une sorte d'enquêteur privé. Un meurtre a été commis dans mon entourage, il pourrait être en relation avec ceux de Mme Westley et de Mme Roberts. C'est la raison de ma présence dans cette affaire.

— Je comprends, fit Liza, un peu déconcertée.

— Connaissez-vous la famille Ward ? Thomas et Gillian Ward ?

— Non, répondit Liza après un instant de réflexion.

— Thomas Ward a été assassiné lui aussi.

— Je n'ai pas vu passer cette information, dit-elle. Pour Carla et le Dr Westley, je l'ai lu dans les journaux.

— Anne Westley était la pédiatre de votre fils.

— Oui.

— L'aimiez-vous bien ? Ou aviez-vous des problèmes avec elle ?

— Je l'aimais bien. Fin aussi. Elle était très gentille avec les enfants.

— Quelles relations aviez-vous avec Carla Roberts ? demanda John en l'observant attentivement.

Liza prit place sur une chaise, tira vers elle l'une des deux tasses et, d'un signe de tête, invita John à l'imiter.

— Ce n'était pas une relation très proche. Je ne peux même pas dire que j'étais vraiment amie avec elle. Nous nous sommes connues dans ce groupe de femmes... je suppose que vous êtes déjà au courant ?

Il hocha la tête, s'assit à son tour.

— Oui, confirma-t-il après avoir avalé une gorgée de café.

— Nous étions toutes les deux un peu à l'écart. Les autres bavardaient tant et plus, elles parlaient de leur mariage raté, de l'avenir, de leurs espoirs, de leurs craintes, que sais-je encore. Ce n'est pas mon genre. Je ne suis pas très expansive. Carla était un peu pareille. Nous restions souvent là sans rien dire.

— Cela n'est-il pas un peu contradictoire ? Lorsqu'on vient dans un tel groupe, n'est-ce pas justement pour pouvoir se confier ?

— Peut-être. En tout cas, j'y suis allée parce que j'avais besoin d'aide. C'est seulement par la suite que je me suis aperçue que je n'en trouverais pas là. C'était une tentative. De toute façon, je manquais la plupart des rencontres. C'est d'ailleurs pour cela qu'on m'en voulait un peu dans le groupe. Mais cela m'était assez égal.

— La police vous cherche, déclara soudain John.

— Ils ne me trouveront pas. Du moins, si vous ne me dénoncez pas.

— Mais moi, je vous ai trouvée. Ils pourraient suivre le même raisonnement que moi et surveiller votre fils.

— Je ne le reverrai plus avant un bon moment. Je suis prévenue.

— Liza, reprit John d'une voix pressante, la police est sur les dents. Elle enquête maintenant sur trois meurtres très probablement attribuables au même auteur. Le principal obstacle était que, jusqu'à présent, on n'avait réussi à établir aucun lien entre les trois victimes. Le mobile du tueur restait totalement obscur. Avec vous, c'est la première fois depuis des semaines qu'on entrevoit une chance d'éclaircir cette affaire : vous connaissiez deux des victimes. La police fera tout pour vous retrouver.

Elle le dévisagea gravement.

— Je n'ai tué personne. Ni Carla Roberts, ni le Dr Westley, ni qui que ce soit d'autre. Je n'avais pas la moindre raison de le faire.

— La police pourrait être d'un autre avis. Vous connaissiez personnellement deux femmes qui sont mortes dans des conditions atroces, et vous disparaissez de la circulation. Votre mari prétend que vous souffrez de dépressions qui vous poussent à vous éloigner souvent, ce qui est bien difficile à avaler. On a plutôt l'impression que quelque chose ne colle pas, et, s'agissant d'une enquête pour meurtre, cela conduit nécessairement à se poser des questions sur vous.

— C'est possible, mais je n'ai jamais touché à un cheveu de personne. Je n'ai vu le Dr Westley que quatre ou cinq fois, en consultation dans son cabinet. Je ne la connaissais pas davantage. Quant à Carla Roberts, c'était une vieille femme totalement névrosée, et qui pouvait sans doute vous taper sur les nerfs, mais rien de plus. Je ne vais pas tuer quelqu'un parce qu'il m'énerve, monsieur Burton.

— Et pour quelle autre raison tueriez-vous quelqu'un ?

— Pour aucune raison. Je ne le ferais jamais.

— Pourquoi Carla Roberts vous tapait-elle sur les nerfs ?

— Oh, elle se lamentait toujours à propos de son passé. Son mari l'a trompée pendant des années. En plus de cela, il a ruiné toute la famille. Comme elle n'avait remarqué aucun signe, elle ne cessait de dire qu'elle ne pouvait plus se fier à ses propres perceptions. C'était vraiment devenu une idée fixe chez elle.

— Mais elle n'avait plus aucun contact avec son mari ?

— Non. Il avait coupé tous les ponts, il se cachait quelque part à l'étranger. Pour autant que je sache, il ne pouvait pas rentrer en Angleterre, sans quoi ses créanciers lui seraient tombés sur le dos.

— Carla Roberts n'a jamais dit que ces créanciers la menaçaient elle-même ?

— Non. De toute façon, ils n'auraient rien pu en tirer, elle n'avait plus rien.

John soupira. Il avait cru trouver en Liza Stanford le « chaînon manquant », et à présent, il avait de nouveau l'impression d'être face à un mur. D'avoir suivi une piste qui se terminait en impasse.

— Mais vous-même ? N'aviez-vous absolument aucun grief personnel contre ces deux femmes ? Westley et Roberts ? Pour quelque raison que ce soit ?

— Non, fit Liza.

Un instant, il y eut sur son visage et dans sa voix l'ombre d'une hésitation, et John s'en aperçut.

Il y a quelque chose ! Bon Dieu, il y a quand même quelque chose !

— Cela peut-il être un pur hasard ? Que ces deux femmes soient assassinées au moment même où vous disparaissez ? Où vous quittez votre mari ? Votre enfant ? Mais seulement pour aller vous cacher à l'autre bout de Londres ? D'un point de vue strictement géographique, les victimes étaient encore à votre portée.

Liza fronça les sourcils.

— Avez-vous toujours une imagination aussi débridée ?

— Pour Carla Roberts, la police sait qu'elle a ouvert la porte à l'assassin, apparemment sans méfiance. Une femme seule qui vit complètement isolée au dernier étage d'un immeuble n'est certainement pas prête à laisser entrer n'importe qui chez elle. Mais cela change tout lorsque c'est une personne bien connue qui sonne à la porte.

Liza se leva, ouvrit la bouche, puis se ravisa au dernier moment. Cependant, John savait ce qu'elle s'apprêtait à dire. Elle avait voulu lui ordonner de sortir sur-le-champ. Si elle ne l'avait pas fait, c'était parce qu'elle ne pouvait pas se permettre de le contrarier. Il la tenait.

Il pouvait lire la colère sur son visage. Il se leva à son tour et, pendant quelques secondes, ils se dévisagèrent en silence. Puis il parla :

— Pourquoi ne me jetez-vous pas dehors ? Pourquoi avez-vous si peur que j'aille aussitôt dire à la police où vous vous cachez ? Pourquoi diable craignez-vous tellement d'être découverte, si vous n'avez rien fait de mal ? Qu'est-ce qui se passe, Liza ? Qu'est-ce qui ne va pas dans votre vie ?

Elle ne répondit pas. Il essaya autrement :

— Vous participez à un groupe d'entraide qui concerne des femmes seules. Des femmes divorcées ou que leurs maris ont quittées subitement, et qui essaient de s'en sortir dans leur nouvelle situation. Là, vous déclarez que vous êtes toujours mariée, mais que vous avez des projets de séparation. Pourquoi, Liza ? Pourquoi tenez-vous à vous éloigner de votre mari de façon si urgente et si définitive que vous allez jusqu'à vous cacher, apparemment sous l'incognito le plus strict, dans ce minuscule appartement de Croydon ?

Elle restait silencieuse, et il pensait déjà qu'elle ne dirait plus rien, qu'il devrait s'en aller sans avoir obtenu d'elle un mot de plus.

Puis, au moment où il allait renoncer, où il mettait la main sur la clé de sa voiture et se préparait à prendre congé, elle se décida à parler :

— Vous voulez réellement le savoir ? Savoir ce qui ne va pas dans ma vie ?

Un instant, elle ferma les yeux.

— Je ne peux pas le croire ! Après toutes ces années, quelqu'un veut vraiment savoir !

3

Une obscurité totale enveloppait la villa. Pas la moindre lumière au portail, pas plus que dans l'allée sinueuse menant à l'habitation. Seule la neige, dont le poids faisait plier les branches des arbres, permettait d'y voir un peu clair ce soir-là.

Christy consulta sa montre. Six heures. Elle avait espéré trouver à la maison soit Stanford lui-même, soit au moins son fils, mais personne n'avait répondu à son coup de sonnette. D'ailleurs, aucune lueur ne filtrait à travers les grands arbres qui séparaient la demeure de la rue.

Christy se mit à réfléchir. Devait-elle se rendre au cabinet de Stanford ? Mais c'était courir le risque qu'il en soit déjà parti au moment où elle arriverait.

Attendre ici ? Par ce froid terrible ?

Où pouvait être le garçon ?

Indécise, elle retraversa lentement la rue enneigée et silencieuse pour regagner sa voiture. Au moment où elle allait l'ouvrir, quelqu'un lui adressa la parole :

— Vous alliez chez les Stanford ?

Christy se retourna. Derrière le portail de la maison située juste en face de celle des Stanford se tenait une femme dont elle estima l'âge à un peu plus de soixante-dix ans. Celle-ci avait jeté en hâte sur ses épaules un manteau qu'elle retenait à deux mains contre sa poitrine. Christy s'approcha d'elle.

— Oui, dit-elle. Je dois d'urgence parler avec quelqu'un de chez eux – l'avocat ou sa femme. Mais on dirait qu'il n'y a personne.

— Personne n'a vu Mme Stanford depuis des semaines, déclara la nouvelle venue en baissant la voix.

— Ah bon ? Depuis des semaines, dites-vous ?

En jouant la surprise, peut-être obtiendrait-elle quelques informations ? Afin de ne pas effaroucher son interlocutrice, elle passa sous silence sa qualité de policier.

— Depuis… attendez… la mi-novembre, je pense. C'est là que je l'ai vue pour la dernière fois. Elle ramenait son fils de l'école. Vous comprenez, elle ne sortait pas souvent, mais elle emmenait parfois son fils à tel ou tel endroit. Je les voyais depuis mon salon.

— Mme Stanford est peut-être malade, alitée ? suggéra Christy.

— Allons donc ! Malade ? Pendant deux mois ? Sans qu'aucun médecin ne soit venu la voir une seule fois ? Non, je n'y crois pas. Ni aucun des voisins d'ici.

— Ah ! Que croyez-vous donc ? Et qu'en pensent les voisins ?

La femme baissa encore la voix :

— Il y a un *drame* dans cette maison ! chuchota-t-elle.

— Vraiment ?

— Vous ne direz pas que cela vient de moi, d'accord ? Parce que j'ai peur de lui. Tout le monde ici a peur de lui !

— Vous parlez de M. Stanford ?

— Vous ne le croiriez pas à le voir. Un homme très correct, très poli. Très calme. En réalité, on ne peut absolument rien lui reprocher, mais…

— Oui ?

— En tant que voisin, on remarque beaucoup de choses. Personne n'est curieux par ici, mais on ne peut pas toujours détourner les yeux, n'est-ce pas ?

— Naturellement, approuva Christy.

— Eh bien, certains jours, Liza Stanford était dans un triste état. D'ailleurs, elle portait presque toujours d'énormes lunettes de soleil, même le soir ou quand il pleuvait, mais ça m'est arrivé parfois de l'apercevoir sans lunettes, quand elle venait chercher le courrier en vitesse dans la boîte aux lettres. Elle avait souvent le visage couvert de traces de coups. Un œil à moitié fermé, la lèvre éclatée, des bleus… Je lui ai même vu des hématomes dans le cou, ou le nez en sang. On aurait cru qu'elle sortait d'un combat de boxe. Qu'elle aurait perdu.

Christy retenait son souffle.

— Et vous pensez que… ?

— Je ne veux pas dire de mal de qui que ce soit sans savoir. Mais quand même, si on met tout cela bout à bout… Qui peut traiter régulièrement cette femme d'une façon pareille ? Ils ne sont que trois dans cette drôle de maison sans lumière : Liza, son fils et son mari.

— Je comprends. On peut effectivement penser que… Mais si c'est cela, pourquoi n'est-elle pas allée trouver la police ?

Christy posait cette question avec une naïveté voulue. Elle était depuis assez longtemps dans le métier pour savoir que les femmes dans la situation de Liza Stanford avaient mille raisons de ne pas faire appel à la police. Ou de ne pas consulter un service spécialisé. C'en était même au point que celles qui le faisaient n'étaient qu'une petite minorité.

— Son mari est très influent, expliqua la vieille dame. Il a beaucoup d'argent, une bonne réputation. Il est ami avec la plupart des hommes politiques importants, il connaît vraiment tout le monde. Il doit aussi être copain avec le chef de la police, du moins, cela ne m'étonnerait pas. Liza pense peut-être qu'elle n'a aucune chance. Et elle a peur d'aggraver encore sa situation si elle tente quoi que ce soit.

— La dernière fois que vous l'avez vue, était-elle encore blessée ? demanda Christy.

La femme secoua la tête.

— Du moins, je n'ai pas pu m'en rendre compte. Avec ces lunettes noires qui lui cachent presque toute la figure...

Les énormes lunettes de soleil de chez Gucci... Christy se souvint de sa conversation avec l'assistante du cabinet médical d'Anne Westley. C'étaient ces lunettes noires, que Liza semblait conserver en permanence même à l'intérieur, qui lui donnaient cet air arrogant et inaccessible, et qui lui attiraient l'hostilité des gens. Mais elle ne pouvait pas faire autrement. Elle avait dû passer une grande partie de son union avec le respectable avocat Stanford à essayer de dissimuler son visage. Christy se fit confirmer une autre information :

— Et vous dites que tout le monde, ici, a peur de M. Stanford ?

La vieille dame hocha la tête et reprit :

— Cela n'a rien d'étonnant, je vous assure. Si vous aviez vu cette femme, certains jours... Un homme capable de faire ça ne peut pas être tout à fait normal. Il est dangereux. Vous comprenez, il ne s'agit pas seulement d'une ou deux gifles. Il doit vraiment être très brutal avec elle, plein de haine. Il y a quelque chose qui ne va pas chez cet homme. D'ailleurs, il a le regard fixe. Moi, il me glace. Il m'a toujours saluée poliment, mais je n'ai jamais pu le souffrir.

— Personne dans le voisinage n'a essayé d'intervenir ?

— Et comment ? Si on lui avait posé des questions, elle aurait tout nié. Puisqu'elle essayait toujours de cacher les marques. Et puis, appeler la police... personne n'avait le courage. D'ailleurs, personne n'a assisté à aucune scène directement. La maison est très en retrait, avec ce grand parc et les arbres tout autour... On ne voit rien, on n'entend rien. S'il y avait eu des cris, des appels au secours, on se serait dit que la police allait le prendre sur le fait. Mais comme cela… Pour finir, ils n'auraient rien pu faire contre lui, mais lui aurait probablement découvert qui l'avait dénoncé, et ensuite…

Elle n'acheva pas sa phrase. Christy essaya de la relancer :

— Ensuite… ?

Son interlocutrice semblait craindre d'avoir l'air ridicule, ou qu'on ne pense qu'elle exagérait.

— Vous ne le connaissez pas. J'avais peur, c'est tout.

— Et pour son fils, vous avez remarqué quelque chose ?

— Un garçon très calme, très pâle. Trop calme et trop pâle, si vous voulez mon avis. En tout cas, pas un enfant heureux.

— Mais il n'y a pas de signes qu'il soit maltraité lui aussi ?

— Non, jamais. Je ne sais pas, mais il me semble que Stanford n'a pas de problème avec les enfants. C'est avec les femmes qu'il en a un.

— Aussi avec d'autres femmes que la sienne ?

— Ce n'est qu'une impression, mais… je dirais que oui. Sans pouvoir le justifier.

Christy remercia la femme et prit congé, non sans avoir mémorisé le numéro de la maison et le nom gravé au-dessus de la sonnette du portail. Peut-être en aurait-on encore besoin.

— Je ne vous ai rien dit, hein ! lui cria encore la vieille dame tandis qu'elle s'éloignait.

Christy monta dans sa voiture et fit demi-tour pour se diriger vers le centre. Tout en roulant, elle appela Fielder par le kit mains libres. Comme elle s'y attendait, il était encore au bureau.

Elle lui fit part de l'échec de sa visite à la famille Stanford, puis de sa conversation avec la voisine.

— C'est déjà quelque chose, finit-il par répondre après un silence désabusé. La voisine vous a-t-elle paru crédible ? Ou se peut-il qu'elle ait seulement un peu trop fantasmé ?

— Ce n'est pas mon impression. Elle semblait avoir réellement peur de lui. Et puis, d'une certaine manière, ça colle bien dans le tableau. Nous savions que quelque chose n'allait pas dans cette famille, l'histoire des dépressions de Liza et de ses disparitions habituelles nous avait paru plus que suspecte. Tout cela commence à prendre tournure.

Fielder paraissait préoccupé.

— Vous voulez dire...

— Je veux dire que soit Liza Stanford se cache pour fuir son mari, parce qu'elle se sent réellement en danger, soit elle n'est déjà plus en vie. Et dans ce cas, c'est lui qui l'a fait disparaître.

— Vous rendez-vous compte de ce que vous suggérez ?

— Evidemment que je m'en rends compte. Chef, cette affaire sent vraiment mauvais. Stanford est craint de tout le voisinage. Il massacre sa femme régulièrement. Au fond, le portrait qu'en dresse la voisine est celui d'un psychopathe, et elle ne m'a pas du tout fait l'effet d'être une cinglée.

— Tout de même, il ne s'agit là que de suppositions, Christy. Quant à affirmer qu'il maltraite sa femme, la seule preuve que vous pouvez avancer est une conversation avec une voisine à la barrière du jardin. C'est un peu léger.

— Je ne vois pas ce qu'il y a de léger là-dedans. Liza a disparu. Deux femmes qu'elle connaissait ont été assassinées par quelqu'un qui est de toute évidence un psychopathe.

— Vous voulez dire que Stanford... *Charity*-Stanford, l'homme qui collecte des centaines de milliers de livres pour les plus démunis... cet homme pourrait être le coupable ?

— En tout cas, je ne l'exclurais pas a priori. Ce type a quelque chose qui cloche. Un problème de pouvoir qui le pousse à brutaliser sa femme régulièrement. Il peut avoir perçu Carla Roberts comme un danger. Liza a pu se confier à Carla au sujet de son mariage catastrophique, et Carla aurait insisté pour qu'elle agisse : *Va voir la police ! Porte plainte contre lui ! Si tu ne le fais pas, moi, je le ferai !* Quelque chose dans ce goût-là. Il a fini par l'apprendre et il a pété les plombs. Comme il le faisait souvent avec sa femme, visiblement !

— Et le Dr Westley ?

— Nous savons qu'elle avait commencé à parler de Liza Stanford avec une collègue. Parce qu'il y avait un problème, selon ses propres termes. Elle a pu s'apercevoir que Liza était maltraitée. Elle était médecin, elle avait l'œil pour ce genre de signe. Ou bien c'est Liza elle-même qui y a fait allusion. Anne Westley se demandait que faire, elle voulait en parler à quelqu'un, et la mort de son mari a fait passer tout cela au second plan.

— Mais c'était il y a plus de trois ans, et elle vient seulement d'être assassinée.

— Parce que Stanford vient peut-être seulement de l'apprendre. Liza peut lui avoir jeté cela à la figure au cours d'une dispute. *J'ai une amie qui sait tout ! Et l'ancienne pédiatre de notre fils est au courant aussi !* Elle avait peur. Il fallait qu'il sache que des gens étaient au courant du drame qu'elle vivait, qu'il y aurait une enquête s'il lui arrivait quelque chose de grave. Sur le moment, elle ne s'est pas rendu compte du danger qu'elle faisait courir à ces deux femmes.

— Et quel rôle jouerait Thomas Ward dans cette théorie ? Ou Gillian Ward, si c'est elle qui était visée ?

— Je ne sais pas, dut avouer Christy. Mais je suis presque sûre qu'il y a un lien. Simplement, nous ne le connaissons pas encore.

Fielder garda le silence quelques instants.

— Il n'y a rien à faire, il faut retrouver Liza Stanford, reprit-il enfin. Avec ce que nous savons maintenant, cela pourrait avoir un sens de faire le tour de tous les foyers pour femmes de la ville et de la périphérie. Elle peut s'être réfugiée dans l'un d'eux.

— Elle peut aussi être morte. Ou en très grand danger. Ou bien quelqu'un qui l'aide peut être en danger !

A l'autre bout, elle entendit Fielder soupirer.

— Je vois où vous voulez en venir, Christy. Mais dans l'état actuel des choses… nous n'avons pas de quoi justifier un mandat d'arrêt contre Stanford. Seulement des hypothèses, de vagues déclarations.

— Les déclarations de la voisine n'avaient rien de vague, protesta Christy.

Elle freina au dernier moment devant un feu rouge qu'elle avait failli griller. Elle se rendit compte qu'elle était en colère, et qu'à cause de cela elle s'était soudain mise à conduire trop vite, à être inattentive. L'inspecteur principal Fielder cherchait à éluder, il se sentait mal à l'aise, et elle savait très bien pourquoi. L'influence de Stanford. Ses relations. Un avocat à succès, ami des politiques. Membre des clubs importants de la ville. Qu'avait dit la voisine à ce propos ? *Il doit être copain avec le chef de la police.* C'était exactement ce que Fielder redoutait lui aussi, Christy l'aurait parié. Il marchait sur des œufs. S'il commettait la moindre imprudence, il pouvait dire adieu à sa carrière et à toute perspective d'avancement.

Bon Dieu ! Elle avait très envie de taper du poing sur le volant. Elle détestait les types de ce genre-là. Ceux qui se créaient une position qui les mettait apparemment hors d'atteinte de la loi et du droit. Ceux qui, retranchés derrière leur argent, leur réussite, leurs relations influentes, pouvaient donner libre cours à leurs perversions avec la certitude que rien ni personne ne les en empêcherait.

Crois-moi, Stanford, avec moi, tu ne t'en tireras pas comme ça !

— Nous allons renforcer nos moyens pour retrouver Mme Stanford, déclara Fielder d'un ton officiel. Tant que je n'ai pas son témoignage, je ne peux rien entreprendre contre son mari.

— Et s'il la retrouve avant nous ?

— Il ne la cherche même pas.

— C'est lui qui l'affirme. Le croyez-vous donc sur parole ? Il est assez riche pour mettre cinq commandos de tueurs à ses trousses. Elle est un danger pour lui. Il doit la retrouver !

— Ne vous emballez pas, inspecteur. Nous ne savons pas s'il cherche ou fait rechercher sa femme. Nous ne savons pas s'il est responsable de la mort de Roberts et de

Westley, sans parler de Thomas Ward. Nous ne sommes même pas certains qu'il maltraite sa femme. Nous ne savons rien ! Je suis désolé, mais je ne peux pas prendre un tel risque dans une affaire aussi aléatoire.

Christy fit ce qu'elle ne s'était encore jamais permis vis-à-vis de son chef : elle éteignit son portable sans un mot, sans même un au revoir. L'éteignit tout à fait, de façon que Fielder ne puisse pas la rappeler. Ce qu'il n'allait probablement pas essayer de faire, se dit-elle. Il devait être bien trop content d'être débarrassé d'elle.

Elle vira brusquement, faisant crisser les pneus. Elle avait d'abord eu l'intention de repasser au bureau, mais elle venait de décider de rentrer chez elle. Elle allait prendre un bain.

Et ouvrir une bonne bouteille de vin rouge.

Vendredi 15 janvier

1

Il était près d'une heure du matin quand il prit congé. Elle resta debout à la fenêtre, à le regarder s'éloigner dans la rue à la lueur des réverbères. Elle aurait préféré qu'il reste encore un peu, mais elle n'avait pas osé le lui demander. Elle se sentait plus en sécurité en sa présence. John Burton était un homme qui ne se laissait pas intimider ni déstabiliser, un homme capable de défendre sa peau.

Pourtant, elle ne savait pas si elle pouvait lui faire confiance. Jusqu'à la fin, elle n'avait pas vraiment compris quel rôle il jouait – bien que tout cela soit très loin d'être un jeu – dans cette histoire. Il s'était présenté comme un « enquêteur privé », mais elle avait senti qu'elle n'obtiendrait de lui aucune autre information. Il disait exactement ce qu'il voulait, et pas un mot de plus.

Peut-être irait-il directement informer la police de l'endroit où elle se trouvait. Peut-être croirait-il même lui rendre service en faisant cela.

Bien qu'il ne lui ait pas semblé aussi naïf.

Quand elle ne le vit plus, elle s'écarta de la fenêtre et tira les rideaux. L'appartement n'était plus une cachette sûre ; en un instant, son sentiment d'avoir trouvé une retraite protégée du monde extérieur s'était évanoui. Si John Burton l'avait découverte, cela signifiait que d'autres pouvaient y parvenir.

Elle allait devoir trouver au plus vite un nouvel abri.

Elle reprit place à la table, se servit une autre tasse de café. Elle en avait refait plusieurs fois au cours de cette longue soirée où elle avait raconté à John Burton, un homme qu'elle voyait pour la première fois, l'histoire de son martyre. Les humiliations psychologiques par lesquelles tout avait commencé. La maniaquerie avec laquelle il la contrôlait. Les années, avant le passage aux voies de fait, où elle avait éprouvé l'impression croissante de ne plus pouvoir respirer. Où elle avait dû rendre compte de chacun de ses pas, de ses actes, de chacune même de ses pensées.

« Je n'avais le droit de décider de rien. Les meubles, les rideaux, les tapis, les tableaux qu'on accrochait aux murs. La vaisselle dans laquelle nous mangions, les fleurs qu'on plantait dans le jardin. Les livres à mettre dans la bibliothèque. Les vêtements que je portais, mes sous-vêtements, mon maquillage, mes bijoux. Ma voiture. Je ne décidais rien. Absolument rien. C'est un perfectionniste maladif. Tout doit correspondre dans les moindres détails à l'image qu'il se fait de la maison parfaite, du jardin parfait, de l'épouse parfaite, de la vie parfaite. »

Il lui avait posé la question qui ne pouvait manquer de venir à l'esprit :

« Pourquoi ne l'avez-vous pas quitté ?

— Les hommes tels que lui commencent toujours de la même façon, avait-elle répondu d'une voix douce. Ils ôtent à leur victime toute confiance en elle. Ils détruisent son âme. Un jour, on se retrouve sans force pour partir. On ne croit plus en soi. On ne se sent plus capable de maîtriser quoi que ce soit dans sa vie. On s'accroche à son bourreau, parce qu'il vous détruit d'abord avant de vous persuader que vous ne pourriez pas exister sans lui. »

John avait hoché la tête en silence. Elle lui était reconnaissante de n'avoir pas prononcé l'une ou l'autre des platitudes habituelles – « Belle comme vous l'êtes, vous auriez pourtant très vite retrouvé quelqu'un... »

Elle avait eu l'impression qu'il comprenait ce que son mari avait fait d'elle. A la fin, il avait demandé :

« Quand votre mari a-t-il commencé à vous frapper ? »

Comme s'il savait déjà ce qui était arrivé. Il connaissait le processus.

Elle s'en souvenait parfaitement.

« Après la naissance de Fin. Il n'a pas pu supporter qu'il y ait pour moi quelqu'un d'autre que lui. Avoir un enfant, cela vous donne de la force. Je ne crois pas que mon comportement ait changé, mais peut-être ce qui émanait de moi... un peu plus de paix intérieure, de bonheur. L'amour pour ce petit être. Il ne pouvait plus m'atteindre au plus profond de l'âme par son attitude sadique, ses agressions, ses humiliations. J'ai construit autour de moi un écran derrière lequel je me suis réfugiée avec Fin. Cela a dû rendre mon mari fou furieux de ne plus pouvoir me contrôler totalement. Pour lui, c'était insupportable. »

Elle avait alors parlé des blessures chaque jour plus difficiles à camoufler. Des énormes lunettes qu'elle portait à chaque fois qu'elle avait de nouveau un œil cerné de violet. Une lèvre éclatée, cela signifiait ne pas pouvoir sortir pendant des jours. Il lui arrivait de rester cloîtrée plusieurs semaines d'affilée.

Elle avait senti la colère de John Burton. Pas contre elle, mais contre les hommes semblables à son mari. Contre les mécanismes psychiques qui réduisaient à l'impuissance les femmes dans sa situation.

Elle avait éprouvé le besoin de lui détailler le phénomène dans toute sa complexité, d'expliquer les raisons qui l'avaient maintenue dans ce cauchemar paralysant.

« J'avais peur. Avant tout de perdre Finley. Mon mari a du pouvoir, de l'influence. J'ai toujours pensé que je finirais par échouer, même si j'allais voir la police avec des blessures graves et que je portais plainte contre lui. Il aurait trouvé le moyen de s'en tirer. Vous savez, j'ai déjà été soignée pour dépression. Il aurait obtenu qu'on me déclare folle. Un expert aurait démontré que je m'étais infligé moi-même toutes ces blessures. On m'aurait internée dans une clinique psychiatrique et je n'aurais plus jamais revu mon enfant.

— Ce n'est pas si simple. Il est possible de savoir si quelqu'un s'est blessé lui-même ou si les blessures ont été infligées par une autre personne. Je ne crois pas qu'il aurait réussi à vous faire interner.

— Il m'en menaçait constamment, avait répondu Liza avec fatalisme. Il me criait : "Tu es folle ! Je vais te faire enfermer ! Tu ne ressortiras plus jamais !" Je ne pouvais pas prendre ce risque. J'avais peur tout le temps. »

Pour justifier cette peur, elle avait finalement ôté son pull-over devant lui, devant cet inconnu. Dessous, elle portait un petit caraco à bretelles. Elle l'avait entendu reprendre sa respiration en découvrant les plaies mal cicatrisées de son décolleté, de ses bras, de ses épaules.

« Il avait commencé à se servir d'un couteau, avait-elle murmuré.

— Bon Dieu, Liza ! »

Burton s'était levé. S'avançant vers elle, il l'avait prise dans ses bras et ils étaient restés ainsi de longues minutes, elle consciente de sa force, de son calme – comme si elle avait trouvé auprès de lui un refuge sûr, un havre de paix.

Jusqu'à ce qu'elle se rappelle à l'ordre : *Ne fais confiance à aucun homme !*

Elle s'était écartée de lui, avait remis son pull.

« Je vous aiderai, Liza. Croyez-moi, je vais vous aider, avait-il promis.

— Vous ne pouvez pas m'aider. Vous ne pouvez rien contre lui.

— Il a réussi à vous faire croire qu'il était tout-puissant, et je peux comprendre cela. Mais il n'est pas tout-puissant. C'est un homme ordinaire, les lois valent aussi pour lui.

— Si je retombe entre ses mains, il me tuera.

— Il ne le fera pas. Il ira en prison. »

Elle avait éclaté d'un rire moqueur.

« Vous croyez vraiment que, même de là, il ne sera pas capable de s'arranger pour que quelqu'un me fasse payer ?

— Préférez-vous le laisser s'en tirer indemne ? Et vous cacher pour le restant de vos jours ?

— Je n'ai peut-être pas d'autre choix.

— Votre fils… »

Elle avait cru entendre un reproche dans sa voix, car ses yeux s'étaient mis à flamboyer.

« Ne me dites pas que je n'aurais pas dû l'abandonner ! Ne me dites pas cela ! Vous n'avez pas la moindre idée de ma situation ! Comment aurais-je pu emmener Fin avec moi ? Un enfant qui doit aller à l'école, mener une vie à peu près normale ? Logan m'aurait aussitôt rattrapée. Je ne pouvais pas disparaître complètement avec un garçon de douze ans, c'était tout simplement impossible. Je sais que cela se passe bien entre Fin et lui. Il ne toucherait pas à un cheveu de sa tête, il ne l'a jamais fait. Aussi incroyable que cela puisse paraître, c'est un père affectueux, qui adore son fils. Je ne pouvais pas faire autrement. Fin a gardé son environnement familier, sa maison, son école, ses amis. Cela vaut mieux pour lui que de mener une vie de fugitif avec moi. Croyez-moi, être séparée de lui me rend à moitié folle. Je tiens le coup uniquement parce que je sais que c'est la meilleure solution pour lui. Et parce que j'essaie de le voir de temps à autre, comme aujourd'hui. Je sais maintenant que c'est trop risqué. Mon mari aussi aurait pu me guetter, comme vous.

— Vous manquez à Finley.

— Croyez-vous que je ne le sache pas ? avait-elle répliqué en refoulant avec peine ses larmes. Croyez-vous que cela ne me tourmente pas ? Je pourrais en mourir ! Pourtant, je sais que cela va mieux qu'avant pour lui. Et, contrairement au cas où son père nous aurait séparés en me faisant enfermer comme folle, je suis libre de mettre fin à cette situation à tout moment. Quand je ne supporterai plus de vivre sans Finley, je rentrerai. Malgré ce qui m'attend.

— Votre mari n'a jamais craint que Finley ne se confie à quelqu'un ? A un professeur ? A un camarade de classe ou à ses parents ?

— Mon mari ne connaît pas la peur. Du moins, il ne sait pas ce que c'est que de l'éprouver. Il ne sait que la susciter. Fin est aussi paralysé que moi. Nous avons toujours su tous les deux que ce serait pire si nous parlions. Mon mari n'a même pas eu besoin de nous l'interdire expressément, nous ne l'aurions jamais fait. Pour nous, la seule question était de supporter cela d'une manière ou d'une autre. Et de survivre. »

Elle but son café, les yeux fixés sur le mur où les grands yeux de Finley semblaient la regarder depuis les nombreuses photos encadrées. Elle se demandait si Burton avait réellement compris. Vivre avec un dangereux psychopathe changeait tout, cela modifiait la perception du monde, mais aussi les sentiments de sécurité ou de stabilité qui avaient pu exister autrefois. Bien des années plus tôt, dans une autre vie dont elle avait maintenant peine à se souvenir, elle aussi avait cru à ces garants d'une existence protégée qu'étaient la loi et le droit, la justice, la solidarité. Elle marchait en terrain connu, sur des bases sûres.

Puis elle avait appris que tout cela n'était qu'illusion. Rien n'était sûr, rien ne la protégeait. Il n'y avait ni justice ni solidarité, rien que le droit du plus fort. Le monde était cruel, seul un mince filet de sécurité aux mailles très lâches maintenait un équilibre de surface, mais celui qui passait à travers tombait dans un gouffre sans fond, et c'était le cas de bien plus d'êtres humains que ce qu'elle avait cru. Elle ne l'avait compris qu'après avoir été précipitée elle-même dans cette chute libre. Où rien ni personne n'était là pour la retenir.

A la fin, Burton lui avait de nouveau posé des questions sur Carla et sur Anne.

Carla Roberts et Anne Westley.

Maintenant encore, seule dans l'appartement faiblement éclairé par la lueur vacillante des bougies sur les étagères, alors qu'elle redoutait de perdre le refuge précaire que ces huit semaines lui avaient malgré tout rendu presque familier, elle ne put s'empêcher de sourire avec une amertume résignée.

Carla et Anne avaient été ses deux seules tentatives de trouver de l'aide. Deux échecs, car les deux femmes s'étaient dérobées.

« Cela ne dérangeait-il pas votre mari que vous alliez dans ce groupe de femmes ? avait demandé Burton.

— Il ne savait pas que les femmes qui s'y rencontraient étaient divorcées ou séparées. Je lui avais raconté une histoire d'ésotérisme, il avait trouvé cela stupide, mais cela ne l'inquiétait pas. Je prenais bien sûr un risque énorme. Il aurait pu à tout moment chercher à se renseigner. Mais il ne l'a pas fait. A l'époque, son travail l'accaparait beaucoup. Il devenait négligent dans ma surveillance.

— Vous vous êtes confiée à Carla Roberts ?

— Pas dans tous les détails. De toute façon, elle parlait sans cesse d'elle-même et de son triste sort, elle me considérait seulement comme une auditrice patiente. Mais un jour, nous nous sommes donné rendez-vous chez elle, en dehors des heures du groupe. Je portais une fois de plus mes lunettes noires. Après avoir passé une demi-heure à gémir et à se plaindre, Carla s'est soudain arrêtée, m'a regardée et a demandé : "Pourquoi portes-tu constamment des lunettes de soleil ?"

« C'était un jour de pluie, brumeux et sombre. Habituellement, dans ce genre de situation, je parlais toujours de mes yeux sensibles, d'allergies, d'inflammation de la cornée ou que sais-je encore. Mais cette fois, je ne sais pas pourquoi... En tout cas, j'ai juste enlevé mes lunettes et je lui ai dit : "A cause de ça !"

« J'étais dans un état épouvantable, l'œil droit presque entièrement fermé, la peau violet foncé autour. Ce n'était pas beau à voir.

— Quelle a été la réaction de Carla ?

— Totalement ahurie. Cette brave Carla qui croyait que le pire qu'un mari puisse faire à sa femme, c'était de la tromper avec sa secrétaire, et pour finir de mener l'entreprise familiale à la faillite. Elle avait maintenant une petite idée de ce qui pouvait arriver d'autre dans le monde. Elle était assez stupéfaite.

— A-t-elle posé des questions ? Vous a-t-elle conseillé de porter plainte contre votre mari ?

— Des questions, oui. Je ne lui ai pas raconté toute l'étendue de mon martyre, mais j'ai expliqué que mon mari était terriblement colérique, et qu'il préférait régler avec ses poings les problèmes qu'il avait avec moi. Elle était épouvantée, mais... comment dire ? Au bout d'un quart d'heure, elle s'était déjà remise à tourner autour de ce qui l'intéressait. Son mari infidèle. Sa fille qui ne se souciait pas assez d'elle. La faillite de l'entreprise. Sa solitude. Elle était ainsi. Pas méchante, mais incapable de voir les autres, de s'abstraire d'elle-même pour plus d'une seconde. Je suppose qu'au fond elle n'y pouvait rien.

— A-t-elle de nouveau abordé le sujet avec vous par la suite ? Ou proposé de vous aider de quelque manière ?

— Non. D'ailleurs, nous ne nous voyions presque plus. Le groupe s'est dissous, et de mon côté, la situation s'aggravait. Je ne pouvais pratiquement plus sortir pour rencontrer des gens. J'avais peur de mourir. J'ai préféré ne plus revoir Carla et ne plus entendre ses pleurnicheries.

— Avant cela, vous vous étiez déjà adressée au Dr Westley, n'est-ce pas ? »

Elle lui avait raconté ce qui s'était passé avec Anne Westley, et il avait compris pourquoi elle avait semblé hésiter lorsqu'il lui avait demandé si elle gardait rancune à Carla et à Anne. Non, elle n'aurait pas appelé cela de la rancune. Mais les deux femmes l'avaient laissée tomber, elle en était tout à fait consciente.

« Votre mari se doutait-il qu'il y avait en dehors de la famille deux personnes qui pouvaient devenir dangereuses pour lui, parce qu'elles savaient ce qui se passait chez vous ?

— Je ne le lui ai jamais dit, avait-elle répondu après réflexion. Mais, bien sûr, il aurait pu le découvrir par lui-même.

— De quelle façon ?

— Aucune idée. Mais je le crois capable de beaucoup de choses, vous comprenez ? Il est très possible qu'il l'ait su.

— Et le nom de Ward ne vous dit vraiment rien ? Thomas et Gillian Ward ?

— Non. Je regrette, je n'en ai jamais entendu parler. »

Après cela, il lui avait dit au revoir, promettant à nouveau de l'aider. Elle se demandait comment il comptait s'y prendre.

Sur le pas de la porte, il avait posé une dernière question :

« Y a-t-il d'autres informations qui pourraient m'être utiles ? »

Et, comme elle secouait la tête, il avait insisté :

« Vous en êtes sûre ? Vous m'avez bien révélé tout ce qui pouvait avoir une importance dans cette affaire ?

— Oui. »

Il lui avait laissé sa carte, au cas où quelque chose lui reviendrait. Ou au cas où elle aurait besoin d'aide. Il ne savait pas qu'elle avait depuis longtemps décidé de ne courir aucun risque. John Burton était peut-être quelqu'un de bien, mais elle avait appris à considérer tous les hommes comme des ennemis possibles, comme des criminels en puissance. Elle trouvait plus sûr de ne faire aucune exception.

Elle allait de nouveau disparaître. Partir plus loin. Renoncer pour des mois à tout contact avec Finley. Même si cela lui brisait le cœur.

Elle n'avait pas tout raconté à Burton. Mais pouvait-il s'y attendre ? Pour elle, il était un parfait étranger.

De plus, il lui avait demandé ce qui pouvait avoir de l'importance dans cette histoire.

Ce qu'elle avait gardé pour elle avait-il de l'importance ? Probablement pas.

2

Il voyait la scène comme s'il y avait lui-même assisté. Liza l'avait décrite d'une voix calme, presque sans émotion.

Le Dr Anne Westley. La figure maternelle, la pédiatre sympathique et compétente. Elle avait la manière avec les enfants. Et savait aussi apaiser les parents, calmer leurs angoisses.

Face à elle, Liza Stanford. Elle portait une plaie profonde à la tempe, conséquence du coup de poing qui, la veille au soir, l'avait projetée contre l'arête d'un placard.

Son mari n'avait pas apprécié le repas. De l'irish stew sans carottes. Il n'y avait pas de carottes dans la maison et elle n'avait plus le temps d'aller en acheter. Mais il avait expressément réclamé de l'irish stew, et les carottes faisaient partie de la recette. Elle espérait qu'il ne remarquerait rien.

Il s'en était aperçu, bien sûr.

Normalement, après cela, elle aurait évité de sortir de la maison dès le lendemain. La plaie n'était pas refermée, elle se remettait à saigner par moments. Or, en rentrant de l'école, Finley avait raconté qu'il était tombé en cours d'éducation physique. Il avait amorti la chute avec sa main droite et n'avait pas eu trop mal sur le coup, mais sa main avait enflé dans l'après-midi et la douleur s'était aggravée. Liza avait d'abord espéré que cela s'arrangerait plus ou moins de soi-même, mais Finley se plaignait de plus en plus. A la fin, elle avait compris qu'elle n'avait plus le choix : il fallait voir un médecin. Elle avait collé un gros pansement sur sa blessure, peigné ses cheveux vers l'avant de façon à dissimuler à peu près le désastre, et mis ses lunettes noires. Elle aurait préféré se rendre aux urgences d'un quelconque hôpital où on ne la connaîtrait pas, mais Finley avait trop attendu. Presque en larmes, il réclamait la pédiatre en qui il avait confiance.

Tard dans l'après-midi, ils se trouvaient donc dans la salle de consultation du Dr Westley, où on les avait fait entrer sans attendre leur tour, car il s'agissait visiblement d'une urgence.

De fait, Finley avait une foulure importante. Anne Westley lui posa un bandage de soutien avant de s'installer à son bureau pour rédiger une ordonnance. Liza s'assit en face d'elle tandis que Finley jouait dans un coin avec les figurines en plastique de *1, rue Sésame*, qui l'avaient toujours fasciné.

Au moment de tendre le papier à Liza par-dessus son bureau, Anne s'interrompit.

« Qu'est-ce que vous avez là ? » demanda-t-elle.

Instinctivement, Liza ramena ses cheveux vers l'avant. En faisant ce geste, elle sentit sur sa joue un liquide chaud qui coulait de sa tempe.

Oh, non ! pensa-t-elle avec épouvante.

« Vous saignez, reprit Anne. Laissez-moi regarder cela. »

Elle fit le tour de son bureau, malgré les protestations de Liza – « Ce n'est rien... laissez... il n'y a pas de problème... »

Le pansement était trempé. Avant son départ de la maison, la plaie avait semblé vouloir se refermer, mais elle s'était rouverte sans raison apparente.

Anne se pencha vers Liza, lui retira avec précaution ses lunettes. L'œil gauche aussi avait été amoché. Il n'avait pas encore les vives couleurs qu'il arborerait dès le lendemain, mais la paupière était rouge et enflée, et il était impossible de prendre pour un maquillage maladroit la teinte verdâtre qui s'étendait peu à peu. Liza entendit Anne reprendre brusquement sa respiration. Puis, d'un geste rapide et professionnel, elle ôta le pansement.

« Mon Dieu, vous avez là une vilaine plaie ! L'avez-vous montrée à un médecin ?

— Non. Elle avait cessé de saigner, et j'ai pensé qu'elle se guérirait toute seule.

— La blessure paraît s'être enflammée. Je vous prescrirais bien une pommade antibiotique. Et il vous faut un bandage. Un simple pansement ne tiendra pas. J'ai ici un spray qui arrêtera le saignement.

— Très bien », répondit Liza d'une voix guindée, sans oser regarder la pédiatre.

Anne s'appuya contre le rebord de son bureau.

« Comment vous êtes-vous fait cela ? demanda-t-elle en s'efforçant visiblement de conserver un calme professionnel.

— Dans l'escalier, chez nous. Cela m'est déjà arrivé une ou deux fois. Les marches sont très raides, et je suis tellement empotée... »

Son rire sonnait faux. A la moindre grimace, sa blessure lui faisait affreusement mal.

« Je suis souvent maladroite, et, au bas de la rampe, il y a un ornement en bois sculpté, c'est là que je me suis cogné le visage. Je peux m'estimer heureuse que mon œil n'ait pas été plus touché. Un accident bête, quoi. Il faut vraiment que j'apprenne à faire un peu plus attention, mais en cours de gymnastique, à l'école, j'étais déjà… »

Elle s'interrompit.

Je parle trop, pensa-t-elle.

« Madame Stanford, regardez-moi, s'il vous plaît », insista Anne, toujours adossée à son bureau.

Liza leva les yeux avec hésitation. Sans ses énormes lunettes noires, elle se sentait nue, sans défense. Elle devait avoir une tête affreuse.

« Madame Stanford, je ne veux pas me mêler de ce qui ne me regarde pas, mais je voudrais vous dire que vous… qu'il est toujours possible de trouver de l'aide, dans n'importe quelle situation. On croit parfois qu'on n'a aucun recours, aucune chance, mais c'est faux. Il y a toujours une solution. »

Liza regarda la femme aux cheveux gris. Elle lut dans ses yeux la stupeur, l'effroi.

Elle sait. Elle sait exactement ce qui s'est passé.

Elle ne répondit pas, se détourna à nouveau.

Au bout d'un moment, Anne reprit d'une voix apparemment résignée :

« Je vais m'occuper de votre blessure. Etes-vous d'accord ? »

Liza acquiesça d'un signe de tête.

Elle se laissa soigner tandis que, dans son coin, Finley jouait toujours. Il n'avait pas levé les yeux une seule fois. Elle se rendait bien compte qu'Anne jetait fréquemment sur l'enfant des regards préoccupés, visiblement étonnée que Finley ne manifeste aucune réaction alors qu'on nettoyait du sang sur le visage de sa mère, qu'on lui bandait la tête. Liza se demanda si Anne Westley en tirait les conclusions qui s'imposaient, à savoir que Finley n'avait que trop l'habitude de voir sa mère dans cet état, et qu'il avait appris, dans ces cas-là, à rentrer en lui-même, car c'était la seule façon pour lui de pouvoir le supporter.

Après cela, Anne Westley n'avait plus fait aucun commentaire. Mais, quand ils étaient enfin sortis du cabinet de la pédiatre, Liza avait pensé : Peut-être va-t-elle me recontacter. Peut-être me proposera-t-elle son aide. Maintenant, elle sait. Elle a eu vraiment peur.

Etait-elle effrayée ou remplie d'espoir à l'idée que la pédiatre puisse ne pas renoncer ? Sans doute les deux à la fois. Elle redoutait qu'une intervention extérieure n'aggrave sa situation. En même temps, elle savait qu'elle ne pourrait pas continuer indéfiniment. Mais elle n'était pas capable de faire d'elle-même ce qu'il fallait. Dans les jours suivants, elle imagina souvent qu'on s'occupait de son cas, que quelqu'un prenait les choses en main, portait plainte contre son mari – elle ne se voyait jamais agissant elle-même, ce ne pouvait être que quelqu'un d'autre. Tantôt elle espérait, tantôt elle était proche de la panique. Jusqu'au jour où, ayant parcouru comme sur des montagnes russes toute la gamme des émotions, elle avait fini par comprendre qu'il ne se passerait rien. Elle n'avait plus de nouvelles du Dr Westley.

« J'ai fait une croix dessus, avait-elle dit à John. J'ai cessé de croire qu'Anne Westley pourrait m'aider. »

John traversait la ville endormie, surveillant régulièrement son compteur pour s'assurer qu'il ne dépassait pas la vitesse limite, malgré les mille pensées qui l'agitaient. Car beaucoup trop de possibilités dérangeantes se présentaient à lui lorsqu'il réfléchissait à la situation.

Entre autres, l'avocat Stanford faisait déjà partie de sa liste de suspects. Mais devait-il maintenant envisager d'y inclure Liza ?

Cette femme avait connu l'enfer. Le salopard qui l'avait épousée avait fait preuve envers elle d'un sadisme dont John lui-même se sentait bouleversé – et, en tant qu'ancien flic, il en avait beaucoup vu et ne perdait pas facilement ses moyens. L'homme était incontestablement un malade. Mais était-il un meurtrier ?

Jusqu'où Liza avait-elle pu aller dans l'amertume après n'avoir reçu aucune aide des deux femmes qui savaient ? Avait-elle pu ne pas comprendre qu'on lui refuse une solidarité qu'elle aurait pu espérer plus grande de la part de personnes de son sexe ? Elle n'avait manifesté aucune émotion en lui racontant cela. Elle affirmait même n'avoir pas la moindre rancune envers ces femmes. Elle avait parlé d'une voix calme et unie, sans inflexions. John Burton se souvenait d'interrogatoires où son interlocuteur avait exactement ce ton-là et s'était révélé par la suite être un meurtrier, ou un escroc invétéré.

Une chose était certaine : Carla Roberts comme Anne Westley auraient ouvert leur porte à Liza sans hésitation.

Liza avait-elle disparu pour préparer sa vengeance ?

Il donna un coup de poing rageur sur son volant. Il s'était piégé lui-même, et de plus en plus inextricablement. D'abord Samson. Maintenant Liza. Tous deux recherchés par la police. Tous deux suspects. Et il savait où ils se cachaient.

Il aurait dû tout dire à la police depuis longtemps. Ce qu'il faisait tombait sous le coup de la loi. Il courait délibérément à la catastrophe.

Il avait connu autrefois ce mélange d'épuisement physique et d'excitation. Cela venait surtout pendant les longues heures de planque où, recru de fatigue, les yeux cuisants de l'effort qu'il devait fournir pour les garder trop longtemps ouverts, il flairait un danger susceptible d'entrer en phase aiguë d'un instant à l'autre, et qui maintenait en éveil, sous tension, chacune des fibres de son corps. Les sensations devaient être comparables, supposait-il, sous l'effet de certaines drogues.

En entrant dans sa rue, il leva aussitôt les yeux vers les fenêtres de son appartement et constata avec soulagement qu'elles n'étaient pas éclairées. Samson Segal avait dû aller se coucher, Dieu merci. Il n'avait pas la moindre envie de discuter avec lui à cette heure.

Il gara sa voiture, marcha dans la neige jusqu'à l'entrée de l'immeuble. Il ouvrit la porte avec sa clé, se glissa par l'entrebâillement et monta l'escalier en titubant de fatigue. Arrivé à l'appartement, il jeta un coup d'œil dans le salon et distingua vaguement la forme du corps de Samson, enroulé dans son sac de couchage sur le matelas de camping et respirant paisiblement. Par chance, il ne s'était pas réveillé.

Dans sa chambre, John laissa tomber ses vêtements sur le sol. Dès qu'il fut allongé sur son matelas, le souvenir de Gillian l'assaillit douloureusement. Il n'avait pas changé les draps depuis qu'elle était venue, et il croyait sentir encore son odeur.

Il enfouit son visage dans l'oreiller. Il fallait à tout prix qu'il s'arrache cette femme du cœur. Il ne voulait pas souffrir, traîner derrière lui des regrets, des pensées sans espoir.

Dès demain, il mettrait des draps propres au lit.

Il s'endormit à peine sa décision prise.

3

— Je vais le faire, annonça Gillian. Je vais louer une chambre quelque part et m'y planquer.

Elle prenait son petit déjeuner avec Tara dans la cuisine. Il faisait encore noir dehors. Gillian n'avait pas dormi. Allongée sur le canapé, elle avait réfléchi toute la nuit. Elle se sentait en sécurité chez Tara, mais elle était bien consciente que cette impression pouvait être trompeuse, et surtout, qu'elle n'avait pas le droit de mettre en danger son amie. Dans sa situation, il était imprudent de s'installer chez qui que ce soit en espérant qu'il n'arriverait rien. Et tout aussi risqué de retourner vivre dans sa maison. Elle ne savait toujours pas s'il y avait réellement eu quelqu'un chez elle ce jour-là ou si elle l'avait seulement imaginé. Tara avait raison, elle avait été stupide de ne pas alerter aussitôt la police. Au moins, elle aurait peut-être su à quoi s'en tenir sur ce point, au lieu de tâtonner dans l'obscurité comme elle le faisait à présent.

De toute façon, je ne peux plus rien y changer, s'était-elle dit à un certain moment de cette nuit passée à se tourner et se retourner sur le canapé sans pouvoir s'endormir. Mais à partir de maintenant, j'agirai de façon raisonnable.

— Tu es sûre de toi ?

Tara avait l'air mal réveillée, car il n'était encore que six heures et demie.

— Sûre. Tant que nous ne saurons pas s'il y a vraiment quelqu'un qui m'en veut et tant que nous ne connaîtrons pas la raison de tout cela, nous ne devrons plus prendre aucun risque. Ni pour ma vie, ni pour la tienne. Il vaut mieux que je disparaisse de la circulation.

— Je crois que ce ne sera pas pour longtemps. La police est sur les dents. Ils ne tarderont pas à arrêter le type.

— Je m'occuperai de mon avenir. Je prendrai mon ordinateur portable, et je chercherai sur Internet un travail et un appartement à Norwich. Pendant ce temps, les choses suivront leur cours ici. Je vais envoyer une clé de la maison à l'agent immobilier pour qu'il puisse déjà commencer les visites. Si jamais je dois me rendre à Norwich à l'improviste, par exemple pour un entretien d'embauche, j'y serai très vite en voiture. Ce n'est pas un problème.

— Cela me paraît un bon programme, approuva Tara. Ecoute, je dois malheureusement aller à mon bureau, mais on est vendredi, je peux terminer plus tôt cet après-midi. Je te propose de t'emmener à Thorpe Bay afin que tu puisses préparer les affaires dont tu as besoin. Et de là, tu partiras avec ta voiture.

— Je ne peux pas accepter, Tara, protesta Gillian. Tu as beaucoup à faire. Laisse-moi prendre le train.

— Tu en aurais pour des heures. Non, je peux vraiment t'emmener sans problème.

Elle but une dernière gorgée de café et se leva.

— Alors, tu m'attends ici ?

— D'accord, merci, dit Gillian.

Elle espérait avoir pris la bonne décision.

4

John fut alerté par la sensation soudaine qu'il y avait quelqu'un dans sa chambre. Il se redressa d'un bond et se trouva face au visage souriant de Samson Segal.

— Je vous ai réveillé ? demanda Samson d'un air inquiet.

John se retint de répondre avec agacement que c'était sans doute ce qu'il avait eu l'intention de faire, car pourquoi serait-il entré dans sa chambre sans cela ?

— Ce n'est pas grave. Quelle heure est-il ?

— Huit heures juste.

— Oh, merde, je devrais déjà être au boulot.

John regarda le réveil posé à même le sol à côté de son matelas. Dans sa fatigue de la nuit dernière, il avait oublié de régler la sonnerie. C'était la première fois que cela lui arrivait.

— Vous êtes rentré vraiment tard hier soir, reprit Samson. Je vous ai attendu jusqu'à neuf heures et demie, mais ensuite...

— Oui, la soirée a été longue.

John se leva, regarda par la fenêtre. Il commençait à faire jour. L'appartement sentait bon le café frais.

— J'ai préparé le petit déjeuner, poursuivit Samson. Je suis même déjà sorti acheter un paquet de pain de mie.

— Vous ne deviez pas quitter l'appartement !

— Mais il n'y avait absolument plus rien à manger. Déjà hier soir...

Il se tut, embarrassé. John passa ses mains dans ses cheveux en broussaille.

— Excusez-moi, dit-il. J'aurais dû y penser. J'arrive tout de suite.

Il alla prendre une bonne douche chaude, décida qu'il pouvait oublier de se raser, enfila un jean et un pull et rejoignit Samson dans la cuisine. Faute de table, Samson avait posé les assiettes, les tasses et le grille-pain sur le plan de travail et approché un vieux tabouret de bar. Il versa du café dans les tasses et désigna le siège.

— Asseyez-vous, je préfère déjeuner debout.

— Moi aussi, dit John. Vous pouvez donc vous asseoir.

Samson resta debout, mais posa sa tasse sur le tabouret. Finalement, ce ne serait pas une si mauvaise idée d'investir dans une table, songea John.

La question était maintenant de savoir s'il devait mettre Samson au courant, et jusqu'à quel point. En principe, il n'aimait pas exposer ses raisonnements à d'autres avant d'être lui-même parvenu à des conclusions satisfaisantes, et c'était déjà le cas du temps où il était policier. Mais Samson n'était pas un idiot. De plus, il avait observé la famille Ward pendant des mois. Si John le mettait dans la confidence, il pourrait peut-être se souvenir d'un détail important.

— Le nom de Stanford vous dit-il quelque chose ? Logan Stanford ?

— Stanford... Ce n'est pas l'avocat ? demanda Samson après un instant de réflexion. Celui qui a tellement de fric et qui passe son temps à organiser des galas de bienfaisance ? Il est venu chez nous, à Thorpe Bay, un peu avant Noël... Au club de golf, il me semble. Pour une tombola ou je ne sais quoi de ce genre.

Intéressant. Et il y avait déjà un lien : Stanford était passé à Thorpe Bay. Tout près de chez Gillian.

— Mais vous ne le connaissez pas personnellement ?

Samson se mit à rire.

— Non, je ne fréquente pas les hautes sphères ! De toute façon, il ne verrait même pas un type comme moi.

John décida de donner au moins quelques détails sur l'état de son enquête :

— Son épouse, Liza Stanford, a été en contact avec les deux femmes assassinées. Carla Roberts et Anne Westley.

— Ah bon ? Comment l'avez-vous appris ?

— Peu importe, je le sais. Et j'aurais besoin de savoir si elle ou son mari ont pu aussi être en contact avec Gillian Ward.

— Demandez-le-lui.

— J'ai questionné Liza Stanford. Elle affirme n'avoir jamais entendu parler des Ward. Et vous, sauriez-vous quelque chose là-dessus, par hasard ?

— Hélas, non, répondit Samson, un peu surpris. Voulez-vous dire par là que j'aurais pu voir Stanford avec les Ward ? Non, je n'ai rien vu. C'est-à-dire que je ne connais son visage que par les journaux, mais je suppose que dans ce cas je l'aurais remarqué. Quant à sa femme, je ne sais pas du tout à quoi elle ressemble.

— Très belle. Grande, mince. De longs cheveux blonds. Elle porte toujours de grosses lunettes noires. C'est une femme qui ne passe pas inaperçue.

— Non, je regrette, dit Samson. D'ailleurs, Gillian Ward recevait très peu de visites. En fait, seulement de sa meilleure amie. Des mamans venaient parfois aussi déposer ou rechercher des camarades de classe de Becky, mais c'est tout.

— Je comprends, fit John avec résignation.

Cela coïncidait avec les informations fournies par Kate : Gillian avait déclaré à la police qu'elle ne connaissait pas Liza Stanford. Fielder et son équipe cherchaient maintenant dans l'entourage professionnel de Thomas Ward et prévoyaient aussi d'enquêter au club de tennis. John ne pensait pas que la solution soit aussi simple, par exemple que Stanford puisse figurer parmi les membres du club ou parmi les clients des Ward. Cela aurait été si facile à découvrir que Kate l'aurait déjà su lors de leur conversation. Le lien – s'il existait – devait être beaucoup plus compliqué à établir.

Charity-Stanford, un meurtrier brutal ? Avec ce qu'il savait maintenant de la façon dont le distingué avocat traitait son épouse lorsqu'elle le contrariait, John n'avait pas trop de mal à l'imaginer, mais il subsistait toutes sortes d'incohérences. Kate lui avait dit que Carla et Anne avaient peut-être subi pendant des semaines une intimidation subtile. Carla avait elle-même parlé d'événements bizarres. Pour Anne, l'interprétation de son dernier tableau suggérait une conclusion du même ordre. Or, il était presque impossible d'imaginer Stanford se déplaçant chaque jour sur une longue période pour terroriser une femme seule en faisant monter et descendre l'ascenseur de son immeuble. Cela ne lui ressemblait pas. D'ailleurs, aurait-il eu assez de temps pour cela ? On ne le voyait pas davantage partir en vadrouille la nuit dans une forêt pour effrayer la pédiatre de son fils. Si Stanford avait tué ces deux femmes, il n'avait pu le faire que pour un seul motif : les réduire au silence parce qu'elles en savaient trop. Il pouvait liquider l'affaire rapidement, sans prendre la peine d'imaginer toute cette mise en scène. De plus, John trouvait très étrange la manière particulièrement cruelle dont les deux victimes avaient été étouffées. Tant de haine… Un homme dont le seul souci serait d'écarter un danger ferait-il cela ? D'un autre côté, Stanford était un sadique. Un malade pervers…

Liza. Elle avait sans aucun doute des raisons de haïr Carla et Anne et de vouloir se venger d'elles. Il avait certes du mal à se représenter dans un tel rôle cette femme détruite, apeurée et désespérée, mais il savait qu'il ne fallait pas en exclure la possibilité. Liza était très belle, il sentait nettement qu'elle suscitait en lui le besoin de la protéger, et c'était bien pour cela qu'il devait prendre garde à ne pas se laisser influencer.

— Mme Stanford a-t-elle quelque chose à voir avec les meurtres ? demanda Samson.

— Je ne sais pas.

John jouait avec le toast posé sur son assiette, la sensation de faim qu'il éprouvait à son réveil s'était déjà dissipée. Lui non plus n'avait rien mangé depuis la veille à midi, mais cette affaire lui retournait l'estomac, et de plus en plus.

Cependant, la vue du petit déjeuner préparé par Samson lui inspira une autre idée : de quoi Liza vivait-elle ? Elle devait bien payer un loyer, acheter de la nourriture. La voiture consommait de l'essence. D'autre part, il avait fallu louer l'appartement sous un nom vérifiable, et elle pouvait difficilement utiliser le sien. Les propriétaires demandaient des papiers. Comment avait-elle résolu ce problème ?

La veille, submergé par tant d'informations nouvelles, il n'avait pas pensé à poser cette question évidente. S'il avait bien jugé Stanford, celui-ci avait dû rapidement bloquer ses comptes bancaires pour empêcher Liza d'utiliser sa carte de crédit. De plus, cela aurait pu donner des indications sur l'endroit où elle se trouvait, donc être dangereux pour elle.

Ce qui menait à l'interrogation suivante : qui aidait Liza Stanford ?

Bon Dieu, il aurait pu y penser plus tôt !

— Vous êtes bien songeur, dit Samson.

John hocha distraitement la tête. Le lien était-il là, complètement fou, mais concevable ? Gillian ou son mari étaient-ils derrière tout cela ? Etait-ce pour ne pas mettre Liza en danger que Gillian n'avait pas voulu en parler à la police ? Etait-ce la raison pour laquelle les Ward étaient entrés dans la ligne de mire du tueur – qui, dans ce cas, pouvait de nouveau être Logan Stanford ?

Mais pourquoi cela n'arrivait-il que maintenant ? Anne Westley représentait un danger depuis trois ans. Peut-être Stanford venait-il seulement d'apprendre son existence, ce qui avait déclenché la crise ? Liza s'était enfuie. Stanford avait pu sentir qu'il ne contrôlait plus rien.

Et il avait recouru à la seule méthode qu'il connaissait : la violence.

— Pensez-vous approcher de la solution ? s'enquit timidement Samson.

— Je ne saurais pas vous l'affirmer, répondit John sans mentir. En un sens, oui, mais pour le moment, cela ne fait que tout compliquer. Je n'ai pas encore le fin mot de l'affaire.

— Vous êtes mon seul espoir, s'enflamma Samson, les joues rouges d'excitation. Je vous en prie, ne laissez pas tomber. Vous êtes peut-être le seul à pouvoir me disculper.

— La police ne cherche pas la solution de facilité, Samson. Eux non plus ne veulent pas se tromper de coupable.

— Oui, mais je ne leur fais pas confiance. Je vous en prie, aidez-moi ! Je n'en peux plus de vivre comme ça, je me sens déraciné, désespéré. Je voudrais retourner à ma vie d'avant. Je ne demande rien d'autre. Seulement retrouver ma vie.

John se retint de dire à Samson qu'il comprenait mal pourquoi il tenait tant à cette existence-là. Il n'en connaissait pas les détails, mais habiter avec son frère et sa belle-sœur, être au chômage et choisir de passer son temps à espionner la vie des autres en éprouvant visiblement une certaine satisfaction à s'identifier à eux, tout cela ne lui paraissait guère attrayant. De plus, la propre belle-sœur de Samson avait fouillé dans son ordinateur et apporté délibérément ses notes à la police pour le livrer au couteau. Tout n'était donc pas si harmonieux dans la famille Segal.

Pourtant, c'était sa vie. Il n'y était pas très heureux, mais c'était celle qu'il connaissait, qui lui était familière. Il avait appris à s'en accommoder, à sa manière, il s'y retrouvait.

En comparaison de l'existence d'un homme traqué par la police et qui se demandait jusqu'à quand il devrait fuir, c'était le paradis.

— Je ferai mon possible, Samson. Soyez certain que...

A cet instant, le téléphone sonna.

John s'excusa et sortit de la cuisine pour aller décrocher l'appareil sans fil de son support, posé sur une étagère du salon. Il eut l'impression de connaître le numéro qui s'affichait, mais sans pouvoir le situer sur le moment.

— Ici Kate Linville, fit une voix de femme.

— Oh... bonjour, Kate.

Voilà pourquoi le numéro lui paraissait familier. Il était surpris. Quand il l'avait quittée l'autre soir à la gare de Charing Cross, il avait bien cru ne plus jamais avoir de ses nouvelles.

— Comment vas-tu ? s'enquit-elle d'une voix polie.

— Bien, merci. Et toi ?

Que me veut-elle ? s'interrogea-t-il.

— Bien aussi. A vrai dire, John, j'avais décidé de ne plus enfreindre les règles pour toi. C'est bien trop risqué, et au bout du compte, j'ai tout à y perdre.

— J'ai promis que je ne te citerais jamais comme mon informatrice, en aucun cas. Tu peux compter là-dessus. Je sais que je n'ai pas très bonne réputation, mais j'ai toujours tenu parole.

— Je n'avais pas l'intention de te faire des reproches à ce sujet. Bien qu'il y ait toujours un risque.

— C'est certain. Comme avec tout ce qu'on fait dans la vie.

Kate hésita un instant avant de reprendre :

— Je ne sais pas vraiment pourquoi j'estime nécessaire de t'avertir, mais... enfin, bon, tu ne m'es pas complètement indifférent.

— M'avertir ? De quoi ?

— Cela ne cache peut-être rien de particulier, mais Fielder a demandé à voir le dossier de l'enquête qui avait été ouverte sur toi. Je le sais parce que c'est moi qui ai dû aller le réclamer pour lui au Service des poursuites judiciaires.

— Celui de l'affaire après laquelle je suis parti ?

— Tu en as d'autres comme cela ? Je parle de l'enquête pour viol, bien sûr, répliqua Kate avec suffisance.

— Compris. Pour lui, je fais donc toujours partie de la liste des suspects.

John n'était pas vraiment surpris de cette information. Fielder ne pouvait pas le souffrir. De plus, il nageait un peu dans cette affaire. John savait que Stanford était depuis longtemps surveillé par les enquêteurs, mais, tel qu'il connaissait Fielder, c'était bien pour cela que l'inspecteur principal était dans le pétrin. S'il se mettait Stanford à dos et s'il apparaissait ensuite qu'il s'était trompé, il pouvait s'attendre à voir sa carrière sérieusement compromise. A supposer qu'il en ait encore une. Or, Fielder était tout sauf un casse-cou. Il n'en menait pas large, et il aurait sûrement payé cher pour avoir très vite un autre coupable sous la main et pouvoir laisser tomber le cas Stanford.

— C'est bon, Kate, merci de m'avoir prévenu. Pour moi, Fielder se plante complètement. L'affaire n'est pas allée jusqu'au tribunal. Il ne pourra rien en tirer.

— Bien sûr, dit Kate. Je voulais seulement te tenir au courant. D'ailleurs, j'ai vu sur la couverture du dossier que tu étais très demandé en ce moment. Fielder est le deuxième à l'avoir consulté depuis peu.

On notait toujours sur la couverture des dossiers d'enquête les noms des requérants et les dates de sortie.

— Vraiment ? Qui est l'autre ?

— La demande venait de... attends, je ne me rappelle plus le nom.

Il entendit Kate feuilleter ses notes. C'était peut-être Stanford, songea-t-il. Il aurait dû y penser avant. Stanford avait certainement noté le numéro de sa voiture, il connaissait son identité et avait aussitôt fait faire des recherches, pour tomber sur cette malheureuse histoire. En tant qu'avocat et avec ses belles relations, il lui était facile de trouver un prétexte pour justifier la consultation d'un dossier.

Il avait dû faire très vite.

— Laisse-moi deviner, dit-il à Kate. Maître Logan Stanford ?

— Non. C'était une femme. Et même, quelqu'un du Service des poursuites judiciaires. Attends, j'ai le nom ici... Tara Caine, avocate de la Couronne.

Il en eut le souffle coupé. La meilleure amie de Gillian !

— Tara !... Ce n'est pas possible !

Plusieurs pièces du puzzle trouvaient maintenant leur place. La façon dont Gillian l'avait soudain repoussé. Son désir de retourner à Norwich. Sa réserve vis-à-vis de lui. Elles s'étaient disputées le jour où Gillian avait confié à Tara ces informations sur son passé. Gillian était même partie. Mais cela n'avait visiblement pas découragé Tara. Elle avait continué à s'acharner contre lui. Elle s'était procuré son dossier, l'avait minutieusement étudié, cherchant les passages les plus accablants et les rapportant ensuite à son amie, sans doute avec le plus grand plaisir. Et elle était arrivée à ses fins : Gillian avait perdu son sang-froid. Elle avait jeté aux orties leur relation naissante et fui le plus loin possible. John n'imaginait que trop les arguments de Tara : *Tu as une fille qui entre à peine dans la puberté ! Veux-tu vraiment te lier à un homme sur qui on a enquêté pour viol ? Te rends-tu compte que tu mets peut-être ton enfant en danger ? Enquête ajournée ou pas, il n'y a pas de fumée sans feu. Les preuves réunies n'ont pas suffi pour le mettre en accusation, mais cela ne prouve absolument pas qu'il est innocent !*

Il ne put retenir un gémissement.

Cette femme était un serpent. Un vrai serpent.

— John ? appela Kate. Tu es toujours là ?

— Oui, oui, je suis là, répondit-il en faisant un effort pour se ressaisir. Merci de m'avoir révélé tout cela, Kate. Je t'assure que j'apprécie ton geste à sa juste valeur. Tara avait donc déjà rendu le dossier ?

— Oui. C'était même avant Noël.

— D'accord.

Quelque chose le gênait dans cette information, mais il ne trouva pas tout de suite ce que c'était.

— Caine, reprit Kate. Il me semble avoir aperçu ce nom-là quelque part à propos de notre affaire ?

— Oui, c'est une amie de Gillian Ward, l'épouse de la troisième victime. C'est sans doute pour cela qu'elle s'intéresse à l'affaire, et aussi qu'elle voudrait bien me voir sur la liste des suspects... Pourrais-tu me rendre encore un service, Kate ?

Il venait d'avoir une autre idée.

— J'ai ici un numéro d'immatriculation et j'ai besoin de savoir à quel nom la voiture est enregistrée. Pour toi, ce ne serait qu'un coup de fil à passer...

— Je dois pouvoir faire ça, concéda Kate après un bref silence.

Il tira de sa poche le bout de papier où il avait noté le numéro de la voiture de Liza et le dicta à Kate. Après cela, elle resta encore un moment silencieuse, et John eut l'impression qu'elle attendait quelque chose de lui, n'importe quoi – un rendez-vous pour le week-end, ou ne serait-ce qu'un peu de chaleur dans sa voix – pourvu qu'elle ait un petit espoir auquel se raccrocher.

— Eh bien, au revoir, dit-il simplement.

— Au revoir, répondit-elle avant de reposer brutalement le récepteur.

Il pouvait seulement espérer qu'elle voudrait bien se renseigner pour le numéro d'immatriculation.

5

Le portable de Gillian sonna, et elle reconnut le numéro de John sur l'écran. Elle hésita un instant, puis se décida à prendre l'appel. Après tout, John ne lui avait rien fait.

— Salut, John.

— Salut, Gillian. Comment vas-tu ?

Il paraissait soulagé. Sans doute avait-il pensé à cela lui aussi. Qu'en voyant son numéro s'afficher elle ne répondrait peut-être pas.

— Tout va bien, assura-t-elle.

— Vraiment ?

— Oui. Enfin, c'est peut-être beaucoup dire après tout ce qui est arrivé, corrigea-t-elle. Mais je retrouve un peu mon équilibre. La vie va continuer.

— Es-tu toujours occupée à débarrasser ta maison ?

— Pas pour le moment.

Elle hésita, puis se dit que, sans entrer dans les détails, elle n'avait pas de raison de lui cacher la vérité :

— Je ne suis plus chez moi. Je suis revenue chez Tara.

Il y eut un grand silence au bout du fil. Puis John reprit enfin la parole :

— Dans ce cas, la partie est perdue d'avance pour moi.

— John…

— Elle a une dent contre moi. Et maintenant, elle a dû avoir tout le temps de te convaincre.

— Nous n'avons plus reparlé de toi. Je suis revenue chez elle parce que je ne me sentais pas bien, toute seule dans cette grande maison

Elle ne souffla pas mot de ce qui s'y était passé le dernier soir. Après tout, elle ignorait toujours si elle n'avait pas été le jouet d'une illusion.

— Je dois simplement trouver le meilleur moyen de m'en sortir. Tu penses sûrement que je ne prends pas le chemin le plus court, et tu as peut-être raison. Mais pour le moment, je ne sais pas encore où est la ligne droite. Plus rien n'est comme avant dans ma vie.

— Pourrions-nous nous voir ? demanda-t-il d'une voix presque suppliante.

— Non. C'est...

— S'il te plaît, Gillian. Juste pour boire un café ensemble. Parler de choses et d'autres. Je te promets de ne plus insister pour faire des projets d'avenir. Je voudrais seulement te voir.

— Ce n'est pas possible, John. Je quitte la ville aujourd'hui même. Dans quelques heures.

— Tu pars déjà pour Norwich ?

— Non, pas encore.

Elle alla à la porte-fenêtre du balcon, contempla par-dessus la balustrade enneigée le ciel gris anthracite de Londres. Elle s'était souvent demandé comment les gens faisaient, année après année, pour survivre au mois de janvier.

— Je vais disparaître pendant un moment. Me cacher dans un hôtel à la campagne en attendant que l'affaire soit éclaircie, je l'espère. Ensuite, je pourrai essayer de me reconstruire une existence plus ou moins normale.

Ce n'est pas avec cela qu'il saura où je vais, se rassura-t-elle. D'ailleurs, je n'en sais encore rien moi-même.

John paraissait vraiment surpris.

— Dans un hôtel ? Mais pourquoi ? Et où cela, à la campagne ? Dans quel hôtel ?

— Peu importe. Je n'y resterai pas longtemps, seulement le temps de remettre de l'ordre dans ma vie, pour repartir sur de nouvelles bases.

— Pourquoi ne pas rester chez Tara ?

— C'est mieux ainsi, voilà tout.

— Gillian, quelque chose ne colle pas là-dedans ! A quoi cherches-tu à échapper ? Ou… à qui ? Pourquoi as-tu de nouveau quitté ta maison alors que tu étais déjà en plein dans tes projets de déménagement ? Et pourquoi repartir maintenant de chez Tara – pour aller te cacher dans un hôtel ? Gillian, cela ressemble vraiment à une fuite !

— Je suis seulement quelqu'un qui se cherche, John, rien d'autre.

— Mais ce n'est pas en changeant de place tout le temps que tu te retrouveras ! Est-ce une idée de l'inspecteur Fielder ? Est-ce lui qui veut te mettre en sûreté dans un endroit secret ?

— La police n'est pas au courant.

Il se tut un instant, puis reprit doucement :

— Est-ce de moi que tu te caches ?

— Pourquoi ferais-je une chose pareille ?

— Parce qu'elle s'acharne contre moi. Tara. Je ne sais pas ce qu'elle t'a raconté. Mais aujourd'hui, j'ai appris qu'elle avait demandé à consulter le dossier de l'enquête qui avait été menée sur moi à l'époque. Elle n'a pas pu faire cela sans raison.

Gillian était sincèrement étonnée.

— Ton dossier ? Elle ne m'en a rien dit.

— Tu n'étais sans doute pas censée être au courant qu'elle se renseignait sur moi. Mais le fait est qu'elle a eu ce dossier entre les mains. Et qu'elle l'a certainement étudié en détail.

Gillian se détourna de la fenêtre.

C'est mon amie. Elle est dans son rôle en faisant cela.

— C'est mon amie, John, déclara-t-elle, formulant à voix haute sa pensée. Elle devait se faire sérieusement du souci, et elle a voulu vérifier par elle-même ce qui s'était passé. Avec son métier, elle peut accéder sans problème à ce genre de dossier. N'est-ce pas normal de sa part ? J'en aurais sans doute fait autant à sa place. Mais crois-moi, elle ne m'a rien dit. Elle n'a donc probablement rien vu dans ce dossier qu'elle n'ait déjà su avant.

— Elle ne pouvait pas. A l'époque, on n'a rien trouvé pour étayer l'accusation, absolument rien. Et pour cause.

— Je n'ai aucun doute sur toi à cet égard, John.

— Sur quoi as-tu des doutes, alors ?

— Sur rien. Je t'ai expliqué quel était mon problème. Je dois devenir autonome. Trouver un équilibre.

Ils restèrent un moment silencieux, puis John conclut d'une voix résignée :

— Eh bien, fais attention à toi, alors.

— Je te le promets.

Sans rien ajouter, Gillian referma son portable. Il était tout juste neuf heures. Tara ne rentrerait qu'en début d'après-midi, et ses affaires étaient déjà prêtes.

Elle n'avait plus qu'à attendre.

6

John avait fini par se rendre à son bureau, tout en craignant que les pensées qui le tourmentaient ne l'empêchent de se concentrer. Mais le travail prenait du retard, il avait déjà perdu beaucoup de temps ces derniers jours. De plus, son seul autre choix était de rester enfermé chez lui en compagnie d'un Samson morose, et sans vraiment savoir que faire.

Pendant un long moment, il parvint à se remettre dans la routine familière, et cela lui calma les nerfs. Il devait préparer le planning de la semaine suivante, répondre à des demandes, rédiger des factures, s'occuper des formalités concernant le départ d'un de ses employés. Il ne vit pas le temps passer. Lorsqu'il se leva pour se faire un café, il s'aperçut qu'il était déjà trois heures et demie. En dehors de lui, il ne restait plus que la personne de permanence au téléphone. Le vendredi après-midi, tout le monde partait en week-end le plus tôt possible.

Il n'avait rien mangé depuis les quelques bouchées de pain du matin et s'aperçut qu'il était affamé. Au lieu de boire un café, il ferait peut-être mieux d'aller s'acheter un hamburger ? A la réflexion, il préféra rentrer chez lui. Il avait abattu pas mal de besogne, et Samson devait déjà recommencer à déprimer. Il valait mieux ne pas le laisser seul trop longtemps. Avec ce curieux bonhomme, on pouvait toujours craindre que de drôles d'idées ne lui passent par la tête.

A peine sorti de son bureau, John fut repris par les angoisses auxquelles il avait réussi à échapper pendant quelques heures. Il y avait d'une part deux gros problèmes, Samson et Liza. D'autre part, il se faisait du souci pour Gillian. Il avait senti que quelque chose sonnait faux, qu'elle avait peur. De toute évidence, elle fuyait, et cela l'inquiétait. Il avait de plus en plus l'impression de piétiner. Il avait retrouvé Liza, parlé avec elle, et pourtant, on aurait dit que cela ne l'avançait à rien.

Il y a un élément qui m'échappe encore, se dit-il. Son expérience de policier enquêteur lui avait appris qu'une chose pouvait être sous votre nez et demeurer invisible parce qu'on ne parvenait pas à la distinguer de l'ensemble, que sa signification précise n'était pas apparente.

Il était peut-être dans cette situation. La solution était peut-être sous ses yeux et il n'était pas capable de la voir.

En passant devant un drive-in, il s'arrêta pour acheter des sandwichs et des frites pour deux. Quand il monta l'escalier de son appartement, les cartons étaient déjà presque froids.

Samson était assis avec un livre dans le fauteuil du salon. John remarqua aussitôt qu'il n'allait pas bien. Son teint était blafard, ses yeux rouges, son expression tourmentée. Il n'était pas loin de craquer.

Il faut en finir, il faut que quelque chose se passe enfin, pensa John.

— Tenez, dit-il en tendant sa part à Samson. J'ai sauté le repas de midi et j'imagine que vous n'avez rien trouvé dans mon pauvre frigo. Cela vous fera du bien de manger un peu.

— Merci, répondit Samson sans avoir l'air de trop y croire.

Au moment où ils commençaient à manger, le téléphone sonna. John décrocha aussitôt. C'était Kate.

— Excuse-moi de ne te rappeler que maintenant, John. Pour ton renseignement, je n'ai rien pu faire avant, la journée a été dure.

— Pas de problème. Tu as pu trouver le nom du propriétaire du véhicule ?

— Oui, et ça, c'est vraiment surprenant.

— Surprenant ? Pourquoi ?

— Parce qu'il s'agit justement de la personne dont nous parlions ce matin. La voiture est enregistrée au nom du procureur Tara Caine. Simple coïncidence ?

— C'est... incroyable, fit lentement John.

— Y a-t-il quelque chose que je devrais savoir ? De mon côté, je ne t'ai rien caché, John !

— Oui, je sais. Mais je ne peux rien dire pour le moment. Ce n'est pas encore assez clair, je dois d'abord moi-même remettre de l'ordre dans mes idées.

Tara Caine ! Il s'attendait à tout, mais là...

— Eh bien, quand tu auras fini de trier, pense à moi, dit Kate d'un ton un peu piqué avant de raccrocher.

John aurait pu parier que son premier soin serait d'aller consulter le dossier personnel de Tara Caine et d'éplucher sa vie, au moins pour la partie professionnelle. Cela ne la mènerait pas loin : sans autre information, elle ne pouvait pas découvrir la relation avec Liza Stanford.

— Qu'est-ce qui se passe ? demanda Samson, qui avait cessé de manger.

John reposa son sandwich entamé dans la boîte en carton. Il n'avait plus faim. Tara Caine. Liza Stanford conduisait une voiture enregistrée au nom de l'avocate de la Couronne. Et John était convaincu que le bail de l'appartement était lui aussi au nom de Tara. Etait-ce Tara qui tirait toutes les ficelles ? Qui avait fourni un logement et une voiture à Liza, lui donnait de l'argent pour vivre et avait peut-être organisé sa disparition depuis le début ?

Son esprit travaillait fiévreusement. Quelles conclusions fallait-il tirer de tout cela ?

— Que savez-vous de Tara Caine ? La meilleure amie de Gillian Ward ?

Samson réfléchit un instant avant de répondre.

— Celle qui venait souvent la voir à Thorpe Bay ? Pas grand-chose, malheureusement. Je n'observais que de l'extérieur. Elles paraissaient vraiment très amies. Gillian se réjouissait de la voir arriver, elle la serrait dans ses bras. Mais, bien sûr, je n'ai aucune idée de ce qu'elles se disaient.

— Gillian loge chez elle en ce moment.

— Cela ne m'étonne pas. On comprend qu'elle ne supporte pas de rester dans la maison où son mari a été assassiné, non ?

— Bien sûr. Mais une question se pose maintenant. N'est-ce pas Tara, et non Liza, qui constitue le maillon que nous recherchons depuis le début ?

Samson était tout à fait perdu.

— Vous parlez bien de Liza Stanford ? La femme de l'avocat ? Celle sur qui vous m'avez posé une question ce matin ?

— Oui. Je ne peux pas tout vous expliquer en détail, Samson, mais je ne me sens pas tranquille.

John décrocha de nouveau le téléphone et composa le numéro du portable de Gillian. Elle ne répondit pas, seule la boîte vocale se déclencha au bout d'un moment. Après une petite hésitation, John laissa un message :

— Gillian, ici John. Je voudrais te parler, c'est important. S'il te plaît, rappelle-moi très vite, d'accord ? Merci.

— Gillian est en danger ? demanda Samson, les yeux écarquillés.

Il reposa son sandwich. Lui aussi avait visiblement perdu l'appétit.

— Je ne sais pas. Franchement, je n'en ai aucune idée. Tout cela est très mystérieux.

— Mais ce n'est pas Tara qui présente un danger pour elle ? Pas sa meilleure amie ?

— J'espère que non, fit John en prenant la veste qu'il avait jetée sur le rebord de la fenêtre. Il faut que je reparte. Je dois avoir une conversation avec quelqu'un.

— Ce n'est pas possible par téléphone ?

— Je n'ai pas le numéro de la personne en question. D'ailleurs, il vaut mieux que…

Il laissa sa phrase en suspens. Les explications avaient assez duré. De plus, elles risquaient d'embrouiller encore davantage Samson. Car John avait dit la vérité : il ne comprenait pas encore lui-même ce que tout cela signifiait. Mais il était inquiet. Très inquiet, même.

Il devait immédiatement retourner chez Liza Stanford. Elle seule pouvait répondre à deux ou trois questions urgentes.

7

Il était quatre heures quand Tara arriva à l'appartement. Elle avait acheté des sandwichs enveloppés dans un film plastique et quelques bouteilles d'eau minérale.

— Je ne sais pas combien de kilomètres tu feras d'ici ce soir, mais au moins, tu ne mourras pas de faim ou de soif en chemin !

— Tu es formidable, Tara ! s'exclama Gillian avec reconnaissance.

Elle était soulagée du retour de son amie. Rester des heures sans rien faire dans un appartement où elle n'était pas chez elle lui tapait sur les nerfs. Elle avait lu tous les magazines qu'elle avait pu trouver, feuilleté plusieurs livres, pour finir par nettoyer la baignoire, qui en avait grand besoin. Ensuite, n'ayant plus aucune idée, elle s'était contentée de rester à la fenêtre, à regarder la neige qui s'était remise à tomber à un certain moment de la journée.

— Mais c'est tout à fait normal, dit Tara. Bon, je vais me changer, ajouta-t-elle avec un coup d'œil à ses vêtements.

Elle portait un tailleur-pantalon gris clair et des bottes à hauts talons. Gillian se demandait toujours comment elle parvenait à franchir les montagnes de neige amassées le long des rues.

Dix minutes plus tard, elles étaient dans la voiture, Tara assise au volant, en jean et veste fourrée, des bottes imperméables aux pieds. Gillian avait posé son sac de voyage et les provisions sur la banquette arrière.

J'espère avoir pris la bonne décision, se dit-elle.

Au début, elles progressèrent lentement dans les inévitables embouteillages du vendredi après-midi. Ce n'est qu'en arrivant sur l'autoroute que la voiture prit enfin de la vitesse.

— Nous serons bientôt à Thorpe Bay, annonça Tara. Le temps que tu reprennes la route, ça roulera déjà mieux. Sais-tu déjà où tu comptes aller ?

— Très franchement, je n'en ai pas la moindre idée, reconnut Gillian. Je n'en suis encore qu'à me demander si c'était vraiment indispensable...

Elle appuya son visage contre la vitre, dont la fraîcheur lui fit du bien. Elle ne comprenait pas pourquoi elle avait les joues en feu. Elle était peut-être trop agitée. A force de ruminer des pensées...

— De m'enfuir comme cela. Après le... l'incident qui a eu lieu chez moi, je n'avais qu'une idée, partir. Retourner chez toi. Et jusqu'à ce matin, je pensais aussi que ce serait mieux de quitter Londres. Mais maintenant, je me demande si ce n'est pas un peu précipité. Si je ne me fais pas simplement des idées – pour rien.

— Thomas assassiné dans votre maison, ce n'est tout de même pas « rien », répliqua Tara. Quant à ce qui vient de t'arriver, tu dois...

— Mais je ne sais même pas s'il s'est vraiment passé quelque chose ! l'interrompit Gillian. C'est bien là le problème. Depuis l'autre jour, je commence à croire qu'il n'y avait personne dans la maison. Ce n'était qu'une ombre ! Et quand j'essaie de me rappeler à quoi elle ressemblait, je n'en suis même pas capable. Cela n'a duré qu'une fraction de seconde, je l'ai peut-être seulement imaginée.

— Ou peut-être pas. Il aurait pu t'arriver quelque chose, et peut-être as-tu surtout eu beaucoup de chance que ce Luke Palm soit revenu, répondit Tara.

Ce fut comme si la vitre s'était soudain refroidie sous la joue de Gillian.

... que ce Luke Palm soit revenu...

Je n'ai jamais prononcé le nom de l'agent immobilier devant elle, pensa-t-elle aussitôt, presque intuitivement, avant de se mettre à rationaliser : Peut-être l'ai-je quand même nommé ? A un certain moment de ces deux derniers jours ? Au cours d'une conversation ?

Elle ne pouvait pas entièrement exclure cette hypothèse. Pourtant, elle était presque certaine de ne pas l'avoir fait. Elle n'avait pas envisagé d'avouer à Tara qu'elle s'était adressée à l'homme qui avait découvert le corps d'Anne Westley. Son nom avait paru dans plusieurs journaux, Tara aurait pu le reconnaître et Gillian aurait eu de la peine à s'expliquer – l'histoire du morceau de banquise sur lequel elle dérivait, loin de tous ceux qui n'avaient pas rencontré dans leur vie la violence et le meurtre. L'ombre qui planait sur Luke Palm comme sur elle. Elle avait eu envie de garder cela pour elle, sans savoir exactement ce qu'elle redoutait. Peut-être était-ce à cause de la blessure profondément enfouie en elle depuis ce soir où elle avait trouvé Tom assassiné et où, prise d'une peur panique, elle avait cherché sa fille dans toute la maison. Elle ne voulait montrer à personne, pas même à sa meilleure amie, à quel point cela l'avait détruite.

C'est sans importance, se dit-elle. Mais elle ne put empêcher la même pensée de continuer à la ronger comme un petit ver obstiné.

Si je n'ai pas prononcé son nom, comment sait-elle que c'était lui ?

Elle se remémora cette soirée, qui ne datait que de deux jours. Elle se revit sortant précipitamment de chez elle, affolée, après avoir cru voir une ombre sur le mur de la cuisine, juste avant la panne d'électricité. Elle avait couru dans la neige en chaussettes et s'était heurtée, devant le portail d'entrée, à une haute silhouette sur laquelle, dans son épouvante, elle s'était mise à cogner, jusqu'à ce que son adversaire supposé l'arrête en lui maintenant les poignets.

« C'est moi, Luke Palm ! » avait-il dit.

Et elle avait crié : « Luke Palm ? »

Très fort, d'une voix rendue stridente par la peur.

S'il y avait quelqu'un dans la maison ou dans le jardin, il aurait pu l'entendre.

C'est absurde, songea-t-elle.

Elle observa Tara du coin de l'œil. Le nez droit, les lèvres pleines. Le front haut. Une si belle femme… Au fait, n'était-il pas étrange qu'il n'y ait apparemment jamais eu d'homme dans sa vie ?

Bon Dieu, comment savait-elle qu'il s'agissait de Luke Palm ?

Elle fit défiler dans son esprit toutes les conversations qu'elle avait eues avec Tara depuis le soir où Palm l'avait conduite chez son amie. Elle était quasiment certaine de n'avoir parlé que de « l'agent immobilier ». Elle ne l'avait même mentionné qu'en passant.

L'agent immobilier qui doit vendre la maison venait juste de partir. Par chance, il est revenu un peu plus tard, parce qu'il avait oublié quelque chose. Ensuite, il est entré dans la maison avec moi. Il est allé remettre en marche le compteur électrique dans la cave et il a regardé partout avec moi. Mais il n'y avait personne.

— Qu'est-ce qui t'arrive ? demanda Tara en lui jetant un regard de côté. Tu es toute pâle. Quelque chose ne va pas ?

— Non, non, tout va bien.

Gillian s'efforça de sourire, d'une manière peu convaincante, car Tara insista :

— Vraiment ? Tu as l'air toute bouleversée.

— C'est juste que je ne sais pas si je fais bien de partir. Tout à coup, je trouve ça complètement stupide d'aller me terrer dans un endroit perdu. Ça paraît tellement mélodramatique !

— Mais rester sur place pourrait avoir des conséquences bien plus dramatiques. Si jamais le criminel fait une nouvelle tentative…

Elles étaient entrées dans Thorpe Bay. Les rues étaient tranquilles, les maisons silencieuses. Les jardins disparaissaient sous la neige. Dans un parc public, des enfants faisaient de la luge sur un monticule. Quelques semaines plus tôt, tout cela était encore le cadre ordinaire de la vie ordinaire de Gillian.

Mais aujourd'hui, plus rien n'était normal. Elle s'apprêtait à prendre la fuite.

Ces pensées insidieuses qui la troublaient... Cette sensation de nervosité, ce soupçon qu'elle ne parvenait pas à étouffer, alors qu'elle le trouvait fou...

Et cette petite voix en elle qui la conjurait, tout bas, mais avec une insistance obstinée : *Sauve-toi ! Quelque chose n'est pas clair dans tout ça ! Arrange-toi pour sortir de la voiture de ton amie. Arrange-toi pour te débarrasser d'elle !*

J'ai peut-être quand même prononcé ce nom à un certain moment et je n'arrive pas à m'en souvenir ! se dit-elle avec désespoir.

A la longue, peut-être finissait-elle par être si perturbée, si angoissée, qu'elle voyait des fantômes partout ?

La voiture entra dans l'allée du garage, roula sur la neige.

— Nous y sommes, dit Tara en regardant Gillian.

C'est alors que Gillian vit. Dans le regard de Tara.

Un regard anormal.

Des yeux complètement fixes, aux pupilles étrangement dilatées.

La terreur la saisit tout à coup. Elle comprit que Tara ne devait à aucun prix s'apercevoir de quoi que ce soit. Elle ne devait pas remarquer la méfiance de Gillian, sa surprise, sa peur.

— D'accord, dit-elle d'un ton aussi léger que possible. Je vais aller prendre encore quelques affaires en vitesse, et ensuite, je partirai. Tu ferais mieux de rentrer maintenant, Tara. Tu pourrais être chez toi avant la nuit.

— Je ne suis pas si pressée que ça. Je t'accompagne.

Elle ouvrit la portière, descendit de la voiture. Gillian fit de même. Elle tenait à la main la clé de la maison, espérant que Tara ne verrait pas que cette main tremblait.

Tara fit le tour du véhicule. Ses gestes paraissaient tout à fait normaux.

Et si je délirais complètement ? se demanda Gillian. *Je suis peut-être au bord de la dépression nerveuse et je n'arrête pas d'imaginer des choses insensées.*

A cet instant, son portable sonna. Il était dans son sac à main, encore posé au pied du siège du passager dans la voiture de Tara.

Gillian se retourna, mais Tara la retint.

— Laisse donc, tu rappelleras plus tard. Il ne faut pas perdre de temps.

Elle avait de nouveau ce regard fixe. Gillian sentit la sueur perler à son front.

— Très bien, répondit-elle.

Sa propre voix lui parut bizarre, mais Tara n'eut pas l'air de s'en rendre compte.

Elles s'avancèrent lentement vers la maison. Gillian ouvrit la porte, tapa des pieds pour ôter la neige de ses bottes. Elle entendit Tara faire de même, juste derrière elle.

Son cœur battait violemment à présent, et son front transpirait à grosses gouttes. Etait-ce un hasard si Tara restait collée à elle comme une seconde peau ? Elle ne pouvait même pas songer à s'isoler dans un coin d'où elle pourrait peut-être téléphoner. D'ailleurs, que dirait-elle à la personne à l'autre bout du fil ? *Je suis chez moi avec mon amie et j'ai tout à coup une sensation bizarre. Quelque chose ne va pas chez elle. Bien sûr, il se peut que j'imagine tout cela, mais je suis presque malade de peur, je crois que j'ai besoin d'aide.*

En réalité, il n'y avait qu'une seule personne qu'elle puisse appeler. Quelqu'un qui ne la prendrait pas pour une folle, mais qui accourrait aussitôt. John. Elle n'avait qu'à dire : *Je t'en prie, viens vite !* Et il le ferait.

Mais il était exclu d'appeler en cachette. Tara ne la quittait pas d'une semelle.

Les toilettes, se dit Gillian. Elle n'y entrera pas avec moi.

Au rez-de-chaussée, les toilettes des invités avaient une fenêtre. Elle pouvait essayer de l'escalader pour sortir de la maison et courir dans la rue. Sonner chez un voisin, demander à téléphoner.

Tara pourrait difficilement l'empêcher de faire cela.

— Qu'est-ce qu'il y a ? demanda Tara. Tu ne voulais pas monter préparer tes affaires ?

Gillian se tourna vers elle, espérant que son visage ne trahissait pas ce qu'elle ressentait.

— Il faut d'abord que j'aille très vite aux toilettes, fit-elle d'un ton d'excuse. Tu m'attends un instant ?

Tara la regarda fixement.

C'est alors que le téléphone sonna, faisant sursauter les deux femmes. Gillian tendit le bras.

— Laisse sonner, ordonna Tara en la retenant. Cela ne fait que nous retarder.

Au bout de six sonneries, le répondeur, qui se trouvait aussi dans le couloir, se déclencha.

8

Samson était loin d'avoir compris la signification des derniers événements, et John avait quitté l'appartement dans une telle hâte qu'il n'avait pas pu lui poser davantage de questions. Il se retrouva seul dans le salon désert, inquiet, l'esprit confus.

Il repassa dans son esprit les dernières minutes de la conversation.

Il avait demandé si Gillian était en danger, et la réponse de John ne l'avait guère rassuré : *Je ne sais pas.*

Ensuite, quand il avait voulu savoir si le danger venait de Tara, l'amie de Gillian, John avait dit : *J'espère que non.*

Cela ne valait pas mieux.

Tara.

Les quelques allusions faites par John ne lui fournissaient pas le moindre indice. John avait décroché le téléphone. Le nom de Tara Caine avait été prononcé, et il avait été soudain comme électrisé. Il avait parlé d'un maillon que tout le monde recherchait depuis le début. D'une manière ou d'une autre, cela avait un rapport avec la femme de

Charity-Stanford, mais Samson ne savait absolument pas comment cela se raccordait à l'affaire.

Il s'efforça de se remémorer le peu qu'il savait de Tara Caine.

Il l'avait observée plusieurs fois lorsqu'elle venait voir Gillian. Il lui avait paru évident que les deux femmes étaient très liées. Elles ne se disaient pas bonjour avec de grandes démonstrations, mais on sentait entre elles une intimité qui les dispensait de tout geste superflu. Tara lui avait plu. Il veillait jalousement sur l'image qu'il s'était faite de Gillian et de sa famille, une image dont l'indestructibilité lui était sacrée. Le rôle qu'y jouait l'amie était donc pour lui un facteur essentiel, et Tara Caine l'avait rassuré. Il la trouvait sympathique et, plus important encore, parfaitement assortie à Gillian. Une femme d'apparence normale, intelligente, élégante mais sans excès, sans maquillage vulgaire ni vêtements criards. Parfois, on voyait à son tailleur-pantalon très chic qu'elle sortait directement de son travail ; d'autres fois, elle venait simplement en jean, sweat-shirt et tennis.

Tout cela allait très bien ensemble, pensait-il alors. L'amie parfaite de la femme parfaite dans une famille parfaite.

Or, il semblait qu'il se fût trompé davantage encore qu'il ne l'avait cru. Thomas Ward était loin d'être gentil, le couple Ward battait de l'aile, Gillian s'était embringuée dans une relation extraconjugale, elle avait de gros problèmes avec sa fille. Et voilà que quelque chose clochait maintenant avec la meilleure amie – sauf que Samson ne savait pas où était le problème.

Tara représente-t-elle un danger pour Gillian ?

J'espère que non.

Il faisait les cent pas au milieu de la pièce, entre le fauteuil et la fenêtre. Le salon sentait la frite froide. Samson considéra avec dégoût son sandwich entamé, posé sur le couvercle de la boîte en carton. Il ne comprenait plus comment, tout à l'heure, il avait pu avoir si faim que l'eau lui venait à la bouche. A présent, la seule idée de manger lui donnait des crampes d'estomac.

John avait dit que Gillian logeait chez Tara. Samson comprenait cela : retourner vivre dans la maison où son mari avait été assassiné devait être un cauchemar pour elle. Et il éprouvait en secret un certain soulagement – dont il avait honte, car John était le seul à l'avoir aidé, en prenant de grands risques, mais tout de même... à l'idée que Gillian se soit réfugiée chez son amie, et non chez John.

Il pouvait en conclure que leurs liens n'étaient finalement pas si solides.

John avait essayé de joindre Gillian, qui n'avait pas décroché son portable. Si elle était en danger, elle ne s'en doutait donc peut-être pas encore ?

Samson avait souvent lu dans des livres l'expression « les cheveux en bataille », et c'était pour lui jusqu'ici une façon plutôt symbolique d'exprimer le fait que quelqu'un devenait fou de colère, d'inquiétude ou d'angoisse. Pour la première fois de sa vie, il constatait que cela correspondait à une réalité, car il ne cessait maintenant de passer dans ses cheveux ses dix doigts écartés, comme si cela pouvait aider son cerveau à formuler une pensée vraiment utile, capable de le délivrer d'une situation intolérable. Car il en était toujours réduit à attendre, que ce soit dans une pension mal chauffée, dans une caravane sur un chantier désert ou, aujourd'hui, dans un appartement vide, sans même savoir ce qu'il attendait.

Il voulait enfin agir, enfin apporter sa contribution. Faire quelque chose qui ait un effet, une utilité. Pas pour lui, mais d'abord pour tous ceux qui se débattaient dans cette affaire inextricable.

Avant tout pour Gillian.

Ses cheveux ressemblaient maintenant aux mèches d'un balai à franges, mais au moins, il avait une idée. John avait essayé d'appeler Gillian pour l'avertir, sans succès. Pourquoi ne tenterait-il pas sa chance, lui, Samson ?

Il pouvait demander le numéro de Tara Caine aux renseignements et appeler chez elle. Cependant, cela posait quelques problèmes. Un vendredi en fin d'après-midi, Tara ne serait sans doute plus à son bureau, mais rentrée depuis longtemps. Ce serait probablement elle qui décrocherait, et elle verrait s'afficher le numéro de John Burton. D'ailleurs, que devrait-il lui dire alors ?

Bonjour, ici Samson Segal, suspecté de meurtre et recherché par la police. Comme vous pouvez le constater sans peine, je suis dans l'appartement de l'ex-flic John Burton. Puis-je parler à Gillian ?

Peut-être parviendrait-il à activer sur le téléphone de John la fonction d'appel masqué, bien qu'il n'ait aucune idée de la façon de procéder. Peut-être aurait-il ensuite assez de cran pour se présenter sous un faux nom. Et *peut-être* alors Tara lui passerait-elle Gillian.

Et après ?

Gillian pourrait-elle recevoir sans réaction trop visible une mise en garde contre une personne qui se tiendrait juste à côté d'elle ?

Je vais quand même essayer, pensa-t-il.

Il avait très chaud tout à coup.

Il s'était posé toutes ces questions pour rien : aux renseignements, il apprit qu'on ne pouvait pas lui donner le numéro privé de Tara Caine. Elle était sur liste rouge.

Rien d'étonnant avec son métier, se dit Samson. Sans cela, combien de taulards viendraient la terroriser à leur sortie de prison !

Pourtant, il ne pouvait pas rester dans son fauteuil à se tourner les pouces. Pas après tout ce qu'il avait mis en marche, au moins dans son esprit.

Pour une fois, il jouerait un rôle décisif.

Il serait un héros, même si c'était la seule fois de sa vie.

Il emporta dans la cuisine les restes peu appétissants du repas, les jeta à la poubelle. Curieusement, c'est en accomplissant ce geste qu'il eut une soudaine illumination.

Gillian logeait certes chez Tara, mais il était probable qu'elle retournait de temps en temps chez elle. Pour arroser les plantes, relever le courrier, chercher tel ou tel objet dont elle avait besoin. Il connaissait par cœur son numéro de téléphone. Et elle avait un répondeur. Combien de fois avait-il appelé chez les Ward, sachant qu'il n'y avait personne, uniquement pour entendre le son de sa voix :

Nous ne pouvons pas vous répondre pour le moment, merci de bien vouloir nous laisser un message.

Après cela, il raccrochait toujours sans rien dire. Mais aujourd'hui, il parlerait. Même si cet acte n'offrait aucune garantie de succès, parce qu'il était impossible de savoir quand Gillian écouterait l'enregistrement, cela laissait subsister une chance. Pas si mince que cela, à son avis. Et puis, c'était mieux que de ne rien faire.

Il retourna au salon. Les doigts tremblants, il composa le numéro familier et se racla la gorge à plusieurs reprises.

Ce n'était pas le moment de perdre sa voix !

9

Comme fascinées, Gillian et Tara regardaient le répondeur.

La propre voix de Gillian résonna d'abord à travers la pièce. « Merci de bien vouloir nous laisser un message. »

Puis le bip.

Tout d'abord, on entendit quelqu'un se racler la gorge énergiquement. Un homme, pensa Gillian. Peut-être John. Ou Luke Palm, pour de nouvelles questions concernant la vente de la maison. Luke Palm, dont Tara n'aurait pas dû connaître le nom.

— Oui, euh… bonjour, madame Ward, fit une voix.

Incontestablement celle d'un homme. Gillian eut l'impression de la connaître, sans pouvoir encore l'identifier.

— C'est moi, Samson. Samson Segal.

Gillian en resta bouche bée. Samson Segal. Cet homme étrange que la police recherchait. Non seulement il l'appelait, mais il prenait le risque de laisser un message sur son répondeur.

— Madame Ward, nous nous faisons du souci pour vous, reprit Samson d'une voix à présent un peu plus assurée. Cela vous paraîtra peut-être bizarre, et je ne peux pas vous donner plus d'explications, mais... vous devriez être prudente avec votre amie. Tara Caine. Il y a là quelque chose de louche.

Il marqua une pause avant d'ajouter :

— J'espère que vous m'entendrez bientôt. C'est important. S'il vous plaît.

Puis un déclic. C'était terminé.

Gillian ne bougea pas. Elle eut même l'impression d'avoir cessé de respirer.

Elle ne savait pas pourquoi c'était Samson Segal qui l'appelait. Ni de qui il parlait en disant *nous*. Et elle n'avait aucune idée de la façon dont il en était venu à voir un danger en Tara. Elle ne comprenait qu'une seule chose : il avait raison. Il ne délirait pas. Elle non plus, elle n'avait pas vu de fantômes.

— Tu as vraiment des amis fidèles, fit la voix de Tara derrière elle.

Une voix changée. Etrangement dépourvue d'émotion, sans aucune inflexion.

— De gentils amis qui s'inquiètent pour toi. Comme c'est charmant !

Gillian passa sa langue sur ses lèvres, qui lui paraissaient soudain desséchées. Elle se tourna vers Tara, s'efforça de sourire, espérant produire autre chose qu'une grimace tremblante.

— Segal n'est pas un ami. C'est un type complètement dérangé. La police le recherche, tu le sais. Je suppose qu'il s'efforce de détourner les soupçons de lui. Il croit sans doute améliorer sa situation en répandant des rumeurs.

— Des rumeurs intéressantes, dit Tara.

— Il est vraiment fêlé, reprit Gillian avec un haussement d'épaules désinvolte. Je n'attache aucune importance à ce qu'il raconte. Ecoute, il faut que je me dépêche. Je fais d'abord un petit tour aux toilettes, et ensuite...

— Qu'envisages-tu de faire ? s'enquit Tara. Ficher le camp par la fenêtre des toilettes ?

Quelque chose était aux aguets dans sa voix, dans toute son attitude. Gillian essaya de prendre un air détaché, tout en sentant bien que sa voix sonnait faux :

— Bien sûr que non, qu'est-ce qui te fait croire ça ? Je veux seulement...

— Laisse tomber, coupa Tara. Ne me prends pas pour une idiote ! Tu as l'intention de ficher le camp, c'est tout. Tu trembles de peur, Gillian. Et pas seulement depuis que ce crétin...

Elle désigna le répondeur d'un mouvement du menton.

— ... a commis la bêtise de t'avertir en criant son message à pleine voix dans toute la maison !

— Ce n'est pas vrai, je...

— Déjà dans la voiture, tu avais changé. Mais je n'en étais pas encore certaine à cent pour cent. Ce n'était qu'une vague impression... Si tu t'y étais prise un peu plus habilement, tu aurais encore pu t'en sortir. Mais là... après cette mise en garde sans ambiguïté... Crois-tu vraiment que je puisse me permettre de te quitter des yeux un seul instant ?

Gillian crut que sa tête allait éclater. Elle voyait des étincelles, ses oreilles sonnaient. Elle dut rassembler toutes ses forces pour se ressaisir. Ce n'était pas le moment de craquer nerveusement.

— Pourquoi, Tara ? demanda-t-elle. Qu'est-ce qui se passe ? Qu'est-ce que je t'ai fait ?

Tara la considéra avec intérêt, et Gillian soutint son regard, pleine d'angoisse. C'était bien le visage de son amie qu'elle avait devant elle, il lui était familier depuis des années, et pourtant, elle ne le reconnaissait pas. Son expression avait totalement changé. Et puis, il y avait cette voix. Ce n'était plus celle de son amie. La voix de Tara manifestait des sentiments, joie, tristesse, gaieté ou colère. Mais il n'y avait plus rien de semblable dans cette voix nouvelle. Elle était étrangement sans âme, déshumanisée.

— Tu ne m'as rien fait à moi personnellement, répliqua Tara. Carla et Anne ne m'avaient rien fait non plus.

Cette fois, Gillian entendit la haine dans sa voix. Elle recula brusquement.

— Carla et Anne, répéta-t-elle, stupéfaite. Tu les as... ?

— Le monde ne se porte pas plus mal sans elles, déclara Tara avec un haussement d'épaules.

— Et… Tom ?

— Tom n'était pas prévu.

— Tara, je ne comprends pas, fit Gillian d'une voix suppliante. Je t'en prie, explique-moi…

Tara se mit à rire, d'un rire qui n'avait rien d'aimable.

— Non, trésor. Je sais exactement ce que tu as en tête. Tu voudrais me faire parler le plus longtemps possible, en espérant que quelqu'un arrivera entre-temps pour te tirer du pétrin. N'y compte pas ! Nous devons seulement réfléchir à ce que nous allons faire maintenant. Mais tu ne sais pas le plus tragique. En fait, j'avais décidé de te laisser filer, je me demande bien pourquoi. Peut-être à cause de nos souvenirs communs. Ou parce que je t'avais déjà ratée deux fois.

L'ombre, c'était elle, se dit Gillian avec horreur. *C'est pour cela qu'elle connaissait le nom de Luke Palm. Et elle a essayé par deux fois de me tuer.*

Mais pourquoi ? Pourquoi ?

— Je ne voulais plus t'avoir dans les pattes. Je ne peux plus te supporter, Gillian. Comme tu avais peur de rester seule ici, l'idée d'un petit hôtel dans un endroit éloigné me plaisait beaucoup. De là, tu serais partie directement pour Norwich et nous ne nous serions plus jamais revues, du moins, je l'espérais. Mais je ne peux plus te laisser t'en aller comme ça maintenant. Je suis sûre que tu le comprends.

— Je t'en prie, Tara ! Dis-moi pourquoi.

Tara mit la main dans la poche de sa veste fourrée. Une seconde plus tard, elle braquait un pistolet sur Gillian.

— Il faut d'abord trouver un endroit où nous serons en sûreté. Le type qui vient de parler sur ton répondeur peut appeler la police d'un moment à l'autre. Il faut donc nous tirer d'ici. Ensuite, je réfléchirai à ce que je dois faire de toi.

De son arme, elle indiqua la porte d'entrée.

— Maintenant, nous allons au garage. Tu passes la première. Si tu fais un geste inconsidéré, si tu tentes de fuir ou quoi que ce soit de ce genre, je te tire une balle dans la tête. Compris ? Je n'hésiterai pas une seconde.

Gillian avala sa salive. Elle avait l'impression de participer à une pièce de théâtre étrange, totalement irréelle. Bientôt, Tara allait éclater de rire, d'un rire non pas bizarre et cruel, mais spontané, amical, tel que Gillian l'avait toujours connu. Elle abaisserait sa main armée et dirait : *Ne fais pas cette tête-là, Gillian, c'était une blague ! Je voulais juste te faire peur ! Bon Dieu, tu n'as quand même pas pris ça au sérieux ?*

Mais elle savait que cela n'arriverait pas. Tara n'avait jamais eu le goût des plaisanteries macabres, ni de la plaisanterie en général. Elle parlait sérieusement.

Gillian se dirigea lentement vers la porte. Tara s'écarta pour la laisser passer. Juste à côté de l'entrée, elle prit un rouleau d'adhésif d'emballage posé sur une pile de cartons de déménagement.

Quand elles furent dehors, Gillian lui dit d'un ton suppliant :

— Tara, je ne sais pas ce que tu as contre moi. Mais, quoi que ce soit, je t'en prie... pense à Becky ! Elle n'a plus que moi maintenant.

Tara eut de nouveau ce rire inquiétant où on ne discernait pas la moindre trace d'émotion.

— Tu ne me croiras pas, Gillian, mais c'est précisément à elle que je pense. A elle que j'ai pensé depuis le début. La raison, c'était Becky. Tu veux tout savoir ? Pour beaucoup d'enfants, il vaudrait mieux n'avoir ni père ni mère. Pour beaucoup d'enfants, n'importe quel orphelinat serait préférable. Crois-moi, je sais de quoi je parle.

— Mais...

— Ferme-la et avance, à la fin ! ordonna Tara.

Elle enfonça le pistolet entre les plis du manteau de Gillian. Quelqu'un qui passerait là par hasard ne pourrait rien voir. De toute façon, il n'y avait personne. La rue était comme morte dans le soir tombant.

— Nous aurons bien le temps de parler plus tard, affirma Tara.

Elle fit un signe de tête en direction du garage.

Lentement, Gillian se mit à marcher dans l'allée.

10

— Je savais que vous reviendriez, fit Liza Stanford d'une voix résignée.

Elle n'avait tout d'abord pas répondu quand John avait sonné à l'interphone, si bien qu'il s'était décidé à faire les cent pas sur la place pavée devant les immeubles, en espérant qu'elle regarderait par la fenêtre et verrait que le visiteur n'était que lui et non son mari, ni la police, ni aucune autre personne qu'elle ait à craindre. Puis il avait sonné à nouveau, et cette fois, le bourdonnement signalant l'ouverture avait retenti. Elle l'avait attendu derrière la porte entrebâillée de l'appartement.

— Voulez-vous une tasse de thé ? demanda-t-elle lorsqu'il fut entré.

— Non, merci. Liza... connaissez-vous une certaine Tara Caine ?

Il l'observa attentivement tout en posant sa question. Elle avait peur. Ses pupilles s'étaient dilatées.

— Tara Caine ? Oui. Oui, je la connais.

— Hier, je vous avais priée de tout me dire.

— Vous n'aviez pas parlé d'elle, répondit doucement Liza.

Elle entra dans le salon, se laissa tomber sur une chaise devant la table. John la suivit, mais resta debout au milieu de la pièce.

— Votre voiture est à son nom. Je suppose que c'est elle aussi qui a loué l'appartement ?

Liza hocha la tête.

— Elle vous donne de l'argent ? Car j'imagine que votre mari a dû clore ses comptes bancaires, tel que je le connais.

— Elle a ouvert un compte à son nom et m'a donné la carte de crédit. Je m'en sers pour retirer de l'argent quand j'ai besoin de quelque chose.

— C'est vraiment très généreux de sa part. Elle paie le loyer, elle vous entretient. Cela ne va pas de soi, non ?

— Je lui rembourserai tout. C'est convenu entre nous.

— Ah oui ? Quand cela doit-il se faire ? Et comment ?

— Je ne sais pas encore. Nous avons dû faire très vite… Nous n'avons pas eu le temps de tout prévoir jusqu'au bout.

— Qu'est-ce qui devait se faire très vite ?

— Mon départ ! Il fallait que je disparaisse !

Depuis le début, elle regardait fixement le plateau de la table. En prononçant ces mots, elle leva les yeux, et John y vit des larmes, de la colère également.

— Vous ne pouvez pas vous imaginer ce que c'est. Personne ne peut l'imaginer sans l'avoir vécu. J'ai passé des années dans une terreur mortelle. Pendant des années, j'ai vécu le désespoir, l'humiliation, j'ai connu en permanence la souffrance physique, la torture psychologique. Je savais qu'il finirait par me tuer un jour. Je le savais, c'est tout.

— Il ne serait pas allé jusque-là, dit John. Très franchement, votre mari est un beau salaud, Liza, mais il n'est pas stupide. Il n'aurait pas pris le risque d'aller en prison.

— Il ne serait pas allé en prison, croyez-moi. Il se serait arrangé pour faire passer cela pour un accident, il aurait trouvé une échappatoire, il s'en serait sorti indemne d'une manière ou d'une autre. Il est comme ça. Je le connais depuis assez longtemps pour le savoir.

Une fois de plus, Liza s'empressait d'affubler son mari des attributs de la toute-puissance : il était au-dessus de tout – et d'abord au-dessus des lois –, personne ne pouvait rien contre lui, quoi qu'il fasse, il n'avait de comptes à rendre à personne. C'était peut-être en cela que les hommes tels que Logan Stanford étaient le plus pervers. Ils traînaient leur femme dans la boue et se portaient eux-mêmes aux nues. Ce qu'ils faisaient à l'intelligence de leur femme était une violence pire encore que les coups. Liza était loin d'être stupide, et pourtant, Stanford avait réussi à lui faire croire, à créer en elle l'intime conviction qu'elle n'était rien, tandis qu'il était un dieu. Elle ne pouvait pas se lancer dans un combat perdu d'avance.

John secoua la tête. Ce n'était pas le moment de philosopher. Sans bien savoir d'où cela venait, il avait maintenant la sensation permanente que le temps pressait. Que le danger était imminent.

Renonçant provisoirement à convaincre Liza que son mari pouvait aller en prison comme n'importe quel criminel, il reprit :

— Quoi qu'il en soit... depuis quand connaissez-vous Tara Caine ?

— Depuis octobre dernier, dit Liza. Le 31 octobre exactement.

— Cela ne fait donc pas très longtemps.

— Non, environ deux mois et demi.

L'esprit survolté, il s'approcha de la table et s'assit en face de Liza. Il aurait voulu pouvoir obtenir ces informations beaucoup plus rapidement, mais il se contrôlait. La brusquer, c'était courir le risque qu'elle ne veuille plus du tout parler.

— Comment avez-vous fait sa connaissance ?

— Par hasard, répondit Liza avec un sourire. Mon mari et moi, nous avions été invités à l'anniversaire d'un de ses anciens collègues. Une grande réception à l'hôtel Kensington. Mon mari avait insisté pour que je vienne, alors que je me sentais très mal. J'étais presque à bout de nerfs, et puis, j'avais de nouveau un joli coquard. A l'œil gauche. Il n'était plus enflé, mais le tour était encore bleu. Pas de quoi se sentir très sûre de soi quand on doit sortir dans le monde.

— C'est bien compréhensible, dit John. Pourtant, votre mari n'a apparemment pas craint de prendre le risque qu'on parle de vous, et peut-être aussi de lui ?

— Il savait que je m'arrangerais pour camoufler la blessure. Ce n'était pas la première fois. J'ai pour cela un produit de maquillage extrêmement couvrant. Un accessoire essentiel pour les femmes battues, n'est-ce pas ? Cela m'a permis de dissimuler en partie le problème.

— Vous êtes donc allée à cette réception...

Liza hocha la tête.

— Oui. Il y avait beaucoup de monde. Surtout des juristes, naturellement. Des avocats, des juges, des procureurs. Comme d'habitude, mon mari était le centre d'attraction. Il faisait de grands discours, se vantait de ses belles actions. L'été dernier, il avait organisé au profit des orphelins du sida en Afrique un tournoi de tennis qui avait eu un énorme succès, cela avait rapporté une jolie somme, et on l'en félicitait. Tout le monde lui tapait sur l'épaule, insistait pour dire qu'il était quelqu'un de formidable… et moi, pendant ce temps, j'étais à côté de lui et j'avais envie de vomir. Véritablement, j'aurais voulu vomir au milieu de la salle, au milieu de cette foule de gens sur leur trente et un, tous persuadés de faire le bien alors qu'en réalité ils ne célébraient qu'eux-mêmes, sans s'apercevoir que, juste à côté d'eux, quelqu'un allait très mal.

— L'avocate de la Couronne se trouvait parmi les invités, fit John, pressentant ce qui allait suivre. Et, contrairement aux autres, elle a remarqué quelque chose ?

— Je n'étais vraiment pas bien du tout ce soir-là. Je trouvais la chaleur de la salle insupportable, et j'ai soudain eu l'impression que mon visage transpirait beaucoup. J'ai eu peur pour mon maquillage. C'est dingue, non ? En réalité, ç'aurait été gênant surtout pour mon mari si tout le monde avait subitement pu voir mon œil au beurre noir. Mais j'ai toujours ressenti cela comme une honte pour moi seule.

— A ma connaissance, c'est le cas de beaucoup de femmes dans votre situation, assura John.

— Je me suis réfugiée dans les toilettes des dames. Par chance, il n'y avait personne. Tout à coup, pendant que j'essayais de me remaquiller devant le miroir, je me suis mise à pleurer. Une vraie crise de larmes. J'étais épouvantée. Mon fond de teint dégoulinait, mes paupières gonflaient… Je savais que je devais retourner dans la salle de réception, mais je ne pouvais plus m'arrêter. Je ne savais plus quoi faire.

Elle se tut. On voyait sur son visage qu'elle revivait cet instant – l'instant où, de toute évidence, le cours de sa vie avait basculé.

— C'est alors que la porte s'est ouverte, poursuivit-elle. J'ai cru mourir de peur. C'était Tara. A l'époque, bien sûr, je ne la connaissais pas encore, mais j'ai supposé qu'elle faisait partie des invités de la fête d'anniversaire. Je n'avais plus le temps de me cacher dans l'une des cabines des toilettes. J'ai attrapé une poignée de mouchoirs en papier et tenté de faire comme si j'avais juste un rhume, une allergie ou je ne sais quoi… Tara s'est approchée de moi. Elle m'a demandé si j'avais besoin d'aide, et là, j'ai laissé tomber les mouchoirs. Je sanglotais. Nous nous sommes regardées dans le miroir. A force de pleurer, je n'avais pratiquement plus aucun maquillage et on voyait la peau de toutes les couleurs autour de mon œil. Je crois que nous sommes restées sans rien dire pendant une bonne minute. A la fin, Tara a simplement dit : *C'est votre mari ?* C'était à la fois une question et un constat. Et, pour la première fois, je n'ai pas essayé de trouver une excuse. Je n'ai pas évoqué une chute dans l'escalier, un accident de bicyclette ou une collision malencontreuse avec une raquette de tennis. Je n'avais plus la force. J'ai simplement fait oui de la tête, et Tara a demandé : *Mais vous êtes bien la femme de Logan Stanford ?* Et j'ai de nouveau hoché la tête.

— C'est là qu'est né le projet de vous cacher ? demanda John.

— Non, pas encore. J'ai expliqué à Tara que je ne pouvais pas retourner dans la salle, et elle m'a aidée. Elle m'a fait sortir discrètement de l'hôtel, a appelé un taxi et m'a raccompagnée à la maison. Elle a payé la personne qui s'occupait de Finley et l'a congédiée pendant que j'attendais dans le taxi. Puis elle m'a préparé du thé. Pendant tout ce temps-là, je n'ai pas cessé de pleurer.

— Ensuite, vous lui avez tout raconté ?

— Oui. Absolument tout. C'était comme si un torrent de paroles jaillissait de moi.

— Elle est procureur. En théorie, elle aurait dû entamer aussitôt une procédure, que vous soyez d'accord ou non.

— C'est ce qu'elle m'a dit, mais je l'ai suppliée de n'en rien faire. Finalement, elle m'a promis d'attendre. Mais, avant de s'en aller, elle m'a regardée et m'a dit : *Liza, je ne laisserai pas tomber tant que vous ne serez pas allée de vous-même porter plainte à la police. Il faut que vous fassiez cette démarche. C'est important. Il en va de votre vie et de votre respect de vous-même. Vous devez faire mettre ce criminel derrière les barreaux !* Voilà ce qu'elle m'a dit textuellement.

— Et après cela, je suppose qu'elle vous a relancée.

— Oui. Elle m'appelait presque chaque jour. Elle me pressait d'agir, me remontait le moral. Parfois, j'étais contente d'entendre sa voix. D'autres fois, je me sentais poussée dans mes retranchements. Mais au total… je me sentais réconfortée d'être enfin tombée sur quelqu'un qui ne se fichait pas de ce qui m'arrivait. Même si elle en faisait souvent un peu trop.

— Vous trouviez qu'elle se passionnait trop pour votre situation ?

— Oui, avec une sorte de véhémence qui me surprenait. Parfois, j'avais presque l'impression qu'elle haïssait Logan plus que moi-même. Il a dû lui être extrêmement difficile de ne pas ouvrir aussitôt une enquête sur lui. Cependant, elle avait besoin que je coopère. Personne n'avait assisté à notre conversation dans les toilettes, et tant que je n'étais pas décidée à témoigner contre lui, l'accusation ne pouvait pas tenir. De plus, il paraissait terriblement important pour elle que le pas décisif vienne de moi. Elle ne cessait de souligner que je devais me défendre. Contre-attaquer. En finir avec lui. Il ne fallait pas que j'en sorte avec le sentiment d'avoir été sauvée par elle ou par la police. Je devais me sauver moi-même. *C'est très, très important pour l'avenir, Liza*, répétait-elle sans cesse.

— Ce n'est sans doute pas faux, reconnut John. Mais, dans l'ensemble, votre description la fait apparaître comme particulièrement émotive. On croirait presque que…

Il ne poursuivit pas, craignant d'égarer Liza par ses spéculations.

— Que vouliez-vous dire ? questionna-t-elle.

— Je me demandais pourquoi Tara Caine s'était investie dans votre cas avec une telle passion. Je ne peux m'empêcher de penser que son vécu personnel a peut-être joué un rôle, mais nous n'en avons bien sûr aucune preuve pour le moment.

Le regard mélancolique de Liza se fit soudain méfiant.

— Elle n'a jamais parlé d'elle-même. D'ailleurs, quel est le problème ? Pourquoi vous intéressez-vous tant à Tara Caine ?

— Pourquoi a-t-elle loué cet appartement pour vous ? demanda John en guise de réponse.

— Ah, c'est que tout est allé très vite ensuite. A la mi-novembre, la situation a de nouveau dégénéré entre mon mari et moi. J'étais comme folle, j'ai supplié Tara de m'aider à m'enfuir. Par chance, nous avions très longuement parlé dans les semaines précédentes, et elle a accepté que je laisse Finley avec son père. Il lui tenait beaucoup à cœur, mais elle avait compris que Logan ne s'en prendrait jamais à lui. Il idolâtre son enfant. C'est le seul point en sa faveur.

— Pourtant, il s'est conduit envers lui d'une manière cruelle et irresponsable, objecta John. Mon impression est que Finley s'est retiré dans un monde à lui. Ce que cet enfant a dû supporter pendant toutes ces années est presque inconcevable. Même s'il n'a jamais été agressé personnellement, son psychisme est gravement atteint.

— Tara vient ici à peu près tous les deux jours, dit Liza. Elle veut que je porte plainte contre Logan. Que je demande le divorce. Que je commence une nouvelle vie avec Finley. Que je cesse de me cacher. Je sais bien qu'elle a raison, mais...

Liza marqua une pause avant de reprendre :

— Je n'en suis pas encore là. Certains jours, j'ai même l'impression que c'est de pire en pire. J'ai envie de me terrer encore davantage plutôt que de sortir de mon trou pour m'attaquer à lui. Mais Tara ne lâche pas le morceau, elle aura peut-être gain de cause un jour ou l'autre. Souvent, je me dis que pour elle... je suis un projet. Elle veut accomplir quelque chose avec moi. Mais jusqu'à présent, au moins, cela m'a permis de me mettre en sécurité.

La formule n'est pas mauvaise, pensa John. Un projet. Liza avait peut-être raison. Tara Caine ne partait pas directement en guerre contre Logan Stanford, bien que sa profession lui offre plusieurs possibilités pour cela. Elle voulait inciter Liza à le faire elle-même. Elle investissait du temps et une quantité d'argent non négligeable dans ce but. Si elle réussissait, elle pouvait d'ailleurs s'attendre à rentrer dans ses frais sans problème : une fois divorcée, Liza serait très riche.

Pourtant, ce ne devait pas être l'argent qui motivait Tara. John n'aurait pas pu expliquer pourquoi il en était tellement convaincu. Simplement, il le sentait. Autre chose était en jeu, qui allait bien au-delà. Une raison beaucoup plus importante.

— Avez-vous parlé à Tara de Carla Roberts ? demanda-t-il. Et d'Anne Westley ?

— Je lui ai parlé des deux, oui. Tara voulait savoir si personne n'avait vraiment rien remarqué dans mon entourage, et je lui ai dit que non, pas à ma connaissance, mais que je m'étais confiée à deux femmes en espérant qu'elles m'aideraient. Et que cela n'avait rien donné.

Il y avait là quelque chose... Quoi exactement, il l'ignorait encore, mais il sentait que tout un processus se déclenchait dans son esprit, comme s'il était sur le point de prendre conscience du détail qui expliquerait tout. C'était ce qu'il cherchait, ce que les enquêteurs cherchaient aussi : la personne qui les connaissait toutes les trois, trois victimes qui n'avaient jusqu'ici aucun lien entre elles. Carla, Anne et Tom. Ou Gillian, qui aurait peut-être dû être à la place de Tom.

Il avait maintenant un nom. Le premier depuis que Samson Segal était entré dans le jeu – or, personne n'avait pu établir que Samson connaissait Anne ou Carla.

Tara Caine.

Visiblement obsédée par la volonté de secourir une femme qui n'avait pas pu se sauver elle-même. Et que tous ceux à qui elle avait fait appel dans sa détresse avaient abandonnée.

Il lui manquait encore quelques éléments pour reconstituer l'image complète. Pour voir apparaître la vérité.

Mais j'en suis tout proche. Et cela a un rapport avec Tara Caine. Et Gillian est avec elle !

— Excusez-moi, dit-il en ouvrant son portable. Je dois passer un petit coup de fil.

Pour la deuxième fois de la journée, il composa le numéro du portable de Gillian. Cette fois encore, personne ne répondit. La boîte vocale se déclencha au bout de quelques instants, et il parla :

— Gillian, c'est moi, John. S'il te plaît, rappelle-moi, c'est important. Surtout, appelle-moi !

Liza avait perçu l'urgence dans sa voix.

— Que se passe-t-il ?

— Ce serait trop long à expliquer pour le moment, éluda-t-il. Nous avons peut-être un gros problème.

John savait que c'était le moment où il aurait dû avertir l'inspecteur Fielder. Il disposait maintenant d'informations qu'il n'avait plus le droit de garder pour lui, et il ne pourrait pas aller plus loin sans les moyens du dispositif policier. Il n'allait pas pouvoir continuer à tenir Liza Stanford en dehors de l'affaire. Peut-être même serait-il forcé de mettre dans le coup son ancienne collègue Kate Linville.

Il ne pouvait sans doute plus se permettre de ménager qui que ce soit.

Il se leva. Avant d'aller voir la police, il se rendrait chez Tara Caine. Il y avait encore une chance que les deux femmes soient toujours là, que Gillian n'ait pas décroché simplement parce qu'elle avait vu son numéro s'afficher sur son portable et qu'elle craignait d'être importunée.

Pourtant, il n'y croyait guère. La dernière fois qu'il avait parlé à Gillian, elle lui avait annoncé elle-même qu'elle s'apprêtait à quitter Londres. Un vendredi soir, elle devait avoir pris la route depuis des heures. Peut-être avec Tara ? Cela lui donna une autre idée.

— Avez-vous un moyen de joindre Tara au téléphone ? demanda-t-il.

L'appartement n'avait pas de poste fixe, mais Liza possédait un portable. Elle composa un numéro et tendit l'appareil à John.

— Son numéro de portable. Je n'en ai pas d'autre.

Comme il s'y attendait un peu, personne ne répondit. Il n'y avait même pas de boîte vocale. John jura tout bas.

— S'il vous plaît, Liza, ne bougez pas d'ici, implora-t-il en se dirigeant vers la porte d'entrée. Ne vous précipitez pas pour chercher un autre endroit où vous cacher ou je ne sais quoi. Je vous en prie, restez. J'aurai peut-être encore besoin de vous.

Il espéra qu'elle ne lui ferait pas jurer de ne pas avertir la police, mais elle n'eut pas l'air d'y songer.

— Où irais-je ? répondit-elle d'une voix résignée. De toute façon, je ne peux rien décider sans Tara.

— Je vous donnerai des nouvelles, promit-il en s'engageant dans l'escalier.

11

Il faisait beaucoup trop chaud dans la voiture. Tara avait dû pousser le chauffage au maximum. Sous l'épaisse couverture de laine, Gillian avait l'impression que son corps ruisselait de sueur. Le tissu lui grattait le visage.

La peur d'être asphyxiée l'envahissait par vagues terrifiantes. Elle avait besoin de toute sa force morale pour lutter sans relâche contre la panique. Dans cette chaleur étouffante, une lourde couverture posée sur le corps et sur la tête, la bouche fermée par du ruban adhésif, elle ne pouvait pas se permettre de perdre les pédales. Car c'était là qu'elle risquerait vraiment de finir par manquer d'air.

Elle avait supplié Tara de renoncer à l'adhésif :

« S'il te plaît, Tara, non ! Ne fais pas ça. J'ai peur. Je t'en prie ! »

Elle avait juré de n'émettre aucun son, mais Tara n'avait rien voulu entendre :

« A cette heure, tu me promettrais n'importe quoi. Laisse tomber, Gillian. Je ne prendrai aucun risque, et surtout pas à cause de toi ! »

Dans le garage, abritée des regards par un pilier, elle avait enroulé plusieurs fois l'adhésif autour de la tête de Gillian. Il était maintenant solidement collé à ses cheveux, et Gillian imaginait qu'il serait extrêmement douloureux de l'arracher. Bien que ce soit le cadet de ses soucis pour le moment. Le pire était le manque d'air. La peur de l'asphyxie. La peur d'avoir envie de vomir. Rien qu'à cause de cela, elle ne devait à aucun prix céder à la panique. Elle était sujette à la nausée dès qu'elle s'agitait un peu trop.

Elle avait dû croiser les mains dans son dos pour laisser Tara lui lier les poignets.

« Où est ta clé de voiture ? » avait alors demandé Tara.

Gillian ne pouvait plus émettre que des sons indistincts, mais elle avait fait un signe de tête en direction du véhicule de Tara stationné dans l'allée, et Tara avait compris. Emportant dans le garage le sac de son amie, elle avait fouillé dedans et pris la clé avant de remettre le sac en place. Gillian ne pouvait s'empêcher de penser au portable qui était toujours là, et sur lequel quelqu'un avait essayé de la joindre à peine une demi-heure plus tôt. Elle n'aurait désormais plus aucune chance de répondre à cet appel.

Tara avait ouvert la voiture de Gillian et lui avait ordonné de s'asseoir sur le siège du passager, puis elle avait verrouillé les portières. Gillian avait fait des efforts désespérés pour se débarrasser de l'adhésif qui lui liait les poignets, sans parvenir à le desserrer d'un millimètre. Puis elle avait essayé d'ouvrir la portière avec ses mains attachées, mais elle avait échoué là aussi. Elle ne pouvait que rester assise et attendre.

Dans le rétroviseur, elle avait vu Tara monter dans sa Jaguar et manœuvrer pour l'amener en marche arrière aussi près que possible de la porte ouverte du garage. Elle avait compris qu'elle allait être transbordée. Tara aurait sans doute préféré que tout se passe derrière des portes closes, mais il n'y avait pas assez de place dans le garage pour y faire entrer sa voiture. La grosse BMW de Tom lui barrait le passage.

Tara était descendue de la Jaguar, avait ouvert le coffre et fait sortir Gillian de sa voiture.

« Maintenant, tu grimpes dans mon coffre, avait-elle ordonné. Et pas de blagues ! »

Le pistolet contre elle, Gillian était sans défense. Elle s'était résignée à monter dans le coffre de la Jaguar. Faute de place, elle avait dû se coucher en chien de fusil, les genoux presque sous le menton.

Elle avait lutté contre les larmes lorsqu'elle avait senti Tara, impitoyable, commencer à lui attacher également les chevilles. Elle avait envisagé un court moment de contre-attaquer. Tara était penchée au-dessus du coffre ouvert, elle avait posé son pistolet. Un coup de pied bien placé dans le bas du corps la mettrait hors de combat pour quelques instants. Mais ensuite ? Les mains liées dans le dos, pourrait-elle courir assez vite pour échapper à Tara ? Son ancienne amie ne tarderait pas à se relever, et il ne lui faudrait que quelques secondes pour saisir son arme. Elle n'hésiterait pas, Gillian n'avait aucun doute là-dessus. Une balle dans la tête. Comme pour Tom.

C'était trop risqué. Et la question avait été rapidement réglée, puisque ses pieds étaient désormais attachés. En réalité, elle n'avait eu qu'une seule chance, bien plus tôt, lorsqu'elle avait éprouvé ce sentiment inquiétant, avec la certitude qu'elle devait échapper à Tara. Et elle y serait parvenue si Samson Segal n'avait pas eu la malencontreuse idée de l'avertir. Au fait, comment en était-il venu à soupçonner Tara ? Il avait raison, sans le moindre doute, mais comment avait-il découvert le pot aux roses ? D'ailleurs, il avait dit : *nous.* Avec qui faisait-il cause commune ?

Tara avait sorti un gros plaid de laine du coffre de la voiture de Gillian et l'avait jeté sur son amie ligotée. « Pour t'éviter d'être gelée. Je ne sais pas combien de temps nous roulerons. »

Et maintenant, Gillian sentait à nouveau les larmes lui monter aux yeux, pas seulement parce que la couverture l'empêchait de respirer, mais aussi parce qu'elle réveillait en elle un souvenir des jours heureux. Ce plaid se trouvait à l'origine dans le véhicule que Tom possédait lorsqu'il était étudiant, un tas de ferraille qui ne démarrait qu'à force de bonnes paroles. Le siège arrière déchiré laissait échapper le capitonnage de mousse, raison pour laquelle Tom l'avait recouvert. Gillian et lui venaient de se rencontrer, ils étaient si amoureux qu'ils se sentaient en permanence sur un nuage. Un jour de mai, ils étaient partis à la mer et s'étaient baignés. Gillian se souvenait de l'eau glaciale, de l'air printanier encore très frais. Etant restée trop longtemps dans l'eau, elle grelottait de froid. Elle avait les lèvres bleuies et claquait des dents. Tom avait fini par aller chercher la couverture sur le siège pour l'envelopper dedans, puis il avait passé ses deux bras autour d'elle pour essayer de lui communiquer un peu de sa chaleur. Ils étaient restés ainsi très longtemps, assis sur la plage au bord de la baie déserte, à regarder les petits crabes s'enfoncer dans le sable, les mouettes faire les cent pas en se pavanant, les traînées vertes luisantes du varech sur les rochers plats. Le ciel se reflétait dans les flaques laissées par la dernière marée haute. Curieusement, Gillian avait vécu ce moment comme extraordinairement romantique, un bonheur parfait dont elle savait qu'elle ne l'oublierait jamais. Quand Tom, des années plus tard, n'avait pas voulu garder le plaid dans sa belle BMW, Gillian l'avait récupéré et mis dans le coffre de sa propre voiture.

Lorsque Tara, après avoir rabattu le hayon, fit avancer un peu la Jaguar, puis en redescendit pour aller refermer la porte du garage, Gillian se dit que, même si elle survivait à cette histoire, elle ne mènerait plus jamais une *vie normale*. Ces événements pesaient trop lourd pour pouvoir s'effacer. Ils seraient là à jamais. Comme le souvenir de Tom, de la mer et de cette froide journée de mai. D'autres images s'y superposaient à présent. Celle de Tom assassiné, bizarrement affalé sur une chaise de la salle à manger. Celle de la soirée avec Luke Palm, où elle avait cru voir une ombre dans la maison.

La voix de Samson Segal sur son répondeur.

Les yeux morts de Tara.

Désormais, ce serait là sa réalité.

Elle aurait tout donné pour qu'on lui rende la normalité de son existence d'avant, de ce monde contre lequel elle s'était pourtant sentie tellement révoltée. Elle ne voulait plus que sa vie à elle, telle qu'elle était autrefois. Plus rien d'autre ne lui semblait désirable.

La voiture se remit à rouler. Gillian se demanda quelles étaient ses chances, et ses conclusions furent plutôt démoralisantes. Quand s'apercevrait-on de sa disparition ? Ses parents et sa fille l'appelleraient sans doute à un moment ou à un autre. Au bout de deux ou trois tentatives, ils s'étonneraient qu'elle n'ait ni décroché le téléphone, ni rappelé. Mais ensuite ? Comment feraient-ils pour la retrouver ?

Luke Palm chercherait lui aussi à la contacter, au plus tard lorsqu'il aurait des clients intéressés par la maison, ou une question à poser sur un détail quelconque. Lui, au moins, savait qu'elle était repartie ce soir-là chez son amie – sans d'ailleurs connaître son identité. Mais son adresse, oui, puisqu'il avait déposé Gillian à la porte. Trouverait-il sa disparition bizarre et appellerait-il la police ?

Qui d'autre ?

Elle avait fait part à John de son intention de s'installer dans un hôtel à la campagne. S'il donnait cette information à la police, on ne chercherait peut-être pas à en savoir davantage. On supposerait qu'elle avait mis son projet à exécution et qu'elle ne voulait pas être dérangée. C'était tout à fait ce qu'on pouvait attendre de la part d'une femme traumatisée par l'assassinat de son mari. Il est vrai qu'elle avait laissé sa voiture dans le garage. Mais d'abord, quelqu'un irait-il vérifier ? De plus, elle pouvait avoir pris le train. Cela n'étonnerait personne avec les intempéries.

Il y avait peut-être une lueur d'espoir : pour des raisons tout à fait mystérieuses, mais à l'évidence parfaitement fondées, Samson Segal, l'imbécile à cause de qui elle était en si mauvaise posture, était parvenu à la conclusion que Tara Caine représentait un danger. Mais allait-il agir en conséquence ?

Quant à Tara, quels étaient ses projets ? Elle aurait très bien pu la tuer tout de suite, pendant qu'elles étaient encore dans la maison. Etait-ce bon signe qu'elle ne l'ait pas fait ? Pas forcément, dut s'avouer Gillian avec désespoir. Tara n'était pas stupide. Elle avait entendu l'avertissement sur le répondeur. Elle était informée que Luke Palm savait chez qui Gillian s'était réfugiée ce fameux soir. Cet après-midi même, des voisins pouvaient avoir remarqué leur arrivée ensemble. Si, dans les jours suivants, quelqu'un avait retrouvé le corps de Gillian à son domicile, Tara aurait été interrogée pour le moins avec insistance, et la situation aurait pu devenir critique pour elle. Non, Tara allait faire exactement ce qu'elle avait annoncé : d'abord trouver un endroit sûr, puis réfléchir aux moyens de reprendre le contrôle de la situation. Car, en plus de l'erreur qu'elle avait commise en prononçant le nom de Luke Palm, il y avait eu le message de Samson.

Après cela, elle avait pratiquement fait une confession en règle à son ancienne amie. Ce qui signifiait qu'elle ne considérait plus Gillian comme susceptible de dire un jour ce qu'elle savait.

Elle ne peut pas me laisser filer, se dit Gillian. *Elle ne peut plus qu'essayer de me faire disparaître d'une manière qui n'attirera pas les soupçons. C'est la seule chose qui compte désormais pour elle.*

A cette pensée, Gillian sentit brusquement la respiration lui manquer. La couverture se mit à peser des tonnes sur son visage, l'adhésif ne l'étouffait plus seulement parce qu'il lui fermait cruellement la bouche, mais aussi par l'odeur entêtante de colle qu'il dégageait. La voiture ne cessait de s'arrêter et de repartir dans les embouteillages. Cela durerait au moins jusqu'à la sortie de la ville. Il pourrait même y avoir des bouchons sur l'autoroute. Le problème était que tout cela – la chaleur, l'odeur, les secousses – donnait la nausée à Gillian. Elle pouvait s'estimer heureuse de n'avoir presque rien mangé de la journée. Malgré tout, l'envie de vomir risquait de s'aggraver.

N'y pense pas, s'exhorta-t-elle en faisant appel à toute sa volonté. Concentre-toi sur autre chose.

Le son de la radio lui parvenait en sourdine, et elle entendit le bulletin météo. Il allait faire très froid dans les prochains jours. On n'attendait pas de nouvelles chutes de neige, mais il était conseillé aux automobilistes de rester chez eux s'ils n'avaient pas de raison urgente de prendre leur véhicule. Les services de déneigement n'avaient pas encore fini de déblayer les routes bloquées par les chutes précédentes.

Puis il y eut de la musique, et Gillian crut même entendre Tara fredonner la mélodie.

On a toujours une seconde chance, songea-t-elle. Tiens-toi prête à saisir la tienne.

Elle refoula l'autre idée qui voulut s'imposer à elle aussitôt après. Que ce proverbe était stupide. Qu'il n'était écrit nulle part que cette seconde chance devait venir.

Parfois, on n'avait même pas droit à une première chance.

12

Bien qu'il se soit attendu à ne trouver personne chez Tara Caine, il avait tout de même sonné deux ou trois fois à l'interphone, puis reculé jusque sur la chaussée pour regarder en l'air. Le balcon de Tara. Derrière, les fenêtres de son salon. Tout était sombre. La petite fenêtre à côté du balcon devait également faire partie de l'appartement. Là non plus, aucune lumière ne brillait.

Il était temps d'aller voir la police.

John remonta dans sa voiture.

Il pensa au soir où il avait ramené Gillian ici, début janvier. Elle était allée chercher quelques affaires dans sa maison, et c'était la première fois qu'elle revoyait le lieu où son mari avait trouvé une mort violente. Au retour, il l'avait aidée à monter ses bagages, mais elle n'avait pas voulu qu'il entre dans l'appartement. Il le comprenait. Becky était là, totalement bouleversée, et, si tôt après la mort de son père, il ne fallait pas qu'elle voie un autre homme aux côtés de sa mère, même s'il se présentait comme un simple ami cherchant à rendre service. Elle était très capable de sentir que cela cachait autre chose. Du moins, Gillian avait exprimé cette crainte, et John respectait son souci.

Il regardait maintenant d'un autre œil l'appartement obscur, se disant que Gillian, ce jour-là, n'avait peut-être pas pensé uniquement à Becky. Peut-être se sentait-elle déjà mal à l'aise vis-à-vis de Tara. Peut-être celle-ci avait-elle alors déjà commencé à le dénigrer.

Mais non, c'était impossible. Car c'était seulement ce soir-là, il s'en souvenait, que Gillian avait raconté à Tara les événements qui avaient conduit John à quitter la police. Elles avaient eu une dispute à ce sujet. Tara ne comprenait absolument pas comment Gillian pouvait se compromettre avec un homme dont le passé était entaché d'une accusation de viol. Une tache hideuse qui ne s'était jamais complètement effacée, malgré tous les éléments apportés pour le laver de tout soupçon. Tara avait dû se montrer d'une véhémence extrême. Car, aussitôt après, Gillian avait envoyé Becky chez ses grands-parents à Norwich et était retournée chez elle – ce qu'aucune personne lui voulant du bien ne lui aurait conseillé.

Pourquoi ne pouvait-il se défaire du sentiment que quelque chose lui échappait, à ce point précis ?

J'ai raconté à Tara que tu avais été dans la police. Et pourquoi tu n'y étais plus...

Il entendait encore distinctement la voix de Gillian. Il s'était étonné qu'elle soit repartie chez elle, et elle avait essayé de lui expliquer pourquoi. Elle se sentait mal à l'aise, parce qu'il s'agissait de cette vieille histoire absurde, parce qu'elle était donc obligée de lui dire que cette malheureuse affaire lui collait encore à la peau, qu'elle suscitait encore la méfiance et la réserve, et qu'il en serait probablement toujours ainsi.

Elle tombait des nues...

Il se redressa.

C'était là que quelque chose ne concordait pas.

Elle tombait des nues...

Que lui avait dit Kate ? Que Tara Caine avait demandé le dossier Burton pour le consulter, et cela dès le mois de décembre. Selon Kate, elle l'avait rendu avant Noël. Autrement dit, début janvier, quand Gillian avait parlé à Tara de l'information ouverte contre John, Tara savait déjà tout cela depuis longtemps. Et même davantage, puisque chacun des points de la procédure était consigné en détail dans le dossier. Elle n'avait pu que faire semblant de « tomber des nues ». Elle avait joué l'effroi devant Gillian.

Pour quelle raison ?

Avait-elle voulu à tout prix cacher qu'elle s'était renseignée ? Le nom de Burton avait dû lui rappeler un vague souvenir – une conversation avec un collègue, des paroles saisies au passage. Ensuite, elle était allée chercher les informations... et les avait gardées pour elle. A ce moment-là, elle pouvait encore penser que Gillian ne se doutait de rien. Or, étant sa meilleure amie, n'aurait-il pas été normal qu'elle lui révèle aussitôt ce qu'elle avait découvert ? A l'évidence, elle n'était pas du tout convaincue de l'innocence de John, en tout cas, elle le considérait encore comme un danger. Alors, pourquoi n'avait-elle rien dit, et pourquoi, ensuite, avait-elle joué la surprise ?

John savait que tout cela ne constituait pas vraiment des éléments à charge suffisants contre Tara. On pouvait imaginer toutes sortes d'explications innocentes à sa conduite, et même son implication dans le cas de Liza Stanford ne la mettait pas automatiquement en position de suspecte de meurtre. Mais cette accumulation de faits étranges semblait malgré tout alarmante.

Et il était très inquiétant que les deux femmes aient soudain disparu sans laisser de traces.

Sans plus hésiter, John mit le moteur en marche et vira assez audacieusement sur la chaussée, faisant klaxonner furieusement un autre automobiliste.

Il se dirigeait vers Scotland Yard.

Samedi 16 janvier

1

Ce samedi-là, l'agent Rick Meyers s'attendait à une matinée plutôt tranquille au commissariat. Il était de service pour le week-end, mais il ne se passerait sans doute pas grand-chose, et cela lui laisserait le temps de s'attaquer enfin à la paperasse accumulée sur son bureau. Dehors, tout était silencieux sous la neige d'un blanc immaculé. Sa conviction qu'il n'arriverait rien de spécial lui était-elle simplement suggérée par cette candeur paisible ? Toujours est-il qu'il eut un sursaut d'effroi quand son supérieur vint brusquement lui coller un papier sous le nez.

— Il faut aller contrôler quelque chose là-bas. Requête de Scotland Yard à Londres. A propos d'une certaine Lucy Caine-Roslin. Elle habite Reddish Lane.

— Reddish Lane ? A Gorton ?

— Oui. Je crois malheureusement que vous devez y aller.

— De quoi s'agit-il ? demanda Meyers, qui commençait tout juste à se plonger dans la rédaction de ses rapports.

— Sa fille pourrait se trouver chez elle. C'est ce que nous devons vérifier. Scotland Yard a quelques questions importantes à lui poser.

— A la fille ? s'enquit Meyers, qui était un peu dur à la détente.

— Oui. Elle a disparu, mais on doit l'interroger d'urgence, et qu'elle soit allée chez sa mère est une des possibilités. La fille s'appelle... Tara Caine, reprit le chef après avoir consulté sa feuille. Avocate de la Couronne à Londres.

Meyers sifflota.

— Vraiment ? Et elle sort d'un coin pareil ?

— Il semblerait.

— Mais pourquoi n'appelle-t-on pas simplement cette Lucy Caine-Roslin, questionna Meyer en se levant avec peine.

Il se doutait bien que cette idée était déjà venue à son chef, et qu'il devait y avoir une raison pour qu'on ne l'ait pas mise en application. Il ne couperait donc pas au déplacement dans l'un des quartiers les moins plaisants de Manchester pour y dégotter cette vieille rombière.

— On a essayé plusieurs fois, mais personne ne répond. Rien à faire, vous devez y aller maintenant. Nous ne pouvons pas ignorer une requête de Scotland Yard.

Au moins, la circulation était presque nulle à cette heure matinale, un samedi, et cela roulait d'autant mieux que les services de déneigement avaient bien travaillé ces derniers jours. Tout de même, Rick Meyers se serait bien dispensé de la corvée, et pas seulement parce que cela perturbait son programme de travail. Aucun policier n'aimait se rendre à Gorton, un district du sud de Manchester, même pour aller simplement débusquer une vieille femme. Dans cette banlieue, la mission la plus anodine pouvait mal tourner. Certains coins étaient plus dangereux que d'autres, les pires étant en grande partie constitués de bâtiments promis à la démolition, occupés par des junkies qui ne reculaient devant rien pour se procurer l'argent de leur prochaine piqûre. Ceux qui venaient vivre là pouvaient difficilement tomber plus bas sur l'échelle sociale. Le taux de criminalité était élevé, la visite d'un policier considérée comme une intrusion très malvenue. Et Meyers n'était pas un héros. Il se demandait souvent ce qui avait bien pu lui prendre de choisir la police pour gagner sa croûte.

Une question qu'il se posait de nouveau ce matin-là, sans lui trouver plus de réponses que d'habitude.

Le spectacle de la rue se modifiait progressivement. On n'entrait pas à Gorton d'un seul coup, c'était Gorton qui s'insinuait peu à peu en vous. Les immeubles devenaient insensiblement plus miteux, les espaces verts se raréfiaient avant de disparaître tout à fait. Puis on entrait dans une zone industrielle plus ou moins à l'abandon, que même l'épaisse couche de neige ne parvenait pas à rendre moins sinistre. Un magasin d'usine textile dont personne ne semblait avoir trouvé le chemin ce matin-là. Un dépôt de ferraille, puis une interminable succession de maisons mitoyennes. Seules les ordures accumulées sur le sol – tantôt dans des sacs en plastique, tantôt simplement jetées par les fenêtres – témoignaient que ces taudis étaient encore habités. Ensuite venaient des bâtiments aux murs maculés, avec des vitres cassées. L'un d'eux n'avait plus du tout de porte d'entrée. L'état de délabrement croissait proportionnellement à la hauteur des tas d'ordures. Meyers savait qu'on trouvait là des quantités de seringues, et il remarqua avec étonnement un petit enfant qui jouait seul dans la rue, malgré le froid, la saleté et tous les périls auxquels il était exposé. Ses parents devaient dormir encore, ou bien ils étaient ivres ou drogués, ou tout cela ensemble. Pourtant, malgré cet environnement sinistre, l'enfant était visiblement heureux de jouer dans la neige. C'était un enfant comme tous les autres.

Meyers se sentit un peu triste.

Comment une fille née dans un endroit pareil avait-elle pu se retrouver avocate de la Couronne à Londres ? Ce devait être une sacrée dure.

Reddish Lane était une très longue rue, et Meyers constata avec soulagement que l'adresse qu'il cherchait n'était pas dans la pire partie. Ici, les rez-de-chaussée abritaient souvent un commerce ou un artisan, et même si certains avaient visiblement dû renoncer, baissant le rideau de fer ou clouant des planches sur la façade, la plupart se maintenaient vaillamment. Sans être cossu, le quartier n'était pas abandonné pour autant.

J'aurais pu tomber plus mal, se dit Meyers.

Mme Caine-Roslin habitait une petite maison non mitoyenne en brique rouge, entourée d'un minuscule terrain à l'arrière duquel on apercevait un hangar quelque peu délabré. L'habitation elle-même paraissait solide, et il fallait la regarder de près pour découvrir les signes montrant qu'elle n'était plus entretenue depuis longtemps : les encadrements des fenêtres auraient eu besoin d'un coup de peinture, le portail de la cour était cassé. Comme beaucoup d'autres dans la rue, la façade du rez-de-chaussée était occupée par une ancienne devanture, à présent condamnée par un store bleu. Une vieille enseigne indiquait qu'il y avait eu là un atelier de réparation de bicyclettes. L'inscription, battue par le vent et la pluie, décolorée par le soleil, était devenue difficile à déchiffrer. Apparemment, l'atelier ne fonctionnait plus.

Restait à savoir si la maison était encore habitée.

Rick Meyers se gara le long du trottoir, descendit de la voiture et considéra d'un air dubitatif les fenêtres du premier étage. On n'y voyait aucune lumière, mais ce n'était plus indispensable à cette heure de la matinée. Il y avait d'ailleurs des rideaux, et il crut même apercevoir quelques pots de fleurs derrière les carreaux. Pourtant, il régnait sur le logement et sur la cour une curieuse atmosphère d'abandon. Mais cela pouvait aussi être dû à la désaffection visible de l'entreprise.

Meyers traversa en quelques enjambées la petite cour devant la bicoque. Personne n'avait déblayé la neige. Peut-être la vieille Mme Caine-Roslin ne vivait-elle plus ici depuis longtemps ? Sa fille avait pu l'emmener à Londres et l'installer dans une maison de retraite. C'était bizarre qu'elle soit encore enregistrée parmi les habitants. Mais ce genre de chose arrivait parfois.

Cependant, sa fille avait disparu, et Scotland Yard la recherchait.

Drôle d'histoire.

La maison avait une porte donnant accès à la partie du bas, mais celle-ci était condamnée par deux planches clouées en X. Juste à côté, contre le mur extérieur, un escalier raide menait au premier étage, où s'ouvrait une autre porte qui paraissait encore en service.

La couche de neige était si haute sur les marches que Rick Meyers eut de la peine à les monter. L'escalier longeait le mur, mais il n'avait pas de rampe, rien à quoi se raccrocher, et Rick Meyers se demanda comment une femme âgée pouvait passer par là, car la neige n'avait pas dû être déblayée depuis des semaines. Lucy Caine-Roslin devait pourtant bien sortir de temps en temps, ne serait-ce que pour acheter à manger ? La neige fraîche empêchait de savoir si quelqu'un avait emprunté l'escalier récemment. Mais si lui, un homme relativement jeune, trouvait cela difficile, comment une femme sans doute au moins sexagénaire y parvenait-elle ? Cela confortait son impression que la maison n'était plus habitée.

Il atteignit enfin le palier et frappa à la porte en bois dont la peinture noire s'écaillait un peu dans les angles.

— Madame Caine-Roslin ? Pouvez-vous m'ouvrir, s'il vous plaît ?

Il tendit l'oreille, attendant une réaction.

— Je suis l'agent Meyers. J'ai une simple question à vous poser.

Rien ne bougea. Il frappa de nouveau, cette fois un peu plus fort.

— S'il vous plaît, madame Caine-Roslin ! Police ! C'est juste pour une petite question.

Silence complet.

Par acquit de conscience, Meyers fit bouger la poignée. A sa grande surprise, la porte s'ouvrit vers l'intérieur sans résistance. Elle n'était pas verrouillée.

C'est alors qu'une épouvantable odeur de pourriture s'échappa de l'appartement jusque-là hermétiquement fermé, lui coupant la respiration.

— Bon Dieu !

Meyers fouilla ses poches, cherchant un mouchoir qu'il ne trouva pas tout de suite, regarda autour de lui pour savoir quelle fenêtre s'ouvrirait le plus vite. Celle de la cuisine lui parut proche et il se précipita, bousculant au passage la table et les chaises, tourna en hâte la poignée, tira brusquement et se pencha aussi loin que possible pour que l'air hivernal froid et pur lui fouette le visage. A peine une minute plus tôt, il marchait encore dans la neige, et il avait l'impression que cet air merveilleux lui manquait depuis une éternité. Comme si la puanteur qui régnait dans l'appartement l'avait déjà absorbé, lui, Meyers.

Ses doigts, qui tâtonnaient toujours dans les différentes poches de son uniforme, rencontrèrent enfin un mouchoir roulé en boule. Il n'aimait pas ce qu'il allait être forcé de faire, mais enfin, il était policier. Quoi qui l'attende dans cette maison, il devait en avoir le cœur net.

Il prit une profonde inspiration, puis, le mouchoir pressé contre son nez et sa bouche, s'écarta de la fenêtre et regarda autour de lui. La cuisine paraissait propre et bien rangée, bien qu'une fine couche de poussière ait commencé à se déposer sur les meubles. Sur la table, deux assiettes, dans lesquelles traînaient, couverts d'une moisissure bleuâtre, des restes de nourriture impossibles à identifier davantage, contribuaient sans doute en partie à l'odeur, sans pouvoir en être tenues pour seules responsables, hélas. Une bouteille de vin était posée à côté, avec deux verres à moitié pleins. Un grand cru, constata Meyers en lisant l'étiquette. S'il était arrivé quelque chose à Mme Caine-Roslin – et il était difficile de croire le contraire –, elle avait été interrompue au milieu d'un bon repas. Où elle n'était visiblement pas seule.

Sur le buffet, Meyers trouva un sac en papier kraft. D'après l'inscription, il avait dû contenir un plat préparé acheté dans une boutique chinoise. Quelqu'un avait rendu visite à la vieille femme en apportant de quoi manger. Et ensuite… ?

Il quitta la cuisine, conscient que la véritable épreuve était encore à venir.

Il trouva Lucy Caine-Roslin dans une chambre d'enfant. Du moins, c'est à cela que la pièce ressemblait : à une *ancienne* chambre d'enfant. Ou d'adolescent. Une banquette-lit recouverte d'un dessus-de-lit en patchwork fleuri. Aux fenêtres, des rideaux en tissu assortis. Une penderie dont une porte était ouverte, laissant voir son contenu, deux pull-overs sur des cintres. Deux ou trois posters affichés au mur, dont un de Cat Stevens, si Meyers ne se trompait pas. Quelques revues et des feuilles manuscrites posées sur un fauteuil. Contre un mur, une étagère en bois accueillant des livres – bien rangés et tenus de chaque côté par des serre-livres en plastique –, apparemment des ouvrages pour la jeunesse, d'après les couleurs et les titres. Plus tard, Meyers se dirait que c'était sans doute cela qui lui avait aussitôt fait penser à une chambre d'adolescent : les livres, le poster de Cat Stevens au mur.

Lucy Caine-Roslin gisait sur le dos au milieu de la pièce, enveloppe gonflée et noircie de ce qui avait été un être humain. Dans l'air froid et sec de l'appartement à peine chauffé, elle s'était cependant mieux conservée que ce n'aurait été le cas dans des conditions moins favorables. Son visage était relativement préservé, sauf les yeux – ou ce qu'il en restait –, que Meyers évita de regarder deux fois. Il avait déjà assez de peine à garder son calme.

Dans des circonstances ordinaires, il aurait attribué la mort de la vieille femme, si regrettable fût-elle, à des causes naturelles. Elle aurait pu se trouver mal après le départ de son visiteur sans avoir eu le temps de débarrasser la cuisine. Mais cette hypothèse était formellement démentie par la présence d'un objet assez grand, que Meyers ne put identifier au premier abord et qui semblait dépasser de la bouche de la défunte. Stoïquement, il s'approcha et se pencha au-dessus du cadavre. C'était un morceau de tissu. Un grand morceau de tissu à carreaux. Peut-être un torchon de cuisine.

On le lui avait enfoncé de force dans la gorge.

Et on lui avait bouché le nez avec plusieurs épaisseurs d'adhésif d'emballage.

Meyers se redressa et alla ouvrir la fenêtre de la chambre. Pour la seconde fois, il se pencha au-dehors et aspira une grande bouffée d'air frais.

— Mon Dieu, murmura-t-il en essuyant avec son mouchoir son front inondé de sueur.

En soi, la mort de Lucy Caine-Roslin n'aurait pas été une grosse affaire. Une vieille femme était retrouvée chez elle, visiblement décédée depuis des semaines, et personne n'avait rien remarqué. Une solitude certes tragique, mais ordinaire. Beaucoup de gens, surtout âgés, n'avaient plus de famille proche et pouvaient mourir ainsi. Dans le cas de

Lucy Caine-Roslin, c'était pourtant un peu plus étonnant, car elle avait au moins cette fille à Londres. Celle-ci ne s'était donc aperçue de rien. Peut-être avait-elle tiré un trait sur sa vie à Gorton ? Meyers se retourna pour examiner la chambre. Elle était à l'image du reste de l'appartement : accueillante et propre, mais il était clair que la famille ne roulait pas sur l'or. Les meubles étaient très simples, le couvre-lit et les rideaux probablement confectionnés à la maison. L'avocate de la Couronne avait-elle grandi ici ? Dans ce cas, sa vie devait avoir bien changé.

Mais Lucy Caine-Roslin n'était pas morte d'un infarctus. Quelqu'un lui avait fourré dans la gorge ce torchon à vaisselle qui l'avait probablement étouffée. Il s'agissait d'un meurtre. Qui avait bien pu vouloir tuer cette vieille femme ne possédant presque certainement aucun objet de valeur ?

Meyers se souvint de sa mission. La fille. On l'avait envoyé ici pour essayer de savoir où elle était.

Par précaution, bien qu'il lui parût évident qu'il était seul dans la maison, il repassa dans toutes les pièces. L'appartement était plus grand qu'il n'en avait l'air vu de l'extérieur. Il y avait encore un salon, une salle à manger, une chambre et une salle de bains, le tout soigneusement astiqué. Sur la table du salon, une théière et une tasse dans laquelle le thé, qu'il ait été bu ou qu'il se soit évaporé, avait laissé des traînées brunes. Un napperon inachevé était posé sur le fauteuil, le crochet encore piqué dedans. Des pots de violettes du Cap maintenant desséchées ornaient les rebords des fenêtres. Lucy Caine-Roslin n'avait pas vraiment réussi à préserver l'état de la façade et de la cour, mais à l'intérieur, au moins, tout était impeccable.

Quoi qu'il en soit, l'avocate ne se trouvait pas dans la maison de ses parents.

Meyers sortit son portable. Il était grand temps d'appeler les renforts. Pendant des jours, personne n'avait remarqué la disparition de la vieille dame, mais sa mort allait maintenant faire l'objet d'une enquête serrée. C'était tout ce qu'on pouvait encore faire pour Lucy Caine-Roslin.

2

Elle s'était assoupie, chose qu'elle n'aurait jamais crue possible. Mais l'épuisement avait eu raison de la terreur, de la nausée, de l'incompréhension. Combien de temps avait-elle dormi ? Elle l'ignorait, mais elle avait été réveillée par une brusque secousse, suivie du bruit des roues qui patinaient et du moteur qui s'emballait.

Elle n'ira pas plus loin, pensa-t-elle.

Elle. Sa meilleure amie. Une personne qu'elle connaissait depuis des années, en qui elle avait confiance, et qui lui était soudain devenue totalement étrangère.

Elle entendit Tara descendre de la voiture et claquer la portière derrière elle. Aussitôt après, le coffre s'ouvrit. Un air glacé envahit le véhicule, pénétrant un instant sous la couverture qui étouffait Gillian, et qui fut à son tour brusquement soulevée. Gillian ferma les yeux, douloureusement éblouie après toutes ces heures passées dans l'obscurité.

— Bon, on ne peut plus avancer, dit Tara. La neige est trop haute. Sors de là !

Tout en parlant, elle fit jaillir la lame d'un couteau à cran d'arrêt et trancha l'adhésif qui retenait les chevilles de Gillian.

— Descends ! ordonna-t-elle.

Gillian essaya de se redresser et poussa un gémissement de souffrance. Elle était restée trop longtemps dans sa position inconfortable sur le dur plancher du coffre, ballottée et secouée par les cahots tandis que la voiture se frayait un chemin sur des routes à peine carrossables. Tout son corps lui faisait mal, elle ne savait pas comment elle allait pouvoir bouger. Quand elle parvint enfin, en clignant des yeux, à apercevoir le paysage qui l'entourait, elle vit d'abord la grande ombre noire de Tara devant le coffre. Au-dessus d'elle, un ciel gris plombé. Derrière, une immense étendue de neige. Rien qui évoque la présence d'une maison ou d'un hameau.

Nous sommes loin de toute habitation humaine. Nous sommes absolument seules.

— Dépêche-toi, la pressa Tara.

Puis, comme Gillian ne pouvait toujours pas bouger, Tara se pencha, l'attrapa sous les bras et la tira vers l'extérieur, montrant une force qui surprit son amie. Incapable de se tenir sur ses jambes, Gillian tomba de tout son long dans la neige. Celle-ci était froide et molle, mais, à peine une seconde plus tard, Gillian sentit sur son visage la dureté et le tranchant des minuscules cristaux. Elle releva la tête avec un gémissement inarticulé et se redressa péniblement. Ses mains liées l'empêchaient de trouver l'équilibre.

Tara l'aida à se mettre debout.

— Ça va s'arranger, tes muscles vont se détendre. Nous avons encore un bon bout de chemin à faire.

Gillian luttait contre le vertige qui l'avait saisie dès qu'elle s'était levée. Elle se rendit compte qu'elle avait terriblement soif. Outre qu'elle n'avait rien bu depuis la veille à midi, l'adhésif collé sur son visage et la chaleur de l'habitacle l'avaient totalement déshydratée. Elle fit des efforts désespérés pour le faire comprendre à Tara. Si elle ne buvait pas, elle sentait qu'elle n'irait pas loin.

Tara eut l'air de réfléchir, puis, d'un geste brusque, elle arracha l'adhésif du visage de Gillian et le tira vers le bas. Elle ne pouvait pas l'enlever complètement, car il était enroulé plusieurs fois autour de la tête de Gillian et emmêlé dans ses cheveux, mais le ruban était maintenant décollé de sa bouche et pendait sous son menton.

— De l'eau, coassa Gillian.

Tara ouvrit la portière du véhicule et prit une bouteille d'eau minérale dans le sac posé sur le siège arrière. Comme Gillian ne pouvait se débrouiller seule à cause de ses mains attachées, Tara déboucha la bouteille en plastique et la tint contre ses lèvres tandis qu'elle buvait avidement. Quand ce fut fini, Gillian la supplia :

— Je t'en prie, ne me colle plus la bouche !

— Ça fait bizarre, hein, d'avoir aussi peu d'air ? répliqua Tara d'une voix presque compatissante. D'accord. Je te propose quelque chose : je laisse le ruban comme cela. De toute façon, il n'y a personne ici pour t'entendre si tu criais. Mais je te préviens : si tu fais la moindre histoire, si tu appelles au secours, que tu essaies de t'enfuir ou je ne sais quoi d'autre, je te recolle la bouche de telle façon que tu le regretteras. Compris ?

— Oui, dit Gillian.

Autour d'elles, la neige s'étalait à perte de vue sur un paysage vallonné. On apercevait une forêt au loin. La route par laquelle elles étaient venues était partiellement dégagée, couverte seulement d'une croûte de neige durcie. Pas un seul village à l'horizon. Tara avait raison : elle pouvait crier tant qu'elle voulait, personne ne l'entendrait. Aucune chance non plus de s'enfuir. Avec les mains liées dans le dos, elle se déplaçait maladroitement, et Tara la rattraperait en un instant. Non, elle n'irait pas loin.

— Où sommes-nous ? demanda-t-elle.

Tara ouvrit son grand sac à main, y fourra un peu de nourriture – du pain emballé sous vide, deux bouteilles d'eau –, puis reprit son pistolet en main.

— Dans le Peak District, répondit-elle. Autant dire au bout du monde.

Le Peak District. Le grand parc national du nord de l'Angleterre, qui s'étendait sur plusieurs comtés. Au nord-ouest, ses limites touchaient presque aux portes de Manchester.

Manchester.

La ville natale de Tara.

— Tu connais ce coin ? s'enquit Gillian avec hésitation.

— Tu peux le dire ! Nous sommes tout près de la cabane. L'endroit idéal. Personne ne nous y trouvera.

— Quelle cabane ?

— Pas de questions, coupa sèchement Tara. Allons, avance !

— Dans quelle direction ?

— Par là, indiqua Tara avec un geste de la main qui tenait l'arme. Il y a un chemin, même si on ne le voit pas en ce moment. Avance simplement tout droit.

Là-bas, au bout de l'étendue enneigée, commençait la forêt que Gillian avait remarquée dès le début. Cela lui permettait un mince espoir. Si elle avait la moindre chance de s'enfuir, handicapée qu'elle était par ses mains entravées, ce serait dans les bois. Sur le plateau nu et désert où elles se trouvaient à présent, elle n'avait aucun moyen de se cacher. Il ne restait que la forêt. Mais elle ne se faisait aucune illusion. Même si elle réussissait à tromper la vigilance de Tara, il lui faudrait une chance extraordinaire pour lui échapper. Et même alors, elle ne pourrait survivre que si elle trouvait très vite un village ou au moins une ferme. Par un tel froid, la probabilité de résister plus d'une nuit dehors était faible.

Elle se mit en marche. Elle put de nouveau constater à quel point il était difficile de garder son équilibre avec les bras tirés en arrière, dans cette neige profonde où elle enfonçait parfois jusqu'aux genoux. Elle entendait dans son dos le souffle de Tara. Pour elle non plus, la randonnée ne s'annonçait pas facile. Elle devait traîner son sac d'une main, tenir l'arme de l'autre, et elle ne se permettait sans doute pas de relâcher son attention un seul instant. Même si Gillian, ligotée et terrorisée, ne lui paraissait pas très dangereuse, la situation n'était pas sans risque pour elle.

A un certain moment, Gillian s'arrêta. Elle avait l'impression de se traîner depuis des heures.

— Pouvons-nous faire une petite pause ? demanda-t-elle en se tournant vers Tara.

— Non. Nous devrions être à la cabane d'ici une demi-heure. Il faut tenir jusque-là.

— Tara, ne peux-tu pas au moins m'expliquer pourquoi…

— Non, l'interrompit Tara. J'économise mon souffle, et tu devrais en faire autant. Ça va encore grimper pas mal, ce serait idiot de gaspiller nos forces. Alors, ferme-la et avance.

Gillian obéit, luttant contre le désespoir qui menaçait de la submerger. Le froid lui brûlait les poumons, la neige l'aveuglait. Elle se sentait près de tomber d'épuisement.

Elle se remit en marche.

3

— J'aimerais maintenant que tu me fournisses quelques explications, de préférence très convaincantes, déclara froidement l'inspecteur-chef Christy McMarrow.

Ils étaient dans le bureau de Christy à Scotland Yard. Ce samedi matin, l'inspecteur principal Fielder était allé à Croydon s'entretenir de nouveau avec Liza, à qui il avait déjà rendu visite la veille au soir. Deux de ses hommes avaient pris contact avec Logan Stanford, d'autres étaient partis vers la maison des Ward à Thorpe Bay, d'autres encore vers l'appartement de Tara à Kensington. L'inspecteur Kate Linville, qui, après son coup de téléphone à John, s'était effectivement aussitôt mise à chercher des renseignements sur Tara Caine, avait accompli l'une des rares actions d'éclat de sa carrière en fournissant dès le début une information décisive, à savoir que Tara Caine n'avait plus qu'un seul parent proche en vie, sa mère, domiciliée à Manchester, qui pourrait peut-être donner des indications sur l'endroit où se trouvait sa fille. Tout le monde avait constaté avec étonnement que Kate avait fait des recherches sur Tara Caine alors même que personne dans l'équipe ne s'intéressait encore à elle. Ses soupçons avaient été éveillés, avait expliqué Kate, lorsqu'elle avait lu le nom de Tara sur le dossier de l'enquête sur John Burton. Elle savourait pleinement le plaisir d'avoir montré là un flair policier dont personne ne l'aurait crue dotée.

Après l'échec de plusieurs tentatives pour joindre Mme Caine-Roslin par téléphone, on avait fini par demander au commissariat local d'envoyer quelqu'un chez elle d'urgence pour savoir si sa fille s'y trouvait. John avait appris avec soulagement que la machine se mettait enfin en marche. La veille au soir, on l'avait interrogé pendant des heures. Les policiers s'étaient certes réjouis qu'il ait retrouvé Liza Stanford, mais avaient accueilli avec scepticisme ses soupçons concernant Tara Caine. Tard dans la soirée, Fielder s'était rendu sans plus attendre chez Liza Stanford pour un premier entretien, mais tout ce qui concernait Tara Caine et Gillian Ward avait été repoussé au lendemain. John avait nettement senti que son hypothèse audacieuse – de fait, il n'avait jusque-là aucun élément de preuve à l'appui – était considérée comme farfelue, même si, ce matin, on avait tout de même fini par se lancer sur les traces de l'avocate de la Couronne. Mais on avait perdu sans raison une nuit entière, une nuit pendant laquelle John n'avait pas fermé l'œil une minute. Il avait marché de long en large dans son appartement en fumant deux paquets de cigarettes, et au matin, il était retourné au Yard, exigeant de savoir ce qui allait maintenant se passer.

Christy McMarrow avait justement du temps à lui consacrer, et John comprit très vite quelle était sa mission : découvrir de qui il tenait ses informations. Mais il refusa de révéler ses sources, ajoutant que, selon lui, cela n'avait joué qu'un rôle tout à fait secondaire.

Christy et lui avaient fait équipe pendant des années. Ils s'aimaient bien et allaient parfois boire un verre ensemble après le service. A l'époque, Christy avait été l'une des premières personnes à répéter à tout le monde que les accusations portées contre John ne pouvaient relever que de la plus haute fantaisie. John espérait donc pouvoir lui faire comprendre sa position. Mais Christy se retranchait derrière une attitude distante, refusant visiblement de faire entrer en ligne de compte leur ancienne amitié. John fit une nouvelle tentative :

— Christy, je...

Elle l'interrompit aussitôt :

— Je ne sais toujours pas comment tu en es venu à rechercher Liza Stanford. Je ne vois qu'une possibilité : que tu aies parlé avec Keira Jones. La fille de Carla Roberts.

— Absolument pas.

— Avec qui, alors ?

Il sentait l'impatience monter en lui.

— Christy, est-ce vraiment important à cette heure ? Nous avons bien d'autres problèmes ! Gillian Ward a disparu, le procureur Caine aussi. Et elle...

— ... n'a certainement rien à voir avec tous ces meurtres, coupa Christy. Tes théories sont vraiment tirées par les cheveux, John. Et même plus que bizarres. Selon tes propres dires, Gillian Ward projetait de s'installer dans un hôtel un peu loin de tout, pour une sorte de recherche de soi, et...

— Je n'ai absolument pas parlé de recherche de soi. J'ai plutôt eu l'impression qu'elle voulait se cacher.

— En tout cas, tu considères maintenant que sa disparition signifie qu'elle est en danger, et de plus, tu soupçonnes sérieusement une avocate de la Couronne d'être une meurtrière en série ?

— J'ai seulement fait remarquer que jusqu'à présent, c'était la seule personne qui ait connu toutes les victimes. Et je trouve préoccupant qu'elle ait apparemment disparu de la circulation. En même temps que Gillian. Vous aussi, vous estimiez que Gillian Ward pouvait être menacée. Fielder me l'a annoncé lui-même.

— Oui, mais je pense...

Le téléphone se mit alors à sonner sur le bureau de Christy. Elle s'interrompit pour décrocher.

— Un instant, s'il vous plaît, fit-elle après quelques secondes d'écoute. Je prends la communication dans votre bureau. Excuse-moi, dit-elle à John. Je reviens tout de suite.

Quand elle eut quitté la pièce, John se leva et alla à la fenêtre. Il bouillait d'impatience. La police allait sans doute faire son travail, mais beaucoup trop lentement à son goût. Et c'était bien de Fielder d'avoir détaché sa collaboratrice la plus efficace pour s'attaquer à son ancien ennemi juré. Christy aurait vraiment pu se rendre plus utile ailleurs dans un moment pareil !

Encore cinq minutes, décida-t-il. J'accorde encore cinq minutes à cette mascarade, et après ça, je m'en vais. Je pars chercher Gillian sans rien demander à personne.

Christy revint au moment précis où les cinq minutes étaient écoulées. Elle paraissait très tendue, et John comprit aussitôt que les nouvelles étaient alarmantes. Il s'avança vers elle, mais elle l'esquiva pour aller reprendre sa place derrière son bureau. Il lui était apparemment égal maintenant que John s'assoie ou qu'il reste debout.

— Comment en es-tu venu à soupçonner le procureur Tara Caine ? demanda-t-elle.

— Mais je l'ai déjà expliqué hier soir ! fit John, un peu surpris. C'est la meilleure amie de Gillian Ward, elle connaissait donc évidemment Thomas Ward aussi. Quant à Carla Roberts et à Anne Westley, elle en a entendu parler par Liza Stanford. Elle connaissait donc les trois victimes. Elle a demandé à consulter le dossier de l'enquête ouverte sur moi à l'époque, mais, devant Gillian, elle a fait semblant de découvrir pour la première fois ce qui m'était arrivé. Je sais bien que tout cela n'est pas suffisant, mais quelque chose me dit que…

— La voiture de Gillian Ward est dans son garage, chez elle, à Thorpe Bay, coupa Christy. Des traces de pneus sur le chemin d'accès indiquent qu'une autre voiture est venue il y a peu de temps. Ce n'est ni celle de Gillian ni celle de son mari.

John pâlit.

— Sais-tu que Tara Caine conduit une Jaguar ?

Christy hocha la tête. Apparemment, la police avait découvert cela également.

— Oui, et avant que tu me poses la question : il pourrait s'agir des pneus d'une Jaguar. Cela a déjà été établi.

Elle hésita un court instant avant de reprendre :

— Nos hommes ont écouté le répondeur de Mme Ward. Il y avait là un message vraiment très spécial. Datant d'hier.

— La police est entrée dans la maison ? Que s'est-il passé ?

Il était clair pour John qu'un mandat de perquisition n'avait pas pu être délivré en si peu de temps. Quelque chose avait dû rendre l'affaire si brûlante qu'on avait décidé de se passer de ces subtilités.

— Ordre de l'inspecteur principal Fielder.

De nouveau, Christy hésita un moment avant de poursuivre :

— Le commissariat contacté à Manchester lui a communiqué qu'on avait retrouvé Lucy Caine-Roslin, la mère de Tara Caine. Chez elle, morte. Apparemment assassinée.

— Oh, merde !

— Il semble qu'il s'agisse du même auteur que dans les affaires Roberts, Westley et Ward. D'après certains éléments trouvés sur les lieux.

Un torchon à vaisselle enfoncé dans la gorge de la victime ? faillit lancer John, mais il se retint à temps. Révéler qu'il savait cela aurait définitivement convaincu Christy qu'il avait une taupe au Yard. Il n'était pas nécessaire de faire courir davantage de risques à l'inspecteur Linville. Il préféra poser une autre question :

— Que disait le message sur le répondeur de Gillian ?

— Il venait de Samson Segal, dit Christy en le fixant d'un regard scrutateur. L'homme que nous recherchons.

— Pas possible ? fit John sans sourciller.

— Eh oui. Il s'adresse directement à Mme Ward et la met en garde contre Tara Caine. Il voit en elle un danger. Et pas seulement lui : il dit expressément « nous ». Lui *et une autre personne qu'il ne nomme pas* se font du souci pour Mme Ward. On la supplie d'être prudente. Saurais-tu par hasard qui est cette autre personne à qui Samson Segal fait allusion ?

— Aucune idée.

Elle lui lança un coup d'œil pénétrant. John la connaissait bien, il se souvenait de son intuition et de sa subtilité.

— Où est Samson Segal, John ?

— Comment le saurais-je ?

— La police le recherche. La personne qui le cacherait commettrait un délit.

— Je le sais bien. J'ai été assez longtemps dans la partie.

— John…

Il s'avança vers le bureau et s'y appuya des deux mains pour se pencher vers elle. Sur le visage tout proche de Christy, il pouvait voir les fines rides qui s'étaient nettement creusées depuis quelques années.

— Christy ! Tu ne vas pas m'affirmer sérieusement que tu soupçonnes encore Samson Segal ? Cet homme est totalement innocent ! Il s'est laissé emporter par une admiration passionnée pour Gillian Ward, qui explique pourquoi il a rôdé pendant des mois autour de sa maison, mais, à part quelques pensées impures, je te garantis qu'il n'a transgressé aucune loi. C'est un solitaire, un pauvre garçon un peu bizarre, rien de plus ! Ne perds pas un temps précieux à courir après lui. Tu ne peux donc pas comprendre ça ?

Il se redressa avant de poursuivre :

— Gillian Ward a disparu. Tara Caine est également introuvable. Or, Gillian était chez elle, c'est là qu'elle habitait avant qu'on ne perde sa trace. Il est donc possible qu'elles aient quitté Londres ensemble. Dans la voiture de Tara ? Pour se rendre à Thorpe Bay ? En tout cas, il y a devant la maison des traces de pneus qui pourraient provenir de cette Jaguar. Où est-elle allée ensuite ? Peut-être du côté de Manchester, la ville natale de Tara Caine ? Et voilà qu'il se passe là-bas quelque chose de carrément louche, puisque la mère de Tara Caine est morte et que...

— Mme Caine-Roslin ne vient pas juste d'être tuée, intervint Christy. Il n'y a pas encore de rapport d'autopsie, mais, selon nos collègues de Manchester, il paraît clair que son corps a séjourné pendant assez longtemps dans l'appartement. Au moins huit semaines.

John la regarda, figé par la surprise. *Qu'est-ce qui s'est passé ? Pourquoi ?*

— Le mobile, reprit Christy, semblant parler davantage pour elle-même que pour John. Quel motif Tara Caine pourrait-elle avoir de faire tout cela ? Je ne vois tout simplement pas de fil conducteur !

Elle frotta ses yeux déjà rougis par la fatigue.

— Je ne vois pas le fil conducteur, répéta-t-elle.

— Vous devez absolument la retrouver ! insista John. Je crains vraiment que la vie de Gillian ne soit en danger. Je ne comprends pas plus que toi ce qu'il y a derrière toute cette histoire, mais il sera bien temps de se le demander plus tard. Si jamais Tara Caine a tué Thomas Ward, et si jamais sa véritable cible était Gillian, alors, elle a maintenant ce qu'elle voulait : Gillian est en son pouvoir !

— Nous allons faire rechercher la voiture de Mme Caine, dit Christy. Il est possible que les deux femmes soient vraiment parties dans ce véhicule. D'autre part, John, j'apprécie à leur juste valeur tes suggestions sur ce que la police doit faire à présent, mais crois-moi, nous le savons déjà. Ta collaboration n'est plus souhaitée ici, conclut-elle avec un regard froid.

Il sentit la rage monter en lui. Jusqu'ici, le désespoir et l'épuisement avaient dominé – le désespoir parce qu'il craignait qu'il ne soit déjà trop tard pour sauver Gillian, l'épuisement parce qu'il n'avait pratiquement pas dormi depuis des jours. Mais tout cela se changeait maintenant en colère. Pour qui Christy McMarrow le prenait-elle ? Elle le congédiait, le traitait avec mépris, alors que c'était lui qui avait apporté à Scotland Yard toutes les clés du problème. Il s'était certes procuré par Kate Linville quelques informations dont il avait besoin et que seule la police connaissait, mais c'était lui qui avait tiré les bonnes conclusions, lui qui avait réussi à retrouver la trace de Liza Stanford, lui qui avait découvert que Tara Caine connaissait toutes les victimes de cette série de meurtres et qu'elle était donc la personne que l'inspecteur principal Fielder s'escrimait à rechercher. Il avait fait du bon travail, et Christy le savait.

Il fit basculer le mur d'indifférence que Christy maintenait entre eux depuis la veille au soir, lorsqu'ils s'étaient revus pour la première fois depuis des années.

— Pourquoi, Christy ? demanda-t-il doucement. Pourquoi me traites-tu avec autant d'hostilité ? Qu'est-ce que je t'ai fait ?

Cette fois, il l'avait touchée. Renonçant à apparaître inaccessible, elle se leva, contourna le bureau et se planta devant lui. Pour la seconde fois en quelques minutes, John distingua sur son visage les plis creusés par le surmenage permanent.

— Ce que tu m'as fait ? Tu m'as déçue, John Burton ! Cruellement déçue ! Tu étais l'un des policiers les plus doués du Yard. Tu étais vraiment l'un des meilleurs. Tu aurais pu faire une grande carrière. J'ai adoré travailler avec toi. Pour moi, tu étais le plus grand, tu étais un modèle. Je pensais que nous formerions pendant de longues années encore l'équipe du Yard ayant le meilleur taux d'élucidation des crimes. Mon avenir professionnel était lié au tien. Et voilà que tu te fourres dans ce pétrin idiot dont on aurait vraiment pu se passer. Mettre toute ta carrière en jeu pour une stagiaire, uniquement parce que tu ne contrôles pas tes hormones ! Je ne l'ai pas compris à l'époque, et je ne le comprends toujours pas !

— Je ne pouvais pas imaginer que cette fille allait jouer sur un tel registre.

— Non, mais tu aurais dû savoir, toi, que tu jouais avec le feu. Tu étais son chef. Elle aurait dû être taboue pour toi ! Et si la convoitise ne t'avait pas fait oublier toute ta connaissance des êtres humains, tu te serais rendu compte que cette petite était une névrosée. N'importe qui pouvait s'en apercevoir ! Elle était séduisante, mais complètement hystérique. Mais bien sûr, tu n'as eu d'yeux que pour son joli minois et pour son décolleté, et tu t'es aveuglé sur tout le reste. Pauvre idiot !

Elle avait presque craché ce dernier mot.

Il savait que tout ce qu'elle avait dit était vrai, et cela le rendait d'autant plus furieux. Il contre-attaqua :

— La raison profonde de ta colère ne serait-elle pas plutôt qu'une autre ait pu profiter de ce que tu appelles mes « hormones incontrôlées » ? Et pas toi ?

Juste avant qu'elle ne le gifle, il vit dans ses yeux à quel point il l'avait atteinte.

— Salaud ! s'écria-t-elle.

4

Elles parvinrent à la cabane alors que Gillian ne croyait déjà plus à son existence. Avec la voiture, elles auraient sans doute mis moins de dix minutes depuis l'endroit où elles l'avaient laissée, à l'entrée du chemin ; à pied, il leur avait fallu plus d'une heure, en partie aussi à cause de la neige, dans laquelle elles enfonçaient par endroits jusqu'aux cuisses et qui faisait de chaque pas un combat. Elles avaient bu presque toute leur provision d'eau et Tara voulait en garder un peu, mais Gillian, déshydratée par l'effort et par la sécheresse de l'air, avait toujours aussi soif. Plusieurs fois, elle crut qu'elle ne ferait pas un mètre de plus.

« Quand es-tu venue à cette cabane pour la dernière fois ? avait-elle demandé à un moment, craignant soit que Tara n'ait inventé son existence, soit qu'elle n'ait pas voulu lui avouer qu'elles étaient perdues.

— Je devais avoir dix-sept ou dix-huit ans, avait répondu Tara. Plutôt dix-sept, avait-elle ajouté après réflexion. A dix-huit ans, je suis partie de la maison et on n'a plus entendu parler de moi pendant des années. »

Dix-sept ans ! Tara en avait maintenant près de quarante.

« Tu es sûre qu'elle existe encore ?

— Il en reste forcément quelque chose. Une cabane comme celle-là ne s'évanouit pas dans les airs.

— Et tu penses vraiment que tu vas la retrouver ?

— Il suffit de suivre le chemin. Il y mène tout droit.

— Mais on ne le voit pas du tout. Nous pourrions l'avoir quitté depuis longtemps.

— Ne me casse pas la tête. Je sais exactement où nous sommes. Et maintenant, tais-toi et économise ton souffle. »

Elles avaient fini par atteindre la forêt, où la progression n'avait pas été plus facile. Beaucoup de branches avaient cassé sous le poids de la neige et barraient le chemin, d'autres descendaient si bas qu'on devait sans cesse se plier en deux pour les éviter. Cependant, la forêt ne tarda pas à déboucher sur un plateau – là encore, Gillian constata avec déception qu'il n'y avait pas trace de village aussi loin que le regard pouvait porter –, et de fait, la cabane était là, tout contre les arbres qui la dissimulaient à moitié.

— Eh bien, tu vois ! s'écria Tara.

Ce que Gillian voyait était une sorte de chalet en rondins, plus grand et plus solide qu'elle ne s'y attendait, bâti au sommet de la colline au flanc de laquelle s'accrochait la forêt. L'autre versant, plus abrupt, descendait vers une vallée dont on n'apercevait pas le bout. Enfant, Gillian était venue une fois avec ses parents dans le Peak District. Un paysage merveilleux, où alternaient montagnes et vallées, forêts et lacs, murets de pierre et haies agitées par le vent. On y voyait des lits de rivières à sec au bord desquels poussaient des fleurs rares, des prairies à l'herbe haute entre des rochers nus. Des villages coupés du monde et comme enchantés apparaissaient parfois au flanc d'une colline, et les routes qui les reliaient étaient si étroites que deux voitures ne pouvaient s'y croiser. Des troupeaux de splendides nuages couraient rapidement dans le ciel.

Mais en ce jour d'hiver, tout était différent. La terre et le ciel se confondaient à l'horizon, les nuages s'étaient rassemblés en une seule masse d'un gris sombre, tout le paysage avait disparu sous une épaisse couche de neige. Malgré tout, Gillian se demanda si elle devait vraiment renoncer à tout espoir de rencontrer un village ou une ferme, ou si seuls les nuages bas l'empêchaient de voir assez loin. Peut-être, si le temps s'éclaircissait...

— Il y a un ruisseau là, au fond, dit Tara en scrutant le bas de la pente raide. Il doit être gelé et la neige l'a recouvert. J'y jouais pendant des heures quand j'étais petite. Je construisais des barrages, des choses comme ça. En été, on pouvait patauger pieds nus. Ou même s'asseoir dedans pour se rafraîchir un peu.

— Tu venais déjà ici quand tu étais enfant ? s'empressa de questionner Gillian.

En prononçant ces paroles innocentes sur son enfance, Tara avait presque repris un air normal. Ses yeux revivaient, elle n'avait plus le regard vide et figé de la veille, quand le message de Samson Segal l'avait fait basculer. Gillian sentait qu'il était important de ne pas laisser Tara revenir à cet étrange état, que cela pouvait faire toute la différence.

— Oui, répondit Tara. C'est mon père qui a construit cette cabane. Seul.

— Il devait être très adroit.

— Il savait faire tout ce qui demande une habileté manuelle, confirma Tara.

Elle avait sorti une clé de son sac et s'efforçait d'ouvrir la porte, ce qui n'allait pas sans peine.

— Personne n'est revenu ici depuis des années, murmura-t-elle.

— Tes parents n'y venaient plus ?

— Mon père est mort depuis longtemps. J'avais huit ans.

— Oh... je suis désolée.

Tout en regardant Tara se débattre avec la serrure, Gillian résistait à l'envie de se laisser tomber dans la neige et d'y rester couchée. Elle n'envisagea pas un seul instant de profiter de ce que Tara lui tournait le dos pour prendre le risque de s'enfuir. Epuisée comme elle l'était, et avec les mains liées, l'idée paraissait totalement absurde.

La serrure finit par céder, et le battant de bois s'ouvrit en grinçant bruyamment sur ses gonds.

— Après vous, dit Tara d'une voix ironique en faisant signe à Gillian d'entrer.

Elle fut accueillie par une bouffée d'air glacé, une odeur de renfermé, de moisissure longtemps accumulée. Ses yeux avaient du mal à distinguer quoi que ce soit dans la pénombre.

Sa première impression, angoissante, fut que c'était comme de pénétrer dans un tombeau. Tara alluma la lampe de poche qu'elle avait apportée et entreprit de décadenasser les volets des deux fenêtres, avec autant de difficulté que pour la porte. Gillian aperçut deux canapés installés dans un angle, avec une table en bois entre eux. Un poêle en fonte. Une petite armoire. Une porte qui paraissait mener à une seconde pièce.

— Mes parents dormaient toujours sur les deux canapés, expliqua Tara. Moi, j'avais la petite chambre derrière.

Le premier volet s'ouvrit brusquement et la lumière envahit la pièce, révélant du même coup son état de délabrement. Les murs étaient couverts de moisissure. Les canapés étaient en pleine décomposition, le rembourrage de mousse s'en échappait un peu partout. Par endroits, le sol était recouvert d'une matière glissante malaisément identifiable – peut-être des lichens ? Au fil des ans, l'humidité avait imprégné les moindres fissures et la pièce n'avait jamais pu sécher, personne n'ayant plus rallumé le poêle.

L'endroit était inhabitable. Mais Gillian se doutait que cela ne gênerait guère Tara.

Les volets de la deuxième fenêtre s'ouvrirent à leur tour, ce qui accrut encore l'impression de désolation.

— Crois-tu que nous pourrions essayer d'allumer le poêle ? s'enquit Gillian.

— Pourquoi pas, s'il y a encore du bois derrière la cabane, répliqua Tara avec un haussement d'épaules indifférent. Mais les bûches seront certainement très humides. Assieds-toi !

De la tête, elle désignait les deux canapés. Gillian hésitait.

— Assieds-toi ! répéta brusquement Tara.

Gillian obéit. Le matelas s'enfonça sous elle, touchant presque le sol, et elle songea que le capitonnage devait héberger toute une faune d'insectes et de vers. A moins que le froid ne les ait tués. Elle pria pour que ce soit plutôt cela.

Tara sortit de la cabane, pour revenir presque aussitôt les mains vides.

— Il n'y a pas de bois. Tant pis pour le feu.

Le moral de Gillian descendit d'un cran, si c'était encore possible. Malgré son épais manteau, le froid devenait terrible maintenant qu'elle ne pouvait plus bouger. Personne ne viendrait chercher Tara dans un endroit aussi isolé. Son but était de gagner du temps pour pouvoir réfléchir. Mais ses réflexions ne pouvaient aboutir qu'à un seul résultat : d'une façon ou d'une autre, elle devait se débarrasser de son ancienne amie. Ensuite, elle rentrerait seule à Londres, en espérant que personne ne découvrirait la combine. Elle pourrait raconter à tout le monde que

Gillian avait pris la route avec l'intention de chercher un hôtel, et qu'elle n'avait plus eu de nouvelles depuis. Elle pouvait lui trancher la gorge. Ou la tuer d'une balle. Au fond, elle pouvait même se contenter de la laisser enfermée dans la cabane en verrouillant porte et fenêtres. Gillian ne mettrait pas longtemps à mourir de faim et de froid. Dans cette partie de la forêt, il devait venir quelqu'un à peu près tous les tremblements de terre, personne n'entendrait donc ses appels. On ne la retrouverait sans doute même pas après sa mort. Le plan de Tara – ne pas la tuer dans un endroit comme Londres ou Thorpe Bay – reposait là-dessus : sans cadavre, pas de crime. Même si on la soupçonnait, on ne pourrait jamais rien prouver.

Elle devait donc absolument penser à s'enfuir. Si elle avait une seule petite chance, c'était celle-là. Le lieu habité le plus proche existait bien quelque part, même si, d'ici, on avait l'impression d'être seul au monde. Ou bien elle pourrait essayer de s'emparer de la clé de la voiture, puis de retrouver le chemin pour la rejoindre. La clé était posée sur le poêle inutilisable, à côté de celle de la bicoque. Elle était tombée du sac de Tara quand celle-ci en avait sorti la bouteille d'eau minérale aux trois quarts vide, et Tara, apparemment perdue dans ses pensées, l'avait ramassée machinalement et posée sur le poêle. Mais, comme elle se tenait juste devant, adossée à la porte en fonte, Gillian n'avait aucun moyen de s'en approcher.

Tout aussi gelée, Tara serrait ses deux bras contre elle. Elle paraissait soudain découragée.

— Nous n'étions jamais ici l'hiver, confia-t-elle presque d'un ton d'excuse. Le plus souvent, nous venions pour la première fois à Pâques, ensuite tout l'été, et cela se terminait au plus tard mi-octobre. A cette période-là, les nuits étaient déjà très froides, il pleuvait souvent et on ne pouvait plus rester tout le temps dehors. Le paysage ici est vraiment magnifique. C'est la nature intacte à perte de vue !

— Pourtant, ce n'est pas très loin de Manchester ?

Tara hocha la tête.

— Non. C'est la partie nord du parc national. Dark Peak.

Gillian poussa un soupir découragé. Elle savait que White Peak, la partie sud du Peak District, était beaucoup plus densément peuplé que Dark Peak, essentiellement constitué de landes d'altitude qui pouvaient s'étirer sur des kilomètres sans une seule habitation. Les randonneurs recherchaient parfois cette solitude, mais pas en cette saison. Elles étaient bel et bien au bout du monde.

— Le terrain appartient-il à ta famille ? demanda-t-elle pour ne pas interrompre la conversation.

Tara sourit avec ironie.

— Qu'est-ce que tu crois, que ma famille avait autant d'argent ? Mon père était réparateur de bicyclettes, il en vendait aussi, après les avoir remises en état, et cela nous permettait de garder la tête hors de l'eau... mais de là à pouvoir acheter un terrain !

— Pourtant...

— Oui, cette cahute est en quelque sorte une construction illégale. Le terrain n'appartient à personne, et par chance, personne n'a jamais cherché à savoir. Un jour, mes parents sont venus par ici en se promenant – c'était avant ma naissance –, et mon père a dit à ma mère qu'il bâtirait une cabane ici. Et il l'a fait.

Tara regarda autour d'elle. Une expression de tendresse adoucit ses traits.

— Nous avons passé ici des fins de semaine formidables. Mon père et moi, nous faisions un tas de choses ensemble. Des cabanes dans les arbres. Des collections de fleurs sauvages. Il jouait aux Indiens avec moi et me montrait comment tracer des sentiers dans la forêt. Mon père m'a donné beaucoup de force. Pour toute la vie.

— Tu as dû être très affectée qu'il soit mort si tôt, dit Gillian.

Elle remuait discrètement les mains derrière son dos. Elle avait l'impression que l'adhésif s'était légèrement détendu autour de ses poignets. Pas suffisamment pour les libérer, loin de là, mais avec un peu de patience, elle finirait peut-être par réussir à extraire une main. Il fallait seulement qu'elle soit très prudente. Qu'elle ne fasse aucun geste inconsidéré. Tara ne devait s'apercevoir de rien.

— Un infarctus, dit Tara.

Ce fut comme si une ombre s'abattait sur son visage, et Gillian éprouva presque physiquement la douleur et le chagrin qui pesaient encore sur cette femme, plusieurs décennies après cet événement inconcevable.

— C'était un jour comme les autres. Il travaillait dans son atelier, dans la cour derrière chez nous. Je revenais de l'école et j'ai couru aussitôt vers lui. En me voyant, il s'est redressé, m'a souri, et il est tombé. Comme ça. Il est mort à l'hôpital quelques heures plus tard.

Ses mains s'agitèrent avec impatience.

— Et merde ! J'aurais dû penser aux cigarettes. C'est maintenant que j'aurais eu besoin d'en fumer une. Merde !

Sa douleur se changeait en rage à une vitesse folle, et le cœur de Gillian se serra d'angoisse. Les émotions de son amie étaient devenues un véritable baril de poudre. Dans le passé, elle avait toujours connu Tara comme une personne posée et équilibrée. De toute évidence, c'était là un masque parfait. L'élégante avocate de la Couronne, bien maquillée, bien coiffée, toujours très réfléchie et maîtresse d'elle-même. Une femme presque exclusivement guidée par la raison en toutes circonstances.

Quand l'ai-je déjà vue agitée, hors d'elle ? s'interrogea Gillian. Elle se rappela un jour pas si lointain : celui où elle avait parlé à Tara du passé de John. Tara n'avait pas réellement explosé, mais, en comparaison de son attitude habituelle, elle avait perdu beaucoup de son sang-froid. Y avait-il là une clé à trouver ?

Si seulement je le savais !

— Tara, je suis ton amie. Malgré ce qui s'est passé...

— Laisse tomber, dit froidement Tara. Tu *étais* mon amie, Gillian. Avant. Mais je me suis trompée sur ton compte depuis le début. Tu es un peu comme ma mère, et ça, c'est à peu près la pire chose que je puisse dire d'un être humain. Ma mère était une femme très gentille, très conciliante, et personne n'a sans doute jamais cru qu'elle ait pu faire quoi que ce soit de mal. Tout le monde l'aimait bien.

— Ta mère… n'était donc pas si gentille que les gens le pensaient ? fit doucement Gillian.

A présent, elle sentait nettement que l'adhésif se relâchait. Elle aurait voulu pouvoir secouer ses bras pour se libérer plus vite, mais elle se contrôla. Tant que Tara aurait un couteau et un pistolet à portée de main, Gillian serait de toute façon en position d'infériorité.

— Ma mère était faible. Longtemps, je n'ai rien remarqué, parce que mon père lui donnait de la force. Mais c'est après sa mort qu'elle a montré son vrai visage. Du jour au lendemain, elle est devenue une véritable serpillière. Elle pleurait jour et nuit. Elle ne pouvait pas faire ceci, pas faire cela. Ses nerfs, sa santé… Mon père avait contracté une assurance-vie qui, au début, nous a permis de nous maintenir à flot. Mais crois-tu qu'elle aurait profité de ce répit pour chercher un travail ? Ou faire quoi que ce soit pour retrouver une existence à peu près normale avec sa fille ? Non ! Elle se contentait de rester dans son coin à pleurer toutes les larmes de son corps, sans se demander de quoi nous allions vivre après. J'avais huit ans ! Je ne pouvais pas l'aider. J'étais complètement dépassée.

— Mais vous avez quand même…

— … continué à vivre, c'est ça ? coupa Tara en hochant la tête. Oh, que oui ! Après avoir pleuré tout son soûl, ma mère a trouvé une solution véritablement géniale. La solution classique pour une femme de son genre. Elle s'est raccrochée au premier type venu. Elle ne pouvait tout simplement pas vivre sans homme. Elle n'était d'ailleurs pas mal du tout, à l'époque. Elle avait dans les trente-cinq ans, elle était vraiment belle. Elle aurait pu choisir entre des tas de types. Des hommes gentils, sympathiques.

Tara saisit le couteau avec lequel, un peu plus tôt, elle avait tranché l'adhésif autour des chevilles de Gillian. Lentement, elle fit glisser la lame entre le pouce et l'index de sa main droite, et Gillian vit apparaître sur ce pouce une fine coupure, d'où le sang perla.

— Mais elle a choisi Ted Roslin. Probablement parce qu'il lui faisait une cour empressée, qu'il la flattait en déployant tous les moyens de séduction possibles. Il lui donnait l'impression d'être une femme formidable. Qu'il n'ait rien, qu'il ne soit rien, au bout de quelque temps, ma mère a cessé de s'en préoccuper. Il avait réussi à l'embarquer. Ils se sont mariés peu avant mon neuvième anniversaire.

Le sang coulait de la mince coupure, lentement, mais de plus en plus fort.

— C'est là que la grosse déception a commencé pour elle. Avec ma mère, Ted Roslin avait fait une bonne prise. Elle était propriétaire de la maison, et il pouvait reprendre l'atelier de mon père, qui avait toujours bien marché. Quant à ma mère elle-même, elle ne l'intéressait absolument pas, contrairement à tout ce qu'il lui avait fait croire avant le mariage. Elle le laissait de marbre. Je l'entendais parfois le supplier littéralement de la prendre dans ses bras. Elle voulait toujours dormir avec lui, et il trouvait toujours des excuses pour refuser. La vraie raison, c'était qu'elle ne lui faisait pas envie.

— Mais pourquoi ? s'écria Gillian. Elle était jeune, jolie…

— Il ne s'intéressait pas aux femmes, coupa Tara. Tu piges ?

— Oh ! Mais… à la fin des années soixante-dix, un homosexuel pouvait tout de même vivre assez ouvertement… Je veux dire, sans avoir besoin de se marier pour cacher…

De nouveau, Tara l'interrompit :

— Il n'aimait pas les hommes non plus.

Apaisée, elle contemplait le sang qui s'écoulait maintenant en un filet continu le long de sa main.

— Ce qui l'intéressait, c'étaient les petites filles.

5

Par chance, il n'y avait presque pas de neige sur l'autoroute M1 en direction du nord, et ils purent rouler rapidement. La journée était bien avancée, il ne tarderait pas à faire nuit. John voulait arriver à Manchester en début de soirée. Le service des renseignements connaissait deux Lucy Caine dans cette ville. Aucune n'avait le double nom, mais il était convaincu que l'une d'elles était la mère de Tara. Deux adresses. C'était jouable.

Samson Segal était assis à côté de lui, sur le siège du passager. Un Samson nerveux, soulagé que John ait accepté de l'emmener, et en même temps angoissé de ne pas savoir comment tout cela allait se terminer. Après son pénible entretien avec Christy McMarrow à Scotland Yard, John était rentré aussitôt à l'appartement prendre une douche rapide et chercher les coordonnées de Lucy Caine avant de repartir. Il était peut-être complètement à côté de la plaque, mais puisque Manchester était sa seule piste, il avait décidé de la suivre. Tara Caine avait passé son enfance là-bas. Elle pouvait encore connaître des endroits où se cacher, dans la ville ou aux environs. Si Gillian était effectivement depuis longtemps dans son collimateur, et si, par-dessus le marché, elle savait maintenant qu'on la soupçonnait, ce qui était très possible, elle cherchait peut-être d'abord un endroit où se mettre en sécurité.

Samson, qui l'attendait avec impatience, avait voulu poser mille questions, mais John lui avait aussitôt coupé la parole :

« Avez-vous téléphoné chez Gillian ? Et laissé un message sur son répondeur pour la mettre en garde ?

— Oui... avait répondu Samson en pâlissant.

— C'était imprudent, Samson. Très imprudent. Gillian et Tara Caine ont disparu. Or, il est possible que Caine soit allée à Thorpe Bay hier, et dans ce cas, elle était probablement avec Gillian. Tout ce qu'on peut espérer, c'est qu'elle n'ait pas entendu votre message. Sans cela, Gillian pourrait être dans un pétrin encore pire qu'avant.

— Pourquoi ? » avait demandé Samson, épouvanté.

John commençait à s'énerver. Il n'aurait pas dû laisser Segal seul. Ce type était vraiment un gaffeur de première.

« Si Tara Caine est réellement dangereuse, ce que nous devons provisoirement supposer, hélas, Gillian avait plus de chances de s'en tirer sans dommage tant que Caine pouvait croire que Gillian ne se doutait de rien. A partir du moment où Gillian se méfie, elle représente un danger pour Caine.

— Je voulais la prévenir. Je pensais que…

— Mais vous ne pouviez pas faire ça sur un répondeur. Comment saviez-vous qui allait écouter ? »

Samson avait soudain eu l'air profondément déprimé.

« J'ai toujours tout faux ! » s'était-il exclamé.

C'est un fait, avait pensé John, mais il s'était retenu de renchérir. A quoi bon accabler davantage Samson ?

Quand John lui avait annoncé qu'il allait s'absenter pour deux jours – au moins, avait-il précisé –, Samson avait violemment sursauté :

« Je viens avec vous !

— Non. Attendez-moi ici.

— Je veux venir. Je vous en prie. Je ne ferai plus rien sans votre accord. Mais je ne pourrai pas supporter de rester ici. Je deviendrais fou ! »

John avait hésité, puis fini par accepter. Samson risquait moins de faire des bêtises s'il le gardait sous son contrôle. De plus, il pourrait tomber sur des situations où il vaudrait mieux être à deux.

« Bon, d'accord. Mais vous la bouclerez, hein ? Et vous ne prendrez aucune initiative ?

— Ça, je vous l'ai déjà promis. Euh… où allons-nous exactement ?

— A Manchester. Tara Caine est née là-bas, elle y a passé son enfance. C'est une simple idée, et elle m'est venue surtout en désespoir de cause, mais si Tara Caine se sent le dos au mur, elle pourrait chercher à se réfugier dans un endroit qu'elle connaît bien. Sa ville natale.

— Chez ses parents ?

— Apparemment, il ne lui restait que sa mère. Et ce matin, la police de Manchester l'a retrouvée morte chez elle. Assassinée. Probablement par la même personne qui a tué ici. Peut-être Tara Caine.

— Oh, mon Dieu… avait murmuré Samson, stupéfait.

— Alors, il n'y a plus un instant à perdre », avait conclu John.

Vers le soir, comme ils approchaient de Manchester, Samson, qui était resté silencieux pendant tout le trajet, ruminant visiblement de sombres pensées, demanda à John :

— Qu'allons-nous faire en arrivant ?

— D'abord chercher l'adresse de Mme Caine. Ensuite, je verrai si je peux obtenir des informations intéressantes. Il y a certainement des voisins qui connaissent la famille depuis longtemps. Peut-être sauront-ils s'il existait à l'époque des endroits où ils allaient souvent. Dans ce cas, Tara pourrait s'y être réfugiée avec Gillian.

Samson hocha la tête. John lui jeta un regard de côté et vit son air inquiet, préoccupé.

Il aime Gillian, pensa John. Il a terriblement peur pour elle.

— Croyez-vous que nous ayons la moindre chance ? reprit Samson.

— Je préférerais chercher une aiguille dans une botte de foin, dit John. Courage, Samson ! Nos cartes ne sont pas si mauvaises ! ajouta-t-il d'un ton plus léger.

Il préféra ne pas formuler à voix haute ce qu'il pensait : *Avons-nous réellement une chance ?*

Ils eurent de la veine au moins sur un point : la première adresse à laquelle ils se rendirent, dans un faubourg assez déshérité de Manchester, était la bonne. Une maison en brique, une petite cour. Une enseigne indiquant qu'à cet endroit on pouvait acheter ou faire réparer une bicyclette. Mais une seule chose intéressait vraiment John : le ruban tendu par la police en travers du portail et le long du mur. Il ne pouvait s'agir que de l'habitation où Lucy Caine-Roslin avait été retrouvée morte.

John gara sa voiture au bord de la route, près d'une congère. Les deux hommes descendirent et furent aussitôt saisis par le froid glacial. Au moins, les réverbères éclairaient suffisamment. Contrairement à son habitude, John adressa au ciel une courte prière en pensant à la nuit qu'ils allaient peut-être passer à rouler : *S'il vous plaît, faites qu'il ne neige pas !*

— Que faisons-nous maintenant ? demanda Samson.

Il regarda, en face d'eux, la maison devant laquelle le ruban en plastique claquait dans le vent froid et ajouta :

— C'est ici que... ?

— Oui, fit John. C'est ici.

La maison où la mère de Tara Caine avait vécu et était morte. Etait-ce aussi celle où l'avocate de la Couronne avait passé son enfance ? Il ne pouvait que l'espérer. Car sans cela, interroger les voisins ne lui apprendrait rien.

Il était un peu plus de six heures, les lampes étaient déjà allumées dans la plupart des logements. Les gens étaient rentrés chez eux, mais n'avaient probablement pas commencé à dîner. Ce n'était donc pas le plus mauvais moment pour ce qu'il projetait de faire.

— Voici comment nous allons procéder, annonça-t-il. Nous jouons plus ou moins cartes sur table, mais nous ne parlons pas de Gillian, ni du fait que Tara Caine est vraisemblablement quelqu'un de très dangereux. Mais nous disons que nous la cherchons. Nous sommes des amis de Tara venus de Londres. Dans le quartier, les gens sont certainement déjà au courant que sa mère a été assassinée. Ce genre d'information circule très vite. Tara a disparu, et nous nous inquiétons pour elle. Nous aimerions savoir si quelqu'un connaît un endroit où elle aurait pu se réfugier. Vous avez compris ?

— C... compris, bafouilla Samson.

Pâle et nerveux, il ne semblait pas être la personne la plus indiquée pour mener à bien le plan de John, et celui-ci se demanda un instant s'il ne devrait pas plutôt laisser Samson attendre dans la voiture jusqu'à ce que lui-même en ait terminé. Cependant, ils auraient peut-être besoin de frapper à un grand nombre de portes avant d'obtenir un résultat – dans le meilleur des cas –, et le temps pressait.

— Vous y arriverez, dit John d'un ton encourageant. Ecoutez-moi bien : vous allez prendre cette partie-là de la rue. Moi, je commence par le voisin qui est juste à côté, et je continuerai en remontant la rue dans l'autre sens.

— Dois-je me présenter sous mon vrai nom ?

— Sûrement. Vous n'êtes pas recherché au niveau national. Présentez-vous comme Samson Segal, de Londres, un bon ami de Tara Caine. D'accord ?

— D'accord.

John le salua d'un signe de tête, puis traversa la rue. Il leva les yeux vers les fenêtres obscures du logement où avait vécu Lucy Caine-Roslin. Des fenêtres vides et silencieuses.

Tara Caine avait-elle tué sa propre mère ?

Mais il n'y avait plus un instant à perdre. Il se dirigea vers la maison voisine.

6

Elle marchait à pas lourds dans la neige. Il faisait nuit depuis longtemps déjà. Le ciel était encore trop couvert pour que la lune et les étoiles puissent se montrer, mais la blancheur du paysage dispensait un peu de clarté, et le vent qui s'était levé ne tarderait pas à disperser les nuages.

Se savoir le seul être humain très loin à la ronde lui donnait un sentiment de paix, presque de sécurité.

Le pouce où elle s'était coupée lui faisait mal. Elle aimait cette douleur. Il lui arrivait souvent d'érafler volontairement sa peau. Cela la fascinait de regarder le sang couler. Elle aimait sa couleur, sa tiédeur. Elle aimait la pulsation qui se répandait alors dans la partie blessée. Comme un cœur qui bat. Comme si son cœur changeait de place, trouvait un nouvel endroit où se poser. Son pouce, par exemple. Mais cela pouvait être tout à fait ailleurs. Elle avait le pouvoir de décider où était son cœur. Même dans un pied, si elle voulait.

Mais la plupart du temps, elle choisissait ses jambes. C'était pour cela qu'elle portait toujours des tailleurs-pantalons, jamais de jupes. Elle ne pouvait plus les montrer.

Elle savait qu'elle ne se perdrait pas. Elle connaissait cet endroit par cœur, elle aurait pu s'y retrouver les yeux fermés. Pourtant, elle n'aurait pas pensé être aussi épuisée. La journée avait été longue. Elle n'avait pas dormi la nuit précédente, pendant ce voyage vers le nord. Elle avait été prise dans un énorme bouchon causé par un camion accidenté qui s'était mis en travers de la route. Elle avait cru que cela ne finirait jamais.

Peu après une heure du matin, elle s'était arrêtée sur une aire de repos pour dormir un peu, sans quoi elle n'aurait pas tenu le coup, elle s'en rendait compte. Ce n'était pas sans danger, bien sûr, avec Gillian dans le coffre, sous sa couverture. Il était facile d'imaginer qu'elle ne pensait qu'à s'enfuir. Cependant, elle l'avait si bien ligotée qu'elle ne pourrait jamais se détacher seule. Et les issues étaient verrouillées. Tara s'était étendue sur les deux sièges et avait essayé de dormir, sans y parvenir. La position était trop inconfortable et elle se sentait trop nerveuse, mais au moins, elle s'était reposée un peu.

Avant de redémarrer, elle avait jeté le sac à main de Gillian dans une poubelle, puis son portable, préalablement éteint, dans une autre. Il y avait peu de chances qu'on les retrouve jamais.

Le chemin jusqu'à la cabane avait été pénible, et celui du retour l'était tout autant à présent. Elle se souvenait des sentiers où elle marchait bien des années plus tôt, rapide et insouciante, par les belles soirées d'été. Elle avait aimé de tout son cœur la vie primitive de la cabane. La nature. La liberté. A l'époque, elle aurait affirmé sans hésiter que le monde et la vie étaient beaux et bons.

Elle avait mal évalué à quel point la neige ferait paraître long le trajet de la route principale jusqu'au chalet. De toute façon, elle n'avait pas songé qu'il lui faudrait laisser la voiture aussi loin. Cela tenait d'ailleurs presque du miracle qu'elle ait réussi à la faire rouler jusqu'à un point d'où la cabane était à peu près accessible. Elle avait vraiment eu de la chance que les grandes routes du District soient à l'évidence régulièrement déneigées, même dans cette partie nord déserte.

Elle s'arrêta un instant pour remonter son écharpe, essayant de s'emmitoufler le visage. Le froid coupait la peau et rendait la respiration douloureuse. Bon Dieu, que c'était pénible ! Il lui semblait que la neige était plus haute qu'à midi, mais cela ne pouvait être qu'une impression, puisqu'il n'était rien tombé depuis. Sans doute était-elle seulement à bout de forces.

La voiture ne devait plus être très loin maintenant. Elle sentit son énergie revenir à l'idée de se laisser tomber sur les coussins moelleux, de démarrer le moteur, de mettre en marche le chauffage. Ce n'était pas le moment de craquer. Il aurait certes été plus raisonnable d'attendre le matin pour partir. Deux heures de sommeil auraient fait toute la différence. Mais, dans la cahute glaciale, elle avait soudain eu peur de ne pas tenir jusqu'au lendemain. Dehors, la température paraissait descendre de minute en minute, sans que la construction vermoulue offre la moindre protection. Le danger de mourir de froid dans la nuit, pendant son sommeil, était bien réel. Elle avait donc accompagné Gillian à l'extérieur une dernière fois pour qu'elle puisse enfin faire pipi derrière un buisson, puis elle lui avait de nouveau attaché les chevilles. Elle avait cadenassé les volets et soigneusement verrouillé la porte. La suite était claire : Gillian mourrait de froid ou de faim, plus probablement de froid, car elle n'aurait pas vraiment le temps d'avoir faim. Tara lui avait laissé leurs maigres provisions : deux sandwichs, un peu d'eau, surtout parce qu'elle n'avait pas envie de les trimballer à nouveau, car, avec ses mains liées dans le dos, Gillian ne pourrait pas en faire grand-chose. Si jamais elle parvenait quand même à se détacher, tout était bouclé. Elle n'avait aucune chance de s'échapper.

Rien à faire, Gillian devait disparaître. Elle était devenue trop dangereuse.

Elle sentait la palpitation dans son pouce. Dans sa main tout entière. C'était bon, cela signifiait la chaleur, la vie. Tant que le sang circulerait dans son corps, tout irait bien. Elle vivrait, elle respirerait, elle ferait ce qu'il faudrait.

Tout avait fini par s'arranger, Dieu merci. Malgré la grosse erreur qu'elle avait commise la veille, en conduisant Gillian à Thorpe Bay. Elle avait mentionné le nom de l'agent immobilier. Au début, elle ne s'était pas aperçue elle-même de sa gaffe. Elle avait seulement senti un changement. Gillian lui avait soudain paru terriblement tendue, inquiète. Mais cela pouvait être un effet de son imagination. Ou avoir de tout autres causes – les doutes de Gillian concernant sa situation, sa peur de faire ce saut dans l'inconnu. Elle n'avait pas envie d'aller se cacher dans un hôtel à cause de quelqu'un qui n'était pour elle qu'un fantôme. Peut-être appréhendait-elle aussi les émotions qui l'assailleraient lorsqu'elle marcherait le long d'une plage, seule avec ses souvenirs.

Très bien, avait alors pensé Tara. Si tu décides finalement de rester chez toi, cela m'est égal. L'essentiel est que tu disparaisses enfin de ma vie.

Elle avait réellement eu l'intention de ne plus s'en prendre à Gillian. Avec elle, ce n'était pas la même chose qu'avec les deux vieilles femmes.

Peut-être parce qu'elle la connaissait trop bien, qu'elle lui était trop familière. Ou bien une crainte superstitieuse lui ôtait soudain ses moyens. Tout avait été si facile pour Carla Roberts et Anne Westley ! Les problèmes qui étaient apparus avec Gillian ressemblaient à un avertissement. C'était comme si on lui disait : Laisse-la tranquille !

Elle n'avait d'ailleurs pas besoin d'invoquer la superstition. Elle avait déjà échoué deux fois avec Gillian, c'était un fait. Les deux fois, cela aurait pu mal tourner pour Tara. Un homme averti en vaut deux : il valait mieux reconnaître qu'elle avait peut-être voulu en faire trop.

Mais le brusque changement d'attitude de Gillian entre Londres et Southend l'avait rendue prudente. *Ne la quitte pas des yeux*, lui avait conseillé une voix intérieure, et elle l'avait accompagnée dans la maison. Là, Gillian s'était comportée de façon si naturelle que Tara avait failli croire qu'elle s'était trompée. Heureusement, c'est à cet instant que le type bizarre avait appelé. Avait-on idée d'être aussi stupide ? Claironner sa mise en garde sur un répondeur qu'on entendait jusqu'au premier étage !

Bien sûr, Gillian avait essayé de minimiser l'incident. Mais c'était trop tard, son adversaire n'était pas assez bête pour s'y laisser prendre.

Pendant le voyage vers Manchester, elle n'avait pas cessé de repenser à deux questions. Comment Samson Segal avait-il découvert qu'elle représentait un danger ? Et qui était son allié ? Car il avait bien dit « nous ».

D'autre part, qu'est-ce qui avait éveillé les soupçons de Gillian avant cela ? Que s'était-il passé ?

La réponse à cette dernière interrogation lui était venue en arrivant à la hauteur de Northampton. Elle avait repassé dans son esprit tout le déroulement de cet après-midi, cernant avec de plus en plus de précision l'instant où le comportement de Gillian avait changé, jusqu'à ce que tout s'éclaire d'un seul coup. Il s'agissait de l'agent immobilier. Luke Palm. Gillian n'avait jamais prononcé son nom. Tara l'avait entendu avant, ce fameux soir où Gillian l'avait crié lorsqu'il était revenu à l'improviste.

Tout était allé de travers ce jour-là. Tara était arrivée à Thorpe Bay à la nuit tombée. Elle avait prévu de sonner à la porte, comme elle l'avait fait chez Carla Roberts. Gillian l'aurait fait entrer, et son destin aurait été scellé. Mais c'est alors qu'elle avait vu une autre voiture garée devant la villa et supposé que Gillian avait de la visite, ce qui s'était confirmé ensuite. Elle avait dû attendre une éternité jusqu'à ce que l'inconnu, dont elle avait appris plus tard que c'était un agent immobilier, prenne enfin congé. Puis Gillian était sortie dans le jardin en laissant la porte d'entrée grande ouverte, et Tara en avait profité pour se glisser dans la maison. Malgré la voix intérieure qui, au même moment, lui murmurait : *Laisse tomber ! C'est trop risqué !*, elle était allée attendre Gillian dans la cuisine. Et c'est alors que la panne de courant était survenue sans qu'elle y soit pour rien, que Gillian avait été prise de panique et que, par-dessus le marché, Luke Palm était revenu. Tara avait tout juste eu le temps de s'esquiver dans le jardin, et elle avait pu rejoindre son véhicule en faisant un grand détour.

Mais l'autre question restait sans réponse. Quel danger représentait ce voisin bizarre ? Comment diable en était-il venu à la soupçonner ? Elle ne comprenait pas quelle faute elle avait commise.

Tant pis. Ce serait seulement un nouveau problème à résoudre. Tout s'était bien passé jusqu'ici, et il en irait de même à l'avenir pour peu qu'elle ne perde pas son sang-froid.

Au moment où le désir de se laisser tomber dans la neige pour se reposer enfin allait prendre le dessus, elle aperçut sa Jaguar, petite ombre noire contre le bord enneigé de la route. Le vent avait déjà largement espacé les nuages, on commençait même à entrevoir les étoiles. Encore quelques heures et ce serait une de ces nuits claires où il gèle à pierre fendre. Elle se félicita d'avoir renoncé à dormir dans la cabane.

Elle fouilla dans son sac, une grande sacoche où elle transportait souvent des dossiers judiciaires. La veille, en laissant la voiture au début de l'après-midi, elle y avait simplement jeté le trousseau de clés. Il devait être quelque part…

Elle trouva tous les objets possibles. Son poudrier. Son porte-monnaie. Un livre. Une carte routière. Un paquet de mouchoirs. Deux chewing-gums. Son passeport.

Mais pas de clés.

Elle posa son sac sur le capot de la voiture qu'elle venait d'atteindre et continua à chercher, sortant tous les objets pour les poser devant elle. Elle finit par toucher une clé, mais, avant même de la sortir, elle reconnut le porte-clés en plastique en forme de cœur : c'était celle de la cabane. La clé de la voiture était accrochée à un anneau avec celle de son appartement.

Alarmée, elle renversa tout le contenu du sac, faisant tomber tout un bric-à-brac, bouts de papier, mines de crayon cassées, pièces de monnaie… Elle gémit tout haut :

— Merde ! Merde !

Elle savait pertinemment qu'elle avait emporté les clés dans sa besace. Qui était trop profonde pour qu'elles en soient sorties toutes seules.

Elle était dans un endroit complètement perdu de Dark Peak, autrement dit au bout du monde, un soir d'hiver où le vent du nord soufflait violemment et par une température qu'elle estimait autour de moins vingt degrés, à côté d'une voiture qu'elle ne pouvait pas faire démarrer. Il n'y avait pas une maison, pas une ferme, encore moins de village à des kilomètres à la ronde.

— Bon, fit-elle à haute voix. Qu'est-ce qui s'est passé ? Cherche !

Avait-elle perdu le trousseau en chemin ? Dans ce cas, elle n'avait aucune chance de le retrouver dans la neige profonde. Mais elle n'y croyait pas. Pour autant qu'elle pouvait en juger, il était impossible que quoi que ce soit remonte des profondeurs de ce sac pour tomber.

Elle réprima un commencement de panique. Sa situation était maintenant bien pire que si elle était restée là-bas : elle était en danger immédiat de mort. Il était donc d'autant plus important de garder toute sa lucidité.

Elle fit ce qu'elle avait l'habitude de faire lorsqu'elle avait un problème à résoudre : repasser point par point dans son esprit les moments décisifs.

Le chalet. Gillian ligotée sur le canapé. Elle-même debout, appuyée contre le poêle. Parlant. Se racontant. A côté d'elle, posée sur le poêle, la clé avec laquelle elle venait d'ouvrir la porte.

Seulement celle-là ?

Elle plissa les yeux, visualisant la pièce, la situation. Oh, mon Dieu, non, pas seulement la clé de la cabane : juste à côté, il y avait le trousseau avec la clé de la voiture et celle de l'appartement. Il était tombé du sac quand elle avait l'avait accroché par mégarde en déballant les provisions. Elle l'avait ramassé et posé sur le poêle.

Pourtant, elle aurait dû le voir lorsqu'elle avait repris la clé de la cabane. Elle n'aurait pas pris une seule clé en laissant les deux autres juste à côté.

Cela signifiait qu'il n'y avait que cette clé lorsqu'elle était partie. Mais c'était impossible !

Gillian l'avait suppliée de la laisser enfin sortir faire pipi. Elle était passée près du poêle. Avait-elle chipé le trousseau au passage ?

Oui, c'était possible. Quelle sale petite peste ! Elle était vraiment capable de l'avoir fait. Cela signifiait d'ailleurs que ses mains devaient bouger plus facilement que Tara ne l'avait cru. L'adhésif s'était probablement détendu. Elle avait dû tirer dessus tant et plus, tout en se faisant raconter à quoi ressemblaient une enfance et une adolescence avec un beau-père tel que Ted Roslin – et en feignant la terreur et l'effroi.

Pour un peu, Tara aurait éclaté de rire. C'était vraiment trop comique. Elle avait la clé de la cabane où Gillian était enfermée, et elle était à côté d'une voiture qui ne lui servait à rien. Tandis que Gillian avait la clé du véhicule, mais sans pouvoir sortir du chalet.

Bravo ! Tu t'es vraiment bien débrouillée !

Elle secoua machinalement la poignée de la portière et obtint un résultat inespéré : la Jaguar n'était pas fermée ! Elle pourrait au moins s'asseoir à l'intérieur ! Par chance, ce n'était pas le genre de voiture dont les portières se bloquent automatiquement au bout de quelques instants lorsque le conducteur oublie de les verrouiller.

Elle rassembla à toute vitesse le contenu de son sac répandu sur le capot et se réfugia sur le siège du passager. Il faisait un froid glacial dans l'habitacle, mais c'était un soulagement d'être à l'abri du vent. Et puis, il y avait la couverture de laine dans le coffre. Cela lui permettrait peut-être de tenir un moment.

Elle envisagea brièvement d'essayer de court-circuiter l'allumage pour faire démarrer le véhicule, avant de rejeter cette idée. Elle ne savait pas du tout comment s'y prendre, ni même si c'était seulement possible avec ce modèle, et puis, le risque de détraquer quelque chose était trop grand.

Elle évalua ses chances, les différentes possibilités qui s'offraient à elle. Retourner à la cabane et reprendre la clé à Gillian ? Ou simplement attendre là dans l'espoir qu'un engin de déneigement passerait peut-être le lendemain matin et pourrait la remorquer ?

Tu es prise au piège, Tara !

Non. Elle rejeta la tête en arrière, inspira profondément.

Réfléchir. Garder son sang-froid. Puis faire ce qu'il fallait.

Cela avait toujours été sa formule, et cela avait toujours fonctionné.

Sa main lui faisait mal, et la nuit régnait autour d'elle, porteuse des angoisses de toute sa vie.

7

John était arrivé presque au bout de la rue sans avoir progressé d'un seul pas vers son objectif. Il avait été confronté à des réactions extrêmement diverses. Dans deux maisons, on ne lui avait même pas ouvert, bien que la lumière et les bruits de pas à l'intérieur aient trahi la présence des occupants. Une vieille femme avait regardé avec méfiance par la porte entrebâillée, en laissant la chaîne de sûreté, mais n'avait pas compris de quoi il s'agissait, malgré les explications répétées de John. Quelques personnes s'étaient montrées aussitôt agressives, répondant par avance à des reproches supposés : « Mme Caine-Roslin ? Oui, c'est bien facile après coup de dire que nous aurions dû remarquer qu'on ne la voyait plus depuis des semaines ! Mais qu'est-ce que vous croyez, nous avons aussi nos problèmes ! Quand on a du boulot par-dessus la tête, on ne fait pas tout le temps attention à ce qui se passe à droite ou à gauche. Et puis, elle a une fille, non ? C'était plutôt à elle de s'inquiéter ! Je ne peux pas m'occuper des affaires des autres en plus des miennes ! Si je connais un peu la fille ? Non, pas du tout. Je l'ai déjà vue deux ou trois fois, avec sa belle Jaguar et ses vêtements chics. Elle n'a pas l'air de se prendre pour n'importe qui. Je crois qu'elle est juge ou un truc important dans ce genre-là, à Londres. »

Certains s'étaient montrés ravis que quelqu'un vienne interrompre leur longue soirée solitaire et avaient parlé sans se faire prier – mais pas de ce qui intéressait John. A grand-peine, il avait coupé court aux laborieux récits d'aventures personnelles pour tenter de revenir à son sujet : « C'est vraiment très intéressant. Mais je dois retrouver d'urgence la fille de Mme Caine-Roslin, Tara Caine. L'avez-vous connue enfant ou adolescente ? Avez-vous le souvenir d'un endroit où elle aurait pu vouloir se retirer ? »

Il avait bien trouvé quelques personnes qui connaissaient Tara, qui habitaient déjà dans cette rue quand Tara vivait encore chez sa mère. On la décrivait comme une fillette et une jeune fille très jolie, mais aussi singulièrement maigre et toujours très réservée. Elle ne parlait pas vraiment à qui que ce soit dans le quartier, elle était très repliée sur elle-même.

« On avait l'impression qu'elle était malheureuse, avait rapporté une vieille femme qui disait être elle-même arrivée à Gorton en 1981. Son père était mort et sa mère s'était remariée. Le type était un peu bizarre. C'est-à-dire qu'il ne se faisait pas spécialement remarquer, il ne buvait pas, ne faisait pas de scandale ou je ne sais quoi. Il avait repris l'atelier de feu M. Caine et menait assez bien l'affaire. Mais il avait quelque chose… Enfin, je ne l'aimais pas. Personne dans le voisinage ne l'aimait particulièrement.

— Comment se comportait-il envers sa belle-fille ?

— Je ne sais pas trop. Je n'avais pas vraiment de contacts avec la famille. Je sais seulement que la petite me paraissait aller assez mal. Physiquement et moralement.

— Y avait-il un endroit où elle pouvait se réfugier ? Pour échapper à la situation familiale quand cela devenait trop dur pour elle ?

— Ça se peut, avait répondu la femme en haussant les épaules. Mais je n'en sais rien. Je regrette, j'aurais bien voulu vous aider. »

Debout dans la rue, frissonnant sous la morsure du vent glacial, il suivit des yeux un sachet vide qui voltigeait sur le trottoir. Une image commençait à se dessiner dans son esprit, celle de Tara Caine, de l'enfant qu'elle avait été, du chemin qu'elle avait parcouru depuis ce quartier pauvre de Manchester jusqu'à l'université et, pour finir, ce poste prestigieux à Londres. Naître à Gorton, c'était commencer la course avec un lourd handicap. Tara Caine avait dû faire preuve de beaucoup d'intelligence, d'ambition et de discipline pour aller aussi loin.

Elle avait connu très tôt une profonde rupture dans son existence. Elle était encore enfant à la mort de son père. Son beau-père ne semblait pas avoir été très apprécié, même si personne n'avait rien de concret à lui reprocher. En tout cas, la vie de la famille avait apparemment repris normalement. La maison leur appartenait, l'activité de l'atelier suffisait à les faire vivre.

Pourtant, Mme Caine-Roslin avait fini assassinée chez elle.

Sa fille avait peut-être tué quatre personnes.

Elle me paraissait aller assez mal. Physiquement et moralement.

Rien de tout cela ne permettait de savoir où elle se trouvait maintenant. Ni où était Gillian.

Le temps passait, et John sentait qu'il n'avait pas avancé d'un pouce. Il ne savait même pas s'il était sur la bonne piste. La seule raison qui l'avait amené à Manchester était le fait que Tara y ait grandi. Il pouvait se tromper complètement. Les deux femmes pouvaient aussi bien être à l'autre bout de l'Angleterre.

Il leva la tête et aperçut de l'autre côté de la chaussée la silhouette de Samson, qui lui faisait de grands signes des bras. John le rejoignit en quelques enjambées.

— Qu'est-ce qui se passe ?

Samson en bégayait d'exaltation :

— J… j'ai trouvé quelqu'un qu… qui sait peut-être quelque chose. Un vieux monsieur. Il connaît les Caine depuis toujours. Il… enfin, venez !

Les deux hommes remontèrent la rue au pas de course. La maison devant laquelle Samson s'arrêta était située un peu après celle des Caine, sur le trottoir d'en face. Son aspect était assez délabré, et John sentit le courage lui manquer. Pourvu qu'il ne s'agisse pas d'un vieux fou qui leur raconterait des histoires ne menant nulle part !

Le vieillard habitait au premier étage. Il les attendait sur le pas de sa porte et, en le voyant, John fut au moins rassuré sur un point : il n'était absolument pas gâteux. Son regard était vif et attentif, son visage intelligent.

Un homme plein d'expérience, un intellectuel, pensa John avec soulagement.

— John Burton, dit-il en lui tendant la main. Je suis un ami de Tara Caine, et je m'inquiète pour elle. Mais M. Segal a dû déjà vous l'expliquer.

— Angus Sherman, répondit l'homme pour se présenter. Mais entrez, je vous en prie.

Peu après, ils étaient assis sur un antique canapé, un verre de xérès à la main, dans le salon bien chauffé. Bien que soigneusement rangé, l'appartement témoignait de la pauvreté de son occupant : les meubles, peu nombreux, étaient simples et bon marché. Mais il y avait beaucoup de livres.

M. Sherman leur raconta qu'il avait vu grandir Tara.

— Je connaissais bien son père. Un homme très gentil, et quelqu'un de bien. Tara lui était très attachée. Sa mort prématurée a été une tragédie pour la petite. Une véritable tragédie. Personne n'avait rien vu venir. Il a fait un infarctus, il est tombé, et il est mort peu de temps après. Il n'avait même pas quarante ans !

— Monsieur Sherman, intervint John, nous avons besoin de savoir si…

— Bien sûr. Tout à l'heure, quand j'ai ouvert la porte à votre ami, dit Angus Sherman en désignant de la tête un Samson Segal frétillant d'excitation, et qu'il m'a demandé si Tara avait un refuge, cela m'a tout de suite rappelé quelque chose. La cabane.

— Une cabane ?

— Dans le Peak District. Tout à fait au nord, dans la partie pratiquement déserte où sont les landes. Ils avaient une cabane là-bas.

— Complètement isolée ?

— Oui. Ike Caine – le père – l'avait construite lui-même, sans rien demander à personne. Une sorte de chalet en rondins. Juste après son mariage avec Lucy. C'était un cadeau qu'il lui faisait.

— Et Tara aimait y aller ?

— La famille y passait pratiquement tous ses week-ends, dès que le temps le permettait. Tara aimait beaucoup cet endroit. Il m'est arrivé de mettre Ike en garde. La maison avait été construite de manière totalement illégale, en bordure de forêt. Le terrain ne leur appartenait pas et ils n'avaient demandé aucun permis. Mais Ike ne faisait qu'en rire : *Angus*, me disait-il, *nous ne dérangeons personne. Nous n'avons ni eau courante ni électricité. C'est juste une petite cabane dans la forêt, pas très différente des abris où on met le fourrage pour les animaux sauvages. Je crois que personne n'y fera attention.* Et de fait, il n'y a jamais eu aucun problème, en tout cas du vivant d'Ike.

— Croyez-vous que cette bicoque existe encore ?

— Eh bien... je n'en sais rien, dit Angus en hochant pensivement la tête. Ike l'a construite au début des années soixante-dix. Il est mort en 1978. Par la suite, je crois que la famille n'y est plus retournée que rarement. Mais... il se peut très bien qu'elle soit encore debout, non ? conclut-il en lançant à John un regard interrogateur.

Trente ans... John était dubitatif. Mais il n'avait que ce mince espoir à quoi se raccrocher.

— Savez-vous si, plus tard, Tara a continué à y aller ? demanda John.

— Je ne sais pas vraiment, répondit Angus avec regret. Après la mort d'Ike, j'ai peu à peu perdu le contact avec la famille. L'homme que Lucy a épousé ensuite... je n'avais rien de particulier contre lui, mais disons que je ne sentais pas d'affinités. Et Tara n'était plus la même. Avant, c'est-à-dire avant la mort de son père, c'était une petite fille joyeuse, ouverte, pleine de vie. Elle riait et parlait beaucoup. Mais ensuite, elle s'est complètement refermée. Comme si elle s'était coupée du monde extérieur. On ne pouvait plus l'approcher. Je n'ai donc pas vraiment su ce qu'elle devenait. En tout cas, elle n'a pas pu retourner au chalet seule avant d'avoir le permis de conduire. C'était trop loin pour y aller à bicyclette. Quant à savoir si elle l'a fait plus tard… je n'en ai aucune idée.

— Connaissez-vous l'endroit exact où se trouve cette cabane ?

Angus se leva, alla chercher un ouvrage sur une étagère et se mit à le feuilleter.

— C'est un livre sur le Peak District… Il doit y avoir une carte quelque part… Malheureusement, je ne peux pas vous donner de nom pour cet endroit, même approximatif… Ah, la voici !

Il posa le volume ouvert sur la table, et les trois hommes se penchèrent sur la carte en noir et blanc. Sherman prit un crayon et, entre deux lignes, dessina un petit cercle.

— Si j'ai bien compris ce que m'avait dit Ike, la cabane devrait se trouver quelque part par là.

John était inquiet. Ce minuscule rond sur la carte représentait en réalité une immense surface de landes, de collines, de bois isolés. Il faudrait des jours pour ratisser tout le secteur.

Angus désigna un trait noir :

— C'est une grande route, annonça-t-il. Elle commence juste après la sortie de Manchester. Ils passaient nécessairement par là. Bien sûr, la route n'arrivait pas jusqu'au chalet. Pour la dernière partie, ils devaient prendre un chemin de terre. Je ne sais pas exactement où est la bifurcation.

— Il existe probablement des dizaines de chemins de ce genre, fit John en frottant ses yeux rougis par la fatigue.

— Mais de toute façon, je ne vois pas comment vous pourriez atteindre la cabane par ce temps, déclara Angus avec un coup d'œil à la fenêtre. Il doit y avoir un mètre de neige là-bas, c'est impossible de passer en voiture. La route principale a peut-être été dégagée, mais les petites routes ne le sont jamais, encore moins les chemins.

John et Samson échangèrent un regard. Sherman avait certainement raison.

— Dans ce cas, objecta John, Tara Caine n'a pas pu aller jusqu'à la cabane non plus. Du moins pas avec son véhicule.

— Sûrement pas, approuva Angus.

Pour la première fois, Samson intervint dans la conversation. La tension nerveuse le faisait de nouveau bégayer :

— Mais dans ce cas, nous tomberons f... forcément sur la voiture. Elle sera forcément restée bloquée quelque part !

— Très juste, fit John en se levant. Et il peut y avoir des traces de pas dans la neige. Ça vaut le coup d'essayer. Nous vous remercions de tout cœur, monsieur Sherman. Vous nous avez vraiment aidés. Nous partons tout de suite.

Sherman se leva à son tour en tremblant.

— Emportez le livre avec vous. Pour trouver la bonne route quand vous entrerez dans le Peak District.

— Merci, dit John en prenant l'ouvrage. Nous vous le rapporterons quoi qu'il arrive. Je ne sais pas ce que nous aurions fait sans vous.

— J'aurais fait n'importe quoi pour Tara, assura le vieil homme en souriant. Si jamais elle est là-bas, seule et désespérée, il faut que vous la retrouviez. C'était une petite fille tellement merveilleuse ! Je l'aimais vraiment beaucoup. Et j'appréciais énormément son père aussi. Savoir que j'aurai peut-être aidé à sauver Tara est un très grand cadeau pour moi, à l'âge que j'ai.

John hocha la tête, évitant en cet instant de regarder Sherman dans les yeux. S'ils parvenaient à retrouver Tara, alors, le vieil homme aurait contribué de façon décisive à faire mettre sous les verrous une quadruple meurtrière.

Il valait mieux ne rien lui dire. Il aurait le cœur brisé assez tôt.

8

Elle avait la lampe de poche. Tara l'avait laissée en partant. Pouvoir s'éclairer, dans sa situation, c'était déjà beaucoup.

Après avoir entendu Tara, dehors, tourner la clé dans la serrure, elle avait aussitôt enlevé le ruban adhésif de ses poignets. Après cela, il n'avait pas été très difficile de détacher également ses chevilles.

Elle avait la clé de la voiture. Elle l'avait attrapée lorsqu'elle était passée devant le poêle, et elle l'avait ensuite gardée bien serrée dans sa main.

La cabane était barricadée de tous côtés, il y faisait un froid de chien… Gillian redoutait le moment où les piles de la lampe seraient épuisées. Car alors, elle serait enfermée dans le noir. Et tout serait fini.

Il fallait qu'elle sorte d'ici. Si elle voulait rester en vie, il le fallait !

Quand elle s'était emparée de la clé, son idée était de forcer Tara à revenir. Tara ne pourrait jamais quitter le Peak District à pied. Elle ne pourrait pas utiliser la Jaguar, et il était peu probable que quelqu'un passe sur la route. Surtout après la tombée de la nuit. Le froid, le pire ennemi de Gillian pour le moment, était encore plus dangereux pour Tara, dehors. Elle avait besoin de la clé. Elle devait donc revenir. Et là…

Oui, et là, qu'arriverait-il ? Gillian parviendrait-elle à maîtriser Tara ? Qui était armée d'un pistolet et d'un couteau ? Une femme déterminée, qui n'avait rien à perdre ?

Une nouvelle pensée s'était alors imposée à Gillian : *Je dois sortir d'ici avant son retour !*

A la lueur sourde de la lampe, elle avait fouillé toute la cabane. Rien, rien ! Rien qui puisse l'aider ! Avec quoi faisaient-ils la cuisine à l'époque ? Avec quoi mangeaient-ils ? Elle n'avait pas trouvé le moindre couvert, pas un seul couteau de cuisine qui aurait pu lui servir d'arme. Il y avait bien une étagère au-dessus du poêle, avec deux ou trois corbeilles en plastique, mais vides. A un moment donné, la vieille Mme Caine avait dû tout emporter, sachant que le chalet ne servirait plus. Et elle l'avait fait très consciencieusement, sans rien oublier.

Gillian frissonna à l'évocation de Mme Caine-Roslin. Tout ce que Tara lui avait raconté pendant les deux heures qui avaient précédé son départ la faisait frémir. Mais elle n'avait pas le droit d'y penser. Elle le ferait plus tard. Pour l'instant, rien ne devait diminuer son énergie. Une seule chose comptait : sortir de là.

Il fallait qu'elle parvienne à forcer l'une des serrures, soit celle de la porte d'entrée, soit celle de l'un des cadenas des volets. Elle ne voyait pas d'autre solution. Tout ce qui pouvait faire office de levier aurait été le bienvenu, mais elle ne trouvait rien, absolument rien. Quelques meubles vides, sans même une vieille bouteille dont elle aurait pu casser le goulot pour s'en servir comme d'un instrument pointu ou tranchant. Les bouteilles qu'elles avaient apportées étaient en plastique.

Elle regarda le trousseau qu'elle tenait à la main. Il y avait deux clés : celle de la voiture et celle de l'appartement de Tara. Cette dernière était relativement étroite, avec un panneton en dents de scie. C'était le seul objet un peu pointu dont elle disposait. Une chance minime, mais sans doute la seule. Si elle n'avait pas pris cette clé, il ne lui serait resté qu'à se résigner à mourir ici, de faim et de froid.

Elle approcha une étagère de la porte d'entrée et y disposa la lampe de poche de façon à ce qu'elle éclaire la serrure, puis s'agenouilla devant celle-ci et examina le métal. Le défunt M. Caine réparait des bicyclettes, il avait construit seul un chalet en rondins dans une forêt du nord de l'Angleterre. C'était un habile artisan, et Gillian craignait qu'il ne se soit pas contenté de monter une serrure ordinaire. Il avait certainement eu à cœur de protéger son domaine des intrusions. A titre d'essai, elle farfouilla un peu dans la serrure avec la clé, mais sans aucun résultat. Elle n'avait pas l'impression de pouvoir faire bouger quoi que ce soit.

Bon. Il restait les deux fenêtres. Et leurs lourds volets de bois. Peut-être aurait-elle plus de succès avec eux ?

Elle déplaça à nouveau l'étagère pour s'éclairer et étudia avec soin le bâti.

Les fenêtres elles-mêmes étaient ordinaires, avec de petites vitres carrées. Elles s'ouvraient en poussant une simple targette, sans dispositif de sécurité. C'étaient les volets qui posaient problème. Ils étaient à deux battants, joints au milieu par un gros verrou lui-même assujetti par un cadenas. Celui-ci avait l'air si solide que Gillian sentit le courage lui manquer. Il lui parut évident dès le premier regard qu'elle n'en viendrait pas plus à bout que de la serrure de la porte.

Les larmes lui montèrent aux yeux. La tentation était forte de s'asseoir dans un coin et de pleurer tout son soûl, mais elle repoussa cette pensée. Pleurer ne lui apporterait rien, cela ne ferait que lui ôter son énergie.

Concentre-toi, s'exhorta-t-elle en silence. *Trouve un moyen. Tara va finir par revenir, parce qu'elle ne peut pas partir sans la voiture. D'ici là, tu dois avoir fichu le camp.*

Tara avait tué sa propre mère. Elle avait assassiné Carla Roberts et Anne Westley. Elle avait tué Tom, même si c'était Gillian qu'elle visait. Elle s'était introduite une seconde fois chez Gillian pour l'attendre, et seul le retour de Luke Palm avait fait échouer cette nouvelle tentative. Jusqu'à présent, Tara semblait considérer tous ses actes comme parfaitement logiques et explicables. Comme une succession de faits qui devaient nécessairement se produire. Elle savait que ce qu'elle faisait était contraire à la loi, mais, au niveau d'une instance morale supérieure qu'elle situait au-delà de toute législation humaine, elle se considérait comme totalement innocente. Sa conviction était profonde, inébranlable.

Il m'a violée pendant cinq ans. Mon beau-père, Ted Roslin. Parfois, pendant des semaines, il venait chaque nuit dans mon lit. Son appétit grandissait à mesure qu'il le satisfaisait. Il violait la petite fille de la femme qu'il avait épousée – qu'il avait épousée pour l'unique raison qu'elle avait cette fille-là. Enfant, j'étais très jolie. Blonde, avec de longues jambes, de grands yeux brillants. Je lui avais plu au premier regard, il me l'a avoué. Plus encore : c'est vite devenu pour lui une véritable obsession. C'est pour cela qu'il a embobiné ma mère. Il n'a pas eu de mal. Elle était tellement décidée à retrouver quelqu'un qu'elle était absolument prête à ignorer tous les signaux d'alarme, toutes les bizarreries. Par exemple le fait que, depuis le début, ce brave Ted ne bandait jamais en sa présence. D'accord, on n'est pas obligé d'en conclure à une préférence perverse pour les enfants. Mais on essaie quand même de chercher la cause, non ? Or, elle ne s'est posé la question qu'après le mariage, quand il n'a plus été aussi facile pour lui de se défiler. C'est seulement à partir de là qu'elle a commencé à trouver bizarre qu'il ne la désire pas plus qu'une bûche. Un beau jour, elle a fini par comprendre de quoi il retournait. D'ailleurs, il ne se donnait plus tellement la peine de cacher sa « relation spéciale » avec moi. A partir de ce moment-là, maman a donc su ce qui se passait. Elle avait des discussions furieuses avec lui, des crises de jalousie. Tu comprends ? Ce n'était pas tant ce qu'il me faisait qui la dérangeait : le pire, pour elle, c'était ce qu'il ne lui faisait pas *! Mais elle avait beau lui faire des scènes, elle finissait toujours par céder. Car au-delà de sa jalousie envers moi, au-delà de l'offense à sa féminité, sa peur d'être quittée était la plus forte. Elle ne prenait pas le risque de le mettre vraiment en colère. Du moment qu'il ne partait pas, elle s'accommodait de la situation.*

Gillian se ressaisit en s'apercevant que, depuis quelques minutes, elle regardait les volets sans vraiment les voir. Elle entendait encore la voix de Tara, cette voix qui résonnait toujours dans sa tête, plusieurs heures après. Malgré sa situation critique, elle avait écouté avec horreur le récit de la jeunesse de Tara – de la période qui avait suivi la mort de son père –, un récit fait d'un ton égal, parfois presque gai, avec des notes d'ironie.

Tara avait vécu l'enfer.

Gillian fit un effort de volonté pour repousser le sentiment d'effroi qui remontait en elle au souvenir de ce qu'elle avait entendu. Elle n'avait pas le temps d'assimiler cela maintenant. Elle y penserait plus tard Quand elle serait en sûreté.

Les volets.

Ils étaient faits de planches assemblées, et retenus aux murs par des gonds de chaque côté. Ces gonds étaient reliés aux volets par des pentures métalliques vissées dans le bois. A la lueur de la lampe de poche, Gillian remarqua qu'avec le temps et l'humidité les vis étaient déjà bien attaquées par la rouille. Elle essaya d'introduire la pointe de la clé de Tara dans la rainure d'une vis dans l'espoir de la faire tourner, mais ce fut peine perdue. La clé dérapait sans cesse. De plus, les vis étaient déjà si rouillées que, même avec un bon tournevis, on n'aurait peut-être pas réussi à les décoincer. Quant aux planches, elles paraissaient très épaisses et solidement encastrées l'une dans l'autre. Impossible de les disjoindre.

Elle chercha où pouvaient se trouver les points faibles de l'ensemble. Le bois, qui n'avait visiblement jamais été peint, était devenu gris au fil des décennies. Gillian se mit à examiner l'une des pentures vissées dans les battants. Autour du métal, les fibres du bois avaient pris une teinte différente : elles n'étaient plus grises, mais verdâtres, presque noires. Gillian y posa le doigt, et le bois lui parut moins dur qu'ailleurs. Elle donna de petits coups avec la clé de Tara. Effectivement, la clé s'enfonçait légèrement, sans rencontrer de vraie résistance. Dans son excitation, Gillian sentit sa respiration s'accélérer. Une coloration noire apparaissait également autour des autres ferrures, et chaque fois qu'elle y plantait sa clé, elle rencontrait la même structure vermoulue, comme si la rouille des vis avait attaqué le bois.

Elle se mit à marteler les volets de ses deux poings. Ces endroits pourris devaient absolument céder !

Mais ils résistaient.

Gillian laissa retomber ses bras, haletante. Sa force physique n'y suffirait pas.

Il me faut un marteau.

Un vœu illusoire. Elle avait suffisamment fouillé la cabane pour savoir qu'il n'y avait pas le moindre outil, pas même une petite cuillère.

Par quoi pouvait-elle remplacer un marteau ? Si elle disposait d'un objet quelconque qui puisse faire office de bélier et qu'elle cogne assez longtemps sur le bois vermoulu, il finirait peut-être par se briser ? Elle éclaira la pièce avec sa lampe de poche. La table. Plus exactement, les pieds de la table. Un pied de table. Ce devait être possible.

Elle reposa la lampe et retourna la table de façon à pouvoir inspecter le piètement en bois. Les pieds étaient vissés au plateau de la table et solidarisés entre eux par des planches collées sur les côtés. Si, en grattant avec sa clé, elle parvenait à ôter la colle qui maintenait les planches sur l'un des pieds, ce serait déjà un progrès. Ensuite, l'unique vis n'offrirait peut-être pas trop de résistance. En secouant le pied dans tous les sens, elle parviendrait peut-être à le dégager.

Une vague de crainte et de découragement la submergea alors, lui coupant le souffle quelques instants. Ses chances étaient si faibles, et le danger si grand...

Mais, une fois de plus, elle se ressaisit.

Millimètre par millimètre, elle entreprit de gratter la colle entre les morceaux de bois.

9

John conduisait. A côté de lui, Samson tenait sur ses genoux le livre d'Angus Sherman. Dehors, il faisait nuit noire et, par chance, les bouchons qui, comme chaque vendredi après-midi, bloquaient encore deux heures plus tôt la circulation aux sorties de Manchester étaient maintenant largement résorbés. Il y eut bien quelques ralentissements, des feux rouges qui semblaient durer une éternité et un arrêt prolongé à cause d'un poids lourd qui manœuvrait en travers de la chaussée, mais au total, on roulait assez bien. Au début, John jurait à haute voix à chaque contretemps, car il était convaincu d'être engagé dans une course contre la montre. De ses années dans la police, il ne se souvenait que trop que la vie ou la mort d'une victime se jouait souvent à quelques minutes près. Puis il avait fait un effort pour se contraindre au silence. Il ne servait à rien de taper du poing sur le volant ou de proférer des insultes contre le conducteur qui, devant lui, avançait comme un escargot en cherchant une place pour se garer. Cela faisait seulement monter son taux d'adrénaline et risquait même de le pousser à commettre des erreurs.

Heureusement, Samson était au contraire très silencieux. Il se concentrait sur la carte, suivant du doigt le tracé de la route et ne parlant que lorsqu'il fallait changer de direction : « Ici, je crois qu'il faut tourner à droite », ou : « Là-devant, au rond-point, ce sera la deuxième sortie, je crois. »

Deux ou trois fois, au début, John l'avait houspillé : « Vous *croyez*, ou vous *savez* ? » Les hésitations de Segal, son manque consternant d'assurance lui tapaient de plus en plus sur les nerfs. Mais il s'était rapidement aperçu, en lui jetant un regard de côté, que l'autre était déjà au bord des larmes, et là encore, il s'était rappelé à l'ordre. Transformer Segal en paquet de nerfs ne lui rapporterait rien non plus, sans compter que c'était totalement injuste. Ce garçon avait fait du bon travail en dénichant Angus Sherman, qui leur avait fourni les premières indications prometteuses. Il était comme il était. Sa façon de relativiser constamment ses propos par des « peut-être » et des « je crois » faisait partie de sa personnalité.

Ils dépassèrent les derniers quartiers périphériques de la banlieue sud de Manchester. D'interminables rangées de maisons mitoyennes. Un centre commercial. Un terrain de football. Un fast-food. A présent, ils ne voyaient plus que les phares des autres voitures.

— Nous sommes sur la M60, déclara Samson lorsqu'ils entrèrent sur le périphérique extérieur de Manchester. Il faudra sortir à Stockport, ensuite, nous devrions trouver une voie rapide en direction du Peak District.

Au dernier moment, il retint le « je crois » qu'il avait failli ajouter.

— Là, il faudra continuer sur… environ cinq miles…

— Compris, dit John. Vous savez, Samson, ce sera plus difficile que ça n'en a l'air sur la carte. Il faut que nous tombions sur la bonne route vers l'intérieur du Peak District – du moins celle que Sherman estime être la bonne. Et lui-même n'était pas très sûr de l'emplacement exact de la cabane.

— Je sais bien, fit Samson avec angoisse. J'espère que nous n'arriverons pas trop tard.

Ils quittèrent l'autoroute pour emprunter la voie rapide, où la circulation était presque nulle. John freina brusquement en voyant l'annonce d'une aire touristique d'où les promeneurs étaient invités à randonner dans le Peak District, ainsi qu'un panneau indiquant une route censée mener vers la lande. John n'était pas du tout certain que ce soit le bon endroit, mais continuer sur la voie rapide les aurait entraînés trop loin vers le sud.

Peak District. Le nom paraissait tellement innocent ! On imaginait une zone bien délimitée, facile à embrasser du regard. En réalité, c'étaient des kilomètres de prairies, de collines et de landes qui les attendaient. S'ils n'avaient pas de chance, ils pouvaient y tourner pendant des jours sans même approcher de la cabane.

En tout cas, ils devaient trouver un point de départ. Autant là qu'ailleurs.

Sur le parking, il n'y avait pas d'autre véhicule que le leur. John s'arrêta, alluma l'éclairage intérieur et tira le livre vers lui.

— Ce doit être cette route-là, dit-il. Du moins, c'est la bonne sur le plan. Quant à en être certain dans l'absolu... Dieu seul peut savoir.

La route était étroite, mais partiellement dégagée. En sortant du parking, elle traversait un petit bois, puis on se retrouvait en rase campagne. Des deux côtés, les terres enneigées s'étendaient à perte de vue, répandant une clarté diffuse qui permettait de s'orienter un peu dans l'obscurité. La neige était une chance, et à vrai dire leur seul espoir. Car John était déjà conscient que, sur ce vaste territoire, retrouver une cabane au bord d'un chemin de terre sans autre précision était mission impossible. Mais si

Gillian et Tara étaient passées par là, elles avaient nécessairement dû abandonner la voiture au bord d'une route dégagée, et dans ces conditions, la meule de foin dans laquelle se trouvait l'aiguille qu'ils cherchaient serait plus petite. Ou l'aiguille plus grosse.

Une Jaguar, arrêtée quelque part dans cette immensité déserte.

John s'accrochait à cet espoir tandis qu'ils roulaient dans la nuit.

Nous arrivons, Gillian ! Je t'en prie, ma chérie, tiens bon !

C'est seulement en voyant Samson tourner la tête vers lui qu'il comprit qu'il avait prononcé ces mots à voix haute.

10

Elle avait verrouillé les portières de l'intérieur, puis s'était allongée sur la banquette arrière, recouverte de l'épaisse couverture de laine prise dans le coffre. Cependant, malgré son pantalon chaud, son anorak fourré et la couverture, elle recommença bientôt à grelotter de froid. Elle avait remonté ses genoux sous son menton et les tenait serrés contre elle, mais sans pouvoir empêcher son corps d'être secoué de violents frissons. Elle avait l'impression que cela devait faire bouger la voiture, et à un certain moment, malgré son angoisse, elle sourit presque en imaginant le tableau : un véhicule abandonné dans la nuit au milieu d'une vaste étendue de neige, et agité de soubresauts.

Mais cette gaieté ne dura qu'un instant. Sa situation était beaucoup trop inquiétante.

Elle ne cessait de réfléchir, de se demander si elle faisait bien ce qu'il fallait. Peut-être aurait-elle dû continuer à marcher sans s'arrêter dans la direction de Manchester, avec la certitude qu'elle finirait par rencontrer des gens – une ferme, un chasse-neige, ou même un randonneur ou un skieur de fond. Mais elle savait aussi que cela ne pouvait pas se produire avant les premières heures de la matinée, donc dans dix ou douze heures au mieux, et qu'elle ne tiendrait pas le coup aussi longtemps. Elle était totalement épuisée, ses jambes lui faisaient mal, tout son corps réclamait le sommeil. Le danger était trop grand de finir par céder à la tentation de se laisser tomber dans la neige moelleuse, avec l'intention de ne se reposer que quelques instants. Et si, alors, elle s'endormait, son destin était scellé.

Elle ne se réveillerait plus jamais.

En ce sens, son idée de reprendre quelques forces dans la voiture et de ne se mettre en route qu'au matin était sans doute la plus raisonnable, mais elle ne s'était pas attendue à avoir aussi froid, même dans cet espace clos. Elle parviendrait peut-être malgré tout à conserver un peu de chaleur corporelle entre la banquette capitonnée et la couverture de laine, et à réduire ainsi le risque d'hypothermie.

Dehors, il y avait de grands risques qu'elle meure de froid. Ici, c'était seulement peut-être.

Elle ne pouvait pas s'attendre à mieux pour le moment.

Entre-temps, elle avait envisagé une nouvelle fois l'idée de retourner à la cabane pour récupérer cette sacrée clé, mais elle y avait vite renoncé. C'était précisément le calcul que Gillian avait dû faire en s'emparant de la clé, sans quoi cela n'aurait pas eu de sens pour elle. Autrement dit, Gillian devait se tenir prête à cette éventualité, et marcher dans la combine aurait signifié pour Tara courir un risque déraisonnable. Elle n'avait pas l'intention de laisser une Gillian folle de peur à l'idée de mourir lui casser sur la tête un tiroir de commode ou elle ne savait quoi. L'autre n'avait qu'à la guetter et l'attendre jusqu'à prendre racine. Elle lui souhaitait bien du plaisir.

Elle ne pouvait pas imaginer que Gillian réussisse à sortir du chalet, c'était tout à fait impossible. Mais elle avait déjà connu des choses plus folles, aussi gardait-elle son couteau à la main pendant qu'elle se reposait sur le siège arrière. Quant au pistolet, elle l'avait caché sous le tapis de sol. S'endormir avec une arme chargée contre elle lui paraissait trop dangereux. En tâtonnant dans le coffre, elle y avait découvert un bout de fil de fer, du genre de celui qu'on utilise dans les jardins, et elle en avait fait une boucle qu'elle tenait maintenant dans son autre main.

Elle avait cru que son principal problème durant ces heures nocturnes serait d'éviter de dormir trop profondément, de peur de ne plus se réveiller, mais elle constatait à présent qu'elle ne pouvait absolument pas trouver le sommeil. Elle avait beau être recrue de fatigue, tant de pensées se bousculaient dans son esprit que la détente ne venait pas. Elle avait tout raconté à Gillian, cette fille gâtée de parents aimants et trop attentionnés, qui n'avait pas la moindre notion des véritables tragédies de ce monde. Elle lui avait parlé de Ted Roslin, de la trace sanglante qu'elle laissait derrière elle parce qu'il fallait absolument qu'elle trouve la paix. Cela avait remué trop de choses qui s'étaient mises à tournoyer en elle, elle croyait maintenant sentir jusque dans sa tête le martèlement de son cœur. Tant d'images remontaient dans son imagination qu'elle aurait voulu ne plus jamais revoir ! Elle tentait de les refouler en se forçant à établir un programme ordonné et bien structuré de tout ce qu'elle devrait absolument régler dès son retour à Londres. Une masse de travail l'attendait sur son bureau. Elle devait se rendre au tribunal mardi pour une audience importante, et, pour une autre audience qui aurait lieu dans deux semaines, étudier une pile de dossiers qui la faisait frémir d'avance. De plus, il lui faudrait trouver du temps pour faire un saut chez Liza. Cette femme restait trop souvent seule. Elle était provisoirement à l'abri de son bourreau de mari, mais d'autres dangers la menaçaient maintenant. Le désir de voir son fils. La solitude. L'impression que sa vie ne menait nulle part.

Liza devait absolument se décider à porter plainte contre ce salaud ! Tara rêvait depuis des semaines de monter le dossier d'accusation. Ce serait pour elle un plaisir extrême. Mais il fallait qu'elle soit sûre que Liza ne retournerait pas sa veste. Elle connaissait ce genre de femme. Imprévisible.

Elle avait raconté à Gillian sa première rencontre avec Liza Stanford, devant les lavabos d'un hôtel lors d'une réception d'anniversaire. Tara ne croyait pas au hasard. Si elle avait dû aller aux toilettes au moment précis où la femme de Charity-Stanford, en larmes, essayait de dissimuler son œil au beurre noir, c'était un signe du destin. Tara avait aussitôt compris de quoi il s'agissait. Elle n'avait pas eu besoin de voir la blessure pour cela. Même lorsque rien ne transpire à l'extérieur, les victimes de violence se reconnaissent entre elles. Cela tient à quelque chose dans leur aura. La violence subie les enveloppe, pèse sur leurs épaules comme un manteau. Le martyre de Liza Stanford s'était dressé devant Tara comme un grand point d'exclamation rouge vif.

« Mais pourquoi n'as-tu pas aussitôt ouvert une information contre lui ? » avait demandé Gillian.

Il ne fallait peut-être pas lui en vouloir de cette question. Comment aurait-elle pu savoir ?

« C'est elle qui doit le démolir, pas moi. Elle doit le détruire de son plein gré, de toutes ses forces, en y prenant plaisir. Ce n'est que comme cela qu'elle se retrouvera. »

Bon Dieu, les trésors d'éloquence qu'elle avait déployés pour convaincre Liza ! *Dénonce-le. Envoie-le au trou. Dézingue-le. Bon sang, il doit payer ! Montre-lui que tu n'es pas celle qu'il croyait !*

Malheureusement, Liza était la victime classique. Paralysée par la crainte, incapable de prendre une décision. *Je vais le faire, non, finalement je ne sais pas, j'ai peur, qu'est-ce que je dois faire ?*

Elle avait déversé aux pieds de Tara toute l'histoire de ses souffrances, et un phénomène étrange s'était produit : tandis qu'elle accompagnait Liza dans sa descente aux enfers, les portes que Tara avait tenues si soigneusement fermées pendant des années pour se protéger de ses propres terreurs s'étaient brusquement ouvertes, faisant surgir des images et des émotions qu'elle espérait ne plus jamais revivre. A partir d'un certain point, il lui était devenu presque impossible de distinguer laquelle, d'elle ou de Liza, tenait la main de l'autre pour l'aider à affronter l'horreur de son existence. Et, au moment où elle se sentait près de désespérer devant les hésitations de Liza, Tara avait compris qu'elle-même ne valait pas mieux. Elle aussi avait renoncé à demander des comptes, elle avait enfoui en elle toute cette saleté en espérant que l'odeur ne ressortirait jamais. Elle voyait maintenant que le poison s'était accumulé en elle. Et que quelqu'un l'attendait encore. Attendait qu'elle mette bon ordre à tout cela.

Pas Ted Roslin. Le vieux salaud qui s'était lui-même persuadé d'« aimer » l'enfant dont il abusait était mort depuis longtemps, après de longues souffrances causées par un cancer de la prostate et par une démence précoce.

Mais Lucy Caine-Roslin. Sa mère. La femme qui l'avait trahie. Avec elle, elle n'avait rien réglé. Durant toutes ces années. Elle lui rendait visite de temps à autre à Gorton, lui assénant avec une certaine satisfaction ses succès professionnels. L'université. Le diplôme prestigieux. Son travail d'avocate à Manchester. Sa promotion au Service des poursuites judiciaires à Londres. L'argent qu'elle gagnait. Sa réputation. Elle était arrivée dans Reddish Lane au volant de sa Jaguar, élégamment vêtue. Elle s'était vantée de sa réussite, croyant ainsi apaiser son âme. Mais elle avait été trop lâche pour revenir sur le passé. C'était cela qui l'empêchait de trouver la paix.

Elle se retourna sur l'étroite banquette, cherchant sans la trouver une position un peu plus confortable. Elle pensait à ce sombre jour de novembre où elle était retournée à Manchester.

C'était un week-end. Liza n'avait pas encore quitté son domicile, mais la situation avec Logan devenait de plus en plus critique. Tout le passé de Tara s'était réveillé en elle. A force d'entendre Liza raconter son histoire. Et parce qu'elle-même ne pouvait plus rien refouler.

Il faisait déjà nuit quand elle s'était arrêtée devant la maison de ses parents. Les vitres de l'appartement étaient sombres, et elle avait craint un instant que sa mère ne soit pas là. C'était pourtant improbable, car Lucy menait une vie très retirée depuis la mort de son second mari. Elle sortait à peine, ne rendait visite à personne. Elle ne quittait la maison que pour faire des courses ou, une fois par semaine, pour aller au cimetière sur les tombes de ses deux époux. Le reste du temps, elle s'occupait en faisant le ménage, en regardant des feuilletons à l'eau de rose à la télévision ou en se tenant au courant par la lecture des magazines de ce qui se passait dans la famille royale. Elle ne donnait pas l'impression d'être malheureuse ou frustrée. Plus jeune, elle était devenue à moitié folle à l'idée de vivre sans compagnon, mais avec l'âge, elle s'était habituée à sa situation, et elle s'accommodait étonnamment bien de sa solitude.

Comme d'habitude, la porte d'entrée n'était pas fermée à clé, et Tara avait trouvé Lucy dans la salle de séjour, dont les fenêtres donnaient sur la cour et sur l'atelier. Naturellement, Lucy était assise devant la télévision, tout en travaillant à l'un des ineptes napperons au crochet dont elle inondait l'appartement. Elle portait une grosse veste tricotée dans une laine mousseuse, et aux pieds des pantoufles fourrées, car il ne faisait pas très chaud dans la maison. Lucy économisait sur les frais de chauffage. Une théière était posée sur la table devant elle.

Lucy s'était réjouie de voir sa fille, du moins avec la réserve qui caractérisait toutes ses émotions. La salle à manger n'étant pas du tout chauffée, Tara et elle avaient mis la table dans la cuisine. Tara avait acheté des plats préparés à la boutique chinoise du coin et apporté de Londres une bonne bouteille de vin rouge. Au bout de quelques gorgées, les joues de Lucy commençaient à se colorer et ses yeux brillaient.

« C'est presque comme à Noël », avait-elle dit.

Tara n'avait bu qu'un peu de vin et avait à peine touché à son assiette. Elle n'avait pas faim.

« Maman, je suis venue ici pour discuter avec toi », avait-elle dit en se penchant vers sa mère.

Elle s'était alors aperçue qu'elle avait très chaud, tandis qu'elle frissonnait de froid un instant plus tôt.

« Il y a une chose dont nous devons parler.

— Oui ? avait fait Lucy en la regardant sans méfiance.

— Ted. Ted Roslin.

— Ah bon ? Mais pourquoi ? avait demandé Lucy, visiblement déconcertée.

— Nous n'en avons jamais parlé.

— Et cela fait si longtemps qu'il est mort ! avait ajouté Lucy en secouant la tête d'un air affligé. Tu devrais aller de temps en temps au cimetière. J'y étais il y a deux jours. J'ai mis un pot de bruyère à côté de la tombe, c'est très joli.

— Moi ? »

Tara avait senti que sa voix devenait agressive, et elle tenait à éviter cela.

« Pourquoi irais-je sur la tombe de Ted ? Je pourrais aller sur celle de mon père, oui, mais celle-là, sûrement pas ! D'ailleurs, as-tu apporté de la bruyère à papa aussi ?

— Bien sûr. Qu'est-ce qui te prend ? Tu as l'air bien en colère.

— Non, je ne suis pas en colère. Je suis désolée si je t'ai donné cette impression. »

Tara s'étonnait elle-même. Elle se débattait intérieurement contre les émotions terriblement violentes déclenchées par la simple vue de sa mère, mais elle parvenait à s'adresser à elle avec calme et gentillesse. Le métier, avait-elle songé. Elle avait appris à se comporter envers les pires individus de la façon qui paraissait la plus prometteuse pour les amener là où elle le souhaitait. En tant qu'avocate de l'accusation, si l'homme assis en face d'elle avait battu à mort son bébé de quatre mois, il aurait été absurde de l'agresser en lui disant franchement ce qu'elle pensait de lui. Il était parfois plus avantageux de se montrer tellement aimable et compréhensive que l'homme finissait par fondre en larmes et par avouer en sanglotant, avec le sentiment qu'il pouvait tout dire à cette femme maternelle. Après cela, elle pouvait tranquillement requérir la peine maximale. Cela avait souvent fonctionné.

« Maman, je voudrais simplement comprendre une chose. C'est pour cela que je suis venue aujourd'hui. D'ailleurs, c'est bien parce que je n'ai toujours *pas* compris que tu me vois aussi rarement. Alors que je pourrais en faire beaucoup plus pour toi.

— Je ne saisis pas, avait répondu Lucy avec soudain un soupçon d'inquiétude dans le regard.

— Il faut que tout soit dit entre nous, si nous voulons pouvoir bien nous entendre à l'avenir.

— Oui ?

— Comme je te l'ai dit, il s'agit de Ted. Tu sais ce qu'il m'a fait. »

En prononçant ces mots, elle observait sa mère avec attention. Lucy s'était refermée comme une huître.

« Tu ne vas pas recommencer avec ça ?

— Recommencer ? »

Tara regardait fixement sa mère.

« Tu as bien dit : *recommencer* ? Mais quand ai-je donc commencé ?

— A l'époque, tu as essayé une ou deux fois... tu voulais me compliquer la vie... »

Elle s'était levée.

« Je croyais vraiment que tu avais l'intention de passer une bonne soirée avec moi, avait-elle repris d'un air offensé. Que tu t'ennuyais de ta maman, que tu voulais bavarder un peu... Et voilà que tu t'en prends à moi, que tu me fais des reproches, et...

— Maman, assieds-toi, avait ordonné Tara d'une voix si dure que Lucy s'était aussitôt laissée tomber sur sa chaise. Cette fois, tu ne m'enverras pas balader comme ça, et tu ne t'en iras pas non plus. Tu vas rester là et répondre à mes questions. C'est compris ?

— Mais comment me parles-tu ?

— Comme tu le mérites, maman, c'est tout. Comme le mérite une mère qui a vu pendant cinq ans sa petite fille se faire violer par son beau-père, sans intervenir une seule fois. *Pas une seule fois !*

— Cinq ans... Il faut toujours que tu exagères !

— Cinq ans, maman, et tu le sais très bien. J'avais neuf ans quand il a commencé. A peine six mois après votre foutu mariage. Et j'avais quatorze ans quand il a arrêté. Parce que, Dieu merci, je commençais enfin à avoir les formes d'une femme et qu'il ne pouvait plus rien faire avec moi. »

La respiration de Lucy s'était accélérée, un souffle rauque sortait de sa poitrine.

« Qu'est-ce que tu veux ? avait-elle demandé. Me faire avoir une crise d'asthme ? Me tuer ?

— Arrête donc avec ton asthme ! Tu n'en as jamais eu de ta vie ! Tu te mets seulement à respirer comme ça quand quelque chose te contrarie. Mais ça ne prend plus avec moi.

— Je voudrais vraiment savoir... »

Tara l'avait interrompue d'une voix tranchante :

« Non ! C'est moi qui voudrais savoir quelque chose ! Je veux savoir pourquoi tu as laissé faire. Pourquoi tu n'es pas venue à mon secours. Pourquoi tu ne m'as pas protégée. Pourquoi tu n'as pas fichu ce salaud répugnant à la porte avec un bon coup de pied au cul ! »

Lucy avait pris un mouchoir. Dans une minute, elle allait se mettre à pleurer.

« Je suis vieille. Je n'ai personne au monde, à part toi. Et tu viens maintenant me tourmenter ! Une vieille femme qui ne peut pas se défendre !

— Et toi, avec la petite fille qui ne pouvait pas se défendre ?

— Mon Dieu ! avait dit Lucy en se tamponnant les yeux. Tu fais comme si...

— Oui ?

— Comme s'il s'était passé quelque chose de grave. Juste parce que Ted t'aimait bien. C'était un brave type. Je n'en aurais pas trouvé un autre aussi facilement. Qui veut épouser une veuve avec un enfant ? Tu dois bien comprendre que mes chances auraient été meilleures sans toi. »

Par la suite, Tara s'était souvenue que c'était à ce moment-là qu'elle avait été prise de vertige. D'abord très faiblement. Mais elle sentait que quelque chose s'était modifié en elle. Que sa vue s'était légèrement brouillée, que ses oreilles avaient commencé à bourdonner.

« Tu penses donc qu'il ne s'est rien passé de grave ? avait-elle insisté d'une voix douce. C'est normal, pour toi, qu'un homme adulte de près de cinquante ans entre jour après jour dans le lit d'une fillette de neuf ans ? Qu'il lui maintienne la bouche fermée quand elle essaie de crier ? Qu'il lui dise qu'elle ira à l'orphelinat si elle en parle à qui que ce soit ? Tu ne trouves pas ça *grave* ? »

Lucy s'était mouchée, avait repris contenance.

« Pour moi non plus, ce n'était pas facile.

— Ah, vraiment ?

— Tu ne vois jamais que toi. Ce qui m'arrive à moi, ça t'est égal. Je devais supporter qu'il me repousse. J'avais beau faire, il m'ignorait. Il était toujours après toi. Il t'attendait au portail de la cour quand tu rentrais de l'école. Il te suivait tout le temps du regard. Pour lui, j'étais transparente. En tant que femme, je n'existais pas. Je lui faisais à manger, je lavais son linge, je faisais le ménage dans l'appartement, je m'arrangeais pour que tout soit bien propre et confortable. Je prenais ce que je pouvais sur l'argent de la maison pour m'acheter de jolies choses. Pour être belle pour lui. Mais il ne s'en apercevait même pas. *Moi*, il ne me voyait pas. »

Les oreilles de Tara s'étaient mises à bourdonner plus fort.

« Tu étais une femme adulte. Moi, j'étais une enfant ! »

Une fraction de seconde seulement, elle avait vu passer dans les yeux de Lucy un éclair de haine.

« Une enfant ! Tu veux dire une petite drôlement calculatrice ! Jeune, ça oui ! Et tu en jouais ! Avec tes jeans serrés, tes tee-shirts moulants... Tu étais bien contente de me damer le pion. De me faire passer pour une vieille bique. A trente-cinq ans ! Je n'étais pas encore vieille. J'étais jolie. Mais avec toi, je n'étais pas de taille ! »

Sans s'en rendre compte, Tara s'était levée. La cuisine vacillait autour d'elle. C'était peine perdue, elles n'allaient rien tirer au clair. Ni maintenant, ni jamais. Sa mère n'aurait pas de remords. Elle ne comprendrait même pas.

Sa mère se considérait comme la véritable victime.

« Je crois que je ne pourrai pas te pardonner, maman. »

Lucy s'était levée à son tour. D'un geste machinal, comme à son habitude, elle avait pris le torchon accroché près du poêle et essuyé une tache de sauce sur le dessus de la table.

« Me pardonner quoi ? » avait-elle demandé, d'un ton qui n'était ni cynique ni ironique.

A cet instant-là, elle ne se sentait même pas contrariée ou blessée.

Elle posait une simple question.

Alors, toute sa douleur était revenue. La solitude. Le désespoir. L'effroi. La détresse. La peur. La souffrance sans fin. L'espérance qui s'amenuisait de jour en jour.

Et elle avait compris que rien de tout cela ne l'avait jamais quittée. Ni ne la quitterait jamais. Le sentiment d'être seule au monde. De n'appartenir à personne, de n'avoir personne. De tomber en chute libre dans l'enfer. Trahie par celle qui avait été le premier être dans sa vie : la femme qui lui avait donné naissance.

C'est alors que son regard était tombé sur le tissu à carreaux rouges et blancs avec lequel sa mère astiquait la table.

« Tu as toujours ce vieux torchon de cuisine », s'était-elle entendue dire.

C'est à cet instant qu'elle avait cessé de se contrôler.

Elle n'aurait pas cru que ce serait aussi merveilleux.

11

— C'est dingue !

Dans le silence total qui enveloppait les lieux, le cri de triomphe de Gillian résonna un peu trop fort.

Elle ne savait pas combien de temps cela avait duré en réalité, mais elle estimait avoir passé trois bons quarts d'heure à gratter la colle pour l'enlever entièrement avant de commencer à secouer le pied de table et à essayer de le faire tourner. Et, au moment où, le front et le corps ruisselants de sueur, elle croyait que sa résistance allait l'abandonner, la vis avait soudain fini par céder. Elle avait alors pu dégager la pièce de bois aussi facilement que si cela n'avait jamais posé aucun problème.

Incroyable ! Ça a marché ! Ça a vraiment marché !

Elle avait besoin d'une minute pour reprendre des forces. Elle se laissa tomber sur le canapé, s'essuya le front, s'efforça de calmer sa respiration haletante. Juste un instant. Elle ne pouvait pas se permettre davantage, car Tara pouvait revenir d'un moment à l'autre. A présent, c'était de nouveau elle son pire ennemi, la menace immédiate. Tara ne prendrait pas une seconde fois le risque de se contenter de l'enfermer dans une cabane isolée, supposée barricadée comme Fort Knox, en comptant sur l'effet de la température négative. Cette fois, elle la liquiderait tout de suite. Comme elle l'avait fait avec sa mère. Puis avec Carla Roberts et Anne Westley.

Tout à l'heure, devant Gillian recroquevillée sur le vieux canapé, Tara, appuyée contre le poêle, avait fait une sorte d'exposé de la question de la non-assistance à personne en danger. Gillian avait écouté en silence, sentant qu'aucune réponse n'était attendue d'elle.

En tant que délit, la non-assistance à personne en danger est traitée avec une grande légèreté. Dans la société comme dans le droit pénal. Beaucoup de gens la considèrent comme une vétille. Le méchant, c'est l'auteur du crime. Celui qui y assiste sans intervenir... bien sûr, il ne se conduit peut-être pas très correctement, mais on ne peut pas le mettre sur le même plan que l'auteur lui-même. Pour cette raison, on ne fait souvent pas trop attention à lui. On lui manifeste même une certaine compréhension. Après tout, si on veut être honnête, on ne sait pas vraiment comment on aurait agi à sa place.

Elle se leva, tenant le pied de table à deux mains. Elle allait essayer de mettre dans ce premier coup toute l'énergie qui lui restait. Elle brandit la pièce de bois et heurta violemment les volets. Rien ne bougea.

Elle marqua une pause, rassemblant son courage avant de recommencer. *Vas-y, Gillian ! Donne tout ! Tu peux y arriver ! Tu dois y arriver !*

Elle frappa un deuxième coup, aussi violent que le premier.

Cette fois, elle entendit un grincement. Quelque chose avait peut-être bougé, elle n'en était pas certaine.

Il faut naturellement que le criminel soit puni et mis hors d'état de nuire. Mais, la plupart du temps, il s'agit d'une personne ayant une fêlure grave, et qui donne l'impression de ne jamais avoir eu réellement la possibilité de se réparer. La vie de ces gens, surtout lorsque l'enfance entre en jeu, ressemble souvent à un récit d'horreur. Je ne le déclarerais certainement pas devant un tueur en série qui l'est devenu parce que sa mère était alcoolique ou que son père le maltraitait, loin de moi cette idée, mais enfin... cela relativise un peu les choses, non ? Alors que dans le cas de ceux qui voient et se taisent, on ne peut rien mettre dans la balance pour la faire pencher en leur faveur. Dans ce pays, des parents peuvent laisser leurs enfants mourir de faim ou les torturer à mort pendant que les voisins détournent les yeux. Des femmes sont martyrisées par leur mari, et tout le monde prétend n'avoir rien remarqué. Des gamins sont brutalisés par leurs camarades de classe sans que les enseignants interviennent. Cela arrive partout, tout le temps. Et ce n'est possible que parce que la grande majorité de la population est trop frileuse, trop lâche, trop peu concernée, trop apathique pour réagir.

Quelle image lui était venue à l'esprit tout à l'heure, juste avant l'idée de se servir de la table ? Celle d'un bélier. Peut-être était-ce une erreur de vouloir casser les volets par de petits chocs répétés. Peut-être devait-elle au contraire essayer de se jeter contre eux d'un seul coup, et de toutes ses forces ?

Elle recula de quelques pas. Puis, tenant le morceau de bois à deux mains, elle s'élança vers la fenêtre.

Les volets tremblèrent. Cette fois, elle en était sûre, quelque chose avait cédé. En examinant les gonds, elle constata qu'en plusieurs endroits le bois s'était écarté des ferrures de quelques millimètres.

Cela pouvait marcher. Peut-être finirait-elle par avoir un peu de chance dans cette terrible journée ? Elle fit une nouvelle pause. Ses mains étaient douloureuses. Juste se reposer un instant, reprendre son souffle avant la prochaine tentative.

Tara lui avait parlé de Liza Stanford. Cette histoire dépassait l'entendement. Gillian ne connaissait pas personnellement Logan Stanford, mais elle avait souvent lu des articles de journaux à son sujet. Sans l'avoir trouvé sympathique sur les photos, elle ne l'aurait jamais cru malade à ce point, capable d'autant de violence. Il organisait régulièrement des galas de bienfaisance, ce qui lui avait d'ailleurs valu son surnom. Gillian avait eu la nette impression qu'il faisait cela davantage pour qu'on parle de lui dans la presse que pour la bonne cause, mais cela ne l'avait pas autrement préoccupée. Les fonds qu'il collectait allaient à ceux qui en avaient besoin, c'était finalement l'essentiel. Quelles que soient les motivations, faire le bien par besoin de se mettre en avant valait peut-être mieux que de ne rien faire du tout.

Elle était donc restée sans voix en apprenant que sa femme se cachait, qu'il l'avait martyrisée pendant des années de la façon la plus brutale.

« Charity-Stanford ? Ce n'est pas possible ! Tu es sûre ?

— J'ai vu Liza ce soir-là à l'hôtel. Son œil au beurre noir. Plus tard, elle m'a montré ce qu'elle avait sur le corps. Des cicatrices, des hématomes, des entailles dans la peau. L'avocat distingué est un sadique. Un psychopathe !

— Et elle s'est laissé faire pendant des années ?

— Oui, ces histoires sont toujours difficiles à croire. Encore plus à comprendre. Mais cela arrive tout le temps. Les victimes se tiennent tranquilles dans l'espoir que tout ira mieux si elles réussissent à s'adapter. A ne plus provoquer la mauvaise humeur du coupable. Car, à un niveau plus ou moins conscient, elles sont prêtes à admettre que c'est de leur faute. Que c'est chez elles que quelque chose ne va pas, que leur bourreau est donc pratiquement obligé de se conduire comme il le fait. C'était Logan Stanford la victime, comprends-tu ? Il avait épousé une femme impossible. C'était la faute de Liza si elle le mettait constamment hors de lui, s'il ne se contrôlait plus.

— N'y avait-il personne à qui elle aurait pu se confier ? Et qui l'aurait aidée à le quitter au plus vite ?

— Pendant toutes ces années, elle n'en a parlé qu'à deux femmes. Deux femmes dont elle espérait de l'aide. Une amie. Et la pédiatre de son fils.

— Ah bon ?

— Oui. Carla Roberts. Et le Dr Anne Westley. »

C'est à cette seconde, lorsque Tara avait prononcé ces deux noms, Carla Roberts et Anne Westley, qu'elle avait compris toute l'histoire. La raison de la mort en apparence tellement absurde de ces deux femmes âgées parfaitement inoffensives. Le mobile de Tara.

« Elles ne l'ont pas aidée ?

— Non. Roberts était trop occupée par ses petits malheurs personnels, cela ne l'intéressait pas vraiment. Quant à Westley, apparemment, elle a hésité si longtemps en se demandant ce qu'il fallait faire qu'elle a fini par décider de ne rien faire du tout. Elles s'en sont lavé les mains toutes les deux. Liza n'avait aucune chance d'obtenir leur aide. »

Non-assistance à personne en danger. Le grand thème de sa vie d'avocate de l'accusation. Carla Roberts et Anne Westley s'étaient conduites comme Lucy Caine-Roslin, elles avaient fermé les yeux. Ne pas regarder de trop près. Ne risquer de fâcher personne.

« Et c'est pour cela que tu les as...

— Crois-le si tu veux, mais je n'avais rien prévu au départ. J'étais seulement furieuse contre ces deux femmes qui avaient laissé tomber une personne en grande détresse, et joué ainsi le jeu de son bourreau. Je voulais leur faire une petite frayeur. Déranger un peu leur existence petite-bourgeoise bien tranquille. Je les ai terrorisées. Liza Stanford craignait jour et nuit pour sa vie. Au moins, elles auraient une vague idée de ce que cela pouvait être.

— Je comprends.

— Ç'a été assez simple de trafiquer la porte de l'immeuble de Carla Roberts. Je pouvais entrer et sortir quand je voulais, chaque fois que j'avais un peu de temps libre. Je prenais plaisir à envoyer régulièrement l'ascenseur à l'étage de Roberts, bien sûr sans que personne n'en sorte. Ce genre de chose peut être usant pour les nerfs.

Pour Anne Westley, qui habitait dans un endroit désert, c'était la voiture en pleine nuit. Les phares qui éclairaient les murs de sa chambre. Un moteur qui s'arrêtait. Mais personne ne se montrait.

— Cela a sans doute été efficace.

— C'est certain. En tout cas, les deux femmes étaient très nerveuses. Mais...

— Mais ça ne t'a pas suffi ? »

Gillian inspira à fond. Elle était inquiète de se sentir plus faible de minute en minute. Mais, au point où elle en était, elle n'avait pas le droit de renoncer. Si elle ne flanchait pas, elle avait réellement une chance.

Elle pensa à Becky. Becky avait besoin d'elle.

Elle fit une dernière tentative désespérée. Tenant le pied de table à deux mains, elle s'élança contre les volets de toutes ses forces, de tout son poids.

Dans un fracas assourdissant, l'un des battants s'arracha à son ancrage et jaillit à l'extérieur, entraînant avec lui l'autre battant resté fixé au mur. Les deux volets attachés l'un à l'autre allèrent cogner la paroi extérieure de la cabane, puis claquèrent encore deux ou trois fois contre elle avant de s'immobiliser.

La fenêtre était ouverte.

Gillian vit au-dehors la neige, le ciel nocturne, et il lui fallut quelques secondes pour réaliser que son plan avait fonctionné. Elle avait réussi à se tirer d'une situation presque impossible. Ses bras tremblaient, ses muscles étaient endoloris par l'effort extraordinaire qu'ils avaient fourni. Mais elle était libre.

A présent, il s'agissait de procéder avec méthode, de ne prendre aucun risque inutile.

Elle commença par enfouir les précieuses clés dans une poche de son manteau, s'assurant à plusieurs reprises qu'elles ne pouvaient pas tomber. Puis elle mit dans son autre poche les deux sandwichs et la bouteille où il restait un peu d'eau. La bouteille était encombrante et dépassait beaucoup, mais cela lui paraissait important de l'emporter. La lampe de poche qui lui avait rendu de si précieux services rejoignit le trousseau. Avec cela, elle avait tout ce qu'il lui fallait – du moins tout ce qu'elle pouvait se procurer dans la situation présente.

Elle se hissa sur l'appui de la fenêtre et sauta. Au passage, elle heurta un rameau épineux qui lui égratigna le visage, mais elle s'en aperçut à peine. Elle atterrit dans la neige profonde, se releva aussitôt et longea prudemment le mur pour aller se poster à l'angle et surveiller l'avant de la cabane.

Personne en vue. La neige diffusait une certaine clarté, et les grandes trouées entre les nuages laissaient entrevoir la lune et les étoiles. Gillian se fraya un chemin à travers le petit bois, puis s'arrêta pour avoir une vue d'ensemble du terrain. Derrière elle et sur les côtés, la forêt. Devant elle, le plateau par lequel elle était venue avec Tara quelques heures plus tôt. Elle pouvait même distinguer leurs traces dans la neige. Ce ne serait donc pas trop difficile de retrouver la voiture.

Un autre fait l'inquiétait davantage : le plateau n'offrait aucun abri. Quand elle le traverserait, elle apparaîtrait comme une silhouette noire se découpant nettement sur la neige. Si jamais Tara était en train de revenir vers le chalet, elle la repérerait de très loin. L'inverse était également vrai, bien sûr.

Gillian étudia encore une fois le paysage et envisagea un moment de longer un bois visible à quelque distance, où elle pourrait se cacher sous les arbres. Mais cela nécessitait un grand détour qui l'obligerait à marcher presque deux fois plus longtemps. De plus, elle risquait de ne plus savoir s'orienter et de s'égarer définitivement. Une fois perdue dans cette grande forêt sans aucune trace pour la guider, elle ne tiendrait pas deux jours par ce froid. Elle décida donc de prendre le même chemin qu'à l'aller. Si Tara s'y trouvait, elle la verrait assez tôt pour réfléchir aux mesures à prendre. D'ailleurs, elle avait un petit avantage : elle s'attendait, elle, à rencontrer Tara, alors que Tara s'imaginait être seule dehors.

Elle se mit en route. Après tant d'épreuves, elle savait qu'elle aurait dû craindre de ne pas venir à bout de cette longue course dans la neige profonde. Mais l'euphorie de sa libération avait injecté dans son corps une bonne dose d'adrénaline, et elle se sentait pleine d'une inexplicable énergie.

J'y arriverai. Elle ne pourra pas me tuer.

La voix de Tara lui revint tout à coup. Le frisson d'horreur que ses paroles avaient déclenché en elle.

« Non, un jour, cela ne m'a plus suffi de faire peur à Roberts et à Westley.

— Alors, tu les as tuées ?

— Oui. Mais à l'instant où c'est arrivé... ce n'était pas elles que je tuais. Ce n'était que la prolongation d'un moment qui m'avait comblée. Mais pas suffisamment. Non, je ne serai jamais satisfaite. Jamais, jamais, jamais.

— Que veux-tu dire ?

— Je veux dire que je ne peux plus m'arrêter. Quand j'ai tué Roberts et Westley, j'ai compris que, tant que je vivrais, je n'en aurais jamais assez.

— Assez de quoi ?

— Lucy. Ma mère. Je n'en aurai jamais assez de tuer ma mère. »

12

John n'aurait pas imaginé qu'on puisse trouver des culs-de-sac dans un endroit comme le Peak District, mais, de toute évidence, c'était là qu'ils étaient tombés. Ils avaient suivi la route secondaire pendant un temps infini sans rencontrer la voiture de Tara, et voici que tout à coup, sans le moindre panneau pour l'annoncer, la voie se terminait en une sorte de grande boucle refermée sur elle-même. En face d'eux et de chaque côté, rien que l'épaisse forêt. Pas trace de Jaguar ni de cabane, encore moins de deux femmes qui marcheraient dans la neige.

John fut forcé de faire demi-tour, mais il arrêta le véhicule aussitôt après le virage.

— Eh bien, voilà pour cette route. Apparemment, ce n'était pas la bonne.

— Il doit y avoir beaucoup de routes qui se ressemblent par ici, dit Samson d'une voix déprimée.

— C'est certain. Montrez-moi encore cette carte.

John étudia le plan et reprit :

— A mon avis, nous devrions être à peu près dans ce coin. Autrement dit, nous sommes encore dans la zone définie par Sherman, mais sans doute un peu trop vers la limite sud. La cabane pourrait être plus près du centre du cercle.

— A supposer qu'elle se situe réellement dans cette zone, observa Samson. Après tout, Sherman n'a jamais vu cette bicoque. Et ça fait trente ans qu'on lui a expliqué où elle était.

John eut une forte envie d'envoyer l'ouvrage valser à travers l'habitacle, mais il se maîtrisa.

— Oui. Il peut avoir une idée fausse de sa situation. Il se peut aussi que la cabane elle-même n'existe plus depuis longtemps. Et Tara Caine peut également avoir pris une tout autre direction. Gillian et elle sont peut-être en Cornouailles à l'heure qu'il est. Ou en Ecosse. Ou dans je ne sais quel trou paumé en plein pays de Galles ! Mais cette cabane est la seule minuscule petite piste que nous ayons, et même si ça me rend fou de penser que nous perdons peut-être notre temps ici, et surtout celui de Gillian, tout ce que nous pouvons faire, c'est chercher à cet endroit et pas ailleurs. Tout autre choix serait encore plus absurde.

— B... bien sûr, approuva Samson. Alors, nous revenons en arrière ?

— Oui, dit John en remettant le moteur en marche. Je me souviens que, tout au début, il y avait une bifurcation, avec une voie qui avait l'air de partir en direction du nord. C'est par là qu'il faudrait commencer.

— Mais c'était une toute petite route, non ?

— Elle m'a paru assez bien dégagée. Et puis, qui sait, elle mène peut-être à une autre plus large. Ici, c'est comme une toile d'araignée, chaque route est plus ou moins reliée à toutes les autres. Au bout d'un certain temps, nous les aurons toutes parcourues.

La soirée était maintenant bien avancée, et il faisait nuit noire. Pendant qu'ils roulaient, Samson scrutait le paysage par la fenêtre, espérant toujours découvrir un indice décisif. Une chose était claire : quoi qu'il en soit par ailleurs, leur théorie selon laquelle les deux femmes – si elles étaient ici – avaient nécessairement suivi les routes principales et non des voies secondaires était juste. Parce qu'il avait beau regarder, il ne voyait pas un seul départ de chemin au milieu de toute cette neige.

Il n'avait pas remarqué qu'ils avaient roulé aussi longtemps tout à l'heure. En tout cas, le trajet lui sembla beaucoup plus long qu'à l'aller pour rejoindre l'embranchement où ils avaient laissé de côté l'autre route, la jugeant trop étroite. Avant cela, ils n'avaient pas eu d'autre occasion de bifurquer.

Comme en écho à ses pensées, John marmonna entre ses dents :

— Tout ça prend beaucoup trop de temps !

Ils s'engagèrent sur la petite route, qui débouchait sur un vaste paysage vallonné et sans arbres.

— La lande, fit John. Elle commence ici. Sherman nous en avait parlé ! ajouta-t-il avec un juron. Nous sommes allés trop loin vers le sud, j'aurais dû m'en apercevoir beaucoup plus tôt !

Il freina, car ils étaient parvenus à un carrefour. Une sorte de patte-d'oie où il fallait choisir entre trois solutions : continuer tout droit, partir à gauche ou à droite.

— Oh, zut ! s'exclama Samson.

— Au fond, suggéra John, nous pourrions aussi bien jouer ça à pile ou face.

Il regarda dehors, cherchant à se repérer.

— Sherman a dit que la cabane était en bordure de forêt. Ce qui est d'ailleurs logique. Le père Caine l'a construite tout seul, il n'allait pas trimballer des troncs d'arbres par monts et par vaux sur des kilomètres. Voit-on une forêt par ici ?

Les deux hommes descendirent de la voiture. Le vent soufflant en rafales les fit tressaillir, et ils eurent l'impression qu'il était devenu encore plus glacial.

— Bon Dieu, qu'il fait froid ! s'écria John en soufflant dans ses mains subitement gelées.

Pourvu que Gillian ne soit pas dehors, quelque part dans ce paysage immense, loin de toute habitation humaine, songea-t-il. On pouvait facilement mourir d'hypothermie par une nuit pareille.

— Là-bas, dit Samson en tendant la main en direction du nord. Je crois que c'est une forêt qu'on aperçoit tout au fond.

John admit que la bande sombre qu'ils distinguaient à l'horizon pouvait bien être une zone boisée. Dans ce cas, ils devaient continuer tout droit. Ils ne voyaient rien de comparable à l'ouest ni à l'est, ce qui ne signifiait d'ailleurs pas qu'il n'y avait pas de forêt. Mais, des deux côtés, le relief était plus vallonné, empêchant de voir au-delà des premières hauteurs.

— Continuons tout droit, déclara John. Samson, vous avez peut-être raison de penser que c'est une forêt, là-bas au bout. Puisque nous n'en voyons pas d'autre, il faut nous contenter des maigres indices dont nous disposons. C'est ce que nous avons fait jusqu'ici. Allons, en route !

Ils remontèrent dans le véhicule et repartirent.

A la poursuite de leur toute petite chance.

13

Elle avait fini par s'endormir, malgré sa résolution d'éviter cela à tout prix. Elle s'éveilla en sursaut, tirée d'un rêve confus, et voulut s'asseoir, mais la douleur l'en empêcha. Que lui arrivait-il ? Tous ses os, ses muscles, ses nerfs lui faisaient mal. Elle gémit doucement, jusqu'à ce que son cerveau embrumé réalise enfin qu'elle ne venait pas de succomber soudain à quelque mystérieuse maladie, mais que cette souffrance venait de sa position crispée sur l'étroite banquette arrière. Et aussi, bien sûr, du froid terrible. Elle se sentait littéralement frigorifiée. Il ne fallait en aucun cas qu'elle se rendorme. C'était dangereux. Elle avait de la chance que quelque chose l'ait tirée du sommeil.

Quelque chose ? Son rêve, peut-être. Elle faisait face à sa mère, et Lucy lui parlait. Mais d'une voix si basse qu'elle n'avait rien pu distinguer. Elle ne voyait que le mouvement des lèvres et s'efforçait désespérément d'attraper un mot au passage, en vain. Elle suppliait Lucy de parler plus fort, mais Lucy se contentait de sourire sans se soucier de sa prière. Tara se sentait devenir folle à l'idée que Lucy lui disait peut-être une chose très importante, qui répondait à toutes ses questions, mais que cela était perdu pour la seule raison qu'elle ne pouvait pas l'entendre. Son cœur s'était mis à battre la chamade, et cela l'avait réveillée.

La pensée lui vint que sa mère, en lui apparaissant en rêve, l'avait peut-être empêchée de mourir de froid. Se pouvait-il que, pour la première fois, sa mère ait fait quelque chose pour elle ? Tara n'était pas sûre que cette idée lui plaise. Pendant des années, elle avait attendu que Lucy se conduise comme une mère, mais elle se demandait si elle le voulait encore.

Non, je ne veux pas, décida-t-elle. Ignorant les douleurs qui irradiaient dans tout son corps, elle se redressa péniblement.

C'est alors qu'elle aperçut Gillian.

A une dizaine de pas de la Jaguar. A vrai dire, Tara ne pouvait pas reconnaître son visage. Sous la clarté lunaire, elle ne voyait qu'une silhouette noire se découpant sur le blanc de la neige. Cette forme ne bougeait pas, elle semblait regarder la voiture.

Mais ce ne pouvait être que Gillian. Qui d'autre se serait promené en pleine nuit dans ce désert ?

Tara était parfaitement lucide à présent. Elle se laissa de nouveau glisser sur la banquette avec précaution, se demandant si Gillian avait pu la voir, ou au moins distinguer un mouvement dans l'habitacle. A cause de ses articulations raidies, Tara s'était redressée très lentement, sans aller jusqu'à s'asseoir, et Gillian n'avait manifesté aucune réaction. Peut-être n'avait-on rien vu de l'extérieur ?

Merde, merde, merde ! Dire que Gillian aurait pu la surprendre endormie ! Elle n'aurait eu aucune peine à la maîtriser, et ç'aurait été la fin de tout.

Comment diable avait-elle réussi à s'échapper ? Toutes les serrures de la cabane étaient verrouillées, il était impossible aussi bien d'y entrer que d'en sortir. Tara ne pouvait imaginer qu'une seule possibilité : Gillian avait trouvé un outil grâce auquel elle était parvenue à forcer une serrure ou à démonter un volet. Pourtant il n'y avait rien dans le chalet, absolument rien. Tara l'avait entièrement vidé des années plus tôt, il n'y restait pas un couvert, pas un décapsuleur, pas une brosse à dents. Tout ce que Gillian avait à sa disposition, c'étaient ces deux clés. Comment avait-elle pu s'évader avec ça ?

Les clés. *La clé de la voiture.* Si elle parvenait à neutraliser Gillian maintenant, la clé était à elle. Elle pourrait enfin quitter ce lieu hostile. Elle s'imagina mettant le moteur en marche, poussant le chauffage à fond, et tout son corps se mit à trembler. Son désir de chaleur était devenu si impérieux qu'elle se sentait près d'éclater en sanglots.

Mais il fallait garder l'esprit clair. Elle essaya de récupérer son pistolet et ne le retrouva pas, car il avait glissé trop loin sous le siège avant. Tant pis, de toute façon, elle n'était pas bonne tireuse et ne faisait mouche que si la cible était juste devant elle. Restait le couteau. Elle le tenait à la main, mais il ne fallait pas exclure la possibilité que Gillian soit armée aussi. Elle avait forcément utilisé un objet quelconque pour sortir de sa prison. De plus, la position de Tara sur la banquette arrière n'était pas des plus favorables. Si Gillian regardait à l'intérieur du véhicule avant d'y monter…

Avec précaution, elle tira la couverture par-dessus sa tête, l'étalant sur toute la surface de la banquette, et s'enfonça autant qu'elle le put dans les coussins moelleux, s'aplatissant au maximum. Bien sûr, le plaid aurait dû être dans le coffre, mais Gillian ne devait pas avoir la tête à ce genre de subtilité en ce moment. Et elle-même disposait d'une petite longueur d'avance, puisqu'elle savait où était Gillian, alors que Gillian ne se doutait pas que la femme qui en voulait à sa vie était aussi proche. Elle l'imaginait probablement embarquée dans une longue et pénible randonnée à travers le Peak District, marchant vers Manchester.

Soudain, un claquement métallique fit vibrer toute la voiture, et Tara sursauta. Que s'était-il passé ? Puis elle se détendit très vite. Gillian avait seulement actionné à distance l'ouverture des portières. Tara sourit. Comme elle avait bien fait de les verrouiller de l'intérieur ! Gillian devait maintenant croire que la Jaguar était restée fermée depuis leur départ. Elle n'imaginerait pas que Tara puisse s'y trouver.

Viens, murmura-t-elle en silence. *Viens donc. Entre. Assieds-toi au volant. Qu'est-ce que tu attends ?*

Elle entendit le crissement des pas dans la neige. Elle retint son souffle. Se confondit avec la banquette, avec l'énorme couverture froissée. Se fit toute petite. Invisible.

La portière avant s'ouvrit.

Tara tenait fermement dans ses mains le couteau et le collet en fil de fer.

14

Poussée par la peur, Gillian avait marché beaucoup plus vite qu'à l'aller, malgré son épuisement. Elle poussa un profond soupir en apercevant enfin l'auto. Elle n'était pas surprise de la trouver encore là : comment Tara aurait-elle pu la déplacer ? Mais elle se mit à avancer plus lentement, avec précaution. N'ayant vu Tara nulle part sur le chemin, elle en était venue à la conclusion que celle-ci n'avait pas essayé de revenir chercher les clés, et qu'elle ne le ferait plus maintenant. Peut-être avait-elle décidé de partir à pied ?

Elle examina d'abord la voiture à bonne distance pendant un moment. Il y avait beaucoup de traces de pas dans la neige, sans doute celles que Tara et elle avaient laissées avant leur départ, auxquelles devaient s'être ajoutées des traces fraîches de Tara. Elle n'avait dû s'apercevoir qu'elle n'avait plus la clé qu'une fois arrivée devant la Jaguar. Gillian l'imaginait fouillant dans son sac de plus en plus frénétiquement, à la limite de la panique. Cela avait dû être pour elle un moment terrible – si près du but, et réduite à l'impuissance.

Ne voyant rien bouger, elle leva finalement la clé en direction du véhicule pour actionner l'ouverture. Les feux s'illuminèrent pendant une seconde, il y eut un petit claquement. Le bruit aurait été différent, Gillian le savait, si les portières n'avaient pas été verrouillées. Personne n'avait donc ouvert la voiture entre-temps.

Elle s'approcha lentement.

En atteignant la portière du conducteur, elle jeta un coup d'œil à l'intérieur. Elle pensait avoir besoin de la lampe de poche, mais ce n'était pas nécessaire. Le ciel était maintenant entièrement dégagé et, avec la clarté de la lune reflétée par les champs de neige, on y voyait suffisamment.

L'habitacle était vide. La couverture de laine était jetée négligemment sur la banquette arrière, faisant de grands plis ondulés.

Elle ouvrit la porte.

Avant de s'asseoir, elle tapa ses bottes l'une contre l'autre pour en détacher la neige. Elle se laissa tomber derrière le volant et mit la clé de contact dans la serrure. Les doigts gourds et tremblants, elle dut s'y reprendre à trois fois avant d'y parvenir. Enfin, elle tourna la clé. Le moteur toussa un peu, puis s'arrêta.

Sans doute le froid. Tara lui avait dit plusieurs fois que sa voiture avait des difficultés à démarrer quand la température était trop basse.

Allons, un petit effort !

La deuxième tentative échoua également. D'après son expérience avec son propre véhicule, elle savait qu'en pareil cas il valait mieux attendre une minute avant de recommencer. Cela marchait la plupart du temps. Elle se rejeta en arrière, la nuque posée sur l'appuie-tête, s'efforçant de se calmer. Tout son corps tremblait d'excitation. Elle y était presque. Elle avait réussi à se tirer de la situation la plus périlleuse de son existence. Il ne lui restait plus qu'à faire démarrer la Jaguar, et elle serait en sécurité.

Arrête de trembler ! Tu as gagné !

Pourtant, le sentiment du danger ne la quittait pas. C'était presque pire qu'avant. Quelque chose – mais quoi ? – faisait battre son cœur trop vite, lui envoyait des frissons dans les bras, de l'adrénaline dans tout le corps. Quelques minutes plus tôt, lorsqu'elle était encore à l'extérieur, elle n'avait pas ressenti cette peur incoercible, cet effroi qui la torturait.

Ce n'est pas le moment de paniquer !

Elle allait se pencher à nouveau, essayer pour la troisième fois de faire démarrer le moteur, quand elle comprit subitement. Son instinct l'avait alertée à temps, mais son cerveau avait beaucoup traîné. La couverture. Sa vieille couverture qui grattait. Elle aurait dû être dans le coffre.

Et pas sur la banquette arrière !

Elle ouvrit la portière et voulut bondir hors de la voiture pour se mettre à l'abri. Au même instant, une ombre noire se dressa derrière elle, occupant tout le rétroviseur. Gillian avait une fraction de seconde de retard. Le fil de fer passait déjà par-dessus sa tête et s'enfonçait dans la peau de son cou, lui causant une douleur atroce. La boucle la tira en arrière si violemment qu'elle retomba sur le siège, arrêtée net dans son élan. Prise de panique, elle tenta de saisir à deux mains le fil de fer qui lui coupait la respiration et menaçait de lui broyer le larynx. Elle laissa échapper un cri rauque, désespéré.

— Tiens-toi tranquille, commanda Tara d'une voix très calme, presque avec douceur. Tiens-toi tranquille, sinon, tu vas t'étrangler toute seule.

Gillian obéit, et la pression se relâcha un peu. Elle pouvait de nouveau respirer, mais son cou lui faisait affreusement mal. Tara avait tiré si fort sur le collet que le fil de fer lui avait profondément entaillé la peau. La marque se verrait sans doute pendant des semaines.

Si elle était encore vivante alors.

Le fil de fer la maintenait contre l'appuie-tête, la contraignant à rester immobile sur le siège. Tout en s'efforçant de retrouver un souffle régulier, elle se traitait intérieurement d'idiote. Comment avait-elle pu faire preuve d'une stupidité aussi abyssale ? Quand elle était dehors à essayer d'envisager toutes les éventualités, elle avait conclu du fait qu'elle avait pu *déverrouiller* les portes par la commande à distance que Tara les avait *verrouillées* lorsqu'elles étaient arrivées le matin. Elle en avait déduit que Tara ne pouvait pas être dans la voiture, puisqu'elle n'aurait pas pu l'ouvrir sans la clé. Elle n'avait pas songé que le véhicule pouvait être resté ouvert, que Tara aurait alors pu y entrer, et ensuite seulement verrouiller les portières de l'intérieur. Cela ne lui était tout simplement pas venu à l'esprit. A force d'épuisement, son cerveau ne devait plus fonctionner normalement. Elle avait pourtant vu la couverture sur le siège arrière, et même cela ne l'avait pas alertée.

Idiote, idiote, idiote ! songea-t-elle, et elle poussa un gémissement.

— Oui, c'est trop bête, approuva Tara comme si elle lisait dans son esprit. On se laisse parfois prendre aux pièges les plus élémentaires. Mais ne t'en fais pas, c'est arrivé à d'autres.

Gillian ne put s'empêcher de tousser. La douleur dans son larynx irradiait jusqu'à la nuque, jusqu'aux épaules. C'était toute sa gorge qui était écorchée. Elle eut l'impression qu'elle pouvait s'estimer heureuse de n'avoir pas été carrément décapitée, tant Tara avait tiré la boucle avec violence.

— Pou… émit-elle d'une voix rauque.

— Tu ferais mieux de ne pas parler, l'interrompit Tara.

Gillian entendit le couteau s'ouvrir avec un claquement. Aussitôt après, elle sentit le contact de la lame froide posée à plat juste sous son oreille droite. Elle eut un sursaut désespéré, qu'elle paya immédiatement, car le fil de fer lui entra de nouveau dans la peau. Avec un cri de détresse étouffé, elle reprit docilement la position.

— Bonne petite, fit Tara. Tu apprends vite. Sois raisonnable, ne tente rien. Tu ne gagnerais pas.

Gillian essaya à nouveau de parler :

— Pou...

— Poupoupoupou, singea Tara en caressant doucement l'oreille de Gillian avec la lame de son couteau. Allons, exprime-toi. Que veux-tu absolument me dire ?

Le désespoir et le chagrin pesaient sur Gillian comme une chape de plomb. Avoir tant lutté, et devoir perdre au dernier moment...

Malgré la douleur, elle parvint enfin à articuler quelques mots audibles :

— Pour... quoi ? demanda-t-elle d'une voix enrouée. Pourquoi... moi ?

— Oui, pourquoi toi ? répéta Tara. Après tout ce que je t'ai raconté sur moi, tu n'es toujours pas capable de trouver toi-même ? Tu n'as pas pigé ? La faute que tu as commise ? La faute *impardonnable* ?

Gillian resta silencieuse.

A cet instant, elle comprit. Sa faute. Celle qui, pour le cerveau malade de Tara, devait nécessairement apparaître comme une répétition de sa propre histoire.

— John, articula-t-elle.

La lame de Tara lui frôla la joue, presque avec tendresse.

— Exact. John. Voilà ton erreur.

Gillian toussa de nouveau avant de reprendre péniblement :

— Je... considère John... comme innocent. Et... ton collègue procureur... de l'époque... était de cet avis.

— Tu le connais, ce collègue ? cracha Tara avec mépris. Celui qui s'est occupé de l'affaire Burton à l'époque ?

— Non.

— Moi, oui. Un constipé. Une couille molle. Un type uniquement préoccupé, du matin au soir, de faire en sorte que sa carrière se déroule avec le minimum de problèmes. Il faut que tu saches que, dans notre métier, nous prenons toutes les précautions possibles avant de mettre quelqu'un en accusation. Personne n'aime perdre devant un tribunal. Mais en fin de compte, nous ne pouvons jamais être sûrs à cent pour cent de gagner. Nous ne savons pas quelle stratégie l'avocat de la défense adoptera, quels témoins il fera comparaître, si le procès ne prendra pas un tour inattendu, dans quel sens le juge tranchera. Nous prenons toujours un risque. Certains d'entre nous aiment le risque, d'autres moins. Burton a eu de la chance, il est tombé sur un type connu pour prendre tellement de garanties que, de tous les avocats de la Couronne, c'est celui avec qui les dossiers aboutissent le moins souvent à une mise en accusation. Il faut pratiquement qu'on lui apporte les aveux sur un plateau pour qu'il ait le courage de sortir de sa planque. Dans l'affaire Burton, les incertitudes ne manquaient pas. Tu comprends ? Le fait qu'il n'y ait pas eu de mise en accusation ne signifie rien, absolument rien. Pas avec ce procureur-là.

— Mais...

— Il n'y a pas de mais ! coupa sèchement Tara. Tu vas me dire que tu ne le savais pas ? Je te l'accorde ! Mais tu as une petite fille. Une enfant sans défense. Et tu te compromets avec un type sur qui une enquête a été menée pour *agression sexuelle* ? Tu prends le risque de mettre une personne pareille sous le nez de ta fille ? Juste parce que tu en as marre de ton mari, mais que tu ne peux pas supporter de vivre sans homme ? Tu joues avec l'innocence de ton enfant, avec son intégrité physique et morale, et tu trouves ça *normal* ?

— Je...

— C'est ça, je-je-je ! Il n'y a que toi qui comptes. Il te faisait envie, alors, tu as mis tes scrupules de côté. Tu t'es persuadée toi-même que tout était pour le mieux. Qu'il n'avait certainement rien fait. Que la fille qui avait porté plainte contre lui avait forcément menti. Lui, c'était un agneau ! Tu vois, Gillian, une femme qui n'est responsable que d'elle-même peut faire cela. Bien que je ne puisse pas la comprendre dans ce cas non plus, mais passons. Cependant, dans ton cas, il y avait Becky. Et j'étais fermement résolue à sauver Becky. Il ne faut pas qu'elle connaisse ce que j'ai subi. Jamais.

Gillian toussa encore. Sa voix redevenait un peu plus normale, mais sa gorge brûlait comme du feu.

— Tu savais déjà cela avant Noël ? demanda-t-elle.

Elle n'avait parlé à Tara qu'après le Nouvel An de l'histoire passée de John, mais c'était peu avant Noël qu'elle avait subi la première tentative d'assassinat de son ancienne amie. Et que Tom, Tom qui était parfaitement innocent, avait été tué. C'était tellement monstrueux. Pervers, cruel. Une femme prise de folie meurtrière sans que personne, *personne*, n'ait rien remarqué. Pas l'ombre d'un soupçon n'avait jamais pesé sur l'avocate de la Couronne. Pendant qu'on enquêtait dans toutes les directions, elle continuait à assouvir sans entraves une haine et un désir de vengeance qui dominaient tout.

— Quand j'ai entendu le nom de Burton, cela a produit un déclic dans ma tête. Je n'ai pas pu le situer sur le moment, car j'étais à Manchester au moment de l'affaire, mais je savais que ce nom avait été mentionné dans le cadre d'une procédure d'enquête. Il ne m'a pas été difficile d'accéder au dossier. D'autre part, j'ai tout de suite compris que tu étais au courant. Tu ne sais pas bien mentir, Gillian. Quand tu as fini par me dire la vérité, j'ai seulement joué la surprise. Je savais depuis longtemps.

Gillian se remit à tousser. Si seulement elle n'avait pas cette boule de feu dans la gorge ! Elle aurait voulu pouvoir avaler une grosse poignée de neige.

— Tara, je t'en prie, ne continue pas dans cette voie. Il y a eu suffisamment de morts innocents. Ces deux femmes à Londres et à Tunbridge… elles n'avaient pas fait ce qu'il fallait, bien sûr, mais cela ne justifiait pas leur mort. Et Tom n'avait rien fait à personne. Mais ce que tu m'as raconté sur ton enfance… oui, je peux comprendre pourquoi tu n'as pas trouvé d'autre solution. Je peux vraiment le comprendre.

— Ah oui ?

— Oui, je t'assure, répéta Gillian avec désespoir.

Elle se rendit compte que Tara ne la croyait pas. Pourtant, elle ne mentait pas. Tara avait connu le pire des enfers qu'un enfant puisse vivre, et personne n'était venu à son secours. Ni sa mère ni aucun de ceux qui, dans leur entourage, avaient pu remarquer un changement chez la petite fille. Car il y en avait eu, c'était certain. Des voisins avaient été défaillants, des enseignants, des parents de camarades d'école. Ce que Gillian sentait à présent en Tara, ce n'était pas la haine froide, le désir de meurtre, la cruauté impitoyable d'une femme adulte.

C'était la détresse insondable d'une petite fille sans défense.

— Je témoignerai en ta faveur, Tara. N'importe quel juge, en entendant ton histoire…

— … me laissera repartir tranquillement ? Tu es vraiment naïve à ce point, Gillian ? Bien sûr qu'on va m'enfermer, si on me prend. On dira que ce qui m'est arrivé était évidemment terrible, mais qu'on ne peut pas laisser en liberté une bombe à retardement. C'est drôle, non ? Roslin n'est pas allé en prison. Ma mère non plus. Burton se promène dans la nature. Charity-Stanford échappera lui aussi à la punition, parce que cette pauvre idiote de Liza ne portera probablement jamais plainte. Mais moi… si on me prend, je n'y couperai pas. Je passerai le restant de mes jours en cellule. Voilà ce qu'est la justice en ce monde ! Et je ne peux pas l'accepter.

Le fil de fer se resserra sur le cou de Gillian.

Elle ferma un instant les yeux, découragée, ne sachant plus comment atteindre Tara. Quand elle les rouvrit, elle crut apercevoir, au loin, un éclair de lumière. La seconde d'après, il avait disparu, mais il revint avant que Gillian ait eu le temps de se dire que son cerveau surmené lui jouait des tours. Cette fois, la lueur persista un peu plus longtemps, puis s'éclipsa à nouveau, puis reparut.

Les yeux de Gillian restèrent rivés au pare-brise, comme si son regard pouvait transpercer la nuit. Ce qu'elle avait cru voir n'était-il pas impossible ? Etait-ce un phénomène physique, la lumière des étoiles se réfractant sur la neige ? En temps normal, elle aurait dit qu'il s'agissait d'une voiture. Une voiture qui se rapprochait, mais dont la lumière des phares était tantôt visible, tantôt non, à cause du paysage vallonné. Or, la supposition était absurde. Il y avait sans doute des chasseurs par ici, parfois peut-être aussi des randonneurs, même en hiver. Mais pas à cette heure de la nuit. Et, en plein hiver, un jeune couple d'amoureux ne s'aventurerait jamais aussi loin dans le parc.

Ne te fais aucune illusion. Ce n'est pas une voiture, jamais de la vie. Tu es absolument seule ici avec cette femme qui est devenue cinglée, tu as un fil de fer autour du cou et un couteau contre la joue. Ta situation est insoluble. Tu ne sortiras pas de ce sac de nœuds, c'est la fin.

Elle referma les yeux, puis les rouvrit, comme si cela pouvait faire se reproduire ce qu'elle venait d'apercevoir et chasser ses pensées morbides. Or, contre toute attente, cela marcha. La lueur était revenue. Et on distinguait bien maintenant qu'il s'agissait de *deux* lumières. Que c'était donc vraiment un véhicule qui roulait dans la nuit.

Et qui se rapprochait.

Tara n'avait encore rien remarqué. Elle racontait quelque chose que Gillian ne comprit pas.

— Bon. Il faut y aller, dit-elle tout à coup, accompagnant ses paroles d'une secousse sur le fil de fer.

Gillian poussa un cri de douleur.

— Je ne voulais pas le faire moi-même, reprit Tara. Tu as été mon amie pendant des années, Gillian. Mais tu es devenue un danger pour moi. J'aurais préféré te laisser mourir dans la cabane, mais puisque tu as réussi à t'échapper… Il ne me reste pas d'autre solution que de te neutraliser. Je ne veux pas aller en prison. Tu comprends ?

— Oui.

— Bon. Descends. Très lentement.

Le cerveau de Gillian travaillait à toute vitesse. Comment gagner du temps ? Quelqu'un arrivait sur cette route. Si cette personne, quelle qu'elle fût, ne changeait pas de direction par une malchance épouvantable, elle serait là dans moins de dix minutes. Cet inconnu s'interrogerait certainement en voyant une voiture immobilisée. Il songerait à une panne et s'arrêterait pour en avoir le cœur net.

Ce serait trop bête si j'étais déjà morte !

Il devait exister encore un sujet dans lequel Tara se laisserait entraîner.

Il faut que je lui pose des questions, se dit Gillian. Des questions sur le passé. Une personne ayant une telle histoire doit éprouver le besoin de raconter les choses, de les expliquer.

Une pensée lui vint, et elle s'y accrocha comme à sa dernière planche de salut. Tara lui avait raconté comment elle avait tué sa mère : en lui enfonçant un torchon dans la gorge, puis en lui bouchant le nez avec de l'adhésif. Elle l'avait laissée étouffer. Puis elle l'avait traînée de la cuisine jusqu'à son ancienne chambre d'enfant. Le lieu du crime d'autrefois.

La vue du torchon à vaisselle avait été l'élément déclencheur du meurtre.

— Je voudrais savoir encore une chose, dit-elle, se hâtant de poursuivre sans laisser à Tara le temps de l'interrompre. Ce torchon à vaisselle avec lequel tu as... avec lequel ta mère...

— Avec lequel je l'ai étouffée ? Et les deux autres femmes aussi ?

Gillian prit une profonde inspiration.

— Oui, c'est cela. Comment... comment l'idée t'est-elle venue ? Etait-ce un hasard ?

Comme si cela avait une importance ! Mais chaque seconde qu'elle gagnait maintenant pouvait être décisive. Déjà, les phares avaient reparu. Jusqu'à présent, la voiture n'avait toujours pas changé de direction.

— Un hasard ? Il n'y a eu aucun hasard dans toute cette histoire, fit Tara d'un ton méprisant. Sauf Thomas... reprit-elle d'une voix changée. Lui, c'est par hasard qu'il s'est trouvé là au mauvais moment. Je n'avais vraiment rien contre lui.

— Le torchon, lui rappela Gillian.

— Ah oui, le torchon. Je n'en ai pas encore parlé ?

La voix avait ce ton indifférent, cette impassibilité anormale que Tara gardait maintenant presque en permanence.

— Ma mère avait toujours été une excellente maîtresse de maison. Toujours en train de nettoyer ou d'essuyer quelque chose. *Chez nous, on peut manger par terre.* Elle adorait dire ça. Pour elle, c'était capital. Un intérieur coquet et bien astiqué. Avec des napperons au crochet partout, des rideaux cousus à la main, et ces affreuses violettes du Cap dans leurs cache-pots en faïence blanche à fioritures. Et, donc, elle avait ces trucs-là partout à portée de main. Ces torchons de cuisine à carreaux. Pour pouvoir s'attaquer immédiatement au moindre grain de poussière, à la moindre tache de saleté.

Elle fit une pause pour réfléchir un instant, et Gillian eut l'impression qu'elle soupesait ses propres mots, qu'elle analysait sa mère tout en essayant de lui rendre justice. Elle était juriste, elle ne lançait pas ses accusations à tort et à travers.

— Ce n'était pas franchement une maniaque de la propreté, je n'irais pas jusque-là, mais déjà à l'époque, elle était assez pointilleuse, et cela s'est aggravé pendant ses années avec Ted. Par la suite, je me suis demandé…

— Oui ? insista Gillian comme Tara s'interrompait. Continue !

— Je me suis demandé si ce n'était pas sa façon de digérer ce qui se passait autour d'elle. De se débarrasser de la saleté que Ted avait introduite dans notre famille, chose qu'elle savait parfaitement. Tout ce qu'elle avait à lui opposer, c'était son foutu intérieur bien propre, et ce soir-là, quand j'ai vu le torchon, j'ai pensé…

Gillian n'osa pas la relancer à nouveau. Tara tremblait, et elle sentait le fil de fer s'enfoncer cruellement dans sa peau à chacun de ses frémissements.

— J'ai pensé : *Que ton hypocrisie t'étouffe !* Et voilà, c'est exactement ce qui s'est passé. Elle en est morte.

Tara se redressa brusquement, infligeant une nouvelle secousse douloureuse à Gillian.

— Une voiture ! fit-elle, stupéfaite. Oh, merde !

15

— Les voici !

John freina net. A peine eut-il le temps d'éprouver l'intense soulagement d'avoir retrouvé les deux femmes qu'un sentiment d'effroi vint s'y ajouter. Car la situation était critique. Elles étaient sorties de la Jaguar et se tenaient debout au milieu de la route. Juste derrière Gillian, qui paraissait figée de terreur, Tara lui appuyait la lame d'un couteau contre la gorge.

— Juste ciel ! s'exclama Samson.

John arrêta le moteur, mais laissa les phares allumés.

— Vous, vous restez dans la voiture, ordonna-t-il à Samson. Compris ?

— Oui. Où... où allez-vous ?

— Je vais parler avec Tara Caine, annonça John en ouvrant sa portière. Encore une fois, ne bougez pas d'ici !

Samson fit oui de la tête. Les yeux écarquillés, il regardait à travers le pare-brise le tableau qui s'offrait à lui. Il avait l'air totalement bouleversé, et John espéra qu'il s'en tiendrait à ce qu'il lui avait demandé. Samson avait indubitablement le don de gaffer, et dans une situation comme celle-ci, la moindre erreur pouvait être fatale.

John descendit du véhicule et fit quelques pas prudents en direction des deux femmes. A la clarté de la lune et dans le pinceau des phares, il voyait tout avec une netteté presque brutale. Le couteau que Tara Caine tenait à la main était particulièrement tranchant. En se rapprochant, il comprit aussi pourquoi Gillian tenait sa tête en arrière et restait aussi parfaitement immobile : un fil de fer était passé autour de son cou, et Tara en tenait les deux extrémités d'une main. Il imaginait la douleur causée par le fil pénétrant dans la peau, condamnant Gillian à ne pas faire un seul mouvement sous peine de l'aggraver. Elle était totalement sans défense. Elle n'avait pas la moindre chance de se libérer seule.

Cependant, Tara ne semblait pas avoir en main le pistolet avec lequel elle avait tué Thomas Ward. Elle ne pourrait pas abattre John purement et simplement.

— Pas un pas de plus, Burton, dit Tara d'une voix nette, habituée à commander.

Elle avait le contrôle de la situation, du moins, elle en était convaincue. John l'imaginait tout à coup facilement à la barre du tribunal. Elle s'y montrait vraisemblablement telle qu'elle était ici : détendue, sûre de son succès. Avait-elle de bonnes raisons d'éprouver ce sentiment de supériorité ? John était forcé de constater que oui : pour le moment, en tout cas, c'était elle qui détenait les meilleures cartes.

— Que voulez-vous ? demanda-t-il en s'immobilisant.

— Qu'est-ce qui vous fait croire que je veux quelque chose ? répliqua Tara.

— Nous pourrions sûrement rester là pendant des heures à nous regarder, mais je suppose que cela ne vous avancerait à rien non plus.

— Je peux aussi tuer votre amie maintenant. Croyez-moi, vous ne pourriez pas m'en empêcher.

— Sans doute, mais qu'est-ce que cela vous rapporterait ? Je vous aurais maîtrisée moins d'une seconde après, et ce serait fini pour vous. Je ne crois pas que cette perspective vous enchante.

Gillian poussa un petit cri de douleur. Tara venait de tirer sur le fil de fer, et John avait remarqué son geste. De toute évidence, chacune de ses victoires, même purement rhétorique, coûterait une souffrance à Gillian. Malgré lui, il sentit son poing se serrer. Caine était brutale et sans scrupules. Elle ne reculerait devant rien.

Il la regarda et attendit.

— La clé de la voiture, reprit Tara. Lancez-la-moi. Et de façon que je puisse l'atteindre avec mon pied.

— La clé de la voiture ?

— Et votre portable. Aucune idée si le réseau passe par ici, mais je ne voudrais pas risquer que vous appeliez les flics dès que j'aurai tourné le dos.

Il comprit ce qu'elle avait en tête.

— Vous voulez partir avec ma voiture. En emmenant Gillian. Et me laisser ici.

— Bien vu. Il vous restera même la Jaguar pour vous abriter du vent, ce sera toujours ça. Sans la clé, bien sûr. Celle-là, je l'ai récupérée. Ça peut vous prendre un bon moment pour retourner à pied à Manchester, sans compter que vous risquez de vous perdre. Mais avec un peu de chance, vous trouverez peut-être quelqu'un pour vous emmener. Bien que le coin soit plutôt mort en cette saison !

— Et vous croyez sérieusement que vous vous en tirerez comme ça ? dit-il doucement. Vous êtes recherchée dans tout le pays, madame Caine. On a retrouvé votre mère, et vous êtes le suspect numéro un. Vous qui êtes du métier, vous savez que vous pouvez améliorer votre situation en vous rendant maintenant. Et en libérant Gillian.

— Ça ne me rapporterait absolument rien, répondit froidement Tara. Pas avec tout ce que j'ai sur la conscience. Je n'ai pas votre chance, Burton, pour qu'on ne retienne aucune charge contre moi, ni pour tomber par-dessus le marché sur le représentant le plus minable du ministère public londonien. Vous êtes passé à travers. Mais pour moi, ce sera autre chose.

— Je n'ai commis aucun délit.

— Ce n'est pas parce que vous vous répétez que cela en deviendra plus vrai.

John réfléchit quelques instants.

— Je vous propose quelque chose, madame Caine. Vous semblez avoir compris vous-même que pour avoir la moindre chance de vous sortir de cette situation, vous aviez besoin d'un otage. Gillian a une petite fille qui vient déjà de perdre son père. S'il vous plaît, ne lui prenez pas aussi sa mère. Libérez-la et emmenez-moi à sa place.

Il tentait cela sans beaucoup d'espoir. Tara n'était pas stupide. L'échange à lui seul comportait trop de risques, sur cette route et en pleine nuit. En outre, elle pouvait beaucoup plus facilement contrôler Gillian. John avait une tête de plus qu'elle, une formation de policier, c'était un sportif entraîné, et il était beaucoup moins épuisé et angoissé que Gillian. Tara savait très bien qu'il serait un adversaire autrement plus dangereux.

— Votre portable ! lança-t-elle en guise de réponse. Et la clé, vite !

Il tira son téléphone de la poche de son pantalon, s'accroupit pour le déposer sur le sol et l'envoya d'une poussée dans la direction des deux femmes. Glissant sur la surface de neige gelée, l'appareil vint s'arrêter juste devant le pied droit de Tara.

— Très joli. La clé, maintenant !

John se redressa.

— Je l'ai laissée sur le contact.

— Alors, allez la chercher. Je ne vais pas monter dans cette bagnole pour m'apercevoir que vous avez menti. Je veux la clé.

Il marcha à reculons jusqu'à la portière de la voiture.

Elle n'a pas encore remarqué que j'avais un passager, songea-t-il. Sans quoi elle l'aurait déjà fait descendre, ou bien elle lui aurait demandé d'apporter la clé. La lumière des phares doit l'éblouir, elle ne voit rien de ce qu'il y a derrière.

Il se demanda si cela pouvait tourner à leur avantage. Le fait que Tara Caine croie avoir affaire à un seul adversaire alors qu'il y en avait deux aurait dû être un atout. A condition que l'atout en question ne s'appelle pas Samson Segal.

Il attendit d'avoir atteint le véhicule pour se retourner. Il ouvrit la portière et faillit pousser une exclamation de surprise. Le siège du passager était vide.

D'un rapide coup d'œil, il constata qu'il n'y avait personne non plus sur le siège arrière, pas plus que dans le coffre.

Samson Segal avait quitté la voiture, sans aucun doute par le hayon arrière. John ne l'en aurait jamais cru capable. Il avait dû trouver, près du volant, la commande de déverrouillage, puis se glisser à l'arrière, soulever à peine le hayon et se laisser rouler sur la route.

Et ensuite ? Que comptait-il faire ? s'interrogea John avec inquiétude.

Il y avait quelques buissons sur les côtés de la route, certes dépourvus de feuilles en cette saison, mais transformés par la neige en grosses boules compactes. Samson devait se cacher derrière l'un d'eux, John ne voyait pas d'autre possibilité.

Le coup foireux par excellence.

Je lui avais pourtant dit de ne pas bouger ! pensa-t-il, furieux. Si je l'attrape, il va m'entendre !

— Alors, ça vient ? appela Tara.

Il ôta la clé de contact.

Pourvu que Samson n'envisage pas un acte insensé ! Ce n'était vraiment pas le moment de se prendre pour un héros. Amoureux transi de Gillian, il avait certainement une envie folle de voler à son secours, mais c'était le genre d'action qui ne pouvait que mal se terminer.

Je n'aurais pas dû l'emmener avec moi. Je savais dès le début que c'était une mauvaise idée.

La clé à la main, il s'avança lentement vers les deux femmes. Il aurait bien voulu pouvoir jeter des coups d'œil vers les bords de la route pour essayer d'apercevoir Samson et de comprendre ce qu'il mijotait, mais il n'osa pas prendre ce risque. Tara aurait remarqué qu'il cherchait quelque chose ou quelqu'un, et s'il y avait une erreur à ne pas commettre, c'était bien de sous-estimer Tara Caine.

— C'est bon, j'ai la clé, dit-il. La voici.

— Envoyez-la. Par le même chemin que le portable.

Il fit glisser la clé sur la neige, mais en visant de façon à ce qu'elle s'arrête à bonne distance du téléphone. Il n'avait pas l'intention de faciliter la tâche à son adversaire.

— Vous, le flic, vous n'êtes pas venu avec un flingue, par hasard ?

— Non.

— Retirez votre veste et lancez-la assez loin de vous.

Il fit ce qu'elle lui ordonnait. Sans s'approcher, elle examina son pull-over et n'y vit pas la bosse caractéristique qui aurait trahi le holster. Etant donné la situation, elle devrait s'en contenter. Elle ne pouvait pas se permettre de le fouiller.

Tara plia les genoux et se baissa très lentement sans lâcher le fil de fer, forçant Gillian à imiter chacun de ses mouvements. Elle tenait toujours le couteau contre le cou de Gillian. Malgré tout, il y aurait un instant critique – critique pour Tara. Elle n'avait que deux mains, dont l'une lui servait à tenir la boucle. De l'autre, elle devrait d'abord prendre le portable et le mettre dans son sac. Ensuite, il lui faudrait se tourner pour attraper la clé. Pendant ce temps, tiendrait-elle le couteau entre ses dents ? Ou de l'autre main ? John savait que c'était le seul instant où il serait possible de la maîtriser : dans cette position, elle ne pourrait pas planter son couteau aussi rapidement, même par réflexe. Et il n'était pas sûr qu'une autre chance se présente. Il évalua la distance qui le séparait des deux femmes. Trop grande. Il ne la franchirait pas assez vite.

Comme si elle lisait dans ses pensées, Tara s'arrêta avant même d'avoir saisi le téléphone.

— En arrière ! lança-t-elle. Jusqu'à la voiture ! Tout de suite !

Elle accompagna cet ordre d'une secousse sur le collet. Gillian poussa un gémissement et leva involontairement les mains vers sa gorge. Mais la boucle était trop serrée pour qu'elle puisse y glisser un seul doigt.

Il ne restait plus à John qu'à s'exécuter. Lentement, il recula.

— C'est bien, dit Tara quand il fut près de la portière.

Avec précaution, elle fit passer son couteau dans la main qui tenait le fil de fer. De l'autre main, elle ramassa le portable et le mit dans la poche de sa veste.

Puis elle essaya d'atteindre la clé, mais sans y parvenir. Elle était trop loin.

Au même instant, John vit Samson apparaître derrière la Jaguar. Il avait donc bel et bien longé les buissons sans se faire remarquer, puis contourné le véhicule, et il était maintenant derrière les deux femmes, à quelques pas seulement. Il disposait de tous les avantages dont John aurait eu besoin pour neutraliser Tara, à commencer par celui d'être suffisamment près d'elle. Et elle ne se doutait pas qu'il était là. S'il s'y prenait avec adresse, il pourrait même se rapprocher encore sans qu'elle s'en aperçoive.

S'il s'y prenait avec adresse...

Associée à Samson, cette idée paraissait absurde, mais John se raccrocha malgré tout à ce mince espoir. Lui-même n'avait rien pu faire de plus qu'obéir aux ordres de Tara, et il était à présent condamné à attendre les événements. Au moins, Samson avait mis ce délai à profit pour se placer dans une position favorable. Cet homme avait du potentiel. Il ne fallait surtout pas qu'il gâche son avantage maintenant.

Tara avait été forcée de se relever, entraînant Gillian avec elle. Elle devait faire deux pas sur le côté pour pouvoir attraper la clé. La fureur se lisait sur son visage. Elle savait évidemment que John avait fait exprès de viser aussi mal.

Maintenant, songea-t-il. Maintenant !

La transmission de pensée avait peut-être fonctionné, car au même instant, Samson s'élança. Lui qui n'agissait jamais qu'avec toutes sortes d'hésitations et d'angoisses, il fonça littéralement en avant. En moins d'une seconde, il avait rejoint les deux femmes, au moment où Tara, percevant un mouvement derrière elle, faisait volte-face. Il se jeta contre elle avec une telle force qu'elle n'eut pas le temps d'envisager de contre-attaquer. Elle lâcha Gillian et tomba à terre. Elle tenait toujours fermement le couteau, et il ne lui faudrait pas plus d'une seconde pour l'enfoncer entre les côtes d'un Samson désormais paralysé, dépassé par son propre courage.

Mais déjà, John était sur eux. Poussant de côté Samson, il posa un genou sur la poitrine de Tara et lui arracha son arme d'un seul geste précis. Puis il bondit sur ses pieds et, tenant le bras de Tara tordu dans son dos, la força à se relever lentement.

— Pas d'initiative inconsidérée, sans quoi ça va faire mal, l'avertit-il.

Elle était soudain comme assommée, car elle ne prononça pas un mot, ne fit aucune tentative pour résister.

Elle était vaincue, incapable, au moins provisoirement, d'imaginer un moyen de retourner la situation.

John ne relâcha pas pour autant sa vigilance. Elle restait une adversaire dangereuse, et qui n'avait plus rien à perdre.

— Maintenant, avancez jusqu'à ma voiture. Lentement. Un pas à la fois. Faites tout ce que je vous dirai et je ne serai pas obligé de vous faire mal, d'accord ?

Elle acquiesça d'un signe de tête.

Il aurait bien voulu s'occuper de Gillian, mais cela devrait attendre. La priorité était leur sécurité à tous. Du coin de l'œil, il la vit accroupie au milieu de la route, au moins aussi choquée que Tara. Mais elle avait déjà trouvé un consolateur : assis à côté d'elle, Samson avait passé un bras autour de ses épaules et lui caressait les cheveux sans pouvoir s'en empêcher. Elle ne pleurait pas, mais elle avait appuyé sa tête contre l'épaule de Samson, moins par besoin de protection que parce qu'elle était totalement épuisée, physiquement et nerveusement.

L'air abasourdi, Samson était comme transporté d'émotion.

John n'aurait voulu pour rien au monde le priver de cet instant de bonheur.

C'était peut-être le plus beau moment de la vie de Samson Segal. Et il l'avait bien mérité.

Mercredi 20 janvier

En entrant dans Thorpe Hall Avenue, John s'aperçut qu'il éprouvait tout à coup une curieuse impression de paix. L'idée que ces jolies villas aux jardins soignés, que ces rues tranquilles et ces parcs arborés puissent mettre du baume au cœur d'un homme de son genre le fit sourire malgré lui. Les trottoirs étaient proprement déblayés à la pelle. Un bonhomme de neige trônait dans beaucoup de jardins, et une épaisse couche de neige s'était amassée sur les arbustes dénudés, sur les clôtures et les murets. Il n'était rien tombé depuis plusieurs jours, mais le vent du nord avait tout transformé en glace. Cette splendeur étincelante disparaîtrait bientôt, car la température allait remonter dès la semaine suivante. Le long des rues, il n'y aurait plus que de petits tas de neige sale, puis viendrait le temps maussade de février. Mais aujourd'hui, le paysage était encore celui d'un conte de Noël.

Il espérait que Gillian ne serait pas trop fâchée en le voyant débarquer sans prévenir. Elle lui avait annoncé qu'elle pensait prendre le train pour Norwich dans l'après-midi et qu'elle serait chez elle jusque vers deux heures et demie. Il espérait aussi qu'elle lui permettrait de la conduire à la gare. La veille, il lui avait téléphoné pour lui dire qu'il se rendait à Scotland Yard pour un entretien avec son ancienne collègue, l'inspecteur McMarrow. Gillian l'avait prié de la rappeler s'il apprenait du nouveau sur Tara, qui avait été transférée à Londres, et il le lui avait promis avec joie, trop heureux de cette occasion de reprendre contact avec elle.

Il était allé voir Christy avant tout pour s'excuser auprès d'elle, mais Gillian n'avait pas besoin de le savoir. Ils avaient bien sûr abordé toutes sortes d'autres sujets. Y compris celui de Samson Segal.

« Je ne peux pas te promettre que tu n'auras pas d'ennuis, avait déclaré Christy. Tu l'as caché chez toi alors qu'il était recherché par la police. Malgré la façon dont l'affaire s'est terminée, je n'ai pas besoin de te dire que...

— C'est évident, l'avait-il interrompue. Je sais cela.

— Bien sûr, j'interviendrai en ta faveur. Pour Segal également. Si j'ai bien compris, il vous a sauvé la mise là-bas, dans le Peak District.

— C'est certain. Sans lui, je ne sais pas comment tout cela se serait terminé. »

Elle l'avait dévisagé en plissant les yeux avant de reprendre :

« Comme je te l'ai dit l'autre jour, tu étais sacrément bien informé, John. A moins que tu n'aies des dons de voyance, ce que, franchement, j'ai du mal à croire, tu connaissais des détails auxquels tu n'aurais pas dû avoir accès. Je suppose que tu ne veux toujours faire aucune déclaration là-dessus ?

— Toujours pas.

— Je m'en doutais.

— Que devient Tara Caine ? avait-il demandé.

— Elle est en détention préventive. Nous avons la déposition de Gillian pour tout ce que Tara Caine lui a raconté. Mais depuis, elle a elle-même passé des aveux complets.

— Ce doit être quelque chose !

— Je ne te le fais pas dire. »

Christy avait commencé à compter sur ses doigts :

« Meurtre de Lucy Caine-Roslin. Meurtre de Carla Roberts. Meurtre du Dr Anne Westley. Meurtre de Thomas Ward. Enlèvement et tentative de meurtre sur la personne de Gillian Ward. De quoi justifier plusieurs peines de prison à vie. C'est dingue, non ? Une femme qui donnait une telle impression de maîtrise de soi, de sérieux ! Mais c'est sans doute ce qui lui a facilité la tâche. Carla Roberts ne la connaissait pas personnellement, mais elle lui a ouvert sa porte pour cette raison. Parce qu'elle inspirait vraiment confiance. »

John connaissait déjà toute l'histoire. Cette nuit-là, dans le Peak District, Gillian lui avait tout raconté avec émotion et désespoir, pleine de compassion, malgré ce qui lui était arrivé, envers celle qui avait été sa meilleure amie.

« Tara Caine est elle-même une victime, avait expliqué John à Christy. Ce qu'elle a vécu est terrible. Savoir qu'elle va passer le restant de ses jours en cellule n'est pas un sentiment agréable.

— Ce sont des choses qui arrivent. Rien n'est jamais tout noir ou tout blanc. N'oublie pas que trois personnes totalement innocentes y ont laissé la vie. Carla Roberts et Anne Westley étaient deux femmes âgées parfaitement inoffensives, qui n'ont peut-être pas su voir ou ont mal évalué la détresse de quelqu'un, mais elles n'ont pas commis d'autre faute. Thomas Ward non plus n'avait jamais fait de mal à personne, il a seulement eu le malheur de se trouver sur le chemin d'une malade à la poursuite de sa vengeance. Quant à la vieille Mme Caine-Roslin, elle a été à coup sûr une mère indigne et il y a des années qu'on aurait dû la mettre en prison pour ce qu'elle a fait à sa fille. Mais la façon dont Tara Caine a réglé le problème n'est pas admissible. Même si on peut la comprendre, elle n'avait pas le droit de se faire justice elle-même. Notre société ne peut pas tolérer cela.

— Je le sais. Bien sûr que je le sais. »

Il gara sa voiture devant la villa de Gillian. Au milieu de toute cette neige, avec son encorbellement sur la façade et ses fenêtres à croisillons, on aurait dit une maison en sucre d'orge. Il était compréhensible qu'elle ne veuille plus y vivre. En dehors du fait qu'il devait lui être difficile de séjourner longtemps dans la salle à manger où elle avait trouvé son mari assassiné, c'était toute la maison – ce nid idyllique avec ses pignons et ses tourelles – qui ne lui correspondait plus.

Pour elle, ce temps-là était révolu. De la façon la plus cruelle qui soit, elle était devenue une autre.

Il descendit du véhicule, suivit l'allée du jardin, sonna à la porte d'entrée. Et si Gillian avait décidé de partir plus tôt ? Mais déjà, le battant s'ouvrait.

Gillian.

Il s'attendait plus ou moins à la voir habillée pour le voyage, car il était plus de deux heures. Or, elle était pieds nus dans des pantoufles informes et portait un gros pull et un collant de sport noir.

— Oh ! fit-elle en le voyant. Je ne m'attendais pas à de la visite.

— Excuse-moi d'être venu sans prévenir. Mais je me suis dit que... enfin...

Il bafouillait soudain comme un timide garçon de dix-huit ans, et cela l'énervait.

— J'avais envie de te revoir une dernière fois. Et si tu veux, je pourrais aussi te conduire à la gare.

— Mais entre donc, dit-elle.

Les cartons de déménagement étaient toujours entassés dans le couloir. Cependant, il n'y avait aucune valise, aucun sac de voyage.

— Je ne pars plus à Norwich, expliqua-t-elle.

— Ah bon ?

— Non. J'ai appelé mes parents au téléphone ce matin. Ils vont me ramener Becky et Chuck à la fin de la semaine. Becky doit absolument reprendre les cours début février, et nous avons besoin d'un peu de temps pour nous réhabituer l'une à l'autre.

Il restait à la regarder fixement.

— Voudrais-tu un café ? demanda-t-elle.

— Oui, volontiers, acquiesça-t-il avant de la suivre à la cuisine. Que veux-tu dire, Gillian ? Becky va retourner à l'école... ici ?

— En tout cas au début. Jusqu'à ce que j'aie vendu la maison et trouvé autre chose.

Elle versa les grains de café dans la machine à expressos.

— Je ne vais pas aller vivre à Norwich.

— Tu ne vas pas... ? répéta-t-il.

— Non. J'ai beaucoup réfléchi hier soir. Et cette nuit. Je ne le sens pas vraiment, tu comprends ? Le retour au pays natal, auprès de mes parents... Je pensais que, là-bas, je trouverais la paix, la sécurité. Mais j'ai compris maintenant que, de toute façon, ces choses-là n'étaient plus pour moi. En tout cas pas avant très longtemps.

Gillian posa les deux petites tasses à leur place et mit la machine en marche.

— Je ne peux pas me remettre sous la protection de ma famille, dit-elle. Ce serait exactement l'inverse de ce qu'il faut faire, ajouta-t-elle après un silence. Je ne me comportais pas spécialement en adulte avant... avant ce qui est arrivé à Tom. Et c'est cela qui doit changer. Je dois devenir enfin adulte.

— Je comprends ce que tu veux dire. Mais je trouve que tu t'es montrée drôlement adulte ces derniers jours. Quoi que tu aies fait par le passé, et malgré le jugement impitoyable que tu portes maintenant là-dessus. Dans ce cauchemar que nous avons tous traversé, tu as été forte à chaque instant. Et très courageuse.

C'était précisément pour cela qu'il avait eu les mêmes pensées qu'elle à propos de son avenir. En voyant sa jolie maison de conte de fées, il s'était dit qu'elle ne lui correspondait plus. Après ce qu'elle avait affronté, Gillian ne pouvait plus qu'aller de l'avant. Pas rester sur place, encore moins retourner en arrière.

— Je t'admire, déclara-t-il doucement.

Elle lui tendit sa tasse de café.

— J'envisage de chercher un appartement à Londres pour y vivre avec Becky et Chuck. Je ne vendrai pas l'entreprise, à partir de maintenant, je la dirigerai seule. Ce sera difficile, bien sûr, et fatigant. C'est pour cela que je ne dois pas avoir de longs trajets à faire, parce que je dois aussi m'occuper de Becky. Mais ça devrait marcher. Après tout, des tas d'autres mères élèvent seules leur enfant et gèrent des situations semblables.

— Bien sûr que ça va marcher. Tu y arriveras.

Il devait se retenir de mettre dans sa voix trop de joie, de soulagement, et pour tout dire : de bonheur. Elle ne partait pas. Non seulement cela, mais elle venait habiter à

Londres. Il inspira profondément. Son cœur battait très fort.

— John... fit-elle, sentant ce qui se passait en lui.

Il la comprenait sans qu'elle ait besoin d'en formuler davantage.

— Je sais qu'il te faudra du temps, Gillian. Mais nous pourrions peut-être boire un verre ensemble de temps en temps. Ou même manger ensemble ? Nous pourrions apprendre à mieux nous connaître. C'est-à-dire que, jusqu'ici...

Il laissa sa phrase en suspens, et Gillian compléta :

— ... nous n'avons fait que dormir ensemble. Oui, ce serait bien de mieux se connaître. Mais je ne peux rien te promettre, John.

— Cela va de soi. Tout ce que je te demande, c'est de me laisser ma chance. Rien de plus.

Il but son café et reposa la tasse sur la table. Il espérait qu'il y aurait d'autres rencontres à l'avenir, des rencontres qui ne seraient pas toujours comme celle-ci, ou comme celle de la semaine précédente, qu'il ne devrait pas toujours se contenter de passer la voir à l'improviste et qu'elle lui offre un café par politesse avant qu'il doive s'en aller. Car il désirait tellement d'autres choses ! En cet instant, il aurait tant voulu la prendre dans ses bras, enfouir son visage dans ses cheveux, sentir les battements de son cœur... Mais il savait que le pas suivant ne pourrait venir que d'elle, que rien d'autre ne pouvait conduire à ce qu'il voulait.

— Cette chance, sois certain que tu l'auras, assura Gillian d'une voix douce. Je te dois la vie, John, reprit-elle avec un sourire plein de tendresse. La police ne nous aurait jamais retrouvées à temps. Si tu n'étais pas...

— Non, ne dis pas ça, interrompit-il en posant un court instant son doigt sur les lèvres de Gillian. Tu m'as déjà remercié cent fois ce soir-là, dans le Peak District. Tout va bien. Je ne voudrais pas que...

— Que quoi ?

— Que ce qui pourrait exister entre nous à l'avenir soit motivé par la gratitude. Si jamais, par exemple, tu devais m'appeler un jour pour me donner rendez-vous, ce que j'espère profondément, ne le fais surtout pas parce que tu crois me devoir quelque chose. Ce serait épouvantable. Ne le fais que si tu en as vraiment envie.

— Ça, je peux te le promettre, affirma-t-elle avec conviction.

Ils se turent tous deux quelques instants, puis John reprit :

— Je ferais mieux de partir maintenant. Tu as sans doute beaucoup à faire.

— As-tu des nouvelles de Tara ?

— Elle est en détention préventive. Elle a tout avoué devant les policiers.

— Elle me fait vraiment de la peine. Je sais qu'elle a commis des actes impardonnables, mais, John, je ne peux pas m'empêcher de la voir comme une victime. Pas comme une coupable.

— On ne peut pourtant pas la laisser en liberté. Elle est gravement malade, et elle représente une menace terrible. Mais, à partir de maintenant, elle va recevoir l'aide psychologique dont elle aurait eu besoin depuis déjà des années.

— Si c'est possible, j'aimerais aller la voir un jour. Plus tard.

— Ce sera sans doute possible.

— Et la femme qui a tout déclenché, Liza Stanford ? Qu'est-elle devenue ?

John avait parlé de cela aussi avec Christy.

— Liza a déposé plainte contre son mari, annonça-t-il. La police lui a trouvé un hébergement dans un foyer pour femmes. Son fils est avec elle. Bien sûr, ce ne sera pas si simple. Elle doit prouver ses accusations. Le Dr Westley, qui aurait pu faire un bon témoin, est morte. Et Tara Caine, dont les déclarations auraient eu beaucoup de poids également, est en prison pour quadruple meurtre. Quant à Stanford, il va s'entourer d'une meute de grands avocats. Malheureusement, les choses ne se présentent pas trop mal pour lui, mais cela reste encore à voir. Le principal est qu'elle ne retourne pas avec lui. Je l'espère vraiment.

— En fait, elle n'était qu'un petit grain de sable dans l'engrenage. Quand on pense à toutes les horreurs qui se sont enchaînées ensuite...

— Elle a été le déclencheur, c'est vrai, approuva John. Mais avec tout ce qui bouillonnait en elle depuis des décennies, Tara Caine était déjà un volcan sous pression. Il ne lui manquait pas grand-chose pour exploser. Si ce n'avait pas été Liza Stanford, elle aurait trouvé quelqu'un d'autre, ou une autre raison. L'escalade aurait eu lieu de toute façon. A mon avis, personne n'aurait pu l'empêcher.

Gillian savait que John avait raison. Et que Tara aurait continué indéfiniment. Elle entendait encore la phrase terrifiante prononcée par Tara ce soir-là, à Dark Peak : *Je n'en aurai jamais assez de tuer ma mère.*

Décider de venir en aide à une Liza Stanford au désespoir avait peut-être correspondu à un besoin sincère sur le moment, mais, après le meurtre de Lucy Caine, il ne restait plus du combat à propos de la non-assistance à personne en danger que son besoin de satisfaire sa vengeance personnelle. Dès ce moment-là, Tara avait littéralement commencé à rechercher des victimes. Carla Roberts et Anne Westley étaient tombées à point nommé. Pour s'en prendre à Gillian, Tara avait dû recourir à une construction intellectuelle déjà plus élaborée pour justifier à ses propres yeux sa mission : protéger Becky de l'amant de sa mère, alors que personne n'avait pu prouver qu'il ait commis le moindre délit. Elle aurait probablement vu toujours plus grand pour inclure dans le champ de ses ennemis personnels des gens inoffensifs, et cette fois, il aurait été peu probable qu'elle renonce à un projet comme elle affirmait l'avoir fait pour Gillian. Dans son cas, Gillian supposait d'ailleurs que cela avait davantage tenu au fait que Tara avait échoué dans ses deux premières tentatives. Peut-être avait-elle simplement perdu son sang-froid pendant un court moment.

Gillian raccompagna John à la porte. Pour lui, s'en aller maintenant était un acte d'abnégation, mais il savait aussi que c'était la seule chose à faire.

— Tu me donneras de tes nouvelles ? dit-il. Tu me feras connaître ta nouvelle adresse, d'accord ?

— D'accord, promit-elle.

Il leva la main pour lui caresser la joue, puis descendit l'allée pour rejoindre sa voiture.

Quand il se retourna pour la voir une dernière fois, elle avait déjà refermé la porte.

Pourtant, il était heureux. Et même heureux à en crier.

En jetant un coup d'œil dans la rue, il vit Samson arriver vers lui. Portant un gros bonnet de laine enfoncé jusqu'aux yeux et une écharpe enroulée plusieurs fois autour du cou, il affichait un air détaché, comme s'il passait par là tout à fait par hasard en se promenant, mais John pensa aussitôt : Il recommence. Il traîne de nouveau autour de la maison de Gillian. Il ne trouvait donc pas que cela lui avait attiré suffisamment d'ennuis !

— Salut, Samson.

Comme à chaque fois qu'on lui adressait la parole, Samson eut l'air un peu effrayé, mais il répondit malgré tout :

— Oh ! Bonjour, John. Tout va bien p… pour Gillian ?

— Tout va bien.

— Dommage qu'elle s'en aille aussi loin.

— Oui… fit John évasivement.

Il n'avait pas envie d'apprendre à Samson que Gillian avait changé ses projets. C'était plutôt à Gillian de le faire. Ou Samson le découvrirait bien lui-même.

— Je fais une petite balade, expliqua Samson.

Il paraissait soucieux, et John jeta un coup d'œil vers l'autre bout de la rue, le côté plus modeste où habitait Samson.

— Comment ça va à la maison ? demanda-t-il. Votre belle-sœur vous devait tout de même des excuses.

— Elle ne s'est pas excusée, dit Samson d'un air désolé. Elle ne ferait jamais ça. Elle m'a seulement reproché de m'être enfui. En plus, elle m'en voulait d'être revenu.

— Elle devrait plutôt avoir honte.

— Finalement, ce… ce n'était pas si mal qu'elle ait fait ça. Je veux dire, me dénoncer. Sans cela, je n'aurais pas été obligé de me cacher. Et je ne serais pas allé avec vous dans le Peak District. Qui sait comment tout cela aurait fini..

— Vu sous cet angle, nous devrions effectivement être reconnaissants à votre sœur, dit John.

Il passa sous silence le fait que, sans l'appel inconsidéré de Samson chez Gillian, Tara Caine ne se serait peut-être pas sentie acculée au point de ne plus voir d'autre solution que la fuite avec un otage. Il ne voulait pas priver Samson du plaisir d'avoir été un héros.

— Tout de même, Samson, poursuivit-il, combien de temps encore allez-vous continuer comme cela ? A vous sentir la cinquième roue du carrosse dans votre famille, à vous inventer d'autres mondes parce que la réalité est trop difficile à supporter ?

Regrettant aussitôt ses paroles, il se reprit :

— Excusez-moi. En réalité, cela ne me regarde absolument pas.

— Mais si, le rassura Samson. Enfin, je veux dire : pas de problème. Vous avez raison.

John le regarda en pensant à cette nuit dans le Peak District. Cela paraissait étrange d'imaginer cet homme maladroit et si peu sûr de lui sauvant une situation désespérée. Mais John n'avait pas besoin de l'imaginer. Il savait pertinemment ce qui s'était passé : Samson avait agi avec courage et intelligence, à la fois avec le cœur et la raison. Il méritait que quelqu'un lui donne enfin sa chance.

— Vous savez, j'ai pensé à quelque chose, déclara John comme si c'était le résultat d'une longue réflexion, alors que l'idée lui était venue à l'instant. L'un de mes employés a démissionné vendredi dernier. Autrement dit, la place est libre. Qu'en pensez-vous ?

Samson en resta bouche bée.

— Vous voulez dire que je... ?

— Après tout, poursuivit John, vous venez de prouver que vous savez garder la tête froide dans les situations difficiles, et faire ce qu'il faut au bon moment. Et je peux vous assurer que les situations auxquelles les employés de mon entreprise ont à faire face sont généralement beaucoup moins dangereuses. N'auriez-vous pas envie d'essayer ?

Samson ne parvenait toujours pas à y croire.

— Ce serait... ce serait...

— Vous avez besoin de travailler, insista John. Et si je peux me permettre de vous donner encore un conseil : quittez enfin la maison de vos parents. Demandez à votre frère de vous racheter votre part de l'héritage. Il peut certainement y arriver en prenant un crédit sur la maison. Et vous pourrez chercher un logement près de votre nouveau travail. Un petit appartement où vous vous sentiriez vraiment chez vous. Il serait temps...

Il s'arrêta net. Il détestait que les autres s'immiscent dans ses affaires, et il était en train de faire cela à Samson.

— Oui ? demanda Samson.

— Ce serait vraiment le moment de commencer une nouvelle vie, conclut John.

Il ajouta en silence : *Pour nous tous.*

— Vous avez raison, dit Samson.

Il avait prononcé cette phrase sans la moindre hésitation, sans bafouiller. Il se tenait là, sous le soleil de cette belle journée d'hiver, et c'était comme si quelque chose en lui avait déjà changé.

— Oui. Vous avez vraiment raison, répéta-t-il.

Tout à coup, il sourit, et John comprit qu'il était le témoin d'un moment rare. Samson était heureux.

MIXTE
Papier issu de sources responsables
FSC® C003309

Composition et mise en pages : FACOMPO, LISIEUX

Cet ouvrage a été imprimé en France par

CPI
FIRMIN-DIDOT

à Mesnil-sur-l'Estrée (Eure)
en février 2013

Cet ouvrage a été imprimé en France par

Numéro d'impression : 116306
Dépôt légal : mars 2013